HEYNE<

SANTIAGO DÍAZ

TALIÓN
DIE GERECHTE

Aus dem Spanischen
von Anja Rüdiger

WILHELM HEYNE VERLAG
MÜNCHEN

Die Originalausgabe TALIÓN erschien erstmals 2018 bei Planeta de Libros, Barcelona.

Sollte diese Publikation Links auf Webseiten Dritter enthalten, so übernehmen wir für deren Inhalte keine Haftung, da wir uns diese nicht zu eigen machen, sondern lediglich auf deren Stand zum Zeitpunkt der Erstveröffentlichung verweisen.

Penguin Random House Verlagsgruppe FSC® N001967

Deutsche Erstausgabe 06/2021
Copyright © 2018 by Santiago Díaz Cortés
Copyright © 2021 der deutschsprachigen Ausgabe
by Wilhelm Heyne Verlag, München,
in der Penguin Random House Verlagsgruppe GmbH,
Neumarkter Str. 28, 81673 München
Redaktion: Peter Thannisch
Printed in Germany
Umschlaggestaltung: Designomicon unter Verwendung von
© Trevillion Images / Stephen Carroll
Satz: Satz: Leingärtner, Nabburg
Druck und Bindung: CPI books GmbH, Leck
ISBN: 978-3-453-42447-0

www.heyne.de

Für meine Eltern

Ist weiterer Schaden entstanden, dann musst du geben:
Leben für Leben, Auge für Auge, Zahn für Zahn,
Hand für Hand, Fuß für Fuß, Brandmal für Brandmal,
Wunde für Wunde, Strieme für Strieme.

Lex Talionis, Exodus, 21, 23–25

ICH ÜBERQUERE DIE BRÜCKE über den Fluss Urumea und verlasse kurz nach halb neun am Abend Hernani in Richtung Zarautz. Mein Kopf schmerzt, und mein linkes Bein kribbelt vom Fußknöchel bis in die Hüfte, was sich anfühlt, als drohe es für immer abzusterben. Aber ich glaube, ich werde es aushalten, denn es ist nicht mehr weit.

Ich nehme die Abfahrt auf die Autobahn und gerate in eine Kontrolle der baskischen Polizei Ertzaintza. Zwei Motorräder stehen quer auf der Fahrbahn, und die beiden Polizisten fordern mich bereits zum Anhalten auf, als ich noch mehr als hundert Meter entfernt bin.

Ich nehme die Pistole aus der Tasche, entsichere sie und verstecke sie unter meinem rechten Oberschenkel. Es war zwar nicht geplant, dass ich zwei unschuldige Menschen umbringe, die nur ihren Job machen, aber nachdem ich es so weit geschafft habe, kann ich auf keinen Fall das Risiko eingehen, festgenommen zu werden.

Ich halte auf dem Randstreifen, löse den Sicherheitsgurt und öffne den obersten Knopf meiner Bluse, denn im Laufe meines inzwischen achtunddreißigjährigen Lebens hing die Freundlichkeit der Beamten, mit denen ich zu tun hatte, stets direkt proportional mit dem Einfallsreichtum zusammen, mit dem ich sie behandelt habe. Ich fahre das Seitenfenster runter, während der Jüngere der beiden langsam auf mein Auto zugeht. Der andere bleibt bei den

Motorrädern stehen, beide Daumen unter den Gürtel geschoben, die Beine leicht gespreizt und eine irritierende Überheblichkeit im Blick.

»Guten Abend, Agente«, sage ich mit meinem schönsten Lächeln.

»Die Papiere bitte, Señorita.«

»Ich weiß, dass ich zu schnell gefahren bin, und es tut mir leid, aber ich habe einen Termin mit einem Kunden in Zarautz und bin äußerst spät dran.«

»Die Papiere bitte!«

»Natürlich.«

Ich sehe ihm zwei Sekunden lang in die Augen, damit er mich doch bitte einfach weiterfahren lässt, denn das würde ein Blutbad verhindern. Aber er ist nicht bereit, die Sache auf sich beruhen zu lassen, und scheint nicht einmal zu ahnen, welche Bedrohung ich darstelle. Also krame ich nach meinem Führerschein, wobei ich den Kollegen, der bei den Motorrädern steht, nicht aus den Augen lasse. Er reagiert gerade auf einen Funkspruch und hat keine Ahnung, was gleich passieren wird.

Während ich mit der linken Hand meine Brieftasche öffne, die nun auf meinem Schoß liegt, taste ich mit der rechten nach der Pistole. Wenn ich sie erst in der Hand habe, wird der Ertzaintza nur einen Sekundenbruchteil später in den Lauf meiner belgischen FN Five-Seven blicken, und ich kann nur hoffen, dass er nicht so dumm ist, mich zum Abdrücken zu zwingen. Dabei vertraue ich darauf, dass auch sein Kollege nicht den Helden spielen, sondern sich mit dem Gesicht nach unten auf den Asphalt legen wird, wenn ich ihn dazu auffordere.

Als ich gerade meinen Führerschein aus der Brieftasche ziehe und die Pistole bereits fest im Griff habe, ist ein Pfiff zu hören.

»Ander! Ein Überfall auf die Tankstelle in Usurbil. Sie sind in einem BMW über die N-634 geflohen. Komm, wir müssen los!«

Der andere Ertzaintza zögert, während ich ihm mit unschuldigem Blick und falschem Lächeln weiterhin meinen Führerschein hinhalte. Wenn er meinen Namen liest, wird die Sache hier äußerst unangenehm werden, denn es ist nicht davon auszugehen, dass ihm der Name Marta Aguilera nichts sagt, da ich seit Stunden der Star in den Radio- und Fernsehnachrichten bin. In Spanien sind Serienmörder eher selten, insbesondere Serienmörderinnen, sodass sich alle Chefredakteure und Nachrichtenmoderatoren die Hände reiben.

Anders Kollege, der bereits mit laufendem Motor auf der Maschine sitzt, ruft erneut nach ihm, und gottlob ergreift er die Chance, am Leben zu bleiben.

»Schnallen Sie sich wieder an, Señorita.«

Nachdem er den unvermeidlichen Blick in meinen Ausschnitt geworfen hat, eilt er davon, startet sein Motorrad, und beide verschwinden mit Höchstgeschwindigkeit über die Landstraße.

Ich atme auf, erleichtert darüber, dass ich die zwei im unpassenden Moment auftauchenden Polizisten doch noch losgeworden bin, stecke meinen Führerschein wieder in die Brieftasche, verstaue die Pistole und fahre weiter.

Eigentlich habe ich vor, mich des Autos zu entledigen, indem ich es über die Felsen hinter Zarautz ins Meer schiebe, doch auf halbem Weg wird mir bewusst, dass dies keine gute Idee ist. Sie werden in jedem Fall schon bald nach dem Wagen suchen, und wenn sie ihn finden, wissen sie, dass ich bereits im Baskenland bin und was ich vorhabe, was die Dinge beträchtlich verkomplizieren würde.

Allerdings denke ich, dass es ausreicht, den Wagen an irgendeiner Flussbiegung des Urumea zu verstecken. Er darf nur heute Nacht nicht gefunden werden, denn morgen bin ich wahrscheinlich schon tot, und dann kann es mir gleich sein, ob sie das Auto finden oder nicht.

Genauso gut könnte ich den Wagen auch bei dem Einkaufszentrum abstellen, das in der Ferne vor mir liegt, denn er würde zwischen den Dutzenden Autos vor dem Supermarkt sicher nicht auffallen. Aber ich will nicht, dass irgendein eifriger Sicherheitsmann auf den Gedanken kommt, das Kennzeichen zu überprüfen, wenn die anderen Fahrzeuge nicht mehr da sind.

Letztendlich lasse ich den Wagen zwischen zwei Bäumen auf einem Feldweg hinter Zubieta zurück, was wahrscheinlich das schlechteste Versteck von allen ist, an denen ich bisher vorbeigefahren bin, aber es ist bereits neun Uhr abends, und um zehn habe ich eine wichtige Verabredung.

Ich gehe am Wegrand entlang auf ein paar Lichter zu, die wenige Hundert Meter entfernt zu sehen sind, als hinter einem Baum plötzlich eine Frau hervorkommt. Zu Tode erschrocken greife ich instinktiv nach meiner Pistole.

»Hallo, Süße. So spät noch eine Runde joggen?«

»Verdammt ...« Ich beruhige mich, als ich begreife, dass sie ungefährlich ist, und nehme die Hand aus der Tasche. »Was machen Sie denn hier, Señora?«

»Ein bisschen frische Luft schnappen? Schau doch mal genauer hin!«

Ich mustere sie von oben bis unten. Die Frau ist über sechzig und wie eine Prostituierte zurechtgemacht. Sie ist etwas rundlich, sieht aber noch gut aus und hat einen gewissen Stil. Ohne den übertriebenen Ausschnitt und den knallroten Lippenstift könnte sie eine ganz normale Mutter oder Großmutter sein.

Auf dem Campingstuhl, auf dem sie auf ihre Kunden wartet, liegen ein aufgeschlagenes Rätselheft und eine brennende Taschenlampe. Neben dem Stuhl steht eine große, offene Strandtasche, in der ich feuchte Handtücher, irgendein Kleidungsstück und eine Packung Präservative sehen kann.

»Sollten Sie sich nicht einen etwas belebteren Ort suchen, Señora?«

»Ich hab meine fünf, sechs festen Kunden, und mehr will ich nicht, meine Liebe.« Sie mustert mich. »Bist du im gleichen Gewerbe?«

»Nein, ich bin zufällig hier. Ich bin ein paar Kilometer entfernt mit dem Auto liegen geblieben, und der Akku meines Handys ist leer. Wissen Sie vielleicht, wo ich ein Taxi finden könnte?«

»Ich könnte dir eins rufen.«

»Würden Sie das tun? Ich gebe Ihnen zwanzig Euro.«

Sie bittet um Vorkasse und ruft dann ein Taxi, das mich in einem nahe gelegenen Restaurant abholen soll, damit ich ihr nicht die Kunden vertreibe.

Als ich später im Taxi noch einmal an ihr vorbeifahre – während sie sich wieder ihren Kreuzworträtseln widmet –, bitte ich den Taxifahrer, kurz anzuhalten.

»Señora! Gehen Sie für heute nach Hause!«

Ich werfe ihr durchs Autofenster ein Fünfundzwanzigtausend-Euro-Bündel zu, das ich noch habe, und lasse mich dann im Taxi nach San Sebastian bringen.

In der Wohnung angekommen, lade ich mein Handy auf und bereite mich darauf vor, mein erstes und einziges Interview zu geben. Ich dusche, trage dezent etwas Schminke auf, brauche zehn Minuten, um mich für das einfache Kleid von Zara zu entscheiden, in dem ich in die Geschichte eingehen werde, und rufe kurz nach halb elf bei Álvaro Herrero, meinem Nachfolger bei *Nuevo Diario* an, der Zeitung, bei der ich vor weniger als einem Monat gekündigt habe.

»Ja?«

»Hast du der Polizei gesagt, dass ich dich anrufen werde, Álvarito?«

»Nein.«

»Bist du sicher?«

»Sonst würde ich es nicht sagen, Marta«, antwortet er mit rauer Stimme.

Ich beende das Gespräch und rufe ihn über Skype erneut an. Álvaro und ich kennen uns von der Uni, und wir haben uns immer gut verstanden. Er ist nicht mein Typ – zu weichlich für meinen Geschmack –, und ich habe ihm gleich klargemacht, dass er mich nicht interessiert, sodass wir nur gute Freunde wurden. Normalerweise freut er sich, mich zu sehen, aber heute lächelt er nicht, als ich auf dem Bildschirm seines Computers auftauche.

Seinem Gesicht ist eine Mischung aus Neugierde, Enttäuschung und Aufregung eingeschrieben, als er die Person, von der gerade alle sprechen, vor sich sieht. Meine frisch geschnittenen, blond gefärbten Haare tragen, wie es scheint, auch nicht dazu bei, ihn zu beruhigen. Zum Glück hat es die Natur gut mit mir gemeint, sodass ich trotz meiner miesen Verfassung nach dem, was ich in den letzten Stunden durchgemacht habe, und trotz der billigen Kamera meines Laptops wahrscheinlich gar nicht so schlecht aussehe. Ich nehme mal an, dass mein vollkommen normales Äußeres bei denen, die meine Geschichte erzählen, für mich spricht.

»Hallo, Álvaro. Es tut mir leid, dass ich dich da mit reingezogen hab.«

»Das braucht dir nicht leidzutun; du hast mich zu einem berühmten Mann gemacht.«

»Ich habe dich im Fernsehen gesehen. Das hast du sehr gut gemacht. Freut mich für dich.«

Ich fingere mir eine Zigarette aus der Packung und will sie anzünden, habe aber nicht genügend Kraft in der linken Hand und muss die rechte zu Hilfe nehmen. Die Flamme zittert, und es dauert eine Weile, bis es mir gelingt, die Zigarette zum Qualmen zu bringen.

»Du solltest zum Arzt gehen, Marta.«

»Mein Arzt kann nichts für mich tun.«

Nachdem die Zigarette endlich brennt, nehme ich einen langen Zug, wobei Álvaro mich abwartend beobachtet, ohne ein Wort zu sagen.

»Ich nehme an, dass du das jetzt schon aufnimmst, oder?«

»Ist es nicht das, was du willst? Auf der ganzen Welt in den Nachrichten zu sein und dass ein Film über dich gedreht wird? Darauf hast du es doch abgesehen, oder nicht?«

»Ich wollte nicht berühmt werden; das ist nur eine unangenehme Begleiterscheinung.«

»Also, warum hast du es getan?«

»Ich muss zugeben, dass das Ganze nicht gerade vernünftig war, aber wer weiß schon, wie er reagiert, wenn er erfährt, dass er nur noch zwei Monate zu leben hat …«

1 JONÁS UND LUCÍA

DIES IST DER DRITTE TAG IN FOLGE, an dem mir morgens beim Aufstehen übel und schwindelig ist. Bis jetzt war ich der Meinung, dass lediglich mein Immunsystem ein wenig schwächelt, doch so allmählich frage ich mich, ob sich das Schicksal mit mir einen seiner berüchtigten makabren Scherze erlaubt. Hoffentlich bin ich nicht schwanger, nachdem ich gerade beschlossen habe, nach einer fünfmonatigen Beziehung, die beinahe ausschließlich auf Sex basiert, mit Jaime Schluss zu machen.

Ich ziehe meine Jeans und das erstbeste Paar Schuhe an, setze die Sonnenbrille mit den größten Gläsern auf, die ich finden kann, und gehe runter in die Apotheke, um einen Schwangerschaftstest zu kaufen.

»Mal sehen.« Wieder zurück in der Wohnung lese ich laut den winzigen Beipackzettel. »Nehmen Sie den Teststreifen aus der Verpackung. Halten Sie den Teststreifen zehn Sekunden lang mit dem Pfeil nach unten in den Urin. Legen Sie den Teststreifen dann auf eine saubere, nicht saugfähige Unterlage.«

Ich folge den Anweisungen und harre die fünf Minuten, die man warten muss, aus, ohne den Blick von dem verdammten Teststreifen zu lösen, der mir sagen soll, ob sich von diesem Moment an mein Leben radikal ändern wird oder nicht. Ich habe noch nie so etwas wie einen mütterlichen Instinkt gehabt und bin davon überzeugt, dass jemand wie ich, sosehr er sich auch anstrengt, niemals eine gute Mutter sein kann.

Während meines letzten Jahrs an der Fakultät für Journalismus habe ich die Vorlesung eines berühmten Kriminologen besucht, wobei mir bewusst geworden ist, dass ich zu den zwei Prozent der Weltbevölkerung gehöre, die nicht in der Lage sind, Empathie für ihre Mitmenschen zu empfinden. Ich kann einem anderen Menschen gegenüber lediglich Sympathie, Zuneigung oder Lust verspüren, was für ein Kind jedoch bei Weitem nicht ausreicht.

Als auf dem Kontrollbereich des Teststreifens schließlich nur ein einzelner farbiger Strich sichtbar wird, überkommt mich eine Mischung aus Erleichterung und Traurigkeit. Wahrscheinlich weil ich im Grunde meines Herzens gern ausprobieren möchte, ob ich nicht doch in der Lage bin, tiefere Gefühle zu empfinden, und nur einfach noch nicht dem richtigen Menschen begegnet bin.

Als ich aus der Dusche komme, klingelt das Telefon. Es ist Serafin Rubio, der Chefredakteur der Zeitung, bei der ich schon seit sieben Jahren für die Rubrik »Aktuelles« arbeite.

»Wo steckst du, meine Liebe?«, fragt er verärgert. »Es ist äußerst gewagt, noch im Bett zu liegen, während ich schon seit einer halben Stunde im Büro bin.«

»Ich liege nicht im Bett, Serafin«, sage ich geduldig.

»Na ja, du klingst noch ziemlich verschlafen. Wo ist der Artikel über die Pistole, die diese Kinder in Lavapiés gefunden haben?«

»Ich bin dran.«

»Dann beeil dich, Marta. Ich will ihn in der morgigen Ausgabe haben.«

Serafin beendet das Gespräch, ohne mir die Gelegenheit zu geben, ihm klarzumachen, dass ein solcher Artikel seine Zeit braucht und dass ich vielleicht erst nächste Woche damit fertig werde, denn ich habe noch nichts Konkretes herausgefunden.

Ich beende mein morgendliches Styling und mache mich in einem

Internetforum schlau, was es mit der Übelkeit und dem Schwindel auf sich haben könnte. Da ich nicht schwanger bin und seit meinem zwanzigsten Lebensjahr keinen Tauchsport mehr betreibe, beschließe ich, einen Termin beim Arzt zu machen. Zum Glück hat gerade jemand abgesagt, sodass ich an diesem Morgen noch kommen kann.

»Ich weiß nicht …«, sagt mein langjähriger Hausarzt, während er, nachdem er mich ausgiebig untersucht hat, auf dem veralteten Bildschirm seines Computers meine Krankengeschichte studiert. »Und mit dem Magen ist wirklich alles in Ordnung?«
»Absolut.«
»Und Sie sind ganz sicher nicht schwanger?«
»Ganz sicher. Ich verhüte, und der Schwangerschaftstest, den ich heute Morgen gemacht habe, war eindeutig negativ. Übrigens habe ich vor ein paar Tagen für eine ganze Weile meine Hand nicht mehr gespürt. Ich war kaum in der Lage, meine Kaffeetasse zu halten.«
Das scheint dem Arzt gar nicht zu gefallen. »Die letzte Blutuntersuchung ist gerade mal einen Monat her und war absolut unauffällig. Allerdings sollten wir vorsichtshalber ein CT machen lassen. Wenn Sie einverstanden sind, rufe ich meinen Kollegen Doktor Oliver an und frage, ob das heute noch möglich ist.«
Doktor Oliver tut meinem Hausarzt den Gefallen – zum Glück bin ich Privatpatientin –, sodass ich zwei Stunden später bereits in die Röhre geschoben werde, in der im Schnittbildverfahren mein Gehirn fotografiert wird. Wie mir die Sprechstundenhilfe schlecht gelaunt und mit einem Anflug von Eifersucht erklärt, pflegt der Doktor derartigen Untersuchungen normalerweise nicht beizuwohnen. Offenbar will er sich die Gelegenheit nicht entgehen lassen, mich in dem furchtbaren, hinten offenen grünen Kittel zu begutachten.

»Keine Sorge, Señorita Aguilera«, erklärt der Arzt mir freundlich. »Es wird schon nichts Schlimmes sein. In ein paar Tagen, wenn die Ergebnisse vorliegen, rufen wir Sie an, um einen Termin zu vereinbaren.«

Als ich das medizinische Zentrum verlasse, ist es beinahe Mittag. Eigentlich sollte ich mich auf den Weg in die Redaktion machen, doch da ich keine Lust habe, mir die Vorhaltungen meines Chefs anzuhören, weil ich mit meinen Recherchen noch nicht weitergekommen bin, nehme ich ein Taxi und lasse mich zur Marconi-Siedlung im Madrider Stadtteil Villaverde fahren.

Vor wenigen Wochen haben ein paar Kinder in Lavapiés eine geladene Pistole gefunden, und die Recherchen für meinen Artikel haben mich zu einem im kleinen Stil agierenden Waffenhändlerring geführt, für dessen Existenz ich jedoch noch keinen stichhaltigen Beweis habe. In der Marconi-Siedlung gibt es neben Wohnhäusern und Unternehmen einen Straßenstrich, einen ziemlich großen sogar, der in Zonen für Afrikanerinnen, Rumäninnen, Spanierinnen und eine für Transvestiten aufgeteilt ist.

Ich lasse mich an der Tür der Bar Los Mellizos absetzen, die, wie an dem draußen hängenden Werbeschild zu erkennen ist, die Biermarke Mahou anbietet. Elías Pardo, der wegen einer Narbe, die seine Nase in der Mitte teilt und ihm ein eindrucksvolles Äußeres verleiht, Dos Napias – Doppelzinken – genannt wird, sitzt wie üblich an seinem Tisch hinten im Raum. Ich bestelle eine Cola Zero und ein Häppchen Tortilla, das ich in der Vitrine entdeckt habe, und warte, dass er zu mir herüberkommt.

»Was machst du hier, du Drecksreporterin? Ich hab dir doch gesagt, dass ich dich nicht mehr sehen will!«

»Du weißt ja, dass ich keinen Namen nennen muss und dass ich, falls es dazu kommt, vor Gericht meine Quelle bis zuletzt schützen werde, oder?«

»Welche Quelle?« Er wird aggressiv. »Hier wirst du nichts finden, also schieb deinen vornehmen Arsch von diesem Barhocker, und zisch ab!«

»Das Problem ist, wenn ich zu meiner Zeitung gehe und sage, dass ich nichts herausgefunden habe, schicken sie einen anderen, und wer weiß, vielleicht sogar das Fernsehen. Kannst du dir vorstellen, wie unangenehm das wäre, wenn in der Tür von dieser Bar vierundzwanzig Stunden am Tag eine Kamera steht?«

Dos Napias, der sich zu gern weiter mit einer wie mir anlegen würde, ist tatsächlich schlau genug zu kapieren, dass ich ihn an den Eiern hab.

»Was willst du?«, schleudert er mir schließlich angewidert entgegen.

»Nur, dass du mir ein paar Fragen beantwortest. Setzen wir uns?«

Der Waffenhändler gibt unwillig nach, und wir setzen uns an den Tisch, der am weitesten von der Theke entfernt ist. Ich will mein Handy herausnehmen, aber er hält mich zurück.

»Komm nicht auf den Gedanken, irgendwas aufzunehmen. Notier es dir, wenn du willst, aber sonst nichts. Und wenn du meinen Namen nennst oder irgendwas anderes, wodurch man mich identifizieren könnte, such ich dich und bring dich um, bevor ich umgebracht werde, verstanden?«

»Ist gut, beruhig dich«, sage ich und nehme mein Notizbuch und einen Kuli aus meiner Tasche. »Ich hab ja schon gesagt, dass es ein anonymes Interview sein wird. Vertrau mir.«

»Aber mach schnell. Fehlt nur noch, dass sie mich hier mit dir reden sehen, dann kann ich einpacken.«

In der nächsten halben Stunde erzählt mir Dos Napias, dass er und seine Komplizen nur ab und zu ein paar Schusswaffen aus Deutschland, Italien oder vom Balkan erhalten. Die sind neu und werden aus Fabriken gestohlen, denn mit den gebrauchten aus

Polizeiwachen oder polizeilichen Asservatenkammern wurde fast immer bereits eine Bluttat verübt, darum sind sie entsprechend registriert. Während er mir das erklärt, beklagt er sich, dass das Geschäft den Bach runtergehe und sich das Risiko für die paar Kröten nicht lohne. »Auf Dauer bringen nur Drogen und Nutten wirklich was ein.«

Eigentlich bin ich davon ausgegangen, dass seine Kunden üblicherweise Verbrecher sind, die irgendeinen Überfall planen, doch ich erfahre, dass die Schusswaffen fast immer in Privathäusern landen, deren Bewohner sich vor möglichen Einbrechern schützen wollen.

»Denn wenn man sich auf die Polizei verlässt … Bis die da ist, bist du längst ausgeraubt, vergewaltigt und manchmal sogar getötet worden.«

»Die Leute ohne Waffenschein wissen doch gar nicht, wie man eine Pistole benutzt, und wenn man sie sich illegal verschafft, riskiert man eine Gefängnisstrafe.«

»Sag das mal einem Mann, der verhindern will, dass seine Frau und seine Töchter vergewaltigt werden …«

Ich muss zehn Minuten Überzeugungsarbeit investieren, bis ich ihn von hinten fotografieren darf, damit ich ein Foto für den Artikel habe, und weitere zehn Minuten gehen dafür drauf, dass er verschiedene Filter ausprobiert und das Foto beinah komplett verdunkelt.

Um fünf Uhr nachmittags komme ich nach Hause und tippe das Interview mit Dos Napias ab, wobei ich es fantasievoll, aber durchaus professionell ein wenig ausschmücke. Als ich den Text gerade per Mail an meinen Chef schicken will, ruft Jaime an und fragt, ob ich am Abend mit ihm essen gehe.

Das ist die Gelegenheit, die Sache hinter mich zu bringen. Wenn ich doch schwanger sein sollte, wird die Sache kompliziert, aber schon jetzt gibt es nichts mehr, was mich mit ihm verbindet.

Als ich im Restaurant Con Amor in der Calle Espronceda ankomme, sitzt mein Noch-Lover bereits am Tisch und wartet auf mich. Er sagt mir, wie gut ich aussehe, und ich gebe ihm das Kompliment zurück, ohne lügen zu müssen. Jaime ist wirklich ein attraktiver Mann; wie schade, dass er nicht in der Lage ist, die Art unserer Beziehung zu verstehen.

Wir unterhalten uns etwa zwanzig Minuten lang über unsere jeweiligen Jobs – er spekuliert an der Börse mit dem Geld anderer Leute –, und als unser Gespräch langsam ins Stocken gerät, zaubert er ein kleines Kästchen mit der Aufschrift *Fiona Hansen* hervor. »Ich hoffe, es gefällt dir.«

»Du musst mir nichts schenken«, sage ich gleichgültig.

»Ich weiß, aber heute habe ich durch eine geschickte Investition viel Geld verdient und wollte mir den Luxus leisten. Bist du nicht neugierig, was es ist?«

Jaime stellt das Kästchen neben meinen Teller, und ich sehe mich gezwungen, es zu öffnen. Darin ist ein mit Diamanten besetztes Armband aus Weißgold. Wunderschön und sicher ausgesprochen teuer. Das hätte er mir mal vor einem Monat schenken sollen, es hätte toll zu meinem Kleid von Elie Saab gepasst.

Ich schließe das Kästchen wieder und schiebe es zu ihm zurück. »Es ist wunderbar, aber ich kann es nicht annehmen.«

»Warum nicht?«

»Weil ich mit dir Schluss machen will, Jaime.«

Er lehnt sich auf seinem Stuhl zurück, täuscht eine Überraschung vor, die er nicht wirklich empfinden kann, und sieht mich schweigend an, um mir seine angebliche Verblüffung deutlich zu machen. Dabei ist ihm sicherlich seit einiger Zeit klar, dass dieser Moment früher oder später kommen würde, und ich bin davon überzeugt, dass das Armband nichts anderes als der vergebliche Versuch ist, mich an ihn zu binden.

»Ich dachte, wir würden uns gut verstehen?«, sagt er schließlich.

»Haben wir auch. Bis du angefangen hast, mich um Dinge zu bitten, die ich dir nicht geben kann.«

»Wenn es darum geht, dass ich bei dir übernachten wollte, vergiss es. Wir können so weitermachen wie bisher.«

»Das Problem ist, dass ich nicht verliebt in dich bin.«

»Warst du denn schon mal in irgendjemanden verliebt, Marta?«

»Das ist nicht die Frage.«

»Was dann, verdammt?« Er ist in seinem männlichen Stolz verletzt, das ist aus seinen Worten deutlich herauszuhören. »In meinem ganzen beschissenen Leben bin ich noch keiner Frau begegnet, die so kalt ist wie du.«

»Es ist besser, wenn wir es beenden, Jaime. Es tut mir leid, aber es wird dir sicherlich nicht schwerfallen, eine andere zu finden, die dich über den Verlust hinwegtrösten wird.«

»Willst du mich nicht nur verlassen, sondern mich auch noch demütigen?«, fragt er verletzt und so laut, dass die Leute an den Nebentischen zu uns herübersehen.

»Das ist nicht meine Absicht.«

»Dann nimm das Armband. Wenn du es in ein paar Tagen immer noch nicht willst, dann gibst du es mir zurück, und gut ist.«

»Es würde nichts ändern.«

»Bitte, Marta! Tu es mir zuliebe ...«, fleht er mich pathetisch an.

Ich sollte ihm sagen, dass er das verdammte Armband zurück ins Geschäft bringen oder für die nächste Glückliche an seiner Seite aufbewahren soll. Aber die anderen Gäste sehen immer noch zu uns herüber, und ich will die Sache hinter mich bringen. Darum stehe ich auf und stecke das Kästchen in meine Tasche. »Ich ruf dich an, um es dir zurückzugeben. Du wirst sicher bald darüber hinweg sein.«

Ich verlasse das Restaurant unter vorwurfsvollem Getuschel, höre sogar, wie eine Frau zu ihrem Mann sagt: »Ich wette, dass das Miststück das Armband behält.«

Um kurz nach elf bin ich wieder zu Hause und sehe mir im Fernsehen ohne jegliches Schuldgefühl eine Sendung mit singenden Kindern an. Wobei ich tatsächlich gestehen muss, dass ich mich noch nie für irgendetwas schuldig gefühlt habe.

◆

Daniela Gutiérrez, vierundfünfzig Jahre alt, Inspectora und seit beinahe dreißig Jahren bei der Mordkommission der Kriminalpolizei von Madrid, nimmt den Brandgeruch bereits vor dem Betreten des Hauses in der Calle Huertas wahr. Der ihr unterstellte Kollege, Agente Martos, fünfunddreißig, spricht mit einer Hausbewohnerin im Morgenmantel, die ziemlich mitgenommen aussieht.

»Mein Gott, wie kann es sein, dass ich nichts bemerkt habe?«, fragt die Frau schluchzend. »Beinahe wären wir alle verbrannt!«

»Beruhigen Sie sich, Señora, und gehen Sie in Ihre Wohnung. Es ist bereits alles unter Kontrolle. Es besteht keine Gefahr mehr.«

Die Leiche der achtundsechzigjährigen María Luisa Ramírez liegt verkohlt auf den Resten ihres Bettes in ihrem Schlafzimmer. Die Kollegen von der Gerichtsmedizin versuchen den Körper anzuheben, was gar nicht so einfach ist, da sie angesichts seines Zustands fürchten müssen, dass er in der Mitte durchbricht. Die Spurensicherer markieren und fotografieren im ganzen Raum, konzentrieren sich jedoch vorwiegend auf den Nachttisch, auf dem neben den Scherben eines Wasserglases, einem in der Hitze deformierten Plastikfeuerzeug, einem angekokelten Zigarettenpäckchen und einer halb verbrannten Packung Schlaftabletten eine angerußte Ginflasche steht.

»Und der Aschenbecher?«, fragt die Inspectora, nachdem sie sich einen ersten Überblick verschafft hat.

»Wir haben keinen entdeckt.«

»Wenn sie beim Rauchen im Bett gestorben ist, müsste hier irgendwo ein Aschenbecher stehen«, sagt Daniela Gutiérrez.

Die Polizisten durchsuchen die ganze Wohnung und finden lediglich einen Souvenir-Aschenbecher aus Soria, in dem, so wie er aussieht, noch nie eine Zigarette ausgedrückt wurde.

»War jemand da, der die Feuerwehr gerufen hat?«

»Ihre Tochter und ihr Schwiegersohn haben die 112 angerufen. Sie sind in der Küche.«

»Fragen Sie die Nachbarin, ob das Opfer geraucht hat.«

Im Laufe ihres Berufslebens hatte Daniela Gutiérrez bereits mit Hunderten Familienangehörigen von Verstorbenen geredet, und sie weiß, dass wahrer Schmerz nicht leicht vorgetäuscht oder unterdrückt werden kann. Es gibt Menschen, die das Gefühl haben, dass nicht nur das Leben des Toten, sondern auch ihr eigenes vorbei ist, andere, die über die Ungerechtigkeit fluchen und schimpfen, die resignieren oder sich der Tatsache stellen, so gut sie können, aber auch solche, die sich, obwohl sie weinen und jammern, über den Tod des Dahingeschiedenen freuen, und das zumeist aus wirtschaftlichen Gründen.

Bevor Daniela auf das Paar zugeht, beobachtet sie es zunächst ein paar Minuten schweigend. Sie weint in den Armen ihres Mannes und scheint von der furchtbaren Entdeckung stark mitgenommen, und er tröstet seine Frau, wobei er sich immer wieder mit fahrigen Blicken umsieht. Die beiden bleiben auch nie länger als drei Sekunden an einer Stelle stehen.

Danielas Kollege Martos betritt die Wohnung, um leise mit seiner Chefin zu reden. »Die Nachbarin sagt, dass der Ehemann der Toten vor ein paar Jahren an Lungenkrebs gestorben ist und dass sie sich nicht erinnern kann, dass die Frau geraucht hat.«

»Lass mich raten«, gibt sie ebenso leise zurück. »Es gibt nur einen Erben. Oder, besser gesagt, eine Erbin.«

»Richtig.«

»Miststück!«, murmelt Daniela und geht zu dem Ehepaar hinüber. »Guten Tag, ich bin Inspectora Gutiérrez von der Mordkommission.«

»Mordkommission?«, fragt der Schwiegersohn, der seine Nervosität nicht überspielen kann. »Es war doch ein Unfall, oder?«

»Mir scheint es relativ unwahrscheinlich, dass eine Frau, die nicht raucht, völlig verkohlt ihr Leben verliert, weil sie mit einer brennenden Zigarette in der Hand eingeschlafen ist.«

Der entsetzte Blick, den die frischgebackene Waise mit ihrem Ehemann angesichts der Erkenntnis wechselt, dass ihr Verbrechen alles andere als ein perfektes gewesen ist, bestätigt Daniela, dass die beiden einen häuslichen Unfall vorgetäuscht haben, um die Mutter aus dem Weg zu räumen und sich die Wohnung und die beinahe achtzigtausend Euro auf dem Sparkonto unter den Nagel zu reißen. Es wird nicht viel länger als ein paar Stunden dauern, ihnen ein Geständnis zu entlocken. Wie es scheint, hat das Paar angesichts drückender Schulden, anhaltender Arbeitslosigkeit und nicht vorhandener Skrupel beschlossen, dass María Luisa lange genug gelebt habe und sie ihr einen Gefallen tun, wenn sie sie zu ihrem Mann ins Jenseits befördern.

Auf dem Rückweg ins Kommissariat schaut Daniela in ihrer Wohnung vorbei, um ein paar Kleidungsstücke für die Reinigung mitzunehmen, wobei ihr ein an der Einfahrt zur Garage aufgebocktes Motorrad auffällt.

»Sergio?«

In der Wohnung sind ein Fluch sowie gedämpfte Stimmen zu hören. Als Daniela in den Flur tritt, verlässt der zweiundzwanzigjährige Sergio gerade mit zerwühltem Haar sein Zimmer und zieht sich ein Shirt über.

»Mama, was machst du denn hier?«

»Wieso bist du nicht in der Schule?«

»Ich mach gerade ein Praktikum.«

»Dann sei froh, dass ich nicht frage, was das für eins ist, Sergio. Ist es wieder diese Nuria?« Daniela richtet den Blick auf die geschlossene Tür hinter ihrem Sohn.

»Ja und?«, entgegnet dieser abweisend.

»Sie verkauft Marihuana. Wenn du willst, bring ich dir ihre Strafakte mal mit, damit du dir ein Bild von ihr machen kannst.«

»Warum kümmert ihr euch nicht um echte Verbrecher? Ein bisschen Gras hat noch keinem geschadet.«

»Ich will sie nicht in meinem Haus haben. Und das Konzert morgen kannst du vergessen!«

»Ich bin kein Kind mehr, das du so einfach bestrafen kannst, denkst du nicht?«

»Solange du in meinem Haus lebst …«

»Hör doch auf damit, Mama«, fällt Sergio ihr ins Wort. »Musst du nicht irgendjemanden verhaften?«, fragt er herausfordernd, bevor er ihr die Tür vor der Nase zuschlägt.

Daniela würde sie am liebsten eintreten und ihrem Sohn deutlich machen, dass er auf dem falschen Weg ist, dass dieses Mädchen dafür sorgen wird, dass er in ernsthafte Probleme gerät. Doch sie ist die Letzte, die irgendjemandem gute Ratschläge geben sollte. Denn seit dem Anschlag ist sie diejenige, die einen guten Rat brauchen könnte …

Sergio war gerade ein Jahr alt, als Javier und David, sein Vater und sein älterer Bruder, bei einem Terroranschlag in einem Einkaufszentrum ums Leben kamen. Nach der Tragödie und nachdem Daniela ihren Mann und ihren Sohn begraben hatte, legte sie sich mit mehreren Leuten an, weil sie unbedingt in eine Antiterroreinheit versetzt werden wollte. Doch wegen ihres psychischen Zustands und weil sie selbst als Terroropfer galt, hielt dies niemand für angebracht.

Daraufhin fing sie an zu trinken und Sergio zu vernachlässigen, den sie schließlich ohne jeden Widerstand seinen Großeltern übergab. Schon acht Monate nach dem Anschlag sah es nach außen hin ganz so aus, als wäre die Inspectora stabil genug, um in ihren Beruf zurückzukehren, doch innerlich sann sie nur auf Rache.

Nach vielen Jahren der Selbstzerstörung, als sie die dunkle Phase, die ihr Schicksal und das ihres Sohnes geprägt hatte, endlich hinter sich ließ und die Zügel ihres Lebens wieder in die Hand nehmen konnte, trat dann ein neuer Mann in ihr Leben. Dabei ging es nicht um Sex, denn sie hat stets gewusst, wo sie den finden konnte, wenn sie das Bedürfnis danach hatte; bei ihm war es etwas anderes.

Daniela war gerade neunundvierzig geworden und damit neunzehn Jahre älter als der damalige angehende Subinspector Guillermo Jerez. Er war attraktiv und muskulös, mit dunklen Augen und großen, starken Händen. Aber das, was sie an ihm am erregendsten fand, war die Art, wie er sie ansah. Sie liefen sich häufig am Schießstand über den Weg, wo sich der jüngere Mann zunächst darauf beschränkte, sie mit einem Kopfnicken zu grüßen, ihr bei den halbstündigen Schießübungen zuzusehen und sie dann mit einem erneuten Kopfnicken zu verabschieden. Dank eines Metallschilds, das daran erinnerte, beim Schießen Hörschutz und Schutzbrille zu tragen und das gleichzeitig eine Art improvisierter Spiegel war, konnte Daniela es ihrem Kollegen gleichtun und auch ihm eindeutige Blicke zuwerfen. Eines Tages, als er an ihr vorbeiging, nachdem sie zwei Magazine geleert hatte, sprach er sie dann endlich an.

»Herzlichen Glückwunsch, Inspectora Gutiérrez, zur erfolgreichen Festnahme diese Woche. Haben Sie diesen Typen tatsächlich wie ein Cowboy auf dem Pferd verfolgt?«, fragte der angehende Subinspector amüsiert.

»Es war nichts anderes da, und ich hatte hochhackige Schuhe an.«

»Und ich wette, Sie haben noch mit niemandem auf diesen ausgezeichneten Fang angestoßen …«
»Stehst du auf reife Frauen, Junge?«
»Ich stehe auf Sie.«

Bis heute ist Daniela froh, dass sie die Einladung angenommen hat. Noch im Auto, den eher erschrockenen als erregten Guillermo Jerez auf dem Beifahrersitz, rief sie in einem Hotel an der Landstraße an, um ein Zimmer zu reservieren. Ganze sechs Monate lang tobten sie sich miteinander aus.

Inzwischen verläuft das Ganze in ruhigeren Bahnen, obwohl sie sich immer noch drei Mal pro Woche sehen. Sie gehen essen oder etwas trinken, oder sie fahren, wenn Guillermos Mitbewohner zu Hause sind, ins Hotel Las Letras an der Gran Vía.

»Bist du der Sache nicht allmählich überdrüssig?«, fragt sie ihn nach dem Sex, während sie ihm die Brust streichelt.

»Du hast vor Kurzen noch gesagt, dass wir uns auch nach fünf Jahren immer noch prächtig verstehen, oder?«

»Bist du anderer Meinung?«

»Nein, absolut nicht. Ich geh mal duschen.«

Der inzwischen zum Inspector beförderte Guillermo Jerez steht auf und geht ins Bad. Ihr wäre es wesentlich lieber, wenn es anders wäre, wenn sie sich eine gemeinsame Wohnung kaufen und für immer zusammen sein könnten. Aber abgesehen davon, dass jeder in der neuen Nachbarschaft sie für Mutter und Sohn halten würde, wäre Sergio sicher nicht damit einverstanden.

Bisher hat sie Guillermo nicht einmal ihrem Sohn vorgestellt, aber womöglich ist nun der richtige Zeitpunkt gekommen, und möglicherweise ist der geringe Altersunterschied zwischen den beiden sogar ein Vorteil.

Oder auch nicht.

◆

Heute ist der erste Tag in dieser Woche, an dem mir nicht schwindelig ist. Ich frühstücke und lese dabei auf der Webseite von *El nuevo Diario* die unzähligen Kommentare zu meinem Interview mit Dos Napias, als ich einen beunruhigenden Telefonanruf erhalte. Auch wenn die eifersüchtige Sprechstundenhilfe, die mich gestern in der Praxis empfangen hat, versucht, die Angelegenheit herunterzuspielen, beunruhigt es mich, dass mich Doktor Oliver noch an diesem Morgen sehen will.

Als ich das Sprechzimmer betrete, merke ich sofort, dass etwas nicht in Ordnung ist. Mit ernstem Gesichtsausdruck bittet er mich, Platz zu nehmen, um mir dann die schlimmste Nachricht mitzuteilen, die ein Mensch erhalten kann.

»Es tut mir sehr leid, Señorita Aguilera«, sagt er bekümmert. »Wir haben den Tumor zu spät entdeckt, denn er füllt bereits einen großen Teil des Frontallappens Ihres Gehirns aus. Wenn er so weiterwächst wie bisher, schätzen wir, dass Ihnen noch zwei Monate bleiben.«

»Das ist ein Witz, oder?«

»Entschuldigen Sie, dass ich so direkt bin, aber wenn Sie länger als diese sieben oder acht Wochen überleben, dann sicher nicht unter angenehmen Umständen.«

Seit ich ein kleines Mädchen gewesen bin, hat mir meine Mutter immer gesagt, dass ich stark sein soll, dass ich nicht zulassen darf, dass mich jemand weinen sieht, weil die Leute dann meine Schwäche ausnutzen würden. Jetzt weiß ich, dass das eine Lüge ist, dass man vor vielen Leuten weinen kann, wobei ich mich nicht daran erinnere, es jemals getan zu haben. Nicht um keine Schwäche zu zeigen, sondern weil ich mir dabei lächerlich vorgekommen wäre. Doch in diesem Moment kann ich nicht anders und breche in Tränen aus. Ich heule wie ein Schlosshund in Gegenwart eines mir im Grunde völlig fremden Mannes.

»Bitte, weinen Sie sich in aller Ruhe aus«, sagt der Arzt, während er eine Packung Kleenex vor mir hinstellt.

Dem armen Mann scheint es unangenehmer zu sein, eine schluchzende Frau im Sprechzimmer zu haben, als ihr mitzuteilen, dass sie in sechzig Tagen nicht mehr unter den Lebenden weilen wird. Letztendlich hat sich also doch noch herausgestellt, dass ich durchaus in der Lage bin, Empathie für jemanden zu empfinden: für mich selbst.

Nachdem ich einige Minuten lang, in Tränen aufgelöst, lediglich vor mich hin gemurmelt habe, wie ungerecht das Ganze ist, versuche ich mir bewusst zu machen, was Doktor Oliver soeben zu mir gesagt hat.

»Warum tut es jetzt nicht weh?«

Der Arzt steht auf und zeigt auf die Röntgenbilder meines filetierten Kopfes, die an einem Leuchtschirm hängen. »Der Tumor hat offenbar, obwohl er sich bereits weit ausgebreitet hat, noch keine Bereiche befallen, wo er Ihnen außer dem Schwindel und der Übelkeit noch andere Beschwerden verursachen würde. Da haben Sie bisher Glück gehabt.«

Glück? Das scheint mir nicht gerade das richtige Wort zu sein, um den schlimmsten Moment meines Lebens zu beschreiben.

Der Doktor zeigt mit einem Pointer auf verschiedene Bereiche meines Gehirns, die in Kürze sicher von den Tumorzellen zerfressen werden, und fügt irgendwelche analytischen Werte hinzu, die ich nicht verstehe. Ich glaube nicht, dass er sich über meinen baldigen Tod freut, aber sehr wohl darüber, in seiner Praxis einen Fall unter Millionen begrüßen zu können. Wie er selbst anerkennend zugibt, ist ein Glioblastom vierten Grades im fortgeschrittenen Stadium, das ein beinahe normales Leben zulässt, nicht allzu häufig. Abgesehen davon scheint mein Arzt ein guter Mensch zu sein, und ich glaube nicht, dass er zu denjenigen gehört, die einem Patienten Angst machen, um ihm anschließend zu sagen, dass der Tumor operabel ist und mir nachher höchstens ein schielendes Auge bleibt.

»Ich gehe davon aus, dass eine Operation nicht möglich ist, oder?«

»Wie ich bereits sagte, ist der Tumor schon zu weit entwickelt.«

»Und eine Chemotherapie oder so was?«

»Im Idealfall würden wir ihn mit einer Kombination aus Bestrahlung und Chemotherapie behandeln, aber unglücklicherweise würden wir in Ihrem speziellen Fall damit lediglich eine deutliche Verschlechterung Ihrer Lebensqualität erreichen. Wenn Sie mir einen persönlichen Rat erlauben, ich würde an Ihrer Stelle versuchen, die Zeit zu genießen, solange Sie es noch können.«

»Das heißt, Sie schicken mich einfach so nach Hause?«

»Nein, natürlich nicht. Ich werde Sie auf der Basis von Antiepileptika und Kortikosteroiden behandeln, und wir werden uns regelmäßig sehen, damit ich die Dosis Ihren Bedürfnissen entsprechend angleichen kann. Schon bald werden Sie noch andere Beschwerden als Schwindel und Übelkeit haben.«

»Wann?«

»Bald. Zunächst können das Erbrechen und Kopfschmerzen sein, und später wird ihre Sehfähigkeit beeinträchtigt. Sie werden unter Taubheitsgefühlen leiden, Krämpfe und epileptische Anfälle bekommen … Und auf der psychischen Ebene könnte der Tumor Bewusstseinsstörungen und Persönlichkeitsveränderungen verursachen.«

»Was verstehen Sie unter Persönlichkeitsveränderungen?«

»Verändertes Verhalten. Einige Patienten in Ihrer Situation leiden unter Anfällen von Psychose, die durch Phasen extremer Gewalttätigkeit gekennzeichnet sind, und unter Veränderungen in ihrem, sagen wir, sozialen Verhalten.«

»Erklären Sie mir gerade, dass ich verrückt werde?«

»Nein, ich sage nur, dass Ihr Gehirn Ihnen einige Streiche spielen wird.«

Als Doktor Oliver sieht, wie ich auf meinem Stuhl immer kleiner werde, scheint er zu bereuen, so geradeheraus gewesen zu sein, und demonstriert mir plötzlich eine unangenehme Nähe, indem er meine Hand berührt.

»Regeln Sie alles, was zu regeln ist, reden Sie mit Ihrer Familie, und genießen Sie die Zeit, die Ihnen bleibt, Señorita Aguilera.«

»Bei mir gibt es nichts zu regeln und auch keine nahen Verwandten.«

»Sie müssen sich psychologische Unterstützung suchen. Hier haben Sie die Visitenkarte einer Psychologin, mit der wir zusammenarbeiten. Es wird Ihnen guttun, mit ihr zu reden.«

Der Arzt gibt mir die Karte der Psychologin und stellt mir mehrere Rezepte aus, während er von der Behandlung spricht, der ich mich unterziehen muss, um die kommenden Wochen unter den bestmöglichen Umständen verbringen zu können, doch ich höre ihm bereits nicht mehr zu. Was, verdammt noch mal, kann man in zwei Monaten machen? Das ist so gut wie nichts, eine lächerliche Zeitspanne. Mein letztes Vorhaben war, vier Kilo abzunehmen, und meine Ernährungsberaterin hat mir eine Dreimonatsdiät auferlegt. Sogar dafür fehlt mir jetzt ein Monat.

Ich denke natürlich über meinen Tod nach, und die Vorstellung, dass mich mein fortschreitender Verfall gelähmt, blind und auf riesige Windeln angewiesen wochenlang ans Bett fesseln wird, erschreckt mich zutiefst. Dann bringe ich mich lieber selbst um, wird mir in derselben Sekunde klar, wobei ich noch nicht weiß, ob ich mich lieber in einen Abgrund stürzen oder mich in Afrika von Löwen fressen lassen soll, während die Touristen das Ereignis mit ihren Handys filmen. Das würden sich dann zumindest Millionen Zuschauer auf YouTube ansehen.

Als ich am Schaufenster einer Eisenwarenhandlung vorbeikomme, spiegelt sich darin das Bild meiner Mutter an dem Tag, als ich, gerade siebzehn Jahre alt, unser Dorf verließ, um mein Studium in Madrid zu beginnen.

Ich nehme ein Kleenex aus meiner Michael-Kors-Tasche und wische mir die zerlaufene Wimperntusche von den Augen. Dann bummle ich durch den Retiro-Park und setze mich schließlich auf eine Bank, um meine wirren Gedanken zu ordnen.

Selbst sterbend und mit verzweifeltem Gesichtsausdruck – oder vielleicht gerade deshalb – scheine ich auf einige Männer so anziehend zu wirken, dass sie sich kaum beherrschen können. Einer von ihnen sieht mich durch die Speichen seines Fahrrads, hinter dem er in die Hocke gegangen ist, neugierig an. Ich weiß nicht, ob er wirklich einen Platten hat oder ob es nur eine Taktik ist, um sich einer der Dutzenden Hausfrauen und Mütter zu nähern, die um diese Zeit den Park bevölkern.

»Entschuldigen Sie, geht es Ihnen gut?«

Ich sehe ihn an und würde ihm am liebsten sagen, dass es mir tatsächlich überhaupt nicht gut geht, weil meine Unfähigkeit, etwas für andere Menschen zu empfinden, dafür sorgen wird, dass ich die letzten beiden Monate meines Lebens vollkommen allein verbringen werde, und dass er, wer er auch ist, nicht in der Lage sein wird, das furchtbare Gefühl der Einsamkeit, unter dem ich gerade leide, zu lindern.

»So schlimm es dir im Moment auch erscheint, es wird eine Lösung geben.« Er lässt nicht locker und setzt sich neben mich. »Lass mich raten ... Dein Mann hat dich betrogen?«

»Hör mal ...« Ich bemühe mich, freundlich, aber entschieden zu klingen. »Im Moment bin ich zu nichts zu gebrauchen, das heißt, entweder suchst du dir eine andere Bank, oder ich werde es tun.«

»Frigides Miststück«, murmelt er, während er sich auf die Suche nach einem anderen Opfer macht.

In diesem Augenblick überflutet mich eine Welle des Zorns, wie ich es bei mir gar nicht kenne, und ich bin kurz davor, mich auf ihn zu stürzen. Ich will ihn beschimpfen, ihn schlagen, ihm einen Tritt in seine durch das Radfahrtrikot deutlich betonte Männlichkeit verpassen, den er niemals vergessen wird ... aber es gelingt mir, mich im Zaum zu halten. Vielleicht handelt es sich dabei ja um das, was Doktor Oliver Anfälle von Psychose genannt hat.

Die folgenden beiden Stunden verbringe ich damit, über mein Leben nachzudenken, meine Arbeit, meine Freunde ... und über meinen Vater, Juan Aguilera. Er hat meine Mutter und mich verlassen, als ich fünf war, und seitdem habe ich praktisch nichts mehr von ihm gehört. Mit fünfzehn habe ich erfahren, dass er angeblich in Málaga lebt, und war kurz davor, zu Hause abzuhauen und mich auf die Suche nach ihm zu machen. Doch dann habe ich begriffen, dass es, da er offensichtlich nichts von mir wissen will, wohl das Beste war, ihm ebenfalls Gleichgültigkeit entgegenzubringen. Im Laufe der letzten zwanzig Jahre war ich nur ein paarmal versucht, ihn zu googeln, bin aber nie darüber hinausgekommen, seinen Vornamen ins Suchfeld zu tippen.

Wie es bei uns im Dorf hieß, ist er mit der Frau des Bäckers durchgebrannt, deren Ehemann sich kurz danach das Leben genommen hat. Meine Mutter hat die Erniedrigung niemals überwunden und ist vor vier Jahren gestorben, ohne noch einmal einen Mann zu treffen, der für sie infrage kam. Möglicherweise leben weder mein Vater noch die Frau des Bäckers noch in Málaga, haben vielleicht nie dort gelebt. Womöglich ist er aber auch längst an einem Hirntumor gestorben, vielleicht das einzige Erbe, das er mir hinterlassen hat.

Nach einer ganzen Weile fasse ich den Entschluss, dass niemand von meinem etwa nussgroßen Geheimnis erfahren soll, zumindest solange es sich vermeiden lässt. Ich werde weder in der Redaktion etwas sagen, noch im Freundeskreis. Zum Glück werde ich es nicht vor Jaime geheim halten müssen, da ich gestern mit ihm Schluss gemacht habe. Ich erinnere mich daran, dass er mir mal erzählt hat, dass eine Ex von ihm, die er heiraten wollte, bei einem Fallschirmsprung ums Leben gekommen ist. Wie es aussieht, hat der arme Junge immer Pech mit den Frauen. Oder er bringt einfach Unglück.

Als Nächstes stelle ich fest, dass in einem Moment wie diesem das Geld eines der wichtigsten Dinge im Leben ist, und verbringe eine weitere halbe Stunde damit, meine Ersparnisse zusammenzurechnen. Abgesehen von einigen großzügigen Investitionen in Taschen, Schuhe und Kleidung bin ich nie besonders verschwenderisch gewesen, sodass ich es mit meinen Kontoständen, Aktien und Pfandbriefen auf etwa vierzigtausend Euro bringe. Dazu kommt noch meine Dreizimmerwohnung, die dank des Verkaufs des Hauses im Dorf, das ich von meiner Mutter geerbt habe, vollständig abbezahlt ist. Ich gehe davon aus, dass ich insgesamt auf beinahe eine halbe Million Euro komme, was bedeutet, dass ich, abzüglich der laufenden Ausgaben und verteilt auf die sechzig Tage, die mir voraussichtlich noch bleiben, mehr als sechstausend Euro pro Tag zur Verfügung habe. Man kann also sagen, dass ich reich bin.

Als ich mich schließlich von der Bank erhebe, stelle ich ein Taubheitsgefühl in den Beinen fest.

Ich blicke auf mein Handy und sehe, dass ich vier Anrufe aus der Redaktion verpasst habe, zwei von irgendwelchen Telefonanbietern und einen weiteren von meinem Fitnesscenter, das mich zur Teilnahme an einem Wohltätigkeitslauf einlädt. Außerdem sind mehrere Nachrichten von meinen Freundinnen eingegangen, die mir vorschlagen, am Abend im Ten con Ten essen zu gehen. Ich antworte mit einem simplen *ok* und rufe dann meinen Chef zurück.

»Wieder mal nicht bei der Arbeit, meine Hübsche? Ich hab den ganzen verdammten Morgen versucht, dich zu erreichen!«

»Ich hatte einen Arzttermin.«

»Zum Arzt geht man um acht Uhr morgens, um dann um Viertel vor neun im Büro zu sein. Die Polizei war hier. Sie wollen mehr über den Waffenhändler wissen, den du gestern interviewt hast.«

»Sag ihnen, dass wir unsere Quellen nicht preisgeben, Serafin. Außerdem bin ich dran, wenn ich etwas verrate. Ich muss jetzt auflegen, entschuldige.«

Ich beende das Gespräch, obwohl er mir droht, mich achtkantig zu feuern, und gehe zu einer Apotheke, um mich mit meiner Ration Medikamente für Sterbende einzudecken.

Als ich wieder zu Hause bin, blicke ich in den Spiegel und versuche irgendeine Veränderung an mir wahrzunehmen, wobei mir lediglich mein panischer Gesichtsausdruck auffällt. Alles andere ist gleich geblieben; mein Haar ist immer noch dunkel und glatt, meine braunen Augen glänzen wie zuvor, meine Stupsnase sieht noch genauso aus wie vorher, und meine Zähne sind immer noch perfekt. Schön von außen und innen verwest.

Ich setze mich aufs Bett und überlege, dass meine Lage, abgesehen davon, dass ich in Kürze ein Häufchen Asche in einer Urne sein werde, durchaus eine privilegierte ist. Ich verfüge über eine eigenartige Freiheit, wie sie nur wenigen Menschen gegeben ist; denn was ich auch in den nächsten acht Wochen tun werde, wird absolut keine Folgen für mich haben.

◆

Alberto Abad weiß, dass es, wenn ihn seine Frau auf der Arbeit anruft, wichtig sein muss. Er hat ihr gesagt, dass er wegen der alle vier Monate stattfindenden Vertriebskonferenz den ganzen Tag beschäftigt sein wird, und sie zählt nicht zu den Leuten, die aus irgendeiner Laune heraus stören.

Doch der Verpackungshersteller, für den er seit zwei Jahren arbeitet, befindet sich in einer schwierigen Phase, und Alberto möchte möglichst wenig auffallen, um bei der nächsten Entlassungswelle nicht zu den Ersten zu zählen, die gehen müssen. Er überlegt, ihr eine kurze Textnachricht zu schicken, um ihr mitzuteilen, dass er beschäftigt ist, doch dies scheint ihm nicht der geeignete Moment, um auf dem Handy herumzutippen.

Als er kurz darauf spürt, dass das Telefon in seiner Tasche zum dritten Mal vibriert, entschuldigt er sich und verlässt den Raum, um ranzugehen. »Was ist?«

»Es geht um Lucía, Alberto!«, ruft seine Frau verängstigt ins Telefon. »Sie ist verschwunden!«

»Wie, verschwunden?«

»Sie hat unten auf der Straße gespielt und ist nicht mehr aufzufinden«, erklärt seine Frau verzweifelt. »Sie ist auch nicht zum Kiosk gegangen. Niemand hat sie gesehen.«

»Hast du die Polizei verständigt?«

»Noch nicht.«

»Verdammt!«

Aberto Abad achtet unterwegs auf keine rote Ampel, während er die Polizei und seine Geschwister anruft, um sie über das Verschwinden seiner Tochter zu informieren. Als er zu Hause ankommt, erwarten ihn dort zwei uniformierte Polizisten. Seine Frau, die völlig aufgelöst ist, wird von einer Nachbarin getröstet.

Einer der Polizisten kommt auf ihn zu. »Sind Sie der Vater von Luciá Abad?«

»Wo ist meine Tochter?«

»Das wissen wir noch nicht. Wir haben bereits die Suche nach ihr ausgerufen.«

»Es tut mir so leid, Alberto. Ich schwöre dir, dass ich sie nur eine Minute aus den Augen gelassen habe«, sagt seine Frau unter Tränen. »Als ich mich wieder umgedreht hab, ist sie nicht mehr da gewesen.«

»Hast du bei deiner Schwester nachgefragt?«

»Da hat sie auch keiner gesehen.«

Für Alberto Abad bricht eine Welt zusammen.

Nach und nach kommen immer mehr Verwandte, Freunde, Bekannte und Polizisten. Später auch Journalisten, Anwälte, die sich zum Sprecher der Familie erklären, und Lokalpolitiker, um sich Wählerstimmen zu sichern.

◆

Ich bin auf dem Bett eingeschlafen und werde von meinem Handy geweckt. Für einen Moment weiß ich nicht, wo ich bin und was los ist. Bevor ich rangehe, blicke ich zum Fenster und stelle fest, dass es bereits dunkel wird.

Es ist Álvaro, mein ehemaliger Kommilitone. »Bist du noch nicht in der Sache mit dem kleinen Mädchen unterwegs?«

»Was für einem Mädchen?«

»In Alcorcón ist eine Siebenjährige verschwunden. Wir alle sind auf dem Weg dorthin.«

»Ich hab heute frei.«

»Geht es dir immer noch schlecht?«

»Nein, nein. Mir wird ständig schwindelig, weil mein Blutdruck zu niedrig ist. Ich hab Tabletten bekommen, mit denen bin ich meine Beschwerden in zwei Monaten los.«

»Du musst mehr Linsen essen, Martita.«

»Ja, das muss ich wohl. Lass uns morgen telefonieren, und dann erzählst du mir alles, okay?«

»Pass auf dich auf.«

Nachdem ich das Gespräch beendet habe, versuche ich mich zu entscheiden, was ich in den neunundfünfzig Tagen anstellen soll, die mir ab morgen noch bleiben. Ich mache den Fehler und sehe im Internet nach, womit sich die Leute beschäftigen, wenn sie wissen, dass sie bald sterben werden, und mir fällt auf, dass keiner der dort gegebenen Ratschläge auf mich zutrifft: Ich habe weder eine Familie, auf die ich mich stützen kann, noch glaube ich an Gott, in dessen Hände ich mein Schicksal legen könnte, noch will ich meinen Freunden zumuten, in meinen letzten Tagen an meiner Seite mit mir zu leiden. So hart es auch sein mag, muss ich mich wohl mit dem Gedanken anfreunden, das Ganze allein durchzustehen.

Vielleicht stehe ich noch unter Schock, denn mir kommt nicht in den Sinn, ein Drama daraus zu machen. So ist nun mal das Leben, und das Einzige, was mir bleibt, ist, mich in mein Schicksal zu fügen und, wie Doktor Oliver gesagt hat, mein Leben bis zum Schluss nach Möglichkeit zu genießen.

Anschließend stelle ich fest, dass die Zahlen in meinem Computer die Rechnung, die ich im Park aufgestellt habe, bestätigen; das, was ich an Aktien und Pfandbriefen und auf dem Sparkonto habe, summiert sich auf dreißigtausend Euro, und meine beiden Girokonten belaufen sich zusammen auf achttausend. Ich konsultiere mehrere Webseiten, um in Erfahrung zu bringen, wie viel meine Wohnung wert ist, und erlebe die angenehme Überraschung, dass einige Leute in meinem Viertel bis zu sechshunderttausend Euro verlangen. Wir zählen zu den wenigen Eigentümern, die von der Errichtung eines Golfplatzes profitieren, der praktisch die gesamte Siedlung umgeben soll.

Ich rufe meinen Freund Germán an, der frisch geschieden und Vater von vier Kindern ist. Er ist Immobilienberater oder so was, eigentlich ein netter Typ, aber der Umstände wegen ziemlich auf seinen Vorteil bedacht, da er jeden Monat die anfallenden Unterhaltskosten berappen muss. Wir verabreden uns zu einem Bier im Clubhaus der Golfanlage.

»Warum willst du so etwas Hirnverbranntes tun?«, fragt er mich dort verwundert. »Wenn du noch ein paar Monate wartest, hole ich dir sechshunderttausend raus. Ein Eigentümer im Haus neben deinem hat seine Wohnung letzten Monat für genau diese Summe verkauft.«

»Mir reichen vierhunderttausend, wenn du einen Käufer findest, der noch in dieser Woche mit dem Geld rüberkommt. Es muss vor Freitag sein. Und das, was du darüber hinaus rausholst, kannst du behalten. Wie wär das?«

»Hast du jemanden umgebracht und musst dich ins Ausland absetzen, oder was?«

»Nein.« Ich lächle. »Die Wohnung ist mir zu groß.«

»Und deswegen verscherbelst du sie auf die Schnelle?«, fragt er ungläubig.

»Ich will einfach nur alles vergessen, mein Lieber. Ich habe von meinem Leben die Nase voll und will ein Jahr lang reisen.«

»Ganz schön gewagt. Aber tu, was du nicht lassen kannst.«

Auf dem Weg zum Restaurant, in dem ich mit meinen Freundinnen verabredet bin, komme ich an einem Geschäft für Brautkleider vorbei und spüre – wahrscheinlich im wahrsten Sinne des Wortes – einen Kloß im Magen. Es ist, als hätte mir die Realität einen Schlag in den Bauch verpasst, denn eines der Dinge, die mir wegen dieses zum unpassendsten Zeitpunkt aufgetauchten Tumors verwehrt bleiben, ist, dass ich jemals in Weiß in der Kirche meines Heimatdorfes heiraten werde, wie ich es meiner Mutter auf dem Sterbebett versprochen habe.

Ehrlich gesagt zählt dies nicht unbedingt zu den erstrebenswertesten Zielen in meinem Leben, aber es ärgert mich, dass ich aus Gründen, die nicht meinem Willen unterliegen, mein Versprechen nicht werde halten können.

Ich ertappe mich sogar dabei, dass ich mir wünsche, der Schwangerschaftstest wäre positiv gewesen, nicht nur, weil ich dann nicht in den nächsten Wochen den Löffel abgeben müsste, sondern weil ich plötzlich mütterliche Gefühle entwickle. Aber nein, ich werde niemals Mutter werden, sondern durch meinen Tod auch meinem Familienstammbaum ein Ende setzen.

Gleich darauf entlockt mir der Gedanke, dass ich auch keinen Marathon mehr laufen kann, ein eher wehmütiges Lächeln. Denn vor ein paar Jahren habe ich mir in den Kopf gesetzt, genau das zu tun, und mich in einem Fitnesscenter angemeldet, um mich in Form zu bringen. Nach zwei Wochen habe ich dann das Lauftraining hinten angestellt und mich aufs Boxen konzentriert. Ich weiß, dass das nicht gerade weiblich ist, aber es hilft mir zu entspannen und ist eine gute Grundlage, um mich bei einem möglichen Angriff zu verteidigen. Vor Kurzem wollte mir ein Betrunkener an die Wäsche, und nachdem ich ihn umgehauen habe, hab ich mich so stark gefühlt wie nie.

Ich treffe zwanzig Minuten vor meinen Freundinnen im Ten con Ten in der Calle Ayala ein. Während ich warte und dabei ein Glas Weißwein trinke, versuche ich meine Gedanken an Hochzeiten und Kinder zu vergessen und den Anblick des gut aussehenden Kellners mit der kaffeebraunen Haut zu genießen.

Das Hemd seiner Uniform ist derartig gespannt, dass es droht, am Rücken zu reißen, und ich warte neugierig darauf, dass er sich zu mir umdreht, damit ich seine ausgeprägte Brustmuskulatur bewundern kann – oder einen enttäuschenden Bierbauch.

Zum Glück handelt es sich um Ersteres.

Als er sieht, dass ich ihn beobachte, schenkt er mir ein Lächeln, wie es nur ein Kreole aus der Karibik zustande bringt. Daraufhin beschließe ich, eine Liste mit den Dingen aufzustellen, die ich sehr wohl in den nächsten acht Wochen erledigen kann, und an erste Stelle setze ich: *mit einem karibischen Kellner schlafen.*

An letzter Stelle werde ich *Selbstmord* notieren. Denn ich habe nicht vor, wie eine Scheintote vor mich hin zu vegetieren, während die Ärzte an mir herumexperimentieren. Bevor das passiert, werde ich mich in Würde verabschieden. Ich werde im Internet nach irgendeinem schnell wirksamen Gift suchen, um auf den entsprechenden Moment vorbereitet zu sein, denn ich kann mir keine andere Art vorstellen, um mir das Leben zu nehmen.

Ich überlege auch, mal mit einer Frau zu schlafen. Warum nicht? Nicht dass ich mir das dringend wünsche, aber ich war schon immer neugierig, wie es wohl ist, vor allem, wenn ich zu viel getrunken hatte. Ich bin davon überzeugt, dass es einigen meiner Freundinnen – von denen eine ziemlich abgehärtet ist, wenn es um solche Dinge geht – nichts ausmachen würde, mir diesen Gefallen zu tun, wobei wir uns wahrscheinlich schon bei der ersten Berührung kaputtlachen würden. Obwohl ich Prostitution immer aus tiefstem Herzen abgelehnt habe, glaube ich, dass ich letztendlich wie ein Mann denken und darauf zurückgreifen muss, um diesen Punkt auf meiner Liste abzuhaken.

Die Stimmen von Susana und Silvia und das verlegene Gekichere von Carol und Lorena reißen mich aus meinen Gedanken. Wie ich erfahre, hat sich Susana – die erfolgreiche und bildschöne Vertriebsleiterin einer Verlagsgruppe – geweigert, den Taxifahrer zu bezahlen, weil der zu viele Zusatzrunden gedreht hat, angeblich um das Lokal zu finden. Daher ist die Bezahlung der Rechnung an Silvia – ihrerseits Architektin – hängen geblieben. Carol und Lorena – die eine Anwältin, die andere Direktionsassistentin – haben sich darauf beschränkt, sich von dem aufgebrachten Kerl beschimpfen zu lassen, während sich Susana und Silvia mit ihm gezankt haben wie die Kesselflicker.

»Mädels, bitte! Jetzt beruhigt euch mal. Sonst werfen sie uns noch aus dem Lokal«, sage ich in dem Versuch, Ordnung zu schaffen.

»Ich finde es einfach unglaublich, dass sie bei der Kohle, die sie verdient, so geizig ist!«, beschwert sich Silvia verächtlich.

»Woher willst du denn wissen, was ich verdiene, du Schlaumeier?«, entgegnet Susana, um sich zu verteidigen. »Und vor allem: Du hast ja keine Ahnung, wofür ich es ausgebe!«

»Dann hör auf, dein ganzes Geld in Modellkleider von Carolina Herrera und Taschen von Prada zu stecken, und fahr mal mit der U-Bahn, anstatt immer Taxi.«

»Verdammt, habt ihr den dunkelhäutigen Kellner gesehen?«, fragt Carol beeindruckt.

Der erfreuliche Anblick eines hübschen Typen reicht aus, um den Streit unter den Kampfhennen, mit denen ich befreundet bin, auf einen Schlag zu beenden.

Von den vieren sind nur Lorena und Silvia verheiratet und haben Kinder – die Sekretärin zwei Mädchen von vier und neun Jahren und die Architektin einen achtjährigen Jungen. Susana und Carol versichern, dass sie nicht mal welche geschenkt haben wollen, und für mich ist der Zug nun abgefahren.

»In ein paar Tagen ziehe ich in die USA, um bei einer spanischsprachigen Zeitung in New York zu arbeiten.«

Alle vier schauen mich überrascht und neidisch zugleich an.

»Im Ernst?«, fragt Lorena schließlich.

»Du weißt doch, dass ich keine Witze mache, wenn es um die Arbeit geht. Als das Angebot kam, hab ich gleich zugegriffen.«

Meine Freundinnen freuen sich für mich und veranstalten erneut einen Heidenlärm, diesmal in Form von Jubelschreien, Gelächter und Glückwünschen. Das Paar am Nebentisch ist wahrscheinlich bereits hocherfreut über den angenehmen Abend, den wir ihm bereiten.

»Das sollten wir auf der Stelle feiern!«

Susana jammert, dass sie morgen eine wichtige Sitzung hat, Lorena, weil sie die Mädchen zur Schule bringen muss, Carol, weil sie um acht einen Termin bei Gericht hat, und Silvia, weil sie für neun Uhr mit ihrer Schwiegermutter verabredet ist, um ein Sofa zu kaufen, aber es fällt mir nicht schwer, sie zu überreden.

»Das ist mein Abschied, Mädels. Kann gut sein, dass ihr mich für längere Zeit nicht mehr seht.«

Meine Freundinnen haben keine Ahnung von der wahren Bedeutung meiner Worte, aber der Ton, in dem ich sie sage, überzeugt sie.

Gegen zwei Uhr sind wir bereits ordentlich betrunken, und unser Stammplatz im Club Fortuny ist voller Leute, die ich noch nie gesehen habe.

Nachdem ich gerade die Rechnung über zweihundertfünfzig Euro bezahlt habe, kommt ein muskelbepackter Schönling mit strahlendem gebleachtem Gebiss auf mich zu. »Entschuldigung, aber der Rum ist aus. Und wir haben auch nicht mehr viel Whisky.«

Da es mir Spaß macht, unverschämte Leute in ihre Schranken zu weisen, kaufe ich noch drei Flaschen von dem zur Neige gehenden Whisky sowie eine Flasche Gin, weil der Kerl, auf den Susana ein Auge geworfen hat, darauf zu stehen scheint. Um vier geht die Party allmählich dem Ende zu.

»Mädels, es war wunderbar«, erklärt Silvia, »aber ich mach mich jetzt auf den Weg, sonst komm ich morgen nicht aus den Federn.«

»Ich gehe auch«, schließt Carol sich an. »Was ist mit dir, Marta?«

»Ich bleib noch ein bisschen, kein Problem.«

Meine Freundinnen bedanken sich für den launigen Abend und nehmen mir das Versprechen ab, dass wir uns vor meinem Umzug in die USA noch einmal treffen, wobei sie keine Ahnung haben, dass dies wahrscheinlich das letzte Mal war, dass sie mich lebend gesehen haben.

Lorena kommt noch mal zurück. »Geht es dir gut, Marta?«

»Ja, warum fragst du?«

»Ich weiß nicht. Du wirkst irgendwie seltsam.«

»Ich bin voll wie eine Haubitze, sonst nichts. Mach dich ruhig auf den Weg.«

»Wir sehen uns noch mal, bevor du nach New York fliegst, ja?«

»Keine Sorge, ich komme vorbei, um den Mädchen einen Abschiedskuss zu geben.«

Lorena umarmt mich, und als sie fort ist, komme ich mir so einsam vor, wie ich mich noch nie gefühlt habe.

Zwanzig Minuten später sitze ich im Taxi, und nachdem ich eine Weile gezögert und lange darüber nachgedacht habe – bis mir wieder einfällt, dass es keine negativen Folgen für mich haben wird –, tue ich etwas, was ich niemals von mir erwartet hätte, bevor die Sache mit dem Tumor passiert ist.

»Entschuldigen Sie.« Über den Rückspiegel blicke ich in die Augen des Taxifahrers. »Kennen Sie ein gutes Bordell?«

»Bitte?«, fragt er irritiert zurück.

»Ein Bordell. Es muss aber sehr sauber sein und mit Frauen, die freiwillig dort arbeiten.«

»Für Sie?« Seine Verblüffung wird immer größer.

»Ja? Ist das so ungewöhnlich?«

»Ein wenig schon, ehrlich gesagt. Ich arbeite jetzt seit dreißig Jahren als Taxifahrer, und in all der Zeit hab ich noch keine Frau zu einem Bordell gefahren, es sei denn, weil sie dort arbeitet.«

»Ich bin Journalistin und möchte einen Artikel darüber schreiben.«

»Ach so ...« Das scheint schlüssig für ihn zu sein. »Das Dumme ist nur, dass man Sie womöglich nicht reinlassen wird.«

»Versuchen wir's.«

Ich warte auf einem Sofa sitzend in einem Séparée mit mehreren Bildern aus dem Kamasutra an den Wänden und einem granatroten Samtvorhang vor der Tür. Von außerhalb dringt wie in einer ganz normalen Diskothek der gedämpfte Klang eines Shakira-Songs an meine Ohren.

Einer der Vorteile, einen Gehirntumor zu haben, ist, dass man sich keine Sorgen darüber machen muss, Lungenkrebs zu bekommen, sodass ich beschlossen habe, das Rauchen wieder anzufangen.

Ich zünde mir während des Wartens, was jetzt schon eine Viertelstunde dauert, die dritte Zigarette an und werde allmählich ungeduldig.

Als ich vorhin an der Tür erschienen bin und um Einlass gebeten habe, wirkte der Türsteher leicht verwirrt und wollte mich nicht reinlassen. Daraufhin habe ich ihm erklärt, dass ich eine ganz normale Kundin sei, genau wie jeder der Männer, die, betrunken und mit Drogen zugedröhnt, an mir vorbeigekommen sind, und das Einzige, was ihm eingefallen ist, war, mich hier einzusperren.

Endlich öffnet sich die Tür, und ein gut ausschender Mann im Anzug tritt ein. Schade, dass ich aus anderen Gründen hier bin.

»Guten Abend, Señorita. Wie kann ich Ihnen behilflich sein?«

»Ich hätte gern etwas zu trinken. Mein Mund ist trocken.«

»Wissen Sie, was das hier für ein Etablissement ist?«, fragt er vorsichtig.

»Das ist nicht schwer zu erraten.«

»Und weshalb sind Sie hier?«

»Ich suche weibliche Gesellschaft. Gibt es da ein Problem?«

»In der Tat. Woher soll ich wissen, dass Sie nicht die Ehefrau eines unserer Kunden sind, die uns eine Szene machen will?«

»Ich bin die Ehefrau von niemandem und bin nicht hier, um eine Szene zu machen, das versichere ich Ihnen. Ich möchte nur mit einer Ihrer Damen ein Glas trinken.«

Der Mann mustert mich zweifelnd von oben bis unten. Wüsste ich, wie sich eine Lesbe in diesem Moment verhalten würde, ich würde es tun.

Schließlich gibt er auf. »In Ordnung. Aber zu Ihrer eigenen Sicherheit kann ich Sie trotzdem nicht in die Bar einlassen. Sagen Sie mir, wie die Dame aussehen soll, die Sie suchen, und ich bringe eine entsprechende zu Ihnen.«

»Aber ich muss wissen, ob die Chemie zwischen uns stimmt«, wende ich ein.

»Mehr kann ich leider nicht für Sie tun.«

Das Zimmer sieht aus wie in einem ganz normalen Hotel. Ich rauche meine sechste Zigarette und trinke mein zweites Glas, während ich auf meine Gesellschaft warte. Ich weiß nicht, ob ich nervös bin oder bereue, diese Dummheit angefangen zu haben; nach all der Warterei und den vielen Erklärungen, die ich geben musste, bin ich jetzt ziemlich aufgedreht.

Einige Minuten später klopft es an der Tür, und ich gehe, um zu öffnen. Tatsächlich hat der Mann sich genau an meine Vorgaben gehalten: Rocío – mit diesem Namen stellt sie sich vor – ist eine bildhübsche, aus Córdoba stammende Fünfundzwanzigjährige mit einer Modelfigur, großen Augen und einer üppigen schwarzen Lockenmähne. Das Seltsame ist, dass sie so perfekt wirkt, dass ich sie nicht im Geringsten anziehend finde. Sie versucht mich zu küssen, und ich wende mich ab.

»Was ist? Gefalle ich dir nicht?«, fragt sie irritiert.

»Du bist wunderschön, aber ich glaube, ich war etwas voreilig. Wie wäre es, wenn wir einfach nur ein Glas zusammen trinken?«

»Wie du möchtest, aber du musst trotzdem bezahlen.«

»Kein Problem.«

Rocío zieht sich erleichtert die Schuhe aus und bestellt über das Telefon auf dem Nachttisch etwas zu trinken.

»Wie bist du auf die Idee gekommen, ein Bordell aufzusuchen? Du siehst nicht so aus, als ob du so etwas öfter machst«, sagt sie, als wir, entspannt auf dem Bett liegend, rauchen und uns unterhalten.

»Ich habe gerade mit meinem Freund Schluss gemacht und wollte etwas Verrücktes tun.«

»Dann ist es seltsam, dass du hier nicht gefunden hast, was du suchst. Dieses Haus lebt von Junggesellenabschieden und frisch Getrennten.«

»Kommen oft Frauen allein hierher?«

»Fast nie. Manchmal Paare, aber du musst nicht glauben …«

Wir reden eine halbe Stunde lang über alles außer Sex. Ich bin gekommen, um zum ersten Mal ein Abenteuer mit einer Frau zu erleben, und nun gebe ich Rocío Ratschläge über das Leben, die Männer und wie sie das Geld, das sie hier verdient, lukrativ anlegen kann.

Wie es scheint, werde ich endlich erwachsen. Dumm nur, dass ich so bald schon ins Gras beißen werde!

◆

Die Suche nach »der kleinen Lucía« – wie sie in der Presse bereits genannt wird – wird schon bald von dem Viertel, in dem die Familie wohnt, in die angrenzenden Gegenden ausgeweitet. Alberto Abad, der verängstigte Vater, durchkämmt gerade mit einer Gruppe Freiwilliger die Umgebung um einen Fußballplatz, als die Nachricht bekannt wird: Ein Paar hat beim Joggen viele Kilometer entfernt in einem Kiefernwald an der Nationalstraße N-II die Leiche eines Mädchens gefunden.

Daniela Gutiérrez bahnt sich ihren Weg durch die Ansammlung von Journalisten und Neugierigen, die sich am Fundort drängen.

»Wer hat sie entdeckt?«

»Die beiden jungen Leute dort.« Der Polizist, der die Inspectora in den abgesperrten Bereich eintreten lässt, weist mit dem Kinn auf ein Paar in Sportkleidung, das neben einem Krankenwagen steht und dort betreut wird. Die Frau weint, und der Mann hat tröstend die Arme um sie gelegt.

»Achten Sie darauf, dass sie hierbleiben, ich möchte mit ihnen reden. Und sie sollen sich auf keinen Fall der Presse gegenüber äußern.«

Der Polizist nickt und macht sich auf den Weg, um die Anweisungen weiterzugeben.

Daniela geht durch den Kiefernwald zu einer von der Spurensicherung und den Gerichtsmedizinern umstellten Grube. Sie verlangsamt ihre Schritte deutlich, weil sie weiß, dass das, was sie gleich zu sehen bekommt, ihr den Magen umdrehen wird.

Auf dem Boden liegt neben mehreren Markierungen der Spurensicherung die mit einer Thermoplane zugedeckte Leiche des siebenjährigen Mädchens. Ein Windstoß bringt das bleiche Gesicht zutage; das Kind scheint zu schlafen, doch die Würgemale am Hals weisen darauf hin, dass dies nicht der Fall ist.

Daniela geht zu dem Inspector der Spurensicherung, einem kleinen Mann mit einem anhaltenden irritierenden Tick an einem Auge. »Ist es Lucía Abad?«

»Scheint so. Sie wurde vergewaltigt und erdrosselt. Die Leiche riecht nach Desinfektionsmittel, und wenn der Scheißkerl ein Kondom benutzt hat oder einfach nicht gekommen ist, werden wir möglicherweise keine DNA-Spuren finden.« Der Inspector weist mit dem Kinn auf den Rand der Grube. »Dort sind Schuhabdrücke.«

Die Abdrücke stammen von einem Paar Converse All Star in Größe dreiundvierzig, die von so vielen Leuten getragen werden, dass man daraus kaum irgendwelche weiteren Schlüsse ziehen kann. Zwei der Abdrücke sind deutlich, die anderen haben die beiden Jogger zertrampelt. Die erklären, für immer traumatisiert, dass sie neben der Grube stehen geblieben sind, um ein paar Dehnübungen zu machen, und dabei das Mädchen entdeckt haben. Daraufhin haben sie die Polizei verständigt und sich dem Fundort nicht mehr genähert.

Daniela ruft auf dem Kommissariat an, damit man sich die aktenkundigen Pädophilen vornimmt, die in der Umgebung der

Familie Abad wohnen. Außerdem fordert sie die nötigen Gerichtsbeschlüsse an, um sich die Aufnahmen der Überwachungskameras von Geschäften und Bankautomaten in der Nähe des Entführungsorts und des Kiefernwalds, in dem Lucías Leiche abgelegt wurde, ansehen zu können.

Kaum hat Daniela das Kommissariat betreten, kommt einer ihrer Assistenten auf sie zu. »Die Spurensicherung hat bestätigt, dass das Mädchen vergewaltigt und erdrosselt und anschließend mit einem starken keimtötenden Mittel abgewaschen wurde, das sicher alle möglichen DNA-Spuren beseitigt hat. Außerdem scheint es, als habe der Täter ein Kondom benutzt.«

»Habt ihr schon mit den uns bekannten Pädophilen in der Umgebung gesprochen?«

»Es sind fünf im Umkreis von vier Kilometern um den Ort herum, wo die Kleine verschwunden ist. Sie werden seit gestern überwacht.«

»Wir müssen ihre Alibis überprüfen. Die Überwachungskameras?«

»Wir sind dran.«

Der Comisario erscheint in der Tür zu seinem Büro und winkt Daniela herein. Im Fernsehen wird gerade live aus dem Viertel berichtet, aus dem das Mädchen verschwunden ist. Die Eltern und sonstigen Verwandten des Opfers fordern, dass der Täter zur Rechenschaft gezogen wird.

»Die Sache gerät außer Kontrolle«, sagt der Comisario, während er mit der Fernbedienung auf den Bildschirm zeigt. »Mein Telefon klingelt jetzt schon ununterbrochen.«

Daniela richtet ihre Aufmerksamkeit auf den Fernseher. Die Mutter ist am Boden zerstört und kann, offenbar unter dem Einfluss von irgendwelchen Beruhigungsmitteln, nicht sprechen. Der Vater hält sich im Kreise von Verwandten und Freunden etwas besser. »Wir wollen nur, dass der Mörder unserer Tochter seine verdiente Strafe erhält. Dass die Polizei ihre Arbeit macht und ihn möglichst schnell fasst.«

»Er soll sterben!«

Applaus und zustimmende Rufe.

Der Comisario stellt den Ton leiser. »Wir müssen den Fall so schnell wie möglich aufklären, sonst gehen sie auf uns los.«

»Es gibt keine DNA.«

»Na, dann finde etwas anderes.« Das Telefon im Büro des Comisarios klingelt, und er schnaubt, den Blick noch immer auf den Fernseher gerichtet. »Sie werden mir den ganzen Tag über die Hölle heiß machen. Geh an die Arbeit.«

Einer der Kollegen aus ihrem Team wartet im Gang auf sie.

»Wir haben vielleicht was.«

»Schon?«

Die Inspectora folgt ihm ungläubig in den Filmraum. Auf einem Computerbildschirm sind die Aufnahmen von den vier Kameras einer Tankstelle zu sehen, auf der einen die Zapfsäulen, auf einer weiteren die Tankstelle im Ganzen, und die anderen beiden zeigen die Kasse und den Shop.

»Die Tankstelle liegt weniger als einen Kilometer vom Wohnhaus der Familie Abad entfernt. Schau genau hin.«

Ein junger Mann mit einer Jeanscap steigt zum Tanken aus einem weißen VW Golf. Anschließend kauft er sich im Shop ein Erdbeereis und holt zum Zahlen die Kreditkarte hervor. Standbild.

»Jonás Bustos, vierundzwanzig, polizeibekannter Pädophiler.« Der Kollege zeigt auf die Zahlen am Rand des Bildschirms. »Das war um kurz nach halb fünf.«

»Wann ist das Mädchen verschwunden?«

»Um zwanzig nach fünf.«

Daniela betrachtet das Bild mehrere Sekunden lang schweigend.

»Welche Schuhgröße hat er?«

»Laut seiner Akte dreiundvierzig.«

»Aber er trägt keine All Stars.«

»Er könnte die Schuhe gewechselt haben. Diese Mistkerle haben dazugelernt und achten darauf, keine Spuren zu hinterlassen und immer Kondome dabeizuhaben, die sie dann mitnehmen und zu Hause entsorgen.«

»Laut dem vorläufigen Bericht hatte das Mädchen rosafarbene Flecken auf der Zunge. Die könnten vom Erdbeereis stammen«, merkt ein junger Polizist an.

Daniela zögert. Das ist kein besonders stichhaltiger Beweis, aber ein durchaus ernst zu nehmendes Indiz. Sie weiß, dass jeder Anwalt anführen wird, dass Kinder täglich rosafarbene Süßigkeiten essen und dass zwischen dem Moment, in dem der Kunde das Eis gekauft hat, und dem Zeitpunkt von Lucías Entführung fast eine Stunde vergangen ist, sodass es längst geschmolzen sein müsste. Doch wenn sie in dem Auto oder der Wohnung des Verdächtigen eine Kühlbox finden, sähe das Ganze anders aus.

»Gehen wir der Sache nach.«

◆

Ich erwache in besserem Zustand als erwartet und stelle fest, dass es vier Uhr nachmittags ist. Mein Handy meldet sechs verpasste Anrufe, drei davon aus der Redaktion. Als ich das Badezimmer betrete, wird mir schwindelig, und ich kann mich gerade noch abstützen, bevor ich mir den Kopf am Waschbecken aufschlage. Unter der Dusche denke ich an meinen Job. Das Logischste wäre, ihn aufzugeben, da ich mir ja nun keine Gedanken mehr über meinen Lebensunterhalt machen muss. Dennoch beschließe ich, heute mit meinem Chef zu reden und ihm zu sagen, dass ich gehe, weil ich einen Roman schreiben will – die gängigste und glaubwürdigste Ausrede für eine Journalistin.

Während ich mir die Haare föhne, denke ich darüber nach, was ich mit meinem Geld anstellen soll, und mir fallen ein paar reizvolle Dummheiten ein, wie einen Jaguar mit einem zwei Meter großen, glatzköpfigen schwarzen Chauffeur zu mieten, was ich jedoch gleich wieder verwerfe; in Madrid ist es bequemer, Taxi zu fahren. Außerdem habe ich ein Auto, wenn ich eins brauche, einen Peugeot 207, der keine vier Jahre alt ist und nicht mal zwanzigtausend Kilometer auf dem Tacho hat.

Dann kommt mir die Idee zu verreisen, doch auch wenn ich sicher ein bisschen Urlaub machen werde, in der Karibik zum Beispiel, will ich die letzten Tage meines Lebens nicht an einem Ort fern von zu Hause verbringen.

»Wie? Du kündigst? Bist du verrückt geworden?«

Serafin Rubio, mein Chefredakteur, sieht mich durch die dicken Gläser seiner Brille entsetzt an. Man muss viele Unannehmlichkeiten auf sich nehmen, um an einen Posten wie den meinen zu kommen, was keiner besser weiß als er. Und daher will ihm nicht in den Kopf, dass ich den Job einfach so hinschmeiße.

»*El Mundo* hat dich abgeworben, ist es das?«

»Nein, niemand hat mich abgeworben. Ich will mir nur eine Auszeit nehmen. Um einen Roman zu schreiben.«

»Schon wieder eine, die einen verdammten Roman schreiben will!«, schnaubt mein Boss. »Du musst nicht unbedingt einen Roman schreiben, um dich selbst zu verwirklichen. Schau mich an.«

Es fällt mir nicht leicht, ihn davon zu überzeugen, dass es nicht darum geht, mich selbst zu verwirklichen, sondern nur darum, einem Sabbatical einen groben Rahmen zu geben. Er bietet mir eine Gehaltserhöhung an, mehr Urlaub und ein eigenes Büro. Schade, dass ich nicht vorher gewusst habe, wie sehr er mich schätzt. Nachdem er mich danach eine halbe Stunde lang als dämlich und undankbar beschimpft und mir noch ein paar andere Schmeicheleien an den Kopf geworfen hat, begreift er, dass ich tatsächlich gehen will und er nichts dagegen tun kann.

»Okay, du kümmerst dich um die Sache mit dem Mädchen, und dann kannst du dich vom Acker machen. Eine Woche, um mehr bitte ich dich nicht. Dir wird ja wohl nicht einfallen, mich hängen zu lassen!«

Ich hatte nicht vor, noch eine Woche länger zu arbeiten, aber die kann ich ihm nicht verwehren. Serafin hat einen schlechten Ruf in der Branche; neben seinen anderen Charakterschwächen wird ihm ein Faible für junge Volontärinnen nachgesagt, allerdings ist mir nie etwas Derartiges aufgefallen, und mir gegenüber hat er sich stets korrekt verhalten.

»Der Praktikant hat gesagt, dass sie schon einen Verdächtigen haben«, erkläre ich schließlich.

»Dann beweg deinen Arsch, verdammt noch mal!«

Als ich im Kommissariat ankomme, hat sich dort schon die gesamte Schar meiner zukünftigen Ex-Kollegen versammelt. Ich habe nie verstanden, was das bringen soll, aber wir laufen immer wieder alle hin. Álvaro, mein ehemaliger Kommilitone, löst sich aus der Gruppe, die ich mit einem Kopfnicken grüße, und kommt auf mich zu.

»Na, du bist ja früh dran, Martita«, sagt er ironisch. »Wir stehen uns hier schon seit zwei Stunden die Beine in den Bauch.«

»Ich hatte anderes zu tun … Wen haben sie?«

»Einen gewissen Jónas Bustos. Ein junges Bürschchen aus Las Rozas. Er ist auf der Aufnahme einer Tankstellenkamera zu sehen.«

»Wissen sie denn schon, ob er es war?«

»Das ist alles, was wir in Erfahrung bringen konnten. Was hattest du denn so Dringendes zu tun?«

Ich sehe ihn süffisant an, was er mit einem unschuldigen Blick beantwortet.

»Hör mal, du weißt doch, dass ich nach den Nachrichten bezahlt werde, die ich bringe, so wie ein Bäcker sein Brot verkauft. Wenn du was Gutes auf der Pfanne hast, gib mir 'nen Hinweis, okay?«

»Es geht um einen plastischen Chirurgen, der mit der Organmafia zu tun haben soll. Ich hab nicht viel, aber ich bin sicher, dass du etwas finden könntest, wenn du dich reinkniest. Falls du interessiert bist, kannst du die Story haben.«

»Wenn du dich nicht dahinterklemmst, gibt es einen Haken, oder?«, meint er misstrauisch.

»Nein, es gibt keinen Haken. Ich hab im Moment keine Zeit dafür, und mir ist lieber, wenn du von der Sache profitierst als irgendein anderer. Soll ich dir schicken, was ich habe?«

»In Ordnung ...« Álvaro sieht mich an, als würde er mir kein Wort glauben.

Einer der Kameraleute pfeift ihn zu sich.

»Wir gehen eine Kleinigkeit essen, das hier kann noch lange dauern«, sagt mir Álvaro dann. »Kommst du mit?«

»Nein, ich bleib noch eine Weile. Geh ruhig.«

Heute habe ich keine Lust, auszugehen und mich zu unterhalten, als wäre nichts; ehrlich gesagt ist es mir scheißegal, welche Politiker sich wie bereichern und dass die Pole schmelzen. Ich werde eh nicht mehr mitbekommen, was passiert, also sollen sie mich damit in Ruhe lassen.

Ich sende Álvaro die versprochenen Unterlagen, und um elf Uhr abends habe ich bereits so viele Informationen zu dem Lucía-Fall gesammelt, dass ich etwas schreiben und es meinem Chef schicken kann.

Auf dem Rückweg nach Hause fahre ich in der Nähe der Calle Ayala vorbei, und ich bitte den Taxifahrer, mich dort abzusetzen. Ich warte eine Weile mit Blick auf den Eingang des Restaurants, bis endlich der dunkelhäutige Kellner von gestern Abend herauskommt. Er verabschiedet sich von seinen Kollegen und geht dann zu einem kleinen Motorrad, das gegenüber am Gehsteig steht. Er sieht noch besser aus, als ich ihn in Erinnerung hatte. Ich gehe auf ihn zu, während er das Schloss öffnet.

»Hallo«, sage ich.

Ich fühle mich lächerlich, als ich an seinem Blick erkenne, dass er keine Ahnung hat, wer ich bin.

»Ich habe gestern Abend mit ein paar Freundinnen in Ihrem Restaurant gegessen«, erkläre ich.

»Ah ...« Er lächelt. »Wenn Sic sich über das Essen beschweren wollen, ich serviere es nur.«

»Nein, ich bin hier, weil ich Sie einladen möchte, etwas mit mir zu trinken. Haben Sie Lust?«

»Tut mir leid, ich muss dringend nach Hause.«

»Ich kann Sie bezahlen. Was halten Sie von fünfhundert Euro?«

Während ich das sage, wird mir klar, wie verzweifelt ich wirken muss, und bereue meine Worte gleich wieder. Bisher war immer ich diejenige, der man für ein Rendezvous alles Mögliche versprochen hat. Er sieht mich verblüfft an und lächelt dann, wobei seine weißen Zähne die ganze Straße erleuchten.

»Es ist nicht nötig, dass Sie mich bezahlen«, sagt er schließlich. »Ich gehe gern etwas mit Ihnen trinken, nur heute geht es nicht. Ich kann den Babysitter meines Sohnes nicht warten lassen.«

»Sie sind verheiratet?«

»Getrennt. Wir sehen uns ein andermal, okay?«

Ich nicke mit einem wahrscheinlich ziemlich dämlichen Gesichtsausdruck, und er startet sein Motorrad und fährt über die einsame Straße davon. Ich sehe ihm nach, bis er verschwunden ist, und bleibe noch fünf Minuten auf der Stelle stehen, um zu überlegen, was ich nun machen soll.

Natürlich bin ich nach der Sause von gestern Abend todmüde und würde mich am liebsten ins Bett legen, aber ich will unbedingt die sechstausend Euro, die mir für den zweiten Tag des Countdowns zur Verfügung stehen, auf den Kopf hauen. Niemals hätte ich gedacht, dass es zu einem Problem werden kann, Geld zu verprassen. Vielleicht sollte ich mir das mit dem Jaguar und dem glatzköpfigen schwarzen Chauffeur doch noch mal überlegen.

Ich gehe bei mehreren Geldautomaten vorbei und hebe insgesamt fünftausend Euro ab, denn ich will nicht voreilig sein, solange ich das Geld für die Wohnung noch nicht habe. Bisher hat sich Germán, mein Immobilienfreund, noch nicht gemeldet.

Als ich den letzten Bankautomaten hinter mir lasse, habe ich bereits beschlossen, mir jemanden zu suchen, der mein Geld verdient, um es ihm einfach zu schenken.

Ich komme zur Gran Vía und sondiere auf der Suche nach einem würdigen Empfänger meines Geldes jeden, der mir entgegenkommt. Dafür, dass es bereits nach zwei Uhr in der Nacht ist, ist relativ viel los. Eine Gruppe betrunkener Jugendlicher kommt an mir vorbei, und ihr offensichtlicher Wortführer bietet mir einen schnellen Fick an, was seine Freunde ausgesprochen witzig finden, aber ich ignoriere ihn und gehe weiter.

Immer wieder bleibe ich stehen, um mir jeden Bettler und jede Bier verkaufende Chinesin genau anzusehen, aber keiner von ihnen weckt in mir irgendein Interesse; die Bettler würden das Geld wahrscheinlich in den Alkohol der Chinesinnen investieren und sich totsaufen, und die Chinesinnen müssten es an die Mafia abdrücken, die sie ausbeutet. Trotzdem stecke ich in den Plastikbecher jedes Bettelnden fünfzig Euro und setze meinen Weg fort. Die Danksbeteuerungen in meinem Rücken sind mir unangenehm, weshalb ich einen Schritt zulege.

Die Prostituierten zu sondieren ist nicht ganz so leicht, denn jedes Mal, wenn sie meine Blicke bemerken, kommen sie sofort zu mir, um sich anzubieten. Für sie scheint es nicht so absonderlich wie für den Taxifahrer und den Mann im Bordell zu sein, dass eine Frau die Dienste einer Prostituierten in Anspruch nimmt. Ich muss regelrecht vor ihnen flüchten und bringe mich in einer dunklen Gasse in Sicherheit.

Die ist kaum beleuchtet, und ich entdecke nur zwei Südamerikaner, die in einem Hauseingang einen Joint rauchen. Einer der beiden, der eine Cap der New York Knicks trägt, stößt seinen Freund mit dem Ellbogen an, als ich mich nähere.

»Hallo, Süße, hast du vielleicht 'ne Zigarette?« Er stellt sich mir in den Weg.

»Nein.«

»Und 'n Handy? Lässt du mich mal telefonieren?«

Der mit der Cap versucht mich festzuhalten, aber ich stoße ihn weg und renne.

»Schnapp sie dir!«, ruft einer dem anderen zu.

»Lauf nicht weg, Mädchen! Wir tun dir nichts!«

Ich rutsche aus, deshalb haben sie mich an der Ecke fast, doch es gelingt mir erneut, mich loszureißen und wegzurennen, bis ich sie ein paar Straßen weiter abgehängt habe.

Hyperventilierend und völlig erschöpft von der Anstrengung, lehne ich mich gegen das Schutzgitter eines Handygeschäfts. Gegenüber steht ein Baustellencontainer, aus dem mehrere rostige Rohre hervorschauen.

In diesem Moment werde ich mir erneut meiner Lage bewusst, und ich beschließe, nie mehr davonzulaufen, schon gar nicht vor zwei Gaunern, die sich mir nur überlegen fühlen, weil sie Männer sind. Von nun an bin ich nicht mehr das schwache Geschlecht und werde mich nie wieder von irgendjemandem einschüchtern lassen. Es macht eh keinen Sinn, Angst zu haben, weil ich sowieso schon an der Schwelle des Todes stehe. Doch ich muss den Übeltätern die Stirn bieten, dafür sorgen, dass sie nicht länger ungeschoren davonkommen. Außerdem tun sie mir einen Gefallen, wenn sie mich umbringen und mir zwei Monate physisches und psychisches Leid ersparen.

Ich gehe, das etwa einen halben Meter lange Stück Metall hinter dem Rücken versteckt, auf die beiden zu. Sie sehen mich erst, als ich nur noch ungefähr zwanzig Schritte entfernt bin.
»Was wolltest du von mir haben? Mein Handy?«
Die beiden schrecken auf und nähern sich mir vorsichtig. Die schlechte Beleuchtung verhindert, dass sie sehen, was ich vor ihnen verberge.
»Um kurz bei meiner Alten anzurufen. Macht dir doch nichts aus, oder?«
»Natürlich nicht«, entgegne ich ruhig. »Komm her und hol es dir.«
Die beiden Gauner tauschen einen Blick und lächeln mich dann überheblich an. Der mit der Cap ist der Erste, der auf mich zutritt. Ich halte das Rohr mit aller Kraft umklammert und verpasse ihm damit einen Schlag direkt aufs Maul. Dabei kann ich spüren, wie der Knochen bricht, und sehe, wie er Blut und Zähne spuckt.
Der andere schlägt mir auf den Arm, wodurch mir meine improvisierte Waffe aus der Hand fällt. Als ich darauf reagieren will, rammt er mir die Faust in den Magen, und ich sinke zusammengekrümmt auf die Knie.
»Dir zeigen wir's, du Nutte!«
Er will sich gerade auf mich stürzen, als sich hinter ihm ein Schatten nähert und ihm etwas ins Gesicht sprüht. Der Typ brüllt wie ein Ochse im Schlachthof.
»Los, lauf!«
Der Schatten packt mich am Arm, und wir rennen davon. Der mit der Cap, der immer noch auf dem Boden liegt, hält sich beide Hände über den Mund, aus dem das Blut nur so hervorsprudelt, während sich sein Freund verzweifelt die Augen reibt.

Als wir schließlich stehen bleiben, kann ich mir meinen Retter – beziehungsweise meine Retterin – endlich genauer ansehen. Es handelt sich um eine überraschend hübsche junge Frau von Anfang zwanzig, mit blondem Haar und intensiv grünen Augen, deren Blick mir sagt, dass sie durchaus erfahren in solchen Situationen ist. Sie ist groß und hat Klasse, trotz ihrer auffälligen Brüste, die zu groß sind und die Figur, die vorher wahrscheinlich perfekt gewesen ist, ein wenig unförmig erscheinen lassen. Ich frage mich, warum, zum Teufel, sie sich hat operieren lassen, als mir bewusst wird, dass ein solcher Vorbau in dem Beruf, den sie gewählt hat, sicher eine gute Reklame ist.

»Danke«, sage ich, als ich mich von der Überraschung erholt habe.

»Ich hab gesehen, was du getan hast«, sagt sie vorwurfsvoll. »Wenn du unbedingt sterben willst, wär's besser, aus dem Fenster zu springen.«

»Ich wollte ihnen nur eine Lektion erteilen.«

»Einem von ihnen hast du das Gesicht zertrümmert.«

»Und ich hab mich dabei wie Gott gefühlt«, sage ich lächelnd.

Die junge Frau sieht mich an, als ob ich verrückt wäre, gibt mein Lächeln dann aber in abgeschwächter Form zurück.

»Du blutest.«

»Was?«

»Am Arm. Du blutest.«

Ich betrachte meinen Arm und entdecke die Wunde. Der Typ hat mich in Wirklichkeit nicht geschlagen, sondern mit dem Messer attackiert. Das erhöhte Adrenalin hat dafür gesorgt, dass ich nichts gespürt habe. Bis jetzt.

»Du solltest die Wunde desinfizieren.«

»Wenn ich ins Krankenhaus gehe, stellen sie mir zu viele Fragen.«

»Sag, du bist überfallen worden. So wie du aussiehst, bezweifelt keiner, dass du ein wehrloses Opfer bist.«

»Ehrlich gesagt, hab ich keine Lust, den Rest der Nacht im Krankenhaus und auf dem Kommissariat zu verbringen. Du wohnst nicht zufällig in der Nähe?«

Die junge Frau mustert mich von oben bis unten, bevor sie sich zu fragen entschließt: »Bist du eine Lesbe oder so was?«

»Ich glaube nicht, dass du dich vor mir fürchten musst. Die paarmal, die ich es versucht habe, sind ziemlich in die Hose gegangen.«

»Das ist gut, weil ich nämlich nicht auf Frauen stehe. Komm mit.«

»Wie heißt du?«

»Nicoleta.«

Nicoleta spricht so gut Spanisch, dass ich eine Weile brauche, bis ich begreife, dass sie Rumänin ist. Sie wohnt in einem kleinen Appartement im Chueca-Viertel, nur wenige Minuten Fußweg von der Gran Vía entfernt. Die Wohnung ist sauber und aufgeräumt, und an den Wänden hängen gerahmte alte Filmplakate. Nicoleta geht mit mir in das winzige Badezimmer, und ich setze mich auf den geschlossenen Toilettendeckel.

»Zieh dich aus.«

Ich lege die Bluse ab und stelle fest, dass die Schnittwunde deutlich tiefer ist, als ich erwartet habe.

Nicoleta schaut sie sich ebenfalls an und zieht die Nase kraus. »Mädchen, das muss genäht werden.«

»Tu, was du kannst, ich geb dir dafür hundert Euro.«

»Und dann haust du ab, und wir sind uns nie begegnet?«

»Wegen mir gern.«

»Zweihundert. Weil ich hier die Krankenschwester spielen muss. Und im Voraus.«

Nicoleta zieht sich ein paar Einweghandschuhe an und reinigt vorsichtig meine Wunde. Mein Blick fällt auf ein Plakat des Films *Über den Dächern von Nizza*, das neben der Dusche hängt, und mir wird bewusst, dass meine Gastgeberin große Ähnlichkeit mit Grace Kelly hat.

»Magst du Filme?«

»Die Plakate hingen schon hier, als ich eingezogen bin.«

»Die Ähnlichkeit ist verblüffend«, sage ich und weise mit dem Kinn auf die Schauspielerin.

Nicoleta sieht kurz hin und lächelt traurig. »Manchen Kunden gefällt es, wenn ich mich anziehe wie sie. Dabei hat mein Leben so gar nichts mit dem einer Prinzessin zu tun …«

Sie beendet die Reinigung der Wunde und legt einen Verband an. »Fertig. Wegen mir halt das aus, aber an deiner Stelle würde ich ins Krankenhaus gehen.«

»Danke.«

»Für die zweihundert Euro hast du noch eine halbe Stunde gut. Falls du etwas trinken möchtest …«

Ich nehme das Angebot an, sage aber, dass ich vorher gern duschen würde. Nicoleta meint, dass ich das besser früher gesagt hätte, und zieht mir eine Plastiktüte über den Arm mit dem Verband.

Als ich mich abtrockne, kommt sie im Pyjama ins Bad und gibt mir ein Shirt von Sfera, das schon ein paar Jahre alt zu sein scheint. »Hier, nimm. Es ist nicht besonders hübsch, aber in etwa deine Größe. Ist auf jeden Fall besser als deine Bluse mit dem Blutfleck.«

Ich bedanke mich, ziehe das Shirt an und setze mich aufs Sofa, um mir den angebotenen Drink zu gönnen. Nicoleta macht sich einen Tee, steckt sich einen Joint an und lässt sich neben mir nieder. Dann erzählt sie mir, dass sie aus Sibiu stammt, das mitten in Transsilvanien liegt, und darauf spart, zu ihrer Familie zurückkehren zu können.

»Sind die Flugtickets so teuer?«, frage ich naiv.

»Du hast ja keine Ahnung!«, antwortet sie und stößt eine Rauchwolke aus.

Sie fragt mich nach meinem Job, und ich erkläre ihr, dass ich Journalistin bin und mich gerade mit dem Fall der kleinen Lucía beschäftige.

»Unfassbar, wie viel Abschaum es in der Welt gibt«, sagt sie. »Irgendwer sollte sich darum kümmern und solche Kerle zur Hölle schicken!«

Ich fühle mich hier ausgesprochen wohl, sodass ich für einen Freundschaftspreis von hundertfünfzig Euro noch eine Stunde dranhänge. Nicoleta versucht mich zu unterhalten, indem sie mir von Rumänien erzählt, von dem Fitnesscenter, in das sie jeden Morgen geht, und von erregten Kunden, die wollen, dass sie ihnen in den Mund uriniert. Dann schläft sie auf dem Sofa ein.

Ich bin versucht, ihr im Badezimmer die fünftausend Euro zu hinterlassen, besinne mich aber eines Besseren und beschränke mich auf tausend. Sie hat mir das Leben gerettet, weshalb sie das Geld mehr als jeder andere verdient hat, aber irgendetwas sagt mir, nicht voreilig zu sein. Aus irgendeinem Grund bin ich mir sicher, dass ich Nicoleta noch einmal wiedersehen werde und ihr dann den Rest geben kann.

✦

Durch den Einwegspiegel beobachtet Daniela Gutiérrez zusammen mit einem Psychologen und zwei Kollegen schon seit mehr als zwei Stunden Jonás Bustos, der im Vernehmungsraum sitzt. Der Verdächtige ist ein schlanker, gut gekleideter junger Mann. Vom Alter her und so, wie er aussieht, könnte er ihr Sohn David sein, würde er noch leben. Er wirkt ruhig, vollkommen gleichmütig.

Daniela spricht den Psychologen an, ohne den Blick von dem Verdächtigen zu wenden. »Ein unschuldiger Mensch, dem man vorwirft, ein siebenjähriges Mädchen ermordet zu haben, würde die Wände hochgehen, oder?«

»Das wäre das Normalste, ja. Und er hätte nicht gleich nach einem Anwalt gefragt.«

Einer der Assistenten der Inspectora betritt mit müdem Gesichtsausdruck und einer Akte in der Hand den Raum. »Nichts. Alle uns bekannten Pädophilen in dieser Gegend haben ein Alibi. Sie wurden direkt nach dem Verschwinden des Mädchens überprüft.«

Daniela richtet den Blick wieder auf Jonás und ist sich sicher, dass sie diesmal tatsächlich auf Anhieb den Richtigen erwischt haben. »Und die Kühlbox?«

»Keine Spur.«

»Sucht weiter.«

Das Handy der Inspectora vibriert, und sie entfernt sich ein wenig von der Gruppe, bevor sie den Anruf entgegennimmt. »Inspectora Daniela Gutiérrez.«

»Guten Abend, ich rufe aus dem Kommissariat von Arganzuela an. Wir haben hier Ihren Sohn Sergio. Er wurde erwischt, als er während eines Konzerts Marihuana verkauft hat.«

»Mist ... Hatte er viel dabei?«

»Wenig. Wenn Sie möchten, schicken wir ihn nach Hause.«

»Nein, er soll die Nacht ruhig im Knast verbringen. Ich hol ihn morgen früh ab.«

Eilig betritt einer ihrer Kollegen den Raum. »Der Anwalt ist gerade auf den Parkplatz vorgefahren.«

Daniela bedankt sich für den Anruf und verabschiedet sich von ihrem Gesprächspartner. Sie greift nach einer Mappe und geht damit zusammen mit ihrem Assistenten und einem weiteren Polizist in den Vernehmungsraum. Jonás Bustos regt sich nicht.

»Ihr Anwalt ist da.« Sie legt die Mappe auf den Tisch, aus der wie geplant die eindeutigsten und brutalsten Fotos des leblosen Körpers der kleinen Lucía hervorschauen.

Jonás Bustos wendet sichtlich unbehaglich den Blick ab. Das ist genau die Reaktion, die die Ermittler erwartet haben.

»Entschuldigen Sie«, sagt Daniela Gutiérrez und steckt die Fotos zurück in die Mappe.

»Ich war es nicht.«

»Sie sollten nichts sagen, solange Ihr Anwalt noch nicht hier ist.«

Joaquín Macías ist ein erfahrener Anwalt, der es gewohnt ist, die übelsten und medienwirksamsten Verbrecher zu vertreten, und zum Unglück für den Rest der Gesellschaft ist er der Beste seines Fachs. Wenn er angerufen wird, um einen so hässlichen Fall wie diesen zu übernehmen, weist er ihn gern zurück, doch es ist nun mal so, dass alle das Recht auf die bestmögliche Verteidigung haben. Außerdem fällt ihm dann immer sehr schnell das Haus ein, das er gerade in Cádiz bauen lässt, die Terrakottaböden, die seine Frau unbedingt haben will, und die Gestaltung des dreitausend Quadratmeter großen Gartens, die beinahe teurer ist als die gesamte Inneneinrichtung.

»Inspectora Gutiérrez«, sagt er zur Begrüßung mit gewichtiger Stimme. »Es tut mir leid, dass wir uns unter diesen Umständen wiedersehen.«

»Mir tut das mindestens genauso leid, glauben Sie mir.«

»Ist alles in Ordnung, Jonás? Brauchst du etwas?«, wendet sich der Anwalt an seinen Klienten, nachdem er alle anderen Anwesenden mit einem Kopfnicken begrüßt hat.

»Ich will das hier hinter mich bringen und zurück nach Hause.«

»Wenn Sie uns die Wahrheit sagen, Jonás, sind wir hier ganz schnell fertig«, sagt die Inspectora.

»Was wird ihm vorgeworfen?«

»Noch gar nichts. Wir wollen ihm nur ein paar Fragen stellen.«

»Wenn Sie ihm nur ein paar Fragen stellen wollen, müssen Sie ihn nicht so behandeln, als wäre er bereits verhaftet, Inspectora«, protestiert der Anwalt.

»Er ist weggelaufen. Widerstand gegen die Staatsgewalt.«

Der Anwalt sieht seinen Klienten fragend an.

»Die sind einfach so auf mich zugekommen«, rechtfertigt sich der junge Mann. »Woher soll ich denn wissen, was die von mir wollen?«

Daniela zeigt Jonás Bustos ein Foto von Lucía Abad, auf dem sie zusammen mit einem Schäferhundwelpen zu sehen ist. »Kennen Sie dieses Mädchen?«

»Nein«, sagt er hastig und wendet dabei den Blick von dem Bild ab.

»Nein? Sie haben sie nicht im Fernsehen gesehen?«

»Doch, im Fernsehen ja. Das ist das Mädchen, das umgebracht worden ist.«

»Sie hieß Lucía Abad.«

»Ich hab sie nicht getötet.«

»Genau das werden wir herausfinden, keine Sorge.« Die Sicherheit der Inspectora beunruhigt den Pädophilen sichtlich. »Bist du ab und zu mal in Alcorcón unterwegs, Jonás?«

»Hin und wieder, aber das bedeutet doch nichts.«

»Nein, aber dass du, kurz bevor das Mädchen entführt wurde, weniger als einen Kilometer entfernt gesehen wurdest, das schon.«

»Ich hoffe, dass Sie noch etwas mehr haben«, erklärt Macías.

»Einen Schuhabdruck in Größe dreiundvierzig.« Daniela nimmt ein weiteres Foto aus der Mappe und zeigt es dem jungen Mann. »Kommen die Ihnen bekannt vor? In Ihrem Schrank haben Sie vier Paare davon. Es ist nur eine Frage der Zeit, bis unsere Spezialisten Spuren von der Erde des Leichenfundorts oder ein Haar des Mädchens an einem Ihrer Schuhe finden.«

Das verstohlene Grinsen im Gesicht des Verdächtigen lässt darauf schließen, dass sie gar nichts finden werden; womöglich hat er die Schuhe, die er während des Verbrechens getragen hat, bereits verschwinden lassen. Dennoch gibt Daniela das Grinsen, fest von seiner Schuld überzeugt, zurück. Wie sie gesagt hat, ist es nur eine Frage der Zeit.

»Essen Sie gern Erdbeereis, Jonás?«

»Sehr gern. Ist meine Lieblingssorte.«

»Ich habe Sie gefragt, weil wir eine Aufnahme von Ihnen haben, wie Sie gerade Erdbeereis kaufen, und das Mädchen hatte rosafarbene Flecken auf der Zunge. Was für ein Zufall, nicht?«

»Sie haben nur gegenstandslose Indizien, Inspectora«, wendet Macías ein.

Daniela versucht, den Verdächtigen unter Druck zu setzen, der jedoch streitet, unterstützt von seinem Anwalt, alles ab. Sie haben nichts anderes als eine Filmaufnahme, die vor der Tat gemacht wurde, und Schuhabdrücke von einem äußerst gängigen Modell. Außerdem erklärt der junge Mann, dass er am Vortag bei seiner Mutter gewesen ist und gemeinsam mit ihr ferngesehen hat.

»Haben Sie gestern den späten Nachmittag und den Abend tatsächlich in Gesellschaft Ihres Sohnes verbracht, Señora?«, fragt Daniela die Mutter des Verdächtigen zweifelnd.

»Ja, wir waren zu Hause und haben ferngesehen.«

»Ab wann?«

»Von Beginn der Serie an.«

»Ich weiß, dass Sie ein guter Mensch sind, aber wenn Sie mich belügen, macht Sie das zur Komplizin bei der Vergewaltigung und Ermordung eines siebenjährigen Mädchens.«

»Einspruch«, protestiert der Anwalt.

»Ich lüge nicht«, sagt die Frau, die es nicht wagt, der Inspectora in die Augen zu sehen. »Jonás war bei mir.«

»Überlegen Sie mal, was Ihr Sohn getan hat. Verdient er dafür nicht die gerechte Strafe?«

Daniela zeigt Jonás' Mutter die Fotos von der misshandelten, vergewaltigten und tot in einer Grube zurückgelassenen Lucía Abad, während der Anwalt erneut protestiert.

Die Frau zögert einen Moment. Vielleicht sollte sie doch die

Wahrheit sagen; dass Jonás erst nach acht zu ihr gekommen ist, dass er nach Desinfektionsmittel gerochen und sein Blick leicht glasig gewirkt hat. Aber er ist doch ihr kleiner Junge! Diese Leute kennen ihn nicht; Jonás ist liebevoll, aufmerksam und hilfsbereit. Er ist ein guter Mensch mit einer Krankheit, wegen der er bereits in Behandlung ist.

Sie und ihr Mann vertrauen darauf, dass ihn die Psychiater noch retten können, und sie wissen, dass, wenn sie gegen ihn aussagen, dies sein Todesurteil bedeutet, denn ihr Kleiner würde im Gefängnis nicht lange überleben.

»Uns bleiben nur wenige Stunden, um Jonás Bustos' Schuld zu beweisen, dann müssen wir ihn freilassen.« Die Inspectora spricht mit ihrem Team, das sie in ihrem Büro versammelt hat. »Wo seid ihr dran?«

»Die Familie hat ein Haus in Hoyo de Manzanares, in dem sich der Sohn häufig aufhält. Wir haben bereits einen Durchsuchungsbeschluss beantragt.«

»Haltet mich auf dem Laufenden. Und sucht nach der verdammten Kühlbox.«

Daniela Gutiérrez geht gegen drei Uhr morgens nach Hause, nachdem sie jede Menge Akten und Berichte studiert hat. Sie ist fest davon überzeugt, dass Jonás Bustos die kleine Lucía Abad vergewaltigt und ermordet hat.

Als sie an der Gran Vía vorbeikommt, sieht sie, wie die Besatzung eines Krankenwagens sich um einen jungen Südamerikaner kümmert, dem jemand, möglicherweise mit einem Baseballschläger, das Gesicht zertrümmert hat. Sie setzen ihm eine Sauerstoffmaske auf, um ihn anschließend ins Krankenhaus zu bringen.

Zu Hause angekommen, ruft sie auf dem Kommissariat in Arganzuela an, um nachzufragen, wie es Sergio geht, und erfährt, dass er ruhig in seiner Zelle schläft. Anschließend durchsucht sie das Zimmer ihres Sohnes und findet eine Flasche Whisky.

Sie schenkt sich ein Glas ein und führt es an die Lippen, versucht jedoch, sich zusammenzureißen, und diesmal gelingt es ihr.

✦

Nicoleta erwacht auf dem Sofa und braucht eine Weile, um zu realisieren, wo sie sich befindet. Dann fällt ihr wieder ein, dass sie eine Unbekannte in ihre Wohnung gelassen hat. So etwas darf nicht passieren!, sagt sie sich erschreckt.

Voller Panik, dass man sie ausgeraubt haben könnte, sieht sie sich um, dann eilt sie zu der hinten im Vorratsschrank versteckten Kaffeedose. Die dreihundert Euro, die sie für die monatliche Miete gespart hat, sind noch da. Sie atmet erleichtert auf und geht ins Bad. Erst als sie sich aufs Klo setzt, entdeckt sie die Geldscheine auf dem Waschbeckenrand.

»Verdammt ...«

Die Hälfte der tausend Euro steckt sie in die Kaffeedose und sieht anschließend beim Frühstück im Fernsehen Bilder der kleinen Lucía, als sie noch am Leben war, und des mutmaßlichen Mörders, der festgenommen wurde, aber noch nicht gestanden hat. Dann räumt sie die Wohnung auf, für die Kunden, die sie wie jeden Tag hier bedienen wird.

Wenig später verlässt sie die Wohnung, gekleidet wie eine normale junge Frau und mit Brille und Pferdeschwanz. Ohne die auffallend üppige Oberweite, die sie unter einem für die Hitze an diesem Tag zu warmen Sweatshirt versteckt, könnte man sie für eine hübsche Studentin oder ein Model halten. Wenn das Ganze endlich vorbei ist, wird sie sich die Implantate wieder entfernen lassen, das hat sie sich fest vorgenommen.

Sie klingelt an der Sprechanlage ihrer Vermieterin.

»Hast du die Miete?«

»Ich hab doch gesagt, dass Sie die diese Woche kriegen, Doña Julia.«

Doña Julia zählt die fünfhundert Euro Schein für Schein ab, ohne innezuhalten und darüber nachzudenken, was die junge Frau, die so alt ist wie ihre Enkelin, hat tun müssen, um sie zu verdienen. »Die Leute unter dir beschweren sich über den nächtlichen Lärm.«

»Beschwere ich mich darüber, dass ihre Kinder um acht Uhr morgens den Fernseher anmachen?«

Während sie mit der U-Bahn zum Fitnessstudio fährt, ruft jemand mit einer unbekannten Nummer auf ihrem Handy an. Sie zieht sich in den hintersten Winkel des Waggons zurück und geht ran.

»Hallo, Violeta.« Das ist der Name, den Nicoleta üblicherweise in ihren Annoncen verwendet. »Ich hab deine Anzeige gesehen und möchte wissen, ob du es auch griechisch machst.«

»Kommt drauf an, wie üppig du bestückt bist.«

»Normal.«

»Dann ja. Achtzig die halbe Stunde und hundertfünfzig für sechzig Minuten.«

»Bist du wirklich Spanierin?«

»Hundert Prozent andalusisch, ›mi arma‹. Wann willst du kommen?«

»Ich ruf noch mal an. Bis gleich.«

»Auf Nimmerwiederhören«, murmelt Nicoleta, als er das Gespräch schon beendet hat, weil die meisten sich nie wieder melden.

Sie denkt an die Frau vom Vorabend, die mit der Stichwunde. Hoffentlich hat sie sich nicht in Schwierigkeiten gebracht, weil sie der Unbekannten geholfen hat, aber sie schien in Ordnung und ist, wie Nicoleta an diesem Morgen entdeckt hat, ziemlich großzügig.

Wobei etwas Beunruhigendes in ihrem Blick gelegen hat. Irgendetwas hat nicht mit ihr gestimmt, vielleicht ist sie eine Psychopathin, aber Psychopathen hat Nicoleta jeden Tag ein paar, und sie haben für sie ihren Schrecken verloren.

Sie hofft, die Frau noch einmal wiederzusehen, auch wenn sie dann vielleicht mit ihr schlafen muss; die Frauen, die normalerweise ihre Dienste in Anspruch nehmen, sind in der Regel zu alt, um bei ihr etwas anderes als Ekel zu erregen, die Journalistin hingegen hat sie gemocht.

Erneut klingelt ihr Handy, und wieder ist es eine unbekannte Nummer. Mechanisch meldet sie sich.

»Hallo?«

»Nicoleta?«

Nicoleta läuft es eiskalt den Rücken hinunter, als sie die tiefe Stimme mit dem starken russischen Akzent erkennt, die sie mit ihrem richtigen Namen anspricht.

»Ja.«

»Ich bin's, Yurik. Cornel ist in der Stadt und will dich sehen. In einer Stunde in deiner Wohnung.«

Nicoleta eilt zurück nach Hause, macht sich zurecht wie eine billige Nutte – so wie Cornel es mag – und versteckt neben der Spüle achthundert der sechshundert Euro aus der Kaffeedose. Als es an der Tür klingelt, atmet sie tief durch und zwingt sich zu ihrem strahlendsten Lächeln.

»Lang nicht gesehen, Cornel.« Sie wirft sich in seine Arme und grüßt mit einem Kopfnicken den Leibwächter. »Yurik.«

Cornel Popescu ist Rumäne in den Fünfzigern, ein eiskalter Mensch, was man schon an seinem Blick erkennen kann. Jedes Mal, wenn Nicoleta seine teure Kleidung und seine Goldketten sieht, denkt sie daran, wie oft sie dafür die Beine hat breit machen müssen.

Yurik, ein ehemaliger russischer Boxer, der über hundertfünfzig

Kilo auf die Waage bringt und den Cornel in Moskau kennengelernt hat, als er dort auf der Suche nach einer Ehefrau war, wirft einen schnellen Blick in die Wohnung. »Ich warte unten.«

Yurik geht, und Nicoleta zittert am ganzen Leib, was sie mühsam zu überspielen versucht. Cornel sieht sich lächelnd um.

»Ich freue mich, dass es dir gut geht, Nicoleta.«

»Danke, dass du mich hier alleine arbeiten lässt, Cornel. So verdiene ich mehr.«

»Hast du Visinata?«

»Natürlich.«

Nicoleta serviert ihm ein Glas von dem rumänischen Sauerkirschlikör, während sich Cornel in der Küche umsieht. Er weiß genau, wonach er sucht, öffnet den Schrank, greift nach der Kaffeedose und sieht hinein.

»Du scheinst ja nicht gerade viel zu verdienen«, sagt er, während er die Dose schüttelt.

»Ich hab heute die Miete bezahlt.«

»Weißt du, wie viel du mir noch schuldest?«

»Fünfzehntausend Euro«, sagt Nicoleta nickend.

»In dem Tempo wirst du deine Schulden nie los.« Cornel nimmt die zweihundert Euro aus der Dose und steckt sie in die Jackentasche, aus der er dann eine kleine Plastiktüte hervorzaubert. »Zum Beispiel für das Geschenk, das ich dir mitgebracht hab.«

Cornel legt das Tütchen mit dem Heroin auf den Tisch, doch Nicoleta wendet den Blick ab. »Das nehm ich nicht mehr, Cornel.«

»Das hab ich gehört, aber du fickst besser, wenn du high bist.«

»Ich tue, was du willst, auch ohne das Zeug.« Nicoleta geht, so verführerisch sie kann, auf ihn zu. »Du wirst keinen Grund haben, dich zu beschweren, das versichere ich dir.«

»Ich will, dass wir beide es nehmen«, beharrt Cornel. »Zu Hause mit meiner Frau und den Kindern kann ich mich nie entspannen.«

»Nein, wirklich nicht, Cornel. Ich würde lieber ...«

Die Ohrfeige, die Cornel ihr verpasst, lässt Nicoleta verstummen. Mit den Ringen an seinen Fingern hat er ihr eine kleine Wunde zugefügt und wischt den Tropfen Blut, der daraus hervorquillt, mit einem Taschentuch aus seiner Jackentasche ab.

»Mach den Schuss fertig, Nicoleta.«

Cornel, die Flasche Visinata in der Hand, macht Musik an, und Nicoleta bereitet für sie beide einen Schuss vor. Nach dem ersten fordert er sie auf, nackt für ihn zu tanzen, und nachdem er sie gezwungen hat, sich auch den zweiten Schuss zu setzen, macht er mit ihr, was er will.

Als Cornel Popescu drei Stunden später geht, nachdem er es mit Nicoleta in sämtlichen vorstellbaren Positionen getrieben hat, sind ihre Schulden um dreihundert Euro gestiegen. Wie ihr geht es vielen Frauen in allen Teilen der Welt. Während sie versuchen, das zu bezahlen, was sie angeblich an Reisekosten und Unterhalt schulden, um ihre Papiere wiederzubekommen, die man ihnen bei der illegalen Einreise weggenommen hat, werden sie gezwungen, Drogen zu nehmen, und ihre Schulden steigen erneut, aber immer in kleinen Dosen, damit sie ihre Träume nicht verlieren.

Beinahe keiner von ihnen gelingt es, diesem Teufelskreis zu entkommen, nicht einmal durch Selbstmord, da dann ihre Familien dran sind.

✦

Gleich nach dem Aufwachen schaue ich als Erstes in den digitalen Zeitungen nach, ob ich irgendetwas über die beiden Gauner von gestern Abend entdecke. Schon bald habe ich einen kleinen Artikel gefunden:

Schlägerei zwischen zwei Banden endet mit einem Verletzten. Jorge W.A. trug mehrere Frakturen im Gesicht davon. Sein Zustand ist stabil.

Ich lächle zufrieden, zumal sie nicht einmal den Mumm hatten, auszusagen, dass es eine Frau war, die einem von ihnen die Visage zertrümmert hat. Dann betrachte ich mich im Spiegel. Abgesehen von dem Verband, den Nicoleta mir letzte Nacht angelegt hat, sehe ich aus wie immer.

Ich dusche und kümmere mich um meine Wunde. Die sieht gar nicht mehr so übel aus, dennoch suche ich im Arzneischränkchen die Packung Tabletten, die mir der Arzt wegen einer Schnittwunde verschrieben hat, die ich mir letztens beim Aufbau eines IKEA-Schranks zugezogen habe. Zusammen mit der Medizin gegen meinen Tumor nehme ich eine davon.

Beim Ausleeren meiner Tasche entdecke ich die Visitenkarte der Psychologin, die mir Doktor Oliver gegeben hat, und beschließe, dass es nicht schaden kann, sie mal anzurufen. Ein wenig Unterstützung kann ich gut gebrauchen. Ich stelle fest, dass mir erste seltsame Gedanken kommen. Das, was letzte Nacht passiert ist, hat mich geradezu in Euphorie versetzt, die ein normaler Mensch bei so etwas nicht empfinden sollte.

»Doktor Molina?«

»Ja, guten Tag.«

»Mein Name ist Marta Aguilera. Doktor Oliver hat mir Ihre Telefonnummer gegeben. Könnte ich einen Termin bei Ihnen machen?«

Frau Doktor Molina scheint in ihrem Kalender nachzusehen, denn sie schlägt geräuschvoll die Seiten um. Der ist offenbar nicht so voll, wie sie es gern hätte; die Leute sind immer noch der Meinung, dass nur Verrückte zum Psychologen gehen.

»Passt Ihnen nächste Woche Freitag?«, fragt sie schließlich. »Da habe ich am Morgen noch eine Lücke.«

»Nächsten Freitag bin ich vielleicht schon tot und begraben.«

Daraufhin gibt sie mir einen Termin noch am selben Tag. Um Punkt zwei Uhr.

Ich vertreibe mir die Zeit bis dahin, indem ich mich in den Nachrichten darüber informiere, was es Neues im Fall der kleinen Lucía gibt, und im Internet nach möglichen alternativen Behandlungsmethoden bei fortgeschrittenen Glioblastomen fahnde. Anschließend bin ich höchst dankbar dafür, dass es mir nicht schlechter geht, als es derzeit der Fall ist, denn die meisten Patienten kommen nicht mehr allein zurecht, haben furchtbare Schmerzen und Teillähmungen. Anschließend suche ich nach Giften, um meinem Leben ein Ende zu setzen, bevor mich alle Kräfte verlassen, und entscheide, dass Cyanid das Beste wäre. Ich werde mir eine Kapsel besorgen und sie genau wie die russischen Spione für den Fall, dass sie erwischt werden, immer bei mir tragen, um jederzeit darauf zurückgreifen zu können, wenn es nötig sein sollte.

In diesem Moment ruft erneut mein Chef an.

»Solltest du nicht hier sein und etwas schreiben, meine Liebe?« Allmählich verliert er die Geduld mit mir.

»Es gibt nichts Neues. Jonás Bustos wird immer noch im Kommissariat festgehalten.«

»Und warum nimmst du nicht mal seine Familie unter die Lupe oder so was?«

»Ich hab zugesagt, dir eine Story zu liefern, und nicht, dass ich eine investigative Reportage mache.«

Bevor ich das Gespräch beende und obwohl ich weiß, dass dies nicht der günstigste Moment ist, bitte ich meinen Chef, meinen ehemaligen Kommilitonen Álvaro Herrero als meinen Nachfolger in Betracht zu ziehen. Ich versichere Serafin, dass er keinen Besseren und Versierteren finden wird und dass ich meine Hand für ihn ins Feuer lege.

»Wenn er so ist wie du, kann er den Job vergessen.«

Als ich den Fernseher ausmachen will, erlebe ich eine angenehme Überraschung. Gerade wird der Anwalt von Jonás Bustós interviewt, und es ist kein anderer als Joaquín Macías. Den habe ich vor ein paar Jahren mal mit seinem Liebhaber – also einem Mann – an einem Nudistenstrand in Zahara de los Atunes gesehen. Das habe ich geheim gehalten, und nun ist es an der Zeit, dass er mir dafür einen Gefallen tut.

Als ich den Aufzug betrete, ruft mein Freund Germán an, um mir zu sagen, dass die Sache klargeht, dass er nicht nur nach wie vor daran interessiert ist, meine Wohnung für den Betrag zu verkaufen, den wir ausgemacht haben, sondern bereits einen Käufer hat, der das Geld schon am nächsten Tag auf den Tisch legen wird.

Ich gebe ihm grünes Licht und gehe zur Bank, um mich mit Bargeld einzudecken, wo ich eine ganze Stunde verbringe, bis ich endlich über mein gesamtes Kapital verfüge.

Als ich die Bank verlasse und weitergehe, komme ich an einem Geschäft für Polizeiausrüstung und Selbstschutz vorbei und bleibe wie hypnotisiert vor dem Schaufenster stehen. Bisher habe ich mich noch nie für solche Dinge interessiert, doch nach meiner nächtlichen Begegnung mit den beiden Südamerikanern habe ich das Gefühl, dass ich in der Lage sein sollte, mich besser zu verteidigen.

»Kann ich etwas für Sie tun?« Ein muskulöser junger Mann im FBI-T-Shirt kommt auf mich zu, als ich mich in dem Geschäft umsehe.

»In letzter Zeit werden in meinem Viertel häufig Leute überfallen.«

»Das Beste, was Sie tun können, ist, ihnen zu geben, was sie wollen, und den Rest der Polizei zu überlassen. Aber ein Spray zur Verteidigung dabei zu haben ist nie verkehrt.«

Er zeigt mir mehrere Pfeffersprays, die den Angreifer für etwa eine Viertelstunde ausschalten, und Teleskopschlagstöcke, die mich sämtliche rostigen Rohre und Messer jeglicher Art sofort vergessen lassen. In diesen Blödsinn investiere ich dreihundert Euro. Dann kehre ich zunächst nach Hause zurück, um das Zeug dort abzuliefern, denn ich will nicht bewaffnet wie Lara Croft im Sprechzimmer der Psychologin aufkreuzen.

Es bleiben mir noch anderthalb Stunden bis zu meinem Termin, als ich am Eingang der Praxis ankomme. Um mir die Zeit zu vertreiben, bummle ich durch die Geschäfte im Salamanca-Viertel und beschließe, mir einen Luxus zu erlauben, um den alle meine Freundinnen mich beneiden würden; dank Carolina Herrera, Louis Vuitton und Magrit ist mein Konsumbedürfnis anschließend mehr als befriedigt.

Frau Doktor Molina ist eine Frau mittleren Alters, die ihre Schönheit hinter einer Brille mit dicken Gläsern verbirgt. Das Haar hat sie diskret hochgesteckt, und sie trägt ein dunkles Kostüm. Für einen Moment fühle ich mich wie Tony Soprano bei Doktor Melfi. Doktor Molinas Praxis ist so dezent ausstaffiert wie sie selbst, es gibt keine Art von Dekoration, die einen Klienten, der sich an ihrer Schulter ausweint, ablenken könnte.

Sie begrüßt mich freundlich, und bevor sie mit der Sitzung beginnt, will sie wissen, warum ich zu ihr gekommen bin.

»Als Erstes möchte ich Ihnen sagen, dass mir das sehr leidtut«, sagt Frau Doktor Molina danach mit fester Stimme. »Sie sind viel zu jung dafür.«

»Da bin ich voll und ganz Ihrer Meinung.«

»Wie gedenken Sie, die nächsten Wochen zu verbringen?«

»Eigentlich bin ich hier, damit Sie mir das sagen.«

»Das kann ich leider nicht, aber ich kann versuchen, Ihnen zu helfen, den richtigen Weg zu finden. Glauben Sie an Gott?«

»Nein, nicht wirklich, auch wenn ich annehme, dass es mir in dieser Situation guttun würde.«

»Wie sollen die Menschen Sie in Erinnerung behalten?«

Ich denke ein paar Sekunden über die Antwort nach und bin der Meinung, dass dies die schwierigste Frage ist, die mir jemals gestellt wurde. Am liebsten wäre mir, die Menschen in meinem Umfeld würden an meinem Todestag von mir sagen, ich wäre freundlich, sympathisch und liebevoll gewesen, wobei das leider nicht der Fall sein wird. Ich habe mich stets bemüht, dass die Leute, die in meinem Leben eine Rolle spielen, nichts an mir auszusetzen haben, was jedoch eher meinem Überlebensinstinkt zuzuschreiben ist, als dass es mir ein inneres Bedürfnis gewesen wäre. Die Menschen, die mir wirklich etwas bedeutet haben, kann ich an einer Hand abzählen: meine Mutter, in der Jugendzeit meine Freundin Raquel und vielleicht Álvaro Herrero; Álvaro war immer nett zu mir und hat sich um mich gekümmert, wobei ich fürchte, dass sein Interesse an mir hauptsächlich sexueller Natur ist. Traurigerweise ist keiner meiner Lebensabschnittsgefährten darunter. Beinahe alle Männer, mit denen ich zusammen war, haben mich als kalt und als schlechten Menschen bezeichnet, sobald ich entschieden habe, dass sich unsere Wege trennen sollten. Wobei ich nicht glaube, das Monster zu sein, das sie in mir gesehen haben.

Es stimmt, dass einige der Dinge, die ich im Laufe meines Lebens getan habe, durchaus moralisch fragwürdig sind, aber ich kann zweifellos zwischen Gut und Böse unterscheiden und war immer auf der Seite der Guten. Worum ich mich immer bemüht habe, ist, gerecht zu sein, wobei das natürlich eine Frage der Perspektive ist. Mein Job hat mich oft dazu gezwungen, Halbwahrheiten von mir zu geben, und in vielen anderen Fällen habe ich es aus eigenem Antrieb getan, meistens, um mir irgendwelche Erklärungen zu ersparen.

Das letzte Nacht mit den Südamerikanern war nicht mein erster Gesetzesverstoß, aber zuvor habe ich niemals Gewalt angewendet. Nur ein einziges Mal, als ein Betrunkener mich begrapscht hat, da hab ich ihm mein Knie in die Eier und die Faust ins Gesicht gerammt. Ansonsten hab ich mich im Job so weit wie möglich immer anständig verhalten und war loyal zu meinen wenigen Freunden.

Dennoch werde ich sicher ins Stottern geraten, wenn Petrus mir an der Himmelspforte seine Fragen stellt.

»Sie wissen ja, dass die Leute normalerweise nicht schlecht über Tote sprechen.«

»Das ist nicht die Antwort auf meine Frage.«

»Sagen wir, dass ich manchmal nicht so gewollt habe, wie es von mir erwartet wurde, aber ich habe jedem geholfen, der es verdient hat. Grob gesagt, nehme ich an, dass die meisten mich in guter Erinnerung behalten werden.«

»Haben Sie den Menschen, die Ihnen nahestehen, bereits gesagt, was mit Ihnen los ist?«

»Ich möchte nicht, dass irgendjemand sich verpflichtet fühlt, sich um mich zu kümmern, wenn ich anfange, mich einzunässen.«

In den nächsten vierzig Minuten erzähle ich ihr von meinem Job, meiner Mutter und dass mir mein Vater, den ich seit mehr als dreißig Jahren nicht mehr gesehen habe, völlig gleichgültig geworden ist. Ich erzähle auch von der Liste, die ich gemacht habe, laut der es mein erstes Ziel ist, mir meine sexuellen Wünsche zu erfüllen, solange ich es noch kann, und das zweite, das gesamte Geld, das ich angehäuft habe, auszugeben.

»Sie könnten auch ein gutes Werk tun.«

»Stimmt. Wenn noch etwas übrig bleibt, teile ich es unter meinen Freunden auf.«

»Das ist Ihre Entscheidung. Haben Sie noch irgendeine weitere Frage an mich?«

»Nein ...« Ich zögere. »Doch. Ich würde gern wissen, ob es normal ist, dass man plötzlich den Drang verspürt ... riskante Dinge zu tun.«

»Was meinen Sie mit riskant?«

»Ich weiß nicht ... Mir ist in den Sinn gekommen, mal Fallschirmspringen auszuprobieren oder Bungee-Jumping oder ...«

»Sie fürchten sich nicht vor den Folgen, die das haben könnte.«

»Genau. Was soll's, wenn sich der Fallschirm nicht öffnet oder ich auf andere Art ums Leben komme.«

»Es ist normal, dass Sie Dinge ausprobieren und tun wollen, auf die sie vorher niemals gekommen wären, und daran ist nichts auszusetzen, aber passen Sie auf, dass Sie nicht vorzeitig sterben.«

Die letzten Minuten verwenden wir darauf, einen nächsten Termin in den kommenden Tagen zu vereinbaren, und dann verlasse ich die Praxis, ohne eine Ahnung zu haben, womit ich meine letzten Tage verbringen soll, aber in dem Bewusstsein, dass ich etwas finden muss, was ich tun kann. Aus irgendeinem mir unbekannten Grund habe ich mir in den Kopf gesetzt, dass ich eine bleibende Spur hinterlassen muss, dass ich nicht einfach so in Vergessenheit geraten will.

Bevor ich mich auf den Heimweg mache, gehe ich an der Kanzlei von Joaquím Macías vorbei und warte auf ihn, an ein Auto auf der gegenüberliegenden Straße gelehnt.

Als er vom Essen zurückkommt und mich sieht, entschuldigt er sich bei seinen Begleitern und kommt auf mich zu. »Was wollen Sie denn hier?«

»Sie schulden mir noch einen Gefallen, Señor Anwalt.«

Er weiß seit zwei Jahren, dass das früher oder später passieren würde. Was, verdammt noch mal, hat er sich gedacht, als er mit diesem Jüngelchen an den Strand gegangen ist? Bisher ist mir nie in den Sinn gekommen, aus meinem Wissen Kapital zu schlagen, denn es ist mir völlig egal, was die Leute in ihrer Freizeit tun. Aber die Dinge ändern sich nun mal.

Macías zeigt mir die Zähne und sieht mich drohend an. Zu einem anderen Zeitpunkt hätte mich das vielleicht eingeschüchtert, doch in diesem Moment lässt es mich kalt.

»Was wollen Sie?«

»Ein Exklusivinterview mit Ihrem Mandanten. Wenn die ihn laufen lassen natürlich, aber ich gehe davon aus, dass sie das tun.«

»Er wird keine Interviews geben wollen.«

»Ich bin mir sicher, dass Sie ihn überzeugen können. Sagen Sie ihm, dass ich ihn unkenntlich mache, und das wird auch besser für ihn sein, weil man ihn sonst wahrscheinlich lynchen wird.«

»Ich sehe zu, was ich tun kann.«

»Melden Sie sich so schnell wie möglich. Ich habe vor, zu verreisen.«

Macías geht wieder auf die andere Straßenseite zu seinen Begleitern.

Ich halte ein Taxi an und lasse mich zu meiner Wohnung fahren. Dort nehme ich meine Medikamente und beschäftige mich damit, meine Schubladen aufzuräumen und Papierkram und altes Zeug zu entsorgen. Nicht dass ich das gern mache, aber es ist wohl angebracht, solche Dinge so bald wie möglich zu erledigen.

◆

Daniela Gutiérrez hat bis zehn Uhr morgens damit gewartet, ihren Sohn Sergio auf dem Kommissariat abzuholen, wo er die Nacht verbracht hat. Sie erledigt den Papierkram, ohne ein Wort mit ihm zu wechseln, und auch auf dem Weg zum Parkplatz sprechen sie nicht miteinander. Nachdem sie eingestiegen sind, knallt der junge Mann die Tür zu.

»Hast du mir etwas zu sagen?«

»Du hättest mich ohne Probleme schon gestern Abend da rausholen können«, entgegnet Sergio wütend.

»Das ist das dritte Mal in diesem Jahr, Sergio. Ich weiß nicht, ob dir bewusst ist, was du mit deinem Leben anstellst.«

»Das waren nur ein paar Gramm Hasch. Das ist doch nicht so schlimm.«

»Das ist doch nicht so schlimm? Du bist volljährig und Wiederholungstäter. Diesmal wirst du Probleme kriegen, und ich werde dir nicht helfen können.«

»Als ob du mir irgendwann mal geholfen hättest. Scheiße! Ich gehe lieber zu Fuß!«

»Warte, Sergio.«

Der junge Mann steigt aus und knallt erneut die Tür zu.

Daniela weiß nicht mehr, was sie machen soll. Sie hat sich bei Kollegen und Psychologen Rat geholt, aber Sergio ist nicht bereit, das Seine dazuzutun. Er ist ohne Eltern aufgewachsen, und die Großeltern, die den Tod ihres Sohnes und des älteren Enkels damals bei dem Anschlag nie verwinden konnten, haben ihn nach Strich und Faden verwöhnt und verzogen. Mittlerweile hat er sich bequem darin eingerichtet, vom schlechten Gewissen anderer zu leben. Natürlich kann man ihm das nicht vorwerfen, vor allem nicht sie, die als Mutter dafür die Hauptverantwortung trägt.

Als Daniela im Kommissariat ankommt, sucht sie gleich das Gespräch mit dem im Fall Lucía Abad zuständigen Inspector der Spurensicherung.

»Nichts?«

»Wenn er es war, dann hat er genau gewusst, was er tut«, entgegnet ihr Kollege kopfschüttelnd. »Das Mädchen ist lupenrein, und weder in seinem Auto, noch an den Schuhen, die wir aus seiner Wohnung mitgenommen haben, haben wir irgendwelche Spuren entdeckt, die mit der Tat in Verbindung gebracht werden könnten.«

»Wir müssen etwas finden.«

»Der Gerichtsmediziner wird die Autopsie wiederholen, aber ich kann dir jetzt schon sagen, dass er keine Überraschungen zutage fördern wird. Geben die Aufnahmen der Überwachungskameras auch nichts her?«

»Nein.« Daniela schüttelt den Kopf. »Die einzige Kamera, die uns etwas hätte bringen können, ist seit drei Monaten kaputt.«

Obwohl sie weiß, dass sie Probleme mit ihrem Chef kriegen wird, beschließt sie, mit dem Richter zu reden. Sehr wahrscheinlich wird sie bei ihm nichts erreichen, aber vielleicht hat sie doch Glück, und es ist einer, mit dem man reden kann oder der an diesem Tag besonders gute Laune hat. Sie muss es versuchen.

Also wartet sie eine halbe Stunde darauf, dass der Richter sie empfängt, und eine weitere Viertelstunde, in der er die Akte von Jonás Bustos liest, wobei er Daniela über seine Brille hinweg immer wieder strafend ansieht.

»Wissen Sie was, Inspectora?«, sagt er schließlich. »Meiner Meinung nach haben Sie diesen Mann allzu voreilig festgenommen.«

»Er hat Widerstand geleistet.«

»Er hat ausgesagt, dass Sie ihn auf offener Straße angegangen sind und er in Panik geraten ist.«

»Wir haben eine Aufnahme von ihm, auf der er eine Stunde vor der Entführung ein Eis kauft. Und Lucía Abad hat Eis gegessen. Ihre Zunge war …«

Der Richter unterbricht sie mit einem wütenden Schlag auf den Schreibtisch.

»Sie haben voreilig gehandelt, Inspectora! Die Schuhe, die er in der Aufnahme an der Tankstelle trägt, stimmen nicht einmal mit den Abdrücken am Fundort überein!«

»Wir gehen davon aus, dass er sich vorbereitet und sie gewechselt hat. Er hatte auch Desinfektionsmittel und ein Kondom dabei, um keine DNA-Spuren zu hinterlassen. Er hat alles im Voraus geplant.«

»Sie hätten mich um einen Observationsbeschluss bitten sollen, um ihn festzunehmen, sobald Sie etwas Handfestes haben. So sind mir die Hände gebunden.«

»Ich weiß, dass er schuldig ist.«

»Ich werde dem Antrag des Anwalts folgen, nach dem er in vierundzwanzig Stunden freigelassen werden muss. Bis dahin haben Sie Zeit, Beweise dafür zu finden, dass er der Täter ist.«

Daniela kehrt ins Kommissariat zurück und geht mit ihrem Team den Fall noch einmal von Anfang an durch, obwohl alle von vornherein wissen, dass dabei nichts anderes herauskommen wird als das, was sie schon haben: Indizien und die Gewissheit, dass Jonás Bustos die kleine Lucía ermordet hat.

Um acht Uhr abends gibt sich die Inspectora geschlagen und schickt alle nach Hause, damit sie sich ausruhen können. Einige ihrer Kollegen haben den ganzen Tag über das Kommissariat nicht verlassen, um die Kameraaufnahmen durchzusehen und die Spuren zu analysieren.

Im Auto spielt sie mit dem Gedanken, zum Haus des Richters zu fahren, ihn in Pantoffeln auf die Straße zu zerren und ihm vor den Augen seiner Nachbarn einen Pfahl in den Arsch zu rammen. Dann würde er sicher verstehen, dass man Leute wie Jonás Bustos nicht frei herumlaufen lassen darf, weil sie genau solche Dinge tun. Doch stattdessen reißt sie das Steuer herum, um von der Avenida de América auf die M-30 und zurück in die Stadt zu fahren und sich einen Trostpreis zu gönnen.

In der Calle Serrano parkt sie direkt gegenüber der Kanzlei von Joaquín Macías, dem Anwalt des Pädophilen, in zweiter Reihe. Er tritt gerade durch die Tür, um nach getaner Arbeit nach Hause zu fahren. Der Mistkerl wirkt hochzufrieden.

»Sie sind ein Arschloch, Señor Anwalt!«

Macías' Begleiterin, einer hübschen, jungen Praktikantin, bleibt vor Überraschung der Mund offen stehen.

Joaquín Macías sieht Daniela herablassend an und wendet sich dann an seine Praktikantin, bevor diese Partei für ihren Chef ergreifen und sich dadurch in Schwierigkeiten bringen kann. Sie scheint durchaus bereit, dies zu tun, auch wenn sie nachher zu Hause im Gespräch mit ihrem Freund garantiert zugeben wird, dass man einen Vergewaltiger und Kindermörder nicht einfach so herumlaufen lassen sollte.

»Schon gut, Carmen. Wir sehen uns morgen beim Frühstück.«

Die Inspectora wartet mit ihrer nächsten Attacke nicht, bis die

Praktikantin verschwunden ist, sondern fällt gleich noch mal über den Anwalt her.

»Wie können Sie ruhig schlafen, während Jonás Bustos frei herumläuft?«

»Laut der Verfassung, die zu achten und zu schützen Sie geschworen haben, hat jeder Mensch in diesem Land Rechte, Inspectora.«

»Sie wissen, dass er schuldig ist!«

»Bisher waren Sie nicht in der Lage, das zu beweisen«, entgegnet Macías kühl. »So sind nun mal die Spielregeln.«

»Das ist kein Spiel, Sie Arschloch!«

Der Anwalt hat ein dickes Fell, und er ist schon lange genug in diesem Geschäft, um zu wissen, dass er die Polizei nicht gegen sich aufbringen sollte. Also sieht er die Inspectora äußerlich ungerührt an und erklärt: »Angesichts der Umstände werde ich das nicht gegen Sie verwenden, Inspectora. Ich empfehle Ihnen, noch einmal mit der Familie des Mädchens zu sprechen. Für morgen früh habe ich eine Pressekonferenz einberufen.«

Macías steigt, ohne sichtbares Anzeichen, sich irgendwie schuldig zu fühlen, in ein Taxi, und Daniela kehrt frustriert zu ihrem Auto zurück. Sie schämt sich zu Tode und nimmt auf der M-40 die Abfahrt nach Alcorcón.

Dort kommt die ganze Familie Abad zusammen, um ihr zuzuhören, was das Ganze noch schwieriger macht.

»Das heißt, Sie werden ihn freilassen?« Der Vater des Mädchens kann es nicht glauben.

»Wir haben noch immer keine Beweise, die wir dem Richter vorlegen können.«

»Und die Aufnahme, die im Fernsehen gezeigt wurde?« Ein Onkel der Kleinen springt auf. »Warum, verdammt noch mal, soll dieses Arschloch ansonsten ausgerechnet hier an der Tankstelle gewesen sein?«

Die ganze Familie stimmt ihm aufgebracht zu, und die Inspectora bemüht sich, ihnen allen zu erklären, dass sie eben nicht genügend Beweise haben, um den Mann weiterhin festzuhalten, und schon gar nicht, um ihn vor Gericht zu stellen.

Resigniert lässt sie alle Beschimpfungen gegen die Justiz im Allgemeinen und die Polizei im Besonderen über sich ergehen, weil sie den Leuten keinen Vorwurf machen kann, denn auch ihrer Meinung nach ist Jonás Bustos' Freilassung ein großer Fehler.

»Wann können wir meine Tochter beerdigen?«, fragt die Mutter verzweifelt.

»So bald wie möglich, ich gebe Ihnen mein Wort.«

Als sich Daniela verabschiedet, verspricht sie, Lucía nicht zu vergessen und nicht eher zu ruhen, bis der Mörder überführt ist. Dabei weiß sie, dass sie erst etwas tun kann, wenn dieser einen Fehler macht.

Und das wird frühestens der Fall sein, wenn er an dem Ort, an dem er sein nächstes Opfer vergewaltigt, erdrosselt und wegwirft, eine Zigarettenkippe mit seiner DNA hinterlässt.

◆

Jonás Bustos hockt in seiner Zelle. Er ist erst seit ein paar Stunden dort, aber die verächtlichen Blicke, mit denen ihn alle bedenken, sind ihm nicht entgangen.

»Hat mein Anwalt noch nicht angerufen?«

Der älteste der anwesenden Polizisten sieht ihn mitleidig an. Man hat ihm die Bewachung des Gefangenen übertragen, weil er so gutmütig ist und wahrscheinlich der Einzige, der nicht der Versuchung erliegt, ihn mal ein paar Minuten mit den Insassen der angrenzenden Zellen allein zu lassen. »Niemand hat angerufen.«

»Ich werde euch anzeigen«, sagt Jonás überheblich. »Ihr könnt mich nicht so lange in Einzelhaft stecken.«

»Wenn du willst, kannst du mit den anderen eine Runde drehen.«

Der jüngere Polizist macht sich nicht die Mühe, die Abscheu, die er diesem Mann gegenüber empfindet, zu verbergen. Er ist einer von denen, die dem Pädophilen nur zu gern ein Stelldichein mit den Neonazis gönnen würden, die sie letzte Nacht in einer Diskothek festgenommen haben. Ein Vergewaltiger und Kindermörder zu sein ist das Übelste, dessen man sich schuldig machen kann.

Jonás versucht ruhig zu bleiben. Sie haben keine Beweise gegen ihn, und er wird schon bald wieder auf freiem Fuß sein. Er weiß, dass er diesmal zu weit gegangen ist, aber wenn ihn sein Leiden überkommt, kann er nichts dagegen tun.

Früher war er ein ganz normaler Junge, ein guter Schüler, ein vielversprechender Tennisspieler, was sich auf einen Schlag geändert hat, als er an jenem Kinderspielplatz vorbeigegangen ist und seine Nachbarn ihn gebeten haben, auf ihre fünfjährige Tochter aufzupassen. Natürlich hat er das Mädchen gekannt, doch an jenem Tag hat er die Kleine, ohne zu wissen, warum, mit anderen Augen gesehen. Niemand konnte verstehen, dass er sich hoffnungslos in dieses Kind verliebt hatte.

Danach begann die Zeit der ständigen Umzüge, der Psychiater und der angewiderten Blicke, doch es gibt nichts, was ihm diese perverse Lust austreiben kann.

Und nachdem er die kleine Lucía in dem Einkaufszentrum zum ersten Mal gesehen hatte, war er schlichtweg nicht mehr er selbst. Er ist morgens mit dem Gedanken erwacht, mit ihr zusammen zu sein, und wenn er abends zu Bett ging, hat er sich vorgestellt, wie er sich fühlen würde, wenn sie nun neben ihm läge.

Lange hat er gegen seinen Trieb angekämpft, ist eines Nachts sogar kurz davor gewesen, sich mit einer Gartenschere den Schwanz abzuschneiden und das Problem so ein für alle Mal aus der Welt zu schaffen. Doch dann fing er an, sie aus dem Auto heraus zu beobachten. Und vier Tage später hat sich die Gelegenheit ergeben. Er hat ein Eis aus der Kühlbox auf dem Rücksitz genommen und neben dem Mädchen angehalten.

»Lucía, hallo, Lucía!«

Die kleine Lucía trug eine Jeans mit dem Konterfei von Micky Maus auf der hinteren Tasche, dazu ein weißes Shirt und winzige New-Balance-Schuhe und im Haar eine Spange mit dem Motiv der kleinen Meerjungfrau. Sie sah ihn verwundert an, ohne zu ahnen, dass sie sich nur hätte retten können, wäre sie jetzt schleunigst davongelaufen.

»Wer bist du?«

»Deine Mama schickt mich. Sie möchte, dass ich dich zu ihr bringe. Das hier hat sie mir für dich gegeben«, hat Jonás gesagt, während er dem Kind das noch verpackte Eis einladend hinhielt. »Magst du Erdbeereis?«

Als das Mädchen an dem Eis zu lecken begann, brachte dies Jonás gänzlich um den Verstand. Er wusste, dass das, was er tat, nicht gut war, dass es krank war, aber er wusste auch, dass es viele Männer gibt, die, wenn sie allein sind, ähnliche Fantasien hegen, und beliebte Chats, in denen sie sich über das austauschen, was sie erregt. Nur sie verstehen, wie übermächtig dieses Verlangen ist.

»Pass auf, dass du keine Flecken auf dein Shirt machst, sonst schimpft deine Mama.«

»Wo ist meine Mama?«, hat Lucía mit großen Augen gefragt, vielleicht weil ihr in diesem Moment zum ersten Mal bewusst wurde, dass sie zu weit von zu Hause weggegangen ist.

»Wir gehen gleich zu ihr. Sie wartet auf uns. Aber iss erst mal in Ruhe dein Eis, Süße.«

Doch anstatt zu ihrer Mutter hat der Pädophile die Kleine an einen Ort außerhalb der Stadt gebracht, zu einem Grundstück in der Nähe der Nationalstraße. Schon beim ersten Faustschlag verlor sie das Bewusstsein und ging zu Boden. Als sie die Augen wieder geöffnet hat, war sie bereits nackt, und die Bestie über ihr penetrierte sie mit heftigen Stößen. Lucías kleiner Körper wurde von einem unbeschreiblichen Schmerz zerrissen. Sie hat versucht zu schreien, doch es gelang ihr nicht, weil sie nicht mehr genug Luft in der Lunge hatte. Jonás Bustos hat ihre Hände mit aller Kraft festgehalten und dabei eine übermäßige Lust empfunden.

Wenn er daran denkt, erregt es ihn noch immer.

Danach hat er länger als eine Minute Lucías Leiche betrachtet, während ihm bewusst wurde, dass er es endlich getan hatte und es nun keinen Weg zurück mehr gab. Er hat eine Packung Kondome dabeigehabt, wie immer, wenn er unterwegs ist, denn auch wenn er es sich nicht eingestehen will, ist ihm doch klar, dass ihn seine Triebe jederzeit überwältigen können, und dann darf er keine Spuren hinterlassen. Deshalb hat er den kleinen Körper gründlich gewaschen, bevor er ihn ohne Gewissensbisse in die Grube geworfen hat.

Auf dem Weg nach Las Rozas ist er von der M-503 in Richtung Villanueva del Pardillo abgefahren und hat seine Kleidung, seine Schuhe und die Kühlbox auf einer illegalen Müllkippe entsorgt. Auch Ersatzkleidung hat er immer im Kofferraum, denn ... man weiß ja nie!

Anschließend ist er zu einer Tankstelle gefahren und hat den Wagen gewaschen und innen jeden Zentimeter gründlich gesaugt.

»Der Anruf, auf den du wartest.«

Jonás folgt dem Polizisten durch mehrere Gänge, nimmt überall die angewiderten Blicke wahr und hört die geflüsterten Beschimpfungen. Im Telefonzimmer ist er endlich allein.

»Ja?«

»Der Beschluss ist schon unterwegs«, sagt sein Anwalt am anderen Ende der Leitung. »Wenn Sie draußen sind, müssen Sie bei der Journalistin anrufen, von der ich gesprochen habe.«

»Die dumme Kuh kann mich mal! Ich hab nicht vor, irgendein Interview zu geben.«

»Wir haben doch darüber gesprochen, Jonás. Die werden Sie draußen auf der Straße lynchen, wenn Sie nicht jemand reinwäscht. Sie müssen nur sagen, dass Sie nichts mit der Sache zu tun haben, und betonen, dass Sie bei der letzten Verurteilung erst achtzehn waren, den Fehler bereuen und dafür gebüßt haben und seither in Behandlung ...«

»Ich weiß, was ich sagen muss, Klugscheißer«, fällt Jonás seinem Anwalt genervt ins Wort. »Wann komm ich frei?«

»Gegen Mittag, nehme ich an. Ich muss noch zum Gericht und mir die nötigen Unterschriften holen. Seien Sie darauf gefasst, dass die Journalisten über Sie herfallen werden.«

Mit einem triumphalen Lächeln im Gesicht kehrt Jonás in seine Zelle zurück. Wenn er endlich wieder allein ist, wird er viel Zeit haben, darüber nachzudenken, wie sein Leben in Zukunft verlaufen soll. Sie werden es ihm nicht leicht machen: Die Journalisten werden ihn nicht in Ruhe lassen, und er wird überall die gleichen Beschimpfungen zu hören kriegen. Aber schon bald werden sie es vergessen. Er seinerseits wird gegen sein Verlangen ankämpfen, wenn ihm die nächste Lucía über den Weg läuft. Denn so etwas darf nie wieder passieren.

Jonás Bustos legt sich auf die Pritsche in seiner Zelle und denkt an die guten Vorsätze, die er sich immer wieder vornimmt. Dabei weiß er, dass er, wenn es ihn erneut überkommt, wieder die Kontrolle verlieren wird.

◆

Nach der Siesta wache ich schweißgebadet und mit einem erstickenden Beklemmungsgefühl auf, denn im Traum habe ich gesehen, wie Jonás Bustos seinen Schwanz aus dem Körper und der zerfetzten Vagina der kleinen Lucía zieht. Normalerweise leide ich nicht unter solchen Albträumen, das muss an meinem Glioblastom liegen, das sich immer deutlicher bemerkbar macht.

Ich trinke eine Tasse Tee und suche dabei im Internet nach den aktuellen Neuigkeiten im Fall Lucía Abad. Anschließend rufe ich bei meinem Chef an, um ihm mitzuteilen, dass ich Jonás Bustos interviewen werde, sobald er wieder auf freiem Fuß ist.

»Wie hast du das denn geschafft?«, fragt Serafin aufgeregt.

»Sein Anwalt schuldet mir noch einen Gefallen. Ich mach das Interview, schick es dir, und das war's. Mehr will ich nicht mehr schreiben, okay?«

»Das ist super. Quetsch ihn aus.«

Bevor ich das Gespräch beende, lege ich meinem Chef noch mal meinen ehemaligen Kommilitonen ans Herz. Dann nehme ich die Sachen aus dem Schrank, die ich am Morgen eingekauft habe: zwei Dosen Pfefferspray, zwei Schlagstöcke – einen ausziehbaren und einen normalen – und drei Messer in ihren jeweiligen Scheiden. Ich habe keine Ahnung, warum, zum Teufel, ich mir das Zeug gekauft habe, befestige mir nach kurzem Zögern jedoch eine der Messerscheiden am Gürtel und stecke das Pfefferspray in die Jackentasche. Auch den Holster mit dem ausziehbaren Schlagstock mache ich an meinem Gürtel fest. Als ich anschließend in den Spiegel schaue, sehe ich ein armes Würstchen im Avengers-Kostüm vor mir.

Ich beschließe, nicht länger den Clown zu spielen und mich wie ein erwachsener Mensch zu benehmen. Ich sollte mich lieber mit Leuten treffen, die mich mögen, ihnen erzählen, was mit mir los ist, und mich von ihnen verwöhnen lassen. Bei Carol, Silvia und Susana bin ich mir nicht sicher, dass sie sich um mich kümmern würden, Lorena aber könnte mich in dieser Hinsicht überraschen.

Nach kurzem Zögern, der Gefahr bewusst, möglicherweise vergewaltigt oder zusammengeschlagen zu werden, entscheide ich, mich von meinem Instinkt leiten zu lassen. Ich habe keine Ahnung, in welche Richtung sich mein Tumor ausbreitet, aber zweifellos setzt er das gesamte Testosteron frei, das in mir schlummert.

Ich ziehe eine lange Jacke an, um darunter Schlagstock und Messerscheide zu verbergen, verlasse meine Wohnung, ohne zu wissen, wohin ich gehen soll und was ich vorhabe, aber ich verspüre eine unbändige Lust, etwas zu erleben. Um das Schicksal nicht unnötig herauszufordern, halte ich mich von der Gran Vía fern, falls sich die Freunde von Jorge W. A. vorgenommen haben, mein Gesicht so zuzurichten wie ich das seine. Außerdem könnte ich dort der Polizei in die Arme laufen, und ich will vermeiden, dass ich festgenommen werde.

Die nächsten Stunden verbringe ich in der Gegend um die Plaza Mayor und im Viertel La Latina und esse auf der Terrasse eines Restaurants zu Abend, wobei ich mir selbst die Frage stelle, warum ich, anstatt mich von den Menschen zu verabschieden, die mir etwas bedeuten, meine Zeit damit verplempere, mit einem ausziehbaren Schlagstock, einem Messer und einer Dose Pfefferspray durch die Straßen zu ziehen. Ich bitte den Kellner um das WLAN-Passwort und suche in meinem Handy nach Reiseangeboten. Meine erste Option ist die Karibik, wobei ich jedoch schnell feststelle, dass, wenn man genug Geld hat, jeder Ort infrage kommt. Also sehe ich mir verschiedene Ferienangebote in Thailand, Hawaii, Australien, Brasilien, Südafrika und auf den Malediven an, kann mich jedoch nicht für ein Ziel entscheiden.

Als ich anschließend durch die Calle Bailén schlendere, lasse ich mir die Möglichkeiten noch einmal durch den Kopf gehen, bis mir ein streitendes Paar ins Auge fällt.

»Du Nutte!«

»Du bist 'ne Schwuchtel! Da bleibt mir gar nichts anderes übrig, als mit deinen Freunden zu vögeln!«

Der junge Mann hebt die Hand, doch sie lässt sich nicht beeindrucken.

»Wenn du mich anfasst, schneiden dir meine Brüder die Eier ab!«

Die junge Frau geht los und er hinterher. Ich beschließe, den beiden zu folgen, falls ich eingreifen muss, doch als wir zum Palacio Real kommen, knutschen und befummeln sie sich schon wieder.

Ich gehe ziellos weiter, und da kommt mir Nicoleta in den Sinn.

Ich treffe Nicoleta vor dem Eingang zu dem Haus an, in dem ihre Wohnung liegt, aber sie hat nichts mehr mit der Frau zu tun, die ich gestern kennengelernt habe. Ihr Blick ist erloschen und die Wimperntusche verschmiert, ihr Haar ist ungekämmt und schmutzig; sie hat jegliche Klasse verloren und stellt ihre riesigen Titten schamlos zur Schau. Die zerknitterte und befleckte Kleidung scheint ihr nicht mehr richtig zu passen.

Sie sieht mich und lächelt gezwungen. »Hey ... Ich hab den ganzen Abend auf dich gewartet.«

Als ich sehe, wofür sie ihr Geld ausgegeben hat, bereue ich, es ihr dagelassen zu haben. Zum Glück habe ich ihr nicht die ganzen fünftausend gegeben.

»Hast du heute vielleicht Lust auf eine Nummer?«, fragt sie und befummelt mich. »Ich kann mich für dich als Grace Kelly verkleiden.«

In diesem Moment ist Nicoleta meilenweit davon entfernt, irgendetwas mit Grace Kelly gemeinsam zu haben, doch als ich weitergehen will, klammert sie sich an mir fest.

»Komm, ich bring dich nach Hause«, sage ich.

Auch ihre Wohnung hat sich verändert: Das Sofa, das Badezimmer und die alten Filmplakate sind natürlich noch da, aber ansonsten herrscht Chaos. Auf dem Küchentisch liegt ein halb gegessenes Sandwich neben einer angebrochenen Literflasche Bier. Der Rest hat sich zum Teil auf den Boden ergossen, sodass die Schuhsohlen kleben bleiben, wenn man hineintritt.

»Geh duschen!«

»Willst du, dass ich dusche, während du zusiehst?« Sie schwingt aufreizend die Hüften.

»Ich will, dass du dich einfach nur duschst, Nicoleta«, antworte ich entschieden.

Sie geht ins Bad, während ich mir etwas zu trinken nehme. Ich behalte die Jacke an, damit Nicoleta meine Bewaffnung nicht sieht. Wenige Minuten später erscheint sie vollkommen nackt in der Tür zum Badezimmer. Abgesehen von ihren Brüsten hat sie einen perfekten Körper. An einer zickzackförmigen Narbe, die ihre linke Brustwarze entstellt, ist zu sehen, dass der Chirurg nicht seinen besten Tag hatte, als er ihr die Dinger gemacht hat. Schamlos stellt sie ihr Piercing an der Klitoris zur Schau.

»Könntest du mir ein Handtuch geben? Die sind noch im Trockner.« Noch immer wackelig auf den Beinen, stützt sie sich am Türrahmen ab.

Ich geb ihr das Handtuch, sie trocknet sich ab und zieht sich einen Pyjama an. Als sie zurück ins Wohnzimmer kommt, setzt sie sich beschämt aufs Sofa, als ob es für sie eine Art Erniedrigung darstellt, dass ich sie in diesem Zustand sehe. Mehr als fünf Minuten lang sagt keine von uns ein Wort.

»Darf ich dir eine persönliche Frage stellen?«, breche ich schließlich das Schweigen.

»Du hast bezahlt«, sagt sie mit einem Blick auf die zweihundert Euro auf dem Tisch, »du darfst mit mir machen, was du willst.«

»Warum hast du dir diese Brüste machen lassen?«

»Ein Kunde hat mich darum gebeten.«

»Und warum hast du ihn nicht zur Hölle geschickt?«

Nicoleta sieht mich an, als wüsste sie nicht, ob ich sie auf den Arm nehmen will oder einfach nur keine Ahnung vom Leben habe.

»Es war ein sehr wichtiger Kunde.«

Ich verstehe und halte den Mund. Wir verbringen weitere fünf Minuten schweigend. Sie kämpft dagegen an, erneut einzuschlafen.

»Warum hast du mir gestern so viel Geld dagelassen?«, will sie dann wissen.

»Du hast mir mit diesen Typen geholfen, und ich dachte, dass ich dir was schulde ... Aber wenn ich gewusst hätte, was du damit machst, hätte ich dir nicht mal einen Euro gegeben.«

»Du verstehst das nicht. Auch wenn ich versuche, da rauszukommen, werden sie es niemals zulassen.«

»Wer sind ›sie‹?«

Nicoleta senkt den Blick. Ich spüre ihre Angst: Sie hat schon zu viel gesagt und darf sich solche Fehler nicht erlauben.

»Geh ruhig schlafen, wenn du möchtest. Wenn es dir nichts ausmacht, trink ich noch aus und gehe dann.«

Sie nickt erleichtert, und keine fünfzehn Sekunden später schläft sie tief und fest.

Ich leere mein Glas und stehe dann auf, um mich ein wenig umzusehen. Die Wohnung ist nicht aufgeräumt, aber auch nicht besonders schmutzig. Ich durchwühle ihre Tasche und finde Make-up, ein Portemonnaie, eine kleine Tasche mit Medikamenten und ein Tütchen Heroin neben einem Etui mit mehreren Nadeln und einem Löffel und eine kleine Flasche Wasser. In einer Seitentasche entdecke ich ein kleines Notizbuch.

Darin steht ihr vollständiger Name: Nicoleta Serban. Unter den Initialen C. P. sind mehrere Summen und Daten notiert. Das sind Schulden. Das Ganze beginnt vor sechs Monaten mit neunzehntausend Euro und geht dann in den nächsten zwei Monaten auf dreizehntausend runter. Von da an steigt der Betrag innerhalb von ein paar Tagen bis auf zwanzigtausend Euro und sinkt wieder ab bis zum gestrigen Eintrag: Die Schulden belaufen sich auf fünfzehntausendzweihundert Euro, und heute ist die Summe auf fünfzehntausendfünfhundert gestiegen. Ich sehe die schlafende Nicoleta an und begreife, dass ihr Leben schwieriger wird, wenn sie Drogen nimmt.

In einem Schrank im Schlafzimmer finde ich alle möglichen Vibratoren, Peitschen, Handschellen und aufreizende Lederkleidung und in der billigen Kopie einer Loewe-Tasche einen Zeitungsausschnitt: *Cornel Popescu freigesprochen.* Dieser Cornel Popescu – zweifellos jener C. P., bei dem Nicoleta die Schulden hat –, ist Rumäne und stand wegen Frauenhandels vor Gericht.

Ich schicke mich an, die Wohnung zu verlassen, diesmal ohne ihr Geld zu geben, damit sie es nicht für Drogen ausgibt, doch dann überlege ich es mir anders und lege weitere tausend Euro auf den Rand des Waschbeckens.

Daheim suche ich im Internet nach dem Namen Cornel Popescu und finde mehrere Einträge, in denen Ähnliches zu lesen ist wie in dem Zeitungsausschnitt in Nicoletas Tasche. Nach wenigen Minuten habe ich keine Lust mehr und schlafe ein, während ich mir im Fernsehen *Jenseits von Afrika* anschaue.

◆

An den dunklen Schatten unter Danielas Augen ist zu erkennen, wie hart die vergangenen Nächte waren. Seit gestern hört die Inspectora in ihrem Kopf immer wieder die Proteste der Eltern der kleinen Lucía, als sie ihnen sagt, dass sie den Mörder ihrer Tochter freilassen müssen. An der Tür zu den Arrestzellen wartet sie darauf, dass Jonás Bustos auf freien Fuß gesetzt wird. Als sein Anwalt kommt, um ihn mitzunehmen, sagt sie kein Wort, und als der Pädophile an ihr vorbeigeht, schweigt sie ebenfalls. Doch mit ihrem finsteren Blick teilt sie ihm mit, dass sie nicht eher ruhen wird, bis sie ihn haben, und es reicht ihr zu wissen, dass er verstanden hat.

Die Presse hat an diesem Tag einiges zu tun: am Morgen die Freilassung von Jonás Bustos und am Nachmittag die Totenwache für die kleine Lucía. Unter dem Druck der Öffentlichkeit haben die Behörden das übliche Verfahren beschleunigt, damit sich die Eltern des Kindes so bald wie möglich von ihrer Tochter verabschieden können. Vor dem Kommissariat bemühen sich die Livereporter der Fernsehsender um Interviews mit Verwandten von in U-Haft sitzenden Verhafteten oder Mitarbeitern des Kommissariats, die ihnen erzählen können, wie es dem mutmaßlichen Mörder ergangen ist. Viele der Journalisten sind miteinander befreundet, ehemalige Kommilitonen oder Saufkumpane, doch in diesen Momenten verteidigen sie ihre jeweiligen Territorien mit Zähnen und Klauen. Nur die Journalisten, die für Zeitungen oder digitale Medien arbeiten, sind etwas ruhiger und diskutieren untereinander über den Fall.

»Wenn man ihm nicht nachweisen konnte, dass er schuldig ist, ist er vielleicht tatsächlich unschuldig«, meint einer von ihnen.

»Wenn du das denkst, hast du, verdammt noch mal, überhaupt keine Ahnung, worum es hier geht«, entgegnet ein anderer. »Bustos hat dieses Mädchen vergewaltigt und ermordet, aber unsere Scheißjustiz lässt ihn davonkommen!«

»Irgendjemand muss etwas unternehmen«, sagt eine Journalistin.

Álvaro löst sich aus der Gruppe und sucht unter den Kontakten in seinem Handy nach der Nummer von Marta Aguilera. »Martita, ich weiß nicht, wo du steckst, aber es geht gleich los. Wenn sie ihn freilassen, und du bist nicht hier, wirst du Probleme kriegen. Ruf mich an.«

Als die Türen des Kommissariats geöffnet werden, ist die Hysterie unter den Journalisten ähnlich der von Teenagern, wenn ihre Lieblingsband die Bühne betritt, oder bei Hausfrauen, wenn im Kaufhaus der Schlussverkauf beginnt.

Das Auftauchen des Pädophilen ist, wie immer in diesen Fällen, enttäuschend. Die Reporter bestürmen ihn und fragen ihn laut, wie er sich fühlt und ob er froh über die Freilassung ist, während er sich die zwanzig Meter bis zum sicheren Auto durch das Gedränge schiebt und sein Gesicht dabei so gut wie möglich unter der Jacke verbirgt.

Sein Anwalt gibt eine spontane Pressekonferenz und genießt den Moment des Ruhms, während sich alle um ihn reißen. Er bestätigt, dass es keine Beweise gegen seinen Klienten gibt, und behauptet, der wahre Mörder von Lucía Abad würde noch frei herumlaufen. Die Journalisten fallen gnadenlos über ihn her, und er erklärt, dass jeder Mensch ein Recht auf Verteidigung habe und er nur seine Arbeit mache.

Nach wenigen Minuten ist das Spektakel vorbei, und die Presse macht sich auf den Weg zum Beerdigungsinstitut an der M-30. Bis in die Nacht werden sie damit beschäftigt sein, Politiker und Vertreter aller möglichen Gremien zu interviewen und das allgemeine Entsetzen über dieses scheußliche Verbrechen zu dokumentieren.

Nachdem Daniela Lucías Familie kondoliert hat, kehrt sie nach Hause zurück, um sich ein wenig auszuruhen und abzuschalten, doch bereits im Auto wird ihr klar, dass es ihr sehr schwerfallen wird, ihre Probleme für eine Weile zu vergessen. Neben dem beruflichen Scheitern im Fall Lucía Abad ist da auch noch ihr Versagen als Mutter. Sie ist sich bewusst, dass Sergio ihr immer mehr entgleitet, und sie weiß nicht, was sie dagegen tun soll. Als sie am Hotel Las Letras vorbeifährt, fällt ihr etwas ein, und sie hält an.

Der Rezeptionist empfängt sie irritiert.

»Inspectora, was führt Sie zu uns?«

»Ich glaube, ich habe, als ich zuletzt hier war, einen Ring auf dem Nachttisch liegen lassen. Am Dienstag. Ich erinnere mich nur nicht mehr an die Zimmernummer.«

»Ich sehe sofort mal nach.«

Der Rezeptionist blickt eilig auf den Bildschirm des Computers, und Daniela beobachtet ihn argwöhnisch. Der Mann reagiert genauso ausweichend wie die Verbrecher, mit denen sie jeden Tag zu tun hat.

»Es tut mir sehr leid«, sagt er schließlich, ohne sie anzusehen. »Ich kann den Eintrag nicht finden, aber wenn Sie einen Augenblick warten, frage ich die Chefin der Zimmermädchen.«

»Ist alles in Ordnung?«, fragt Daniela und hält damit den Rezeptionisten von dem Anruf ab, den er gerade tätigen will.

»Ja, Señora ...«, antwortet er nervös.

»Könnten Sie mich bitte ansehen?«

Unangenehm berührt gehorcht er.

»Was ist los?«

Der Blick des Rezeptionisten fällt auf einen unbestimmten Punkt hinter ihr. Nur für den Bruchteil einer Sekunde, was jedoch ausreicht, dass sie die Botschaft versteht und sich umdreht. Auch wenn sie ihn nur kurz aus dem Augenwinkel wahrnimmt, während er in den Aufzug steigt, erkennt sie ihn eindeutig.

»Zu welchem Zimmer geht er?«

»Inspectora, bitte verstehen Sie, dass diese Information ...«

»Möchten Sie lieber, dass ich in jedem Zimmer nachfrage?«

Der Rezeptionist seufzt leise auf und ergibt sich schließlich in sein Schicksal. »Zimmer 42.«

Aus Zimmer 42 ist das Lachen einer Frau zu hören. Daniela geht durch den Gang auf die Tür zu und klopft ruhig an, als wäre sie vom Zimmerservice.

Inspector Guillermo Jerez öffnet mit offenem Hemd und wird bleich. »Daniela, was machst du denn hier?«

»Du bist ein Arschloch!«

»Wer ist es, Liebling?«

Was Daniela besonders wehtut, ist die Feststellung, dass die Frau, mit der er donnerstags ins Bett geht, fünfundzwanzig Jahre jünger ist als sie und im selben Kommissariat arbeitet.

◆

Es klingelt an der Tür. Die Boten aus den Geschäften von gestern scheinen sich abgestimmt zu haben und bringen mir nacheinander meine Einkäufe. Ich bitte sie, alles ins Bügelzimmer zu stellen, und gebe jedem von ihnen fünfzig Euro Trinkgeld, das sie mit einer Freude entgegennehmen, als hätten sie im Lotto gewonnen.

Während ich meine Einkäufe durchsehe, schaue ich mir im Fernsehen die Freilassung von Jonás Bustos an. Danach blicke ich auf mein Handy und stelle fest, dass ich drei neue Nachrichten habe: zwei von meinem Freund Germán, der mich an unseren Termin im Notariat um halb zwei erinnert, und eine von Álvaro, der mich fragt, warum ich nicht zu Jonás Bustos' Entlassung gekommen bin.

Ich dusche und probiere mit einer kindischen Freude die Kleidungsstücke an, die ich gestern gekauft habe. Als ich damit fertig bin, ziehe ich mir Jeans und T-Shirt an und packe meinen Rucksack, um zum Sport zu gehen. Solange ich es noch aushalte, will ich ein normales Leben führen.

Als ich im Fitnesscenter ankomme, treffe ich dort auf dieselben Leute wie immer: Scharen von Müttern, ältere Leute, die die Geräte belegen, und direkt dahinter die Trainer, die mit ihren Schülerinnen flirten, sowie junge Männer, die hart trainieren, um vielleicht einmal ins Fernsehen zu kommen. Ich sehe, dass gerade ein Boxkurs stattfindet, und geselle mich dazu. Walter, der Trainer, ist Kolumbianer mit bunt gefärbtem, in Stufen geschnittenem Haar.

»Bist du zum ersten Mal hier?«, fragt er mich.

»Nein, aber normalerweise komme ich abends. Und ich hab meine Handschuhe vergessen.«

Er leiht mir ein Paar, und eine halbe Stunde lang bearbeiten wir die Boxsäcke. Als Walter gesehen hat, dass wir alle – acht Männer und vier Frauen – in der Lage sind, zu schlagen und uns zu schützen, regt er an, ein paar Sparringsrunden zu absolvieren, und wir sind einverstanden. Mir teilt er eine Frau von Mitte zwanzig zu. Sie ist schlank, aber muskulös, und trägt mit Stolz ihr Drachentattoo, das die Hälfte ihres linken Arms bedeckt.

Sie mustert mich überheblich. »Ich deute die Schläge nur an, keine Sorge.«

»Schlag ruhig richtig zu. Dafür sind wir doch hier, oder?«

Sie wirft mir einen Blick zu, der besagt, dass sie mich gnädigerweise am Leben lassen will, und wir tauschen ein paar Schläge aus. Wir bewegen uns wie zwei Witwen im Ballsaal, und plötzlich habe ich Lust, ihr den Schädel einzuschlagen. Ich fürchte, dass es sich um einen jener Anfälle von Gewalttätigkeit handelt, die der gute Doktor Oliver erwähnt hat.

»Kannst du nicht ein bisschen fester schlagen, Süße? Ich warte nur darauf, dass du mich mit der flachen Hand schlägst und kleine Schreie dabei ausstößt ...«

Meine Gegnerin ist sauer und schlägt härter zu.

»Ganz ruhig«, mahnt Walter.

Ich stecke hintereinander eine Gerade und einen Haken ein, die ich kaum spüre, und teile dann mit aller Kraft mit der Linken aus. Der Schlag trifft sie voll am Kinn und lässt sie taumeln. Den Moment der Verwirrung ausnutzend, lande ich weitere drei Treffer; die beiden ersten erwischen sie nur leicht, beim dritten fliegt ihr Mundschutz raus, und sie fällt auf den Rücken. K. o.

Walter hält mich von hinten fest. »Bist du verrückt geworden?«

Plötzlich wird mir schwarz vor Augen, und ich breche zusammen, ohne zu wissen, ob die Aufregung daran schuld ist oder mein Gehirntumor. Erschreckt will mir Walter helfen, was dafür sorgt, dass es mir noch schlechter geht. Daher schiebe ich ihn von mir und sage, dass alles in Ordnung sei, ich nur gerade eine Grippe gehabt und mich überanstrengt hätte. Dann stolpere ich davon.

Ich dusche, lege ein wenig Make-up auf und gehe, wobei es mir ziemlich schlecht geht.

Mein Freund Germán wartet an der Tür des Notariats auf mich und fragt mich erneut, ob ich auch ganz bestimmt weiß, was ich tue. Ich versichere es ihm, und wir treten ein.

Dieses Notariat ist ein eigenwilliges Büro in der Nähe der Calle Alcalá, das mit Hunderten Kühen in allen Formen und Farben dekoriert ist: Bildern, Skulpturen, Teppichen, Fotos ... Wir müssen warten, bis der Notar seine Unterschrift unter den Kreditvertrag setzt, den eine Bank einem jungen, naiv wirkenden Paar gewährt, dann sind wir dran. Bevor ich unterschreibe, sage ich, dass ich mehrere Bedingungen stelle, und merke, dass sich bei dem Käufer – einem Immobilieninvestor, der sich wahrscheinlich seit Germáns Anruf die Hände gerieben hat – die Nackenmuskeln anspannen. Als ich verkünde, worum es geht, beruhigt er sich wieder: Ich möchte, dass das Geld noch heute überwiesen wird – was der Spekulant bereits wusste – und dass ich die nächsten beiden Monate oder bis ich eine andere Bleibe gefunden habe, noch dort wohnen darf. Im Gegenzug überlasse ich ihm die Möbel und alle anderen Einrichtungsgegenstände.

Eine halbe Stunde später trinken Germán und ich in der Bar unten im Haus ein Bier. Er sieht mich nach wie vor verwundert an, sagt aber nichts mehr und braucht sich immerhin die nächsten vier Monate keine Sorgen mehr um den Unterhalt für seine Kinder zu machen. Während er sich dann noch an seiner Kommission erfreuen kann, werde ich schon tot sein.

Schließlich erklärt er, dass er zu einem dienstlichen Essen gehen muss, und ich kehre zurück nach Hause. Kaum dort angekommen, erhalte ich einen Anruf mit unterdrückter Nummer.

»Hallo?«

»Marta Aguilera?« Die Stimme am anderen Ende der Leitung verursacht mir ein seltsames Schaudern.

»Ja. Mit wem spreche ich?«

»Jonás Bustos. Wenn Sie mich interviewen wollen, muss es heute Abend um acht sein. Haben Sie was zu schreiben?«

Ich notiere mir die Adresse, die er mir nennt, und lege dann einfach auf. Auch wenn er wirklich unschuldig sein sollte und die Medien ihn zu Unrecht verurteilen – was ich bezweifle –, ist mir der Kerl unsympathisch. Außerdem muss ich wegen ihm jetzt noch mit dem Auto nach Hoyo de Manzanares fahren, zu dem Haus seiner Familie in den Madrider Bergen. Denn dorthin hat sich der Kindermörder geflüchtet.

Ich stelle alles andere zurück und beschäftige mich mit Jonás Bustos' Biografie, um mich auf das Interview vorzubereiten. Es wird der krönende Abschluss meiner Karriere sein, und ich will mein Bestes geben.

Jonás ist das jüngste von vier Kindern einer gut situierten Familie, die mehrere Generationen in El Viso, dem reichsten Viertel Madrids, gelebt hat. Er ist wohlbehütet aufgewachsen und hatte eine glückliche Kindheit. Als Jugendlicher hat er auf hohem Niveau Tennis gespielt, doch in dem Sommer, als er mit dem Studium der Politikwissenschaften beginnen wollte, wurde er wegen Vergewaltigung einer Fünfjährigen festgenommen, die er seit ihrer Geburt kannte, die Tochter von Bekannten seiner Eltern. Das rückte seine bisher überall respektierte Familie in den Fokus der Öffentlichkeit, und sie musste nach Las Rozas im Nordosten Madrids umziehen. Seitdem ist Jonás in psychiatrischer Behandlung.

Ich verbringe den Rest des Nachmittags mit der Recherche und komme zu dem gleichen Schluss wie all jene, die zu dieser Zeit Lucías Leichnam die letzte Ehre erweisen: Dieser Widerling hat das kleine Mädchen entführt und brutal vergewaltigt.

✦

Daniela Gutiérrez blickt aus dem Auto heraus auf den Eingang des Hauses der Familie Bustos in einem teuren Wohngebiet in Las Rozas. Vor dem Haus versucht ein halbes Dutzend Journalisten eine Aussage oder zumindest ein Bild des gerade auf freien Fuß gesetzten Pädophilen zu ergattern. Alle anderen harren den zweiten Tag hintereinander vor dem Beerdigungsinstitut aus. Die Beerdigung kann erst morgen stattfinden, weil es – als handelte es sich um einen Termin beim Friseur – vorher keine zeitliche Möglichkeit gab.

Daniela denkt an Guillermo Jerez, ihren Liebhaber. Sie hat damit rechnen müssen – schließlich ist er fast zwanzig Jahre jünger als sie –, allerdings hat sie nicht geahnt, dass es so wehtun würde. Das Demütigende dabei wird sein, dass sie jeden Tag der jungen hübschen Kollegin María Lorenzo begegnen wird. Daniela hat nichts gegen sie, und sie weiß, dass sie einen guten Job macht und dass es nicht ihre Schuld ist, aber trotzdem hasst Daniela sie im Moment abgrundtief.

Am Morgen waren sie sich zufällig im Flur über den Weg gelaufen, und das zynische Biest hat sie einfach so gegrüßt, als hätte sie Daniela nicht mit entgleisten Gesichtszügen in der Tür des Hotelzimmers stehen sehen. In dem Moment war es ihr schwergefallen, sich zusammenzureißen.

Ein Auto fährt auf die Garagenauffahrt, und sofort geht das Gedränge wieder los. Jonás Bustos' Vater steigt aus dem Wagen, um das Garagentor zu öffnen, wobei er sich wahrscheinlich inständig wünscht, in ein automatisches Tor investiert zu haben. Das Einzige, was er sagt, ist, dass er nichts sagen wird.

Señor Bustos ist ein noch junger Mann, den die Abwege seines jüngsten Sohnes jedoch vorzeitig um viele Jahre haben altern lassen. Der Ansturm der Journalisten lässt ihn beschämt den Kopf einziehen, bis es ihm gelingt, wieder ins Auto zu steigen.

Die Journalisten setzen die Belagerung unerbittlich fort. Einer löst sich aus der Gruppe seiner Kollegen, um zu telefonieren.

Daniela hält mit dem Auto neben dem Journalisten und lässt das Seitenfenster runter. Der Rauch, der sie umgibt, zieht nach draußen.

»Es tut mir furchtbar leid, Liebling«, hört sie den Journalisten ins Handy sagen, »aber ich kann nicht mit dir zu dieser Ausstellung gehen. Von hier aus muss ich gleich weiter zum Beerdigungsinstitut ... Ja, ich weiß, aber ich bin noch in Las Rozas und hab keine Ahnung, wie lange das noch dauern wird. Ich verspreche, dass ich das wiedergutmache.«

»Entschuldigen Sie«, spricht Daniela ihn an und weist mit dem Blick auf das Haus, in dem der Pädophile wohnt. »Wissen Sie, ob er noch mal rauskommt oder irgendeine Erklärung abgeben wird?«

»Ich denke nicht«, entgegnet Álvaro, wobei er das Telefon zuhält. »Einige sind sogar der Meinung, dass er gar nicht hier ist.«

Daniela bedankt sich und fährt beruhigt davon, in dem Wissen, dass heute die Journalisten die Bewachung für sie übernehmen.

»Liebling«, spricht Álvaro wieder ins Handy, »da ruft gerade jemand mit einer unbekannten Nummer an. Es tut mir wirklich leid. Ich liebe dich.«

»Ich dich auch, und du weißt, dass du mir jetzt etwas schuldig bist.«

Álvaro hofft, dass er nicht den falschen Knopf drückt, denn allzu oft beendet er aus Versehen beide Gespräche.

»Ja, bitte?«

»Álvaro Herrero?«, fragt eine raue Stimme.

»Ja, ich bin dran.«

»Ich bin Serafin Rubio, Chefredakteur von *El Nuevo Diario*. Wären Sie daran interessiert, unsere Redaktion ›Aktuelles‹ zu übernehmen?«

»Ja, sicher.« Álvaros Herz macht einen Sprung. »Aber ist das nicht die Stelle von Marta Aguilera?«

»Die ist Geschichte. Ich will Sie morgen früh um acht pünktlich hier in der Redaktion sehen. Wenn Sie auch nur eine Minute zu spät kommen, geb ich den Job einem anderen.«

Viele Leute würden sich erschrecken, würde ihr zukünftiger Chef am Telefon in einem derartigen Ton mit ihnen sprechen, Álvaro jedoch ist glücklich. In der Branche weiß jeder, dass Serafin Rubio jeden anbellt, aber ein guter Journalist ist.

Noch einmal versucht er, Marta zu erreichen, und wundert sich, dass sie wieder nicht ans Telefon geht.

Auf dem Heimweg überlegt Daniela, wie sie das noch ausstehende Gespräch mit ihrem Sohn angehen soll. Sie kann nicht länger einfach wegsehen, aber sie weiß auch nicht, was sie tun soll. Sie wird versuchen, ruhig und vernünftig mit ihm zu reden, aber fünf Minuten später wird er sie schon anschreien und ihr vorwerfen, dass sie ihn als kleines Kind alleingelassen und sich nie um ihn gekümmert hat.

Als sie die Wohnung betritt, erwartet sie, Sergio bereits in Kampflaune vorzufinden, doch stattdessen trifft sie auf ein schutzbedürftiges Kind. Vollkommen entsetzt kommt er mit der Fernbedienung des Fernsehers in der Hand zur Tür.

»Was ist los, Sergio?«, fragt Daniela erschreckt.

»Sie melden es gerade auf allen Sendern, Mama.«

»Was denn?«

Sergio zieht seine Mutter vor den Fernseher und sucht einen Nachrichtenkanal. Dort haben sie gerade von Jonás Bustos' Freilassung berichtet, und die Moderatorin ergreift erneut das Wort: »Das ist an diesem Tag nicht die einzige kontrovers diskutierte Entscheidung der spanischen Justiz. Heute Morgen hat der Nationale Gerichtshof verfügt, auch die ETA-Terroristin Amaya Eiguíbar auf freien Fuß zu setzen, die 1995 wegen eines Sprengstoffanschlags in einem Einkaufszentrum in Madrid verurteilt wurde, bei dem neunzehn Personen ihr Leben verloren, darunter mehrere Minderjährige.«

Sprachlos wenden Daniela und ihr Sohn den Blick vom Fernseher ab, denn dort werden erneut die Bilder der verheerenden

Zerstörung gezeigt, die die Bombe aus dreißig Kilo Ammonal, hundert Liter Benzin, Seifenflocken und Klebstoff, die zu achtzig Kilo schwerem Sprengstoff zusammengefügt worden waren, angerichtet hatte.

»Die Aufhebung der Parot-Doktrin, laut der schwere Straftäter unter bestimmten Umständen länger als dreißig Jahre inhaftiert werden können, löst erneut eine Kontroverse aus«, erklärt der Reporter, der in einem Bildausschnitt eingeblendet wird. »Amaya Eiguíbar alias *Katu*, die zu einer Gefängnisstrafe von insgesamt fast dreitausend Jahren verurteilt wurde, wird nun nach gerade einmal einundzwanzig verbüßten Jahren in die Freiheit entlassen. Die Strafkammer hat dem Ersuchen ihres Anwalts entsprochen, und ihre Rückkehr nach Hernani wird in den nächsten Tagen erwartet. Der Opferverband Colectivo de Víctimas del Terrorismo hat die Entscheidung als unzumutbar bezeichnet und fordert, dass geeignete Maßnahmen ergriffen werden, um mögliche Feierlichkeiten im Heimatort der Terroristin zu verhindern.«

Daniela steht noch mehrere Minuten reglos vor dem Fernseher, obwohl dort inzwischen bereits über internationale Politik berichtet wird.

»Das können die doch nicht machen, Mama!«, ergreift Sergio schließlich das Wort. »Die können doch eine solche Mörderin nicht einfach so freilassen.«

»Ich weiß es nicht, Sergio.«

»Diese Drecksau hat Papa und David ermordet!«

Sergio feuert die Fernbedienung gegen die Wand und schließt sich türenknallend in seinem Zimmer ein.

Daniela verlässt die Wohnung und betritt zum ersten Mal nach vielen Jahren eine Bar, um etwas zu trinken.

✦

Ich weiß nicht, warum, aber ich hab noch nie viel vom Glücksspiel gehalten. Da ich jedoch für das Interview mit Jonás Bustos schon nach Hoyo de Manzanares fahren muss und nicht mehr die Zeit habe, nach Las Vegas zu reisen, habe ich beschlossen, auf dem Rückweg am Casino von Torrelodones haltzumachen. Ich will immer noch all mein Geld verprassen, und etwas Besseres fällt mir nicht ein. Während ich mich vor dem Spiegel zurechtmache, muss ich bei dem Gedanken lächeln, dass ich, obwohl ich ja eigentlich verlieren will, sicher mit einem dicken Gewinn aus dem Casino rausmarschieren werde. Solche Dinge geschehen, und bisher hat noch niemand eine wissenschaftliche Erklärung dafür gefunden.

Ich ziehe zum ersten Mal ein Kleid von Carolina Herrera an, ein Paar Schuhe von Magrit, und als ich meine Ohrringe anlege, stelle ich fest, wie gut mir das Armband von Fiona Hansen steht, das mir mein Ex-Freund an dem Abend, an dem ich mit ihm Schluss gemacht habe, geschenkt hat. Eigentlich hatte ich vor, es ihm in ein paar Tagen mit der Post zurückzuschicken, aber als ich es so in dem Schmuckkästchen hab liegen sehen, konnte ich nicht widerstehen. Es muss ja niemand davon erfahren, dass ich es ein Mal getragen habe.

Ich nehme Álvaros dritten Anruf entgegen, als ich vergeblich versuche, meinen Peugeot 207 zu starten, der nur selten die Garage verlässt und wegen dem ich – wenn ich Hoyo de Manzanares überhaupt erreiche – mehr als eine halbe Stunde zu spät zu meinem letzten Interview als Journalistin kommen werde. Mein ehemaliger Kommilitone fragt mich erschreckt, was passiert ist und warum man ihm meine Stelle angeboten hat, und ich erkläre, dass ich gekündigt habe, weil ich eine Auszeit bräuchte. Ich beglückwünsche ihn zum neuen Job und sage ihm, dass er mich gerade in einem unpassenden Moment erwischt habe und ich mich gern mal von ihm einladen lasse, um ihm alles in Ruhe zu erklären.

Wenig später informiere ich den Mann mit dem Abschleppwagen, dass ich schon mal Probleme mit der Benzinpumpe hatte und es vielleicht daran liegen könnte, woraufhin er mir erklärt, dass es diesmal an der Batterie liegt. Er schließt ein tragbares Ladegerät an meinen Wagen an, und nach mehreren vergeblichen Versuchen, bei denen sich der Motor über die lange Zeit der Untätigkeit beklagt, stößt er hustend eine Rauchwolke aus.

Als ich endlich die Landstraße nach La Coruña nehme und dabei eine alte CD von Antonio Vega höre, ist es bereits nach halb zehn. Ich bin versucht, gleich beim Casino anzuhalten und Jonás Bustos einfach zu vergessen, fahre dann jedoch weiter und lasse die Ausfahrten nach Pozuelo de Alarcón, Majadahonda und Las Rozas hinter mir, um in Torrelodones abzufahren. Das GPS meines Handys zeigt an, dass ich einer kurvigen Landstraße folgen muss, bis ich wenige Kilometer später nach Hoyo de Manzanares komme, einem hübschen kleinen Ort mit modernen Einfamilienhäusern zwischen alten Steingebäuden.

Ich durchquere das Zentrum und gelange in das Straßengewirr eines Wohngebietes. Als ich schließlich die richtige Straße gefunden habe, bin ich nicht in der Lage, meine eigene Schrift zu lesen und zu entziffern, ob der Pädophile mich im Haus Nummer 26 oder 76 erwartet.

Im Garten des ersten Hauses, das ich aufsuche, sind ein paar Mädchen von etwa acht Jahren mit Seilspringen beschäftigt. Ich denke mal nicht, dass die Familien hier den neuen Nachbarn begrüßen wollen, indem sie ihre Kinder direkt vor seiner Nase versammeln, und bin versucht, an der Tür zu klingeln, um die Eltern der Kleinen auf die Gefahr hinzuweisen, lasse es dann aber.

Bei dem anderen Haus sehe ich, wie sich Jonás Bustos gerade von einem wie ein Dealer aussehenden Südamerikaner in einer signalroten Jacke verabschiedet, was mir kurzfristig einen Brechreiz verursacht. Ich warte, bis der Dealer weg ist, und steige dann aus dem Auto.

»Wir waren um acht verabredet, und jetzt ist es fast zehn«, sagt er verächtlich.

»Verzeihung«, entgegne ich mit unschuldigem Gesicht, »ich hatte ein Problem mit dem Wagen, und anschließend hab ich mich verfahren.«

Er mustert mich anzüglich, wohl in dem Gedanken, dass ich mich für ihn so schick gemacht habe, und lässt mich schließlich eintreten. Das Innere des Hauses ist so, wie ich es mir bei allen Häusern auf dem Land vorstelle: rustikale Holzmöbel, die Köpfe von ausgestopften Tieren an den Wänden, alte Teppiche und ein Fernseher neben dem Kamin.

Jonás Bustos ist groß und schlaksig mit kleinen Augen und scheuem Blick – ein Wolf im Schafspelz. Seine Stirn ist mit Pickeln übersät, und das gegelte Haar klebt ihm am Schädel. Er hat einen dürren Hals und einen vorstehenden Adamsapfel, der sich jedes Mal, wenn er den großen Mund öffnet, nach oben und unten bewegt. Meine Abneigung diesem Typen gegenüber steigert sich, als er mir seine verschwitzte, schlaffe Hand reicht. Erneut steigt Brechreiz in mir auf.

»Ist was?«, fragt er genervt.

»Nein, nichts. Wo machen wir das Interview?«

Wir gehen zum Küchentisch, der wie alle anderen Möbel aus rustikalem Holz ist. Ich hab in meinem Handy den Flugzeugmodus eingestellt, damit uns niemand stört, und nehme das Gespräch auf. Der Kinderschänder und Mörder raucht ununterbrochen und geht ein halbes Dutzend Mal ins Badezimmer, offenbar, um die Ware des Dealers auszuprobieren.

Ich kann mich nicht konzentrieren, was die Qualität des Interviews deutlich beeinträchtigt. Meine letzte Arbeit wird wohl nicht meinen zukünftigen Kollegen an der Uni als Beispiel für gelungenen Journalismus dienen und in die Geschichte eingehen.

»Sie haben gesagt, dass Sie von der Polizei misshandelt wurden?«, frage ich gleichgültig.

»Diese Inspectora hat mich von Anfang an unter Druck gesetzt. Heute noch hat sie mich auf dem Kommissariat bedroht.«

»Und warum haben Sie sie nicht gleich dort angezeigt?«

»Als ob das etwas bringen würde! Ich mach das lieber über Ihre Zeitung. Sie hat mir gesagt, dass es ihr egal ist, dass ich unschuldig bin, dass sie irgendwen festnehmen musste. Und da hat es eben mich getroffen.«

Für einen Moment habe ich einen Blackout, und danach sehe ich ihn an und versuche all meine Verachtung, meinen Ekel und meinen Widerwillen in diesen Blick zu legen, wie ich es in dem Schauspielkurs gelernt habe, den mir einer meiner Ex-Freunde vor Jahren mal geschenkt hat.

»Niemand glaubt, dass Sie unschuldig sind. Ich auch nicht. Ich bin immer mehr davon überzeugt, dass Sie dieses Mädchen entführt und missbraucht und dann mit diesen Händen eines Schweinehunds erdrosselt haben.«

Jonás Bustos sieht mich überrascht an. Er beginnt zu schwitzen, und ich folge mit meinem Blick einem Schweißtropfen, der von seiner linken Schläfe über die Wange hinabläuft. Dabei dreht sich mir fast der Magen um.

»Was für eine Scheißjournalistin sind Sie?«, sagt er wütend. »Ich könnte Sie wegen Verleumdung verklagen!«

»Was haben Sie an jenem Tag in der Nähe des Hauses gemacht, wo das Mädchen wohnte?«

»Ich hab getankt, wovon Sie sich gern überzeugen können. Aber das war lange vor der Entführung. Ich bin unschuldig, es gibt keinen Beweis gegen mich.«

Ich lasse ihn nicht aus den Augen, und mein Blick bleibt an seiner Zunge hängen, mit der er in meinen schrecklichen Fantasien die kleine Lucía abgeleckt hat und die nun immer wieder aus seinem Mund zuckt und darin verschwindet. Ich sehe auch die getrockneten Speichelreste in seinen Mundwinkeln und den weißlichen Rotz in seinem linken Nasenloch, und mir wird so schlecht, dass ich fürchte, mich jeden Moment übergeben zu müssen.

»Entschuldigen Sie«, sage ich. »Ich muss mal kurz ins Bad, und dann werde ich verschwinden. Das Interview ist beendet.«

Ich nehme mein Handy und stecke es in die Tasche. Im Badezimmer wasche ich mir das Gesicht mit kaltem Wasser, doch es hilft nicht, mir ist noch immer kotzübel. Ich muss dringend von hier verschwinden.

Als ich das Badezimmer verlasse, sehe ich, dass die Tür zur Garage geöffnet ist. Ich schalte das Licht ein und stelle fest, dass ein weißer VW Golf darin steht. Erneut muss ich würgen, doch ich reiße mich zusammen, gehe um das Auto herum und betrachte es mir genau. Der Pädophile kommt herein, als ich gerade den Kofferraum durchsuche.

»Was, verdammt noch mal, tun Sie da?«, fragt er aggressiv.

»War es dieses Auto? Haben Sie Lucía darin mitgenommen?«

Ich sehe an seinem Blick, dass er sich unwohl fühlt, und spüre plötzlich einen enormen Druck im Schädel, sodass ich schwören könnte, dass mein Tumor gerade um mindestens einen Zentimeter gewachsen ist. Mir wird schwarz vor Augen, und ich muss mich auf dem Autodach abstützen, um nicht umzufallen.

»Selbst wenn es so war, gibt es keine Beweise.«

»Und du meinst, dass du einfach so davonkommst?«

»Sieht so aus«, sagt er überheblich. »Jetzt hau ab, oder ich schmeiß dich raus, du Nutte!«

Als ich spüre, wie er mich anfasst, scheinen sämtliche Nerven in meinem Körper zu explodieren. Ich schubse ihn mit aller Kraft von mir. Daraufhin sieht er mich mit blitzenden Augen an, als habe er auf so etwas gewartet, um einen Grund zu haben, mich anzugreifen.

»Dir werd ich's zeigen, du dreckiges Miststück!«, spuckt er mir aufgebracht entgegen.

»Wirst du mich auch vergewaltigen, oder geht dir nur bei kleinen Mädchen einer ab, du degeneriertes Schwein?«, frage ich herausfordernd und weiche zurück.

Der Pädophile lächelt breit und stürzt sich auf mich, doch ich empfange ihn mit der gleichen Kombination, mit der ich schon die junge Frau im Fitnesscenter umgehauen habe. Sein nächster Angriff ist heftiger, und obwohl ich ein paar Treffer landen kann, muss ich einen heftigen Schlag aufs Kinn einstecken, der mich rückwärts zu Boden schickt. Eine Sekunde später ist er auf mir.

»Soll ich dir erzählen, wie ich's dem Mädchen gegeben hab, du Nutte?«

Ich versuche, mich zu befreien, doch er hat mich fest im Griff. Als ich tastend nach etwas suche, um mich zu verteidigen, spüre ich plötzlich den kalten Stahl von etwas, was sich wie eine Rohrzange anfühlt. Beinahe gleitet sie mir aus den Fingern, doch es gelingt mir, sie zu umfassen, und ich verpasse ihm mit aller Kraft einen Schlag auf den Schädel, so heftig, dass der Kopf der Zange darin stecken bleibt. Ein Schwall Blut spritzt mir ins Gesicht, und angeekelt schiebe ich den erschlaffenden Körper von mir. Dann schaue ich zu, wie Jonás Bustos, der Vergewaltiger und Mörder der kleinen Lucía Abad, mit weit aufgerissenen glänzenden Augen auf dem Boden der Garage, neben dem Wagen, in dem er nach seinem unschuldigen Opfer gesucht hat, verblutet.

Eine Stunde später sitze ich im Auto, ohne mich daran erinnern zu können, was ich in der Zwischenzeit getan habe. Vielleicht war ich einfach ohnmächtig. Als ich mich im Rückspiegel betrachte, sehe ich, dass ich voller Blut bin, und stelle entsetzt fest, dass das Fiona-Hansen-Armband verschwunden ist.

»Scheiße ...«

Verzweifelt suche ich auf dem Boden des Wagens und an meiner Kleidung danach, und zum Glück finde ich es; es hat sich an meinem Kleid verhakt. Der Verschluss ist kaputt, was sicher während des Kampfes passiert ist. Ich stecke es in die Tasche, versuche, mich zu beruhigen, starte den Wagen und verschwinde über die Dorfstraße.

Während des Fahrens denke ich fieberhaft nach und beschließe, dass ich die blutbesudelte Kleidung loswerden muss. Auf der Straße nach Torrelodones biege ich in einen Feldweg ein und steige nach ein paar Hundert Metern aus dem Wagen. Um mich herum sind nur Felder und Wiesen. In der Ferne höre ich das Muhen von Kühen.

Im Kofferraum des Wagens finde ich eine Sporttasche, die ich möglicherweise vor Monaten dort vergessen habe, was mir in diesem Moment sehr entgegenkommt. Ich ziehe mich aus und wasche mich mit dem Wasser aus einem Fünf-Liter-Kanister, von dem ich nicht weiß, wie er in mein Auto gelangt ist. Anschließend schütte ich Benzin aus dem Ersatzkanister auf die schmutzige Kleidung. Der Anblick des Feuers beruhigt mich, wobei es mich gleichzeitig ausgesprochen wütend macht, das Carolina-Herrera-Kleid verbrennen zu sehen. Dennoch hätte ich nie gedacht, dass es mir derart guttun würde, jemanden umgebracht zu haben.

Als ich nach Hause komme, entledige ich mich der Sportkleidung und stelle mich länger als eine Stunde unter die Dusche. Danach gelingt es mir, zum ersten Mal, seit ich weiß, dass in meinem Kopf ein Fremdkörper wächst, friedlich einzuschlafen.

◆

In dieser Nacht hat Nicoleta fünf Kunden für jeweils vierzig Euro bedient, drei davon im Auto. Der Zustand, in dem sie sich befindet, erlaubt ihr nicht, ihren üblichen Grace-Kelly-Tarif zu nehmen. Mit dem Geld, das sie verdient, bezahlt sie die Kommission, die sie an die Mädchen zahlt, die ihr erlauben, am Eingang der Calle Montera zu stehen, und von dem Rest kauft sie sich Heroin.

Als sie zu Hause in der Kaffeedose unter der Spüle nachsieht, ist dort keine Spur mehr von dem Geld, das die Journalistin dagelassen hat, und Nicoleta hat keine Ahnung, wo es geblieben ist.

Einmal mehr denkt Nicoleta daran wegzulaufen, so weit sie kann, und sich zu verstecken. Doch sie wird nie vergessen, was der erste Zuhälter nach der Übernahme ihrer Schulden zu ihr gesagt hat: »Du kannst gehen, wohin du willst, Nicoleta, aber wenn du nicht zurückkommst oder mit deiner Familie oder der Polizei sprichst, werden wir dich finden, und danach gehen deine Schulden auf deine Schwester Alina über.«

Nicoleta denkt an ihre Schwester, die nun in wenigen Monaten siebzehn Jahre alt wird. Es kann sein, dass sie Alina schon längst haben und sie auf dem gleichen Weg ist, den sie selbst hinter sich hat, vielleicht aber auch nicht.

Zum ersten Mal überwindet sie die Angst, die sie ihr ständig einflößen, sucht nach Papier und Stift und schreibt zwei Briefe. Den ersten in dem gleichen Ton wie die anderen Briefe, die man sie seit ihrer Entführung alle paar Monate zu schreiben zwingt. Dieser Brief wird bald von einem Rumänen der Organisation abgeholt werden:

Liebe Mutter,

Ich schreibe Dir aus London, wo ich gerade im letzten Casting um eine Werbekampagne für eine bekannte Shampoomarke bin. Die anderen Mädchen sind superhübsch, was es mir sehr schwer machen wird, den Vertrag zu bekommen, aber ich werde die Gelegenheit nutzen, um Kontakte zu knüpfen. Der Modelberuf ist hart, sagt meine Agentur. Es tut mir leid, dass ich Euch nicht öfter Geld schicken kann, aber die Reisen und die Agentur sind nicht billig. Trotzdem kann ich gut leben, und es fehlt mir an nichts. Ich hoffe, dass es Euch genauso geht. Wenn Gott will, werden wir uns bald wiedersehen. Gib meinen Geschwistern und meinen Neffen und Nichten einen Kuss von mir und einen ganz besonders dicken an Vater und die Großeltern. Ich umarme Dich ganz fest und werde Dir bald wieder schreiben. Bete für mich.

Nicoleta

Sie steckt den Brief in einen Umschlag, atmet tief durch und schreibt den nächsten.

Liebe Alina,

bitte glaub nichts von dem, was ich in den Briefen an unsere Mutter schreibe. Es tut mir leid, dass ich seit meinem Weggang aus Sibiu nicht mehr bei Euch gewesen bin, aber die Dinge sind nicht so gut gelaufen, wie ich es mir erhofft habe. Ich habe niemals einen Laufsteg oder eine Fernsehbühne betreten, all das war gelogen. Vielleicht werden wir uns eines Tages wiedersehen, aber dafür musst Du Dir gut merken, was in diesem Brief steht, ihn anschließend vernichten und mit niemandem darüber reden.

Geh fort, Alina, weit fort! Vergiss alle und nimm einen Zug, der Dich weit weg bringt! Vertrau niemandem, der behauptet, mich zu kennen oder in meinem Namen zu sprechen, weil diese Leute Dir nur wehtun wollen! Sie werden Tag und Nacht fremden Männern erlauben, mit Dir zu machen, was sie wollen, egal, wie alt sie sind oder ob Du sie ekelhaft findest. Verabschiede Dich von niemandem und versteck Dich bitte, so gut Du kannst! Wenn der Mann, der mich mitgenommen hat, oder irgendein anderer auch nur in Deine Nähe kommt, dann lauf, so schnell Du kannst!!

Deine Dich liebende Schwester

Nicoleta

Sie verschließt den Umschlag und schreibt *Für Alina Serban* neben die Adresse der Cafeteria Baraka in der Baleastraße in Sibiu. Wenn es das Lokal noch gibt und es noch von denselben Eigentümern geführt wird, werden sie wissen, wo sie ihre Schwester finden.

Bevor Nicoleta die Wohnung verlässt, um den Brief in den Briefkasten zu werfen, macht sie sich einen Kaffee, doch kaum hat sie ein paar Schlucke getrunken, erinnert sie sich an das Tütchen mit dem Heroin in ihrer Tasche. Und auf einmal ist alles andere weit weg. Sie legt eine beträchtliche Menge auf den Löffel, feuchtet es mit Wasser an und erhitzt es über der Flamme einer Kerze. Als es anfängt zu brodeln, zieht sie die weißliche Mischung in ihrer Spritze auf und injiziert sie sich in den Fußknöchel, um die Einstechmale, so gut es geht, zu verbergen. Die Wärme erfasst in wenigen Sekunden jede Stelle in ihrem Körper, und sie verdreht die Augen.

Normalerweise tut der Schuss ihr gut, sorgt dafür, dass sie vergisst, wer sie ist und wie es so weit kommen konnte. Aber heute ist die Reise ein Albtraum. Ihre Kleidung kratzt unerträglich auf ihrer Haut, und sie muss sie ausziehen. Sie geht ins Badezimmer, um sich, nackt herumtaumelnd, mit kaltem Wasser abzuduschen. Dann schaut sie zwanzig Minuten lang in den Spiegel, voller Hass auf das, was sie sieht. Sie sucht nach einem Messer und beschließt, sich diese Brüste abzuschneiden, die sie sich für jenen italienischen Freier hat machen lassen, der sie schon bald gegen eine andere ausgetauscht hat, die hübscher war als sie.

Nicoleta steht so stark unter Drogen, dass sie den Schnitt kaum spürt und erst zusammenbricht, als sie sich bereits ein Implantat herausgerissen hat und ihr Blut das Waschbecken überschwemmt.

◆

Daniela Gutiérrez wird trotz ihrer Brille mit den dunklen Gläsern so stark von der Sonne geblendet, dass sie sich in Hoyo de Manzanares verfährt. Doch als sie das Wohngebiet gefunden hat, weiß sie wieder, wo das Haus liegt. Eigentlich hat sie sich vorgenommen, bis zu Lucía Abads Beerdigung bei Sergio zu bleiben, um mit ihm gemeinsam zu versuchen, die Freilassung der Mörderin ihres Mannes und ihres älteren Sohnes zu verkraften, doch wieder einmal hält sie etwas Wichtiges davon ab, sich um den ihr verbliebenen Sohn zu kümmern.

Die örtliche Polizei hat den Anruf einer Nachbarin erhalten, der aufgefallen ist, dass bei dem Haus der Familie Bustos die Tür offen steht. Nun halten die Beamten die neugierigen Nachbarn und die Journalisten zurück, die sich vor Ort versammelt haben.

Álvaro läuft Daniela entgegen, kaum dass er sie erspäht hat. Sie hat gerade einen Fuß auf die Straße gesetzt, als er auch schon auf sie einredet. »Sie müssen mir einen Gefallen tun, Inspectora. Heute ist mein erster Tag bei *El Nuevo Diario*, und ich darf nicht mit leeren Händen kommen.« Álvaro sieht sie flehend an. »Eine Hand wäscht die andere, was sagen Sie?«

»Im Moment weiß ich nicht mehr als Sie.«

Daniela bahnt sich ihren Weg zwischen den Journalisten hindurch, zeigt den Kollegen ihre Marke und gelangt über einen weißen Kiesweg zur Haustür. Sie geht verhalten, denn sie will sich keine vergeblichen Hoffnungen machen, bis die Nachricht, mit der sie am Morgen geweckt worden ist, sich bestätigt hat. Beim Eintreten trifft sie auf einen Kollegen, der, von dem Anblick erschüttert, seiner Frau am Handy erzählt, was er gerade gesehen hat. Während die Inspectora wartet, dass er das Gespräch beendet, sieht sie sich um.

»Inspectora Gutiérrez«, stellt sie sich schließlich vor und zeigt erneut ihre Marke. »Was ist passiert?«

»Ein Blutbad«, erklärt der Polizist. »Jonás Bustos ist tot.«

»Ist es sicher, dass er es ist?«

»Absolut. Ich hab ihn erst gestern im Fernsehen gesehen und werde dieses Gesicht nie vergessen.«

Daniela atmet erleichtert auf. Etwas Schöneres hätte der Mann kaum sagen können. Jetzt können viele kleine Mädchen in Ruhe schlafen, bis der nächste Perverse auftaucht.

»Kann ich ihn sehen?«

»Das ist kein schöner Anblick.«

»Ich werd's ertragen.«

»Wie Sie möchten. Hier entlang.«

Die Inspectora folgt dem Kollegen durch den Flur bis zur Tür zur Garage. Dabei kommen ihnen zwei junge Polizisten entgegen, die aussehen, als wäre ihnen gerade das Frühstück hochgekommen. Der, der ihr den Weg zeigt, bleibt vor der Tür stehen und informiert sie, wo sie hingehen muss. »Ich hab das schon gesehen, und das reicht mir.«

Obwohl sich Daniela in den letzten Tagen mehrfach gewünscht hat, Jonás Bustos tot zu sehen, sorgt der Anblick, der sich ihr nun bietet, dafür, dass sie ein Taschentuch herausnimmt und es sich instinktiv vor den Mund hält. Der Gerichtsmediziner und mehrere Polizeifotografen stehen um einen blutbespritzten weißen VW Golf herum. Jonás Bustos liegt, übel zugerichtet, auf dem Boden. Auf den ersten Blick ist ein stählerner Gegenstand zu sehen, der aus seinem Schädel ragt und ihn wie die makabre Darstellung eines Einhorns aussehen lässt.

Der Gerichtsmediziner kommt auf Daniela zu.

»Todesursache?«, fragt sie, ohne das Tuch vom Gesicht zu nehmen.

»Er ist mit einer Rohrzange erschlagen worden. Anschließend wurde er verstümmelt, wobei ihm unter anderem die Geschlechtsorgane abgeschnitten und in den Mund gesteckt wurden.«

»Das hätte ich nicht besser machen können. Irgendwelche Spuren?«

»Wir sind dran, aber wie es aussieht, hat jemand seine Fingerabdrücke sorgfältig weggewischt. Der junge Mann war übrigens völlig zugedröhnt«, fügt der Gerichtsmediziner hinzu. »Im ganzen Haus sind Spuren von Kokain zu finden.«

»Ist das die Tat eines Dealers?«

»Es ist nicht meine Aufgabe, das herauszufinden.« Der Gerichtsmediziner hält der Inspectora eine kleine verschließbare Plastiktüte hin, eine sogenannte Sicherheitstasche für die forensische Spuren- und Beweissicherung. »Das haben wir neben einem der Autoräder gefunden.«

Daniela mustert den kleinen Gegenstand verwundert. »Eine Schraube? Was ist an einer Schraube so ungewöhnlich?«

»Ich glaube, sie ist aus Weißgold. Wenn ich recht habe, gehört sie zu etwas sehr Teurem.«

»Zum Beispiel?«

»Ich würde sagen, zu einer Uhr.«

Daniela steckt das Tütchen sorgsam in die Jackentasche. »Todeszeitpunkt?«

»In etwa zwischen dreiundzwanzig und vierundzwanzig Uhr.«

Als die Inspectora ins eigentliche Haus zurückkehrt, trifft sie im Wohnzimmer Joaquín Macías an, den Anwalt des Toten.

»Weiß man schon, wer es war?«

»Ich habe keine Ahnung, wer Ihrem Klienten so etwas angetan haben könnte.« Den bissigen Zynismus kann sie sich nicht verkneifen. »Sieht aus, als wäre er mal besser im Gefängnis geblieben. Auch wenn fraglich ist, wie lange er dort überlebt hätte.«

»Er hat gestern einer Journalistin ein Interview gegeben.« Der Anwalt lässt sich nicht provozieren. »Jonás hat mir gesagt, dass sie um acht verabredet waren.«

»Kennen Sie den Namen der Frau?«

»Marta Aguilera von *El Nuevo Diario*.«

Daniela Gutiérrez bleibt am Anfang des Kieswegs stehen und lässt den jungen Journalisten in den von der Polizei abgesperrten Bereich treten.

»Welche Zeitung haben Sie eben genannt? Die, für die Sie arbeiten?«

»Für *El Nuevo Diario*, seit heute«, antwortet Álvaro.

»Sind Sie mit Marta Aguilera hier?«

»Nein, ich bin ihr Nachfolger. Marta hat vor ein paar Tagen gekündigt. Warum?«

»Wieso hat sie gekündigt?«

»Das fragen Sie sie am besten selbst. Und sonst? Geben Sie mir etwas, was ich schreiben kann?«
»Man hat ihm die Eier abgeschnitten und sie ihm in den Mund gesteckt.«

Daniela durchquert den Pulk der Journalisten, ohne auf deren Fragen zu achten. Relativ ungerührt entscheidet sie, dass sie mit der Ermittlung in diesem Fall nicht mehr viel Zeit verschwenden wird.

Als sie zu Lucía Abads Beerdigung erscheint, hat sich ihre Laune ein wenig gebessert. Sie mischt sich unter die Massen an wütenden Bürgern und feiert mit allen den Tod des Vergewaltigers und Kindermörders.

◆

Ich wache um zehn Uhr morgens auf, nachdem ich mehr als neun Stunden geschlafen habe, und fühl mich so fit wie nie. Seit Monaten habe ich keine so erholsame Nacht mehr verbracht, wahrscheinlich seit meine Zellen beschlossen haben zu mutieren, um mich ins Jenseits zu befördern. Als Erstes schalte ich den Fernseher ein und sehe die Direktübertragung von Lucía Abads Beerdigung, und zwischendurch gibt es eine Liveschaltung nach Hoyo de Manzanares, wobei man jedoch noch nicht genau weiß, was dort geschehen ist. Ich nehme mein Handy und suche nach der Aufnahme meines Interviews mit Jonás Bustos, die zu meiner Überraschung eine Stunde und fünfzig Minuten lang ist.

Ich muss so wütend auf Jonás Bustos gewesen sein, dass ich vergessen habe, mein Handy nach dem Interview auszuschalten, und es hat in meiner Tasche weiter aufgenommen. Nachdem ich den Pädophilen getötet habe, folgt eine Stille von mehr als sieben Minuten, in der nur mein Atem zu hören ist. Die anschließenden Geräusche bringen mir dann alles detailliert wieder in Erinnerung: wie ich ein Messer suche und ihm damit die Eier abschneide, um sie ihm ihn den Mund zu stecken, und wie ich anschließend, sorgfältig auf jedes Detail achtend, alle Spuren beseitige.

Die Aufnahme endet, als ich mich bereit mache, mein Werk zu fotografieren.

Es ist offensichtlich, dass ich den Verstand verloren habe, aber überraschenderweise geht es mir gut dabei. Ich versuche zu verstehen, was mit mir los ist, wieso ich nicht darüber entsetzt bin, einen Menschen ermordet und verstümmelt zu haben, und komme zu dem Schluss, dass mein Glioblastom die vollständige Kontrolle über mein Gehirn übernommen hat. Jedenfalls fühle ich mich glücklich, dass ich die Welt von diesem Abschaum befreit habe, als ob ich endlich begriffen hätte, worin der Sinn meines Lebens besteht, als ob ich dafür geboren wäre. Und das Schlimmste von allem ist, dass ich mich mit großem Vergnügen an jede Einzelheit meines Verbrechens erinnere.

Das Vernünftigste wäre gewesen, die Polizei zu rufen, denn letztendlich habe ich diesen Mann in Notwehr getötet, doch plötzlich hatte ich den unwiderstehlichen Drang verspürt, die Leiche zu schänden, so wie er es mit der kleinen Lucía getan hat.

»Verdammt, ich bin eine völlig durchgeknallte Mörderin ...« Ich sollte entsetzt sein, doch stattdessen grinse ich wie ein Honigkuchenpferd.

Ich mache eine Kopie der Aufnahme, dann tippe ich das Interview ab und füge ein paar ausschmückende Details hinzu, um es anschließend zusammen mit der Aufnahme an Serafin Rubio zu schicken und damit meine berufliche Zusammenarbeit mit *El Nuevo Diario* zu beenden. Zum Abschluss bedanke ich mich noch bei ihm, dass er Álvaro Herrero eingestellt hat.

Als die Inspectora und ihr Assistent an meiner Tür klingeln, bin ich so ruhig, dass ich eine Operation am offenen Herzen durchführen könnte.

»Marta Aguilera?« Die Inspectora zeigt mir mit einer automatischen Geste ihre Polizeimarke. »Ich bin Daniela Gutiérrez, und das ist mein Kollege, Agente Martos. Dürfen wir Ihnen ein paar Fragen stellen?«

»Ich nehme an, es geht um den Tod von Jonás Bustos, oder?«, frage ich scheinbar aufgebracht. »Sie bringen es gerade im Fernsehen.«

»Würden Sie uns hereinlassen? Damit wir ungestört reden können.«

Kaum ist die Inspectora eingetreten, scannt sie, ihre Professionalität zur Schau stellend, mit dem Blick in wenigen Sekunden meine ganze Wohnung. Ich lasse sie nicht aus den Augen und spüre ein eigenartiges Gefühl der Nähe, eine Art Zuneigung, die ich für den Menschen, dessen Ziel es ist, mich für den Rest meines kurzen Lebens einzusperren, nicht empfinden sollte. Der Geruch nach Alkohol und Zigaretten, der von ihr ausgeht, und die tiefe Traurigkeit, die von ihren Augen abzulesen ist, zeigen mir, dass ich einer Frau gegenüberstehe, die außen genauso kalt und innen genauso kaputt ist wie ich selbst. Ich weiß nicht, ob es daran liegt, dass ich mich mit ihr so gut identifizieren kann oder weil sie die Polizistin ist und ich die Mörderin bin, jedenfalls merke ich, dass zwischen uns eine Verbindung besteht, die unsere Schicksale für immer miteinander verknüpft.

Auch die Inspectora scheint zu merken, dass etwas Eigenartiges zwischen uns vorgeht, denn sie betrachtet mich neugierig, ohne ein Wort zu sagen. Ihr Kollege, der sich offensichtlich unwohl fühlt, weil er keine Ahnung hat, was gerade passiert, räuspert sich, und ich reagiere.

»Möchten Sie etwas trinken?«

»Wann haben Sie Jonás Bustos zum letzten Mal gesehen?« Die Inspectora kommt zum Thema.

»Gestern. Ich war bei ihm in Hoyo de Manzanares, um ihn zu interviewen.«

»Zu welcher Uhrzeit?«

»Wir haben um etwa zwanzig nach acht angefangen«, erkläre ich ruhig. »Eigentlich waren wir um acht verabredet, aber ich hab mich in dem Wohngebiet verirrt. Etwa zwischen neun und Viertel nach neun bin ich dann wieder gefahren.«

»Waren Sie allein dort?«, bringt sich der Agente ein. »Ohne einen Fotografen oder sonst jemanden?«

»Ja, das war seine Bedingung. Wie ist er gestorben? Das haben sie im Fernsehen noch nicht gebracht.«

»Was hat er in dem Interview gesagt?«

»Nichts Neues. Er wäre unschuldig und hätte Lucía Abad weder vergewaltigt noch ermordet und dass eine Inspectora der Polizei – also Sie, nehme ich an – ihn immerfort unter Druck gesetzt hat.«

»Könnten wir uns die Aufnahme mal anhören? Sie haben das Interview doch aufgenommen, oder?«

»Die Aufnahme habe ich bereits an meinen Chef geschickt, und Sie müssen ihn danach fragen, Inspectora«, erkläre ich äußerst selbstsicher. »Sie wissen ja, wie das bei diesen Dingen ist.«

»Ich verstehe«, sagt sie und runzelt die Stirn. »Was haben Sie gemacht, nachdem Sie das Haus von Jonás Bustos verlassen haben?«

»Ich bin gleich wieder hergekommen, um zu arbeiten. Man hat nicht oft die Gelegenheit, ein solches Interview zu führen.«

Die Inspectora sieht mich eindringlich an, wendet den Blick dann aber ab, um ihn auf den Tisch mit meinem offenen Laptop und den Berichten und Notizen zum Fall des Mordes an Lucía Abad zu richten. Das, sowie meine Ruhe und dass ich eine zierliche Frau mit abgeschlossenem Studium und ohne Vorstrafen bin, sprechen für mich.

»Waren Sie die ganze Nacht über allein?«, hakt Martos nach.

»Ja. Wie gesagt, ich hab gearbeitet.«

»Warum haben Sie das Interview noch gemacht, obwohl Sie bei der Zeitung gekündigt haben?«

»In Abstimmung mit meinem Chef sollte das Interview meine letzte Arbeit für *El Nuevo Diario* sein. Sein Name ist übrigens Serafín Rubio.«

»Heutzutage ist es ungewöhnlich, dass jemand einen Job wie diesen einfach aufgibt.«

»Ständig Tote und all das Elend haben mir auf die Dauer ziemlich zugesetzt. Ich brauche dringend eine Auszeit.« Ich bin selbst überrascht von meinem Zynismus. »Vielleicht schreibe ich einen Roman.«

»Was ist mit Ihrem Gesicht passiert? Sieht aus, als wurden Sie geschlagen.«

»Wurde ich auch, Inspectora …« Ich zeige auf die Ecke im Wohnzimmer, in der meine rosafarbenen Boxhandschuhe der Marke Everlast hängen. »Ich geh mehrfach in der Woche zum Boxtraining, und gestern haben meine Gegnerin und ich ganz gut zugelangt. Sie können im Fitnessstudio hier ganz in der Nähe nachfragen, wir haben einiges geboten.«

Die Inspectora schweigt einen Moment, was mich ein wenig verunsichert, und nimmt dann ein durchsichtiges Plastiktütchen mit einer winzigen Schraube aus ihrer Tasche. »Erkennen Sie die wieder?«

»Nein«, entgegne ich verwundert. »Warum sollte ich eine Schraube wiedererkennen?«

»Sie ist aus Weißgold und gehört zu einem sehr wertvollen Schmuckstück.«

Verdammt! Der Verschluss des Armbands! Mein Blick wandert zu meiner Handtasche, die auf dem Tisch liegt und in der das Fiona-Hansen-Armband mit dem kaputten Verschluss steckt.

»Ich wünschte, ich könnte mir so etwas leisten«, sage ich schließlich möglichst ruhig, »aber als Journalistin verdient man nicht gerade viel.«

»Sehen Sie sich die Schraube bitte mal ganz in Ruhe an, Señorita Aguilera.«

Würde ich nicht zu jenen zwei Prozent der Menschheit zählen, die keine Gefühle empfinden, was mir in meinem Sozialleben immer

wieder jede Menge Probleme bereitet hat, würde das Tütchen nun in meinen Händen zittern, und die Inspectora wüsste, dass ich lüge.
»Nein. Ich hab ja schon gesagt, dass ich ein solches Schmuckstück nicht besitze.«
Die Inspectora wechselt einen Blick mit ihrem Assistenten, nimmt das Tütchen wieder an sich, und ich merke, dass sie mich im Geiste von ihrer Liste der Verdächtigen streicht. Trotzdem nimmt sie eine Visitenkarte aus ihrer Brieftasche und gibt sie mir. »Hier, meine Telefonnummer, sollte Ihnen noch etwas einfallen. Viel Erfolg mit Ihrem Roman.«

Ich blicke aus dem Fenster und sehe, dass die beiden Polizisten, als sie mein Haus verlassen, gleich zum Fitnesscenter hinübergehen, um sich bestätigen zu lassen, dass ich mir den Schlag ins Gesicht wirklich beim Boxen zugezogen habe und nicht im Kampf auf Leben und Tod mit Jonás Bustos. Zehn Minuten später kommen sie zurück, steigen in ein schwarzes Auto und fahren davon.

Ich verlasse meine Wohnung und gehe ziellos durch die Stadt. Nachdem ich eine Stunde herumgebummelt bin, wird mir auf der Gran Vía bewusst, dass ich mich ganz in der Nähe von Nicoletas Wohnung befinde. Ich hab bisher noch nie das Bedürfnis nach menschlicher Wärme verspürt, aber heute ist mir aus irgendeinem Grund danach, einen Menschen zu sehen, der so etwas wie eine Freundin ist. Diese neuen, mir bisher unbekannten Gefühle verunsichern mich.
Als ich an der Sprechanlage klingle, tritt eine Frau auf mich zu.
»Zu wem wollen Sie?«
»Zu Nicoleta Serban. Eine junge blonde Frau, sehr hübsch …«
»Ja, ich weiß, wer das ist«, fällt mir die Frau ins Wort. »Die Arme. Sie haben sie ins Krankenhaus gebracht.«
»Ins Krankenhaus? Warum?«
»Sie hat versucht, sich umzubringen.«

Ich bin völlig verwirrt, und die Señora merkt, wie sehr mich die Nachricht aus dem Gleichgewicht bringt. Sie sieht mich misstrauisch an, weil sie sicher denkt, dass auch ich eine Prostituierte bin.

»Ist sie eine Freundin von Ihnen?«

»Ja. Na ja, ich bin mit ihrer Familie befreundet.«

»Was ist mit der Miete? Ich bin ihre Vermieterin, und wenn sie hier nicht länger wohnt, muss sie die Wohnung räumen.«

»Ich zahl die Miete für einen Monat im Voraus. Haben Sie einen Schlüssel für die Wohnung?«

Die Señora zögert, bis ich meine Brieftasche zücke, dann gibt sie nach und lässt mich in Nicoletas Appartement.

Am Boden sind Spuren von getrocknetem Blut und Schuhabdrücke – Letzteres wahrscheinlich von den Notfallmedizinern aus dem Krankenwagen –, die von der Eingangstür zum Badezimmer führen.

»Zum Glück hat die Frau im zweiten Stock ihre Hilferufe gehört und die Polizei gerufen«, sagt die Vermieterin. »Die hat das hier so hinterlassen.«

»Ich kümmere mich darum, danke.«

»Auch um die Reinigung? Denn wenn das noch lange so bleibt, zieht der Gestank durchs ganze Haus.«

»Ich lass es säubern, bevor es anfängt zu stinken, keine Sorge.«

Die Vermieterin wirft mir einen bösen Blick zu und zieht sich zurück. Vorsichtig, den Blutflecken ausweichend, gehe ich ins Badezimmer. Das Waschbecken, wo ich zweimal das Geld hinterlassen habe, ist voller Blut. Ich mach den Wasserhahn an und spiele mit dem Gedanken, selbst sauber zu machen, was ich jedoch gleich wieder verwerfe. Anschließend gehe ich durch die Wohnung. Auf dem Wohnzimmertisch liegen zwei Briefe, einer in einem weißen Umschlag, an eine Alina Serban adressiert. Ich öffne ihn, und mit einem Internetprogramm übersetze ich beide Briefe ins Spanische, mache mit meinem Handy jeweils ein Foto und stecke den, der an Alina gerichtet ist, in die Jackentasche.

Bevor ich die Wohnung verlasse, mache ich noch ein paar Fotos im Bad und im Wohnzimmer und verstecke zweitausend Euro in der Tasche, in der ich den Zeitungsausschnitt gefunden habe.

Als ich wieder auf der Straße bin, kaufe ich als Erstes ein paar Briefmarken und werfe Nicoletas Brief an Alina in den Briefkasten, in der Hoffnung, dass er sie noch rechtzeitig erreicht und sie fliehen kann. Dann telefoniere ich ein wenig herum und habe schon bald herausgefunden, dass Nicoleta Serban im Hospital Universitario de la Princesa liegt.

»Sind Sie eine Angehörige?«, fragt der Arzt in der Notfallaufnahme und mustert mich mit strengem Blick.

»Eine Freundin der Familie. Eigentlich könnte man sagen, ja.«

»Señorita Serban ist heroinabhängig, wussten Sie das?«

Ich nicke bekümmert. »Sie bemüht sich, davon loszukommen, aber manchmal hat sie Rückfälle. Hat sie sich die Pulsadern aufgeschnitten?«

»Sie hat sich eine Brust verstümmelt. Im Drogenrausch hat sie sich das Implantat eigenhändig herausgerissen.«

Entsetzt gehe ich zu dem Zimmer, dessen Nummer mir der Arzt genannt hat und in dem ich nur eine halbe Stunde bleiben darf. Dort liegt sie, mit Medikamenten ruhiggestellt und wunderschön. Jetzt sieht sie wieder aus wie Grace Kelly. Der Verband um ihre Brust ist mit Betadine-Lösung getränkt, die die linke Seite des Krankenhauspyjamas befleckt. Ich nehme ihre Hand, und langsam öffnet sie die Augen. Als sie mich sieht, lächelt sie mühsam.

»Die Journalistin …«

Das sind die beiden einzigen Worte, die sie herausbringt, bevor sie erneut die Augen schließt, aber ich bleibe bei ihr und halte ihre Hand, bis ich eine halbe Stunde später das Zimmer verlasse.

Am Eingang des Krankenhauses bleibt mein Herz vor Schreck beinahe stehen, als ich ohne Zweifel jemanden erkenne, über den ich mich im Internet schlau gemacht habe: Cornel Popescu. Er unterhält sich rauchend mit einem Riesen von fast zwei Metern, der mit Sicherheit mehr als hundertfünfzig Kilo wiegt.

Ich nehme eine Zigarette heraus und nähere mich den beiden so weit wie möglich.

»Wir müssen sie loswerden, Yurik«, sagt der Zuhälter in korrektem Spanisch mit rumänischem Akzent eiskalt zu seinem Leibwächter.

»Sie kann uns noch viel Geld bringen, Cornel«, entgegnet der andere, Yurik, mit gesenkter Stimme und einem russisch klingenden Akzent. »Sie ist immer noch die Beste.«

»Jetzt ist sie ein Krüppel und zu nichts mehr nutze.«

»Sie kann sich noch mal operieren lassen.«

»Sie wird uns nur Probleme machen. Sprich mit Sorin, und bring zu Ende, was sie angefangen hat.«

Der Russe nickt, und beide betreten das Krankenhaus.

Ich bin vor Schreck wie gelähmt, nachdem ich das gehört habe. Bisher war mir nicht klar, was für ein furchtbares Leben Nicoleta hatte. Nun weiß ich, wie ich ihr den Gefallen zurückgeben kann, den sie mir getan hat, als sie mich vor den Südamerikanern gerettet hat. Es hat mir überraschend gutgetan, jemanden zu ermorden, und ich müsste lügen, würde ich behaupten, dass ich es nie wieder tun möchte. Wie hieß es in der Fernsehserie Dexter noch so schön: »Töten macht süchtig, und niemand trauert einem Schurken hinterher.« So oder so ähnlich.

Cornel Popescu verdient es zu sterben, genau wie Jonás Bustos, und irgendwas sagt mir, dass es an mir ist, für Gerechtigkeit zu sorgen.

Ganz nach dem Talionsprinzip.

2 CORNEL UND NICOLETA

DER TOD VON JONÁS BUSTOS – oder vielleicht liegt es auch nur an meinem Tumor – hat bei mir Erinnerungen geweckt, die ich in den hintersten Winkel meines Gehirns verdrängt hatte. Und wenn jemand so etwas vergessen will, dann kann der Grund dafür nur Scham, Schmerz oder Angst sein. Und da ich weder Scham noch Schmerz empfinde, kommt nur Angst infrage, die Angst vor mir selbst.

Es geschah an einem heißen Tag am Ende des Sommers. Ich war gerade zwölf Jahre alt geworden, und während meine Mutter ihre Lieblingsserie *California Clan* im Fernsehen sah, entschied ich, schwimmen zu gehen. Allerdings musste ich die Eisenbahnschienen überqueren, um dorthin zu gelangen, wo sich Felipe und seine Freunde für gewöhnlich rumtrieben, denn wenn sie mal gerade keine Hunde oder Katzen quälten, warfen sie Steine auf den Expresszug nach Barcelona. Und während sie auf den Zug warteten, übten sie ihre Treffsicherheit an Dimas, einem Jungen mit Downsyndrom.

»Lauf, du Mongo! Mal sehen, wie du den Steinen ausweichst!«

Der Steinregen, der auf Dimas niederging, war so dicht, dass er gar keine Möglichkeit hatte auszuweichen. Es gab keinen Tag, an dem er nicht mit zumindest einer blutigen Wunde nach Hause kam, doch Felipe hatte ihn davor gewarnt, seinen Eltern zu erzählen, woher all die Verletzungen stammten. »Wenn du etwas sagst, nehmen wir uns deine kleine Schwester vor«, hörte ich Felipe mehr als einmal drohen. »Ist es das, was du willst?«

Dimas steckte alle Gemeinheiten ein, damit sie seine Schwester in Ruhe ließen. Im Grunde war er sehr tapfer, so tapfer wie alle Feiglinge, einschließlich mir selbst. Ich wusste, dass, wenn ich etwas sagen würde, Felipe sich an mir rächen würde, aber an diesem Tag waren sie besonders grausam zu Dimas.

»Lass ihn in Ruhe, Felipe!«, schrie ich und versuchte Dimas mit meinem Körper zu schützen.

»Sieh an, wer da den Helden spielt! Marta Aguilucho, das Waisenkind!«

»Ich bin kein Waisenkind!«, wehrte ich mich wütend.

»Nein, noch viel schlimmer«, entgegnete Felipe gnadenlos. »Mir wäre lieber, mein Vater wäre tot, als dass er einfach abhaut, wie deiner es getan hat!«

»Er ist nicht einfach abgehauen, kapier das endlich!«

»Mein Vater hat gesagt, dass deiner mit der Frau des Bäckers durchgebrannt ist, weil deine Mutter verrückt ist und du auch!«

»Halt den Mund, du Blödmann! Wir sind nicht verrückt!«

Ich stürzte mich auf ihn, doch er war mir körperlich überlegen – abgesehen davon, dass er viel kräftiger war als ich, war er auch noch zwei Jahre älter –, und ich hatte gegen ihn keine Chance. Erniedrigt und verletzt, flüchtete ich mich unter einen Baum. Dort weinte ich, weil ich nicht verstand, dass es so gemeine Menschen geben konnte. Wenn es Gott wirklich gab, musste er diesen Jungen doch irgendwie bestrafen ...

Und das tat er dann auch, aber wie!

Erst als es dunkel wurde, traute ich mich, nach Hause zu meiner Mutter zu gehen, die man wegen dieses dummen Geredes *La Loca* nannte – die Verrückte. Als ich erneut die Gleise überquerte, sah ich Felipe wieder. Seine Freunde waren schon wieder zurück ins Dorf gegangen, doch Felipe war noch dort. Als ich näher kam, entdeckte ich neben ihm Dimas, der mit blutendem Gesicht auf den Knien lag.

»Was machst du da, Felipe?«

»Diesem Mongo eine Lektion erteilen!« Um seine Aussage zu bekräftigen, verpasste er Dimas einen Faustschlag, den dieser klaglos einsteckte. »Damit er endlich lernt, dass er mir gehorchen muss.«

»Lass ihn zufrieden!«, schrie ich von der anderen Seite der Gleise her. »Du siehst doch, dass er blutet!«

»Und er wird noch viel mehr bluten«, sagte Felipe und schlug erneut zu. »Geh du endlich nach Hause zu deiner verrückten Mutter!«

In der Ferne war das Pfeifen des Zuges zu hören, der sich noch in der Kurve von Los Olivos befand, doch Felipe beachtete es nicht. Ich bückte mich, nahm einen Stein und warf ihn mit aller Kraft. Obwohl ich eigentlich nicht gut zielen konnte, landete ich diesmal einen Volltreffer; der Stein traf Felipe an der Stirn, und er fiel auf den Hintern.

»Komm her, Dimas!«, rief ich. »Lauf!«

Dimas rannte zu mir herüber, und ich nahm ihn in die Arme. Auf Felipes Stirn bildete sich sofort eine dicke Beule, doch er war ein dorfbekannter Schläger, der so etwas gewohnt war, und erhob sich gleich wieder mit vor Wut blutunterlaufenen Augen. »Ich bring dich um, Marta Aguilucho! Ich schwöre, dass ich dich umbringe!«

Felipe rannte auf uns zu, doch als er die Gleise überquerte, klemmte er sich den Fuß darin ein, und auf einen Schlag veränderte sich sein Gesichtsausdruck. Plötzlich war er nicht mehr der skrupellose Schläger, sondern ein verängstigtes Kind.

»Ich hab mir den Fuß eingeklemmt!«

Mein erster Impuls war, zu ihm zu laufen, um ihm zu helfen, doch Dimas hielt mich an der Hand zurück und sah mich eindringlich an. »Wenn du ihm hilfst, wird er dich verprügeln, und ich will nicht, dass er dich verprügelt.«

Die bittere Wahrheit in seinen Worten war für mich wie eine Offenbarung, und mir wurde bewusst, dass dies die Gerechtigkeit war, die ich den ganzen Nachmittag über erfleht hatte. Der Zug war inzwischen höchstens noch zweihundert Meter entfernt und ließ sein Signalhorn ertönen, doch Felipe gelang es nicht, sich zu befreien. Vergeblich mühte er sich ab.

»Bitte hilf mir!«

»Uns allen wird es ohne dich besser gehen, Felipe«, sagte ich mit einer Kälte, die mir noch heute einen Schauer über den Rücken jagt. »Du hast es verdient.«

»Verzeih mir! Ich schwör dir, dass ich nie wieder jemanden ärgern werde!«

»Tut mir leid, aber dafür ist es zu spät. Der Zug ist so nah, dass wir das nicht mehr riskieren können.«

Hundert Meter, achtzig … Die Bremsen des Zuges kreischten, doch er würde mindestens zweihundert Meter brauchen, um zum Stehen zu kommen. Fünfzig Meter, dreißig, zwanzig …

»Du bist verrückt!«, schrie Felipe. »Verrückt!«

Dann verschwand er vor unseren Augen, und ich fühlte absolut gar nichts. Mein einziger Kummer war, dass ein paar Tropfen von seinem Blut mein Kleid besudelt hatten, das ich am nächsten Tag im Kino anziehen wollte, um mir *Das Schweigen der Lämmer* anzusehen.

»Das ist von jetzt an unser Geheimnis, Dimas. Du musst mir schwören, niemals jemandem etwas davon zu sagen.«

»Ich schwöre es.«

»Sehr gut«, sagte ich lächelnd. »Und jetzt gehen wir zum Fluss, um das Blut abzuwaschen.«

Hand in Hand gingen wir zurück zum Fluss, und während Dimas seine Wunden reinigte, wusch ich in aller Ruhe mein Kleid, als hätten wir nicht gerade den Tod eines vierzehnjährigen Kindes beobachtet.

Am Ende dieses Sommers zog Dimas mit seinen Eltern und seiner Schwester nach Valencia, und ich habe nie mehr von ihm gehört. Ich frage mich, ob er unser Geheimnis jemals irgendwem anvertraut oder ob er es wie ich bewahrt hat. Vielleicht hätte ich Felipe retten können, doch ich habe nie bereut, es nicht versucht zu haben, denn ich bin mir sicher, dass er heute ein Arschloch mehr auf dieser Welt wäre.

Jetzt weiß ich, dass mein Glioblastom nur dafür sorgt, dass ich mir selbst gegenüber ehrlich bin, dass ich dem Leben gegenüber jedoch stets eine gewisse Gleichgültigkeit empfunden habe, vor allem, wenn es um das Leben irgendeines Mistkerls geht.

»Sie wirken heute wesentlich lebhafter.«

»Bitte?«

»Und ein wenig abgelenkt, wie es scheint.«

Ich muss die Erregung, die ich nach dem Mord an Jonás Bustos empfinde, unter Kontrolle bringen, vor allem Doktor Molina gegenüber. Ich nehme an, dass eine so qualifizierte Psychologin wie sie leicht feststellen kann, dass sie einer Psychopathin gegenübersitzt – wenn ich wirklich eine bin –, aber mir drängen sich so viele Fragen auf wie noch nie, und es fällt mir schwer, mich zu konzentrieren. Ich muss unbedingt wissen, warum ich mich so gut fühle und ob es normal ist, dass es mich derartig befriedigt, daran zu denken, was ich mit dem Pädophilen gemacht habe, und mir vorzustellen, was ich in nächster Zukunft mit einem anderen Mistkerl wie ihm machen werde. Und ob es irgendeinem bekannten pathologischen Verhalten entspricht, einen Menschen zu verstümmeln und seine Überreste im Stil von Hannibal Lecter hübsch herzurichten.

»Mein Interview mit einem Pädophilen, bevor dieser ermordet wurde, ist auf der Titelseite erschienen. Haben Sie es nicht gelesen?«

»Herzlichen Glückwunsch«, entgegnet sie nickend. »Ein gutes Interview.«

»Und sicher haben die Antidepressiva, die Doktor Oliver mir verschrieben hat, auch etwas damit zu tun. Die Tabletten können meinen Tod nicht verhindern, aber so sterbe ich wenigstens glücklich.«

Es gelingt mir, Doktor Molina ein leichtes Lächeln zu entlocken, doch sie wird gleich wieder ernst. »Möglich. Haben Sie ein Ziel gefunden, das Sie sich setzen können?«

Ja, tatsächlich werde ich einen Menschen ermorden, der den Tod verdient, einen Verbrecher, den auch viele andere töten würden, hätten sie keine Angst vor den Konsequenzen.

»Nein, noch nicht. Ich überlege, für ein paar Wochen zu verreisen. Vielleicht sehe ich dann klarer. Möglicherweise fliege ich in die Karibik oder zu irgendeiner Insel im Pazifik. Oder sogar nach Australien. Ich wollte schon immer mal das Great Barrier Reef sehen.«

»Das scheint mir eine hervorragende Idee zu sein. Vielleicht könnten Sie einen Freund oder eine Freundin einladen, Sie zu begleiten.«

»Ja, das wäre toll.« Hätte ich keine anderen Pläne, wäre das womöglich tatsächlich eine prima Sache.

Wir verbleiben so, dass ich ihr Bescheid gebe, wenn ich verreise, und dass ich es auch Doktor Oliver mitteile, damit er ein Paket mit Medikamenten und medizinischen Unterlagen für mich zusammenstellt, die ich mitnehmen kann. Dann kehre ich aufgeregt nach Hause zurück, in dem Wunsch, endlich mit der letzten Etappe meines Lebens zu beginnen.

Ich mache mir eine Tasse Tee und setze mich an den Computer, bereit, einem Mörder, Entführer und Frauenhändler nachzuspüren, dem hoffentlich nicht mehr viele Tage zum Leben bleiben ...

◆

Lenuta Popescu wusste gleich nach der Geburt ihres Sohnes Cornel, dass er ein problematisches Kind sein würde. An jenem kalten Januartag im Jahr 1968 arbeitete die Witwe Popescu am Fliessband einer Obstverpackungsfabrik in Buftea, wenige Kilometer von Bukarest entfernt, als sie plötzlich spürte, dass ihr eine Flüssigkeit an den Innenseiten der Beine hinablief. Im ersten Moment dachte sie, sie hätte sich eingenässt, doch gleich darauf wurde ihr klar, dass ihre Fruchtblase geplatzt war, obwohl sie erst im siebten Monat schwanger war. Es blieb keine Zeit mehr, ein Krankenhaus aufzusuchen, sodass sie ihr drittes Kind gleich an Ort und Stelle entband – an einen Stapel Kisten mit Äpfeln gelehnt, die darauf warteten, in die Hauptstadt geliefert zu werden.

Der kleine Cornel war unter einem schlechten Stern geboren: Wäre er zwei Wochen früher auf die Welt gekommen, hätte er seinen Vater noch kennengelernt, soweit man das von einem Neugeborenen überhaupt so sagen kann. Doch durch eine kaputte Verankerung in dem Gebäude, in dem dieser gearbeitet hatte, waren er und zwei seiner Kollegen aus dem neunten Stock in die Tiefe gestürzt. Daher kam der junge Vater nicht mehr in den Genuss, das Gesicht seines erstgeborenen Sohnes zu sehen.

Zu jener Zeit, in den ersten Jahren des Ceaușescu-Regimes, mangelte es nicht an Arbeit, sodass Lenuta ihre beiden älteren Töchter und den kleinen Cornel auch allein durchbringen konnte. Zu Beginn der Achtzigerjahre jedoch gerieten sie in ernsthafte Schwierigkeiten.

Der vierzehnjährige Cornel lächelte beim Anblick der Bilanz des bescheidenen Lebensmittelgeschäfts, das er, seine Mutter und seine Schwestern mit so viel Mühe aufgebaut hatten. Endlich, nachdem sie fünfzehn Monate lang kaum geschlafen und gegessen hatten, hatten sie alle Schulden bezahlt und machten Gewinn. Jedoch nur für kurze Zeit. Denn als Ceaușescu Lebensmittel rationieren liess, wurden sie enteignet und standen wortwörtlich auf der Strasse.

In den folgenden sechs Jahren tat Cornel alles, um seine Familie zu ernähren, und wurde mehrfach von der Polizei des Regimes zusammengeknüppelt. Er konnte nicht verhindern, dass seine Schwestern zwei alte Witwer heiraten mussten, und musste zusehen, wie seine Mutter jeden Tag ein wenig mehr verging. Zu jener Zeit schwor sich Cornel, dass sein Leben nicht immer so sein, dass er irgendwann ganz oben stehen würde.

Mitte Dezember des Jahres 1989 wollte die Polizei von Timişoara und die Securitate – zugleich Nachrichtendienst und Geheimpolizei des kommunistischen Regimes – den ungarischen evangelisch-reformierten Pastor László Tőkés in ein abgelegenes Dorf versetzen, weil er sich im ungarischen Staatsfernsehen regimekritisch geäußert hatte, was den Widerstand der Bevölkerung hervorrief. Was zunächst als kleiner Aufstand begann, weitete sich aus, als die ersten antikommunistischen Proklamationen zu hören waren, und erst recht, als diese bis nach Bukarest vordrangen. So begann die rumänische Revolution von 1989, und zu jener Zeit entdeckte Cornel, damals einundzwanzig Jahre alt, seinen Gefallen an Macht und Blutvergießen.

Cornel war einer der Ersten auf dem Platz vor dem ZK-Palast, als Ceauşescu von einem Balkon aus die Dissidenten von Timişoara verurteilte, und schloss sich gleich denen an, die aus Protest das Wappen des sozialistischen Rumänien aus der Flagge schnitten, was zu einem Symbol der Revolution wurde. Danach kamen Verfolgung, Schüsse und Tod. Elena Ceauşescu, die Frau des Diktators, befahl, alle zu töten und ihre Leichen in Massengräber zu werfen.

An dem Tag, an dem Cornel mit dem Messer den Hals eines Scharfschützen aufschlitzte, der von der Dachterrasse eines Gebäudes aus mehrere seiner Kameraden getötet hatte, und dieser vor seinen Augen verblutete, begriff er, dass es für ihn keinen Weg zurück mehr gab. Zu diesem ersten Toten kamen weitere hinzu, bis

Nicolae und Elena Ceauşescu an den Weihnachtstagen 1989 zum Tode verurteilt und hingerichtet wurden. Nach den Siegesfeierlichkeiten, als der CFSN – der Rat der Front zur Nationalen Rettung, *Consiliul Frontului Salvării Naţionale* – die Kontrolle über das Land übernommen hatte und Cornels Adrenalinspiegel darauf sank, merkte er, dass er wieder Hunger hatte. Die internationale humanitäre Hilfe linderte seinen Appetit, weckte jedoch auch seine Habgier. Es war nicht schwer, sich des erstbesten Transports zu bemächtigen und die Lebensmittel in den Dörfern zu verkaufen, wo die Not am größten war. Und darauf folgten viele mehr, auch mit Kleidung und Medikamenten. So wurde er auf Kosten hilfloser Menschen schnell zu einem reichen Mann, doch die schlimmste Grausamkeit, für die er wirklich den Tod verdient hätte, beging er erst einige Jahre später, als er sich mit einem Hehler traf und auf einem Platz in Sibiu Nicoleta mit ihren Geschwistern erblickte.

Nicoleta Serban war sechzehn Jahre alt, hatte großen Hunger und war eine überwältigende Schönheit, was sie zu einem grausamen Schicksal verdammte. Cornel fuhr sie in seinem Auto spazieren, überhäufte sie mit Blumen und Kleidern, sodass sie sich schließlich in ihn verliebte. Von einem Tag auf den anderen musste sich Nicoleta nicht mehr mit ihren Eltern, fünf Geschwistern und drei Großeltern einen Teller Suppe teilen, sondern speiste in Restaurants mit Wein und Dessert und begann allmählich zu glauben, was Cornel ihr versicherte: Ein Mädchen wie sie, so hübsch und gut gebaut, könnte in Ländern wie Italien, Frankreich oder Spanien alles erreichen. Er würde ihr Agent sein, und zusammen würden sie reich werden. Man würde sich um sie reißen, sie für Kosmetikanzeigen und die begehrtesten Modenschauen buchen. In wenigen Monaten würde sie ihre Eltern, ihre Großeltern und ihre Geschwister nachholen können, damit sie das genießen konnten, was sie als Model in der neuen Welt erreicht hatte, die immer so weit weg gewesen und nun zum Greifen nah war.

Aber so kam es nicht. Nicoleta verbrachte die nächsten sechs Jahre damit, sich in einem Land nach dem anderen zu prostituieren und ihre immer weiter ansteigenden Schulden abzuarbeiten. Bis sie sich in dem Badezimmer einer Madrider Wohnung eine Brust amputierte. Das Letzte, was ihr in den Sinn kam, als sie das Messer ansetzte, war der erste Dezember, der rumänische Nationalfeiertag.

»Ich werde euch Geld schicken und euch meine Adresse geben, sobald wir eine Wohnung gemietet haben, aber Cornel sagt, dass wir in den ersten Wochen sehr viel arbeiten und in Hotels absteigen werden.« Nicoleta jubelte.

»Werden sie Fotos von dir machen, Nicoleta?«

Nicoleta lächelte angesichts der Naivität ihrer kleinen Schwester Alina, die genauso hübsch war wie sie und der damit das gleiche Schicksal drohte.

»Natürlich, Alina. Das ist das Erste, was wir machen, wenn wir in Paris angekommen sind. Cornel hat schon mit einem professionellen Fotografen gesprochen, der für viele Zeitschriften arbeitet.«

Cornel, der auf der gegenüberliegenden Straßenseite im Wagen wartete und endlich losfahren wollte, um seine Beute zu kassieren, drückte auf die Hupe. Nicoleta küsste und umarmte ihre Lieben und schwor ihnen, dass sie sich sehr bald wiedersehen würden. Dann überquerte sie die Straße und trat die Reise in ihre düstere Zukunft an.

Auf dem Weg zum Flughafen nahm Cornel jedoch die falsche Abfahrt.

»Wir werden das Flugzeug verpassen, Cornel.« Nicoleta wurde nervös. »Und der Fotograf erwartet uns doch in Paris.«

»Wir haben jede Menge Zeit, Nicoleta. Ich weiß schon, wo es langgeht.«

»Ich habe gedacht, dass ich in einer Sprachenschule Französisch lernen könnte. Ich bin ziemlich klug und würde es sicher schon nach kurzer Zeit gut sprechen.« Jede Menge Pläne drängten sich ungeordnet in Nicoletas Kopf.
»Das ist hervorragend.« Cornel lächelte und kratzte sich am Kinn. »Dann kannst du auch Fernsehcastings mitmachen.«
Nicoleta war so aufgeregt, dass sie schon wieder dringend pinkeln musste, obwohl sie gerade auf der schmutzigen Toilette einer Tankstelle gewesen war.
»Gib mir deinen Ausweis.«
»Warum?«, wunderte sich Nicoleta. »Ist es nicht besser, wenn ich ihn habe?«
»Er muss abgestempelt werden, damit wir das Land verlassen können. Gib ihn mir.«
Nicoleta gehorchte; wenn Cornel es so sagte, dann stimmte es auch. In Rumänien musste man bei den Behörden häufig Bestechungsgelder zahlen. Sie sagte auch nichts, als Cornel irgendwo auf dem Land anhielt, und auch nichts, als er ausstieg und mit zwei Männern redete. Nachdem sie ein paar Worte gewechselt hatten, gaben sie ihm für Nicoletas Ausweis ein Bündel Geldscheine und kamen dann zu dritt auf das Auto zu.
Cornel öffnete die Tür. »Steig aus!«
»Warum?« Nicoleta spürte, wie sich ihr die Nackenhaare aufstellten, als sie die finsteren Blicke der beiden Kerle sah.
»Meine Freunde bringen dich zum Flughafen.«
»Ich verstehe gar nichts mehr, Cornel. Kommst du nicht mit?«
»Ich habe gesagt, dass du aussteigen sollst!« Cornel zog Nicoleta mit Gewalt aus dem Wagen, sodass sie auf den Boden fiel und sich die Knie aufschürfte.
»Pass gefälligst auf!«, sagte einer der Männer. »Mit Verletzungen ist sie weniger wert.«
»Ich will nicht mit ihnen gehen, Cornel.« Nicoleta weinte und

klammerte sich an Cornel, während die beiden Verbrecher sie von ihm fortzuziehen versuchten. Er befreite sich von ihr mit einem Faustschlag und holte dann ein paar Scheine hervor, die er ihr angewidert zuwarf. »Wegen der Unannehmlichkeiten.« Dann stieg er ins Auto und fuhr ohne ein weiteres Wort davon.

Nicoleta verstand nicht, was vor sich ging und warum man sie mit Gewalt in den Laderaum eines Lieferwagens zerrte. Und noch weniger, warum dort schon drei Mädchen waren, die nicht weniger Angst hatten als sie.

Cornel hatte mit Nicoleta eine Goldgrube aufgetan, und nach ihr kamen noch viele andere junge Mädchen und auch Mütter, kleine Mädchen und kleine Jungen und sogar Männer, die heute noch als Sklaven in alle Teile der Welt verkauft werden. Nur wenige Jahre später ist Cornel Popescu ein sehr mächtiger Mann, und seinen Anwälten ist es gelungen, ihn aus dem Gefängnis zu holen. Er wohnt in einem luxuriösen Wohnviertel in Cabopino, nur wenige Kilometer von Marbella entfernt, zusammen mit seiner jungen Frau und seinen beiden kleinen Kindern. Weitere vier von ihm anerkannte Kinder, von denen das älteste sechsundzwanzig und das jüngste zwölf Jahre alt ist, leben mit ihren jeweiligen Müttern an verschiedenen Orten der Welt.

◆

Daniela Gutiérrez und ihr Assistent warten respektvoll, während Lucía Abads Eltern jedes obszöne Detail von Jonás Bustos' Tod befriedigt zur Kenntnis nehmen. Sie kann es ihnen nicht verdenken, sie würde ebenso empfinden, wäre die ETA-Terroristin Amaya Eiguíbar ums Leben gekommen.

Plötzlich fällt der Mutter des Mädchens etwas ein, woraufhin sie sich aus der Umarmung ihrer Schwester löst und die Inspectora mit einem seltsamen glückseligen Blick in den feuchten Augen ansieht. »Er war es doch, oder? Dieser junge Mann hat meine Lucía getötet?«

»Das kann ich aus Mangel an Beweisen offiziell nicht bestätigen, aber ich persönlich bin davon überzeugt. Ich habe keinen Zweifel daran, dass er es war.«

Die Frau, die ein anständiger Mensch ist und sich laut den gesellschaftlichen Regeln nicht am Tod ihres Nächsten erfreuen sollte, lächelt erleichtert. »Dann hat er es absolut verdient.«

»Scheiße, verdammt! Gut, dass er tot ist!«, bestätigt ein Onkel des Mädchens.

»Es ist uns klar, dass diese Situation für Sie alle sehr emotional ist«, sagt Daniela, »aber wir müssen unsere Arbeit tun. Könnten Sie bitte in der Küche warten, während wir mit Lucías Eltern reden?«

Lucías Verwandte nicken, und zwei Polizisten begleiten sie in die Küche.

Daniela und ihr Kollege Martos setzen sich mit den Eltern an den Esstisch. Auf einem Sideboard steht ein riesiges Foto von Lucía mit Trauerflor. Martos nimmt sein Notizbuch heraus, und Daniela wendet sich an Lucías Vater, wobei sie sich bemüht, möglichst respektvoll vorzugehen. »Ich muss wissen, was genau Sie an dem Abend, an dem Jonás Bustos getötet wurde, zwischen acht Uhr und Mitternacht gemacht haben.«

»Ich war bei der Totenwache meiner Tochter.«

»Den ganzen Abend?«

»Ich bin nicht von ihrer Seite gewichen.«

»Nicht einmal, um etwas zu essen?«

»Wer hat denn noch Appetit, wenn seine Tochter auf eine solche Art ermordet wurde?«

Daniela stellt noch ein paar Fragen, die ihr unangenehmer sind als Lucías Eltern, und beendet dann die Befragung. Bevor sie geht, bittet Lucías Vater sie, falls sie den Mörder von Jonás Bustos fasst, diesem seinen Dank auszurichten.

»Was meinst du?«, wendet sich Daniela an ihren Assistenten, der auf dem Beifahrersitz seine Notizen durchgeht.

»Sie hätten es gern getan, aber ich glaube nicht, dass sie es waren.«

Als Serafin Rubio, der Chefredakteur von *El Nuevo Diario*, aus seinem Büro tritt, sieht er die beiden Polizisten im Gespräch mit der Sekretärin am Empfang.

»Inspectora, was führt Sie her?«

»Ich komme, um einen Gefallen dafür einzufordern, dass ich Ihrem Redakteur Informationen über einen Fall gegeben habe, in dem wir zurzeit ermitteln.« Daniela wirft einen deutlichen Blick auf eine auf dem Tisch liegende aktuelle Ausgabe der Zeitung, in der reißerisch über den Mord an Jonás Bustos berichtet wird. »Wie ich sehe, haben Sie es auf die Titelseite gesetzt.«

Als Serafin Rubio an Álvaro Herreros Schreibtisch vorbeikommt, macht er ihm ein Zeichen, sie zu begleiten. Zu zweit ziehen sie sich mit den beiden Polizisten in ein derzeit nicht benutztes Büro zurück.

»Wir würden uns gern die Aufnahme des Interviews mit Jonás Bustos anhören«, fordert die Polizistin.

»Da müssen Sie mit unseren Anwälten sprechen, Inspectora. Sie werden die Aufnahme selbstverständlich erhalten, wenn Sie einen richterlichen Beschluss vorlegen.«

Eigentlich hätte Serafin Rubio kein Problem damit, der Inspectora die Aufnahme zu geben, doch diese dämliche Marta Aguilera hat sich die Hälfte der Antworten des Pädophilen einfach ausgedacht, und darum hat die Geschäftsleitung entschieden, die Aufnahme erst auf richterliche Anordnung herauszugeben; denn eine Klage von Jonás Bustos' Familie könnte der Zeitung große Probleme bereiten.

»Sie verweigern uns Ihre Unterstützung bei den Ermittlungen in einem Mordfall?«

»Ich verweigere gar nichts; ich halte mich nur an die rechtlichen Vorgaben.«

»Dann sagen Sie uns, ob es etwas gibt, was uns weiterhelfen könnte.«

»Verdächtigen Sie Marta Aguilera?«, fragt Álvaro überrascht.

»Sie war einer der letzten Menschen, die Bustos lebend gesehen haben.«

Serafín Rubio weiß, dass er ohne richterlichen Beschluss nicht verpflichtet ist, der Polizei etwas zu sagen, allerdings schuldet er der Inspectora tatsächlich einen Gefallen. »Da gibt es absolut gar nichts. Sie hat ein Scheißinterview gemacht und ist schon nach weniger als einer Stunde wieder gefahren. Wäre dieser junge Mann an der Sache dran gewesen«, Serafín Rubio zeigt auf Álvaro, »hätte er ihn ausgequetscht. Er hat wesentlich mehr Mumm als Marta Aguilera und es am ersten Tag gleich auf die Titelseite geschafft.«

Die beiden Polizisten verlassen das Zeitungsgebäude und machen sich auf den Weg zur Gerichtsmedizin, um sich noch einmal bestätigen zu lassen, dass die Autopsie keine brauchbaren Hinweise ergeben hat. Anschließend kehren sie ins Kommissariat zurück, und nachdem sich Daniela gerade an ihren Schreibtisch gesetzt hat, kommt einer ihrer Assistenten mit ein paar Unterlagen zu ihr ins Büro.

»Was wissen wir inzwischen über die kleine Schraube aus Weißgold?«, fragt sie ihn sofort.

»Noch gar nichts. Wir haben mehrere Juweliere befragt, die uns bestätigt haben, dass sie zu einem recht teuren Schmuckstück gehört, aber wir wissen noch nicht, zu welchem. Die gute Nachricht ist, dass es in Madrid nicht viele Juweliere gibt, die Schmuckstücke aus diesem Material verkaufen und zu denen die Schraube passen könnte. Das heißt, wenn wir Glück haben, haben wir den Händler bald gefunden.«

»Dann beeilt euch. Haben wir eine Liste der Telefonate, die Jonás Bustos geführt hat?«

»Hier ist sie.« Der Assistent zieht ein Blatt aus den Unterlagen und reicht es Daniela. »Zwischen zwei und drei hat er mehrmals bei seinen Eltern und bei seinem Anwalt, Joaquín Macías, angerufen. Am späteren Nachmittag wieder bei seinen Eltern, danach bei Marta Aquilera, der Journalistin, bei einem Psychiater namens Leandro Mateo und bei einer gewissen Leonor Milena, einer Kolumbianerin in Torrelodones, deren Anschluss erst vor Kurzem angemeldet wurde.«

»Die Freundin seines Dealers«, vermutet die Inspectora.

»Diese Nummer hat er zum letzten Mal um fünf vor halb zehn gewählt.«

Daniela tippt sie in ihr privates Handy. Am anderen Ende geht jemand ran, der jedoch nichts sagt.

»Hallo?« Daniela verstellt ihre Stimme und täuscht Nervosität vor. »Ist jemand dran?«

»Wer ist da?«, fragt die Stimme eines jungen Mannes mit südamerikanischem Akzent.

»Ja, hallo. Charly hat mir Ihre Nummer gegeben.«

»Welcher Charly?«, will der Dealer wissen.

»Der aus Torrelodones. Er hat mir gesagt, dass ich diese Nummer wählen soll, wenn ich was brauche. Wir feiern heute Abend den Geburtstag einer Freundin und ... na ja, vielleicht könnten wir uns treffen.«

Stille am anderen Ende. Offenbar wägt der Dealer das mögliche Risiko gegen die Aussicht auf Gewinn ab.

»Hallo?«
»Ja«, sagt der Dealer endlich. »Was wollen Sie?«
»Kokain.«
»Psst!«, zischt der Dealer verärgert. »Bist du bescheuert, *chica*? Es ist gut möglich, dass wir abgehört werden.«
»Entschuldigen Sie«, sagt Daniela scheinbar kleinlaut. »Ich ruf zum ersten Mal an und hatte keine Ahnung ...«
»Wie viele Eintrittskarten?«
»Eintrittskarten? Ah, ja. Fünf? Ist das möglich?«
»Ich warte in einer Stunde an der Plaza de Torre auf dich. In der Bar an der Ecke. Ich hab 'ne rote Jacke an.«

Daniela stellt überrascht fest, was für ein schöner Ort Torrelodones ist und wie schnell man ihn von Madrid aus erreichen kann. Was sie jedoch am meisten verwundert, ist, wie dämlich die Dealer auf dem Land offenbar sind. Er ist tatsächlich dort, auf der Terrasse der Bar, und hat sich etwas zu trinken bestellt – in seiner feuerroten Jacke, ideal, um nicht aufzufallen.

»Jemand, der so dumm und unvorsichtig ist, kann unmöglich ein solches Verbrechen begangen haben, ohne eine Spur zu hinterlassen«, sagt die Inspectora zu ihrem Assistenten.

»Nein, das glaub ich auch nicht. Soll ich auf die andere Seite gehen?«

Daniela nickt, und Martos steigt aus dem Wagen, geht über den Platz und nähert sich dem Dealer von hinten. Daniela geht ruhig auf den jungen Mann zu und zeigt ihm ihre Dienstmarke und die Pistole im Gürtelholster. »Wir können das jetzt auf die sanfte oder auf die harte Tour machen, liegt an dir.«

Der Dealer schaut sich nach einem Fluchtweg um, sieht sich jedoch gleich dem andern Polizisten gegenüber. Wie ein Kind, das er mit seinen höchstens neunzehn beinahe noch ist, gibt er jeden Widerstand auf und lässt sich brav in Handschellen zum Auto führen, wobei er beschämt den Kopf gesenkt hält, als er an den anderen Gästen der Bar vorbeikommt. Dann geht es über die Landstraße zurück Richtung Madrid.

»Er weint«, sagt Martos.

Die Inspectora wirft einen Blick in den Rückspiegel und hält an dem Parkplatz einer Tankstelle kurz vor dem Casino von Torrelodones an. »Willst du, dass wir dich freilassen?«

Der Dealer sieht sie verwirrt an.

»Bist du dumm oder taub?«, drängt Martos. »Sollen wir dich freilassen?«

»Ja, Señor«, antwortet der Dealer schließlich schniefend.

»Dann nimm dir Zeit, wenn du meine Fragen beantwortest«, sagt die Inspectora drohend, »denn wenn ich nur an einer deiner Antworten Zweifel hege, steck ich dich wegen Drogenhandels und Mordes ins Gefängnis! Hast du kapiert?«

Vor Angst wagt der Dealer nur zu nicken.

»Bist du am Abend des Mordes bei Jonás Bustos gewesen?«

»Ja, Señora.«

»Um welche Uhrzeit?«

»Er hat mich gegen halb zehn angerufen, und da ich gerade in Hoyo war, war ich zehn oder fünfzehn Minuten später bei ihm. Ich hab ihm vier Gramm verkauft.«

»War noch jemand im Haus?«

»Ich hab niemanden gesehen, Señora. aber ich stand auch nur an der Tür. Nachdem ich ihm das Koks gegeben hab, bin ich gleich wieder weg.«

»Hast du mit ihm über irgendwas geredet?«

»Er war wütend, weil er dauernd im Fernsehen war, aber ich bin nicht drauf eingegangen. Ich wusste, was er getan hat, und wollte nichts mit ihm zu tun haben.«

»Du wolltest nichts mit ihm zu tun haben«, wendet Martos ein, »hast ihm aber Stoff verkauft?«

»Es tut mir leid, Señor. Ich muss Geld nach Hause bringen.«
Daniela mustert den Jungen und weiß, dass er nicht lügt, dass es wirklich so war. Nach der Journalistin und dem Dealer muss noch jemand im Haus gewesen sein, aber sie hat keine Ahnung, wer das gewesen sein könnte.

Sie hat den Wagen in einer Sackgasse angehalten. Resigniert macht sie ihrem Assistenten ein Zeichen, und beide steigen aus.

»Vielleicht war es irgendeine radikale Gruppierung?«, mutmaßt Daniela.

»Ich kann Erkundigungen einziehen, aber mit so etwas geben die sich eigentlich nicht ab.«

»Hak dennoch mal nach, damit wir's auch ganz sicher ausschließen können.« Die Inspectora blickt zu dem Dealer hinüber, der immer noch weinend auf der Rückbank des Wagens hockt. »Und was machen wir mit dem?«

»Ich glaub nicht, dass er lügt. Wir können ihn für ein paar Stunden festhalten oder ihn mit 'nem Tritt in den Hintern aus dem Wagen befördern, um uns den Papierkram zu ersparen.«

Daniela öffnet die Autotür und nimmt dem Jungen die Handschellen ab. »Gib uns alles, was du dabei hast.«

Der Dealer fummelt fünf Gramm Kokain und einen kleinen Klumpen Haschisch aus den Taschen und legt alles aufs Autodach. Martos nimmt seine Personalien auf.

»Bitte, Señor, ich schwöre«, jammert der junge Kerl, »ich hab ein kleines Kind und find keine Arbeit, nur deshalb mach ich das. Bitte sperren Sie mich nicht ein, ich flehe Sie an.«

»Heute hast du Glück«, murrt Martos, »aber wenn wir noch mal was von dir hören, bist du dran. Hau ab!«

Das lässt sich der Dealer nicht zweimal sagen und rennt davon. Wahrscheinlich kann er sein Glück kaum fassen, auch wenn er Ware im Wert von dreihundert Euro verloren hat.

Daniela öffnet die Tütchen mit dem Kokain und leert sie auf

dem Parkplatz aus. Marcos wirft den Haschischklumpen weit weg ins Gras.

»Woran denkst du?«, fragt er, als er sieht, dass seine Chefin schweigend zum Horizont blickt.

»An die verdammte Schraube. Ich bin mir sicher, dass wir unseren Mörder haben, sobald wir wissen, zu welchem Schmuckstück sie gehört.«

Zurück in Madrid, denkt Daniela an Sergio und wie er sich verändert hat, seit er weiß, dass die Mörderin seines Vaters und seines Bruders schon bald auf freiem Fuß sein wird. Er hat furchtbare Angst und traut sich kaum noch, das Haus zu verlassen. Vielleicht ist dies der richtige Moment, mit ihm noch einmal über seine Zukunft zu sprechen.

Wenn diese Terroristin freigelassen wird, will sie auf jeden Fall bei ihm sein.

◆

Ich bringe mein Auto in die Werkstatt, um es durchchecken und einen Ölwechsel machen zu lassen, und sie versprechen, dass ich den Wagen morgen früh wieder abholen könne. Wenn Cornel Popescu nicht schon zu seinem Haus in Marbella zurückgekehrt ist, wo seine Frau und seine Kinder auf ihn warten, wird er dies sicher in Kürze tun. Und ich will so bald wie möglich dorthin, um das Terrain zu sondieren. Mein erster Gedanke ist, den Schnellzug nach Málaga zu nehmen, aber ich will für die Inspectora keine Spuren hinterlassen, denn meinem Gefühl nach wird sie auch in der Mordsache Cornel Popescu ermitteln, obwohl der in Málaga sterben wird und sich ihre Zuständigkeit eigentlich auf Madrid beschränkt.

Ich habe noch immer keine Erklärung gefunden für die merkwürdige Verbindung, die ich zwischen uns gespürt habe, als sie mich wegen Jonás Bustos' Tod befragt hat, aber ich weiß, dass sie diejenige ist, die hinter mir her sein wird und mich womöglich sogar erwischt, auch wenn sie wahrscheinlich noch nicht weiß, dass eine Frau den Pädophilen umgebracht hat. Doch wie auch immer, ich bin mir sicher, dass sie zu den Leuten zählt, die, wenn es vorbei ist, mein Werk feiern werden, auch wenn sie natürlich nicht in aller Öffentlichkeit zugeben wird, dass es mehr Marta Aguileras auf der Welt geben müsste.

Ich überlege, wie ich den rumänischen Zuhälter am liebsten sterben sehen würde, und komme auf eine Idee, die mir ausgesprochen gefällt. In meiner Tasche finde ich die Visitenkarte der Inspectora. Damit gehe ich in ein Papierwarengeschäft und kaufe ein paar leere Karten in der gleichen Größe und danach in einem Haushaltswarengeschäft einige Nadeln, mit denen man Leder nähen kann.

Wieder zu Hause, packe ich meinen Koffer und lege auch eines meiner Messer, einen der Schlagstöcke und eins von den Pfeffersprays hinein. Anschließend suche ich nach einer Bleibe in Málaga, in der ich möglichst wenig auffalle, und finde ein Appartement mit Garage in der Nähe der Plaza de la Merced mitten im Zentrum. Am Telefon vereinbare ich mit der Vermieterin, dass ich die Miete für eine Woche bar und ohne Rechnung im Voraus bezahle.

Nachdem ich die Visitenkarte der Inspectora eingescannt habe, gehe ich im Kopf noch einmal all das durch, was ich über mein nächstes Opfer herausgefunden habe, und stelle fest, dass ich den Dreckskerl inzwischen beinahe besser kenne als mich selbst. Ich versuche mich zu entspannen und setze mich vor den Fernseher. Wie ein Zeichen des Himmels beginnt gerade *Kill Bill*, einer der wenigen Filme um einen weiblichen Racheengel. Er ist nicht gerade realistisch und hat mit dem, was ich mache, kaum etwas zu tun, vermittelt jedoch eine Botschaft, die speziell an mich gerichtet scheint: Kurz nachdem Uma Thurman Vernita Green vor den Augen ihrer Tochter ermordet hat, streicht sie deren Namen von ihrer Liste, und aus dem Off spricht eine Stimme: »Für alle diejenigen, die sich für einen Krieger halten: Während des Kampfes geht es nur um die Niederlage des Feindes, darum, Mitgefühl und alle anderen menschlichen Emotionen zu unterdrücken, jeden zu töten, der sich dir in den Weg stellt, selbst wenn es Gott oder Buddha persönlich ist. Die Wahrheit findet sich im Herzen der Kampfkunst.«

Mitgefühl und alle anderen menschlichen Emotionen unterdrücken. Ich nehme an, dass das, wenn man keinen Tumor im Kopf hat, der einen den Verstand verlieren lässt, und zudem ohnehin unfähig ist, Empathie zu empfinden, nicht leicht ist. Für mich ist das hingegen ein Kinderspiel. »Mitgefühl« ist ein Wort, das ich aus meinem Wortschatz gestrichen habe.

Während des blutigen und vollkommen unrealistischen Kampfes zwischen der Braut und O-Rens Yakuza-Armee klingelt es an der Haustür.

»Würdest du mir bitte mal erklären, was hier los ist!« Álvaro betritt meine Wohnung, bevor ich ihn hereinbitten kann. »Und als Erstes würde ich gern mal wissen, warum du gekündigt hast.«

»Ich werde einen Roman schreiben.«

»Aha. Das glaubst du doch selbst nicht! Du liest ja nicht mal gern!«

»Das stimmt nicht«, protestiere ich. »Ich hatte bisher nur einfach nicht genug Zeit dafür. Doch die hab ich jetzt: Zeit zu lesen und zu schreiben.«

Álvaro scheint etwas durch den Kopf zu gehen, denn er wirkt nachdenklich, dann will er wissen:

»Hast du im Lotto gewonnen, oder was?«

Ja, einen Tumor, unter Millionen, die mitgemacht haben.

»Bitte sag es keinem«, entgegne ich. »Es ist kein Millionengewinn, aber genug, um mir ein paar Jahre Auszeit zu gönnen.«

Álvaro glaubt offenbar zunächst, ich wolle ihn auf den Arm nehmen, so jedenfalls sieht er mich an. In seinem Bekanntenkreis gibt es wohl niemanden, der schon im Lotto gewonnen hat. Aber als er sieht, dass ich ernst bleibe, sagt er nicht, dass ich spinne, sondern lächelt mich aufrichtig an. »Mensch, was für ein Glück! Ich freue mich für dich.«

»Danke. Wenn du etwas brauchst …«

»Du hast schon genug getan, indem du mir deinen Job überlassen hast«, sagt er kopfschüttelnd. »Ich hab die Aufnahme von dem Interview gehört. Der Chef ist vor Wut die Wände hochgegangen.«

»Warum?«

»Weil du die Hälfte erfunden hast, Marta.« Ich höre einen leichten Vorwurf in seiner Stimme. »Dass Jonás Bustos gesagt hat, dass er manchmal mit dem Auto an Schulen vorbeifährt, ist nirgends zu hören. Außerdem wurde die Aufnahme bearbeitet; es fehlt ein Stück.«

»Ach das. Mein Akku war leer; das mit den Schulen hat er genau in der Zeit gesagt, als ich das Handy aufgeladen hab. Und keine Sorge, ich glaub nicht, dass er mich jetzt noch verklagt.«

»Die Polizei will die Aufnahme haben«, sagt Álvaro ernst.

»Hat sie sie schon?«, frage ich alarmiert. Die Bearbeitung der Aufnahme könnte bei der Inspectora einen Verdacht wecken, und ich will nicht, dass sie an meiner Unschuld zweifelt. Noch nicht.

»Aber nein. Damit können sich erst mal die Richter und die Anwälte beschäftigen, und das wird lange dauern, vielleicht Monate. Die Zeitung will das Band nicht rausrücken, um mögliche Klagen der Familie Bustos zu vermeiden. Aber du wirst sicher aussagen müssen.«

»Mal sehen, ob ich das mache. Behandelt dich Serafin gut?«

»Er traut mir nicht.«

»Er traut keinem. Wenn du 'nen guten Job machst, wirst du keine Probleme mit ihm kriegen.«

Den Rest des Nachmittags unterhalten wir uns über mein Interview und die obszönen Details des Mordes an Jonás Bustos, die bisher an die Öffentlichkeit gedrungen sind. Anschließend reden wir über den plastischen Chirurgen, der möglicherweise mit Organhandel zu tun hat, aber wie es scheint, ist er gerade in Miami und wird erst in mehreren Monaten zurückkommen. Außerdem sprechen wir über Vorgesetzte und Kollegen und welchen man trauen kann, und darüber, was ich mit dem Geld machen werde, das ich gewonnen habe. Nach dem vierten Bier merke ich, dass ich, auch wenn ich kein Mitgefühl empfinden kann, plötzlich eine unerwartete menschliche Regung verspüre.

»Warst du irgendwann mal in mich verliebt?«, frage ich Álvaro ohne Vorwarnung.

»Bitte?« Ich habe ihn aus dem Gleichgewicht gebracht.

»Auf der Uni hast du auf jeder Party versucht, mich anzugraben, aber ich weiß nicht, ob du nur mit mir ins Bett wolltest oder wirklich etwas für mich empfunden hast.«

»Was soll das denn jetzt?«

»Ich bin nur neugierig. Wir haben all die Jahre über nie darüber gesprochen.«

Álvaro sieht mich ein paar Sekunden schweigend an; er überlegt genau, was er antworten soll.

»Möglich, dass ich irgendwann mal was für dich empfunden hab, aber im Grunde wollte ich nur mit der tollsten Frau an der Uni ins Bett. Du aber warst immer rücksichtslos aufrichtig zu mir und hast mir deutlich zu verstehen gegeben, dass ich bei dir nicht landen kann, weil du mich für einen Weichling hältst.«

»Entschuldige, dass ich dich nicht angelogen habe.« Ich lache. »Aber zu deiner Beruhigung kann ich dir sagen, dass sich das mit den Jahren gebessert hat.«

»Machst du mich gerade an, oder was soll das, Marta?«

»Gefalle ich dir immer noch?«

»Ich sehe dich schon lange mit anderen Augen.«

Ich stehe auf, ziehe meinen Pullover und den BH aus und zeige ihm zum ersten Mal meine Brüste. Es ist wirklich tragisch, aber mehr ist nicht nötig, damit ein Mann eine fünfzehn Jahre dauernde Freundschaft auf einen Schlag vergisst und eine Frau nur noch als Sexobjekt betrachtet.

Ich gehe langsam auf ihn zu, setze mich auf seinen Schoß und küsse ihn. Niemals hätte ich gedacht, dass Álvaro Talent fürs Küssen hat, aber als er mir sanft in die Lippe beißt, spüre ich, wie mich das erregt.

Vielleicht um mir zu beweisen, dass ich mich die ganze Zeit in ihm getäuscht habe, steht er mit mir in den Armen auf und presst mich leidenschaftlich gegen die Wand, wobei er mehrere gerahmte Fotos und Bücher aus einem nahe stehenden Regal herunterfegt.

Ich spüre seine Erregung, was mich mehr anmacht, als ich jemals gedacht hätte, ziehe ihm das Hemd aus und stelle fest, dass er regelmäßig ins Fitnessstudio geht. Ich streichle seine Schultern und seinen Hals, während er leidenschaftlich meine Brustwarzen liebkost.

Wir verschwinden im Schlafzimmer, wo er mich regelrecht verschlingt und mir dabei eine Reihe überraschender Miniorgasmen bereitet.

Álvarito, der Junge, in dem ich nie einen Mann gesehen habe, stellt sich als hervorragender Liebhaber heraus.

Als ich anschließend eine Zigarette rauche, erwische ich ihn dabei, dass er mich ansieht wie schon seit Jahren nicht mehr, und werde ernst. »Das wird sich nicht wiederholen, Álvaro. Du hast es gut mit Cristina, daher ist es besser, wenn du das mit uns ganz schnell wieder vergisst.«

»Ich hab mir schon gedacht, dass die Marta von heute nur ein Gespenst ist«, sagt er enttäuscht, bevor er aufsteht und ins Badezimmer geht.

Am Abend beschließe ich, in dem Restaurant in der Calle Ayala essen zu gehen. Heute will ich nicht mit dem farbigen Kellner schlafen, denn der Sex mit Álvaro hat mich körperlich vollauf befriedigt, aber ich möchte den schönen Kreolen noch einmal sehen, falls in Málaga etwas schiefläuft. Ich habe in den letzten Tagen immer wieder an ihn gedacht und dabei stets das Gefühl gehabt, noch etwas erledigen zu müssen.

Als ich das Lokal betrete, fühle ich mich wie ein Stalker, doch sobald der junge Mann mich sieht, schenkt er mir ein ermutigendes Lächeln und kommt zu mir herüber.

»Mal wieder hier?«

»Beim letzten Mal habe ich eure Tiger-Kroketten nicht probiert, und ich habe gelesen, die sollen ein Gedicht sein.«

»Dann bestell ich schon mal eine Portion für Sie, während Sie sich die Karte anschauen. Sie trinken Weißwein, wenn ich mich recht entsinne.«

»Gutes Gedächtnis ...«

Eric – so sein Name – bedient mich professionell und ohne unser Gespräch an seinem Motorrad zu erwähnen. Doch als er mir den köstlichen Apfelkuchen zum Nachtisch bringt, kann er der Neugier nicht länger widerstehen.

»Würdest du tatsächlich fünfhundert Euro bezahlen, um ein Glas mit mir zu trinken?«

»Hast du es dir anders überlegt?«

»Nein, ich hab immer noch nicht vor, mich bezahlen zu lassen, nur um dir Gesellschaft zu leisten.«

»Wenn ich nur mit dir ins Bett wollte, wär's einfach nur ein Geschäft.«

»Das würde mich zu einem Prostituierten machen, nicht wahr?«

»Keine Sorge.« Ich lächle. »Ich will keinen Sex von dir.«

»Was dann?«

»Mich nur ein wenig mit dir unterhalten, wie ich gesagt hab.«

Ich warte in einer Bar in der Nähe auf Eric. Als er eintritt, begrüßt er die Kellner wie alte Bekannte, und ich begreife, dass dies nicht seine erste Verabredung hier mit einem weiblichen Restaurantgast ist.

Als Erstes gebe ich ihm diskret das Geld. »Nimm es bitte. Ich fühle mich besser, wenn du es hast.«

Eric steckt das Geld ein und sieht mich neugierig an. »Warum möchtest du mich kennenlernen?«

»Abgesehen davon, dass ich eine Frau Ende dreißig mit sexuellen Bedürfnissen bin und du ein äußerst gut aussehender Mann? Irgendetwas sagt mir, dass du eine interessante Geschichte zu erzählen hast.«

»In meinem Leben gibt es nichts Interessantes. Ich arbeite nur und kümmere mich um meinen Sohn Lionel.«

»Lionel wegen Messi?«

Plötzlich scheint er ins Leere zu blicken. »Nein, wegen einer anderen Person.«

Eric bestellt sich ein Bier und ich mir einen Ron Zacapa mit Cola. Er erzählt mir, dass er sechsundzwanzig Jahre alt ist, aus Kuba stammt und seit sieben Jahren in Spanien lebt. Während er redet, kann ich ihn mir genau ansehen, und er ist ein wirklich gut aussehender Mann mit seinem kurzen schwarzen Haar und den großen dunklen Augen. Seine Haut ist gleichmäßig milchkaffeebraun, seine Lippen sind zartrosa, seine Zähne strahlend weiß, und er hat eine unwiderstehliche kleine Zahnlücke zwischen den Schneidezähnen. Ich erfahre, dass er davon träumt, ein eigenes Restaurant zu eröffnen, und seit Kurzem von der Mutter seines vierjährigen Sohnes getrennt ist.

Nach zwei weiteren Gläsern Bier und Rum begleite ich ihn zu seinem Motorrad. Während er es aufschließt, sieht er mich an, wohl in der Erwartung, dass ich nun den Haken an den fünfhundert Euro offenbare und ihm vorschlage, ins nächste Hotel zu gehen.

»Und was jetzt?«

»Nichts. Es war mir eine Freude, dich kennenzulernen. Vielleicht sehen wir uns bald mal wieder.«

»Irgendwas ist mit dir, oder?«

»Was zum Beispiel?«

»Ich weiß nicht, aber dir geht es nicht gut, so als ob dich etwas quält. Wenn du das Geld irgendwoher hast, wo du es besser gelassen hättest, geb ich es dir zurück.«

»Seh ich so aus, als würde ich die Sparbüchsen anderer Leute knacken?«

»Beim nächsten Mal lade *ich* dich ein.«

»Einverstanden.«

Eric verabschiedet sich mit zwei Wangenküssen, startet sein Motorrad, und ich sehe ihm wie beim letzten Mal nach, als er davonfährt.

Zurück zu Hause beantworte ich einige Nachrichten und lehne mehrere Angebot ab, im Fernsehen über mein Interview mit Jonás Bustos zu sprechen. Außerdem erhalte ich eine WhatsApp von Álvaro. Auch wenn es nur um den Zugangscode zum Archiv der Zeitung geht, hat sich sein Ton mir gegenüber verändert. Es ist noch keine vier Stunden her, dass wir Sex miteinander hatten, und unsere Freundschaft leidet bereits darunter. Es gibt tatsächlich keine effektivere Maßnahme, einen Freund loszuwerden, als mit ihm zu schlafen.

◆

Sie waren bereits eine Ewigkeit unterwegs, und der Gestank nach Urin und Angst durchzog den hinteren Bereich des Lieferwagens. An verschiedenen Orten wurden noch weitere drei Mädchen hinzugeladen, sodass sie schließlich zu siebt eingesperrt waren. Zweimal hielten sie kurz an, um zu tanken, und die Mädchen flehten darum zu erfahren, was mit ihnen geschehen sollte, doch sie wurden nur bedroht.

»Ihr wisst also auch nicht, wohin sie uns bringen?«, fragte Nicoleta die anderen verzweifelt. »Ich sollte eigentlich nach Paris fliegen.«

Sie erzählten sich gegenseitig ihre Geschichten. Drei von ihnen sollten als Au-pair-Mädchen nach Spanien oder Frankreich reisen, zwei nach Mailand und Rom, um dort als Kellnerinnen zu arbeiten, und der letzten hatte man eine Karriere als Model und Fernsehmoderatorin in England versprochen. Obwohl die Sache immer klarer wurde und Nicoleta noch immer Schmerzen am Kinn und den aufgeschürften Knien hatte, konnte sie nicht glauben, dass es wirklich wahr sein sollte. Cornel hätte ihr doch niemals ein Leid zugefügt! Schon als Kind hatte sie die gierigen Blicke der Männer gespürt und gelernt, ihnen zu misstrauen, und deshalb war sie sich so sicher gewesen, dass Cornel wirklich etwas für sie empfand. Das alles musste ein furchtbarer Irrtum sein!

Irgendwann hielt der Lieferwagen endgültig, und die Türen wurden geöffnet. Ein Schwall frischer Luft füllte die Lungen der Mädchen.

»Verdammt, die haben hier drin geschissen!«, sagte einer der Männer, während er mit der Hand vor seinem Gesicht herumwedelte. »Los, aussteigen!«

Die Mädchen gehorchten hinkend und mit Schmerzen, nachdem sie sich so viele Stunden lang kaum hatten bewegen können. Mehreren knickten die Beine weg, und sie fielen auf die Knie.

»Wo sind wir hier?«, wollte Nicoleta wissen. »Wo ist mein Freund? Er heißt Cornel.«

»Er wartet da drinnen auf dich. Ganz ruhig, wir erklären euch alles.« Der Mann senkte die Stimme. »Es hat Probleme mit euren Ausweisen gegeben, und das war die einzige Möglichkeit, euch aus Rumänien rauszuholen.«

Die Mädchen nickten erleichtert. Ja, das allein war der Grund für alles, sie mussten es glauben.

Sie folgten den Männern ins Innere eines einsam stehenden Hauses mitten im Nirgendwo. Als sie am Wohnzimmer vorbeigingen und Nicoleta einen Blick hineinwarf, sah sie, dass im Fernsehen eine italienische Sendung lief, und sie erstarrte vor Schreck.
»Sind wir in Italien? Ich werde in Frankreich erwartet, in Paris!«
Anstatt ihr eine Antwort zu geben, stieß man sie grob voran.
Sie betraten eine Garage, in der zwei Männer und zwei Frauen auf sie warteten. Die Männer griffen nach Gartenschläuchen, und die Frauen hatten Kisten mit Seife und Handtüchern.
»Zieht euch aus!«
Ihre Proteste waren umsonst. Eines der Mädchen, die sich Hoffnung auf einen Job als Kellnerinnen gemacht hatten, erhielt eine brutale Ohrfeige, was ausreichte, um die anderen gefügig zu machen. Nicoleta begriff, dass sie in ernsthaften Schwierigkeiten steckte, und sie kauerte sich zusammen, um sich möglichst unsichtbar zu machen.

Das jedoch nutzte gar nichts, denn eine der Frauen richtete den Blick auf sie und stieß ihren Komplizen mit dem Ellbogen an.
»Hast du die da gesehen?«, sagte sie. Dann sprach sie Nicoleta an. »Wie heißt du?«
»Nicoleta.« Sie zitterte.
Die Frau suchte ihren Namen auf einem Papier und sah sie ungläubig an. »Bist du wirklich noch Jungfrau?«
Nicoleta verstand nicht, warum das von Bedeutung sein sollte. Sie hatte oft mit Jungen geflirtet, hatte sich aber nie einem von ihnen hingegeben, nicht einmal Cornel. Sie hatte beschlossen, dass es erst in ihrer Hochzeitsnacht passieren sollte, und er respektierte es, deshalb war sie überzeugt gewesen, dass er sie wirklich liebte. Ihr war nicht klar, dass sie deshalb das Doppelte für sie bezahlt hatten.

Als Nicoleta die Frage bejahte, begannen die Augen der Frau zu glänzen, und sie lächelte.

Sie trennten Nicoletta von den anderen und wuschen sie sorgfältig. Dann rasierten sie ihr das Schamhaar und gaben ihr ein wunderschönes Abendkleid, und anschließend wurde sie frisiert und geschminkt, als ob man sie gleich wirklich ins Pariser Studio eines bekannten Fotografen bringen würde. Als sich Nicoleta im Spiegel sah, zeigte er ihr das Bild der Frau, die zu sein sie sich immer erträumt hatte. Allerdings würde sie nie einen Laufsteg betreten.

Der Mann, der sie entjungferte, hatte das Alter ihres Großvaters und roch nach ranzigem Öl. Er hielt ihre Handgelenke fest und drang in sie ein, während er ihr Gesicht ableckte und seinen Speichel darauf hinterließ, dessen Geruch sie für den Rest ihres Lebens nicht mehr vergessen sollte. In derselben Nacht wurde sie von noch drei Männern penetriert und geleckt, und einer von ihnen schob ihr einen Vibrator in den Hintern.

Um sieben Uhr morgens legte sie sich zum letzten Mal ins Bett, diesmal, um zu schlafen. Sie weinte und würde drei Wochen lang nicht mehr aufhören, bis sie sich daran gewöhnt hatte.

◆

Als ich sechzehn Jahre alt war, wurde mir bewusst, was gemeint ist, wenn man von der Ironie des Lebens spricht. In meinem Dorf gab es nur wenige Mädchen in meinem Alter, sodass man sich seine Freundinnen nicht aussuchen konnte. Man musste sich mit dem zufriedengeben, was vorhanden war. Wir waren sechs oder sieben, die sich am Wochenende zusammentaten, um in der einzigen Diskothek in der Gegend, dem Chaqué, tanzen zu gehen.

Ich konnte mich mit diesen Teenagern nicht wirklich identifizieren, die sich nur für Markenkleidung interessierten und dafür, ob die Héroes del Silencio auf ihrer Tournee irgendwo in der Nähe auftraten, und ihre Schulordner mit Fotos von Alejandro Sanz beklebten. Die Einzige, mit der ich auch außerhalb dieser schäbigen

Diskothek mit ihren schwarzen Wänden, der Diskokugel und der lauten Musik zu tun hatte, war Raquel, die Schwester des auf den Bahngleisen ums Leben gekommenen Felipe.

Raquel hatte mit ihrem dahingeschiedenen Bruder nichts gemeinsam; sie war ein pummeliges, nicht besonders hübsches Mädchen, aber sehr nett, schüchtern, intelligent und ein guter Mensch. Wäre sie nicht Felipes Schwester gewesen, hätte sie wahrscheinlich zu denen gezählt, die er üblicherweise gehänselt hat.

Erst zwei Jahre nach dem Vorfall mit Dimas und dem Zug lernten Raquel und ich uns richtig kennen. Zunächst fühlte ich mich in ihrer Gegenwart ein wenig unwohl, weil ich, wenn ich die Traurigkeit in ihrem Blick sah, jedes Mal dachte, sie rühre daher, dass ich Felipe an jenem Spätsommertag nicht gerettet habe. Doch als wir uns später richtig gut kannten, erfuhr ich, dass ihr Kummer einen ganz anderen Grund hatte.

»Am Samstag könnten wir mit dem Bus nach Ávila fahren, Marta. Ich hab gehört, dass dort ein neues Einkaufszentrum mit Geschäften, Kinos und Restaurants eröffnet hat.«

»Dann sind wir doch den größten Teil des Tages nur unterwegs.«

»Komm, sei keine Spaßbremse!«, bat sie. »Wenn wir den Bus morgens um acht nehmen, könnten wir um elf da sein und hätten den ganzen Tag Zeit, um Klamotten zu kaufen, Hamburger zu essen und einen Film anzusehen. Glaubst du, dass deine Mutter dir erlaubt, mit dem letzten Bus zurückzufahren?«

»Wir könnten auch mit dem Zug fahren. Das würde uns zwei Stunden Zeit ersparen.«

»Du weißt doch, dass ich nicht gern mit dem Zug fahre«, sagte meine Freundin und senkte den Blick.

»Schau mal«, sagte Raquel aufgeregt vor dem Schaufenster eines der Geschäfte im Einkaufszentrum, »die Levi's sind im Angebot. Warum kaufst du dir nicht eine 501?«

»Ich hab schon genug Jeans. Warum kaufst du dir nicht eine?«
»Ja, klar, mit meinem Hintern.«
»Was ist denn mit deinem Hintern?«, fragte ich und sah sie irritiert an.
»Na, der ist fett, Marta. Wenn ich deine Figur hätte, würd ich engere Kleidung tragen, aber so kann ich nur weite Röcke und solche Sachen anziehen.«
»So ein Unsinn. Komm mit.«
Ich nahm sie bei der Hand und zog sie mit ins Geschäft. Dort sahen wir uns mehr als eine Stunde lang alle möglichen Jeansmodelle an, bis sich Raquel für eine in Schwarz entschied.
Vor den Ankleidekabinen blieb sie dann auf einmal abrupt stehen. »Du wartest hier auf mich, ja? Falls du mir eine andere Größe bringen musst.«
Ihre plötzliche Schüchternheit überraschte mich, nachdem wir uns schon Dutzende Male im Badeanzug gesehen hatten, aber ich maß dem keine weitere Bedeutung zu.
Ein paar Minuten später reichte sie die Jeans durch einen Spalt im Vorhang nach draußen. »Die krieg ich nicht zu. Bringst du mir eine in der nächsten Größe?«
Ich nahm die Hose und ging los, um das zu holen, worum sie mich gebeten hatte. Als ich mit der größeren Hose zurückkam, schob ich den Vorhang ein Stück zur Seite und sah es: Raquel hatte einen riesigen blauen Fleck, der von ihrem Oberschenkel bis hinunter zu ihrem Knie reichte.
»Wie ist das denn passiert?«, fragte ich erschreckt.
»Ach, das ist nichts Schlimmes«, antwortete sie und hielt sich eilig die Jeans davor, die ich ihr gebracht hatte. »Ich war letztens mit dem Hund unterwegs, und als dieser Wildfang eine Katze gesehen hat, hat er mich die halbe Straße hinter sich her geschliffen.«
Dann zog sie schleunigst den Vorhang zu, ohne mir die Gelegenheit zu geben, ihre fadenscheinige Geschichte infrage zu stellen.

Ich war mir sicher, dass dieses Hämatom nicht von einem einfachen Sturz herrührte, schon gar nicht verursacht durch eine Französische Bulldogge, die gerade mal zehn Kilo wog.

Als sie nach einer Weile wieder aus der Kabine kam, trug sie wieder ihren Rock und hatte die Jeans in der Hand. »Das passt echt nicht zu mir. Gehen wir etwas essen und schauen mal, welche Filme laufen?«

Raquel und ich gingen einen Hotdog essen, und dann sahen wir uns *Seven* an, weil wir beide extrem verliebt in Brad Pitt waren. Ich hörte für eine Weile auf, über die mögliche wahre Ursache von Raquels blauem Fleck nachzudenken, um mich auf einen Film zu konzentrieren, der mich von Beginn an fesselte. Eigentlich hätte mir damals schon auffallen müssen, dass in meinem Kopf etwas nicht richtig tickte, weil ich auf der Seite des Mörders war, der gnadenlos nacheinander Männer und Frauen tötete, die die sieben Todsünden begangen hatten.

Raquel lachte sich anschließend, während der Fahrt zurück ins Dorf, kaputt. »Mensch, bist du brutal, Marta! Wie kannst du denn einen solchen Menschen verteidigen?«

»Abgesehen von Brad Pitts Frau haben es alle in dem Film verdient.«

»Und der arme Dicke?«, fragte Raquel, die dies anscheinend persönlich nahm. »Und wenn er was an der Schilddrüse hatte und deshalb so fett war?«

»Na ja, okay«, lenkte ich ein. »Der Dicke vielleicht nicht, aber alle anderen schon: ein korrupter Anwalt, ein Drogendealer, eine Prostituierte, die ihre Freier mit Aids ansteckt ... Du kannst mir doch nicht sagen, dass die dir leidtun!«

»Ich weiß nicht ...«, antwortete sie unbehaglich, als befürchte sie, mit einer ehrlichen Antwort eine weitere Todsünde zu begehen, und wechselte gleich darauf das Thema: »Brad Pitt sah wieder zum Anbeißen aus, stimmt's?«

»Mir hat er in *Legenden der Leidenschaft* besser gefallen ... Hör mal, hast du dir diesen blauen Fleck wirklich beim Spaziergang mit Rufus zugezogen?«

»Sicher.« Ihr gequältes Lächeln bewies, dass sie log. »Du kannst dir ja gar nicht vorstellen, wie der kleine Wicht an der Leine gezogen hat!«

✦

Daniela Gutiérrez, die hinter dem Comisario steht, wartet, dass dieser die Pressekonferenz beendet. Die kritischsten Journalisten, denen man es nie recht machen kann, wie man auch entscheidet, werfen der Polizei vor, nicht alles zu tun, um Jonás Bustos' Mörder zu fassen, dass sie ein Auge zumacht, weil er ein Pädophiler war. Der Comisario verteidigt seine Abteilung, indem er darauf hinweist, dass die Ermittlungen ja noch nicht abgeschlossen sind, dass sie jedoch noch keinen Hinweis auf einen Verdächtigen haben.

Unter den anwesenden Polizisten befinden sich auch Guillermo Jerez und María Lorenzo, jeder in einer anderen Ecke, als würden sie nicht nach Dienstschluss zum Vögeln in ein Hotel an der Gran Vía gehen. Daniela fühlt sich erniedrigt, als sie ihre Blicke bemerkt.

»Álvaro Herrero von *El Nuevo Diario*.« Der Journalist steht auf, um seine Frage zu stellen. »In einigen Internetforen spekuliert man, dass eine Art satanischer Kult im Spiel ist. Ermitteln Sie auch in diese Richtung?«

»Nichts deutet darauf hin, dass irgendein Satanskult etwas mit diesem Fall zu tun haben könnte«, versichert Daniela auf die Bitte des Comisario hin eilig. »Allerdings schließen wir nichts aus.«

»Dass er seine Hoden im Mund hatte, ist ja schon ungewöhnlich ...«

»Das stimmt«, gesteht Daniela ein.

»War es vielleicht ein Auftragskiller?«

»Wie ich schon sagte, wir schließen nichts aus. Das Problem in diesem Fall ist das Motiv. Sicher haben nicht wenige Leute, die mitbekommen haben, was Jonás Bustos vorgeworfen wurde, ihm den Tod gewünscht.«

Kurz darauf erklärt der Comisario die Pressekonferenz für beendet, und alle gehen wieder an die Arbeit.

Guillermo Jerez fängt Daniela ab, als diese ihr Büro betreten will. »Können wir reden?«

»Es gibt nichts zu bereden. Lassen wir es gut sein.«

Doch Jerez drängt sich bereits hinter ihr in den Raum und schließt die Tür. »Bitte. Lass mich erklären.«

»Du hast dir ein Zimmer genommen, und dann – was für eine Überraschung – lag da dieses Püppchen aus dem Kommissariat mit gespreizten Beinen im Bett. War doch so, oder?«

»Nein.«

»Welche Erklärung, verdammt noch mal, willst du mir denn dann geben?«, fragt Daniela wütend. »Hättet ihr nicht in ein anderes Hotel gehen können?«

»Es tut mir leid. Das war ein Fehler.«

»Dann schäm dich wenigstens und hau ab. Ich will nur noch mit dir reden, wenn es um berufliche Dinge geht. Und kein Wort zu meinen Assistenten.«

»Daniela, Liebes, nimm das doch nicht so ernst«, versucht er sie zu besänftigen. »Warum reden wir nicht beim Abendessen darüber?«

»Wirst du deine berühmten Ravioli für mich kochen?«

»Wenn du möchtest …«

Sie tritt auf ihn zu, lächelt und packt seine Hoden. »Soll ich sie dir abschneiden? Vergiss nicht, dass ich jetzt weiß, wie das geht.«

»Nein, ganz ruhig.« Jerez hebt erschreckt die Hände.

»Dann mach, dass du wegkommst!«

Am späten Vormittag betritt Daniela das Büro des Comisario, reicht ihm ein Schreiben, und er liest es mit finsterer Miene. »Bist du dir sicher?«

»Ich muss mich um meinen Sohn kümmern. Wenn ich das noch länger hinausschiebe, wird es irgendwann zu spät sein.«

»Ich hab davon gehört«, erklärt der Comisario seufzend. »Habt ihr eine Vorladung bekommen?«

»Es waren nur wenige Gramm Marihuana. Man hat ihm eine Geldstrafe aufgebrummt.«

Der Comisario liest noch einmal, was auf dem Papier steht. »Du bist für die Mörderjagd wie geschaffen. Im Büro wirst du dich zu Tode langweilen. Aber das weißt du, oder?«

»Vielleicht wechsle ich in ein paar Jahren wieder.«

»Ich behalt das erst mal«, sagt der Comisario und lässt das Schreiben in seiner Schublade verschwinden. »Wenn du nächste Woche deine Meinung nicht geändert hast, schicken wir es raus.«

Als Daniela später nach Hause fährt, ist sie fest davon überzeugt, dass sie ihre Meinung nicht ändern wird. Im Auto überlegt sie, Sergio vorzuschlagen, gemeinsam zu verreisen, wohin er möchte. Ihr stehen noch einige Urlaubstage zu, und das ist der beste Zeitpunkt, sie zu nehmen. Sergio wird sich zunächst weigern, aber wenn sie ein Ziel findet, das ihm zusagt, kann sie ihn vielleicht überzeugen. Als er ein kleiner Junge war und ihr noch nicht ständig Vorhaltungen gemacht hat, haben sie oft darüber geredet, sich die Löwen und Giraffen in Afrika anzuschauen. Wenn sie ein bisschen Geduld hat, wird er nachgeben und einwilligen.

Voller Freude denkt die Inspectora an das neue Leben, das sie erwartet.

Als Daniela die Wohnung betritt, ist ihr Sohn nicht allein. Drei junge Männer sitzen mit ihm zusammen und trinken Bier. Alle sind ähnlich angezogen: Einer trägt Militärstiefel, Jeans und ein Dramatic-

Battle-T-Shirt. Die beiden anderen haben Turnschuhe an, Cargohosen und schwarze Parkas von Thor Steinar. Die typische Kleidung der rechtsextremen Szene. Der älteste von ihnen, der auf dem Ellbogen ein Spinnennetz tätowiert hat und auf dem Unterarm die Zahl 88 – die zwei Mal für den achten Buchstaben im Alphabet steht: »H«, für »Heil Hitler« – erhebt sich und hält Sergio die Hand zum Abklatschen hin.

»Gut, Junge, wir verschwinden. Wir reden noch darüber, okay?«

Die jungen Männer verabschieden sich artig von Daniela und verlassen die Wohnung, während sie ihrem Sohn in die Küche folgt, wo Sergio sich ein Brot macht. Sie verliert die Nerven, reißt es ihm aus der Hand und wirft es gegen die Wand.

»Ganz toll, Mama«, meint Sergio ironisch. »Wenn das deine Art von Erziehung ist, dann war's wirklich besser, dass ich bei meinen Großeltern aufgewachsen bin.«

»Sergio, wer waren diese Kerle?«

»Ein paar Freunde.«

»Du hast Nazis als Freunde?«

»Du siehst ja, die Zeiten ändern sich.«

Sergio will in sein Zimmer, aber Daniela kann das nicht auf sich beruhen lassen. Es ist eine Sache, hier und dort Gras zu verkaufen, aber eine ganz andere, sich gottverdammten Nazis anzuschließen. Als er sich an ihr vorbeischieben will, packt sie ihn mit aller Kraft am Arm und hält ihn auf.

»Soll ich dich wegen häuslicher Gewalt anzeigen, Mama?«, fragt er mit gefährlicher Ruhe. »Das steht dann für immer in deiner Scheißakte!«

»Ich will, dass du mir auf der Stelle sagst, was diese Typen hier wollten, oder ich schwöre, dass ich im Kommissariat anrufe und sie durch die Fahndung jagen lasse.«

»Willst du wirklich wissen, was sie hier wollten?«

»Ja.«

»Die sollen dieser ETA-Nutte die Hölle heiß machen, wozu diese Scheißregierung und die Scheißpolizei nicht in der Lage sind. Wir werden ihr geben, was sie verdient, und dann wird sie danach flehen, dass man sie wieder ins Gefängnis steckt, damit sie in ihrem Loch vermodern kann.«

»Das ist nicht die Lösung, Sergio!«

»Was dann, Mama? Sollen wir im Fernsehen zugucken, wie sie in ihrer Heimat gefeiert wird?«

»Ich hab mit dem zuständigen Gericht gesprochen, und da ist noch so einiges offen. Es ist gut möglich, dass man sie gar nicht freilassen wird.«

»Aber sicher ist sicher.« Sergio macht sich von seiner Mutter los und schließt sich in seinem Zimmer ein.

Daniela lässt sich erschöpft aufs Sofa sinken. Womöglich hat sie mit dem Versetzungsgesuch zu lange gewartet, und ihr Sohn ist ihr bereits völlig entglitten. Denn anders, als sie es eben gesagt hat, hat man ihr bereits mitgeteilt, dass Amaya Eiguíbar in wenigen Stunden endgültig aus dem Gefängnis entlassen wird.

◆

Wie versprochen, ist mein Auto gleich am Morgen wieder startklar. Es lag an der Zündung, da sich in den zwei Monaten, in denen ich nicht gefahren bin, die Batterie entleert hat. Ich lade meinen Koffer und meine Werkzeuge in den Kofferraum, tanke voll und nehme die A-4.

Bevor ich über den Gebirgspass von Despeñaperros fahre, rufe ich im Hospital Universitario de la Princesa an und bitte, mit dem Zimmer von Nicoleta Serban verbunden zu werden. Nach dem zweiten Klingeln geht sie ran.

»Ja?«

»Bist du allein, Nicoleta?«

»Wer ist dran?«

»Die Journalistin. Sag mir nur, ob jemand bei dir ist.«

»Nein, niemand.« Ich ahne, dass sie lächelt. »Du warst hier, bei mir.«

»Wie geht es dir?«

»Gut. Der Arzt sagt, dass ich morgen entlassen werde.«

»Hör gut zu, Nicoleta. In dieser Woche bin ich auf Dienstreise, aber ich möchte, dass du dich in deiner Wohnung verbarrikadierst und sie nicht verlässt. Hast du verstanden?«

»Aber ich muss Geld verdienen.«

»Vergiss das mit dem Geld. Ich hab deiner Vermieterin die Miete für einen Monat im Voraus bezahlt und in einer Tasche in deinem Schrank tausend Euro hinterlassen. Es gibt noch viel mehr, wenn du mir schwörst, dass du auf mich hörst und keine Drogen mehr nimmst.«

Am anderen Ende bleibt es still.

»Du musst es mir im Namen deiner Schwester Alina schwören, Nicoleta.«

»Woher weißt du …?«

»Ich hab deinen Brief gefunden und ihn in den Briefkasten geworfen. Du musst es mir schwören!«

»Ich schwöre es«, sagt sie schließlich. »Warum tust du das für mich?«

»Während ich mit meinen Freundinnen feiern war, bist du von einer Bande mieser Schweine ausgebeutet worden. Ich finde, dass du eine Chance verdient hast. Das ist eine Sache von weiblicher Solidarität.«

»Danke«, sagt sie bewegt.

»Danke dir. Auch wenn du nicht verstehst, was ich damit sagen will, aber du hast meinem Leben in gewisser Weise einen Sinn gegeben.«

Ich halte an, um in La Carolina in der Provinz Jaén mariniertes

Rebhuhn zu essen, und gehe dann den letzten Abschnitt meiner Reise nach Málaga an. In den folgenden zwei Stunden Fahrt, die noch vor mir liegen, habe ich genug Zeit zu analysieren, was mit mir los ist – und damit meine ich nicht meinen Tumor. Ich bin verwirrt, vollkommen verstört von dem, was ich auf einmal für Menschen empfinde, für die ich vor ein paar Tagen nicht mehr als eine gewisse Sympathie aufgebracht hätte; ich habe ein schlechtes Gewissen, weil ich Álvaro falsche Hoffnungen gemacht und weil ich Jaime und seine Vorgänger so eiskalt abserviert habe; ich mach mir Sorgen um Nicoletas Zukunft und habe mich sogar an Dimas, meinen Freund aus der Kindheit, erinnert. Ich bin immer davon ausgegangen, dass er mit unserem kleinen Geheimnis so gut leben kann wie ich, und nun ist mir bewusst geworden, dass es ihn vielleicht schwer belastet hat, dass Felipe vor unseren Augen vom Zug überfahren wurde. Bis jetzt bin ich nie auf den Gedanken gekommen, dass dies sein Leben zerstört haben könnte, und das verursacht in mir eine Traurigkeit, die mir die Brust zuschnürt.

Vor ein paar Jahren hat meine Freundin Lorena einen Seitensprung ihres Mannes entdeckt und sich für ein paar Monate von ihm getrennt. Sie hat sich mehrmals bei mir ausgeweint, und damals habe ich versucht, Verständnis für ihre Verzweiflung aufzubringen, aber letztendlich habe ich gedacht, dass sie einfach zu viele romantische Filme gesehen hat und dass dieser körperliche Schmerz in der Brust nur in ihrer Fantasie existiert. Doch nun merke ich, wie real dieses Gefühl ist.

Ich halte am Straßenrand an, und als ich in den Rückspiegel blicke, sehe ich, dass meine Wimperntusche verlaufen ist und auf meinen Wangen dunkle Spuren hinterlassen hat.

»Verdammt noch mal, was ist mit dir los, Marta?«

Ich steige aus, um mir ein wenig die Beine zu vertreten und eine Zigarette zu rauchen. Nachdem ich ein paarmal tief inhaliert und mir klargemacht habe, dass dies genau die Bewusstseinsstörungen sind, die Doktor Oliver angekündigt hat, gelingt es mir, all diese Menschen vorerst zu vergessen und wieder ich selbst zu werden, eine Frau ohne Emotionen.

Kurz nach sechs erreiche ich Málaga und habe keine Probleme, das Appartement zu finden, das perfekt für mich ist; diskret, sauber und bequem, und die Vermieterin ist glücklich, dass ich für eine Woche bezahle, obwohl ich vielleicht vorher abreise. Ich packe meinen Koffer aus, lege mich für eine halbe Stunde hin und mache mich dann – ziemlich aufgeregt – auf den Weg.

Bevor ich losfahre, überprüfe ich noch mal, dass alles, was ich brauche, im Kofferraum des Wagens ist, und irre dann durch die Stadt, bis ich die Ausfahrt nach Algeciras finde. Einige Zeit später lasse ich Benalmádena und Fuengirola hinter mir und fahre wenige Kilometer vor Marbella, einem Autobahnschild folgend, nach Cabopino ab.

Die Wohnanlage, wo Cornel Popescu wohnt, ist von Bergen und Golfplätzen umgeben, vierundzwanzig Stunden am Tag von einem Sicherheitsdienst bewacht, hübsch begrünt und bepflanzt und mit Einfamilienhäusern in verschiedenen Stilarten bebaut, von denen keines weniger als zwei Millionen Euro wert ist. Es gibt hier regelrechte Paläste, groß angelegte Anwesen, futuristische Häuser aus Metall und getöntem Glas ... und einen verkleinerten Nachbau des Parlamentspalasts von Bukarest.

Ich stelle den Wagen in der Nähe des Anwesens von Cornel Popescu ab und verspüre auf einmal eine Riesenangst. Es gibt Überwachungskameras, Wachleute patrouillieren vor und auf dem Gelände. Wie soll ich bloß an diesen Mann herankommen, geschweige denn ihn töten, wie er es verdient hat?

In den folgenden beiden Stunden drängt sich mir der Gedanke auf, das Ganze sein zu lassen. Der Tod von Jonás Bustos hat sich einfach so ergeben, war im Grunde Notwehr, und er war nur ein

Scheißpädophiler. Aber das hier ist etwas anderes. Cornel Popescu ist ein eiskalter Mörder und hat schon Dutzende Menschen umgebracht, darunter wehrlose Frauen und Kinder. Was also lässt mich davon ausgehen, dass ich das schaffen könnte?

Nach einer Weile entscheide ich mich, dass ich mir eine Pistole beschaffen werde, um ihm in einem Restaurant aufzulauern und ihn mit Kugeln zu durchsieben, bevor mich dieser Russe in Stücke reißen wird.

Ich starte den Wagen, um zurück nach Madrid zu fahren, als ich sehe, dass sich das Tor zu dem Anwesen öffnet und ein metallicschwarzer Range Rover Evoque vom Grundstück fährt. Als er an mir vorbeirollt, erkenne ich eindeutig Cornel Popescu auf dem Beifahrersitz, und ich verspürte den gleichen Brechreiz wie bei Jonás Bustos, der mir bestätigt, dass ich mich nicht irre, dass er es ist und dass ich jetzt zuschlagen muss!

Ich folge dem Range Rover über die Ausfahrt Fuengirola-Los Boliches, wir durchqueren einen Kreisverkehr, in dessen Mitte die Skulptur eines Seat 600 in Originalgröße steht, und wenden uns dann Richtung Strand. Der Rover hält vor einem Strandrestaurant namens Los Marinos-Paco, dem letzten an der Strandpromenade. Cornel Popescu, seine schöne junge russische Frau Natascha und die beiden gemeinsamen Kinder gehen in das Restaurant, während Yurik, der russische Riese, das Auto parkt, und es läuft mir kalt über den Rücken, als mir klar wird, dass ich, um an mein Ziel heranzukommen, irgendwie an diesem Muskelberg vorbei muss.

Das Essen zieht sich über ein paar Stunden hin, in denen ich sie aus sicherer Entfernung unablässig beobachte. Die zukünftige Witwe ist eine blonde Schönheit, und während ich sie begutachte, frage ich mich, ob sie dem ihr zugedachten Schicksal entkommen ist, weil er sich wirklich in sie verliebt hat, oder ob sie einfach das Glück hatte, dass sie Cornel erst kennengelernt hat, als er bereits reich war und es nicht mehr nötig hatte, sie zu verkaufen. Die Kinder sind zwischen vier und sechs Jahre alt, hübsch und blond. Ob sie sich untereinander wohl auf Andalusisch unterhalten?

Yurik bestellt sich gleich zwei Portionen Muscheln, damit er überhaupt satt wird, und Cornel entpuppt sich als hervorragender Schauspieler. Jemand, der nicht weiß, womit er seine Brötchen verdient, muss ihn trotz seiner harten Gesichtszüge für einen attraktiven, höflichen, netten und großzügigen Mann halten. Immer wieder lächelt er seinen Kindern, seiner Frau, den Kellnern und sogar seinem Leibwächter zu, der sich daraufhin noch eine Portion Gambas bestellt, die Cornel dann eigenhändig schält, weil der Riese das offenbar nicht fertigbringt.

Cornels Kinder wollen unbedingt zum Strand, und ihr Vater fordert sie zu einem Wettlauf heraus. Yurik ist nicht darauf vorbereitet und braucht etwas länger, um aufzustehen, dann folgt er ihnen über den Sand zum Meer. Natascha bleibt allein zurück und zündet sich eine Zigarette an, wobei sie einen bitteren Zug um den Mund hat, was mir bestätigt, dass sie, auch wenn sie ein besseres Leben hat, genauso entführt wurde wie Nicoleta und so viele andere.

Ich folge dem Range Rover zurück nach Playa Cabopino, und als ich sehe, dass der Wagen zu dem Nachbau des Parlamentspalasts fährt, kehre ich zu meinem Appartement in Málaga zurück.

Ich habe bereits alles vorbereitet, weiß genau, welche Botschaft ich hinterlassen will und welches Werkzeug ich dafür brauche. Allerdings habe ich noch keine Ahnung, wie ich es anstellen soll, mit Cornel allein zu sein, um mein Werk zu vollbringen. Ich lege mich ins Bett und zerbreche mir darüber den Kopf, bis mein Telefon klingelt.

Es ist Jaime, mein Ex. »Hallo, Marta.«

»Hallo«, entgegne ich unfreundlicher, als ich sollte, nachdem ich mir gerade heute eingestanden habe, wie schlecht ich ihn behandelt habe.
»Ich ruf nicht an, um dich zu bedrängen, keine Sorge.«
»Hör mal, ich weiß schon, dass dir das nicht gefallen wird, aber das Armband, das du mir geschenkt hast, ist wirklich wunderschön. Wie wär's, wenn du mir sagst, was es gekostet hat, und ich dir das Geld überweise?«
»Vergiss das Armband. Du kannst es einfach behalten, egal, wie du dich entscheidest. Ich ruf wegen was anderem an.«
»Wegen was denn?«
»Ich hab gestern deine Freundin Silvia getroffen, die mir erzählt hat, dass du einen neuen Job in New York hast. Stimmt das?«
»Ja.«
»Und du hast nicht daran gedacht, mir das mitzuteilen?«
»Warum hätte ich das tun sollen? Wir sind nicht mehr zusammen.«
»Behandelst du die Menschen, die dich lieben, immer mit einer solchen Gleichgültigkeit?« Er bemüht sich, seine Befremdung über mein Verhalten zu verbergen.
»Es tut mir leid, Jaime«, versuche ich ihn zu besänftigen. »Du hast recht, ich hätte es dir erzählen sollen, aber wenn du mich dann gebeten hättest, das Angebot auszuschlagen, hätte ich das vielleicht getan, und das hätte mich unglücklich gemacht.«
Das scheint seinem männlichen Stolz zu schmeicheln. »Ich würde dich niemals bitten, ein solches Angebot abzulehnen. Auch wenn du es nicht glauben willst, ich hab immer das Beste für dich gewollt.«
»Ich weiß.«
»Möchtest du mir beim Essen davon erzählen?«
»Würde ich gern, aber ich bin in Galicien, um für einen Roman zu recherchieren, den ich noch schreiben möchte, bevor ich den

neuen Job antrete. Es ist das erste Mal in meinem Leben, dass ich zwei Monate frei hab, und das will ich nutzen.«

»Einen Roman? Du?«, fragt er verwundert. »Und worum soll es darin gehen?«

»Um eine Mörderin.«

Jaime lacht.

Ich sage ihm, dass ich ihn in ein paar Tagen, wenn ich wieder in Madrid bin, anrufen werde, um mich mit ihm zu verabreden. Er freut sich und schickt mir einen Kuss und die besten Wünsche für mein Leben und meinen Roman. Denn er weiß ja nicht, wie eng beides zusammenhängt.

Wenig später spaziere ich über die Plaza de la Merced in Richtung der Calle Alcazabilla. Vor dem Römischen Theater, das Kaiser Augustus im ersten Jahrhundert vor Christus erbauen ließ, bleibe ich eine Weile stehen und gehe dann weiter zu einem Restaurant in der Calle Larios. Als ich gegessen habe, überlege ich, noch ein Glas Wein zu trinken, um nicht einen der wenigen Abende zu vergeuden, die mir noch bleiben, aber ich bin müde von der Rumfahrerei und will morgen schon früh bei Cornel sein, um ihm und Yurik zu folgen.

Zurück in meinem Appartement, lege ich mich ins Bett und grüble wieder darüber nach, wie ich an den Rumänen herankommen kann.

◆

In den beiden Jahren, in denen sich Nicoleta inzwischen prostituierte, hatte sie gelernt, den Männern mit einem Lächeln zu gefallen. Doch um dieses auf ihre Lippen zu zaubern, brauchte sie das weiße Pulver, das sie kurz nach Beginn ihres neuen Lebens entdeckt hatte. Vom ersten Tag an, an dem sie Heroin genommen hatte, fand sie darin die Möglichkeit zur Flucht, die sie zum Überleben brauchte, nachdem sie aus Sibiu verschleppt worden war. Sie wusste, dass sie eine harte Nacht vor sich hatte, und hatte sich deshalb einen stärkeren Schuss als sonst gesetzt. Nur so würde sie die nächsten Stunden überstehen können.

»Schau mal, Boss, die ist vollkommen zugedröhnt.« Seit Nicoleta Italien verlassen hatte, gehörte sie Pierre und arbeitete für ihn in Lyon. Nun sah der Chauffeur des Franzosen sie angewidert an. »Nehmen wir die Polin mit?«

»Die haben für sie bezahlt, verdammt! Ruf 'n paar Mädchen her, damit sie sie waschen und wieder auf die Beine bringen. In einer Stunde müssen wir los.«

Nach einem warmen Bad und jeder Menge Kaffee fuhr der Chauffeur Nicoleta zur vereinbarten Zeit zu dem Haus, das eine Gruppe junger Kerle für einen Junggesellenabschied gemietet hatte. Pierre hatte ihr erklärt, dass sie tanzen, eine lesbische Nummer mit einer Kollegin vorführen und mit dem Bräutigam schlafen sollte. Alles andere musste extra bezahlt werden.

»Du solltest nicht so viel von dem Zeug nehmen«, sagte der Chauffeur herablassend zu ihr. »Sonst steigen deine Schulden immer weiter.«

Schon als Nicoleta an ihrem ersten Ziel in Italien angekommen war, waren ihre Schulden für Betreuung und Unterhalt auf ein Vermögen angewachsen. Egal, wie viele Männer durch ihr Bett wandern würden, es würde ihr nie gelingen, ihre Schulden abzuzahlen. Nun, da noch das Geld für die Drogen hinzukam, die zu nehmen man sie beim ersten Mal gezwungen hatte, lag das Ende des Albtraums für sie in noch weiterer Ferne. Der Preis, um ihren Ausweis zurückzuerhalten oder um zu verhindern, dass irgendein anderer Zuhälter aus welchem Land auch immer sie kaufte, belief sich inzwischen auf vierundzwanzigtausend Euro.

Auf dem Junggesellenabschiedsfest machte sie das Vereinbarte, und auf Wunsch eines der Freunde des Bräutigams, der bereit war, eine Stange Geld dafür zu zahlen, masturbierte sie sich mit einer

Weinflasche, während sie auf dem Esstisch lag. Als sie um vier Uhr morgens unter Schmerzen in ihre Wohnung zurückkehrte, erhielt sie dort die Nachricht, dass dieser furchtbare Tag noch schlimmer werden würde.

»Ich will mich nicht operieren lassen, Pierre«, protestierte Nicoleta, während sie schützend die Hände über ihre Brüste legte. »Mein Busen ist doch in Ordnung.«

»Er bezahlt die Operation und übernimmt sechstausend Euro von deinen Schulden.«

Mit »er« meinte Pierre den ehemaligen italienischen Senator Pasquale Carduccio, neunundsiebzig Jahre alt, den Nicoleta vor einem knappen Jahr kennengelernt hatte. Seit der alte Mann sie zum ersten Mal gesehen hatte, war er verrückt nach ihr. Er besuchte sie regelmäßig zweimal die Woche während seiner Geschäftsreisen und brachte ihr immer Parfüm und Kleider mit. Zunächst war Nicoleta froh, einen guten Menschen wie ihn gefunden zu haben, und überlegte mehrere Wochen lang, wie sie ihm sagen sollte, was sie mit ihr machten, allerdings beging sie den Fehler, vorher einer Kollegin davon zu erzählen.

Die Abreibung, die Pierres Männer ihr dafür verpassten, hatte sie zwei Wochen lang ans Bett gefesselt, und die Medikamente, die Pflege und die Unterkunft ließen ihre Schulden noch weiter ansteigen. Als sie den ehemaligen Senator danach zum nächsten Mal wiedersah, hatte dieser sich verändert. Auf einmal war er nicht mehr zärtlich und aufmerksam zu ihr, denn er hatte eine andere gefunden, die er mit Geschenken überhäufte, und wollte Nicoleta nur noch für seine perversen Spiele mit Handschellen und Peitsche.

Sie hatte sich daran gewöhnt, sich mit geschundener Haut von ihm zu verabschieden, aber sich für ihn unters Messer zu legen ging ihr zu weit.

»Meine Schulden sind mir egal. Ich werde mich nicht operieren lassen.«

»Deine Schulden sind dir egal, du Miststück?« Pierre umklammerte brutal ihren Hals. »Mir aber nicht. Ich hab viel für dich bezahlt!«
»Glaubst du, ich weiß nicht, wie viel Geld ich dir einbringe?«, entgegnete sie.
Pierre hob die Hand, um sie zu ohrfeigen, doch Nicoleta hatte sich längst an die Schläge gewöhnt und ließ sich damit nicht einschüchtern.
»Wenn du mir weiterhin Probleme machst, muss ich deine Schulden weiterverkaufen. Ist es das, was du willst?«
»Mir ist egal, an wen du mich verkaufst.«
»Ach ja? Wie wär's, wenn ich dich nach Marokko verscherbele, damit du mal lernst, wie es ist, von zwanzig Maghrebs am Tag bestiegen zu werden? Die stehen auf grüne Augen.«
Bevor Nicoleta an diesem Morgen schlafen ging, kaufte sie sich noch eine Portion Heroin und verprasste damit alles, was sie in der vergangenen Nacht verdient hatte.

◆

Daniela Gutiérrez telefoniert noch einmal mit ihrem Kontakt bei Gericht, der ihr die unmittelbar bevorstehende Entlassung von Amaya Eiguíbar bestätigt, danach sieht sie auf die Uhr. Ihr bleibt gerade noch eine Viertelstunde, um ihre Anwesenheit bei einer privaten Feier zu bestätigen, die an diesem Abend in einer Wohnung in der Nähe der Oper stattfindet. Sie will nicht wieder ihre alten Gewohnheiten aufnehmen, die sie vor fünf Jahren aufgegeben hat, aber sie muss sich irgendwie von der Sache mit Guillermo Jerez ablenken, und sich mit einem oder mehreren Männern zu vergnügen ist dafür das Beste, was ihr einfällt. Also nimmt sie ihr Handy und gibt die Nummer ein.
»Hier ist Iris.«

»Guten Abend, Iris«, begrüßt sie eine freundliche weibliche Stimme am anderen Ende der Leitung. »Wir wollten gerade die Liste schließen.«

»Bin ich noch früh genug?«

»Aber sicher. Wir beginnen um zehn mit einem Umtrunk und einer kleinen Unterhaltung. Hast du etwas zu schreiben, um dir die Adresse zu notieren?«

Daniela läuft nach Hause, macht sich zurecht, als ginge sie zu einem Rendezvous – weder besonders aufreizend noch in der Kleidung, die sie auf der Arbeit trägt –, und klingelt um Viertel nach zehn an der Sprechanlage des herrschaftlichen Hauseingangs an der angegebenen Adresse. Dort wird sie von derselben Stimme begrüßt, mit der sie sich auch schon am Telefon unterhalten hat.

»Iris.«

Die Tür wird geöffnet, und Daniela braucht ein paar Minuten, um mit dem Aufzug nach oben zu fahren, wo sie der Person begegnet, die zu der Stimme gehört. Es ist eine schöne Frau von etwa dreißig Jahren, die durchaus Stil hat. Sie wirkt eher wie die Rezeptionistin eines Luxushotels als die Gastgeberin einer Orgie.

»Du kennst die Regeln, oder?«

»Bitte wiederhol sie noch mal für mich«, sagt Daniela, während sie ihr Handy, ihren Ausweis und ihre Waffe in einem kleinen Safe deponiert, der dafür zur Verfügung steht.

»Insgesamt sind zwölf Paare sowie sechs Frauen und vier Männer ohne Begleitung hier. Alle sind so vertrauenswürdig wie du, das heißt, du kannst dich entspannen und einfach genießen. Die Männer zahlen dreihundert Euro, die Paare zweihundert und die Frauen hundert. Für die Miete der Wohnung, das Catering und solche Dinge …«

»Sehr gut«, sagt Daniela nickend und übergibt der Frau zwei Fünfzigeuroscheine.

»Es ist nicht erlaubt, nach dem Privatleben der Teilnehmer zu fragen. Wir sind hier, um uns zu amüsieren, und es geht niemanden etwas an, was außerhalb dieser vier Wände geschieht. Was ich dir garantieren kann, ist, dass alle einen Beruf ausüben, in unterschiedlichen Branchen. Es gibt nichts Undurchsichtiges oder etwas, was über die simple Absicht, sich ein wenig zu amüsieren, hinausgeht.«

»Gut.«

»Was den Sex betrifft, gibt es keine Einschränkungen, solange es mit Respekt geschieht und alle es genießen. Wenn jemand deine Hand wegschiebt oder du die Hand eines anderen wegschiebst, muss das Spiel sofort abgebrochen werden. Wenn du dir mit einem Paar, einem Mann oder einer Frau mehr Intimität wünschst, gibt es dafür speziell eingerichtete Bereiche. Hast du Unterwäsche dabei oder etwas anderes zum Anziehen?«

»Ich bleibe so.«

»Perfekt. Wenn du mich bitte begleiten würdest?«

Daniela folgt der Frau durch einen Flur, an dessen Wänden Bilder mit Schifffahrtsmotiven hängen, bis zu einer Tür. Von der anderen Seite sind Gespräche und leichte Hintergrundmusik zu hören. Gott sei Dank, denkt sie, denn beim letzten Mal, als sie zu spät kam, hatte die Orgie bereits begonnen. Diesmal herrscht, als sie den Raum betritt, ein Ambiente wie in einer normalen Cocktailbar: Gruppen von Männern und Frauen, die etwas trinken und sich unterhalten. Daniela spürt Dutzende Blicke auf sich gerichtet, während sie durch den Raum geht.

Auch sie mustert die Teilnehmer, um eine mögliche Gefahr auszuschließen, sieht jedoch nicht mehr als eine Gruppe anonymer Personen, die ihren Fantasien freien Lauf lassen möchten. Sie nimmt sich etwas zu trinken und tritt auf die großzügige Terrasse mit Blick auf den Palacio Real hinaus. Dort reden mehrere Männer zwischen dreißig und fünfzig über Fußball, als befänden sie sich in ihrer

Stammkneipe, während zwei der Ehefrauen den Busen einer dritten begutachteten und befühlen und die Kunst des Chirurgen loben, ohne dass das Ganze etwas Sexuelles hat.

Weiter hinten auf der Terrasse entdeckt Daniela eine Gruppe von drei Frauen und vier Männern, die den Small Talk bereits hinter sich haben und sich nackt auf einem breiten Bett wälzen, das sich zu diesem Zweck dort befindet. Ihr Blick bleibt auf einem Paar hängen, das abwechselnd den Schwanz eines jungen Mannes in den Mund nimmt, um ihn zu beglücken. Als die Frau merkt, dass Daniela sie beobachtet, lädt sie sie mit einer Geste dazu ein, an der Party teilzunehmen, was Daniela mit einem aufgesetzten Lächeln höflich ablehnt.

Schließlich kommt ein attraktiver Mann mit grau meliertem Haar schüchtern auf sie zu. *»¡Hola!«*
»¡Hola!«

»Keine Lust?«, fragte er und weist mit dem Kinn auf die orgiastische Tummelei.

»Im Moment eher nicht ... Und du?«

»Ich glaube nicht, dass ich bei so vielen Menschen um mich herum einen hochkriege.«

Daniela muss von Herzen lachen, denn was er gesagt hat, ist so ziemlich das Letzte, was sie hier erwartet hat.

»Die meisten helfen mit einer Pille nach, hauptsächlich, damit sich die Investition lohnt. Denn ansonsten wäre die Party schon nach zwanzig Minuten vorbei.«

»Ach so ...«, meint der grau melierte Herr, dem in diesem Moment so einiges klar wird.

»Bist du zum ersten Mal hier?«

»Das Ausschweifendste, was ich bisher vollbracht habe, war ein Dreier zu Studentenzeiten. Ich bin mit einer Freundin hier, die so etwas unbedingt mal erleben wollte.«

»Und? Kommt sie auf ihre Kosten?«
»Was meinst du …?«
Daniela folgt seinem Blick zu einer äußerst engagierten Dame, die sich den restlichen beiden Männern und der übrig gebliebenen Frau hingibt.
Daniela muss erneut lachen. »Hast du Lust auf einen etwas intimeren Ort?«
»Warum nicht?«

Nachdem Daniela ihren Hunger und ihren Durst gestillt und dem grau melierten Herrn eine falsche Telefonnummer gegeben hat, verlässt sie leicht schwankend das Haus und sucht nach ihrem Auto. Als sie um die nächste Ecke biegt, rennt ein junger Mann in sie hinein, und gemeinsam finden sie sich auf dem Boden wieder.

Bevor Daniela sich den Jungen näher ansehen kann, tauchen zwei weitere Typen auf, die ihn mit Fußtritten traktieren. »Du Arschloch! Such dir jemand anderen zum Beklauen aus!«
»Ich habe nichts geklaut!«, protestiert der junge Mann und versucht sich vor den Tritten zu schützen. »Das Handy lag auf dem Boden!«
»Auf dem Boden, du Mistkerl? Ich hab gesehen, wie du es vom Tisch genommen hast!«
»Es reicht!«, ruft Daniela. »Beruhigt euch!«
»Misch dich da nicht ein, du Schlampe!«, sagt einer der Verfolger zu ihr, während er weiter zutritt.
»Ich hab gesagt, du sollst aufhören, du Idiot!«
Die beiden Jungen halten inne und heben erschreckt die Hände, als sie sehen, dass sie mit einer Pistole bedroht werden.
»Haut ab!«
Die beiden Angreifer machen sich eilig davon.
»Geht es dir gut?«

Der Dieb setzt sich misstrauisch hin und steht dann vorsichtig auf. »Sind Sie von der Polente? Ich hab nichts getan, ich schwör's. Die beiden Typen hab ich noch nie gesehen. Die haben einfach Streit provoziert, um mich fertigzumachen.«

Endlich kann sich Daniela den jungen Mann genauer ansehen. Vor ihr steht ein verängstigter, schmutziger, magerer Junkie, der sich kaum auf den Beinen halten kann. Man merkt ihm sofort an, dass er geistig nicht auf der Höhe ist, womöglich als Resultat eines Unfalls, denn am Kopf hat er eine riesige Narbe.

»Du solltest den Leuten nichts stehlen, wenn du nicht schnell genug weglaufen kannst«, sagt Daniela mit einem Blick auf das Bein, das für sein Hinken verantwortlich ist.

»Wenn die so blöd sind und ihre Handys auf den Tisch legen, ist das ja wohl nicht meine Schuld!«

Daniela lächelt. »Wie heißt du?«

»Jesús Gala, aber alle nennen mich El Pichichi.«

El Pichichi, wundert sich Daniela, *Torschützenkönig*. »Bist du der, der in der Calle Preciados die Touristen mit seinen Fußballkünsten unterhält?«

»Ich hab in meinem ganzen Leben noch keinen überfallen, Señora. Sie haben nicht zufällig 'n paar Euro für ein belegtes Brot? Ich hab den ganzen Tag noch nichts zwischen die Kiemen gekriegt.«

»Komm, gehen wir was essen.«

Daniela und El Pichichi setzen sich an einen Tisch in einem Lokal in der Nähe, wo der Junge ein Brot mit Schinken und Käse verschlingt, während sie ihren vierten Whisky an diesem Abend zu sich nimmt.

»Weißt du, dass du meinem Sohn mal das Handy gestohlen hast?«

Der junge Mann hört auf zu kauen und wird bleich. »Sagen Sie mir, was es für eins war, und ich besorg ihm genau das gleiche, ich schwör's.«

»Keine Sorge, das war seine Schuld. Er hat mir erzählt, dass du ein toller Fußballer bist und in der Lage, die Leute zu beklauen, ohne den Ball zu verlieren.«

»Früher war ich ein Ass im Fußball. Ich wär beinahe bei Real Madrid gelandet.« Er lächelt stolz.

»Und was ist passiert?«

»Das Scheißleben.« Er zuckt mit den Schultern.

Der Junge tut Daniela leid, sodass sie ihn noch zu einem zweiten Brot, einem Milchreis und einem Kaffee einlädt, während sie sich ihren fünften und sechsten Whisky genehmigt. Ein paar Stunden lang unterhalten sie sich über das Leben, das Schicksal und das Pech, das einen ereilen kann. Aus irgendeinem Grund gibt sie ihm beim Abschied noch zwanzig Euro, damit er sich für den Rest der Nacht ein Zimmer nehmen kann, obwohl sie fürchtet, dass er das Geld für etwas anderes ausgeben wird.

Als sie, den Mantel hinter sich her schleifend, ihre Wohnung betritt, stolpert sie und muss sich an der Kommode im Eingangsbereich festhalten. Eine große Glasvase fällt auf den Boden und zerspringt.

»Scheiße …«

Daniela bückt sich, um die Scherben aufzuheben, tritt dabei jedoch auf ihren Mantel und fällt hin. Sie will gerade das Licht einschalten, um sich eine Scherbe, die sich in ihre Handfläche gebohrt hat, herauszuziehen, als Sergio ihr zuvorkommt. Er sieht seine Mutter vom anderen Ende des Flurs her an, ohne Anstalten zu machen, ihr zu helfen.

»Es geht mir gut«, stammelt sie. »Ich bin nur gestolpert.«

»Du Scheißsäuferin!«, spuckt ihr Sohn ihr angewidert entgegen, bevor er sich wieder in seinem Zimmer einschließt.

◆

Ich folge erneut meiner Zielperson, und diesmal sind nur Yurik und Cornel im Wagen. Sie fahren einen Porsche Palamera, und der Chef sitzt höchstpersönlich am Steuer. Dabei fällt mir ein, dass auch ich das Auto wechseln sollte, da solche Leute stets äußerst aufmerksam sind und sofort merken, wenn ihnen jemand folgt. Doch wie es scheint, falle ich ihnen nicht auf, sodass ich das auf später verschiebe.

Den ersten Halt legen sie bei einer Bank ein, den zweiten bei einem Autohaus, dessen Eigentümerin Cornels Frau zu sein scheint, denn es trägt ihren Namen, und den dritten beim Golfclub Santa Clara. Auf dem Parkplatz lacht Cornel sich kaputt, als es Yurik nicht gelingt, aus dem Wagen auszusteigen, dann hilft er seinem Leibwächter, damit er ihn gleich darauf losschicken kann, einen Buggy zu holen. Cornel selbst zieht sich noch auf dem Parkplatz die Golfschuhe an.

Das ist das erste Mal, dass ich ihn allein vor mir sehe, und einen Moment lang überlege ich, mich mit dem Messer auf ihn zu stürzen, doch die geringen Erfolgsaussichten, mein Zögern und Yuriks Ankunft in einem kleinen grün-weißen Wägelchen, in das er sich mühsam hineingezwängt hat, ruinieren die Gelegenheit.

In den nächsten vier Stunden genießt Cornel den Tag auf dem Golfplatz, und mir geistern jede Menge absurde Ideen durch den Kopf, die meine verzweifelte Lage verdeutlichen: Soll ich mich im Gebüsch verstecken, das den Golfplatz umgibt, und ihn gleich hier angreifen? Soll ich ihn überfahren, wenn er auf den Parkplatz zurückkommt, und sofort danach fliehen? Soll ich mich in die Küche des nächsten Restaurants schleichen, das er betritt, und sein Essen vergiften? Als Cornel und der treue Yurik zu ihrem Auto zurückkehren, weiß ich immer noch nicht, was ich machen soll.

Ich folge ihnen für eine Weile und sehe dann, dass sie auf den Parkplatz eines Bordells in der Nähe von Fuengirola einbiegen.

Nachdem sich der Türsteher in Madrid so angestellt hat, ist mir klar, dass es hier auch nicht so leicht sein wird, eingelassen zu werden. Ich würde damit nur erreichen, dass man auf mich aufmerksam wird, und mir alle zukünftigen Möglichkeiten verderben. Also warte ich fast eine Stunde im Auto, ohne zu wissen, was ich tun soll, bis ich mich dazu entschließe, die weitere Verfolgung aufzugeben und zurück nach Málaga zu fahren.

Ich bin noch keine fünfhundert Meter weit gekommen, als ich einen Knall höre und plötzlich die Gewalt über das Lenkrad verliere. Erschreckt halte ich am Straßenrand an, steige aus und sehe, dass ein Reifen geplatzt ist.

»Scheiße! Das darf doch wohl nicht wahr sein!«

Ich suche im Kofferraum nach dem Reserverad und begutachte den Wagenheber, als ob ich mich mit dem Mechanismus einer Nuklearbombe vertraut machen müsste. Natürlich habe ich keinen blassen Schimmer, wie so ein Ding zu handhaben ist. Gleich darauf erreicht mein Pech seinen Höhepunkt, als ich feststelle, dass zwanzig Meter vor mir ein Auto anhält, aus dem Cornel Popescu und Yurik aussteigen – Letzterer mit ziemlich saurer Miene – und langsam auf mich zu schlendern.

»Was ist passiert, Prinzessin?«, fragt Cornel und begutachtet mich von oben bis unten.

»Ein kaputter Reifen«, sage ich mit naivem Gesichtsausdruck. »Ich wollte gerade einen Abschleppwagen rufen.«

»Das ist nicht nötig. Yurik wird den Reifen ruckzuck wechseln.«

Der russische Riese fügt sich in sein Schicksal und sieht mich süffisant an. »Wo ist der Wagenheber?«

»Im Kofferraum.«

Yurik geht zum Kofferraum, legt den Rucksack mit den Waffen zur Seite, mit denen ich ihn und seinen Chef ins Jenseits befördern will, und nimmt das Ersatzrad und den Wagenheber heraus. Während der Leibwächter, auf Russisch vor sich hin fluchend, die

Drecksarbeit macht, starrt Cornel mich weiterhin an, bis ich mich unwohl fühle.

»Du bist sehr hübsch, weißt du das?«

»Danke.«

»Wohnst du hier?«

»Nein.«

»Also machst du hier Urlaub?«

»Ja, so was in der Art. Ich bin hier, um eine Freundin zu besuchen, die in Marbella wohnt und gerade Mutter geworden ist.«

»Hast du auch Kinder?«

»Nein, ich warte noch darauf, der Liebe meines Lebens zu begegnen.«

»Die spanischen Männer kannst du vergessen!« Cornel bricht in Gelächter aus.

Ich lächle schüchtern und weiß nicht, was mich mehr irritiert: dass er mit mir flirtet, obwohl ihm echte Schönheiten wie Natascha oder Nicoleta zur Verfügung stehen, oder dass er gerade aus einem Bordell kommt und offenbar noch nicht genug hat.

»Ich brauche Hilfe, Chef«, sagt der Riese vom Boden her.

»Ihr Russen seid alle zu nichts zu gebrauchen!«, entgegnet der Rumäne genervt. »Kannst du nicht mal einen Reifen wechseln? Lass mich mal.«

Cornel nimmt seinem Leibwächter unwillig das Werkzeug aus den Händen, und zu zweit erledigen sie die Arbeit in weniger als zwei Minuten, während ich danebenstehe, ihnen zusehe und überlege, was es bedeutet, dass meine zukünftigen Opfer und ich uns auf diese einzigartige Weise kennengelernt haben. Auf jeden Fall wird es nun schwieriger für mich sein, sie zu überraschen.

»So, das war's«, sagt Cornel, während Yurik den Wagenheber und das Rad mit dem kaputten Reifen im Kofferraum verstaut. »Am besten fährst du gleich zu einer Werkstatt, um den Wagen einmal durchchecken zu lassen.«

»Das werde ich machen, vielen Dank.«

Cornel will mir gegenüber noch den Verführer spielen, doch sein Handy klingelt, und als er auf das Display sieht, verzieht er das Gesicht. »Russische Leibwächter sind Nichtsnutze und russische Frauen eine Plage. *Adiós.*«

»¡*Vaya con Dios!* Und nochmals *muchas gracias.*«

Cornel kehrt, am Telefon auf Spanisch einen heftigen Wortwechsel führend, zu seinem Auto zurück, und Yurik folgt ihm, ohne mich auch nur eines Blickes zu würdigen, als ich mich für seine Hilfe bedanke.

Ich fahre nach Málaga zurück und bringe den Wagen in eine Werkstatt, damit sie sich um das Rad kümmern. Dann gehe ich in mein Appartement an der Plaza de la Merced, setze mich aufs Bett und versuche zu verdauen, was gerade passiert ist.

Während ich darüber nachgrüble, dass die Dinge jetzt um einiges komplizierter geworden sind, spielt mein Bewusstsein verrückt, und ich muss plötzlich an meinen Vater denken. Ich versuche, mich davon nicht ablenken zu lassen, doch eine halbe Stunde später tue ich, was ich seit der Erfindung des Internets tunlichst vermieden habe: Ich gebe seinen Namen in Google ein, *Juan Aguilar Romero*, was nur einen Eintrag ergibt, und zwar bei der *Antigua Hermandad y Real Cofradía de Nazarenos del Santísimo Cristo de la Humildad en su Presentación al Pueblo (Ecce-Homo), Nuestra Madre y Señora de la Merced y San Juan Evangelista.*

Mein Vater bei einer Laienbruderschaft? Darauf wäre ich niemals gekommen. Tatsächlich bin ich bei den wenigen Gelegenheiten, bei denen ich darüber nachgedacht habe, was aus ihm geworden sein könnte, zu dem Schluss gekommen, dass er inzwischen wahrscheinlich ein Gauner der übelsten Sorte ist.

Nachdem ich eine halbe Stunde mit mir gekämpft habe, verlasse ich die Wohnung und gehe in die Calle Agua im Victoria-Viertel.

Am Eingang des alten, weiß gestrichenen Gebäudes, das die Bruderschaft beherbergt – was lediglich an einem Jungfrauenaltar an der Fassade zu erkennen ist –, unterhalten sich zwei Männer darüber, wie viel Arbeit es ist, den Weg irgendeiner Prozession zu ändern. Ich gehe an ihnen vorbei, ohne dass sie mich zu bemerken scheinen, doch gleich nach dem Eintreten kommt ein weiterer Mann mittleren Alters auf mich zu.

»Wünschen Sie etwas?«

»Nein ...«, stammle ich. »Doch. Ich suche Juan Aguilera Romero.«

Der Mann sieht mich misstrauisch an und zeigt schließlich zu einem Raum mit einem Schild, das ihn als *sala de trono*, als Thronsaal, ausweist. »Er ist dort drin.«

Der Mann verliert das Interesse an mir und geht wieder. Ich bleibe wie versteinert stehen, denn ich weiß nicht, ob ich davonlaufen oder eintreten soll, um mich endlich diesem Gespenst meiner Vergangenheit zu stellen. Als ich dann zwei Schritte auf die Tür zugehe, spüre ich plötzlich einen enormen Druck im Schädel. Ich schaue in den Raum und sehe fünf ältere Männer, die über das gleiche Problem diskutieren wie die beiden draußen, und plötzlich beginnen die Krämpfe.

Keiner der Männer sieht meinem Vater ähnlich, wie ich ihn in Erinnerung habe, doch einer von ihnen schaut zu mir herüber und erschrickt offenbar.

»Was ist mit Ihnen, Señorita?«

Ich bringe kein Wort hervor, und plötzliche rasende Kopfschmerzen drohen mir den Schädel zu sprengen. Vor meinen Augen tanzen helle Flecke, ich höre sirenenartige Laute, sehe Gesichter, von denen ich keines erkenne. Dann die Decke eines Gangs, die eilig über mir vorüberzieht, weiß gekleidete Menschen, und ein Licht leuchtet mir direkt ins Auge.

»Hören Sie mich? Wenn Sie mich hören, nicken Sie bitte.«

Ich gehorche.

»Erinnern Sie sich an Ihren Namen?«

Ich will antworten, doch erneut bleiben mir die Worte im Halse stecken. Aber diesmal nicht, weil ich nicht sprechen kann, sondern weil ich auf diese Frage keine Antwort habe.

Plötzlich habe ich furchtbare Angst. Ich weiß nicht, wer ich bin, was ich hier mache und warum mich der Mann im Arztkittel nach meinem Namen fragt.

»Hatte ich einen Unfall?«

»Sie sind ohnmächtig geworden. Erinnern Sie sich nicht an Ihren Namen oder Ihren Beruf?«

Einige Sekunden später gelingt es mir, mich zu konzentrieren, und mir fällt alles wieder ein. Ich heiße Marta Aguilera, habe einem Gehirntumor, an dem ich schon sehr bald sterben werde, und habe es mir zur Aufgabe gemacht, Verbrecher zu töten.

Wenig später weigere ich mich – gegen den dringenden Rat der Ärzte und der Krankenschwestern, die mich bis zum Taxistand verfolgen –, mich untersuchen zu lassen, und kehre in mein Appartement zurück.

Dort und endlich wieder allein, überlege ich, mich wie der Albino in *Sakrileg* zu bestrafen, indem ich mir anstatt des Büßergürtels den Nagelknipser in den Oberschenkel ramme, was mir nur noch einmal bestätigt, dass ich tatsächlich dabei bin, meinen Verstand zu verlieren, was so ziemlich das Letzte ist, was ich jetzt brauchen kann. Deshalb nehme ich mir fest vor, mich von nun an absolut auf das Ableben von Cornel Popescu zu konzentrieren und mich von nichts mehr ablenken zu lassen.

✦

In einem besetzten Haus im Zentrum von Madrid verteilt die rechtsextreme Gruppierung España36 heute kostenlos Eintopf an Bedürftige, aber nur an Spanier. Wenn man seinen Ausweis vorzeigt, bekommt man einen Teller Bohnensuppe, eine Portion Kichererbsen mit Wurzelgemüse und Blutwurst, ein halbes Baguette und einen Bananenjoghurt.

An den Tischen in der gleichen gedämpften grünen Farbe wie Schulpulte sitzen ganze Familien, von denen längst nicht alle Erwachsenen faschistischer Gesinnung sind; einige von ihnen haben ihr Leben lang links gewählt, doch wenn das eigene Kind Hunger leidet, vergisst man jegliche Ideologie, und so bemühen sie sich, die Plakate und Losungen an den Wänden nicht zu beachten. Die anderen, die Linksextremisten und Anarchisten, verteilen kein Essen. Das Einzige, was die Leute hier ertragen müssen, ist, dass man sie bei jedem Löffel, den sie in den Mund schieben, zu überzeugen versucht, bei der nächsten Wahl, die dicht bevorsteht, das Kreuz an der richtigen Stelle zu machen. Überall das gleiche dumme Geschwätz.

Sergio folgt Rulo, der neben der 88 stolz das Tattoo an seinem Ellbogen zur Schau stellt, das Zeichen, dass er gesessen hat; jeder Faden des Spinnennetzes steht für ein Jahr hinter Gittern.

»Es ist eine verdammt Schande«, sagt Rulo und blickt sich im Speiseraum um. »Ist es nicht ungerecht, dass wir Spanier so leben müssen?«

Sergio verzichtet auf einen Kommentar. Er hat nie etwas gegen Immigranten gehabt, aber die interessieren ihn jetzt einen Scheißdreck.

Sie verlassen den Speiseraum durch die Hintertür und gehen eine Treppe hinauf, deren Wände die ehemalige spanische Flagge mit dem Johannes-Adler sowie faschistische Parolen zieren. Auch wenn das Gebäude in einem schlechten Zustand ist, bemühen sich seine Bewohner, es sauber zu halten. Eine nicht mehr ganz junge Frau fegt den Treppenabsatz im ersten Stock. Hinter der offenen Wohnungstür sitzen zwei Kinder bei den Hausaufgaben. Was von der Wohnung zu sehen ist, wirkt bescheiden, aber nicht unwürdig;

es gibt einen Esstisch, ein paar schmale Sessel und einen Fernseher, der eingeschaltet ist.

»Doña Emilia«, grüßt Rulo die Frau freundlich. »Ich hab den Eindruck, dass Sie den ganzen Tag fegen.«

»Ansonsten kommt man gegen den Dreck nicht mehr an. Sag deinem Freund, dem großen, dass ich seine Jacke genäht hab.«

»Und wann machen Sie wieder Sahnepudding für mich?«

»Gleich morgen, versprochen.«

»Benehmen sich die beiden Jungs anständig?« Rulo wendet sich an die Kinder: »Nicht dass ich höre, dass ihr eurer Mutter Probleme macht, *claro*?«

Sie gehen noch ein paar Stockwerke nach oben und folgen dann einem Flur. In diesen Bereich des Gebäudes kommen nur wenige herauf, und er ist nicht ganz so sauber, aber dafür wird er von unter der Decke angebrachten Kameras überwacht. Die Räume auf beiden Seiten des Flurs sind voller Müll, und die meisten haben weder Fenster noch Türen.

»In diesem Haus haben wir vier Familien untergebracht, achtzehn spanische Staatsbürger. Und jetzt sag du mir, ob das etwas Schlechtes ist, sodass uns die Polizei jeden Tag auf die Eier gehen muss. Warte hier.«

Rulo und Sergio bleiben vor einer gepanzerten Tür stehen, die im Nachhinein eingebaut wurde. Nachdem Rulo sie aufgeschlossen hat, fordert er Sergio auf, im Flur zu warten. Durch die Tür erhascht er jedoch einen Blick in die dahinter liegende Privatwohnung, in der sich offenbar einer der Anführer der Gruppierung häuslich eingerichtet hat.

Sergio hat plötzlich das Gefühl, sich im Haus einer mittelständischen Familie in irgendeiner modernen Wohnsiedlung außerhalb von Madrid zu befinden, mit Swimmingpool und Tennisplatz. Die Wohnung ist komplett ausgestattet, mit Bildern, Haushaltsgeräten, Teppichen und sogar Klimaanlage. Eine sehr hübsche Frau stellt gerade drei Kindern zwischen acht und zehn Jahren das Essen auf den Tisch. Ihr Mann ist um die vierzig, und äußerlich deutet nichts darauf hin, dass er ein Neonazi ist. Er schaltet mit der Fernbedienung den Plasmafernseher aus und erhebt sich von dem bequemen Sofa, um mit Rulo auf den Flur herauszukommen, wo er Sergio die Hand reicht.

»Herzlich willkommen, Sergio. Ich bin Fernando. Raúl hat mir erzählt, was dir widerfahren ist. Das tut mir echt leid, Junge.«

»Danke.«

»Komm mit.«

Sergio folgt den beiden in eine andere Wohnung. Dort steht ein Drucker neben Stapeln von Schmähschriften, und in einem weiteren Raum malen zwei Jungen und zwei Mädchen Plakate, auf denen zu lesen ist: *Weder vergessen noch verzeihen. Die ETA gehört an die Wand gestellt.*

Fernando stellt Sergio vor, und alle kondolieren ihm. Sie setzen sich an einen Tisch, und Fernando sieht Sergio eindringlich an.

»Ich hab gehört, dass deine Mutter bei den Bullen ist.«

»Meine Mutter hat nichts mit dieser Sache zu tun. Außerdem ist sie im Grunde gar nicht meine Mutter. Ich kenn sie nicht viel besser als dich.«

Fernando lächelt und spricht ihm sein Vertrauen aus. »Was hast du denn für die Scheiß-ETA-Aktivistin so im Sinn?«

»Auf jeden Fall mehr, als nur gegen ihre Freilassung zu demonstrieren.«

»Das sehen wir genauso«, meint Rulo.

Eines der Mädchen steht auf und nimmt einen Rucksack mit antifaschistischen Symbolen aus dem Schrank. Als sie ihn auf den Tisch legt, ist ein metallisches Klirren zu hören. »Hier ist das, was wir letzte Woche den Zecken weggenommen haben.«

Die »Zecken« sind in diesem Fall Antifaschisten. Denn jede Woche wird der Speiseraum mehrmals von linksextremistischen

Gruppen angegriffen. Normalerweise beschränkt sich das auf lautes Geschrei und ein Paar Steinwürfe gegen die Fassade, aber hin und wieder fließt auch Blut.

In dem Rucksack sind Rohre, große Lkw-Schrauben, Stahlkugeln in mehreren Größen und anderer Kram. Sergio nimmt spontan eine Gummischleuder heraus. »Die nehm ich.«

»Wenn sie dich schnappen ...«, beginnt Fernando, doch Sergio fällt ihm ins Wort.

»Ich werd nicht geschnappt, und wenn, wird niemand von euch oder diesem Ort hier erfahren. Jedenfalls nicht von mir. Ich geb euch mein Wort.«

»Gut.« Fernando lächelt erfreut. »Wir mischen uns unter die Demonstranten und schlagen zum richtigen Zeitpunkt zu.«

Zusammen erarbeiten sie einen Angriffs- und Fluchtplan. Für die Fahrt zum Gefängnis nach Ávila haben sie einen Bus gemietet, von Sympathisanten finanziert, und sie verfügen über genügend Pkws, um abhauen zu können, wenn die Demo wie vorgesehen eskaliert. Sie dürfen weder an ihrer Kleidung noch an irgendwelchen Symbolen als Mitglieder von España36 zu erkennen sein, und die Waffen erhalten sie, nachdem sie die Polizeikontrolle passiert haben.

»Ich würde die gern mitnehmen«, sagt Sergio und hebt die Schleuder in seiner Hand an. »Wenn ich bei der ETA-Schlampe nicht zum Zug komme, kriegt irgendein Scheißstaatsdiener das Ding zu spüren.«

»Wenn du bei der nicht zum Zug kommst, dann nimm dir lieber den Scheiß-ETA-Anwalt vor.«

Alle lachen, und sie fahren mit der Planung fort, doch Sergio ist mit den Gedanken woanders. Er hält die Schleuder fest umklammert und hofft, damit der Mörderin seines Vaters und seines Bruders den Schädel zertrümmern zu können. Nachdem er das Haus verlassen hat, beginnt er mit der Waffe zu üben und hört erst wieder damit auf, als es ihm gelingt, sechs Mal hintereinander eine Dose zu treffen, die in zwanzig Metern Entfernung auf einem Baum steht. Erst dann gibt er die Schleuder und die Munition zurück, damit sie am Tag der Freilassung der ETA-Kämpferin für ihn eingeschleust werden können.

◆

Es waren noch zwei Wochen bis zu meinem Geburtstag, und Raquel war bereits höchst aufgeregt. Sie wurde üblicherweise nicht zu vielen Partys eingeladen, und zu wissen, dass sie die beste Freundin des Geburtstagskinds sein würde, ließ sie sich wichtig fühlen. Ich bemühte mich nicht besonders darum, beliebt zu sein, wusste jedoch, dass die Hälfte der Jungen im Dorf sabbernd angekrochen kamen, wenn ich sie rief. Seit ich Raquels blauen Flecken entdeckt hatte, waren mehrere Monate vergangen, und wir hatten nicht mehr darüber gesprochen. Allerdings ging mir die Sache nicht aus dem Kopf. Ich lag auf ihrem Bett und streichelte Rufus, während ich zusah, wie sie im Zimmer auf und ab ging. Obwohl es über dreißig Grad war, war Raquel von der Nase bis zu den Fußspitzen bekleidet.

»Wirst du auch Néstor einladen?«, fragte sie auf einmal nervös.

»Ich weiß nicht, aber wenn du möchtest ...«

»Na, sicher möchte ich, Marta. Als ob du nicht wüsstest, dass ich schon seit vier Jahren auf ihn stehe.«

»Er ist ein dummes Kind, Raquel. Ich hab keine Ahnung, was du an ihm findest.«

»Er sieht super aus und hat wunderschöne Augen.«

»Warst du nicht diejenige, die gesagt hat, dass nur dumme Leute, die keine Persönlichkeit haben, auf solche Äußerlichkeiten achten?«

Raquel sah mich an, und ihr Enthusiasmus war wie weggeblasen. Meine Frage hatte sie auf den Boden der Tatsachen zurückgeholt. Deprimiert setzte sie sich neben mich. »Ich weiß ja, dass ich bei ihm keine Chance hab, aber er gefällt mir. Was soll ich deiner Meinung nach denn tun?«

»Ach, komm.« Ich streichelte ihr übers Haar und versuchte sie zu ermutigen. »Ich versichere dir, dass dieser Idiot in zehn Jahren darum flehen wird, mit jemandem wie dir zusammen zu sein.«

»Und bis dahin soll ich Jungfrau bleiben?«

»Ich versichere dir, dass du nichts verpasst. Beim ersten Mal tut es so weh, als ob dir einer einen Stock zwischen die Beine rammt.«

Raquel lachte und nannte mich zum dritten Mal in dreißig Minuten eine dumme Nuss.

Plötzlich kam mir die Idee, wie ich herausfinden konnte, ob ich mit dem, was ich schon die ganze Zeit vermutete, recht hatte.

»Aber wenn du es versuchen willst, helf ich dir. Was willst du anziehen?«

»Keine Ahnung«, gestand sie unsicher.

»Mal sehen, was du hier hast. Komm, zieh dich schon mal aus.«

Ich ging zu ihrem Schrank, suchte zwischen ihren Sachen und nahm ein T-Shirt heraus, in dem ich versunken wäre. Als ich mich wieder zu Raquel umwandte, stand sie stocksteif und immer noch komplett angezogen im Raum.

»Was machst du? Komm, zieh mal dieses Shirt an, um zu sehen, wie es dir steht.«

»Ach, dazu hab ich jetzt keine Lust. Ein andermal.«

»Komm her, Mädchen«, insistierte ich. »Und wenn es okay ist, fahren wir am Samstag noch mal nach Ávila und kaufen diese Jeans.«

Ich ging auf sie zu und versuchte, ihr Sweatshirt anzuheben, was sie wütend abwehrte. »Ich hab Nein gesagt, Marta! Hast du nicht zugehört, oder was?«

Ihre Reaktion bestätigte mir, was ich schon seit einer Weile vermutete.

In dem Moment kam ihre Mutter ins Zimmer. Obwohl sie ein Halstuch trug, waren die blauen Flecken deutlich zu sehen.

»Was soll das Geschrei, Mädchen?«

»Nichts, Mama. Marta und ich haben uns nur ein bisschen gefoppt.«

»Bitte seid nicht so laut. Ich hab Migräne.«

Raquels Mutter ging wieder und schloss die Tür hinter sich.

»Und was ist mit dem Hals deiner Mutter?«, fragte ich eindringlich. »Ist sie auch beim Spaziergang mit Rufus hingefallen?«

»Es ist besser, wenn du jetzt gehst, Marta«, sagte Raquel mit gerunzelter Stirn. »Ich hab nächste Woche eine Chemieprüfung, für die ich noch lernen muss.«

»Wie du möchtest.«

Ich schnappte mir meine Tasche, die auf dem Bett lag, doch als ich an Raquel vorbeiging, hob sie blitzschnell ihr Shirt und das Unterhemd an.

Diesmal hatte sie einen furchtbaren blauen Fleck an der Seite. Raquel wurde rot wie eine Tomate.

»Das war dein Vater, stimmt's? Er ist es, der deiner Mutter und dir das antut, oder?«

»E-es ist nicht seine Schuld«, stammelte meine Freundin. »Seit dem Tod meines Bruders geht es ihm nicht gut. Du weißt nicht, was es bedeutet, auf diese Art ein Kind zu verlieren.«

»Dafür weiß ich aber, dass du ihn anzeigen solltest, damit er aufhört, euch wehzutun, Raquel. Irgendwann wird er euch umbringen.«

»Das wird vorbeigehen, du wirst schon sehen.« Ihr traten Tränen in die Augen. »Das Ganze ist erst fünf Jahre her, und der Arme leidet noch so sehr darunter.«

»Wenn er einmal angefangen hat, euch zu misshandeln, wird er nie mehr damit aufhören.«

»Bitte geh jetzt. Und wenn du wirklich meine Freundin bist, sagst du niemandem etwas davon.«

Als ich nach Hause zurückkehrte, war ich angesichts meiner Machtlosigkeit stinkwütend. Ich dachte darüber nach, trotz der Bitte meiner Freundin zur Polizei zu gehen und diese Bestie anzuzeigen, doch als ich an der Bar auf dem Dorfplatz vorbeiging, sah ich Raquels Vater und blieb stehen, um ihn, unter den Arkaden versteckt, zu beobachten.

Felipe senior war voll wie eine Haubitze und versuchte Olga, die rundliche Kellnerin aus Extremadura, zu begrapschen, die sich lachend wehrte. »Jesus, dieser Mann ist heute unerträglich. Ich hab das Gefühl, dass du wie ein Krake acht Arme hast, Felipe!«

»Brenn mit mir durch, Olguita«, lallte er lüstern. »Lass uns an die Küste ziehen und dort wie die Könige leben, bis wir alt geworden sind.«

»Darf ich dich daran erinnern, dass du verheiratet bist und eine Tochter hast?«

»Ich wär nicht der Erste, der in diesem Scheißkaff seine Familie verlässt. Denk mal an Juan Aguilera, den Mann der Verrückten.«

Bis zu diesem Moment hatte ich noch nie auf jemanden einen solchen Hass empfunden, nicht mal auf Felipe junior, als er Dimas an den Gleisen misshandelt hatte. Daher beschloss ich, dass das Gefängnis für dieses Schwein keine ausreichende Strafe wäre. Wenn ich Raquel und ihre Mutter retten wollte, musste Felipe senior aus ihrem Leben verschwinden. Und wenn es wirklich so war, dass er seine Frau und seine Tochter misshandelte, weil er seinen einzigen Sohn verloren hatte, dann war es an mir, den Kreis zu schließen.

◆

Cornel ist irgendwie nervös. Er weiß nicht, warum, aber an diesem Morgen ist er schon um sechs Uhr aufgewacht und um acht erst wieder eingeschlafen. Nun ist es zehn, und diese seltsame innere Unruhe ist immer noch da.

Er beugt sich aus dem Fenster und sieht Natascha, die am Pool ihre Yogaübungen macht. Sie ist wirklich wunderschön, ein Juwel, das er auf einer seiner Russlandreisen entdeckt hat. Auf derselben, auf der er auch Yurik kennengelernt hat. Damals hat er zwei Fliegen mit einer Klappe geschlagen. Seine Frau könnte noch heute auf jedem Laufsteg mithalten, obwohl sie im Abstand von nur zwei Jahren zweimal entbunden hat. Es erregt ihn, sie zu sehen, und er überlegt, ihr noch eine Tochter zu machen, das Einzige, was ihm zum perfekten Glück noch fehlt.

Einer der Männer, die seine Festung bewachen, genießt ebenfalls die Aussicht auf die schöne Russin, was Cornel nicht entgeht. In den folgenden fünf Minuten, in denen der junge Mann, der nicht merkt, dass er beobachtet wird, seine Frau gierig anstarrt, lässt Cornel ihn keine Sekunde aus den Augen. Als der Wachmann schließlich doch seinen Chef am Fenster entdeckt, senkt er den Blick und scheint eine Entschuldigung vor sich hin zu murmeln, während er wahrscheinlich am liebsten von seinem Aussichtsturm springen und eilig das Weite suchen würde.

»Kannst du dir nicht ein bisschen was anziehen, Natascha?«, ruft Cornel zu ihr hinab. »Du verdrehst sämtlichen Wachleuten den Kopf.«

»Ich verstehe nicht, wieso wir so viele Wachleute brauchen, Cornel.«

Dämliche Kuh!, denkt Cornel. Sie hat ja keine Ahnung, wie viele Feinde er sich im Laufe der Jahre gemacht hat! Darunter nicht nur andere Zuhälter, die aus dem gleichen Elend kommen wie er oder eine noch schlimmere Kindheit gehabt haben, sondern auch Menschen, die er, seit er den Ausdruck im Fernsehen gehört hat, als »Kollateralschäden« bezeichnet. Denn ein Vater, der nach seiner Tochter sucht, kann gefährlicher werden als ein Paramilitär im ehemaligen Jugoslawien. Keiner weiß das besser als er, denn er hat sich schon gegen einige wehren müssen. Wenn er nur an Nicoletas Vater denkt! Der hat ihn monatelang verfolgt, hat ihn lautstark bei jedem angeschwärzt, der es hören wollte, und schwieg erst, als er tot war. Yurik reißt seinen Chef aus seinen Grübeleien, indem er an die Tür klopft und eintritt, als Cornel »Herein!« brüllt.

»Morgen kommt die Ladung.« Der Russe hält ein Handy in der Hand. »Soll ich ihm sagen, dass wir die Jungs schicken?«

»Nein, wir machen das.«

Yurik kraust die Nase. Er weiß, dass es riskant ist, Cornels Befehle infrage zu stellen, aber nach sieben Jahren an seiner Seite kann er es wagen. »Warum?«

»Weil ich noch angeln gehen will.«

»Angeln?« Der Muskelprotz wirkt nicht gerade begeistert.

»Angeln, ja!«, schimpft Cornel. »Muss ich denn heute alles wiederholen, verdammt? Sag ihnen, dass wir ihnen gleich die Koordinaten und die Uhrzeit durchgeben. Ach ja, noch was. Wie heißt dieser Wachmann, der Dunkelhaarige?«

»Andrei.«

»Schick ein paar Männer zu ihm, die ihm beibringen, dass man die Frauen anderer nicht anzustarren hat.«

Yurik nickt und geht, während er ins Handy spricht. Cornel widmet sich seinem Frühstück und macht sich Gedanken über seine Zukunft. Vielleicht ist es an der Zeit aufzuhören. Er könnte die Schulden seiner Mädchen an einen seiner Teilhaber verkaufen und sich den verdienten Ruhestand gönnen, um seine Kinder aufwachsen zu sehen. Die Idee gefällt ihm und entlockt ihm ein zufriedenes Lächeln.

✦

Nachdem ich mein Auto aus der Werkstatt geholt habe, fahre ich zum Bahnhof María Zambrano. Ich kann Cornel und Yurik nicht weiterhin mit meinem Auto verfolgen, das wäre zu riskant, nachdem sie mir den Reifen gewechselt haben, und hier befinden sich die meisten Autovermietungen. In einer von ihnen bekomme ich einen Audi A3 und mache mich auf den Weg nach Cabopino, um mein zukünftiges Opfer den dritten Tag zu beschatten, ohne eine konkrete Vorstellung zu haben, wie ich mich ihm nähern soll. Allmählich verliere ich die Hoffnung, dass es mir noch gelingen wird, Nicoleta angemessen zu rächen.

Cornel und Yurik machen die üblichen Besuche bei einigen Banken und der Autovermietung, die unter dem Namen von Natascha Popescu firmiert. Dann fahren sie zum Jachthafen Puerto Banús, um in der Nähe zu essen.

Während ich sie vom Auto aus beobachte, klingelt mein Handy. Es ist Álvaro. Er hat in den letzten Tagen schon mehrfach angerufen, aber bisher bin ich nicht rangegangen. Ich habe überhaupt keine Anrufe angenommen.

»Bereust du so sehr, was wir getan haben, dass du beschlossen hast zu verschwinden?«

»Nein, ich bereue es nicht. Und mein Verschwinden hat nichts mit dir zu tun. Ich werde dauernd um Interviews gebeten und hab keine Lust mehr, die Kollegen abzuwimmeln. Wir Journalisten können so was von lästig sein!«

»Hin und wieder. Gibst du nicht mal mir ein Interview?«

»Mal sehen, später vielleicht.«

Wir unterhalten uns weitere zehn Minuten, in denen er mir erzählt, dass es keine neuen Hinweise auf Jonás Bustos' Mörder gibt, und dann fragt Álvaro, wie es mir geht. Ich sage ihm, dass ich in Galicien wäre, um für meinen Roman zu recherchieren, und dass ich schon ziemlich genau weiß, was ich schreiben will, nämlich eine Mischung aus Action und Spannung.

Álvaro bemüht sich, das Gespräch auf unser kleines Abenteuer zu lenken, aber ich weiche dem Thema konsequent aus und empfehle ihm, dass er das, was passiert ist, vergessen und mit Cristina glücklich werden soll.

»Das Problem ist, dass ich nicht mehr weiß, ob das möglich ist, nachdem ich mit dir zusammen war, Marta.«
Genau das ist es, weswegen ich ihn immer für einen Weichling gehalten habe. Auch wenn es mir schwerfällt, ihm wehzutun, will ich das Thema ein für alle Mal beenden.
»Dann tu dein Bestes, Álvaro. Wie ich schon sagte, diese Sache wird sich nicht wiederholen.«
Ich verabschiede mich und beende das Gespräch, als Cornel und Yurik fertig gegessen haben. Damit sie mich nicht wiedererkennen, ziehe ich mir eine Cap und eine Sonnenbrille an und folge ihnen durch die gepflasterten Gassen mit ihren Boutiquen, Juwelieren und Kebabimbissen zum Jachthafen. Dort treffen sie sich neben einer riesigen Jacht namens Natascha II mit einem Mann.

Ich verstehe nichts von Booten, aber eins wie dieses kostet garantiert mehr als eine Million Euro. Ob sich niemand gefragt hat, woher ein Typ wie Cornel das Geld nimmt, um eine solche Summe zu bezahlen?

Ich versuche mich ihnen so weit wie möglich zu nähern, indem ich mich unter die Touristen mische, die stehen bleiben, um sich vor den luxuriösen Jachten, die hier im Hafen liegen, fotografieren zu lassen. Cornel und Yurik scheint der Trubel nicht neu zu sein, denn ich falle ihnen nicht auf.

»Gibt es nun Thunfische oder nicht?«, fragt Cornel einen typischen Einheimischen, der den Umgang mit den Neureichen offenbar gewöhnt ist.

»Eher Seebarsche beim Schleppangeln, aber Sie werden auf keinen Fall leer ausgehen.«

»Und müssen wir sehr weit rausfahren?« Yuriks Frage lässt darauf schließen, dass Wasser nicht sein liebstes Element ist.

»Die Fische werden kaum bis zum Ufer kommen.«
»Du nimmst eine Tablette, und gut ist, Yurik.«
Cornel, Yurik und der Einheimische verschwinden für etwa zehn

Minuten auf dem Boot. Als sie zurückkommen, riskiere ich, mich ihnen so weit wie möglich zu nähern, da ich unbedingt hören will, worüber sie reden.

»Soll ich Mädchen mitbringen?«, fragt der Russe.

»Ja, die neuen, damit wir sie kennenlernen«, entgegnet Cornel. »Aber höchstens fünfzehn, damit wir die Nutten unter Kontrolle haben.«

Cornel, Yurik und der Einheimische lachen.

»Beneidenswert, wie Sie das machen, *jodío*. Wenn ich älter bin, möchte ich so sein wie Sie«, sagt der Einheimische, während er Cornel zuzwinkert und seinen Arm tätschelt.

Der Rumäne durchbohrt den jungen Mann mit seinem Blick. Als ob das so einfach wäre. Schließlich hat er dafür töten müssen.

»Wir werden so gegen acht aufbrechen. Bitte halten Sie die Köder bereit.«

»Und das Essen«, fügt Yurik hinzu.

»Möchten Sie eine bestimmte Biersorte?«

Lachend nimmt Cornel ein Bündel Geldscheine heraus, gibt dem Mann ein paar und geht mit dem unzertrennlichen Yurik davon. Dabei legt er den Arm um ihn und versichert, vorsichtig zu fahren, damit dem Russen nicht so übel wird.

Ich brauche eine Viertelstunde, um zu begreifen, dass dies die perfekte Gelegenheit ist, Cornel und Yurik zu töten. Mein Plan ist sehr riskant, aber ich muss es versuchen. Ich werde warten, bis es dunkel ist, mich dann auf der Natascha II verstecken und mich als eine der Prostituierten ausgeben, in der Hoffnung, dass es nicht auffällt, ob es fünfzehn oder sechzehn sind. Dieses Boot wird für Nicoletas Entführer und seinen Leibwächter zum schwimmenden Sarg werden.

Ich suche im Internet nach Sexshops und wähle den luxuriösesten aus, um mir Reizwäsche und ein Kleid zu kaufen, das meine körperlichen Vorzüge betont. Da ich diesbezüglich mit den meisten von Cornels Mädchen nicht werde mithalten können, beschließe ich, eine besonders ausgefeilte Rolle zu spielen, in der Art von der reifen Frau, die eine Expertin darin ist, besonderen Genuss zu bereiten.

In dem Geschäft kommt eine junge, hübsche Frau mit dunklem Haar, Rastalocken, Piercings und Tattoos auf mich zu. »Hallo, kann ich Ihnen helfen?«

»Vielleicht ...«, sage ich schüchtern.

»Nur keine Hemmungen.« Sie lächelt mir freundlich zu. »Sie sind hier an der richtigen Adresse.«

»Ich würde meinen Mann gern überraschen und mich für ihn aufreizend anziehen; es kann ruhig gewagt sein, darf aber nicht billig wirken.«

»Sie haben eine sehr gute Figur«, sagt sie mit musterndem Blick. »Ein Latexkleid würde ihn sicher umhauen. Gehen Sie schon mal in die Kabine, und legen Sie ab, ich bringe gleich mehrere Modelle.«

Ich gehorche und betrete die kleine Umkleidekabine. Als die junge Frau zurückkommt, erwarte ich sie bereits in Unterwäsche. Sie mustert mich erneut ungeniert von oben bis unten, was mir ein gutes Gefühl gibt und mir Hoffnungen macht, dass ich bei Cornel Popescu ganz gut ankommen werde.

»Aber hallo, Sie sind ja noch viel besser gebaut, als es den Anschein hatte ...«

»Danke. Ich bemühe mich, auf meinen Körper zu achten.«

»Und das ist Ihnen gelungen, das kann ich Ihnen versichern.«

Amüsiert über ihre Natürlichkeit, lächle ich sie an und probiere mehrere Kleider aus schwarzem und rotem Latex, dazu ein paar Dessous, die schärfer sind, als die Polizei erlaubt, und das ein oder andere Korsett, in dem ich mich wie eine Domina fühle.

Das extremste Outfit ist genau das, was der jungen Verkäuferin am besten gefällt. »Das sitzt perfekt ... Haben Sie schon mal BDSM probiert?«

»Ehrlich gesagt, nein. Aber vielleicht wäre das auch etwas viel fürs erste Mal.«

»Wie Sie möchten, aber Handschellen sind sehr nützlich. Dann können Sie ihn ans Kopfende des Bettes ketten und mit Ihren Freundinnen auf die Rolle gehen.«

»Da bin ich dabei«, sage ich lachend.

Sie verkauft mir noch ein Paar schwarze Stiefel, die mir bis übers Knie reichen, Handschuhe bis zum Ellbogen, die »nützlichen« Handschellen und einen Knebel mit einer Lederkugel. Als ich den Beleg unterschreibe, dessen Summe sich auf mehr als dreihundert Euro beläuft, schenkt sie mir einen diskreten Handkoffer, um alles darin zu verstauen, und schiebt eine Visitenkarte mit ihrer Telefonnummer über die Theke. »Wenn es Ihrem Mann nicht gefällt, geben Sie mir Bescheid, okay?«

»Einverstanden«, sage ich mit einem breiten Lächeln.

Die nächsten drei Stunden verbringe ich damit, mir die Überwachungskameras am Hafen einzuprägen und dem Einheimischen und seinem Team bei der Arbeit zuzusehen. Sie checken den Motor der Natascha II, tanken auf und bereiten die Angeln vor. Als der Einheimische an mir vorbeigeht, höre ich, wie er zu einem seiner Männer sagt: »Morgen um Viertel vor acht bist du mit dem Köder und den Nutten pünktlich hier. Wir dürfen es uns mit dem Rumänen nicht verderben!«

Ich esse in einem der Restaurants am Hafen, die bis spät nachts geöffnet haben, und um drei Uhr morgens hole ich erst meine Sachen aus dem Auto und schleiche mich dann auf Cornels Boot. Die große Frage ist, wie ich hineingelangen kann. Ich probiere alle sechs Türen aus und stelle fest, dass sie abgeschlossen sind. Dann sehe ich, dass zwei Männer, von denen jeder eine Kiste Bier dabeihat, an Bord springen, und verstecke mich.

»Warum lassen wir die Kisten nicht einfach hier stehen? Die können doch auch morgen noch weggeräumt werden.«

»Ist doch kein Problem, die Flaschen schnell in den Kühlschrank zu stellen.«

Die beiden öffnen eine der Türen und verschwinden im Inneren des Boots. Ich folge ihnen und verstecke mich auf der Toilette. Wenige Minuten später verlassen sie das Schiff wieder und schließen die Tür von außen ab.

Ich betrete einen riesigen Wohnraum mit Sofas, einem Esstisch und einem Fernseher von mehr als fünfzig Zoll. Neben dem Steuerraum – der so groß ist wie das Badezimmer bei mir zu Hause – führt eine Treppe nach unten. Darüber gelange ich in einen Gang mit sechs Türen, hinter denen jeweils ein Schlafzimmer und ein komplett eingerichtetes Badezimmer liegen. Hinter der letzten Tür stoße ich auf einen riesigen Raum von mindestens dreißig Quadratmetern, der keinen Luxus entbehrt. Hier steht ein riesiges Doppelbett, und an der Decke hängt ein Kronleuchter. Außerdem gibt es ein Bad mit Jacuzzi, einen Ankleideraum, wie ich ihn gern zu Hause hätte, hinter einer weiteren Tür ein Büro mit Computer, Fernseher und Musikanlage, eine Bar mit Theke, und durch eine Glastür gelangt man auf eine Terrasse mit Liegestühlen.

Vorsichtig öffne ich einen der Schränke und stelle fest, dass darin genügend Platz ist, um mich zu verstecken, bis die perfekte Gelegenheit kommt, Cornel Popescu zu töten.

Ich entkorke eine Flasche Weißwein, nasche ein wenig von den Sachen, die ich in der Küche finde, und nachdem ich mich als Domina verkleidet habe, stelle ich den Wecker meines Handys auf sieben Uhr morgens und lege mich auf das Bett, um mich ein wenig auszuruhen.

In ein paar Stunden wird hier ein Fest gefeiert werden, das in die Geschichte eingeht …

◆

Daniela Gutiérrez hat wieder einen Kater und sucht in ihrer Schublade nach einer Ibuprofen-Tablette, wobei sie schwört, nie wieder Alkohol zu trinken, in dem Bewusstsein, dass sie ihr Wort schon sehr bald – vielleicht gleich heute – brechen wird. Ihr Kollege Martos kommt mit dem Gesicht in ihr Büro, das er immer macht, wenn er etwas entdeckt hat und sich profilieren will.

»Wir haben es«, sagt er zufrieden.

»Ich hab heute keine Lust auf Ratespiele, also spuck's aus.«

»Fiona Hansen ist die Schmuckmarke, zu der die Schraube gehört, die wir im Haus von Jonás Bustos gefunden haben. Der Hersteller in Albacete hat uns darauf hingewiesen.«

»Ich hab noch nie von dieser Marke gehört.«

»Fiona Hansen ist eine Dänin, die seit zwanzig Jahren in Madrid lebt und Schmuck für die High Society entwirft. Eines ihrer Geschäfte liegt in der Calle Sagasta.«

»Dann gehen wir sie doch mal besuchen.«

Daniela und ihr Kollege warten geduldig, während Señora Hansen, eine äußerst attraktive Blondine von etwa sechzig Jahren, ein junges Paar bedient, das nach einem Verlobungsring sucht. Die junge Frau scheint überglücklich, während ihr Freund ziemlich eingeschüchtert wirkt.

»Dieser!« Sie zeigt aufgeregt auf einen Ring und pocht mit dem Finger auf die Vitrine, bevor sie ihren Liebsten strahlend ansieht. »Er ist wunderschön, findest du nicht?«

»Ich weiß nicht. Auf mich wirken sie alle gleich. Außerdem sollten wir es nicht übertreiben. Du wirst ihn ja nur ein paar Monate tragen und ihn dann durch den Ehering ersetzen, oder?«

»Du bist so was von unromantisch, Rafa!« Die junge Frau schüttelt enttäuscht den Kopf, findet aber ihr Lächeln gleich wieder und wendet sich an die Schmuckdesignerin: »Könnte ich ihn mal anprobieren?«

»Der liegt allerdings etwas außerhalb des Budgets, über das wir gesprochen haben, meine Liebe«, entgegnet die Dänin. »Dieser kostet zweitausendachthundert Euro.«

»Meine Güte ...«, sagt der junge Mann beeindruckt. »Weißt du, wie viele Überstunden ich dafür machen muss? Wenn es Ihnen nichts ausmacht, schauen wir uns lieber noch ein wenig um.«

»Fühlen Sie sich wie zu Hause«, antwortet Fiona höflich. »Geben Sie mir Bescheid, wenn Sie sich entschieden haben.«

Das Paar zieht sich leise streitend in den hinteren Teil des Geschäfts zurück, und Fiona Hansen geht zu den beiden Polizisten. »Entschuldigen Sie. Womit kann ich Ihnen behilflich sein?«

Daniela und Martos zeigen ihre Dienstmarken vor und nennen gleichzeitig diskret ihre Namen: »Inspectora Gutiérrez und Agente Martos. Wir würden Ihnen gern ein paar Fragen stellen.«

»Nur zu.«

»Wir haben festgestellt, dass diese Schraube identisch mit denen ist, die Sie benutzen«, sagt Daniela und legt das Tütchen mit dem Beweisstück auf die Verkaufstheke. »Schauen Sie sich die Schraube gern so lange an, wie Sie möchten, aber bitte nehmen Sie sie nicht aus der Tüte.«

Die Designerin begutachtet das Objekt durch das Plastik hindurch. »Ja, das ist eine von meinen.«

»Sind Sie sich absolut sicher?«

»Allerdings, Inspectora. Wenn Sie genau hinsehen, erkennen Sie die abgerundete Spitze, und ich denke, ich bin die Einzige, die solche Schrauben verwendet.«

»Für welche Produkte benutzen Sie sie.«

»Hauptsächlich für Uhren, aber manchmal auch für Armbänder oder Halsketten. Wenn Sie möchten, kann ich Ihnen ein paar Modelle zeigen.«

»Ja, bitte.«

Fiona Hansen sucht in verschiedenen Vitrinen und kommt mit

mehreren Uhren – drei Herren- und einer Damenuhr –, einem Armband und einer Halskette zurück.

Die beiden Polizisten begutachten die Schmuckstücke, und Martos pfeift überrascht durch die Zähne, als er das Preisschild an einer der Uhren sieht. »Dreitausendzweihundert Euro für eine simple Uhr?«

»Das ist bei Weitem nicht die teuerste Uhr, die ich habe, Agente.«

»Was verkauft sich am besten.«

»Zweifellos die Herrenuhren.«

»So exklusiv, wie die Stücke sind, haben Sie bestimmt nicht viele von diesem Modell verkauft«, wendet Daniela ein.

»Weniger, als mir lieb wäre. Außerdem arbeite ich mit dieser Art Schrauben erst seit ein paar Monaten.«

»Notieren Sie irgendwo die Namen der Kunden, die Ihre Stücke kaufen?«

»Jene, die bar bezahlen, möchten in der Regel anonym bleiben, aber heutzutage bezahlen die meisten mit Kreditkarte, und die Belege bewahre ich natürlich auf.«

»Könnten Sie für uns eine Liste der Kunden erstellen, die eines dieser Modelle gekauft haben?«

»Es tut mir leid, Inspectora, aber Sie müssen verstehen, dass ich meinen Schmuck an eine äußerst erlesene Kundschaft verkaufe und sehr diskret sein muss. Ohne einen richterlichen Beschluss kann ich Ihnen, fürchte ich, nicht weiterhelfen.«

Diese verdammten Gerichtsbeschlüsse!, denkt Daniela. Ohne die lästige Bürokratie wäre ihr Job wesentlich leichter, und viel weniger Verbrecher würden der Polizei entwischen! Allerdings hat ihr die Erfahrung gezeigt, dass, wenn es um bestimmte Verbrechen geht, die Leute viel hilfsbereiter sind als bei anderen.

Daniela tritt an die Schmuckdesignerin heran, um vertraulich mit ihr reden zu können, damit die sich wichtig fühlt. »Ich nehme an, Sie haben von dem Mord an der kleinen Lucía Abad gehört …«

»Wer nicht?«, entgegnet Fiona Hansen empört. »Es ist wirklich bestialisch, was dieser junge Mann dem Mädchen angetan hat! Er hat absolut verdient, was mit ihm geschehen ist!«

»Es ist leider so, dass wir noch nicht wirklich sicher sind, ob Jonás Bustos der Täter war, und nun hängt es von Ihnen ab, ob wir den Fall abschließen können oder ob der wahre Mörder möglicherweise weiterhin frei herumläuft.«

»Ich würde Ihnen zu gern helfen, aber ...«

»Sie brauchen uns diese Liste nicht zu geben«, fällt Daniela der Dänin ins Wort. »Und auch nicht zu zeigen. Wir wissen, dass wir Sie damit in Schwierigkeiten bringen könnten, und das ist das Letzte, was wir wollen. Ich gebe Ihnen mein Wort, dass alles, was Sie uns sagen werden, unter uns dreien bleibt.«

»Vielleicht sollte ich erst meinen Anwalt um Rat fragen.«

»Dazu fehlt uns die Zeit«, erklärt Daniela. »Bitte helfen Sie uns herauszufinden, ob unsere Ermittlungen in die richtige Richtung gehen. Die Stunden, die wir verlieren, wenn wir auf einen Gerichtsbeschluss warten, könnten entscheidend sein, um einem anderen kleinen Mädchen das Leben zu retten.«

Die Schmuckdesignerin blickt zweifelnd zu dem jungen Paar hinüber, das sich auf der anderen Seite des Geschäfts immer noch streitet, und willigt schließlich ein. »In Ordnung. Was möchten Sie wissen?«

»Nur, ob eine der Kundinnen, die die Modelle mit dieser Schraube gekauft haben, Marta Aguilera heißt.«

»Warten Sie bitte einen Moment.«

Während Fiona Hansen in ihrem Computer nachsieht, schaut Martos seine Chefin verwundert an, doch er muss die Frage gar nicht erst stellen, um eine Antwort zu erhalten.

»Schließlich war sie, abgesehen von dem Dealer, der letzte Mensch, der Jonás Bustos noch lebend gesehen hat.«

Die Designerin kommt zurück und schüttelt den Kopf. »Es tut

mir leid, Inspectora. Das Einzige, was ich Ihnen sagen kann, ist, dass neunzig Prozent der Käufer Männer waren, und von den Frauen heißt keine Marta Aguilera.«

Daniela seufzt frustriert.

»Haben Sie viele von diesen Modellen verkauft?«, fragt Martos.

»Ein halbes Dutzend Herrenuhren, zwei Damenuhren, zwei oder drei Armbänder und wenige Halsketten. Aber bitte stellen Sie keine weiteren Fragen. Ich habe Ihnen bereits alles gesagt, was möglich ist.«

Daniela dankt der Schmuckdesignerin für ihr Entgegenkommen, und die beiden Polizisten verlassen, enttäuscht von dem geringen Erfolg ihrer Ermittlungen, das Geschäft.

»Wir müssen noch heute den richterlichen Beschluss beantragen«, sagt die Inspectora. »Ich möchte so schnell wie möglich die Namen dieser Kunden haben.«

»Du weißt doch aber, dass so etwas, je nachdem, welcher Richter dafür zuständig ist, überhaupt nicht gut ankommt. Es ist durchaus möglich, dass auf dieser Liste der Name eines Politikers auftaucht oder der einer Person, mit dem der Richter befreundet ist.«

»Ist mir egal, ob es dem Richter gefällt oder nicht. Wenn er sich weigert oder Schwierigkeiten macht, geben wir das an Álvaro Herrero weiter, und du wirst sehen, wie schnell dann auf einmal alles geht.«

»Du spielst mit dem Feuer.«

»Glaubst du, dass ich Angst davor habe, mich zu verbrennen? Beantrag bitte so schnell wie möglich diesen Gerichtsbeschluss.«

»Wie du willst …«

◆

Nicoletas Heroinsucht wirkte sich allmählich auch auf ihr Äußeres aus; sie war extrem bleich, ihre Zähne waren längst nicht mehr so perfekt wie einst, und ihre grünen Augen hatten ihren Glanz verloren.

Nach Lyon verschlugt es sie nach Paris und Ibiza, und schließlich landete sie in Barcelona. Dort gingen ihre Schulden an Doña Marga über, eine Sechzigjährige, die in einer Wohnung im Eixample-Viertel ein Bordell betrieb. Da sie eine Frau war und selbst einmal Prostituierte gewesen war, hätte man meinen können, dass sie ein wenig Verständnis für die Mädchen hätte aufbringen müssen, doch die Zuhälterin war unerbittlich. Sie behauptete, das alles für ihre Enkel zu tun, damit sie ihnen etwas hinterlassen könnte, weshalb sie ein waches Auge auf ihre Investitionen haben müsse. Doch diese angeblich guten Absichten waren nur vorgeschoben; sie war eine durch und durch skrupellose Frau.

Nicoletas Talent für Sprachen – neben Rumänisch sprach sie einigermaßen Französisch und Italienisch und fließend Spanisch – ermöglichte es, sie als andalusische Studentin namens Violeta anzubieten. Wenn die Kunden merkten, dass man sie betrogen hatte, waren sie meistens schon zu erregt, um sich noch zu beschweren.

»Die Spanierinnen ficken nicht so gut wie ich, mein Schatz«, sagte Nicoleta ihrem Kunden dann, während sie rittlings auf ihm saß und an seinem Ohrläppchen knabberte. »Fang an zu sparen, denn du wirst wiederkommen.«

Und tatsächlich investierten die meisten noch einmal die hundertfünfzig Euro, um eine Stunde ihre Gesellschaft zu genießen, und buchten sie erneut.

»Mädchen«, sagte Doña Marga irgendwann mit der gleichen Herablassung wie immer, »wenn du dich nicht ein wenig zusammenreißt, werden deine Schulden ins Uferlose ansteigen.« Damit meinte sie den Heroinkonsum.

Nicoleta lächelte. Schon lange wusste sie, dass genau das das Ziel ihrer Entführer war. Die jüngeren Mädchen konnten sie mit solchen Sprüchen vielleicht unter Kontrolle halten, doch sie war nun schon so lange im Geschäft, dass sie längst begriffen hatte, dass, wenn sie diesen Ort irgendwann verlassen würde, das nächste Bordell auf sie wartete. Sie hoffte nur, in Spanien bleiben zu können. Denn trotz allem, was sie hier erlitten hatte, gefiel ihr das Land.

»Machen Sie sich keine Sorgen um meine Schulden, Doña Marga, denn sollte ich die eines Tages bezahlen, wird Ihnen das gar nicht gefallen.«

Wie immer in solchen Fällen tat Doña Marga so, als würde sie ihrem Mädchen die Aufmüpfigkeit verzeihen, doch während sie sich umdrehte und ging, dachte sie, dass sie Nicoleta loswerden musste. Sie war zwar sehr schön und hatte eine treue Kundschaft, war aber mittlerweile so abgehärmt, dass sie ihr die Neuankömmlinge verderben konnte.

An dem Tag, an dem sie Cornel wiedersah, war Nicoleta so mit Drogen zugedröhnt, dass sie ihn zunächst nicht erkannte. Als sie sich zusammen mit den anderen Mädchen anbot, zwang sie sich zu lächeln. Einige Minuten später erfuhr sie, dass sie die Auserwählte war, und ging in ihr Zimmer, wo ihr Kunde wie immer neben einem frischen Handtuch, sauberer Bettwäsche und einem Päckchen Kondome auf sie wartete.

Sie zog sich den BH aus und zeigte ihre schlecht operierten Brüste, auf denen die roten Narben noch gut zu sehen waren, die jedoch deutlich mehr Volumen hatten als vor vier Jahren bei ihrer Abreise aus Rumänien. »Analsex kostet extra.«

»Freut mich, wie professionell du geworden bist, Nicoleta.«

Als sie den Mann erkannte, der so vertraulich mit ihr sprach und sie nicht bei dem spanischen Namen nannte, unter dem man sie ihm vorgestellt hatte, zerbrach etwas in ihr. Sie machte ihm keine Vorwürfe, verlangte keine Erklärungen, sondern weinte nur und flehte ihn an, sie von diesem Ort weg und wieder zu ihren Eltern nach Sibiu zu bringen.

»Du hast jede Menge Schulden.«

»Leih mir das Geld, und ich werd es dir zurückzahlen, das schwöre ich.«

»Hältst du mich für die Rumänische Nationalbank?«

»Du könntest mit mir jederzeit machen, was du willst«, flehte Nicoleta verzweifelt. »Bring mich zu meinen Eltern zurück, und ich werde dir bis zum Tod eine gute Ehefrau sein.«

»Schau dich doch mal an«, sagte Cornel angewidert, während er sie von oben bis unten musterte. »Du bist nicht mehr so hübsch wie früher. Warum sollte ich eine Ehefrau wie dich haben wollen?«

Cornel empfand kein Mitleid für sie, genauso wenig wie für alle anderen, die ihr noch folgen würden. Luciana, die er ebenfalls mit sechzehn aus Transsilvanien geholt hatte und die so naiv war, dass sie aus dem Haus, in das er sie kurz nach Nicoleta verkauft hatte, davongelaufen war, verfolgte er so lange, bis er sie schließlich fand, und schlitzte sie mit dem Messer auf, während sie versprach, ihm eine gute Ehefrau zu sein, wenn er sie zu ihrer Familie zurückbringen würde.

»Doña Marga will meine Schulden verkaufen, Cornel. Kauf du sie, und ich werd dir viel Geld einbringen.«

»Mal sehen, ob du das wert bist.«

Die junge Sexsklavin – Nicoleta war wenige Wochen zuvor zwanzig Jahre alt geworden – strengte sich an wie noch nie, um diesem Mann zu Willen zu sein. Sie ging vor ihm auf die Knie und nahm sein noch schlaffes Glied in den Mund, das kurz darauf hart war und bereits kurz vor der Ejakulation stand.

»Mach langsam, sonst ist die Sache zu schnell vorbei, Nicoleta.«

»Dann komm«, entgegnete sie, während sie zu ihm hochsah. »Ich sorg dafür, dass du gleich wieder Lust hast.«

Cornel kam in ihrem Mund, und Nicoleta schluckte und blickte ihn dabei an, damit er verstand, dass sie für immer ihm gehörte.

Dann führte sie ihn an der Hand in die Dusche und seifte ihn behutsam ein. Als sie danach wieder vor ihm kniete und ihm die Zehen abtrocknete, blickte er angewidert auf sie herab.

»Zieh dir was über die Titten. Die sind das Schlimmste, was ich je gesehen hab.«

Nicoleta beeilte sich, ihren Busen du bedecken. Sie verwöhnte ihn mit Massageöl und fickte ihn nach allen Regeln der Kunst, sodass Cornel tatsächlich ihre Schulden abkaufte, die sich zu der Zeit auf neunzehntausend Euro beliefen.

Nicoleta zog in eine Wohnung nach Madrid um, die etwas besser war als die von Doña Marga, und Cornel besuchte sie dort einmal im Monat. Die Rumänin war immer noch davon überzeugt, dass ihr Entführer wirklich verliebt in sie war, und strengte sich bei seinen seltenen Besuchen extrem an, damit das auch so bliebe. Sie arbeitete viel, und nach wenigen Monaten waren ihre Schulden auf zwölftausend Euro gesunken – etwas, was Cornel nicht zulassen konnte. Also zwang er sie, erneut Heroin zu nehmen, sodass sie nach einem anderen Ausweg suchte.

»Auf eigene Rechnung arbeiten?« Cornel öffnete ein Auge, während Nicoleta ihn massierte. »Was, zum Teufel, soll das denn bringen?«

»Dann würde ich viel mehr Geld verdienen. Die Kunden, die hierherkommen, haben nicht wirklich viel Geld. Jedes andere Mädchen könnte meinen Platz einnehmen.«

»Du wärst eine gute Edelhure, wenn du nicht diese Narben hättest, Nicoleta. So kannst du nicht mehr als zweihundert Euro verlangen.«

»Lass es mich versuchen, Cornel. Ich kenn ein Mädchen, das viel hässlicher ist als ich und von ein paar Fußballspielern sechshundert Euro bekommt. Ich such mir eine Wohnung und bezahle die Miete selbst.«

»Vergiss es.«

Nicoleta brauchte noch weitere drei Monate, um ihn zu überzeugen, und schließlich mietete sie sich ein Appartement in der Nähe des Chueca-Viertels. Sie nahm sich vor, zwanzig Stunden am Tag zu arbeiten, musste aber darauf achten, dass ihre Schulden weiterhin so hoch blieben, dass sich ihr Eigentümer keine Sorgen machte. Nebenbei würde sie so lange sparen, bis sie ihre Schulden irgendwann auf einen Schlag würde abbezahlen können.

Doch die Realität sah anders aus. Schließlich wohnte sie schon ein halbes Jahr in ihrem Appartement, und es war nicht so, als würden die Kunden bei ihr Schlange stehen, geschweige denn Fußballspieler. Sie konnte gerade mal ihre Miete bezahlen und den fälligen Anteil und die Kommission an Cornels Organisation aufbringen.

Alles ging den Bach runter, bis in jener Nacht plötzlich diese Frau mit dem Messerstich im Arm auftauchte.

◆

Ich bin tief und fest eingeschlafen und schrecke auf, als ich das Lachen einer Gruppe junger Frauen und mehrerer Männer höre. Verdammt! Sie kommen bereits aufs Boot, und ich hab den Wecker nicht gehört!

Eilig mache ich das Bett und verstecke mich in einem der Schränke. Eigentlich hatte ich vorgehabt, meine Sachen auf dem Boot zu verstecken und mich mit Cornel im Hafen zu verabreden, in der Überzeugung, dass er mich auf seine Jacht einladen würde, aber nun kann ich meinen Plan vergessen.

Ich versuche mich zu beruhigen und nachzudenken, denn im Moment weiß ich nicht, was ich machen soll. Soll ich mein Versteck verlassen und mich unter die Mädchen mischen oder geduldig auf eine bessere Gelegenheit warten? Ich beschließe zu warten, denn wenn ich jetzt aus meinem Versteck komme, schicken sie mich sicher an Land, wenn sie mich nicht sogar über Bord werfen.

Die Stimme eines Mannes übertönt alle anderen; die Stimme eines Mannes, der bald tot sein wird. »Ganz ruhig, meine Süßen! Es ist noch früh, und wir haben den ganzen Tag Zeit, uns zu amüsieren.«

»Sei nicht so langweilig, Cornel«, entgegnet eines der Mädchen. »Mach wenigstens ein bisschen Musik an.«

»Ja!«, rufen alle anderen im Chor.

Wenige Sekunden später ist aus der leistungsstarken Anlage laute Musik zu hören.

»Mach das sofort wieder aus!«, schreit Yurik. »Begreifst du nicht, dass das den Kapitän ablenkt?«

»Mach leiser, bis wir den Hafen verlassen haben, Süße«, sagt Cornel amüsiert. »Yurik mag keine Boote und fürchtet, dass die Musik uns zum Untergang verdammt.«

Die Musik wird leiser, dafür ist die Maschine deutlich zu hören. Ich merke, dass wir langsam aus dem Hafen fahren und anschließend, auf dem offenen Meer, Fahrt aufnehmen. Die Musik wird wieder lauter, und ich höre die Gespräche und das Lachen der Mädchen, die nicht vorhaben, mit der Party auch nur eine Minute länger zu warten, obwohl sie wahrscheinlich seit gestern noch gar nicht ins Bett gekommen sind.

Es vergehen zwei Stunden, und abgesehen davon, dass bei mir inzwischen sämtliche Glieder taub sind, wird mir allmählich klar, auf was für eine Dummheit ich mich eingelassen habe. Ich werde es niemals schaffen, Cornel und Yurik zu töten und das Boot unbemerkt zu verlassen. Denn abgesehen von den beiden sind mindestens noch vier Besatzungsmitglieder an Bord und fünfzehn Prostituierte, die auf ihre Mäzene nicht verzichten wollen.

Dabei fällt mir wieder ein, dass ich schon mal geplant hatte, jemanden vorsätzlich zu töten. Damals war ich noch eine Jugendliche und letztendlich nicht in der Lage, diese Linie zu überschreiten, und allmählich fürchte ich, dass es mir diesmal genauso ergehen wird. Die beiden Toten, die ich bis heute auf dem Gewissen habe – Felipe, damals auf den Gleisen, und Jonás Bustos in seiner Garage in Hoyo de Manzanares –, waren keine Morde im eigentlichen Sinne. Der erste war eher ein Fall von unterlassener Hilfeleistung, und der zweite war Notwehr.

Könnte ich tatsächlich einen vorsätzlichen Mord begehen? Im Moment weiß ich es noch nicht. Dabei muss ich daran denken, dass ich bei meinem gescheiterten Mordversuch vor vielen Jahren auch versucht habe, zuerst einen Mann zu verführen, um ihm dann das zu geben, was er verdient hatte ...

»Wer ist da?«, fragte Raquel über die Sprechanlage.

»Ich bin's, Marta. Kannst du runterkommen?«

»Tut mir leid, aber ich helfe meiner Mutter gerade beim Saubermachen.«

»Heute ist es das, gestern war es das Essen, und vorgestern musstest du lernen!«

Raquel reagierte nicht auf meine Vorhaltung, brach die Verbindung aber auch nicht ab. Es folgte das längste Schweigen zwischen uns, seit wir Freundinnen geworden waren.

»Kommst du zu meinem Geburtstag? Ich hab Néstor eingeladen.«

»Entschuldige, aber ausgerechnet am Samstag gehen wir mit meiner Oma essen.«

»Aha ...«

»Ich muss Schluss machen, Marta. Vorab schon mal herzlichen Glückwunsch.«

Das Knacken in der Sprechanlage, mit dem die Verbindung beendet wurde, beendete auch eine beinahe dreijährige Freundschaft. Doch selbst wenn es mich nun nicht mehr unmittelbar etwas anging, dass Felipe senior Raquel und ihre Mutter misshandelte, ließ mich der Gedanke, ihren Peiniger dafür bezahlen zu lassen, nicht mehr los.

In den letzten vier Tagen hatte ich festgestellt, dass er jeden Tag in die Bar auf dem Dorfplatz ging; er kam gegen sechs, spielte eine Partie Domino und begrapschte die Kellnerin. Gegen zehn ging er dann betrunken nach Hause, um den beiden Frauen, die er eigentlich lieben sollte, die Hölle auf Erden zu bereiten.

Am darauffolgenden Tag ging ich in die Bar, angeblich, um mir ein Eis zu kaufen. Ich trug ein Kleid, das dem sehr ähnlich war, das fünf Jahre zuvor Felipes Blut befleckt hatte, aber nun war ich kein Kind mehr, und es betonte meine weibliche Figur.

»Guten Abend, Don Felipe«, grüßte ich mit vorgespielter Freundlichkeit.

Felipe senior sah mich von oben bis unten an und verlor jegliches Interesse an der rundlichen Kellnerin. »Wie hübsch du bist, Martita. Du bist richtig erwachsen geworden.«

»Ich werde übermorgen siebzehn«, sagte ich kokett lächelnd.

»Wie ich gesagt hab, richtig erwachsen. Und hast du keinen Freund?«

»Sie wissen doch, dass sich die Jungen in meinem Alter nur für Fußball und Motorräder interessieren.«

»Was für Idioten! Wenn ich ein paar Jahre jünger wär, würd ich dich wie eine Königin behandeln. Es würde dir an nichts fehlen!«

»Sie sind ja verrückt, Don Felipe!« Mein Lachen überspielte den heftigen Ekel, den ich für diesen Säufer empfand.

»Warum bleibst du nicht noch ein bisschen, und wir unterhalten uns?«, fragte er erregt, nachdem er entdeckt hatte, dass der Rand meines BHs aus meinem Ausschnitt hervorblitzte. »Ich lad dich zu einer Cola ein.«

»Vielen Dank, aber meine Mutter wartet zu Hause auf mich.«

Ich hielt es nicht eine Sekunde länger in der Nähe dieses Schweins aus, und nachdem ich ihm noch einmal zugelächelt hatte, drehte ich mich um und verließ die Bar, wobei ich seinen gierigen Blick, der mir folgte, regelrecht spüren konnte. In diesem Moment wurde mir klar, wie ich ihn für all das Schlimme, das er tat, bezahlen lassen konnte.

In den vorangegangenen Nächten hatte ich kaum geschlafen und unablässig darüber nachgedacht, wie ich diesen Mann töten könnte. Das Einfachste wäre gewesen, das Jagdgewehr meines Vaters zu nehmen, das dieser zurückgelassen hat, als er mit der Frau des Bäckers durchgebrannt ist, und Raquels Vater damit zu erschießen, wenn er auf dem Weg nach Hause durch die Calle del Caño geht, eine schmale, schlecht beleuchtete Gasse, der ideale Ort, um ungesehen zu verschwinden. Doch in der Stunde der Wahrheit, als ich in den Keller ging, um nach dem Gewehr zu suchen, hatte mir der Mut gefehlt. Es stimmt zwar, dass ich niemals ein schlechtes Gewissen verspürt habe, weil ich Felipe junior auf den Gleisen habe sterben lassen, aber letztendlich hatte ich ihn nicht eigenhändig umgebracht.

Nun wurde mir bewusst, dass ich keine Mörderin war, wobei ich dieses Arschloch dennoch aufs Schlimmste bestrafen würde. Nicht nur im Namen seiner Opfer, sondern auch meinetwegen, weil ich wegen ihm die einzige Person verloren hatte, die mir neben meiner Mutter etwas bedeutete.

Um Viertel nach zehn abends wankte der betrunkene Mistkerl durch die Calle del Caño. Er sprach mit sich selbst, und das, was er sagte, nahm mir die letzten Zweifel.

»Das Essen ist kalt. Ich hab den ganzen Tag gearbeitet, während du vor dem Fernseher gehockt und rumgehurt hast, und nun ist das Scheißessen eiskalt. Du kannst was erleben, du Nutte ...!«

Gerade wollte Felipe senior in die Calle del Mercado einbiegen, da trat ich aus dem Schatten. Ich trug dasselbe Kleid wie vorher, hatte mir aber den BH ausgezogen und in die Tasche gesteckt.

»Guten Abend, Don Felipe.«

Er blieb stehen und starrte mich mit glasigem Blick an. Es dauerte ein paar Sekunden, bis er mich erkannte und lächelte. »Martita … Was machst du denn hier so allein?«

»Ich hab mich zu Hause gelangweilt und bin raus, um ein wenig Luft zu schnappen. Es ist furchtbar warm, nicht?«

Ich zupfte das Oberteil des Kleides etwas mehr auseinander, als wollte ich mich abkühlen, und Felipe senior fielen beinahe die Augen aus dem Kopf, als er einen Blick auf meine linke Brust erhaschen konnte. Er verlor die Kontrolle über sich, kam auf mich zu und wollte mich küssen, doch ich wich zurück. »Hier nicht. Man könnte uns sehen. Fällt Ihnen kein diskreterer Ort ein?«

»Gehen wir in meine Garage. Dort wird uns niemand stören.«

Betrunken und geil, wie er war, konnte Felipe senior kaum noch laufen. Es war wirklich rührend. Kaum hatten wir die Garage betreten, stieß er mich gegen die Wand und zog die Träger meines Kleides herunter, um meine Brüste zu kneten und zu besabbern.

Mir war klar, dass er sich nicht mehr würde zurückhalten können, also begann ich mit der Ausführung meines kühnen Plans, löste mich von ihm und tat so, als bedrückte mich etwas. »Warten Sie … Das ist nicht in Ordnung.«

»Was ist nicht in Ordnung?«, fragte er, während er mich weiter befummelte.

»Sie sind der Vater meiner besten Freundin. Ich kann nicht mit Ihnen schlafen.«

»Ich verspreche, dass ich es ihr nicht erzählen werde.«

Felipe hob mein Kleid an und versuchte, meinen Slip herunterzuziehen, während er sich, rasend vor Gier, mit der anderen Hand die Hose aufknöpfte.

Das war der Moment, auf den ich gewartet hatte. Ich ohrfeigte ihn mit aller Kraft. »Ich habe Nein gesagt!«

Nachdem sich Felipe senior von der ersten Überraschung erholt hatte, dauerte es nur ein paar Sekunden, bis diese in rasende Wut umschlug. Er sah mich mit blitzenden Augen an. »Wenn du glaubst, dass du mich heißmachen und dann einfach so abblitzen lassen kannst, hast du dich geschnitten, du kleine Nutte!«

»Ich will nach Hause!«

»Du wirst nach Hause gehen, wenn ich das sage!«

Er verpasste mir eine Ohrfeige, so wie er ansonsten seine Frau und seine Tochter schlug, und ich schmeckte sofort Blut im Mund. Je mehr ich mich widersetzte, desto geiler wurde er. Er zerriss mir den Slip, würgte mich, dass ich fast erstickte, und spuckte sich auf den Schwanz, um ihn dann in mich hineinzurammen, was genauso wehtat wie beim ersten Mal mit dem unerfahrenen Fede in dem Renault 5.

In den folgenden zwei Minuten, die Felipe senior brauchte, bis er kam, biss, schlug und kratzte er mich, während ich nach außen hin weinte und innerlich lachte.

Als seine Erregung schließlich abflaute, schien ihm bewusst zu werden, was er getan hatte, und er sah mich drohend an. »Wenn du irgendwem davon erzählst, schwöre ich bei Gott, dass ich dann das Gleiche mit deiner lieben Freundin Raquel mache, hast du verstanden?«

Ich nickte, eine Angst vortäuschend, die ich nicht im Geringsten empfand, und Felipe senior zog sich die Hose hoch und ließ mich voller blauer Flecken, mit zerrissenem Kleid und seiner DNA zurück, die beweisen würde, wer die Bestie war, die mir das angetan hatte.

So jedenfalls sagte ich es in derselben Nacht noch bei der zutiefst entrüsteten Polizei aus, nur damit dieser Mistkerl damit aufhören würde, seine Tochter zu schlagen.

In den folgenden Wochen wurde unser Dorf von Journalisten geradezu belagert, die ins ganze Land hinausschrien, dass Felipe Prieto ein Monster war, das nicht nur ein unschuldiges sechzehnjähriges

Mädchen vergewaltigt hatte, sondern seine Frau und seine jugendliche Tochter systematisch misshandelte.

Um mich vor all dem Aufruhr, den das Ganze verursachte, zu schützen, schickte mich meine Mutter zum Studium nach Madrid, und ich kehrte nur in den Ferien und an einzelnen Wochenenden ins Dorf zurück. Ein Jahr später begegnete ich Raquel wieder, und obwohl sie nicht mehr mit mir sprach, sah ich doch, dass die Angst aus ihrem Blick verschwunden war. Sie trug eine Jeans, die ihr hervorragend stand.

Es erübrigt sich zu erwähnen, dass ich bis heute niemals ein schlechtes Gewissen hatte, ihrem Vater diese Falle gestellt zu haben, und ich bin noch immer fest davon überzeugt, dass ich meiner ehemaligen Freundin das Leben gerettet habe.

Felipe senior wurde zu sechs Jahren Gefängnis verurteilt, starb aber nach drei Jahren an einem Messerstich eines Mithäftlings in der Gefängnisküche.

Ich frage mich, was aus Raquel wohl geworden ist. Zum letzten Mal gesehen habe ich sie bei der Beerdigung meiner Mutter; auf dem Dorf gehen immer sämtliche Einwohner zu den Beerdigungen, sodass sie nicht fehlen konnte. Nach der Zeremonie wollte ich zu ihr gehen, doch als ich zu dem Platz kam, an dem sie gesessen hatte – beinahe ganz hinten –, war sie schon fort.

Ich habe gehört, dass sie mit einem Ingenieur verheiratet ist, der in einem Elektrizitätswerk arbeitet und mit dem sie zwei Kinder hat. Was mich für sie wirklich sehr freut. Es macht mich glücklich zu wissen, dass die düstere Zukunft, die ihr gedroht hat, als wir siebzehn und beste Freundinnen waren, sich nicht bewahrheitet hat.

Die Stimmen von zwei oder drei Männern, die ich bisher nicht gehört habe, reißen mich aus meinen Gedanken. Die Neuankömmlinge treten hinter Cornel und seinem Leibwächter in den großen

Raum. Durch einen Spalt im Schrank nehme ich sie mit dem Handy auf, als sie eine Sporttasche auf dem Bett abstellen.

»Ihr werdet mir doch keinen Scheiß andrehen, oder?«, fragt Cornel misstrauisch.

Einer der Männer schneidet eines der Drogenpakete in der Tasche auf und bietet Cornel eine Probe des weißen Pulvers auf der Messerspitze an.

»Probier es, Cornel. Du wirst sehen, dass du uns vertrauen kannst.«

Cornel zieht die Droge durch die Nase hoch und massiert sich gleich darauf die Schläfen, als ob sie ihm direkt ins Gehirn gestiegen ist.

»Du kannst gern noch mehr Stichproben machen und wirst überall besten Stoff vorfinden«, sagt einer der Männer.

»Bezahl sie!«, befiehlt Cornel seinem russischen Leibwächter.

Yurik übergibt dem dritten von ihnen einen Umschlag, den der gleich öffnet und auf dem Tisch die Scheine nachzählt.

Cornel ist also nicht nur Zuhälter, Mörder und Frauenhändler, sondern auch Drogendealer. Dies zu wissen ist für mich ein weiterer Anreiz, ihn umzulegen.

»Es ist eine Freude, Geschäfte mit dir zu machen, Cornel.«

Cornel stellt die Sporttasche in einen anderen der Schränke, und die fünf Männer verlassen die Kabine.

»Und jetzt können wir uns den Thunfischen widmen.« Cornel bricht in lautes Gelächter aus.

Trotz des Partylärms über mir höre ich, dass sich ein kleines Wasserfahrzeug von uns entfernt. Dann heult erneut die Maschine der Jacht auf, und die folgende Stunde fahren wir mit Höchstgeschwindigkeit.

Abgesehen von der Taubheit meiner Glieder nehmen mir die Ungeduld und die Panik beinahe den Atem. Als ich gerade ernsthaft überlege, doch nicht zur vorsätzlichen Mörderin zu werden und lieber wie damals bei Felipe senior dafür zu sorgen, dass das Gericht den Frauenhändler seiner gerechten Strafe zuführt, indem ich die Aufnahme an Álvaro Herrero schicke, kommt Yurik in den Raum, der nach mehreren Stunden der Angst völlig aus dem Häuschen ist.

Cornel folgt ihm und sieht ihn mitleidig an. »Nimm noch eine von den Tabletten.«

»Ich scheiß auf die Tabletten. Es reicht, wenn ich mir ein bisschen Wasser ins Gesicht spritze.«

Yurik geht ins Badezimmer, und Cornel folgt ihm auch dorthin.

Das ist die Gelegenheit, die beiden allein zu erwischen, und obwohl ich nach wie vor denke, dass es Wahnsinn ist, drängt mich irgendetwas, den Schrank zu verlassen. Was soll's, wenn sie mich töten und über Bord werfen. Bei so vielen Zeugen wird sich vielleicht sogar einer finden, der redet, sodass die beiden Mistkerle für den Mord an einer als Domina verkleideten Journalistin verurteilt werden.

Als die Tür zum Badezimmer wieder geöffnet wird, stehe ich gerade vor dem Spiegel und mache mich zurecht.

»Wer bist du denn?«, fragt Yurik aggressiv.

»Olivia«, antworte ich mit vorgetäuschter Beklommenheit. »Ich weiß, dass ich nicht hier sein sollte, aber die Tür war nicht verschlossen.«

»Ich hab dich nicht bei den anderen Mädchen gesehen«, sagt der Russe drohend, und sein Gesicht ist nur wenige Zentimeter von meinem entfernt, sodass ich seinen stinkenden Atem rieche.

»Ich war bei ihnen, aber mir ist nach der Ankunft ein wenig schlecht geworden, und ich hab mich bis zum Beginn der Party in einer der Kabinen etwas hingelegt«, erkläre ich mit Unschuldsmiene, um den Riesen zu besänftigen.

»Komm mit nach oben!« Er packt mich am Arm und will mich

aus der Kabine zerren, was meine kurze Karriere als Rächerin beenden würde.

Doch im letzten Moment hält Cornel ihn zurück und mustert mich neugierig von oben nach unten. »Einen Moment... Bist du nicht die mit dem platten Reifen?« Er kommt auf mich zu, greift mir unters Kinn und hebt mein Gesicht an. »Natürlich bist du das! Erklär mir auf der Stelle, was du hier verloren hast, bevor ich dich meinem Freund überlasse!«

»Der Club hat mich geschickt.«

»Aber hast du nicht erzählt, dass du eine Freundin besuchst, die gerade ein Kind bekommen hat?«

»Verständlicherweise sag ich nicht jedem, der mir über den Weg läuft, was ich wirklich mache«, erwidere ich, als wäre dies das Selbstverständlichste auf der Welt.

Yurik sieht mich noch immer höchst misstrauisch an und zieht wieder an meinem Arm, um mich aus dem Raum zu schaffen. »Mal sehen, ob du die Wahrheit sagst.«

»Ganz ruhig, Yurik. Ich kümmer mich schon um sie.«

»Aber wir wissen doch gar nicht, wer sie ist, Cornel!«, protestiert Yurik.

»'ne Nutte, siehst du das nicht?« Cornel unterstreicht seine Feststellung mit erneutem Gelächter. »Lass uns allein.«

»Ich warte im Gang«, sagt der Leibwächter und sieht mich erneut drohend an. Dann verlässt er den Raum und schließt die Tür hinter sich.

Cornel mustert mich noch immer, und ich erschaudere, versuche aber, ruhig zu bleiben. »Du bist ziemlich alt für 'ne Nutte.«

»Wenn dir eine Fünfunddreißigjährige alt vorkommt, stimmt was nicht in dieser Welt.«

»Ich mag schlagfertige Frauen«, sagt er lachend. »Was soll diese Verkleidung?«

»Ich hab immer das Kommando.«

»In der nächsten halben Stunde nicht ...«

Ich versetze ihm einen Stoß, und er fällt rücklings aufs Bett, deutlich amüsiert von diesem unerwarteten Verlauf der Ereignisse.

Ich setze mich rittlings auf ihn und lasse für ein paar Sekunden zu, dass er mir die Brüste und den Hintern knetet, um dann seine Handgelenke zu packen. »Wenn du nicht stillhältst, muss ich dir Handschellen anlegen.«

»Handschellen hast du auch?«, fragt er und ist schlagartig erregt.

Ich stehe auf und nehme meine Handschellen aus dem kleinen Koffer. Dabei hoffe ich, dass ich ihn damit wirklich ruhigstellen kann und dass es sich nicht nur um ein Spielzeug für verwegene Paare handelt, das bei der kleinsten Gegenwehr zerbricht. »Streck deine Hände aus.«

»Ich mag solche Spielchen nicht.«

»Ich hab gesagt, du sollst deine Hände ausstrecken!«, wiederhole ich mit autoritärer Stimme. »Du willst doch nicht, dass ich Gewalt anwende, oder?«

Cornel lacht wieder und hält mir seine Handgelenke hin, ohne zu wissen, dass er damit sein Todesurteil unterschreibt.

Ich fessle seine Hände ans Kopfende des Bettes und reiße kräftig an der Kette. Fürs Erste hält es.

»Und was jetzt?«, fragt er.

Ich nehme das Messer heraus und lege es ihm mit einer schnellen Bewegung an den Hals. Um ihm zu beweisen, dass ich nicht scherze, ritze ich ein wenig seine Haut ein.

Cornel sieht mich verblüfft an und realisiert, was für einen großen Fehler er gemacht hat.

»Und jetzt wirst du den Fettwanst draußen auffordern hereinzukommen.«

◆

Auf dem Parkplatz des Gefängnisses von Ávila haben sich neben der Polizei, den Journalisten und ein paar Demonstranten mindestens fünfhundert Menschen versammelt. Hinter der Polizeiabsperrung stehen derzeit noch friedliche Gruppen von Rechtsextremisten mit ihren Plakaten, deren Aufschriften sich gegen die ETA, gegen die Regierung, gegen die Freilassung von Mördern, gegen die Gerichte, gegen die Aufhebung der Parot-Doktrin und gegen überhaupt alles, was ihnen vor die Nase kommt, richten. Natürlich ist auch der Opferverband Colectivo de Víctimas del Terrorismo vertreten, deren Plakate den Nationalen Gerichtshof verdammen, dessen Entscheidung für die Freilassung von Amaya Eiguíbar sie für erniedrigend halten.

Außerdem sind Dutzende anderer Demonstranten spontan gekommen, die keiner Gruppierung angehören, sondern einfach nur ihr Unverständnis für etwas zum Ausdruck bringen wollen, was sie für eine furchtbare Ungerechtigkeit halten.

Ein Mann mit einem Megafon in der Hand erhebt seine Stimme über die Menge. »Weder vergessen, noch verzeihen! Die ETA gehört an die Wand gestellt!«

»Weder vergessen, noch verzeihen – *ni olvido ni perdón!*« Hunderte Anwesende skandieren die Parole.

Viele der Polizisten würden sich ihnen am liebsten anschließen, dürfen die Worte aber nur still für sich wiederholen. Einige der Demonstranten stimmen mit Leidenschaft ein, andere lassen sich mitreißen, obwohl sie nicht so denken wie die Extremisten und nur wollen, dass die Mörder ihre Strafe absitzen müssen.

Sergio aber brüllt mit geschwollenen Halsadern so laut, dass seine Stimme aus den anderen herauszuhören ist. Bei ihm kommt die Parole aus tiefstem Herzen. »Weder vergessen, noch verzeihen! Die ETA gehört an die Wand gestellt!«

Rulo nähert sich hinter ihm und klopft ihm auf die Schulter. »Bist du so weit?«

Sergio nickt, woraufhin Rulo ihm eine Eisenkugel in die Hand drückt und ihm die Schleuder in die Tasche steckt.

Sergio wiegt die Kugel in der Hand. »Das ist eine andere als die, mit der ich geübt hab.«

»Sei froh, dass wir überhaupt eine reinschmuggeln konnten. Eine achtzigjährige Frau musste das für uns tun. Geh näher ran.«

»Erst muss ich noch was erledigen«, sagt Sergio, als er seine Mutter aus einem Auto steigen sieht. »Nimm das mal kurz. Ich komm gleich rüber.«

Rulo steckt die Kugel und die Schleuder ein, und Sergio geht in die andere Richtung.

Daniela hat ihn gleich unter den Leuten von der Alianza Nacional und der Democracia Nacional entdeckt. »Sergio, wir müssen weg von hier. Das könnte ausarten.«

»Lass mich in Ruhe, Mama. Ich hab das Recht, friedlich zu demonstrieren.«

»Komm, wir gehen zu den Journalisten rüber, da ist es ruhiger.«

»Ich bin hier genau richtig, geh du.«

»Du musst mir schwören, keine Dummheiten zu machen, Sergio.«

»Du kannst mich gern durchsuchen.« Sergio hält herausfordernd seine Jacke auf. »Ich bin nur hier, um diesem Miststück entgegenzuschreien, was ich von ihr halte. Und wenn du Mumm hättest, würdest du das Gleiche tun.«

Daniela reicht ein kurzer Blick, um festzustellen, dass ihr Sohn keine Waffen oder Ähnliches bei sich hat, und das beruhigt sie.

»Wenn du das in Ordnung findest, kannst du ja gehen und dich betrinken.« Sergio wendet ihr den Rücken zu und schreit, so laut er kann: »Mör-de-rin! Mör-de-rin!«

Er brüllt es mit einer solchen Wut, dass die Leute um ihn herum einstimmen, und wenige Sekunden später haben sich sämtliche Demonstranten dem Ruf angeschlossen.

Daniela zieht sich etwas zurück, ohne ihren Sohn aus den Augen zu lassen.

Fernando, der Anführer seiner neuen Freunde, tritt an seine Seite und fragt ihn unauffällig, ohne ihn direkt anzusehen: »Gibt es irgendein Problem, Sergio?«

»Meine Mutter«, antwortet Sergio, ebenfalls ohne Fernando anzusehen. »Sie ist da vorn bei der Presse und beobachtet mich.«

»Wir kümmern uns drum. Wenn die ETA-Schlampe rauskommt, wird Rulo dir das Zeug geben. Du musst schnell sein. Viel Glück, und – es lebe Spanien!«

Fernando entfernt sich wieder von Sergio und spricht mit ein paar Kameraden. Die nicken und verteilen sich unter den Demonstranten. Eine halbe Stunde später, als die Wut überzukochen droht, setzen sich die Journalisten in Bewegung. Die Neuigkeit verbreitet sich schnell und erreicht auch Sergio.

»Sie kommt jetzt.«

Die Parolen gegen die ETA und gegen Amaya Eiguíbar werden immer lauter. Sergio sucht mit seinen Blicken Rulo und gibt ihm zu verstehen, dass er noch ein wenig Geduld haben soll, dass es noch nicht so weit ist. Durch die Unruhe unter den Journalisten gelingt es den Demonstranten, die Polizei zurückzudrängen, und es kommt zu ersten Rangeleien.

Amaya Eiguíbar, um die fünfzig, mit kurzem, grau meliertem Haar, tritt, lächelnd mit ihren Anwälten plaudernd, durch das Haupttor des Gefängnisses. Als Fernando sie sieht, gibt er ein Zeichen, woraufhin der Ring aus Polizisten an mehreren Stellen angegriffen wird. Pflastersteine und Lkw-Schrauben werden geworfen; ihr Ziel ist das Auto, das auf die ETA-Aktivistin wartet. Ein unerfahrener Polizist löst sich aus dem Ring und schafft so eine Lücke, durch die ein Dutzend Demonstranten in die abgesperrte Zone eindringen und alles werfen, was sie in die Finger kriegen. Chaos bricht aus.

Rulo überzeugt sich davon, dass auch die Wachsamkeit der Inspectora ihrem Sohn gegenüber nachgelassen hat, woraufhin er sich Sergio nähert und ihm erneut die Schleuder und das Projektil übergibt. Außerdem legt er ihm einen Schal um, der Nase und Mund verbirgt, und setzt ihm eine Cap auf, deren Schirm nach hinten zeigt. »Du hast nur einen Schuss, mein Freund. Zertrümmer ihr den Schädel.«

Sergio zittert nicht. Er läuft auf die nun ungeordnete Reihe der Polizei zu, lädt gleichzeitig die Schleuder und wirft sich auf einen der Polizisten. Zunächst prallt er an dessen Schild zurück und fällt auf den Rücken, doch er steht wieder auf und schafft es, an dem Polizisten vorbeizulaufen.

Etwa dreißig Meter von dem Auto entfernt bleibt er stehen, was ihm eigentlich zu weit weg ist, aber näher kommt er nicht heran, und er konzentriert sich voll und ganz. Der Schal stört ihn, und er zieht ihn sich bis zum Kinn nach unten. Mit der Schulter wischt er sich den Schweiß vom Gesicht und atmet tief ein. Dann zielt er mit der Schleuder und spannt das Gummi an.

»Sergio, nein!«

Sergio lässt sich von der Stimme seiner Mutter, die ganz in der Nähe erklingt, nicht irritieren. Für ihn gibt es nichts anderes mehr als sein Ziel. Sein Blick ist auf Amaya Eiguíbar fixiert, der beim Anblick der Wende, die die Ereignisse genommen haben, das Lächeln vergeht. Sie hat das Tor bereits hinter sich gelassen, und ihre Anwälte führen sie zu dem Auto, das wie nach einem Banküberfall mit offener Tür und laufendem Motor wartet.

Sie ist noch vier Schritte von dem Wagen entfernt, drei, zwei ... Sergio stößt die Luft aus und lässt gleichzeitig die Schleuder losschnellen.

Das Geschoss fliegt gerade nach vorn, droht von dem Schild eines Polizisten, der das Auto bewacht, abgefangen zu werden, rauscht jedoch darüber hinweg auf die linke Schläfe der Terroristin zu, die im letzten Moment den Kopf dreht, um ins Auto einzusteigen, sodass die Kugel schräg auf ihre Stirn trifft.

Sofort sprudelt Blut, obwohl Amaya Eiguíbar nicht ernsthaft verletzt ist und es ihr noch gelingt, sich ins Auto zu retten und den Ort lebend zu verlassen.

Daniela bleibt wenige Meter von Sergio entfernt stehen und blickt sich um, wobei sie betet, dass ihn niemand gesehen hat. Doch hinter ihr sind mindestens vier Fotografen und zwei Fernsehkameras, die alles aufgenommen haben.

Ihr mütterlicher Reflex sagt ihr, ihrem Sohn zuzurufen, dass er weglaufen soll, doch dafür ist es zu spät, denn zwei Polizisten werfen sich auf ihn und reißen ihn zu Boden. Von dort aus sieht Sergio sie an und lächelt ihr zu. »Hast du gesehen, Mama? Voll an der Stirn!«

Sergios Stolz ist umgekehrt proportional zu Danielas Angst. Denn im Gefängnis wird sie ihn nicht beschützen können.

◆

»Du wirst sterben, du Miststück!«, spuckt Cornel mir voller Hass entgegen.«

»Das brauchst du mir nicht zu sagen«, antworte ich mit einer Eiseskälte, die den Zuhälter zutiefst beunruhigen muss. »Jetzt ruf endlich nach deinem Leibwächter, oder muss ich dich erst wie ein Schwein abstechen, damit er dein Kreischen hört?«

Ich drücke das Messer etwas fester gegen Cornels Hals, an dem ein zweiter Tropfen Blut hinabfließt.

»Yurik!«

Sofort wird die Tür geöffnet, und der riesige Russe kommt ins Zimmer. »Was, verdammt …?« Er zieht eine Pistole aus dem Gürtel und zielt damit auf meinen Kopf, genau dorthin, wo sich der Tumor befindet. »Mach ihn los!«

»Leg die Pistole auf den Boden, oder du kannst dich von deinem Chef verabschieden, Yurik!«

Wie hingezaubert stehen dem Russen plötzlich Dutzende Schweißtropfen auf der Stirn. Sein Blick wandert von mir zu Cornel, der wegen des Drucks meines Messers kaum atmen kann. Der Riese wurde zum Töten geboren, nicht zum Denken.

»Hast du nicht gehört? Leg die Knarre weg!«

»Ist ja gut … Ganz ruhig.« Yurik legt die Pistole auf den Boden, ohne mich aus den Augen zu lassen. »Was willst du?«

»Die Drogen.«

»Nimm sie, sie gehören dir«, sagt Cornel. »Gib sie ihr, Yurik.«

Yurik tritt an den Schrank und nimmt die Sporttasche heraus. »Nimm sie und hau ab«, sagt er und hält sie mir hin.

»So einfach ist das nicht. Auf diesem Schiff sind zu viele Menschen, die mich identifizieren könnten.«

»Glaubst du, dass wir dich bei der Polizei anzeigen, du dämliche Kuh?«, fragt Cornel herablassend.

»Nein, ich geh davon aus, dass du zu den Menschen zählst, die sich lieber höchstpersönlich rächen, stimmt's, du Scheißkerl?«

Ich drücke noch etwas fester mit dem Messer zu und habe größte Lust, ihm die Gurgel aufzuschlitzen und dann zuzusehen, wie er an seinem eigenen Blut erstickt.

»Sag uns, was du willst!«, greift Yurik ein.

»Hör mir gut zu, denn ich werde es nur einmal sagen. Ich will, dass du rausgehst und die Mädchen und die Besatzung in eine der Kabinen einschließt. Sorg dafür, dass kein Mensch mehr irgendwo auf dem Schiff ist, verstanden?«

»Der Kapitän muss im Steuerraum bleiben.«

»Treib keine Spielchen mit mir, und niemand wird verletzt, Yurik. Aber wenn ich das Schwein von deinem Chef aufschlitzen muss, tu ich das mit Vergnügen. Tatsächlich warte ich nur darauf, dass etwas schiefläuft, damit ich ihn umbringen kann.«

»Tu, was sie sagt, verdammt!«

Yurik zögert ein paar Sekunden, bevor er reagiert, verlässt dann jedoch den Raum.

Ich hebe die Pistole vom Boden auf und sehe nach, ob sie entsichert ist. Dann nehme ich den Knebel mit der Kugel aus meinem Handkoffer. »Mach keine Dummheiten, dann kannst du vielleicht in dein geschmackloses Haus in Cabopino zurückkehren.«

Während ich Cornel den Knebel anlege, scheint sein Blick mir zu sagen, dass er mich eigenhändig zerstückeln wird. Gleich darauf höre ich die Proteste der Mädchen und der Besatzungsmitglieder, die die Treppe herunterkommen.

»Warum müssen wir hier runter, Yurik? Die Party findet doch oben statt.«

»Halt die Schnauze. Da rein!«

»Wo ist Cornel?«, fragt eines der Mädchen.

»Jetzt geh endlich da rein, verdammt!«

Ich sehe durch den Türspalt, wie die fünfzehn Mädchen und die vier Besatzungsmitglieder in einer der Kabinen verschwinden. Als Yurik den Schlüssel in der Tür herumdreht, trete ich in den Gang und ziele mit seiner eigenen Pistole auf ihn. »Verbarrikadier die Tür!«

»Womit denn?«

»Mach es mir nicht so schwer, Yurik, sonst werde ich wütend.«

Der Leibwächter nimmt ein Ruder von der Wand, das dort zur Dekoration hängt, und versperrt damit die Tür zusätzlich. Von drinnen sind die Proteste der Mädchen zu hören.

»Sehr gut, und jetzt werden Cornel, du und ich uns unterhalten. Komm, geh rein zu ihm.«

Wir kehren in die große Kabine zurück, und kaum sind wir im Raum, drücke ich ab!

Der Kopf des Riesen wird vor meinen Augen zu Brei. Cornel gibt mit dem Knebel im Mund erstickte Schreckenslaute von sich, während es in der Kabine nebenan mit einem Mal totenstill ist. Yuriks massiger Körper sinkt vor mir zusammen.

Ich hätte meinen ersten vorsätzlichen Mord gern mehr genossen, doch ich muss jetzt all meine Kräfte auf mein eigentliches Opfer konzentrieren.

»Wie du siehst, meine ich es ernst, Cornel. Ich nehme dir jetzt den Knebel ab, und du beantwortest ohne Umschweife alle meine Fragen. Verstanden?«

Cornel nickt und ist möglicherweise so verängstigt wie noch nie in seinem ganzen miserablen Leben. Als ich ihm den Knebel abnehme, habe ich den Eindruck, dass er kurz davor ist zu weinen. Er erinnert mich an Felipe auf den Gleisen.

»Du hättest ihn nicht töten müssen. Warum hast du das getan?«

»Halt den Mund. Hier stelle ich die Fragen. Wo ist Nicoletas Ausweis?«

»Nicoleta?«, fragt er verblüfft. »Was hat diese Nutte mit all dem hier zu tun?«

»Wo ist ihr Ausweis?«

»Ich weiß nicht, wovon du sprichst.«

Ich hab seine Dummheiten satt und schieße ihm in den Oberschenkel. Aus der Kabine nebenan ist weiterhin kein Laut zu hören, während der Rumäne aufschreit und sich vor Schmerzen windet.

»Hör auf, den Idioten zu spielen, Cornel, oder ich puste dir mit dem nächsten Schuss die Rübe weg!«

»Den hat mein Geschäftspartner, verdammt! Er heißt Sorin Popa. Seine Nummer ist in Yuriks Handy gespeichert.«

Ich nehme das Handy aus der Tasche des toten Riesen und suche die Nummer von Sorin Popa.

»So, jetzt hast du, was du wolltest. Jetzt mach mich los.«

»Es tut mir leid, aber ich fürchte, du wirst hier sterben.« Ich schnalze mit der Zunge.

»Warum?«, fragt er entsetzt.

»Weil du es verdienst.« Ich setze mich wieder rittlings auf ihn und lege ihm erneut das Messer an die Kehle. »Möchtest du ein paar letzte Worte sprechen?«

»Du Nutte! Meine Geschäftspartner werden dich suchen und töten!«

»Du bist Abschaum, Cornel Popescu. Niemand wird dich rächen.«

Während Cornel mich auf Rumänisch verflucht, drücke ich das Messer mit aller Kraft in seinen Hals. Gleich darauf füllt sich sein Mund mit Blut. Er versucht vergeblich, noch einmal zu atmen, doch seine Lunge wird sich nie mehr mit Luft füllen.

Während ich vom warmen Blut überschwemmt werde, verursacht das Gurgeln und Grunzen, das Cornels Kehle entweicht, in mir ein angenehmes Gefühl der Überlegenheit. Ich schaue aus dem Terrassenfenster und sehe ein strahlendes Leuchten, das mich für ein paar Sekunden blendet. Möglicherweise ist es nur der Lichtreflex eines Flugzeugs, aber ich habe den Eindruck, dass Gott mir gerade zugezwinkert hat.

Eine Viertelstunde später habe ich sorgfältig alle Spuren beseitigt, mich gewaschen und umgezogen und gehe auf das leere Deck der Jacht hinaus. Am Heck sind mehrere Jetskis und ein motorbetriebenes Schlauchboot festgemacht. Ich steige in das Schlauchboot, es gelingt mir problemlos, den Motor zu starten, und ich fahre, die führerlose Natascha II ihrem Schicksal überlassend, Richtung Strand.

In der Sporttasche habe ich nur meine persönlichen Sachen und etwa fünfzehntausend Euro Bargeld, die ich in einer Herrentasche gefunden habe, die Yurik dabeihatte. Alles andere – inklusive der sechs Pakete Kokain – hab ich im Meer entsorgt.

Als ich mit dem Schlauchboot am Strand lande, rennt eine Gruppe Kinder auf mich zu.

»Haben Sie etwas gefangen, Señora?«

»Ja. Den dicksten Fisch überhaupt.«

Nachdem ich die Strandpromenade hinter mir gelassen habe, halte ich ein Taxi an und lasse mich zum Jachthafen chauffieren, wo mein Mietwagen steht. Ich habe keine Ahnung, wo ich an Land gegangen bin, aber es muss ziemlich weit weg gewesen sein, denn die Taxifahrt kostet mich sechzig Euro.

Ich weiß, dass ich sofort aufbrechen und vom Bahnhof María Zambrano, wo mein Auto steht, aus zurück nach Hause fahren sollte, aber ich hab nicht mal mehr die Kraft, darüber nachzudenken. Völlig erschöpft falle ich in meinem Appartement ins Bett und versinke in einen tiefen Schlaf.

◆

Doktor Oliver nutzt die Mittagspause normalerweise dafür, ein Sandwich zu essen und dabei an einem Modellschiff zu bauen. Das, was viele andere den letzten Nerv kostet, weil man so viel Geduld dafür aufbringen muss, entspannt ihn. Außerdem trainiert er damit, eine ruhige Hand zu haben, was ihm im OP zugutekommt. Schon seit mehr als einem Monat widmet er sich nun bereits hingebungsvoll dem Bau eines Modells der Príncipe de Asturias, eines Dampfers, der 1916 vor der brasilianischen Küste gesunken ist. Die offizielle Zahl der Toten bei dem Unglück wird mit vierhundertfünfzig angegeben, aber man nimmt an, dass es wegen der vielen blinden Passagiere an Bord viel mehr waren. Aus nachvollziehbaren Gründen wird das Schiff auch »die spanische Titanic« genannt.

Der Arzt konzentriert sich, um einen der heikelsten Momente beim Bau des Schiffs zu bewältigen – die Anbringung der bunten Glasfenster am Deck der Ersten Klasse –, als jemand an der Tür klopft. Doktor Oliver versucht, das Geräusch zu ignorieren, aber es muss sich um jemanden handeln, der genau weiß, wo er sich gerade befindet, da das Klopfen nicht aufhört. Also atmet er einmal tief durch und schließt dann sorgsam die Tube mit dem Modellkleber.

»Herein!«

Zwei der Studenten, die bei ihm ein Praktikum machen – ein junger Mann und eine junge Frau – treten, mit Papier beladen, in den Raum.

»Entschuldigen Sie die Störung, Herr Doktor«, sagt die junge Frau schüchtern, »aber wir müssen unbedingt mit Ihnen reden.«

»Kann das nicht bis nach der Mittagspause warten?«

»Es ist wirklich dringend, glauben Sie mir.«

»Schon gut«, sagt er schnaubend und legt das Sandwich auf den Teller. »Worum geht es?«

»Um die Patientin Marta Aguilera. Wir beschäftigen uns gerade mit ihrer Krankengeschichte und sind auf etwas gestoßen, was Sie sich mal ansehen sollten.«

»Bei Marta Aguilera ist nichts mehr zu machen. Da bleibt uns nur die Palliativbehandlung.«

»Sie irren sich, Herr Doktor«, wendet der junge Mann ein. »Im *New England Journal of Medicine* von diesem Monat ist ein Artikel über bestimmte Tumore erschienen, die unter gewissen Umständen operabel sein können, und wir glauben, dass Marta Aguilera alle Voraussetzungen dafür erfüllt.«

»Das ist doch Quatsch!«

»Schauen Sie selbst. Wie es aussieht, wurde die Behandlung bereits bei einem halben Dutzend Patienten erfolgreich durchgeführt.«

Die Studentin legt die aufgeschlagene Zeitschrift auf den Tisch, und Doktor Oliver nimmt sich die Zeit, den Artikel in Ruhe zu lesen. Dann greift er eilig nach Marta Aguileras Untersuchungsergebnissen und vergleicht sie mit den Angaben in dem Artikel. Anschließend sieht er die beiden Studenten vollkommen verwirrt an.

»Wer hat das geschrieben?«

»Alle Artikel, die in dieser Zeitschrift veröffentlicht werden, werden

vorher von mindestens fünf Experten genau geprüft. Die Operation ist möglich.«
»Wir müssen sofort mit Marta Aguilera reden. Vielleicht ist es noch früh genug ...«

◆

Sergio hat weniger Angst, als er in der Situation, in die er sich gebracht hat, haben sollte. In der Arrestzelle haben ihn die anderen Gefangenen zum Helden erklärt, und er ist fast vor Stolz geplatzt. Die Bilder davon, wie er am Eingang des Gefängnisses die Schleuder abfeuert, werden ununterbrochen auf allen Fernsehsendern gezeigt, und in ganz Spanien weiß jeder, was er getan hat. Der größte Teil der Bevölkerung spricht sich gegen die Anwendung von Gewalt aus, aber in diesem Fall, da es sich um den Sohn eines der Opfer der aus der Haft entlassenen ETA-Aktivistin handelt, halten die meisten die Tat für gerechtfertigt und fordern Sergios sofortige Freilassung.

Im Kommissariat angekommen, wird er zuerst ins Krankenzimmer gebracht, wo die paar Schrammen behandelt werden, die er sich bei seiner Festnahme zugezogen hat. Dort hört er zufällig eine Meldung im Radio:»Laut ersten Informationen ist der Täter, Sergio Costa Gutiérrez, der Sohn und der Bruder zweier ETA-Opfer, die 1995 bei dem Anschlag, bei dem neunzehn Menschen starben, ums Leben gekommen sind. Der Opferverband Colectivo de Víctimas del Terrorismo verurteilt die Tat, hat jedoch wörtlich erklärt: ›So etwas passiert, wenn man ein Opfer dadurch erniedrigt, dass man die Mörderin seiner Angehörigen auf freien Fuß setzt.‹ Bisher hat keine der an der Demonstration beteiligten rechtsextremen Gruppierungen erklärt, dass Sergio Gutiérrez zu ihr gehört, allerdings haben alle verkündet, dass man ihm den Rechtsbeistand finanzieren will. In verschiedenen Städten des Landes kam es zu spontanen Kundgebungen, um den Angreifer der ETA-Aktivistin Amaya Eiguíbar zu unterstützen.«

»Bist du der, der es der ETA-Schlampe gezeigt hat?« Der Polizist, der neugierig an seine Zelle getreten ist, lächelt und signalisiert damit, dass er Sergios Tat mehr als nur billigt. »Gut gemacht, Junge.«

»Hab ich sie getötet?«

»Nein, aber die Narbe, die sie zurückbehalten wird, wird sie ihr ganzes verdammtes Leben lang an dich erinnern. Wenn du irgendetwas brauchst, sag Bescheid.«

Sergio wartet noch ein paar Stunden, ohne zu wissen, was draußen passiert, bis ein weiterer Polizist zu seiner Zelle kommt. »Du hast Besuch.«

Er folgt dem Agente zum Besucherraum, und anders als vor wenigen Tagen bei Jonás Bustos sieht ihn niemand feindselig an. Alle behandeln ihn mit Respekt und Sympathie, und das nicht, weil er der Sohn einer Inspectora ist, sondern diesmal, weil er es sich verdient hat.

Das Erste, was seine Mutter macht, ist, ihn zu umarmen, wie es wohl jede andere Mutter an ihrer Stelle tun würde. »Geht es dir gut, Sergio?«

»Mir geht es verdammt gut«, antwortet er mit stolzgeschwellter Brust. »Schade, dass ich sie nicht getötet hab.«

Daniela seufzt resigniert.

»Ich hatte auch vor, sie zu töten, weißt du?«

Überrascht nimmt Sergio das Geständnis seiner Mutter zur Kenntnis.

»Deshalb hab ich dich zu deinen Großeltern gegeben. Weil ich dachte, dass du mich früher oder später verlieren wirst. Ich hatte alles vorbereitet, aber es hat nicht funktioniert.«

»Und warum hast du es nicht noch mal versucht?«

»Weil mir bewusst geworden ist, dass sie es nicht wert ist, dich auch noch zu verlieren. Amaya Eiguíbar hat Papa und David getötet, und ich wollte nicht zulassen, dass sie auch noch uns beide voneinander trennt.«

»Aber wir können doch nicht einfach schweigen, Mama!«
»Das werden wir nicht. Aber wir dürfen uns auch nicht auf ihr Niveau begeben. Wenn du möchtest, kämpfen wir zusammen mit dem Opferverband Colectivo de Víctimas del Terrorismo und gehen zu allen Kundgebungen, ohne auch nur eine auszulassen. Aber ich möchte dich nicht noch einmal in Gesellschaft dieser Leute sehen.«
»Du hast keine Zeit, zu Kundgebungen zu gehen.« Sergio lächelt zum ersten Mal. »Es gibt immer irgendwelche Mörder, die gefasst werden müssen.«
»Jetzt nicht mehr. Ich habe meine Versetzung in den Innendienst beantragt.«
»Ich hab nicht vor, irgendwen zu verraten, Mama.«
»Das sollst du auch nicht. Darum geht es mir gar nicht.« Daniela nimmt Sergios Hand. »Was ich will, ist, dass du jegliche Verbindung mit ihnen abstreitest. Dass du aussagst, es allein getan zu haben, und allein die Konsequenzen trägst.«
»Ich bin mit ihnen zusammen im Bus hingefahren.«
»Dann war das der einzige Kontakt, den ihr hattet. Als du erfahren hast, dass sie auf dem Weg zum Gefängnis in Ávila sind, bist du ausgestiegen und hast mit keinem von ihnen gesprochen. Solche Schleudern und Kugeln kann man auf dem Flohmarkt kaufen. Mehr brauchst du nicht zu sagen.«
»Wie viel werde ich dafür kriegen?«
»Es gibt strafmildernde Umstände, daher ist es möglich, dass sie dich bis zur Urteilsverkündung in den nächsten achtundvierzig Stunden freilassen. Dein Anwalt wartet draußen, um bei deiner Aussage dabei zu sein. Bist du bereit?«
Sergio nickt und umarmt seine Mutter.

Daniela ist dankbar für das Entgegenkommen ihrer Kollegen, die ihr gestattet haben, ihren Sohn als Erste zu besuchen und bei seiner

Aussage gegenüber den Gerichtsbediensteten und den zuständigen Inspectores dabei zu sein, bei der sich Sergio genau daran hält, was sie abgesprochen haben.

Anschließend verabschiedet sie sich von ihm, bittet ihn, sonst niemandem zu erzählen, dass sie seine Mutter ist, und verspricht ihm, am Ausgang auf ihn zu warten, damit sie das zusammen durchstehen können.

Als sie sich ins Auto setzt, erhält sie einen Anruf ihres Chefs.

»Du musst in zwei Stunden am Bahnhof sein, weil du sofort nach Málaga fahren musst.«

»Nach Málaga? Warum?«

»Du musst dich um einen Doppelmord kümmern.«

»Ich kann mich im Moment um gar nichts kümmern. Mein Sohn hat sich in Schwierigkeiten gebracht und ...«

»Die Sache ist ernst, Gutiérrez«, fällt der Comisario ihr ins Wort. »Sie haben dich angefordert. Martos wird am Bahnhof warten und dich begleiten.«

Daniela fährt noch beim Kommissariat vorbei, doch auch dort erfährt sie nichts anderes: Es handelt sich um einen komplizierten Fall, und sie muss sofort nach Málaga, wo man sie über alles informieren wird. Es handelt sich um einen Doppelmord, in den sie auf irgendeine Art verwickelt ist.

◆

Die Eigentümerin des Appartements ist überrascht, dass ich noch da bin und vollkommen angezogen bäuchlings auf dem Bett liege.

»Entschuldigen Sie. Ich habe gedacht, dass Sie schon abgereist wären, und wollte sauber machen.«

»Wie spät ist es?«

»Zwei Uhr nachmittags.«

Ich habe mehr als sechzehn Stunden am Stück geschlafen, und

allmählich dämmert mir, was ich getan habe. Nachdem ich die Vermieterin um eine Stunde vertröstet habe, gehe ich im Kopf noch einmal jede Sekunde der gestrigen Ereignisse durch, und ich bin äußerst stolz auf mein Werk. Obwohl ich diesmal vorsätzlich zwei Menschen getötet habe, empfinde ich nach wie vor keine Reue. Ganz im Gegenteil.

Ich blicke auf mein Handy und sehe, dass ich sechs vergebliche Anrufe erhalten habe, alle von derselben Nummer. Aus der Nummer schließe ich, dass es sich um einen Anschluss mit Telefonzentrale handelt. Wahrscheinlich ein Fernsehsender oder eine Zeitungsredaktion, die mir einen Job anbieten oder um ein Interview bitten wollen, daher kümmere ich mich nicht weiter darum.

Ich packe meine Sachen und mache mich auf den Weg zum Bahnhof, wo mein Auto steht und ich den Mietwagen zurückgeben kann.

◆

Auch Danielas Assistent weiß nicht, warum sie nach Málaga müssen. Man hat ihnen gesagt, dass sie den Schnellzug um dreizehn Uhr nehmen sollen und dass man ihnen vor Ort alles erklären wird; der Fall soll absolut vertraulich behandelt werden, da es sich um eine sehr hässliche Sache handelt.

Als die beiden Madrider Polizisten am Bahnhof in Málaga ankommen, treten zwei Kollegen auf sie zu. »Inspectora Gutiérrez?«

»Ja. Was ist passiert?«

»Wir sind nicht befugt, Sie darüber zu informieren, entschuldigen Sie. Bitte begleiten Sie uns.«

Die vier Polizisten gehen durch das Bahnhofsgebäude. Als sie an dem Schaufenster einer der vielen Autoverleihfirmen vorbeikommen, fällt keinem von ihnen die hübsche Frau auf, die wegen eines Kratzers an der Fahrertür, der ihrem Mietwagen auf dem Parkplatz in Puerto Banús zugefügt wurde, ein Formular ausfüllt.

Die Polizisten treten auf den Parkplatz hinaus und steigen in den Dienstwagen. Nur wenige Sekunden später geht Marta Aguilera zu ihrem Auto, das nur fünf Plätze neben dem steht, auf dem der Polizeiwagen gestanden hat. Weder Daniela Gutiérrez noch Marta Aguilera ahnen, dass sie sich um ein Haar getroffen hätten.

✦

Ich steige in den Wagen und fahre los. Doch wie immer, wenn ich etwas unerledigt zurücklasse, beginnt nach einer Weile mein rechtes Bein nervös zu zittern. Ich habe gerade mal dreißig Kilometer zurückgelegt, als ich die Richtung wechsle und zurück nach Málaga fahre.

Am Eingang des Sitzes der Bruderschaft stehen wieder zwei Männer und diskutieren, vielleicht dieselben wie beim letzten Mal und über dasselbe Thema, und erneut beachtet mich niemand, als ich an ihnen vorbeigehe und das Gebäude betrete.

»Geht es Ihnen wieder gut? Da haben Sie uns ja einen schönen Schrecken eingejagt.« Ein etwa siebzigjähriger Mann sieht mich von der Tür zum Thronsaal aus neugierig an und erschrickt, als ich nicht reagiere. »Sie werden doch nicht schon wieder einen Anfall kriegen, oder?«

»Nein«, versichere ich ihm lächelnd. »Ich suche Juan Aguilera Romero.«

»Das bin ich. Was kann ich für Sie tun?«

So genau ich den alten Mann vor mir auch betrachte, fällt mir keine Ähnlichkeit mit mir auf, und seinem Blick nach zu urteilen, erkennt er auch mich nicht. »Sind Sie ... sicher?«

»Wie könnte ich das nicht sein?« Er wirkt irritiert. »Und wer sind Sie?«

»Ich bin ... Journalistin.«

»Ah, Sie sind wegen der Sache mit meiner Frau hier, stimmt's?«, sagt mein Vater daraufhin lächelnd. »Ich habe schon befürchtet, die Sache wäre untergegangen, aber sollte nicht ein Fernsehteam kommen?«

»Nein, sie haben mich geschickt.«

»Die üblichen Kosteneinsparungen, nehme ich an. Wenn Sie einen Moment warten, bringe ich Sie zu ihr. Um diese Zeit ist sie normalerweise mit unserer Tochter im Park.«

Ich folge Juan Aguilera wie ein Zombie durch mehrere schmale Straßen, und er erzählt mir von dem Ärztepfusch, wegen dem seine Frau nun im Rollstuhl sitzt, doch ich kann nur an seine Tochter denken. Als ich schließlich meiner Halbschwester, von der ich bisher nichts wusste, gegenüberstehe, die den Rollstuhl jener Frau schiebt, die das Leben meiner Mutter zerstört hat, fällt mir die Ähnlichkeit sofort auf: Sie ist jünger als ich, vielleicht fünfundzwanzig, hat jedoch die gleiche Nase und den gleichen Mund wie ich.

Als wir uns begrüßen, scheine auch ich ihr irgendwie vertraut vorzukommen. Sie stellt sich als Natalia vor, und ich behaupte, Carmen García zu heißen.

»Sie ist wegen des Interviews mit Mama hier«, sagt mein Vater zu meiner Schwester Natalia. »Ich gehe eben die Unterlagen des Krankenhauses holen.«

»Das ist nicht nötig.« Ich halte ihn zurück. »Sie können sie einscannen und mir später per Mail schicken. Die Adresse ist: carmen-garcía-(zusammengeschrieben)-at-elmundo-dot-es. Ganz einfach.«

Wir setzen uns auf eine Parkbank, und ich beobachte einen liebevollen Ehemann, der die Hand seiner Frau nicht loslässt, während er mir wütend erzählt, dass die Anästhesie, die sie wegen einer Hüftoperation erhielt, bei ihr ein Blutgerinnsel verursacht hat, das für ihren jetzigen Zustand verantwortlich ist. Er erklärt mir, dass es ihnen nicht um viel Geld geht, sondern nur um so viel, dass sie eine Pflegerin einstellen können, die sich um sie kümmert. Bisher tut das die Tochter, was sie aber auf Dauer nicht leisten kann.

Als ich Natalia ansehe, stelle ich fest, dass sie mich nicht aus den

Augen lässt, wahrscheinlich weil sie sich das Hirn darüber zermartert, wieso ich ihr so bekannt vorkomme.

»Ist Ihre Tochter Ihr einziges Kind, Señor Aguilera?«

Ich merke sofort, dass sich sein Blick verschleiert, als ob er sich plötzlich an etwas erinnert, das in den Tiefen seines Gehirns verborgen liegt. Er wartet so lange mit der Antwort, dass seine Tochter nachhakt.

»Was ist los, Papa?«, fragt sie ihn verwundert und wendet sich gleich danach an mich: »Ja, ich bin ein Einzelkind.«

Ich beschließe, die Sache zu beenden, denn es macht mir überhaupt keinen Spaß, diesem mir völlig unbekannten alten Mann wehzutun, geschweige denn dieser jungen Frau, die nicht einmal weiß, dass sie aus dem früheren Leben ihres Vaters eine Halbschwester hat. Ich mache ein paar Fotos mit dem Handy, um das angebliche Interview mit Bildern zu bestücken, erkläre meine Arbeit für beendet und lasse eine über meine plötzliche Eile verwunderte Natalia zurück, während mein Vater immer noch verstört in seinem Gedächtnis kramt und die Frau des Bäckers alles ohne irgendeine Reaktion hinnimmt.

Als ich mich erneut mit dem Auto auf dem Weg nach Hause mache und meinen Vater und meine Schwester endgültig aus meinen Gedanken verbannt habe, sehe ich, dass unter derselben Nummer wie vorhin zwei weitere Anrufe eingegangen sind. Ich rufe bei Nicoleta an.

»Hast du getan, was ich dir gesagt habe, Nicoleta?«

»Ich schwöre, dass ich meine Wohnung nur verlassen habe, um ein paar Lebensmittel einzukaufen und zur Apotheke zu gehen. Außerdem hab ich keine Drogen mehr genommen und den Entzug ganz allein durchgestanden.«

»Braves Mädchen.« Was sie zuletzt gesagt hat, kann ich kaum glauben, aber ihre Stimme klingt tatsächlich nicht so, als stünde sie unter Drogen.

»Wann kommst du?«

»Sehr bald.«

»Wie viel Geld wirst du mir geben?«

»Genug, mach dir keine Sorgen. Ich möchte, dass du alle deine Sachen in einen Koffer packst und ihn mitnimmst, wenn ich dich abholen komme.«

»In einen Koffer?«, fragt sie irritiert.

»Ja, ich will mit dir übers Wochenende an die Küste fahren. Wir legen uns in die Sonne, trinken jede Menge Wein und essen Meeresfrüchte. Okay?«

»Ja, aber ich muss Bescheid sagen.«

»Das machen wir, wenn es so weit ist. Bleib auf jeden Fall in deiner Wohnung.«

Ich beende das Gespräch und halte dreihundert Kilometer vor Madrid an, um zu tanken. Während ich im Auto ein Brot esse, tippe ich auf dem Handy herum und lade eine App herunter, die beim Telefonieren meine Stimme verändert. Auch wenn ich nicht weiß, ob es funktioniert, wähle ich eine Männerstimme aus. Ich aktiviere die Rufnummernunterdrückung, stelle auf Aufnahme und wähle die Nummer von Sorin Popa, dem Geschäftspartner des verstorbenen Cornel Popescu.

Nach dem vierten Klingeln geht er ran. Sein Akzent ist wesentlich ausgeprägter als der von Cornel, und hin und wieder kann ich ihn kaum verstehen.

»Wer ist dran?«

»Sorin? Wohin soll ich das Geld bringen?«

»Von welchem Geld sprichst du? Wer bist du?«

Wie es scheint, funktioniert der Stimmenveränderer.

»Letzte Woche hab ich mit Cornel Popescu den Kauf einer Schuld vereinbart.«

»Cornel Popescu ist tot.«

Ich schweige ein paar Sekunden, um so zu tun, als ob ich die

Nachricht erst verdauen müsste.»In diesem Fall nehme ich an, dass du jetzt am Ruder bist, oder?«

»Ja, genau«, sagt Sorin angeberisch. »Um welche Schuld geht es?«

»Die von Nicoleta Serban.«

»Nicoleta ist nicht zu verkaufen.«

»Das wird mein Chef nicht gerne hören. Er wird das als respektlos auffassen.«

»Wer ist dein Chef?«

»Du wirst ihn kennenlernen, wenn ich ihm sage, dass ihr einen Rückzieher macht.«

»Das Mädchen hat sich eine Titte abgeschnitten. Jetzt hat sie nur noch eine.«

»Oho!« Ich schnalze mit der Zunge. »Das dürfte sich auf ihren Preis auswirken.«

»Unter siebzehntausend geht gar nichts. Das ist das, was sie uns schuldet.«

»Wie wär's, wenn wir uns auf fünfzehntausend einigen und die Titte vergessen, von der mein Chef jetzt nichts mehr hat, Sorin?«

Sorin Popa bestellt mich für elf Uhr abends in eine Bar im Viertel Lavapiés.

Während ich weiter Richtung Madrid fahre, überlege ich, wie ich das mit der Geldübergabe machen soll. Denn wenn ich einfach so damit in dieser Bar auftauche, gehe ich womöglich ohne Geld, ohne Ausweis und mit einigen Zähnen weniger wieder raus.

◆

Daniela Gutiérrez und ihr Assistent werden unterwegs in dem Dienstwagen immer neugieriger. Schweigend fahren sie durch die Straßen Málagas und schließlich in die Garage eines Gebäudes, auf dem die Flaggen Spaniens und Andalusiens wehen. Die beiden

Polizisten aus Madrid folgen ihren Kollegen durch mehrere Gänge und treten schließlich in einen komplett eingerichteten Autopsiesaal.

Dort erwarten sie mehrere Ärzte und ein Inspector sowie auf zwei Autopsietischen jeweils eine Leiche. Eine der beiden ist auffällig groß und muskulös mit einem riesigen Tattoo der Jungfrau Maria auf der Brust. Der Mann wurde durch einen Kopfschuss getötet. Die Leiche auf dem anderen Tisch ist die eines enthaupteten Mannes.

Einer der Ärzte kommt auf die beiden Besucher zu und gibt ihnen zwei OP-Masken. »Ziehen Sie die an.«

Die beiden gehorchen und gehen zu der wartenden Gruppe hinüber.

»Ich bin Inspectora Gutiérrez, und das ist Agente Martos.«

»Wir haben auf Sie gewartet«, sagt der andere Polizist und reicht ihnen die Hand. »Ich bin Inspector Torres. Willkommen in Málaga.«

»Was soll das alles?«

»Dem hier wurde aus allernächster Nähe in den Kopf geschossen.« Der Inspector zeigt auf den Riesen. »Und der hier ...« Er blickt seufzend auf die andere Leiche. »Da weiß ich gar nicht, wo ich anfangen soll.«

»Er wurde mit Handschellen gefesselt«, erklärt der Gerichtsmediziner, »dann hat man ihm ins Bein geschossen, anscheinend um ihn zu foltern, und anschließend hat man ihm die Kehle aufgeschlitzt.«

»Das war eiskalter Mord«, fügt der Inspector hinzu, dem es offensichtlich nicht passt, dass man ihm die Hauptrolle gestohlen hat. »Und der Täter hat sein Opfer ganz schön leiden lassen.«

Daniela versucht, ihre Gedanken zu ordnen. »Was ich nicht verstehe, ist, wieso Sie uns haben kommen lassen.«

»Der Mörder hat dem Opfer mit einem Schnürsenkel den Mund

zugenäht, und darin war ... das.« Der Inspector zeigt seinen Gästen einen Plastikbeutel, in dem sich eine zerknitterte, mit Blut beschmierte Visitenkarte von Daniela Gutiérrez befindet.

Daniela besieht sich den Mund des Toten, wo die Einstechmale rund um die Lippen gut zu erkennen sind.

»Verdammt!« Etwas anderes fällt ihr nicht dazu ein.

»Stehen Sie in irgendeiner Beziehung zu den Opfern? Vielleicht haben Sie irgendwann mal gegen sie ermittelt.«

»Ich weiß ja noch gar nicht, wer die beiden sind.«

»Der Große ist Yurik Ivanov, Russe und Leibwächter des anderen, Cornel Popescu, Rumäne.«

»Gleich und gleich gesellt sich gern«, sagt Martos.

»Popescu hat sein Geld mit Frauenhandel gemacht. Hat eine der bedeutendsten Organisationen von Europa geleitet«, fährt der Inspector fort. »Und wurde mehrfach wegen Entführung, Freiheitsberaubung und Zuhälterei angeklagt.«

»Der Name sagt mir gar nichts.« Daniela kramt in ihrem Gedächtnis. »Und ich habe auch noch nie in einem Fall von Frauenhandel ermittelt.«

»Na ja, aber wie es aussieht, hat der Mörder Ihnen die Tat gewidmet. Möchten Sie die Jacht sehen, auf der wir die beiden gefunden haben?«

Auf der Autofahrt zum Hafen, während Torres ihnen berichtet, dass ein paar Fischer die Jacht mehrere Meilen von der Küste entfernt, führerlos dahintreibend, gefunden haben, wälzt Daniela diesen rumänischen Namen im Kopf, der ihr immer noch nichts sagt. Sie kann sich an jeden einzelnen Fall erinnern, an dem sie je gearbeitet hat, seit sie der Mordkommission angehört, aber ein Cornel Popescu ist ihr dabei nie untergekommen.

»Den Leibwächter haben wir hier am Boden gefunden, und Popescu lag dort.« Torres zeigt auf das Bett in der riesigen Kabine, das genauso wie die Wände und die Spiegel rundherum voller Blut ist.

»Ich nehme doch mal an, dass ein Boot in dieser Größe eine Besatzung braucht.«

»Sie waren alle in einer der anderen Kabinen eingeschlossen. Die vier Besatzungsmitglieder und fünfzehn Prostituierte zwischen neunzehn und einundzwanzig Jahren.«

»Dann haben sie den Mörder gesehen?«, fragt Martos.

»Ich fürchte, nein.« Torres schüttelt den Kopf. »Wie es scheint, hat der Riese sie dort eingeschlossen.«

»Wie seltsam …« Daniela untersucht jeden Millimeter des Bettes. »Und es gibt keine Spuren?«

»Keine verwertbaren.«

»Wenn das Schiff auf dem Meer war, muss der Mörder von einem anderen Boot abgeholt worden sein, oder?«

»Nein«, widerspricht der Inspector erneut. »Der Mörder hat das Schlauchboot genommen, das zur Jacht gehört, und es am Strand El Morche im Osten Málagas zurückgelassen. Ebenfalls keine Spuren.«

»Um auf die Jacht zu gelangen, muss der Täter also im Hafen an Bord gegangen sein«, folgert Martos. »Gibt es keine Aufzeichnungen von Sicherheitskameras?«

»Ich weiß nicht, ob Sie Puerto Banús kennen, aber der Hafen liegt innerhalb des Orts, und tagsüber gehen dort Hunderte Touristen aller Nationalitäten vorbei. Ohne zu wissen, nach wem wir suchen, helfen uns die Aufnahmen nicht weiter. Und keine Kamera war direkt auf die Jacht gerichtet.«

Daniela und ihr Assistent verbringen den Nachmittag damit, die jungen Prostituierten und die Besatzungsmitglieder zu befragen, die alle bestätigen, dass es Yurik war, der ihnen befohlen hat, unter Deck zu gehen, und sie in der Kabine eingeschlossen hat. Zusätzlich hat er die Tür mit einem Ruder versperrt, sodass sie den Raum erst verlassen konnten, als die Fischer sie befreit haben.

Danach erkundigen sich Daniela und Martos in mehreren Kurzwarenhandlungen nach den Schuhriemen, mit denen der Mund des Toten zugenäht worden ist, und erfahren, dass es sich um sehr gängige Ware handelt, von der Dutzende pro Woche verkauft werden. Die beiden Polizisten reden auch mit den Hafenarbeitern, die versichern, nichts Außergewöhnliches gesehen zu haben; sie suchen die Witwe auf, die nicht besonders verstört wirkt, sondern eher überrascht von dem Leben, das nun, da sie frei ist, vor ihr liegt; in dem Autohaus von Natascha Popescu erklären die Angestellten, dass sie Cornel nur von seinen morgendlichen Besuchen kennen, während derer er ein paar Anrufe getätigt hat, und die Bankdirektoren verweigern ohne Gerichtsbeschluss jedwede Kooperation.

Schließlich fahren Daniela und Martos mit dem Schnellzug um einundzwanzig Uhr zwanzig zurück nach Madrid, ohne irgendetwas Brauchbares herausgefunden zu haben. Und Daniela hat nach wie vor nicht die leiseste Ahnung, warum der Mörder von Cornel Popescu und Yurik Ivanov ausgerechnet sie als Ermittlerin in diesem Fall ausgewählt hat.

◆

Gegen einundzwanzig Uhr bin ich wieder zu Hause, gehe unter die Dusche, desinfiziere die Wunde an meinem Arm und sehe im Internet nach, was ich über Sorin Popa finde. Es gibt mehrere Leute mit diesem Namen, aber keiner von ihnen scheint ein Verbrecher zu sein.

Ich stecke eines meiner Messer ein und eines der Pfeffersprays, und um halb elf beobachte ich bereits vom Auto aus den Eingang der Bar, in der ich mit Cornel Popescus Geschäftspartner verabredet bin. Um Viertel vor elf kommen drei Männer. Vor der Tür verabschieden sie sich mit einer Geste, und zwei von ihnen ziehen sich in die Dunkelheit eines nahe gelegenen Hauseingangs zurück. Der andere betritt die Bar. Zweifellos handelt es sich um Sorin Popa, und die beiden anderen sind zwei seiner Killer. Zum Glück wirken alle drei zusammen weniger Furcht einflößend als Yurik allein.

Um drei Minuten nach elf schalte ich – nachdem ich festgestellt habe, dass ich zwei weitere Anrufe unter der seltsamen Nummer mit der Telefonzentrale bekommen habe – den Stimmenveränderer ein und rufe Sorin Popa an. »Sorin? Wir haben heute miteinander telefoniert.«

»Wo steckst du, Junge? Ich warte mit dem Ausweis auf dich.«

»Es gibt eine Planänderung. Ich will, dass du die Bar verlässt und in das erste Taxi steigst, das vorbeikommt. Du allein, ohne deine beiden Freunde.«

»Einen Scheiß werd ich tun!«

»Hör mir gut zu, Sorin«, sage ich vollkommen ruhig. »Die hässlichen Dinge, die mit Cornel passiert sind, haben meinen Chef nervös gemacht. Ich nehme mal an, dass du an dem Geld noch interessiert bist, oder?«

»Ja.«

»Und ich will den Ausweis von diesem Mädchen. Das Problem dabei ist nur, dass ich dir nicht recht vertraue. Was hältst du davon, wenn wir den Austausch so vornehmen, dass wir beide dabei auf der sicheren Seite stehen?«

Sorin schweigt ein paar Sekunden, aber ich weiß, dass er sich die Gelegenheit, fünfzehntausend Euro einzustreichen, nicht entgehen lassen wird.

»Wo?«

»Nimm ein Taxi, und lass dich zur Diskothek Liberata an der Avenida de Alberto Alcocer kutschieren. Wenn du allein hinfährst und keine Dummheiten machst, ruf ich dich wieder an.«

Ich beende das Gespräch und sehe, dass Sorin aus der Bar tritt und sich auf der Straße mit seinen beiden Männern bespricht. Sie diskutieren, und schließlich gibt einer von ihnen ihm einen Ausweis. Dann hält Sorin ein Taxi an und steigt ein. Ich folge ihm durch die Stadt, bis er tatsächlich an der Diskothek aussteigt, die ich ihm genannt habe.

Dort lasse ich ihn zehn Minuten warten, wobei er sichtlich ungeduldig wird. Schließlich treffen auch seine beiden Killer ein, die ein Motorrad genommen haben. Einer von ihnen will auf Sorin zugehen, der leicht den Kopf schüttelt, woraufhin sie auf der anderen Straßenseite warten.

Ich rufe ihn erneut an.

»Was sollen die Spielchen, Junge?« Er wirkt äußerst misstrauisch.

»Geh rein, und bestell dir an der Bar hinten bei den Toiletten etwas zu trinken.«

»Du kannst mich mal! Entweder du tauchst auf der Stelle hier auf, oder ich gehe!«

»Wir haben es fast, Sorin. Gleich sind wir fertig, und du hast das Geld. Wegen der Umstände tausend Euro mehr als vereinbart, okay?«

Sorin zögert, gibt dann aber seinen Männern ein unauffälliges Zeichen und betritt die Diskothek. Ich warte noch fünf Minuten, stelle dann mein Handy auf Aufnahme, schließe mich einer Gruppe Männer und Frauen an, die offenbar Arbeitskollegen sind und gemeinsam ausgehen, und betrete mit ihnen die Diskothek. Drinnen sehe ich von der Treppe aus, die in das Lokal hinunterführt, Sorin an der hinteren Theke stehen.

Ich mische mich unter die Gäste und nähere mich ihm unauffällig. Als ich plötzlich neben ihm stehe, sieht er mich unfreundlich an. »Hau ab, mir ist heute nicht nach 'ner Schlampe wie dir!«

»Du bist ja ein großer Verführer, Sorin!«, sage ich lächelnd. »Was ist mit dem Ausweis?«

»Wer, zum Teufel, bist du?«

»Die Auserwählte, die die Übergabe abwickelt. Ich will den Ausweis sehen.«

»Und ich will das Geld sehen.«

Ich nehme den Umschlag mit dem Geld aus der Tasche, das ich von Cornels Schiff mitgenommen habe, lege ihn auf die Theke und meine Hand darauf. »Siebzehntausend, wie vereinbart. Und jetzt den Ausweis.«

Sorin steckt eine Hand in die Tasche und zeigt mir einen Pass.

»Öffne ihn, ich will ihn genau sehen.«

Der Rumäne klappt den Ausweis auf, und ich erkenne das Foto der sechzehnjährigen Nicoleta, die ich bisher noch nie habe lächeln sehen.

»Leg ihn auf die Theke.«

Sorin gehorcht, und ich nehme die Hand von dem Umschlag mit dem Geld, um nach dem Ausweis zu greifen und ihn einzustecken.

Er nimmt den Umschlag, zählt das Geld und geht ohne ein Wort davon, nachdem er mir noch einen herablassenden Blick zugeworfen hat, der mir wohl sagen soll, dass es ein Fehler war, mit ihm diese Spielchen zu treiben. Ich bestelle mir etwas zu trinken und denke, während ich das Glas leere, darüber nach, wie gern ich mich persönlich um diesen Mistkerl kümmern würde.

Zehn Minuten später gehe ich auf die überfüllte Tanzfläche und versprühe unauffällig eine Ladung Reizgas. Gleich darauf beginnen die Leute zu husten und zu schreien. Einige halten sich die Kleidung vors Gesicht oder rennen zum Ausgang.

In dem Chaos gehe ich in Richtung Toiletten und gelange, zusammen mit anderen Gästen, die die gleiche Idee hatten, auf die Terrasse, die als Raucherzone deklariert ist. So komme ich in das angegliederte Restaurant, das ich ganz normal durch den Haupteingang verlasse.

Ich steige in ein Taxi und fahre darin an der Diskothek vorbei. Dort sehe ich Sorin Popa und seine Männer, wütend und vollkommen perplex in der Menge, die aus der Diskothek strömt, nach mir Ausschau halten.

Als wir das Fußballstadion Santiago Bernabéu hinter uns lassen und auf den Paseo de la Castellana fahren, rufe ich Nicoleta an.
»Nimm deinen Koffer, und warte an der Gran Vía auf mich. An der Stelle, wo wir uns kennengelernt haben.«
»Aber ich kann nicht einfach so abhauen«, protestiert Nicoleta.
»Was ist los?«
»Ich erklär dir alles, wenn wir uns gleich sehen. Aber jetzt musst du sofort deine Wohnung verlassen und darfst mit niemandem sprechen. In zehn Minuten bin ich da.«
Ich beende das Gespräch und sehe im Rückspiegel, dass der Taxifahrer mich misstrauisch ansieht.
»Ich rette gerade eine Prostituierte«, sage ich.
»Ich will keinen Ärger, Señorita.«
»Sie werden keinen Ärger kriegen.«
Schließlich biegen wir in die Gran Vía ein. Nicoleta wartet mit einem kleinen Koffer vor den Füßen. Nervös sieht sie sich nach allen Seiten um.
Ich gebe dem Taxifahrer einen Hunderteuroschein. »Wenn Sie die Fahrt vergessen, können Sie das Wechselgeld behalten. In Ordnung?«
»In Ordnung.«
Ich steige aus dem Taxi und überquere die Straße. Nicoleta wirkt erleichtert, mich zu sehen. »Was ist los?«
»Sobald wir in meiner Wohnung sind, erfährst du es.«
»Ich muss Bescheid sagen, wenn ich die Stadt verlasse«, protestiert sie erneut.
»Das kannst du später machen. Vertraust du mir?«
Nicoleta sieht mich zweifelnd an. Sie ist sich nicht sicher, ob sie jemandem wie mir vertrauen soll, aber nach allem, was ich für sie getan habe, nickt sie schließlich.

»Mach es dir bequem, und fühl dich wie zu Hause«, sage ich beim Eintreten.

»Kann ich kurz telefonieren. Wenn ich nicht Bescheid gebe, wo ich bin, krieg ich Ärger.«

Nicoleta ist mitten im Wohnzimmer stehen geblieben und traut sich nicht mal, den Koffer abzustellen. Eigentlich hatte ich vor, ihr mein Geschenk erst nach dem Abendessen zu geben, aber ich kann sie offenbar nicht noch länger warten lassen. Also nehme ich den Ausweis aus der Tasche und gebe ihn ihr.

Sie nimmt ihn verwirrt entgegen, und als sie feststellt, dass es ihrer ist, macht ihr Herz einen Sprung. »Wie bist du da rangekommen?«

»Ich hab ihn gekauft, indem ich deine Schulden bezahlt hab.«

Nicoleta sieht mich ängstlich an, weil sie wohl denkt, dass ich sie nun ins nächste Bordell irgendwo auf der Welt schicke.

Ich lächle beruhigend. »Er gehört dir. Gleich morgen kannst du ein Flugzeug nach Bukarest nehmen.«

»Meinst du das ernst?«, fragt sie misstrauisch. »Ich kann gehen?«

»Wenn du willst, kannst du dir auf der Stelle ein Taxi nehmen, aber der nächste Flug geht erst morgen.«

Auf Nicoletas Gesicht erscheint zum ersten Mal das Lächeln, das ich von ihrem Passfoto kenne, und sie umarmt mich.

Ich erzähle ihr, dass Cornel Popescu tot ist, ohne zu erwähnen, welche Rolle ich dabei gespielt habe, und auch von meiner Abmachung mit Sorin Popa. »Er ist sicher stinksauer, also halt dich von ihm so weit wie möglich fern.«

Wir machen uns einen Salat, und nach dem Essen setzen wir uns aufs Sofa, um etwas zu trinken. Nicoleta erzählt mir von ihrem Leben, und ich merke mir ein paar Namen, zum Beispiel die der beiden Zuhälter Pierre Bernard und Doña Marga Somoza oder den des ehemaligen italienischen Senators Pasquale Carduccio, der sie gezwungen hat, sich diese riesigen Brustimplantate einsetzen zu lassen. Wenn später meine Geschichte erzählt wird, möchte ich, dass diese Namen an die Öffentlichkeit gelangen.

Ich lächle, als ich sehe, dass Nicoleta, die sich ihren Ausweis in den Gürtel gesteckt hat, immer wieder danach greift, um sich zu versichern, dass er noch da ist und sie das Ganze nicht nur geträumt hat.

»Ich hab noch ein Geschenk für dich.«

»Noch eins?«, fragt sie und klatscht wie ein kleines Mädchen vor Freude in die Hände.

Ich nehme einen Umschlag aus einer Schublade und gebe ihn ihr. Darin sind zwanzigtausend Euro. »Wenn du es gut anlegst, wird es dir beim Neuanfang helfen.«

Nicoleta küsst mich gerührt auf den Mund.

»Ich dachte, du stehst nicht auf Frauen.«

»Du bist ja nicht irgendeine Frau.«

»Du bist jetzt frei, Nicoleta. Du wirst nie mehr mit irgendjemandem Sex haben, wenn du es nicht willst.«

»Aber ich will es.«

Sie küsst mich erneut und knöpft meine Bluse auf.

Ich fühle mich nicht unbehaglich, zumal ich deutlich spüre, dass sie es nicht als Verpflichtung ansieht. Es erregt sie, als sie meine Brüste durch den BH streichelt.

»Hast du es noch nie mit einer Frau gemacht?«, fragt sie, als sie mitbekommt, wie nervös ich bin.

»Noch nie.«

»Lass dich gehen. Mach einfach nur das, was dein Körper dir sagt.«

Als ich ihr das Shirt ausziehen will, zuckt sie verschämt zurück.

»Es ist mir egal, Nicoleta.«

Sie lässt es zu, und ich sehe mich ihrer riesigen rechten Brust gegenüber und dem Verband auf der anderen Seite, unter dem ihre Brust vollkommen flach ist. Und es macht mir tatsächlich nichts aus. Noch nie hat sie mich mehr an Grace Kelly erinnert als jetzt.

Auf dem Bett in meinem Schlafzimmer küsse ich jeden Zentimeter ihres Körpers.

»Das machst du hervorragend«, sagt sie erregt.

»Hätte ich gewusst, wie es ist, hätte ich es viel früher ausprobiert.«

»So ist es nicht immer.« Sie lächelt amüsiert. »Es kommt nicht auf das Geschlecht an, sondern auf den Menschen. Du und ich passen gut zusammen.«

Wahrscheinlich handelt Nicoleta aus der Erfahrung, die sie all die Jahre über gesammelt hat, aber ich möchte glauben, dass sie tatsächlich zum ersten Mal in ihrem Leben freiwillig Liebe macht.

Als ich aufwache, stelle ich fest, dass Nicoleta bereits weg ist. Ich gehe ins Bad und lächle, als ich sehe, dass sie mit Lippenstift eine Nachricht auf den Spiegel geschrieben hat: *Danke für die schönste Nacht meines Lebens. N.*

Nach dem Duschen ziehe ich mich an, nehme meine Louis-Vuitton-Tasche und mache einen Spaziergang zur Avenida de Alberto Alcocer, um mein Auto zu holen.

Plötzlich spüre ich, wie mein Tumor wächst. Ich fühle einen Fleischerhaken, der in meinem Nacken eindringt und auf der Suche nach einem Ausgang hinter meiner Stirn kratzt. Ich falle auf die Knie und blicke in den Himmel. Wie auf Cornel Popescus Jacht blendet mich erneut Gottes Zwinkern. Vor mir liegt der Eingang der Pfarrkirche San Agustín in der Calle de Joaquín Costa.

Fünf Leute sitzen mit dem Gesicht zum Altar in den Bänken. In der letzten Reihe ist ein peruanisches Paar andächtig ins Gebet versunken. Vor ihnen hocken zwei ältere Frauen und etwas weiter weg, neben den seitlichen Kapellen, die dem Allerheiligsten gewidmet sind, befindet sich ein Beichtstuhl. Auf einem kleinen Pappschild stehen die Zeiten, zu denen man beichten und mit dem Pfarrer reden kann. Wie ich sehe, komme ich genau richtig.

»Darf ich?«

»Natürlich.« Ich spüre, dass der Pfarrer hinter dem Fenstergitter lächelt, was mich beruhigt. »Ein Neuling?«

»Ja.« Ich gebe das Lächeln zurück. »Ich bin zum ersten Mal hier, und ich möchte Sie nicht beleidigen, aber auch nicht belügen. Ich ... glaube nicht an Gott.«

»Dann sag mir, was dich hierher führt«, sagt er ruhig.

»Bitte erklären Sie mir vorher noch, wie das mit dem Beichtgeheimnis ist. Ich hab mein Leben lang davon gehört, es aber nie so recht verstanden.«

»Das Beichtgeheimnis ist unantastbar, das nennt man ›sakramentales Siegel‹. Alles, worüber wir sprechen, bleibt unter uns beiden und Gott.«

»Auch, wenn ich gestehe, dass ich überlege, ein Verbrechen zu begehen? Nicht dass das der Fall ist, aber ich würde gern wissen, in welchen Grenzen wir uns bewegen.«

»Wenn du ein Verbrechen begangen hast oder darüber nachdenkst, eines zu begehen, kann ich nur versuchen, dich davon zu überzeugen, deine Absicht zu ändern beziehungsweise dich der Polizei zu stellen. Aber ich dürfte niemandem davon erzählen, nicht mal aufgrund eines Gerichtsbeschlusses, dann würde ich exkommuniziert.«

Das überrascht mich sehr. Ich hätte nie gedacht, dass ich hier reinspazieren, einen Mord gestehen und einfach wieder gehen kann.

Ich zögere und überlege, ob ich alles erzählen soll, denn ich habe das Bedürfnis, jemandem mitzuteilen, dass ich drei Menschen umgebracht habe und welche Motive mich dazu gebracht haben. Doch dann beschließe ich, es nicht zu riskieren. Ich werde nach einem anderen Weg suchen, damit man von mir erfährt.

»Sprich, meine Tochter. Ich höre dir zu.«
»Ich habe einen Tumor und befinde mich im Endstadium.«
»Das tut mir leid. Wie wäre es, wenn wir mit der Beichte anfangen? Sie wird dich erleichtern, das versichere ich dir.«

Er überzeugt mich, ich entspanne mich und gestehe dann einige meiner Sünden: dass ich gelogen habe, dass ich den Mann meiner Nachbarin begehrt habe, dass ich mal bei Zara ein Halstuch gestohlen habe und ein Paar Schuhe von Sara Navarro im El Corte Inglés, dass ich an mir selbst und mit anderen sündige Handlungen vollzogen habe ... alles, außer, dass ich jemanden getötet habe.

Er vergibt mir, und tatsächlich verlasse ich die Kirche wesentlich ruhiger.

Mein Auto steht direkt gegenüber der Diskothek. Ich stecke den Strafzettel wegen Falschparken ein und fahre los.

Während ich am Paseo de la Castellana an einer roten Ampel warte, höre ich im Radio einen Bericht über die Heldentat eines jungen Mannes, der mit einer Schleuder die Mörderin seines Vaters und seines Bruders verletzt hat. Es freut mich zu wissen, dass ich nicht die Einzige bin, die bereit ist, alles zu riskieren, um für Gerechtigkeit zu sorgen. Sicher gibt es noch viel mehr Menschen wie diesen jungen Mann und mich.

Plötzlich fällt mir ein, wie ich das Bedürfnis, von mir reden zu machen, das ich inzwischen habe, befriedigen kann. Aufgeregt fahre ich nach Hause, setze mich dort an den Computer und beginne zu schreiben:

Jonás Bustos, Cornel Popescu und Yurik Ivanov waren die Ersten, aber nicht die Letzten. Wenn du getötet hast, ohne dafür zu bezahlen, bist du als Nächstes dran. Der Gerichtsbarkeit muss nachgeholfen werden.

Und da ich nach meinem Kirchenbesuch meine kreative Phase habe, füge ich noch hinzu:

Exodus 21.

Ich werfe den Umschlag mit dem USB-Stick in den Briefkasten und spüre das Vibrieren meines Handys. Irritiert stelle ich fest, dass der Anrufer erneut der mit der mir unbekannten Nummer und der Telefonzentrale ist.

Diesmal nehme ich den Anruf an. »Ja?«

»Gott sei Dank habe ich Sie endlich erwischt, Señorita Aguilera! Ich bin Doktor Oliver. Ich habe Ihnen mindestens ein halbes Dutzend Mal auf die Mailbox gesprochen.«

»Hören Sie, ich danke Ihnen für Ihre Sorge um mich, Herr Doktor, aber ich habe nicht vor, weitere Untersuchungen über mich ergehen zu lassen, und ich werde mich auch nicht mehr in diese Röhre begeben.«

»Ich habe eine wichtige Neuigkeit für Sie. Sie müssen unbedingt in meine Praxis kommen.«

»Ich werde nirgendwohin kommen. Ich bin sehr beschäftigt.«

»Es ist doch möglich, Sie zu operieren«, knallt er mir vor den Latz.

»Was?« Ich erstarre.

»In einem angesehenen medizinischen Fachblatt ist ein Artikel erschienen, in dem es um Fälle wie den Ihren geht. Es gibt einen Kollegen von mir, der Sie möglicherweise in einem Krankenhaus in London operieren könnte. Sie müssen sofort zu mir kommen.«

3 GENARO UND ERIC

ALS JESÚS GALA ZUM ERSTEN MAL festgenommen wurde, war er gerade acht Jahre alt geworden und wurde noch nicht von allen »El Pichichi« – der Torschützenkönig – genannt. Seit seinem sechsten Geburtstag begleitete er seinen Vater und seinen Onkel zur »Arbeit«, wie sie nannten, was sie taten. Die Hauptaufgabe des Kindes bestand darin, durch Lüftungskanäle oder andere winzige Zugänge in bestimmte Gebäude einzudringen und von innen die Tür zu öffnen. Anschließend gingen sein Vater und sein Onkel zur Belohnung – unabhängig von der Beute, die sie an jenem Tag gemacht hatten – mit ihm einen Hamburger essen, und er durfte mit den Großen Fußball spielen.

Für Jesús waren die Tage, an denen sie »zur Arbeit gingen« die besten überhaupt. Beim letzten Mal, nachdem sie die Rezeption eines Hotels in der Nähe des Bahnhofs geplündert hatten, war er gerade mal fünf Minuten auf dem Spielfeld, als er seinem Onkel Ángel schon den Ball abgenommen hatte, um dann dribbelnd einen Angriff vorzubereiten, indem er den Barkeeper tunnelte und mit einem gefühlvollen Schuss an dem Schlosser vorbeizielte, der jedes Schloss knacken konnte und bei dem Spiel im Tor stand.

»Verdammte Hacke, Junge!«, rief sein Vater daraufhin beeindruckt aus. »Wo hast du das denn gelernt?«

»Hab ich bei Raúl im Fernsehen abgeguckt.«

Der Tag, der sein Leben für immer verändern sollte, begann besonders gut; sein Vater holte ihn am späten Vormittag aus der

Schule ab, sagte der Lehrerin, dass er einen Arzttermin hätte, und ging mit ihm ein Restaurant auskundschaften. Obwohl das eine ernste Sache war, dachte Jesús nur an das Fußballspiel am Nachmittag. Er konnte kaum erwarten, allen zu zeigen, was er tagelang mit dem Ball geübt hatte.

»Die Sache ist ganz einfach, Jesús«, sagte sein Vater im Lieferwagen, in dem auch sein Onkel saß. »Du musst nur da rein und die Tasche holen. Aber das muss blitzschnell passieren, in weniger als fünfzehn Sekunden. Meinst du, dass du das schaffst?«

»Natürlich!«, prahlte Jesús. »In fünfzehn Sekunden hau ich heute Nachmittag dem Schlosser zwei Tore rein.«

Jesús kroch mit überraschender Wendigkeit durch den Lüftungskanal. Anschließend lief er zwischen den Tischen hindurch und schnappte sich die Tasche, die genau dort stand, wo sein Vater es gesagt hatte, doch als er zum Lüftungskanal zurückrennen wollte, spürte er einen leichten Widerstand. Anstatt stehen zu bleiben und nachzusehen, riss er mit aller Kraft an der Tasche. Als er merkte, dass der Grund für den Widerstand ein Messer war, das aus einem Regal hervorschaute, hatte die Klinge die Tasche bereits aufgeschlitzt, und die Geldscheine und Münzen regneten zu Boden.

Jesús zögerte; sein Vater hatte ihm immer gesagt, dass er, wenn etwas nicht nach Plan lief, davonrennen solle, doch er wollte nicht mit leeren Händen zurückkommen. Also sammelte er die Scheine auf und ließ die Münzen liegen – von denen eine dem Restaurantbesitzer vor die Füße rollte, der gerade hereingekommen war. Das brachte Jesús' Vater und seinen Onkel ins Gefängnis.

Jesús wusste bereits, was Schuld ist, denn er fühlte sich schuldig, seit er erfahren hatte, dass er bei seiner Geburt seine Mutter getötet hatte, und das war nur die Spitze des Eisbergs. In den Jahren, in denen Vater und Sohn ihre Strafe verbüßten – der Vater im Gefängnis von Soto del Real und der Sohn in einem Waisenhaus –, verbrachte Jesús Tag und Nacht damit, mit einem Ball gegen die Wand zu schießen.

»Das Einzige, was dich interessiert, ist Fußballspielen und Joints rauchen, Jesús«, sagte sein Erzieher vorwurfsvoll. »Doch aus der Fußballmannschaft bist du rausgeflogen, weil du den Trainer einen Hurensohn genannt hast. Also, was sollen wir deiner Meinung nach mit dir machen?«

»Aber seine Mutter *ist* eine Hure«, entgegnete Jesús gelassen. »Es heißt doch immer, dass man die Wahrheit sagen soll.«

»So kommen wir nicht weiter, Junge. Du bist schon dreizehn Jahre alt. Allmählich ist es an der Zeit, dass du darüber nachdenkst, was du mit deinem Leben anstellen willst.«

»Das weiß ich schon: Ich werde für Real Madrid spielen.«

»Für so gut hältst du dich?«

»Ich halte mich nicht nur dafür, ich bin so gut! Es stehen noch acht Spiele aus, und ich habe schon den Torrekord in diesem Scheißwaisenhaus gebrochen.«

Bald darauf kam Jesús' große Chance. Nachdem er mit seiner Mannschaft Schulmeister geworden war, wurden sie zu einem Spiel gegen die Jugendmannschaft von Real Madrid eingeladen. Dort hatte man schon von ihm gehört, und die Scouts sagten, dass er etwas Besonderes habe, was ihn von allen anderen unterscheide; tatsächlich war dieses Freundschaftsspiel nur organisiert worden, um ihn zu sehen. Das einzige Problem sei sein schlechtes Benehmen. Aber wenn er wirklich so gut war, dann würden sie ihn schon zähmen, denn es war leichter, einen Verbrecher zu bekehren, als einen Ausnahmefußballspieler zu finden.

Das Dumme war nur, dass Jesús bei diesem entscheidenden Spiel nicht dabei war, weil am selben Tag sein Vater aus dem Gefängnis entlassen wurde.

Als der Junge ihn sah, wurde ihm klar, warum der Vater seine letzten Besuche abgelehnt hatte. Er sah aus, als hätte er ganze dreißig Jahre im Gefängnis verbracht: Er hatte keine Haare mehr, war abgemagert, hatte Wunden am ganzen Körper, dunkel umschattete Augen, kaum noch Zähne und konnte sich nur mühsam auf den Beinen halten. Er hatte sich im Gefängnis mit einer Krankheit angesteckt, von der es hieß, dass nur Junkies und Schwuchteln sie bekamen: Aids.

Nachdem er kurze Zeit später das Bündel aus Haut und Knochen, zu dem sein Vater geworden war, zu Grabe getragen hatte, wollte er auf keinen Fall wieder ins Waisenhaus und verbrachte die folgenden Jahre, indem er sich von kleinen Verbrechen ernährte. Er stahl Portemonnaies und Handtaschen, brach in Geschäfte ein und nahm alles mit, was er kriegen konnte.

Eines Tages sah er einen Jungen, der an einer Ampel um Geld bettelte und dafür Kunststücke mit dem Fußball vorführte. Dabei wurde ihm bewusst, dass er das viel besser konnte. Er stahl in einem Sportgeschäft einen Fußball, fand eine gute Stelle in einer Straße, in der viele Touristen verkehrten, und konnte von da an überraschenderweise tatsächlich vom Fußball leben.

◆

Klack, Klack, Klack ... Ich hab noch nie Platzangst gehabt, aber in dieser Röhre, in der ich noch einmal durchleuchtet werde, überkommt mich etwas in der Art. Auch die komischen Geräusche tragen nicht gerade dazu bei, dass ich mich entspanne. Klopfen, Pfeifen und Quietschen in voller Lautstärke; kein Wunder, dass die Leute hier drin Panik kriegen! Ich halte einen Notknopf in der Hand, falls es zu schlimm wird, aber ich weiß, dass es in ein paar Sekunden vorbei sein wird.

Während ich hier liege, überlege ich, was für eine Heuchlerin ich bin. Ich habe mehrere Menschen umgebracht, weil sie Mörder waren und es verdient hatten, bin selbst jedoch in Windeseile zum Krankenhaus gerannt, um mein eigenes Leben zu retten. Laut meiner eigenen Regel habe ich den Tod genauso verdient wie jene, die ich getötet habe, aber ich versuche mich damit zu rechtfertigen, dass Jonás Bustos, Cornel Popescu und Yurik Ivanov schlechte Menschen waren, während ich ein guter Mensch bin.

»Sie können diesen beiden jungen Leuten wirklich dankbar sein, Señorita Aguilera«, sagt Doktor Oliver überraschend ehrlich, als ich wieder aus der Röhre auftauche. Dabei zeigt er auf zwei Studenten, die mich schüchtern anlächeln. »Sie waren es, die mich auf den Artikel über ähnliche Fälle wie den Ihren aufmerksam gemacht haben.«

»Wir waren einfach nur die Ersten hier, die die Zeitschrift gelesen haben«, sagt das Mädchen bescheiden.

»Vielen Dank, ich stehe in Ihrer Schuld«, sage ich. »Ich werde mich auf jeden Fall erkenntlich zeigen.«

»Wir werden feiern, wenn Sie die Operation gut überstanden haben«, meint der junge Mann freundlich.

»Wie groß ist die Chance, dass ich tatsächlich geheilt werde?«

Die fröhliche Stimmung der letzten Sekunden ist auf einen Schlag verschwunden. Die Studenten treten diskret ein paar Schritte zurück und überlassen Doktor Oliver den schwierigen Teil.

»Das kann Ihnen nur Doktor Battle sagen, dem wir sofort die Untersuchungsergebnisse schicken werden, wenn wir sie haben.«

»Kommen Sie, Herr Doktor«, versuche ich ihn zu einer Antwort zu bewegen. »Sie können mir doch nicht erzählen, dass Sie mit dem Kollegen noch nicht über mich gesprochen haben.«

»Bei der derzeitigen Beschaffenheit Ihres Tumors besteht eine etwa siebzig- bis achtzigprozentige Chance, dass Sie die Operation überleben.«

So ernst, wie mich alle ansehen, liegt genau darin der Hund begraben.

»Wenn Sie meine Chancen, die Operation zu überstehen, so positiv einschätzen, warum habe ich dann das Gefühl, dass es sich um eine schlechte Nachricht handelt?«

»Erst, wenn Sie den Operationssaal verlassen haben, wird man wissen, welche Folgen zurückbleiben werden; aber Sie sollten sich mit dem Gedanken beschäftigen, dass Sie möglicherweise nicht wieder vollständig gesund werden.«

»Verstehe ...« Ich versuche einen klaren Kopf zu bewahren. »Und welche Folgen könnten das sein?«

»Das Beste ist, nicht daran zu denken ...«

»Herr Doktor, bitte!«

Doktor Oliver seufzt und verkündet mir den Hauptgewinn: »Lähmungen, Blindheit, Verlust gewisser Gehirnfunktionen, etwa des Gedächtnisses, Stummheit, Taubheit, Demenz ...«

Ich fühle mich hintergangen, und die Wut darüber steht mir ins Gesicht geschrieben. Ich bin kurz davor, mich auf Doktor Oliver zu stürzen, was natürlich auch der Studentin nicht entgeht, die eilig eingreift, um mich zu bremsen.

»Zweifellos bestehen gewisse Risiken, aber auch eine große Chance, dass alles gut geht und Sie Ihr Leben zurückerhalten, Señorita Aguilera.«

»Ich fürchte, dass es nicht nur an der Operation liegt, ob ich mein Leben zurückerhalte.«

»Na ja, dann könnten Sie ein neues Leben anfangen«, meint Doktor Oliver. »Sie sind jung und ansonsten gesund. Sie werden es in der Zeit nach der Operation sicher nicht leicht haben, das bestreite ich nicht, aber ich bin davon überzeugt, dass das alles in ein paar Jahren nur noch eine unangenehme Erinnerung sein wird.«

»Wenn ich nicht das Gedächtnis verliere ...«

»Sehen wir es positiv. Zunächst aber müssen Sie Ihre Versicherung kontaktieren, um die Behandlung genehmigen zu lassen.«

Doktor Oliver wird sich dafür einsetzen, dass ich schon in den nächsten Stunden zu Doktor Battle nach London gebracht werde, und er nimmt mir das Versprechen ab, jederzeit telefonisch erreichbar zu sein.

Ich verlasse die Praxis und bin hin- und hergerissen. Auf der einen Seite möchte ich auf den Optimismus der Studentin vertrauen, während ich auf der anderen Seite glaube, dass ich für das, was ich getan habe, Strafe verdiene und auf die eine oder andere Art dafür bezahlen werde.

Ich versuche, ein Taxi zu finden, um wegen des Papierkrams zu meiner Versicherung zu fahren, doch die Taxifahrer streiken mal wieder wegen ihres seit Ewigkeiten andauernden Krieges mit den privaten Unternehmen. Also muss ich auf den öffentlichen Nahverkehr zurückgreifen.

Als ich an der Haltestelle Manuel Becerra aus der U-Bahn steigen will, entdecke ich Eric, den Kellner, der wartend am Bahnsteig steht. Es überrascht mich, dass er mit der U-Bahn fährt anstatt mit dem Motorrad, was sich gleich darauf von selbst erklärt, als ich ein etwa vierjähriges dunkelhäutiges Kind auf ihn zurennen sehe, das ein Trikot von Atlético Madrid trägt und einen Blumenstrauß in der Hand hat.

Die beiden steigen ein, und ich entscheide, im Waggon zu bleiben. Es ist simple Neugier – oder vielleicht eine Berufskrankheit –, die mich zu meinem Sitzplatz zurückkehren lässt. Ich fühle mich nicht besonders wohl bei dem Gedanken, sie zu verfolgen, aber schon als kleines Kind wollte ich entweder Detektivin oder Journalistin werden. Es handelt sich also um eine Berufung.

An der Haltestelle La Elipa steige ich hinter ihnen aus und stelle fest, dass der Blumenstrauß nicht für eine neue Freundin von Papa gedacht ist, sondern für jemanden, der auf dem Friedhof Nuestra Señora de la Almudena zur ewigen Ruhe gebettet ist. Ich gehe etwa fünfzig Meter hinter den beiden durch das große Tor, und als ich an der Kapelle vorbeikomme, die direkt am Eingang liegt, fällt mein Blick auf die Skulptur auf der Kuppel: einen sitzenden Engel, den die Madrilenen Fausto getauft haben. Der Legende nach wird der, der seine Trompete hört, den mehr als fünf Millionen Toten, die an diesem Ort begraben sind, schon bald Gesellschaft leisten. Der Glaube daran ist bei den Friedhofsbesuchern so tief verwurzelt, dass die Trompete, die der Engel ursprünglich an den Lippen hatte, nun in seinem Schoß ruht, um allzu großen Schrecken zu vermeiden.

Ich war noch nie wirklich abergläubisch, dennoch halte ich den Atem an, als ich an der Skulptur vorbeihusche, und bin erleichtert, das gnadenlose Todesurteil nicht zu hören. Das bestätigt meine siebzig- bis achtzigprozentige Chance zu überleben, wenn ich auch nicht weiß, in welchem Zustand.

Nach einem mehr als zehnminütigen Fußmarsch zwischen Grabsteinen und Denkmälern, die den Kleinen nicht zu beeindrucken scheinen, bleiben Vater und Sohn schließlich vor einem riesigen Kolumbarium stehen. Der Junge teilt den Blumenstrauß feierlich in zwei Hälften und legt jeweils eine davon in zwei der Nischen.

Eric und Lionel bleiben noch etwa eine Viertelstunde stehen, um zu beten, und dann gehen sie wieder. Als sie nicht mehr zu sehen sind, trete ich an die Nischen heran und lese die Namen, die auf den kleinen Grabplatten stehen: Lionel und Daysi Kazanowski. Ein Nachname, der mir irgendwie bekannt vorkommt.

Ich hole mein Handy hervor, um im Internet nachzusehen, und wenige Sekunden später fällt es mir wieder ein: Bei der Recherche für den ersten großen Artikel, den ich für *El Nuevo Diario* geschrieben habe, bin ich auf diese Namen gestoßen. Lionel und Daysi Kazanowski waren ein kubanisches Geschwisterpaar von siebzehn und fünfzehn Jahren und zwei der Opfer von Genaro Cortés, einem Drogenhändler, der dafür gesorgt hat, dass das Kokain, das ein rivalisierender Clan verkaufte, mit Rattengift vermischt wurde.

Das hat zweiundzwanzig Jugendliche auf einer Party das Leben gekostet.

Der Fall wurde in den Medien heiß diskutiert, denn obwohl bekannt war, dass Genaro Cortés dahintersteckte, gab es keine Beweise für seine Schuld, und er musste freigelassen werden. Ein paar Monate später, als die Polizei ihn bereits ziemlich in die Enge getrieben hatte, tauchte plötzlich ein Cousin von Genaros Frau auf, der heroinabhängig war und unter Hepatitis C im Endstadium litt. Der gestand die Tat, woraufhin die Polizei den Fall gezwungenermaßen abschloss.

Wie es nun aussieht, ist Eric der ältere Bruder von Lionel und Daysi Kazanowski.

◆

Sosehr Daniela Gutiérrez auch grübelt, fällt ihr nicht ein, was für eine Verbindung es zwischen ihr und Cornel Popescu geben könnte, die erklärt, warum sein Mörder diesen makabren Gruß – sorgfältig vernäht im Mund der Leiche – an sie hinterlassen hat. Seit halb acht an diesem Morgen sitzt sie im Kommissariat und liest Berichte und andere Unterlagen, ohne einen Fall zu finden, der auch nur im Entferntesten mit dem ermordeten Zuhälter zu tun hätte.

Vor vier Jahren gab es eine Ermittlung wegen des Todes einer jungen rumänischen Prostituierten, mit der jedoch nicht sie, sondern ein Kollege betraut war und die keine eindeutigen Ergebnisse zutage brachte. Daniela verzieht das Gesicht, als sie den Namen des zuständigen Polizisten liest.

»Hallo.« Guillermo Jerez erstarrt und hält instinktiv schützend die Hand vor seinen Schritt. »Wenn ich in der Sache mit deinem Sohn irgendetwas tun kann ...«

»Nein, nichts, danke. Sagt dir der Name Cornel Popescu irgendwas?«

»Ein Rumäne, der mit Frauenhandel zu tun hat. Ich hab vor drei oder vier Jahren mal wegen des Todes eines jungen Mädchens gegen ihn ermittelt. Warum?«

»War er hier? Könnte es sein, dass er und ich uns begegnet sind?«

»Warum?«, wiederholt Guillermo Jerez.

»Auf einer Jacht wurde seine Leiche gefunden, mit aufgeschlitzter Kehle und zugenähtem Mund. Darin war meine Visitenkarte.«

»Verdammt«, entfährt es ihm. »Ja, er war für wenige Stunden hier. Ich musste ihn gehen lassen.«

»Kann es sein, dass wir beide uns begegnet sind?«

»Kann schon. Aber ich erinnere mich, dass er mit seinem Anwalt gekommen ist und mit niemandem geredet hat.«

»Ich verstehe das einfach nicht.« Daniela seufzt frustriert.

»Es gibt zwei Möglichkeiten: Entweder hat dir jemand mit diesem Mord einen persönlichen Gefallen getan – was nicht der Fall zu sein scheint, weil du den Toten nicht gekannt hast –, oder der Täter will, dass du in dem Fall ermittelst.«

»So weit bin ich auch schon. Ich verstehe nur den Grund dafür nicht.«

»Das mit dem zugenähten Mund ist echt filmreif, oder?«

»In letzter Zeit habe ich irgendwie nur mit filmreifen Morden zu tun.«

In dem Moment, als sie dies sagt, hat Daniela einen Geistesblitz. Ohne sich bei Guillermo zu verabschieden oder zu bedanken, verlässt sie sein Büro und sucht mit dem vorläufigen Bericht über Cornel Popescus Tod den Gerichtsmediziner auf, der die Leiche von Jonás Bustos obduziert hat.

»Derselbe Mörder?«, fragt der Arzt überrascht.

»Das ist nur so eine Idee, aber das Einzige, was mir einfällt. Bitte schau doch mal, ob du irgendwas findest, was dir bekannt vorkommt. Da steht die Telefonnummer deines Kollegen in Málaga, falls du sie brauchst.«

Der Gerichtsmediziner verspricht, sich der Sache anzunehmen, und Daniela erhält endlich den Anruf des Anwalts ihres Sohnes, auf den sie den ganzen Morgen gewartet hat. Sie bittet ihr Team, nach polizeibekannten Verbrechern zu suchen, die in den Tagen vor dem Mord an Cornel Popescu den Schnellzug von Madrid nach Málaga genommen haben könnten, und fährt selbst zum Kommissariat nach Ávila, um Sergio abzuholen.

Am Ausgang warten Fotografen und Journalisten, die sie bedrängen, bis sie endlich im Auto sitzen und sich auf den Rückweg nach Madrid machen können.

»Hast du wirklich einen Versetzungsantrag gestellt?«

»Ich muss nur noch einen Fall abschließen, dann ist es vorbei.«

»Was für einen Fall?«

»Du weißt doch, dass ich darüber nicht sprechen darf, Sergio.«

»Und kann sich kein anderer darum kümmern?«

»Diesmal nicht, aber dann ist es wirklich vorbei. Das verspreche ich dir.«

Daniela hatte gedacht, dass Sergios Angriff auf Amaya Eiguíbar das Schlimmste war, was ihnen passieren konnte, aber letztendlich hat es dazu geführt, dass sie sich endlich wieder verstehen.

Unterwegs haben sie Zeit, über Anwälte, Aussagen, mögliche Strafen und die Reise zu reden, die sie machen werden, wenn das Ganze vorbei ist. Schließlich setzt Daniela ihren Sohn zu Hause ab und lässt sich von ihm versprechen, die Wohnung nicht zu verlassen und nicht mit der Presse zu reden. Dann fährt sie gleich wieder zur Gerichtsmedizin.

»Es könnte sein, muss es aber nicht«, lautet das Urteil des Pathologen. »Der eine wurde mit einer Rohrzange erschlagen und der andere mit einem Jagdmesser aufgeschlitzt, aber Jonás Bustos und Cornel Popescu wurden beide von jemandem umgebracht, der keine Ahnung von Anatomie hat.«

»Denn beide Leichen wurden auf eine ähnliche Weise verstümmelt zurückgelassen«, schlussfolgert sie.

»Nicht unbedingt, aber möglich ist es.«

Obwohl der Gerichtsmediziner nicht überzeugt ist, ist Daniela sich sicher, dass es sich um ein- und denselben Mörder handelt, und das würde die Sache noch komplizierter machen. Denn was hatten Jonás Bustos und Cornel Popescu miteinander gemein?

◆

Eric und sein Sohn haben schon vor einer ganzen Weile den Friedhof verlassen, aber ich stehe immer noch vor den Grabnischen von Lionel und Daysi Kazanowski und überlege, ob dies irgendein Zeichen ist oder purer Zufall. Soll ich für Eric auf ähnliche Weise den Rächer spielen, wie ich es für Nicoleta getan habe? Bevor ich eine Entscheidung treffe, muss ich erst herausfinden, ob er es überhaupt verdient.

Ich gehe zurück zur U-Bahn-Haltestelle und fahre direkt zum Restaurant Ten con Ten.

»Eric hat heute frei«, sagt mir einer der anderen Kellner.

»Könnten Sie mir seine Telefonnummer geben?«

»Fragen Sie ihn lieber selbst danach, wenn Sie ihn sehen.«

»Könnten Sie ihn anrufen und ihn dann mir geben? Ich schwöre, dass er auf meinen Anruf wartet. Wenn er nicht mit mir sprechen will, legen Sie auf, und das war's.«

Erics Kollege weigert sich hartnäckig, bis ich einen Fünfzigeuroschein auf die Theke lege. Er steckt das Geld ein, schnaubt, als ob er mir einen Riesengefallen täte, und sucht dann in seinem Handy nach der Nummer, wobei er gut aufpasst, dass seine Chefs nichts davon mitkriegen.

»Eric, hier ist eine Frau, die nach dir fragt.« Er sieht mich an. »Wie heißen Sie?«

»Marta Aguilera.«

Der Kellner gibt den Namen weiter und reicht mir dann das Telefon.

»Ich hab schon gedacht, ich höre nie wieder von dir.«

»Ich war geschäftlich unterwegs. Wann willst du mich zu dem versprochenen Drink einladen?«

»Ich bin gerade mit meinem Sohn im Zoo.« Er macht eine Pause. »Willst du nicht herkommen?«

Ich war schon seit Jahren nicht mehr im Zoo und habe große Lust. Immerhin besteht die Möglichkeit, dass ich sonst in meinem Leben außer Hunden und Katzen keine anderen Tiere mehr zu sehen kriege. Nicht dass das besonders wichtig für mich wäre, aber da alles, was ich tue, das letzte Mal sein könnte, messe ich den Dingen eine andere Bedeutung zu.

Eric und Lionel warten am Löwengehege auf mich. Der Kleine stellt sich mit seinem rot-weißen Fernando-Torres-Trikot zwischen uns und sieht mich drohend an.

»Bist du die Freundin von Papa?«

»Ja, ich heiße Marta.« Ich reiche ihm die Hand. »Und ich bin auch ein Fan von Atlético Madrid.«

Lionel lässt mich stehen und wendet sich den Löwen zu.

»Er ist sauer, weil ich ihm keinen Paradiesapfel kaufen will«, erklärt mir Eric. »Ich kenne ihn: Er beißt einmal rein, und dann will er nichts mehr. Und du ... Was möchtest du haben?«

»Nichts, danke. Es war nett mit dir letztens und ... na ja ...« Ich sehe mich um. »Das mit dem Zoo hab ich, ehrlich gesagt, nicht erwartet.«

Eric lacht. »Ich hab es Lionel versprochen.«

»Papa, die Löwen sind tot«, beschwert sich der Junge.

»Die sind nicht tot, die halten nur Mittagsschlaf.«

Tatsächlich sehen die Löwen aus wie tot und zeigen nicht die geringste Regung. Genauso gut könnten sie Stofftiere in das Gehege legen, und es würde niemandem auffallen.

Obwohl Eric protestiert, kaufe ich dem Kleinen alles, was er möchte: einen Paradiesapfel sowie Obst für die Elefanten und Nüsse für die Affen, die weitaus lebendiger sind als die Raubkatzen.

Lionel versucht einen kleinen Affen zu füttern, doch die größeren stürzen sich auf ihn und nehmen ihm das Futter ab. Daraus entsteht eine wilde Keilerei, und Lionel genießt die Gewaltausbrüche, wie es in unserer Natur liegt.

Nach dem Spektakel setzen wir uns hin, um ein Eis zu essen, während Lionel ein paar Enten hinterherrennt. Wir unterhalten uns, und Eric erwähnt zum ersten Mal seine verstorbenen Geschwister.

»Lionel ist nach seinem Onkel benannt. Er und meine Schwester sind kurz nachdem sie nach Spanien gekommen sind, gestorben. Das ist jetzt sechs Jahre her.«

»Das tut mir sehr leid.«

Eric zuckt mit den Schultern, wie um zu zeigen, dass er sich mit dem Unrecht inzwischen abgefunden hat, dann erzählt er mir, dass man ihnen auf einer Party unsauberes Kokain angeboten hat. Ich sage, dass ich von dem Fall gehört hätte und dass es wohl um einen Krieg zwischen zwei Drogenhändlern ging.

»Aus welchem Grund auch immer. Jedenfalls sind sie tot.«

Über Lautsprecher wird verkündet, dass der Zoo bald schließen wird. Eric, der seinen Sohn nach Hause bringen muss, verspricht mir, sich für unser nächstes Treffen etwas zu überlegen, was eher für Erwachsene geeignet ist. Bevor er in den Bus steigt, gibt er mir seine Telefonnummer.

»Ruf mich bitte bald an.«

»Keine Sorge, du wirst von mir hören.«

Schade, dass wir uns nicht unter anderen Umständen kennengelernt haben. Wenn wir uns dann überhaupt kennengelernt hätten.

Als ich mich auf den Weg zur U-Bahn-Haltestelle mache, kommen gerade die Zooangestellten heraus. Wie ich höre, diskutieren sie über das neue Gorillagehege, das offenbar viel kleiner ist als das vorherige.

Ich gehe an ihnen vorbei und bleibe plötzlich mit Gänsehaut am ganzen Körper stehen, denn unter den Angestellten ist einer mit Downsyndrom. Er wirkt älter als ich, aber seine Augen, sein Lächeln und die Narbe an der Braue, die von einem Steinwurf herrührt, sind unverwechselbar.

»Dimas?«

»Kennen wir uns?«, fragt er verwundert.

»Ich bin Marta, Marta Aguilera.«

Er zögert einen Moment, lächelt dann erfreut und umarmt mich liebevoll.

»Marta, was machst du denn hier?«

»Ich war mit Freunden im Zoo. Und du?«

»Ich arbeite hier und füttere die Pflanzenfresser.«

Dass ich ausgerechnet in dieser Phase meines Lebens Dimas wiedersehe, macht mir eine unglaubliche Freude. Genau das habe ich gebraucht.

»Ich würde dich gern zu einem Kaffee einladen, Dimas, und hören, wie es dir ergangen ist. Hast du Zeit?«

»Ich muss nach Hause … Aber wenn du möchtest, komm doch mit. Dann stelle ich dich meiner Frau vor. Sie wird sich freuen, dich kennenzulernen.«

»Du bist verheiratet?«, frage ich überrascht.

»Na, sicher«, entgegnet er stolz. »Schon seit acht Jahren.«

Erneut meldet sich mein Gewissen oder was auch immer mich in den letzten Tagen nicht in Ruhe lässt. Ich bemühe mich, meine Gefühle unter Kontrolle zu bringen, was mir jedoch nicht gelingt.

Dimas erschreckt sich geradezu. »Was ist los, Marta?«

»Nichts, Dimas, mach dir keine Sorgen.« Ich weine und lache gleichzeitig. »Ich bin nur so glücklich, dich zu sehen und dass es dir gut geht.«

Rosa, eine zauberhafte, fröhliche Frau, ebenfalls mit Downsyndrom, umarmt mich herzlich, als ob wir uns schon ewig kennen würden.

Sie sieht mich mit aufrichtiger Dankbarkeit an. »Dimas hat mir viel von dir erzählt und gesagt, dass du ihn als Kind immer beschützt hast.«

»Du hast großes Glück, dass du ihn gefunden hast, Rosa. Er war immer ein toller Junge, der beste von allen in unserem Dorf.«

»Hört auf, über mich zu reden, als wär ich nicht da, verdammt noch mal!«, sagt Dimas lachend. »Ich bin schon ganz verlegen.«

»Ich lass euch allein, damit ihr über alte Zeiten plaudern könnt.«

Rosa verlässt das Wohnzimmer, und Dimas und ich setzen uns aufs Sofa.

Es ist eine bescheidene Wohnung, aber sauber und gemütlich. Ich betrachte die Fotos, die an der Wand hängen. Einige sind von der Hochzeit der beiden, andere zeigen Dimas, während er die Tiere füttert, und Rosa hinter der Theke einer Bäckerei, und auch ein paar Strandfotos sind dabei. Auf allen Bildern lächeln sie.

»Hast du nie geheiratet und Kinder bekommen, Marta?«

»Nein, nichts dergleichen. Ich hab den Richtigen noch nicht gefunden.«

»Rosa und ich möchten gern ein Kind haben, aber das ist eine schwierige Sache. Ich bin unfruchtbar, und die Kliniken weigern sich, bei Rosa eine künstliche Befruchtung durchzuführen.«

»Euer Kind, könnte es …«

»Die Möglichkeit, dass es Downsyndrom haben könnte, liegt bei fünfzig Prozent, aber wir sind uns sicher, dass es gesund sein würde. Und selbst wenn es nicht so wäre … Hat es dann kein Recht zu leben und Eltern zu haben, die es lieben?«

»Doch, natürlich. Wenn du möchtest, kann ich mit einem befreundeten Journalisten sprechen, dass er eine Reportage über euch macht. Vielleicht könntet ihr so etwas erreichen.«

»Vielen Dank für das Angebot, aber daran ist nichts zu ändern.« Er schüttelt traurig den Kopf. »Das Einfachste wäre, es im Ausland machen zu lassen, aber das ist sehr teuer.«

»Wie teuer?«

»Insgesamt mehr als dreißigtausend Euro. Dafür muss ich viele Jahre die Giraffen füttern ...«

Ich drücke aufmunternd seine Hand, und er sieht mich an. Mir ist sofort klar, welche Frage er mir als Nächstes stellen wird.

»Denkst du oft an Felipe?«

»Beinahe nie. Und du?«

»Jeden Tag. Ich hab nie mit irgendwem darüber gesprochen, aber ich frage mich oft, ob wir richtig gehandelt haben.«

»Das haben wir, Dimas. Wenn wir ihm geholfen hätten, hätte er uns beide getötet. Es ging um ihn oder uns.«

»Er war nur ein Kind.«

»Er war ein Scheißkerl. Du solltest keine Sekunde deines Lebens mehr mit Gedanken an ihn verschwenden. Es gibt viel wichtigere Dinge.«

Dimas lächelt mich erleichtert an, als hätte er die letzten fünfundzwanzig Jahre darauf gewartet, diese Worte zu hören.

Kurz darauf kommt Rosa mit ein paar Getränken und Sandwiches, und ich verbringe mit den beiden den schönsten Abend seit langer Zeit; wir lachen, unterhalten uns darüber, was wir in all den Jahren getan haben, und ich freue mich aufrichtig zu sehen, wie verliebt die beiden ineinander sind, während sie mir von ihren Plänen und Träumen erzählen.

Diese Begegnung hilft mir, mich wieder ein bisschen mit dem Leben zu versöhnen. Es gibt also doch so etwas wie göttliche Gerechtigkeit.

✦

Von allen, die zum Trainingsgelände von Real Madrid kamen, um Jesús Gala spielen zu sehen, war Alfonso Castro derjenige, dessen Enttäuschung am größten war, als er nicht erschien; seit Jahren trainierte er eine bescheidene Mannschaft in der dritten spanischen Liga, bei der es eher um den Erhalt als um den Aufstieg ging, und er hatte den Jungen entdeckt. Er war ein großer Fußballfan, und an den Wochenenden setzte er sich regelmäßig mit einer Zeitung in den Park, wo die Kinder Fußball spielten, doch nur selten gab es etwas Interessantes zu sehen.

Es gab Kinder, die geschickt mit dem Ball umgingen, viel Spaß hatten und einige Erfahrung, aber niemanden, der die Aufmerksamkeit von jemandem erregte, der es gewohnt war, mit echten Fußballspielern zu trainieren.

Das Erste, was Alfonso an Jesús auffiel, war, dass der Junge, der gerade mal zwölf oder dreizehn Jahre alt war und eher schmächtig, den anderen Spielern, die viel kräftiger und größer waren als er, Respekt einflößte.

An jenem Nachmittag traf er mit seinen Kameraden – die wie Jesús Joints rauchten und Bier tranken – auf eine Mannschaft, die perfekt organisiert und ausgestattet war.

»Schaut euch mal diese Schnösel an«, sagte Jesús lachend. »Wo habt ihr denn diese Trikots geklaut?«

»Ihr seid die armen Würstchen. Habt ihr das Geld dabei?«

Einer von Jesús' Kameraden zog ein Bündel Geldscheine hervor und legte es in eine Cap, die ihm derjenige hinhielt, der als Schiedsrichter fungieren würde. Die gegnerische Mannschaft zahlte ebenfalls ihren Anteil.

»Müsst ihr euch noch warm machen?«, fragte der Schiedsrichter.

»Wir sind schon ganz heiß aufeinander.«

Alle lachten, und das Spiel begann.

Es war von Anfang an kein schönes Spiel, und nach zehn Minuten herrschte Chaos, und es wurde wild hin und her geschossen.

Der Junge, der dem Trainer ins Auge gefallen war, konzentrierte sich mehr darauf, dem beinharten Verteidiger, der den Auftrag hatte, ihn zu bewachen, das Leben schwer zu machen, als aufs Fußballspielen.

Der Trainer begann bereits das Interesse zu verlieren, als etwas passierte, was ihn äußerst beeindruckte: Jesús entledigte sich des Verteidigers und kam an den Ball. Er lächelte und rannte los, ließ die vier Gegner stehen, die sich ihm eisern entgegenstellten, und traf mit einem sensationellen Schuss ins Tor. Anschließend zeigte er den Gegnern den Stinkefinger.

Es folgte eine Keilerei, und das Spiel musste unterbrochen werden, sodass Alfonso keine weitere Gelegenheit hatte, mehr als diesen glänzenden Spielzug zu sehen. Aber er brachte in Erfahrung, dass der Junge in der Mannschaft eines Waisenhauses spielte, und ging am folgenden Sonntag dorthin, um sich das nächste Spiel anzusehen.

Nachdem Jesús in der zweiten Halbzeit eingewechselt wurde, konnte Alfonso sich nicht nur davon überzeugen, dass er sich in dem Jungen nicht geirrt hatte, sondern auch davon, dass er ein Problem mit der Fairness hatte: Vor dem zweiten Tor, das er erzielte, machte er sich mehrfach über den Torwart und den Verteidiger der gegnerischen Mannschaft lustig. Als die Gegner, in ihrem Stolz verletzt, sich über ihn beschwerten, spuckte er ihnen ins Gesicht.

Alfonso begriff, dass sie in den schwächeren Ligen, in denen sein bescheidener Club spielte, nichts mit ihm würden anfangen können, und sprach mit dem Trainer der Jugendmannschaft von Real Madrid.

Nach jenem Spiel, zu dem Jesús nicht erschien – und das Real mit fünfzehn zu eins gewann –, wollte Alfonso ihn im Waisenhaus aufsuchen, wo der Junge jedoch nicht mehr aufgetaucht war. In den folgenden Monaten versuchte der Trainer noch mehrmals, mit dem Jungen Kontakt aufzunehmen, doch das Letzte, was er über ihn hörte, war, dass sein Vater an Aids gestorben war und der Sozialdienst ihn seitdem vergeblich suchte. Er war einfach verschwunden.

Vier Jahre später hatte Alfonso Castro den Jungen, der allein die gesamte Verteidigung ausgespielt und dann ins Tor getroffen hatte, noch immer nicht vergessen. Vom ersten Moment an hatte er ihn an Raúl González Blanco erinnert. Damit war er zwar nicht allein, denn Raúl war zu der Zeit das Vorbild für alle Nachwuchsfußballspieler, aber Jesús Gala kam dabei so nah an sein Idol heran wie kein anderer.

Als Alfonso eines Tages auf der Straße eine Zigarette rauchte, während seine Frau in einem Geschäft mit dem Verkäufer über die Farbe der neuen Vorhänge diskutierte, sah er den Jungen völlig unerwartet wieder. Er war inzwischen siebzehn Jahre alt und hatte sich verändert, doch er war es zweifellos.

Jesús hatte eine leere Zigarrenschachtel auf den Boden gestellt und führte Kunststücke mit dem Ball vor, wofür die Touristen ihm Geld gaben. Er plauderte und scherzte mit ihnen, ohne den Ball zu verlieren. Dabei vollbrachte er Kunststücke, wie es nicht mal Maradona gekonnt hatte. Schließlich bat Jesús die Touristen, ein wenig Platz zu machen, und schoss den Ball mit aller Kraft in den Himmel. Der Ball flog zur Verblüffung des Publikums drei oder vier Stockwerke hoch.

Alfonso war der Einzige, der dem Ball nicht mit dem Blick folgte, und konnte sehen, dass vier Kumpane des Jungen den günstigen Moment nutzten, da die Touristen nicht auf ihre Sachen achteten, um sie zu bestehlen. Als der Ball wieder nach unten fiel, hatte Jesús bereits die Zigarrenkiste mit dem Geld aufgehoben und den Rucksack auf dem Rücken. Er fing den Ball auf, bevor er den Boden berührte, und rannte davon. Den Touristen fiel sofort auf, was geschehen war, und einige schrien und nahmen die Verfolgung auf.

Jesús lief direkt an Alfonso vorbei, der ihn am Arm festhielt.

»Lassen Sie mich los, verdammt!«, schrie der Junge und versuchte sich loszureißen. »Ich hab nichts getan!«

»Hallo, Jesús.«

»Woher wissen Sie meinen Namen?«

»Weil ich schon lange nach dir suche.«

Als die Verfolger näher kamen, ließ Alfonso den Jungen los, der sich äußerst geschickt zwischen den vielen Touristen davonmachte, ohne irgendwen zu berühren.

Alfonso blieb lächelnd zurück, während er ihm nachsah, obwohl neben ihm ein Mann stehen blieb, der ihn wütend ansah.

»Warum, zum Teufel, haben Sie ihn laufen lassen? Mir ist meine Kamera gestohlen worden.«

Alfonso zuckte mit den Schultern und rief über Handy seine Frau an, um ihr mitzuteilen, dass er im Taxi nach Hause fahren würde, weil ihm etwas dazwischengekommen sei. Dann ging er zum nächsten Polizeirevier.

Dort waren Jesús und seine Kumpane bestens bekannt, da sie in den letzten Jahren Dutzende Male festgenommen worden waren. Aus den sozialen Zentren, in die sie jedes Mal anschließend geschickt wurden, liefen sie immer wieder weg. Außerdem erfuhr Alfonso, dass der Junge im Viertel Glorieta de Embajadores manchmal mit den Junkies aus der illegalen Siedlung Cañada Real Geschäfte machte.

Alfonso brauchte nicht lange nach Jesús zu suchen und fand ihn, als er gerade mit dem Fahrer eines Drogentaxis verhandelte. Als das Geschäft unter Dach und Fach war, nahm der Junge einen Joint aus der Jackentasche und zündete ihn an. Das war von allem, was Alfonso bisher gesehen hatte, das, was ihm am wenigsten gefiel.

Jesús erkannte ihn wieder und erstarrte. »Was willst du von mir, Alter?«

»Keine Angst, Junge, ich will dir nichts. Ich bin Fußballtrainer.«

»Das freut mich, aber ich spiel nicht mehr.«

»Bist du nicht noch etwas zu jung, um dich zur Ruhe zu setzen?«, fragte Alfonso lächelnd. »In deinem Alter fangen andere gerade erst an zu spielen.«

»Pech für die!«

Alfonso lud Jesús zu einer Cola ein – der lieber ein Bier wollte – und zu einem Tintenfischbrötchen und machte ihm ein Angebot, das der Junge nicht ablehnen konnte: Wenn Jesús viermal pro Woche mit seiner Mannschaft trainierte, würde er ihm dafür eine Unterkunft beschaffen, für seinen Unterhalt aufkommen und ihm in den ersten Monaten zweihundert Euro pro Woche bezahlen. Und wenn sie dann entschieden weiterzumachen, würden sich die Bedingungen für Jesús noch deutlich verbessern.

»Sie haben sie nicht mehr alle, oder?«

»Vielleicht, aber ich meine es ernst. Ich will erst mal nur, dass du zum Training kommst, danach sehen wir weiter.«

Jesús überlegte eine Weile, dann lächelte er. »Warum nicht? Es ist wohl an der Zeit, Raúls Erbe anzutreten.«

»Eines noch: Alkohol und Joints kannst du vergessen. Wir werden dich gründlich kontrollieren.«

Alfonso Castro gelang es, den Vorsitzenden seines Clubs davon zu überzeugen, dass sich die Investition lohnen würde – wonach es zunächst nicht gerade aussah –, und Jesús erhielt einen Vertrag für drei Monate. Der Präsident des Clubs bezweifelte, dass in der kurzen Zeit etwas aus diesem Straßenjungen zu machen war, doch schon im ersten Training zeigte Jesús, was er konnte.

Alfonso, der Präsident, dessen Assistenten, die sich bislang zurückgehalten hatten, und die anderen Spieler sahen staunend zu, wie der Neuling angriff, auswich und schoss. Er war genauso gut wie damals im Park, nur dass er jetzt gegen richtige Fußballspieler antrat.

Die Probleme begannen dann, wenn Jesús nicht Fußball spielte. In den ersten drei Monaten musste er sechs Mal im Kommissariat abgeholt werden: drei Mal wegen Drogenhandels, zwei Mal wegen Taschendiebstahls und ein Mal, weil er in der Belüftungsanlage eines Kleidungsgeschäfts entdeckt worden war. Von den elf Spielen, die er in dieser Zeit absolvieren sollte, spielte er nur fünf Mal und jeweils auch nur ein paar Minuten, weil er immer Streit anfing und daraufhin des Platzes verwiesen wurde.

Doch die Statistik war eindeutig: In der kurzen Zeit, die er gespielt hatte, hatte er neun Tore geschossen.

◆

Ich habe die ganze Nacht nicht geschlafen, weil ich darüber nachgegrübelt habe, was ich tun soll. Natürlich will ich weiterleben, aber nicht, wenn ich dann blind, stumm, dement und wer weiß was bin. Und genauso wenig will ich mich der Schmach eines aufsehenerregenden Prozesses und der anschließenden Gefängnisstrafe aussetzen.

Ich habe meine Verbrechen so geplant, dass die Inspectora mich erst findet, wenn ich schon tot bin, und habe nicht vor, für immer das Land zu verlassen. So gut, wie Daniela Gutiérrez ist, hat sie sicher schon eine Spur gefunden, so unbedeutend die auch erscheinen mag.

Auf der anderen Seite geht mir Eric nicht aus dem Kopf und wie glücklich er sein würde zu erfahren, dass in seinem Fall das Talionsprinzip für Gerechtigkeit sorgen wird. Gestern, als wir im Zoo über seine Geschwister gesprochen haben, hatte ich zwar nicht den Eindruck, dass er auf Rache sinnt, doch sicher würde sie sein Leben versüßen. Erführe er, dass man Genaro Cortés grausam hingerichtet hatte, würde er – genau wie die Verwandten und die Freunde der anderen zwanzig Opfer – ganz bestimmt erleichtert aufatmen.

Und letztendlich tut es auch mir gut, eigenhändig Menschen zu töten, die es verdienen. Das mit Jonás Bustos war improvisiert, weshalb ich es nicht wirklich genießen konnte, aber die Tage, in denen ich Cornels und Yuriks Tod vorbereitet habe, waren die aufregendsten meines Lebens.

Das Klingeln meines Handys reißt mich aus meinen Gedanken. Erneut erkenne ich die lange Nummer, unter der Doktor Oliver mich immer anruft.

»Guten Tag, Señorita Aguilera. Ich habe gerade mit Ihrer Versicherung gesprochen, und da liegt wohl ein Irrtum vor. Angeblich waren Sie nicht dort, um den Antrag für die Behandlung in Großbritannien zu stellen.«

»Ich hab's vergessen.«

»Sie haben es … vergessen?«, fragt mein Arzt verwirrt. »Das muss umgehend erledigt werden, damit …«

»Ich muss erst einmal genau darüber nachdenken, Doktor Oliver«, falle ich ihm ins Wort.

»Dazu fehlt uns die Zeit. Doktor Battle hat die Unterlagen bereits erhalten, und wir werden nachher miteinander telefonieren. Möglicherweise müssen Sie noch heute reisen, um morgen operiert zu werden.«

»Ich bin mir nicht sicher, ob ich das Risiko eingehen will, von dem Sie gesprochen haben.«

»Ziehen Sie es vor, in jedem Fall zu sterben?«

»Wie ich bereits gesagt habe, muss ich erst darüber nachdenken, Herr Doktor. Ich rufe Sie in ein paar Tagen an.«

Trotz der Proteste des Arztes beende ich das Gespräch. Er ruft noch einmal an, doch ich gehe nicht ran und schalte mein Handy aus. Dann mache ich mir einen Tee und setze mich vor den Fernseher, um nach einem Film zu suchen, der mich für eine Weile auf andere Gedanken bringt.

In einem der Morgenmagazine ist von Sergio Costa die Rede, dem jungen Mann, der die ETA-Terroristin Amaya Eiguíbar mit der Schleuder attackiert hat, als diese aus dem Gefängnis entlassen wurde. Ich sehe mir zum wiederholten Mal die Bilder des Angriffs an und habe Lust zu applaudieren. Das Einzige, was ich nicht gut finde, ist seine mögliche Zugehörigkeit zu einer radikalen Gruppierung – egal, ob links oder rechts –, wobei ich mir durchaus vorstellen kann, dass man in so einer Situation nach jedem Strohhalm greift, der sich einem bietet.

Meine Überlegungen führen mich wieder zu Genaro Cortés. Unbewusst lege ich die Fernbedienung zur Seite und öffne den Laptop auf meinen Knien. Dann lege ich zögernd die Finger auf die Tastatur, denn mir ist bewusst, dass es, wenn ich den Namen des Drogenhändlers in die Suchmaschine eingebe, keinen Weg zurück mehr geben wird. Ich weiß, dass ich bei all den furchtbaren Dingen, die er getan hat, erst meine Ruhe haben werde, wenn ich in seinem Blut gebadet habe ... und, ehrlich gesagt, sosehr ich mich selbst auch glauben machen will, ein ganz normaler Mensch zu sein, kann ich es kaum noch erwarten.

✦

Genaro Cortés wurde 1962 im Elendsviertel El Vacíe im Norden Sevillas geboren. Wie es ist, in einer Wohnung mit fließendem Wasser zu leben, erfuhr er erst fünfzehn Jahre später, als die Stadtverwaltung seiner Familie in einem Wohnsilo in dem Vorort Tres Mil Viviendas eine Bleibe zuwies.

Sie bezogen ihr neues Domizil mit Stolz, da sie die Ersten in der Familie waren, die die rattenverseuchten Slums hinter sich ließen, doch leider landeten sie genau in der Gegend, die zur schlimmsten in Tres Mil Viviendas werden sollte, der *barriada* Martínez Montañés, der gefährlichsten Stadtrandzone von ganz Spanien. Diese Straße war zunächst unter dem Namen 624 Viviendas bekannt und wurde später Las Vegas genannt, weil die Menschen dort niemals zur Ruhe kamen.

Bis dahin hatten sich Genaro, seine Eltern, seine Großeltern, seine Onkel und Tanten und seine vier Geschwister – zwei Jungen und zwei Mädchen, alle älter als er – mit dem Verkauf von gebrauchter Kleidung auf den Märkten und Volksfesten von Sevilla über Wasser gehalten. Sie waren fleißige, ehrliche Menschen und keine berüchtigten Verbrecher. Doch so, wie sich die Umgebung, in der sie lebten, wandelte, veränderten auch sie sich.

Wenige Jahre nachdem die Wohnungen vergeben wurden, gab es dort alles, was das Verbrecherherz begehrt: Prostitution, Gewalt, Drogen- und Waffenhandel und sogar einen Sklavenmarkt. Je mehr Geld im Spiel war, desto grausamer mussten die Clans vorgehen, um ihre Macht zu sichern.

El Manu, einer von Genaros älteren Brüdern, machte den Fehler, sich mit dem falschen Mädchen abzugeben, was er nicht lange überlebte. Einer des Clans, der das Mädchen für sich beanspruchte, erwischte die beiden beim Knutschen und tötete El Manu am helllichten Tag direkt vor seinem Haus mit vier Schüssen. Da hatte seine Familie keine andere Wahl mehr, als mitzumachen.

Genaro war der streitlustigste der drei Brüder. Beinah jede Woche hatte er Probleme mit der Polizei oder mit anderen Clans, wenn ihn die Arbeit auf den Märkten auch zum Glück von größeren Dummheiten abhielt. Doch nun, unter dem Vorwand der Rache, zeigte der kleine Cortés sein wahres Gesicht.

Dem Mörder seines Bruders schlitzte er den Bauch auf und erhängte ihn, von der Straße aus gut sichtbar, an einem Balkongeländer. Das Genick des Opfers brach, und seine inneren Organe klatschten unten auf den Asphalt. Damit hatte Genaro seine

Ankündigung wahr gemacht, ihm die Gedärme aus dem Leib zu reißen.

Doch die Familie Cortés musste daraufhin Tres Mil Viviendas verlassen und zog nach Madrid, ins Elendsviertel Cañada Real, das mit ihrer Hilfe zum größten Drogenumschlagplatz Europas wurde und die sevillanische Konkurrenz abhängte.

Irgendwann wurde Genaro von der Polizei gefasst und saß in verschiedenen Gefängnissen ein, bis er im Jahr 2008 in die Freiheit entlassen wurde. Während der fünfundzwanzig Jahre, die er im Gefängnis verbrachte, heiratete er La Paqui, und sie bekamen fünf Kinder: drei Mädchen, die bei der Entlassung ihres Vaters zwischen dreizehn und zweiundzwanzig Jahre alt waren, und zwei Jungen von sechzehn und neunzehn Jahren.

Als Genaro aus dem Gefängnis kam, beherrschten die Drogenclans das ehemalige Revier seiner Familie und hatten diese regelrecht versklavt. Einige seiner Neffen schoben als simple Handlanger an den Feuern vor den Häusern Wache, in denen die Clans ihre Ware verkauften, und wurden dafür mit winzigen Drogenrationen entlohnt.

Für Genaro, der sein halbes Leben im Gefängnis verbracht hatte, war es eine Schande, dass der einst so berüchtigte Name Cortés derart mit Füßen getreten wurde.

Eines Tages sah er dann durchs Fenster seiner Baracke, wie sein ältester Sohn, der zu Ehren von Genaros ermordetem Bruder Manuel hieß, von zwei mit Gold behangenen Gitanos – wie die spanischen Roma genannt werden – hinters Haus geschleppt wurde.

»Was ist hier los?«

»Dein Scheißsohn weigert sich, seine Schulden zu bezahlen«, sagte einer der beiden Gitanos und packte Manu schmerzhaft im Nacken. »Wenn er nicht bald mit der Kohle rausrückt, kannst du ihn beerdigen.«

»Wie viel schuldet er euch?«

»Zweihundert.«

»Regt euch ab, ich zahle.«

Genaro trat in seine Baracke und kam ein paar Minuten später wieder raus.

»Wo ist die Kohle?«, fragte der Gitano herausfordernd.

Anstatt ihm zu antworten, zog Genaro die Machete, die er hinter dem Rücken versteckt hatte, und säbelte dem Gitano den Kopf ab. Das Blut spritzte in alle Richtungen, und der Kopf fiel seitlich zu Boden, bevor der Körper zusammensackte.

Der andere Kerl brüllte entsetzt und versuchte zu fliehen, was Genaros Machete verhinderte, weil sie plötzlich in seiner Brust steckte.

El Manu stand sichtlich unter Schock. »Was hast du getan, Papa?«, jammerte er. »Die gehörten zum Búlgaro-Clan! Die werden uns töten!«

»Halt den Mund, Manuel!« Genaro umfasste das Gesicht seines Sohnes und beschmierte es mit Blut. »Hier töten wir und kein anderer. Geh Onkel Ramón suchen, und dann verscharrt ihr die beiden irgendwo, wo niemand sie findet. Um den Rest kümmere ich mich.«

Noch am selben Abend rief Genaro die ganze Familie zusammen und sagte ihnen, was Sache war. Wenn sie ihn unterstützten, würden sie bald alles kontrollieren. Wenn nicht, würden die Búlgaros oder irgendein anderer Clan sie einen nach dem anderen töten. Sie hatten keine Wahl.

Da der Name »Cortés« niemandem mehr Respekt einflößte, waren sie immer wieder erniedrigt worden. Daher nannten sie sich von nun an die »Genaros«.

Der Búlgaro-Clan hatte seit nunmehr vier Jahren das Sagen in der Cañada Real. Er hatte sich die kleineren Clans unterworfen und behandelte sie genauso schäbig wie die Familie Cortés. Genaro traf sich mit den anderen Familienoberhäuptern, und tatsächlich schaffte er es, die Mehrheit von ihnen auf seine Seite zu ziehen. Dann entfesselte er einen Krieg, der zwei Jahre andauerte und viele Leben kostete.

Eine derartige Grausamkeit wie die, mit der Genaro vorging, hatten weder die Clanmitglieder noch die Polizei bisher gesehen. Im Gefängnis hatte er gelernt, dass Angst das beste Mittel ist, um in einem Konflikt die Oberhand zu gewinnen. Und am meisten Angst flößten die großen mexikanischen und kolumbianischen Drogenbarone ein, deren Methoden Genaro übernahm: Er enthauptete seine Feinde, zerstückelte sie und schickte den Müttern über Wochen ihre Söhne in Einzelteilen.

Das Problem war nur, dass die Búlgaros daraus lernten, und so steckte der Kopf von Genaros ältestem Sohn eines Tages auf einer Stange vor seinem Haus.

»Wir müssen eine ganze Lieferung Drogen von ihnen vergiften«, sagte Genaro, nachdem er die sterblichen Überreste seines Sohnes beerdigt hatte. »Bisher haben sich die Bullen rausgehalten, weil wir uns nur gegenseitig umlegen. Doch wenn es Unschuldige erwischt, wird sich der gesamte Polizeiapparat auf die Búlgaros stürzen.«

Die »schmutzigen« Drogen kosteten zweiundzwanzig junge Menschen das Leben, darunter das Geschwisterpaar Lionel und Daysi Kazanowski, Erics jüngere Geschwister, woraufhin die Polizei den Búlgaro-Clan zerschlug.

Natürlich ahnte man, dass die Genaros hinter diesem perfiden Plan steckten. Um jede Ermittlung in diese Richtung zu unterbinden, zwang Genaro einen Cousin seiner Frau, der unter Hepatitis C im Endstadium litt, das Verbrechen zu gestehen, woraufhin der Fall zu den Akten gelegt wurde.

Heutzutage lässt sich Genaro Cortés kaum noch in der Cañada Real blicken und hat selbst direkt nichts mehr mit den Drogen zu tun, die ihm täglich viele Tausend Euro einbringen. Viel lieber genießt er seinen höchst angenehmen Ruhestand in einer Sechszimmermaisonettewohnung im Viertel Pan Bendito in Carabanchel und kümmert sich zusammen mit seiner Frau um seine vierzehn Enkel.

◆

Álvaro sitzt an seinem Schreibtisch. Seit dem Abschluss seines Studiums hat er nicht oft in Redaktionsbüros gearbeitet, aber es fällt ihm nicht schwer, sich daran zu gewöhnen. Immer einen Kaffee, ein Telefon und sämtliche Nachrichtenquellen zur Verfügung zu haben ist zudem eine feine Sache und erleichtert das Arbeitsleben ungemein.

Sein Handy klingelt, und er runzelt die Stirn, als er sieht, dass der Anrufer seine Lebensgefährtin Cristina ist.

Seit dem Sex mit Marta geht es mit ihrer Beziehung bergab. Er hat keine Ahnung, wie das sein kann, aber er ist sich sicher, dass Cristina Bescheid weiß. Vielleicht liegt es aber auch daran, dass es ihm ziemlich schwerfällt, seine Freundin betrogen zu haben und nun so zu tun, als wäre nichts geschehen.

»Bist du heute zum Abendessen zu Hause?«, fragt Cristina unwirsch.

»Ich denke nicht, hier in der Redaktion ist viel zu tun.«

»Früher hast du nicht so lange gearbeitet, Álvaro.«

»Vorher hatte ich einen Scheißjob und bin kaum über die Runden gekommen. Hast du das schon vergessen? Wenn du möchtest, häng ich den hier an den Nagel, und wir müssen uns bei deinen Eltern wieder Geld leihen, um die Stromrechnung zu bezahlen.«

»Ich merk schon, dass man mit dir heute nicht reden kann.«

Cristina beendet das Gespräch, und Álvaro wirft das Telefon auf den Schreibtisch.

Er versucht sich zu beruhigen und blickt wieder auf den Bildschirm seines Computers, auf dem eine Liste der letzten Lottogewinner zu sehen ist. Nicht dass er Marta misstraut, dazu hat es noch nie Grund gegeben, aber seine journalistische Neugier lässt ihn wegen des Geldes, das sie angeblich gewonnen hat, etwas genauer recherchieren.

Die Hauptgewinne bewegen sich zwischen fünfzehnhundert und unglaublichen hundertfünfzig Millionen Euro, und überrascht stellt Álvaro fest, dass es mehr Gewinner gibt, als er gedacht hat. Jedoch ist keiner der Millionengewinne – und in Martas Fall ist er von mindestens einer Million ausgegangen – nach Madrid gegangen. Der am nächsten wohnende Gewinner lebt in Valencia, aber der hat sich bereits gemeldet und ist ein arbeitsloser Schreiner, der etwa anderthalb Millionen Euro gewonnen und sich bereits den beinahe obligatorischen Sportwagen gekauft hat.

Irgendwas stimmt da nicht.

Obwohl Álvaro weiß, dass Marta kein Fußballfan ist, will er sich auch die Gewinner im Fußballtoto ansehen, doch in dem Moment kommt ein Bote herein und legt ihm einen Briefumschlag auf den Schreibtisch. Die Adresse wurde mit dem Computer ausgedruckt und weist keine Besonderheiten auf: *El Nuevo Diario. Redaktion Aktuelles.*

In dem Umschlag befindet sich ein USB-Stick, den Álvaro gleich in seinen Rechner steckt. Auf dem Stick ist nur ein Dokument mit dem Namen »Talión«. Er überprüft es auf mögliche Viren, und als er festgestellt hat, dass es sauber ist, öffnet er es.

Das, was er liest, lässt ihn zusammenfahren.

»Verdammt …!«

Er speichert das Dokument auf die Festplatte und gibt den Namen *Cornel Popescu* in Google ein. Als er anschließend weiß, wer sich hinter dem Namen verbirgt, zieht er den USB-Stick heraus und geht zum Büro seines Chefs. Es kümmert ihn nicht, dass sich dieser gerade mit seiner Sekretärin bespricht.

»Das müssen Sie sich ansehen!«

»Sind Sie bescheuert!«, raunzt ihn Serafin Rubio an. »Sie können hier doch nicht einfach so reinplatzen!«

»Entschuldigung, aber es ist äußerst dringend, glauben Sie mir.«

»Lass uns allein«, sagt Serafin schnaubend zu seiner Sekretärin und wendet sich an Álvaro: »Also los, was ist?«

Die Sekretärin sieht Álvaro wütend an. Der geht zum Computer seines Chefs und steckt den USB-Stick in die dafür vorgesehene Buchse. »Das hab ich gerade bekommen.«

Auf dem Bildschirm erscheinen eine kurze Nachricht und eindeutig Fotos der Leichen von Jonás Bustos, Cornel Popescu und Yurik Ivanov. Die Bilder von dem Rumänen zeigen ihn, bevor ihm der Mund zugenäht wurde – Fotos, über die die Polizei nicht verfügt.

Angewidert wendet Serafin den Blick ab. Dann schaut er auf die Nachricht und liest sie laut vor:

»›Jonás Bustos, Cornel Popescu und Yurik Ivanov waren die Ersten, aber nicht die Letzten. Wenn du getötet hast, ohne dafür zu bezahlen, bist du als Nächstes dran. Der Gerichtsbarkeit muss nachgeholfen werden. Exodus 21.‹« Serafin sieht Álvaro verblüfft an. »Was, zum Teufel, soll das denn?«

»Cornel Popescu war ein rumänischer Zuhälter und Yurik Ivanov sein Leibwächter. Die beiden wurden vor ein paar Tagen in Málaga ermordet, das hab ich gerade gecheckt. Der andere ist dieser Kinderschänder. Ich glaub, hier geht es um einen Rächer, einen ... Serienmörder.«

»Scheiße!« Serafin Rubio rutscht nervös auf seinem Sessel herum und denkt bereits daran, wie diese Story die Verkaufsauflage seiner Zeitung in die Höhe schnellen lassen wird. »Ist das ein Zitat aus der Bibel?«

»Das Talionsprinzip, Auge um Auge, Zahn um Zahn, Sie wissen schon.«

»Und das ist kein Scherz von den Kollegen der Verwaltung?«

»Wenn Sie genau hinschauen, sehen Sie, dass Cornel Popescu auf den Bildern einen offenen Mund hat, und als er gefunden wurde, war er zugenäht. Die Fotos sind echt.«

»Dann machen Sie sich gleich an die Arbeit.«

Serafin zieht den USB-Stick heraus und fordert seine Sekretärin auf, die Anwälte anzurufen. Dann eilt er zum Büro des Geschäftsführers.

Álvaro kehrt zu seinem Schreibtisch zurück und beginnt zu recherchieren und zu schreiben ...

Zwei Stunden später kommen Daniela Gutiérrez und ihr Assistent in die Redaktion. Serafin Rubio und Álvaro Herrero begleiten die beiden zum Büro des Geschäftsführers, wo dieser, zusammen mit zwei Anwälten und zwei Sekretärinnen, bereits auf sie wartet.

Auf den ersten Fotos, die auf dem Computerbildschirm erscheinen, ist Jonás Bustos neben dem weißen VW Golf zu sehen, und Daniela glaubt zunächst, dass die Bilder aus der Gerichtsmedizin stammen könnten. Doch die Fotos von Cornel Popescu bestätigen, dass der Täter sie aufgenommen haben muss, jener Serienmörder, dem sie bald zu begegnen fürchtet.

Auf den Fotos ist zu sehen, wie ihre Visitenkarte in den Mund des Toten gesteckt und dieser anschließend zugenäht wird. Es ist kaum möglich, die Bilder zu betrachten, ohne dass sich einem der Magen umdreht. Eine der Sekretärinnen hält sich die Hand vor den Mund und eilt aus dem Raum.

»Ist es zu viel verlangt, wenn ich Sie bitte, dies erst zu veröffentlichen, wenn wir es überprüft haben?«, fragt Daniela den Geschäftsführers des Zeitungshauses.

»Der anonyme Absender hat es an uns geschickt, Inspectora. Es ist bereits ein großes Entgegenkommen, dass wir Sie benachrichtigt haben.«

»Wir müssen den USB-Stick untersuchen lassen«, wendet sie ein. »Müssen wir in diesem Fall auch abwarten, bis ein Gerichtsbeschluss vorliegt?«

»Der Stick ist sauber«, wendet Álvaro ein. »Ich hab das schon überprüft.«

»Dann können wir ihn mitnehmen?«

»Ich hab mehrere Kopien gemacht und Serafin bereits alles per Mail geschickt«, sagt Álvaro mit einem Blick auf den Geschäftsführer. »Wir brauchen den Stick nicht mehr.«

Serafin Rubio sieht auf seinem Handy nach. »Alles da.«

»Dann können Sie ihn mitnehmen, Inspectora«, willigt der Chef mürrisch ein. »Und sagen Sie nie wieder, wir würden die Kooperation mit der Polizei verweigern.«

»Es würde uns sehr weiterhelfen, uns die Aufnahme des Interviews mit Jonás Bustos anzuhören.«

»Das ist leider nicht möglich, wie Sie bereits wissen. Damit befassen sich unsere Anwälte gerade.«

Daniela kehrt zum Kommissariat zurück und setzt sich mit ihrem Team zusammen. Wie der Journalist ihr schon gesagt hat, liefert das Dokument auf dem Stick keinen Hinweis auf den Verfasser. Auch der Umschlag hilft ihnen nicht weiter; es sind zu viele Spuren darauf, und die Adresse wurde in Times New Roman ausgedruckt, dem auf der Welt am meisten verbreiteten Schrifttyp.

»Wir müssen herauskriegen, welche Verbindung es zwischen Jonás Bustos und Cornel Popescu gibt«, sagt einer der Assistenten.

»Die Verbindung liegt darin, dass beide ermordet wurden«, meint ein anderer.

»Aber warum hat der Mörder sie ausgewählt und niemand anderen?«, fragt Daniela. »Er muss die Männer gekannt haben oder sonst wie mit ihnen in Kontakt gekommen sein.«

»Jonás Bustos kannte jeder, der war ja dauernd im Fernsehen.«

»Cornel Popescu aber nicht. Wir müssen ganz am Anfang beginnen«, entgegnet Daniela. »Überprüft, wo der Dealer aus Torrelodones und die Verwandten von Lucía Abad waren, als der Rumäne und der Russe umgebracht wurden. Und besorgt mir alles, was es über seine Organisation gibt.«

»Zu Befehl, Chefin.«

»Und was, zum Teufel, ist mit dem Gerichtsbeschluss hinsichtlich der Kunden von Fiona Hansen?«

»Ich hab dir ja gesagt, dass das schwirig wird«, erinnert sie Martos.

Das Team der Inspectora macht sich an die Arbeit, und sie geht in ihr Büro. Von dort aus ruft sie den Richter an und spricht ein paar klare Worte. »Hören Sie, ich hab keine Zeit für so einen Unsinn. Ich brauche sofort diesen Gerichtsbeschluss, ansonsten werden Sie die Folgen tragen müssen!«

Daniela knallt den Hörer auf, ohne auf die zornige Erwiderung des Richters zu warten, und zündet sich am Fenster eine Zigarette an. Ausgerechnet jetzt, da sie überlegt, sich aus dem aktiven Dienst zurückzuziehen, muss ihr das passieren: ein Rächer, der ab morgen das Hauptthema in allen Zeitungen und im Fernsehen sein wird!

Sie sieht sich noch einmal die Fotos an, und ihr Gefühl sagt ihr, dass der zweite Mord, der an Cornel Popescu, geplant war, während der an Jonás Bustos eher improvisiert wirkt. Und Yurik Ivanovs Tod war wohl nur den Umständen geschuldet.

◆

Während der Fußballsommerpause war Jesús Gala zwei Wochen lang verschwunden, bis er in Tarifa festgenommen wurde. Er hatte einen Polizisten angegriffen, als dieser die Papiere für das gestohlene Motorrad sehen wollte, das der Fußballer fuhr.

Alfonso Castro entschied auf den Anruf des Jungen hin, dies dem Präsidenten des Clubs nicht zu melden und die Kaution aus eigener Tasche zu bezahlen. Auf dem Weg zurück nach Madrid hörte sich Jesús gleichgültig an, was der Trainer ihm zu sagen hatte, und als er zurück in die Wohnung kam, die der Club ihm bezahlte, ging er unter die Dusche, zog sich um und machte sich gleich wieder auf den Weg, um sich mit seinen Kumpanen zu amüsieren.

Nachdem Jesús eine weitere Woche lang nicht auffindbar war und der Trainer bereits aufgeben und mit dem Vorsitzenden des Clubs reden wollte, um seinen Irrtum einzugestehen, tauchte der Junge plötzlich wieder auf. Jeden anderen Spieler, so gut er auch sein mochte, hätte Alfonso sicher mit einem Tritt in den Hintern in die Wüste geschickt, doch Jesús sah großartig aus und schien noch fitter zu sein als zuvor.

»Wann legen wir wieder los, Trainer?«

»Wo warst du?«

»Ich habe trainiert wie ein Verrückter. Schau dir mal meine Muskeln an!« Jesús zeigte seinen Bizeps.

»Hast du dir irgendwo Hanteln geklaut?«

»So 'ne Frechheit!«, antwortete Jesús lachend. »Also was? Übrigens brauch ich neue Fußballschuhe. Ich hab meine verloren … oder verkauft, ich erinnere mich nicht mehr.«

Der Verein beauftragte eine Psychologin, Jesús' Verhalten zu beobachten, doch abgesehen von ein paar anfänglichen Streitereien mit seinen Mitspielern – vor allem mit dem Torwart, den er als Waschlappen beschimpfte – schien es gut zu laufen. Im ersten Spiel in der Vorsaison kam er mitten auf dem Platz an den Ball und machte auf dem Weg zum gegnerischen Tor wie eine Dampfwalze alles platt, was sich ihm in den Weg stellte. Anders als sonst dribbelte er nicht aus Spaß herum, sondern lief schnurstracks auf das Tor zu. Er hatte dreimal danebengeschossen und war regelrecht süchtig nach dem Erfolg. Also ließ er drei seiner Gegner stehen und tunnelte den Mittelfeldspieler. Doch als er gerade aufs Tor schießen wollte, wurde er vom gegnerischen Verteidiger gefoult.

Als der Schiedsrichter keinen Elfmeter gab, nahm Jesús seinen Schuh, den er, als er gefoult worden war, verloren hatte, warf ihn wüst nach dem Unparteiischen und beschimpfte ihn als Arschloch und blinde Nuss.

Dafür wurde Jesús für sechs Spiele gesperrt, und als er seine Strafe verbüßt hatte, tat Alfonso alles, damit sein Schützling nicht auf die Rolle ging, um wieder Joints zu rauchen, sich zu betrinken und Ärger mit der Polizei anzuzetteln.

»Was ist das hier?«, beschwerte sich Jesús. »Ein Gefängnis?«

»Du weißt, was eine Dopingkontrolle ist? Du kannst jederzeit überprüft werden, und dann kannst du deinen Vertrag vergessen! Ist es das, was du willst.«

»Ich rauch keine Joints mehr! Lass mich in Ruhe!«

Jesús verbrachte den Morgen Bier trinkend im Park, doch er rauchte tatsächlich kein Hasch. Er war für drei Uhr am Nachmittag zum Training bestellt und erschien um kurz vor vier, was seine Beliebtheit bei den Mitspielern, die alle pünktlich waren und nicht das halbe Training geschwänzt hatten, nicht gerade steigerte.

Die Mannschaft hatte bisher nicht besonders gut gespielt – das beste Ergebnis war ein Unentschieden auswärts –, und kaum einer glaubte daran, dass dieser Raufbold etwas daran ändern konnte, doch in der nächsten Partie wurde Jesús in der siebenundfünfzigsten Minute für einen verletzten Mitspieler eingewechselt.

Plötzlich wurde es still im Stadion. Die meisten der Zuschauer hatten ihn bisher nur zwanzig oder dreißig Minuten spielen sehen, was meistens mit Tritten, Streitereien und Platzverweisen endete. An jenem Tag jedoch ereignete sich nichts dergleichen, und er schoss drei Tore, von denen eines am nächsten Tag auf der Titelseite einer Fußballzeitschrift zu bewundern war. Daraufhin erhielt er einen wesentlich besseren Vertrag und wurde zu wöchentlichen Drogenkontrollen verpflichtet.

Nach den nächsten fünf Spielen schaffte Jesús Gala es auf Platz drei der Liste der erfolgreichsten Torschützen, obwohl er bei sechs Spielen weniger eingesetzt worden war als seine Konkurrenten. Als das siebte Spiel anstand, ergab die Kontrolle, dass er Reste von Marihuana, Heroin und Kokain im Blut hatte.

»Marihuana, Heroin und Kokain?«, fragte der Trainer mit einem entsetzten Blick auf das Ergebnis. »Hast du den Verstand verloren, Jesús? Heroin und Kokain?«

»Ich hab nur 'nen Joint geraucht! Auf der Geburtstagsfeier eines Freundes! Stell dich nicht so an!«

»In den kommenden Wochen wirst du alle zwei Tage kontrolliert. Und wenn wir noch *ein Mal* etwas finden, verlierst du deinen Vertrag.«

Inzwischen hatte Jesús Gefallen an Ruhm und Geld gefunden und beschloss, dass es an der Zeit war, die Sache ernst zu nehmen und sein Talent zu nutzen. Er wollte sich von nun an vom Drogenmilieu fernhalten und in den beiden Wochen, in denen er nicht mit der Mannschaft trainieren durfte, dies allein tun.

Doch ein Besuch seines Onkels Ángel im Fitnessstudio verkomplizierte alles …

»Was machst du denn hier, Onkel?«

»Mann, hast du Muskeln! Lass dich umarmen, Junge.«

Jesús spürte, wie mager sein Onkel unter dem schmutzigen Shirt war, und nahm den Geruch nach Krankenhaus und Tod wahr, den er nur allzu gut kannte.

»Seit wann hat es dich erwischt?«

»Ich hab mich im Knast angesteckt, genau wie dein Vater«, antwortete Ángel schulterzuckend. »Wenn du am Ende bist, achtest du nicht mehr auf saubere Spritzen.«

»Tut mir leid.«

»Und mir erst. Außerdem brauch ich dringend Geld. Ich hab da was geplant, mit einem Computerfreak, den ich im Knast kennengelernt hab. Bist du dabei?«

»Wenn sie mich erwischen, werfen sie mich aus der Mann-

schaft.« Jesús schüttelte den Kopf. »Ich darf mir nichts mehr zuschulden kommen lassen.«
»Ich seh dich schon im Ferrari vor mir und im Bett einer Fernsehmoderatorin.«
»Das mag sein«, meinte Jesús, »aber noch bin ich minderjährig und verdien nicht richtig. Ich kann dir vierhundert Euro leihen, mehr nicht.«
»Vierhundert Euro, ja«, sagte Ángel lächelnd und tätschelte seinem Neffen die Wange. »Du bist wirklich großzügig, Junge.«

Als Jesús an einem regnerischen Wintertag das nächste Mal für ein Spiel aufgestellt wurde, kam Alfonso Castro vorher persönlich bei ihm vorbei. Als der Trainer die Wohnung betrat, war sein Spieler bereits fertig umgezogen und freute sich auf seinen Einsatz.

»Wenn du irgendjemanden beschimpfst, egal, ob einen Gegner, den Torwart, den Schiedsrichter oder wen auch immer, kommst du auf die Bank«, drohte Alfonso. »Wenn du zu hart rangehst, kommst du auf die Bank. Wenn ich dir sage, du sollst nicht aufs Tor schießen, dann schießt du nicht aufs Tor, oder du kommst auf die Bank, auch wenn du ins Netz getroffen hast. Wenn du eine obszöne Geste machst oder die Gegner bespuckst oder das Publikum beschimpfst, kommst du auf die Bank. Und wenn du eine der tausend Sachen machst, die ich dir verboten habe, kommst du auch auf die Bank. Verstanden?«

»Ja, dann komm ich auf die Bank.« Jesus lächelte. »Das heißt, ich darf spielen?«

»Heute ist das Spielfeld ein Schlammacker, und ich glaub nicht, dass du wirklich zum Zug kommst, Junge«, sagte der Trainer resigniert. »Nicht bei dem Scheißwetter!«

»Ich hab mein ganzes Leben lang im Schlamm gespielt. Das ist das beste Wetter zum Fußballspielen.«

An jenem Tag schoss Jesús trotz Regen, Sturm und Schlamm vor den Augen des verblüfften Gegners vier Tore, und daraufhin rechneten alle ganz fest mit ihm. In den folgenden sieben Spielen traf er so häufig, dass er als Torschützenkönig die Liga anführte.

Doch vor dem wichtigsten Spiel der ganzen Saison, in dem es um den Aufstieg der Mannschaft ging und um die Möglichkeit, dass Jesús einen Vertrag in der ersten Liga bekam, tauchte erneut sein Onkel auf.

In den letzten Monaten hatte sich sein Zustand deutlich verschlechtert. Er sah nicht mehr nur furchtbar aus, sondern zitterte auch am ganzen Körper.

Erneut sagte er, dass er seinen Neffen bei einem großen Coup dabeihaben wollte, der ihnen viel Geld einbringen würde, und diesmal akzeptierte er kein Nein.

»Ich brauch dich, Junge, sonst bin auch ich raus.«

»Und warum muss das ausgerechnet ich sein?«

»Weil die Jungs dich kennen und niemand anderem vertrauen, aber vor allem, weil ich keine vierzehn Stockwerke rauflaufen kann.«

Jesús weigerte sich zunächst und bat seinen Onkel, auf seinen Geburtstag zu warten. In einem Monat wurde er volljährig und würde mehr Geld bekommen. Aber Ángel hatte nicht mehr lange zu leben, und zukünftige Verträge waren ihm egal.

»Das bist du mir schuldig. Mir und deinem Vater. Wegen dir wurden wir erwischt, und du weißt, was uns deswegen widerfahren ist.«

Jesús' Schuldgefühle, die er sein ganzes Leben lang mit sich herumgeschleppt hatte, ließen ihn schließlich einwilligen.

Es war ein simpler Plan: Die anderen würden in einem großen Bürogebäude die Alarmanlage und die Sensoren an der Treppe ausschalten. Jesús sollte durch den Lüftungsschacht ins Haus gelangen und vierzehn Stockwerke nach oben bis zum Büro eines Anwalts laufen. In dessen Safe befand sich ein USB-Stick, der für jemanden sehr wertvoll war.

Jesús hielt seinen Teil des Abkommens ein und gelangte schwitzend in das Büro. Dort nahm er den Zettel mit der Kombination des Safes aus der Tasche …

In einem anderen Büro im selben Gebäude stellte der Geschäftsmann Juan José Merino, der sich mit seiner Frau gestritten hatte, den Wecker seines Handys auf sieben Uhr morgens und legte sich aufs Sofa im Eingangsbereich, um dort zu übernachten. Als er das Licht von Jesús' Taschenlampe bemerkte, begriff er sofort, was los war, und rief die Polizei.

Wenige Minuten später, als Jesús bereits wieder bis zum dritten Stock nach unten gelangt war und den USB-Stick in der Tasche hatte, hörte er die Sirenen. Draußen auf der Straße sah er dann, dass der Lieferwagen, der auf ihn hatte warten sollen, davonfuhr. Sie hatten ihn einfach zurückgelassen.

Die Polizei war bereits vor Ort, und er rannte zur Hinterseite des Gebäudes. Drei Polizisten verfolgten ihn zu Fuß, und zwei Polizeiwagen schnitten ihm den Weg ab. Einer seiner beiden Verfolger erwischte ihn beinahe, aber Jesús entkam ihm gerade so. Dann jedoch sah er sich dem anderen Verfolger gegenüber wie dem Verteidiger einer gegnerischen Mannschaft. Auch diesen ließ er mit einem Sprung auf die M-30 ohne große Probleme hinter sich.

Dem Lkw, der mit hundertzwanzig Stundenkilometern plötzlich wie aus dem Nichts auftauchte, konnte er jedoch nicht ausweichen.

Der Aufprall war so heftig, dass er mit mehreren Knochenbrüchen davongeschleudert wurde. Er knallte mit dem Kopf auf den Asphalt, und eine junge Stewardess in einem Toyota überfuhr ihn …

Die nächsten sechs Wochen verbrachte Jesús im Koma, und das Erste, was er sah, als er endlich wieder die Augen aufschlug, war Alfonso Castro.

Der alte Trainer sah ihn vom Rand des Bettes aus mitleidig an.

An diesem Morgen hatten die Ärzte bestätigt, dass die Beinverletzung des Jungen so schwerwiegend war, dass er niemals mehr würde Fußball spielen können.

Und damit begannen die schlimmsten Jahre im Leben von Jesús Gala …

◆

Meine Erlebnisse auf der Natascha II, dem schwimmenden Grab von Cornel und Yurik, haben mir deutlich gemacht, wie wichtig es ist, eine richtige Waffe zur Hand zu haben. Also halte ich ein Taxi an – zum Glück ist der Streik inzwischen vorbei – und bitte den Fahrer, mich in die Colonia Marconi in Villaverde zu bringen, dem Geburtsort des ehemaligen Fußballspielers Raúl González Blanco, da ich noch einmal mit Dos Napias reden will.

Der ist wie immer in seinem improvisierten Büro in der Bar Los Mellizos zu finden. Kaum habe ich das Lokal betreten und ein Bier bestellt, kommt er mit wütendem Gesicht auf mich zu.

»Was willst du denn schon wieder hier? Ihr Journalisten seid wie die Aasgeier! Allmählich gehst du mir auf 'n Sack, Hübsche!«

»Ich bin nicht als Journalistin wegen irgend 'ner Story hier.«

»Sondern? Gibt's in deinem Viertel keine Tortillas?«

»Ich will eine Pistole kaufen.«

»Mach, dass du wegkommst!«, knurrt er und wendet sich zum Gehen.

»Ich mein das ernst.«

Dos Napias mustert mich von oben bis unten und lächelt, als habe er beschlossen mitzuspielen.

»Und wozu, zum Teufel, willst du 'ne Pistole, Mädchen?«

»Ich hab mit 'nem Typen Schluss gemacht, und er bedroht mich.«

»Dann zeig ihn bei der Polizei an.«

»Hab ich schon gemacht, aber ich hab keine Lust, auf der Liste der Opfer von häuslicher Gewalt zu landen.«

»Komm, scher dich zum Teufel!«, sagt er unfreundlich.

»Wenn du mir die Waffe nicht verkaufst, besorg ich sie mir woanders. Das Geld dafür hab ich.«

Dos Napias sieht mich misstrauisch an und fordert mich dann auf, ihm zu folgen. Wir gehen durch eine Tür, auf der »Privat« steht, und gelangen in einen Innenhof, in dem Cola-Kisten und Bierfässer gestapelt sind.

»Breit die Arme aus.«

Ich gehorche, und er tastet mich nach einem Aufnahmegerät oder einer versteckten Kamera ab. Als er nichts findet und ich, obwohl er dreist meine Brüste und meinen Hintern begrapscht hat, keine Miene verziehe, sieht er mich drohend an. »Wenn das 'ne Falle ist, bring ich dich um!«

»Einverstanden«, sage ich in aller Seelenruhe.

»Was genau willst du?«

»Ich versteh nichts von Waffen. Wie wär's, wenn du mir zeigst, was du hast, und mich berätst? Aber es muss 'ne Knarre ohne Vorgeschichte sein.«

»Die wird dich mindestens fünfzehnhundert kosten.«

»Ich hab genug Geld dafür und auch noch, um noch etwas anderes zu kaufen, was mich interessieren könnte. Hast du Elektroschockpistolen?«

»Könnte sein.«

»Wenn du den Gedanken hegst, mir das Geld einfach abzunehmen, werd ich *dich* umbringen.«

Trotz meines überzeugenden Auftretens lächelt Dos Napias süffisant und befiehlt mir, an der nächsten Straßenecke zu warten.

Eine Viertelstunde später hält ein roter Ford Focus neben mir, in dem drei Männer sitzen. Einer von ihnen steigt aus und fordert mich mit einer Geste auf, mich auf die Rückbank zu setzen. Dos Napias fährt den Wagen.

»Wir werden dir die Augen verbinden.«

»Gut.«

Der, der neben mir sitzt, legt mir die Augenbinde an und setzt mir darüber eine Brille auf, mit dunklen Gläsern, wie ich vermute. Dann sind wir zehn Minuten unterwegs und biegen häufig ab. Am Ende befinden wir uns wahrscheinlich ganz in der Nähe der Stelle, an der ich eingestiegen bin, und sie haben die Runde nur gedreht, um mich zu verwirren. Wir halten an, und sie nehmen mir die Brille und die Augenbinde ab.

Wie ich nun sehe, sind wir in einer Fabrikhalle gelandet. Eine riesige Verpackungsmaschine nimmt den größten Teil des Raums ein. Ansonsten ist die Halle beinahe leer, mit Graffitis an den Wänden und zerbrochenen Fensterscheiben. Neben einem klapprigen Metallregal liegt ein Haufen Schutt.

Wir gehen um das Regal herum und in einen Gang, der zu einem improvisierten Schießstand führt. An der hinteren Wand mit jeder Menge Einschusslöchern sind Zielscheiben befestigt. Seitlich hängt über einem Tisch ein Kalender aus dem Jahr 2008, auf dem eine mit Öl beschmierte Nackte zu sehen ist.

Dos Napias stellt einen Koffer auf den Tisch und öffnet ihn. Darin befinden sich ein halbes Dutzend Pistolen und Munitionspäckchen. »Hast du schon mal geschossen?«

»Ein paarmal auf der Kirmes, aber selten.«

»Ich empfehl dir die hier«, sagt er und nimmt eine schlanke schwarze Pistole heraus. »Eine halbautomatische Glock 17 der dritten Generation. Die ist sicher, leicht zu benutzen, und je nach Magazin kannst du siebzehn, neunzehn oder dreiunddreißig Kugeln verballern.«

Die Waffe wäre sicher ausreichend für meine Zwecke, kommt mir aber wie eine Spielzeugpistole vor.

»Das hier ist eine Beretta 92«, erklärt er dann und nimmt eine andere Pistole heraus, die mir schon besser gefällt. »Die wird von der U.S. Army benutzt.«

Ich schaue mir die anderen Pistolen in dem Koffer an, bis mein Blick an der letzten hängen bleibt.

»Ich will diese«, sage ich und zeige darauf.

Dos Napias schaut, welche ich meine, und lächelt. »Du hast keinen schlechten Blick.«

Er nimmt die Pistole, die ebenfalls schwarz ist, toll aussieht und wesentlich bedrohlicher wirkt als die anderen.

»Der Cop-Killer. Eine FN Five-Seven MK2. Kommt aus Belgien, ist auch halbautomatisch und hat je nach Magazin eine Kapazität von zehn, zwanzig oder dreißig Patronen. Direkt aus der Fabrik gestohlen. Die ist aber teurer als die anderen.«

»Das macht nichts. Kann ich die mal in die Hand nehmen?«

Die Waffe ist schwerer, als ich dachte, aber perfekt ausbalanciert. Ich schaue sie mir genau an und ziele auf die nackte Mechanikerin auf dem Kalender. Dos Napias zeigt mir auch, wie man einen Schalldämpfer an die Mündung schraubt, was sehr leicht ist.

»Wenn du die nimmst, schenk ich dir ein volles Zwanziger-Magazin zum Ausprobieren.«

Wegen der Rückstöße schlagen die ersten sechs Patronen deutlich oberhalb der etwa zwanzig Meter entfernten Zielscheibe in die Wand. Doch ich komme immer näher heran, und die vier letzten Patronen treffen genau in die Mitte. Eine wunderbare Waffe, und ich kann kaum erwarten, sie einzusetzen.

»Die ist super. Was hast du noch?«

»Was willst du denn?«

»Wie gesagt, eine Elektroschockpistole.«

»Ich habe einen Taser X26 mit fünfzigtausend Volt.«

»Ich hab keine Ahnung, ob das viel oder wenig ist.«

»Ausreichend, um jemanden für eine ganze Weile auszuschalten.«

»Dann nehm ich die auch.«

Für die Pistole, die Munition, den Schalldämpfer, eine Patronentasche und den Taser zahle ich dreitausend Euro. Dann verbinden Dos Napias und seine Kollegen mir wieder die Augen und bringen mich zum Eingang der Bar zurück. Mit meinen Einkäufen in einem Rucksack, den die Waffenschieber mir freundlicherweise dazugegeben haben, steige ich in ein Taxi und fahre zurück nach Hause.

Ich überlege, mit meinem Wagen ins Umland zu fahren, um meine Treffsicherheit zu trainieren, komme aber zu dem Schluss, dass das nicht nötig ist, da ich ja den Schalldämpfer habe. Also bringe ich ihn an der Waffe an und schieße probeweise auf einen Stapel gefalteter Decken, die ich in eine Ecke des Zimmers gelegt habe. Das Schussgeräusch ist leiser als die Absätze der Frau, die über mir wohnt, sodass ich ein Foto von Genaro Cortés an meinen Kleiderschrank hänge und ein weiteres Magazin leere.

Ich hätte nie gedacht, dass das Schießen mir so guttun würde. Als ich anschließend die Einschusslöcher inspiziere, stelle ich fest, dass die Kugeln hinter dem Schrank durch die Wand gedrungen und im Badezimmer dahinter mehrere Kacheln zerschlagen haben. Ich mache mich ans Aufräumen, als es plötzlich an der Haustür klingelt.

Eilig lege ich die Pistole auf den Wohnzimmertisch und bedecke sie mit einem Pullover. Als ich daraufhin die Tür öffne, bin ich ziemlich erstaunt, weil ich mich Inspectora Gutiérrez und Agente Martos gegenübersehe, die mir ihre Marken entgegenhalten.

»Dürfen wir hereinkommen, Señorita Aguilera?«

»Was ist passiert?«

»Nur Routinefragen. Wenn Sie ein paar Minuten für uns hätten?«

Als ich hinter den beiden ins Wohnzimmer trete, stelle ich fest, dass die Pistole nicht ganz bedeckt ist und etwa ein Zentimeter des Schalldämpfers unter dem Pullover herausragt. Scheiße! Das ist ein Fehler, der nicht passieren darf, wenn ich nicht die letzten Tage meines Lebens hinter Gittern verbringen will.

Zum Glück scheint weder der Inspectora noch ihrem Agente etwas aufzufallen. Ich überlege, die Pistole mit dem Pullover darüber woanders hinzulegen, aber das könnte gezwungen wirken und Verdacht erregen.

»Wie geht es mit Ihrem Buch voran, Señorita Aguilera?«

»Nicht gut«, antworte ich und seufze. »Ich bin noch immer bei der Recherche, dabei wollte ich längst fertig sein.«

Die Inspectora lächelt und sieht mich eindringlich an. »Kennen Sie Málaga?«

»Málaga?« Ich tue so, als würde mich die Frage irritieren. »Ja, natürlich. Warum?«

»Wann waren Sie zum letzten Mal dort?«

»Ich weiß nicht ...« Ich runzle die Stirn, als kramte ich in meinem Gedächtnis. »Vor ein paar Jahren. Da hatte ich eine Einladung zum Filmfestival.«

»Und danach waren Sie nicht mehr dort?«, schaltet sich Martos in die Befragung ein.

»Nicht dass ich mich daran erinnere.« Ich bemühe mich, ein wenig bestürzt zu wirken. »Im letzten Jahr wollte ich mit meinem jetzigen Ex hinfahren, aber da bin ich krank geworden, und wir haben die Reise verschoben. Warum?«

»Sie waren also letzte Woche nicht in Málaga?«

»Nein. Ich war hier und hab an meinem Roman gearbeitet.«

Plötzlich fällt mir ein, dass ich in Málaga ja im Krankenhaus gewesen bin, und ich kann meine Nervosität nur mit Mühe verbergen. Ob sie herausgefunden haben, dass ich kurz vor Cornels Ermordung dort war?

Der Agente sieht sich neugierig um und bleibt direkt vor dem Tisch stehen, weniger als zwanzig Zentimeter von dem Pullover und der Pistole entfernt. Er sieht nach unten und will gerade nach dem Pullover greifen, doch ich komme ihm zuvor und nehme den Pullover und die Pistole darunter vom Tisch.

»Setzen Sie sich doch. Ich hol Ihnen etwas zu trinken. Ein Bier?«

»Nein danke, wir sind im Dienst«, entgegnet Martos.

Ich öffne wie selbstverständlich einen Schrank und lege Pullover und Pistole hinein.

»Erinnern Sie sich noch daran, dass ich Ihnen bei unserem letzten Besuch eine meiner Visitenkarten gegeben habe, Señorita Aguilera?«, fragt die Inspectora scheinbar nebenbei. »Könnten Sie die mir mal zeigen, wenn Sie sie noch haben?«

»Natürlich«, sage ich mit gespielter Verwunderung.

Ich ziehe das Original der Visitenkarte der Inspectora aus meiner Brieftasche hervor. Sie sieht es sich an und wechselt einen enttäuschten Blick mit ihrem Assistenten.

»Was soll das alles?«, frage ich.

»Wir konnten uns noch immer nicht die Aufnahme Ihres Interviews mit Jonás Bustos anhören. Sie könnten uns nicht vielleicht eine Kopie geben?«

»Sie wissen ja, dass das nicht geht. Aber ich verstehe auch nicht, warum das so wichtig für Sie ist. Die Abschrift von dem Interview, die in der Zeitung erschienen ist, entspricht zu hundert Prozent der Aufnahme. Dass Einzige, was fehlt, sind die Begrüßung und die Verabschiedung.«

»Genau das ist es, was uns interessiert«, erklärt Martos.

»Es tut mir leid.« Ich zucke mit den Schultern. »Da müssen Sie sich an die Zeitung wenden. Die Aufnahme gehört mir nicht mehr.«

»Sagt Ihnen der Name Cornel Popescu etwas?«, geht die Inspectora wieder zum Angriff über.

»Nein.« Ich lasse mir nichts anmerken. »Sollte er?«

»Das war sicher nicht unser letzter Besuch bei Ihnen. Einen schönen Tag noch.«

Die Inspectora und ihr Assistent verlassen die Wohnung, ich

schließe hinter ihnen die Tür und lehne mich erleichtert dagegen. Das war knapp! Von jetzt an muss ich vorsichtiger sein.

Ich nehme die Pistole aus dem Schrank und verstecke sie zusammen mit den Messern, den Sprays und den Schlagstöcken im Schlafzimmer. Dabei fällt mir wieder ein, dass ich mir für den Notfall eine Cyanidkapsel besorgen wollte, aber da ich ja jetzt die halbautomatische Five-Seven habe, ist das nicht mehr nötig. Denn wenn der Moment gekommen ist, dass man mir auf die Schliche kommt, und bevor man mich fasst, puste ich mir einfach den Schädel weg, denn ich kann mir kein schöneres Ende vorstellen, als direkt auf meinen Tumor zu schießen.

◆

Genaro Cortés und sein Sohn suchen ihren Anwalt auf, der in einem Büro mit dicken Teppichen an der Gran Vía residiert. Der Jurist – etwas über fünfzig, mit zurückgekämmtem Haar und teurem maßgeschneidertem Anzug – runzelt die Stirn, als seine Sekretärin den Besuch ankündigt. Doch Cortés ist einer seiner besten Klienten, und er bemüht sich um ein herzliches Lächeln, als er die beiden an der Tür zu seinem Büro empfängt.

Tonys Hahnenkammfrisur, seine Ketten und Tattoos wirken in diesem Ambiente mindestens genauso fehl am Platz wie die Brustimplantate bei Nicoleta. Der Anwalt erklärt den beiden, dass es, je größer der Betrag ist, desto schwerer ist, das Geld zu waschen. Da reichen drei Obsthandlungen, zwei Schrottplätze, zwei Cafeterias, ein Beerdigungsinstitut und drei Möbelgeschäfte einfach nicht aus, um so viele Einkünfte zu belegen.

»Diese Bürohengste vom Finanzamt interessieren mich einen Scheißdreck!«, poltert Genaro. »Ich bezahl Sie dafür, dass Sie mein Geld verwalten, ohne mir dauernd auf die Eier zu gehen!«

»Ich weiß.« Der Anwalt übt sich in Geduld und versucht, das

Dilemma in Ruhe zu erläutern. »Das Problem ist nur, dass man niemandem erzählen kann, dass in einer Obsthandlung jede Woche siebzigtausend Euro über den Ladentisch gehen.«

»Und was machen wir mit der Kohle?«

»Sie könnten das Geld gut verpackt irgendwo verstecken, bis sich eine Gelegenheit bietet, es zu waschen. Aber seien Sie bitte diskret, wenn Sie es ausgeben.«

Genaro hat bereits einige Kisten mit Gold an ein paar Orten versteckt, aber mit Bargeld ist das ein Problem, weil es so viel Platz wegnimmt. Fünfzigtausend können sie gerade gut brauchen, weil sein Enkel Agustín Erstkommunion feiert. Dazu sind die ganze Familie und sämtliche Nachbarn und Bekannten eingeladen, etwa vierhundert Personen, wobei Genaro hofft, dass es noch viele mehr werden, denn auf ihren Festen ist jeder willkommen, ob eingeladen oder nicht.

Der Mann, der den Hochzeitssaal vermietet, wollte seine Räumlichkeiten zuerst nicht für die Kommunionsfeier einer Gitanofamilie zur Verfügung stellen, aber sie wollen den Saal von zwei Uhr mittags bis sechs Uhr morgens mit Mittagessen und Abendessen für vierhundert Leute und mit vielen Litern Alkohol dazwischen. So etwas kann man heutzutage nicht ablehnen.

Während der Vermieter der Räumlichkeiten darauf wartet, dass die Gäste aus der Kirche kommen, versammelt er die dreißig für diesen Tag eingestellten Kellner und erklärt ihnen, worum es geht und dass sie viel Geduld haben müssen. Dafür bekommt jeder von ihnen fünfzig Euro extra.

Die ersten Gäste – die Männer mit bunten Anzügen ohne Krawatte und Goldketten unter dem offenen Hemd, die Frauen mit auffallenden, tief ausgeschnittenen Abendkleidern – kommen Flamencorhythmen singend und klatschend. Drei oder vier Kinder spielen zwischen den Tischen Fangen und rennen einen von ihnen um. Zwei Weingläser und eine Flasche fallen zu Boden und gehen zu Bruch. Der Vermieter versteht gleich, dass der Tag noch härter wird als gedacht, und tröstet sich mit dem Gedanken an die Einnahmen.

»Hier drin wird, verdammt noch mal, nicht gerannt!«, ruft der Patriarch und wendet sich an eine Kellnerin, die bereits bereut, den Job angenommen zu haben. »Bring all meinen Freunden ein Bier, und sieh zu, dass es schön kalt ist, ja?«

Bier und Wein fließen in Strömen, und erst um halb fünf am Nachmittag haben alle Gäste Platz genommen, um zu essen. Obwohl in der Küche ein unglaubliches Chaos herrscht – wegen der neuen Aufteilung der Tische und den vielen Portionen Lammschulter mit Brot, was es an diesem exklusiven Ort noch nie gegeben hat –, nehmen die Kellner nach ein paar Stunden entspannt an der Feier teil. Viele von ihnen erhalten Trinkgeld von mehreren Hundert Euro und beten, dass sie schon bald wieder auf einem Gitanofest arbeiten können.

Um sieben Uhr abends stehen alle von den Tischen auf, und die Gäste übergeben nacheinander die Geschenke an die Eltern des Kommunionkindes. Genaro Cortés nimmt schnaubend zur Kenntnis, dass es ihm wohl nicht gelingen wird, fünfzigtausend Euro auszugeben, wenn seine Familie mit viel mehr Bargeld, hübsch in geschlossenen Umschlägen verpackt, nach Hause geht. Andere, weniger diskrete Gäste wedeln fröhlich mit den Fünfhunderteuroscheinen, bevor sie diese übergeben. Die Umschläge und die Geldscheine kommen alle in eine Plastiktüte, die irgendwo auf einem Stuhl stehen gelassen wird, denn an diesem Ort kommt bestimmt niemand auf den Gedanken zu stehlen.

Pünktlich um acht erscheinen die Musiker und die Tänzer. Die Künstler erhalten für einen zweistündigen Auftritt mehr als zwanzigtausend Euro. Natürlich kommen auch die Geschäfte nicht zu kurz, wozu sich Genaro und sein Sohn mit den anderen Schwergewichten der Organisation zusammensetzen, darunter ein Valencianer mit dem Namen Ricardo, den der Patriarch im Gefängnis kennengelernt hat.

Ricardo Hernández ist ein Gitano ohne Familie, ein Ausgestoßener, dem Genaro das Leben gerettet hat und der nun nur darauf wartet, dieses für seinen Retter zu geben.

»Ich will keine Geschäfte mit Marihuana«, sagt Genaro. »Stellt euch mal vor, wir wandern wegen so einem Quatsch ins Gefängnis.«

»Wenn wir zwei oder drei Gewächshäuser haben, werden wir mit Geld überschüttet«, insistiert Tony. »Die Payos zahlen gut.«

»Ich hab Nein gesagt, Tony«, schimpft sein Vater. »Das muss nach sauberen Geschäften aussehen, für die wir brav Steuern zahlen.«

Genaro fällt ein Paar um die dreißig auf, das an einem Tisch auf der anderen Seite des Saals sitzt, ohne auf die fünfhundert Leute zu achten, die um sie herum singen und tanzen. Die beiden sind offensichtlich nur gekommen, weil sie die Einladung nicht ablehnen konnten. Der Mann raucht eine Zigarette nach der anderen und versucht, die Erniedrigung zu schlucken, und sie blickt beschämt zu Boden. Sie ist eine wunderschöne Frau, obwohl sie es zu verbergen versucht, indem sie ihr Haar zum Pferdeschwanz gebunden und ein sehr diskretes Kleid angezogen hat. Trotzdem beschert allein ihr Anblick Genaro eine Erektion.

Ricardo folgt seinem Blick und versteht sofort, was der Patriarch vorhat.

»Hier, vor der Familie, Genaro?«, raunt er seinem Chef ins Ohr. »Lieber morgen bei ihr zu Hause.«

»Ich scheiß auf morgen. Sie soll in der Toilette auf mich warten.«

Ricardo geht durch den Saal und wechselt ein paar Worte mit dem Paar. Darauf schlägt der Mann wütend auf den Tisch und eilt dann hinaus auf die Terrasse. Sie atmet tief durch und geht die Treppe hinunter. Hätte ihr Mann nicht so viele Schulden, müsste sie niemandem in der Toilette eines Hochzeitssaals einen blasen. Dabei kann sie sich noch glücklich schätzen, dass sie nicht wie dieser Drogenkurier vom Flughafen unter der Erde liegt.

◆

Und neun Tage trieb ich, von wütenden Stürmen geschleudert,
Über das fischdurchwimmelte Meer; am zehnten gelangt' ich
Hin zu den Lotophagen, die blühende Speise genießen.
Allda stiegen wir an das Gestad', und schöpften uns Wasser.
Eilend nahmen die Freunde das Mahl bei den rüstigen Schiffen.
Und nachdem wir uns alle mit Trank und Speise gesättigt,
Sandt' ich einige Männer voran, das Land zu erkunden,
Was für Sterbliche dort die Frucht des Halmes genössen:
Zween erlesene Freund'; ein Herold war ihr Begleiter.
Und sie erreichten bald der Lotophagen Versammlung.
Aber die Lotophagen beleidigten nicht im Geringsten
Unsere Freunde; sie gaben den Fremdlingen Lotos zu kosten.
Wer nun die Honigsüße der Lotosfrüchte gekostet,
Dieser dachte nicht mehr an Kundschaft oder an Heimkehr:
Sondern sie wollten stets in der Lotophagen Gesellschaft
Bleiben, und Lotos pflücken, und ihrer Heimat entsagen.
Aber ich zog mit Gewalt die Weinenden wieder ans Ufer,
Warf sie unter die Bänke der Schiff', und band sie mit Seilen.
Drauf befahl ich und trieb die übrigen lieben Gefährten,
Eilend von dannen zu fliehn und sich in die Schiffe zu retten,
Dass man nicht, vom Lotos gereizt, der Heimat vergäße.

Homer, Odyssee, 9. Gesang

Ich weiß, dass sich Genaro Cortés in der Cañada Real kaum noch sehen lässt und seine Drogengeschäfte lieber in der Sicherheit seiner Wohnung in Pan Bendito tätigt, aber ich will mich mit der Madrider Unterwelt vertraut machen, damit ich weiß, mit welchen Leuten ich von nun an zu tun habe. Also suche ich in meinem Kleiderschrank die älteste und billigste Kleidung, die ich habe, und schleife sie über den Terrassenboden, damit sie schmutzig, abgewetzt und alt aussieht.

Unglücklicherweise hat mein Tumor immer noch nicht dafür gesorgt, dass ich krank und elend aussehe, sodass ich mir dunkle Schatten unter die Augen schminke, die sich von meiner hellen Haut abheben. Beim anschließenden Blick in den Spiegel stelle ich fest, dass ich durchaus als Junkie durchgehen kann.

Bevor ich die Wohnung verlasse, überlege ich, ob ich die Pistole mitnehmen soll oder nicht. Doch das Elendsviertel wird normalerweise rundherum von der Polizei kontrolliert, und ich will meine Laufbahn als Rächerin nicht auf eine so dämliche Art und Weise beenden. Aber wozu sonst habe ich mir die Waffe gekauft? Außerdem hoffe ich auf die Gelegenheit, endlich auf etwas Lebendigeres als ein Foto an der Wand schießen zu können.

Eigentlich wollte ich mit einem der sogenannten Drogentaxen zu Europas größtem Drogenumschlagplatz fahren, entscheide mich dann aber dafür, meinen eigenen Wagen zu nehmen, da ich dieses Viertel unter Umständen schleunigst verlassen muss.

Ich fahre durch die Stadt und danach über die Autobahn Richtung Valencia, wobei ich im Radio höre, dass ein Rächer, der sich »Talión« nennt, bereits drei Menschen ermordet hat und damit droht, noch mehr Leute umzubringen. Mehrere Anrufe von Hörern, die das gut finden, bringen die Moderatoren in Bedrängnis, weil sie ja schlecht in aller Öffentlichkeit zugeben können, dass es eine gute Sache ist, Mörder zu ermorden. Dass niemand auf den Gedanken kommt, der Täter könne eine Frau sein, ist ein enormer Vorteil für mich.

Das Elendsviertel Cañada Real erstreckt sich über eine Länge von vierzehn Kilometern zwischen La Rioja und Ciudad Real. Am Anfang der Hauptstraße stehen ein paar Wohnhäuser mit Bars und Geschäften, doch schon bald verändert sich das Bild, und es riecht nach Elend, Drogen und dem verbrannten Holz der Feuer an den Orten, wo die Drogen verkauft werden.

Leute jeden Alters hausen hier, die vergessen haben zurückzukehren, nachdem sie die Drogen probiert haben, die moderne Lotophagen ihnen angeboten haben. Die meisten von ihnen sind sicherlich zuerst nur hin und her gefahren, bis einer nach dem anderen beschlossen hat, sich die fünf Euro, die das Drogentaxi von der Plaza Glorieta de Embajadores aus kostet, zu sparen und lieber in ein winziges bisschen Heroin zu investieren. Jetzt leben sie hier im Uringestank zwischen Injektionsspritzen und zerfetzten Einmannzelten und versuchen so lange zu überleben, bis sie an den nächsten Schuss kommen, der sie für ein paar Stunden vom Elend ihrer Existenz erlöst.

Einige Gitanos haben Wohnwagen aufgestellt, damit man wie bei McDrive nicht mehr aus dem Auto aussteigen muss, um die Bestellung entgegenzunehmen. Ich fahre um all das herum und stelle meinen Wagen auf einem improvisierten Schotterparkplatz ab. Dort kaut ein Junkie ohne Schneidezähne mit Mühe an einem Brot, das er sicherlich von irgendeiner Hilfsorganisation bekommen hat.

Er sieht mich aus dem Auto steigen und kommt auf mich zu. »Soll ich auf deine Karre aufpassen, Prinzessin?«

Ich gebe ihm einen Zehneuroschein, dann reiße ich einen Fünfzigeuroschein in der Mitte durch und drückte ihm die eine Hälfte in die Hand. »Wenn der Wagen bei meiner Rückkehr noch heil ist, bekommst du die andere Hälfte.«

»Geht klar, Chefin. Ich lass keinen in die Nähe.«

Der Junkie platziert sich mit seinen Tüten und Kartons direkt neben meinem Wagen. Von dort wird er sich in den nächsten sechs Stunden nicht fortbewegen, bis ich blutüberströmt zurückkehre.

Unterwegs kreuzen Zombies meinen Weg, Luxuskarossen, Polizeitransporter, Lockvögel, die ihre Geschäfte anpreisen, Ratten, die zwischen barfüßigen Kindern umherlaufen, freiwillige Helfer, die Essen und saubere Spritzen verteilen, Nutten, die man mit Geld oder Drogen bezahlen kann …

Wirklich an diesem Ort zu sein ist etwas anderes, als ihn im Fernsehen zu sehen. Denn das Jammern und Lallen der Drogenabhängigen und der Gestank nach Exkrementen und Krankheit ist über den Bildschirm nicht wahrzunehmen.

Mein Blick fällt auf einen Mann von vielleicht siebenundzwanzig Jahren, der sich bemüht, eine Holzpalette zu schleppen, aber wegen seiner Schwäche und einem auffällig hinkenden rechten Bein alle paar Meter stehen bleiben muss. Noch zweihundert Meter, und er kann das Holz gegen Drogen eintauschen.

Ein roter BMW 3er hält neben ihm an. Aus dem Wagen steigen drei Gitanos, und den kräftigsten von ihnen erkenne ich sofort an der Hahnenkammfrisur, den goldenen Ketten und den Tattoos. Es ist Antonio, Tony, der jüngere Sohn von Genaro Cortés. Ich habe Bilder von ihm gesehen, als ich mich im Internet über seinen Vater informiert habe.

»Pichichi, komm her!«, ruft er dem Junkie zu und wendet sich dann lachend an seine Begleiter. »Seht ihr, wie der verdammte Payo sich abmüht?«

Die Gitanos lachen, und einer von ihnen, der eine Frisur hat wie die Jungs von ABBA, als sie den Grand Prix gewonnen haben, nimmt einen Fußball aus dem Kofferraum. Der Junkie hinkt eilig zu ihnen hinüber und senkt unterwürfig den Kopf. »Was ist, Tony?«

»Mach für meine Cousins ein paar Kunststücke, Pichichi.«

»Mein Bein ist kaputt.«

»Jetzt mach schon, verdammt!«

Tony gibt dem Jungen einen Klaps und wirft ihm den Ball zu.

Der Junkie geht überraschend kunstfertig damit um. Trotz des hinkenden Beins und des Rauschs, den der Junkie zweifellos hat, berührt der Ball nicht den Boden, auch nicht, als seine Zuschauer den jungen Mann anspucken, um ihn zu irritieren. Nach drei Minuten haben die Gitanos genug, Tony nimmt eine Handvoll Geldmünzen aus seiner Tasche und wirft sie in den Dreck.

»Los, sammel sie auf, du Stück Scheiße!«

Pichichi gibt den Ball zurück und stürzt zu den Münzen hinüber, bevor jemand anderes sie ihm wegnimmt. Währenddessen steigen die Gitanos, die sich kaputtlachen, zurück ins Auto, dann fahren sie mit durchdrehenden Rädern davon.

Ich sehe dem Junkie ein paar Minuten lang zu und bin davon überzeugt, dass dieser Junge in seinem Leben noch niemals Glück hatte.

◆

Alfonso Castro wurde damit beauftragt, es ihm zu sagen, und es war noch schwerer, als er gedacht hatte; bei dem Unfall hatte Jesús auch eine Hirnverletzung erlitten, und die machte es für ihn schwer zu verstehen, worum es überhaupt ging.

»Das ist nichts Schlimmes, Trainer. Ich war schon öfter verletzt. In zwei Wochen bin ich wieder wie neu.«

»Diesmal nicht, Jesús. Das Bein war unter dem Auto eingeklemmt. Die Ärzte sagen, dass du dein ganzes Leben lang hinken wirst.«

»Auch hinkend kann ich Tore schießen. Das wissen Sie doch, oder?«

Auf Alfonsos Drängen hin – trotz der Proteste des Präsidenten, der einwandte, dass Jesús bei der Ausübung eines Verbrechens verletzt wurde – bezahlte der Club die Krankenhauskosten und das

Gehalt des Spielers bis zum Ende der Saison. Als Jesús ein halbes Jahr später aus dem Krankenhaus entlassen wurde, war er volljährig und konnte über die vierundzwanzigtausend Euro auf seinem Konto frei verfügen, die nach drei Monaten allerdings schon aufgebraucht waren.

Alfonso besuchte Jesús jeden Tag, um mit ihm über die vielen Dinge zu reden, die er in seinem Leben noch machen konnte, doch El Pichichi hatte sich schon entschieden. Er verschwand und tauchte erst wieder auf, als er völlig abgebrannt war. So schmutzig und high wie er war, forderte Alfonso ihn erst einmal auf, im Club zu duschen. Als er dabei die Einstichmale auf den Armen des jungen Mannes sah, war er entsetzt.

»Nimmst du Heroin, Jesús?«

»Nur manchmal. Glauben Sie nicht, dass ich abhängig bin. Und ich benutz auch keine gebrauchten Nadeln, ich bin ja nicht verrückt!«

»Ich kenne den Direktor einer Entzugsklinik.«

»Die wollen einem doch nur ans Geld! Wenn Sie mir helfen wollen, leihen Sie mir hundert Euro.«

»Ich werd dir kein Geld geben. Essen und einen Platz zum Schlafen ist kein Problem, aber kein Geld.«

»Ihr Essen können Sie sich in den Arsch schieben!«, schimpfte Jesús. »Was ich brauche, ist Geld.«

»Tut mir leid.«

Jesús landete wieder auf der Straße, konnte aber nicht mehr so schnell weglaufen, wenn er bei einem Verbrechen erwischt wurde. Daher endete er immer öfter im Gefängnis. Er wusste ganz genau, wie es in der Cañada Real zuging, und war bemüht, sich von diesem Ort fernzuhalten, doch seine Drogensucht wurde immer stärker und brachte ihn dieser Hölle immer näher.

Jeden Tag verhandelte er mit anderen Drogenabhängigen den

Preis für das Drogentaxi, bis er eines Tages ein Ticket ohne Rückfahrkarte löste.

✦

Als ich an den jungen Mann herantrete, sehe ich die Narbe an seinem Kopf. Sollte ich mich operieren lassen, werde ich wahrscheinlich genauso aussehen.

»Du kannst gut mit dem Ball umgehen.«

»Deshalb nennt man mich El Pichichi. Ich war mal ein Jahr lang der Torschützenkönig der Liga, obwohl ich nur in der Hälfte der Spiele eingesetzt wurde.« Er lächelt und zeigt mir sein schmutziges, lückenhaftes Gebiss. »Du hast nicht vielleicht 'n paar Euro, die du mir leihen kannst, Süße?«

»Wie viel brauchst du?«

»Ich weiß nicht.« Auf diese Antwort war er nicht vorbereitet und rechnet im Kopf schnell zusammen. »Zehn Euro.«

»Wenn du mich dorthin mitnimmst, wo du die Drogen kaufst, gebe ich dir hundert«, sage ich und weise mit dem Kopf in die Richtung, in der der BMW der Familie Cortés verschwunden ist.

»Da ist das Haus von Genaro.«

»Genau dort möchte ich hin. Wie ich gehört habe, verkauft er das beste Koks.«

El Pichichi versteckt seine Holzpalette im Gestrüpp und führt mich durch den Sektor VI der Cañada Real, den gefährlichsten von allen. Neben mehreren Häusern sehe ich Kanarische Doggen, die sich in zu kleinen Käfigen wütend gegen die Gitterstäbe werfen, während Gruppen von Kindern um sie herumlaufen und sie mit Stöcken ärgern. Eine Gitanofamilie singt und tanzt zwischen den lebenden Toten, die an ihnen vorbeigehen, ohne stehen zu bleiben.

Vor dem größten Haus von allen, das in knalligem Grün gestrichen ist, brennen zwei Feuer. Der Typ, der die Feuer bewacht, sieht mich mit abweisender Miene an. »Wer ist die, Pichichi?«

»Die ist in Ordnung. Will Koks kaufen.«

Mit einem Wink lässt er uns vorbei. Das war leicht.

Wir kommen in einen Innenhof, in dem der rote BMW steht, und gehen durch mehrere bewachte Türen, bis wir in den Raum gelangen, wo die Drogen verkauft werden, ein leeres Zimmer mit schmutzigen Wänden, von denen der Putz abbröckelt. Etwa fünfzehn Personen warten dort, auf leeren Drogenbriefchen und anderem Müll stehend. Die meisten von ihnen sind Junkies wie El Pichichi, aber auch zwei Bürohengste sind darunter, eine Frau in meinem Alter, die aussieht wie eine Grundschullehrerin, und eine Studentin, aus deren Tasche die Notizen aus der letzten Vorlesung hervorschauen.

An der hinteren Wand befindet sich wie am U-Bahn-Schalter ein Fenster mit dicken Eisenstäben, hinter denen eine Frau sitzt, die die Kunden abfertigt. Rechts von ihr sehe ich eine gepanzerte Tür, wie die vier, die ich bereits durchschritten habe.

»So, ich hab dich hergebracht, Süße, jetzt gib mir das Geld.«

»Warte, bis wir wieder gehen. Ich kauf dir hier, was du möchtest.«

»Eine Mischung, aber sag ›mit viel Heroin‹, okay?«

Unsicher trete ich an das Fenster. Neben der Verkäuferin sehe ich auf einem kleinen Tisch aufgehäuftes Kokain und Heroin, mehrere Waagen, Löffel und Plastiktütchen. Im Nebenraum sind, ebenfalls hinter Gittern, mehrere Gitanomänner und -frauen damit beschäftigt, die Drogen zu mischen und das Geld mit Wasser und Seife zu waschen. Denn es ist unvorstellbar, wie sehr das Geld, das Drogenabhängige in den Fingern hatten, stinkt.

Trotz der Hitze befindet sich ein brennender Ofen im Raum, für den Fall, dass die Polizei hier aufkreuzt. Dann werden das ganze Geld und die Drogen eilig verbrannt, bevor die Beamten die vier Panzertüren aufbrechen können.

»Was willst du?«, fragt die Gitana.

»Zwei Mikrogramm gemischt. Mit viel Heroin bitte.«
»Hier wird nicht gebeten. Dafür kannst du in die Kirche gehen. Zehn Euro.«

Ich hole das Geld hervor und bezahle, während sie genau wie in einer Obsthandlung die Ware für mich einpackt.

El Pichichi tritt aufgeregt neben mich. »Komm, wir ziehen uns das Zeug rein.«

Warum nicht? Ich werde kaum unter den Folgen zu leiden haben. Wir setzen uns zwischen die Studentin – die wie in Zeitlupe ihre Aufzeichnungen sortiert – und einen älteren Mann, der es sicher nicht mehr lange macht, und rauchen Folie. Ich begreife sofort, warum das Zeug so begehrt ist. Plötzlich geht es mir so gut, dass ich in Trance gerate und mich an El Pichichis schmutzige Jacke lehne. Mir ist alles egal, ich fühle mich super und habe meinen Tumor völlig vergessen.

Ich weiß nicht, wie viel Zeit vergangen ist, als El Pichichi vom Fußtritt eines Mannes geweckt wird. »Geht zum Schlafen gefälligst raus!«

El Pichichi und ich verlassen eng umschlungen und im Takt hinkend den Raum, einer auf den anderen gestützt, als wären wir Freunde fürs Leben. Wir setzen uns an ein Feuer, und er stellt mich anderen Glücklichen vor, denen es wie uns gelungen ist, die fünf Euro für einen Schuss aufzutreiben: El Avispa, El Funo, La Negra, El Colilla, El Boli, El Guiri, La Yoli, El Seta, El Jaco, La Condesa, El Palomo, Los Juanes und El Romeral.

In den nächsten Stunden teile ich mein Elend mit ihnen und helfe La Condesa, eine Vene zu finden.

◆

Álvaro Herreros Leben hat sich radikal verändert. Vom schlecht bezahlten Schreiberling hat er es auf die Gehaltsliste einer der wenigen Zeitungen geschafft, die es noch gibt, und von dort aus hat er es zum berühmtesten Journalisten des Landes gebracht.

In der Garderobe kommt eine Produktionsassistentin zu ihm. »Sie sind nach der Werbung dran, Álvaro. Alles in Ordnung?«

»Ich bin etwas nervös.«

»Das ist nur anfangs so. Danach sind Sie viel entspannter, und es wird Ihnen gefallen.«

Als die Werbepause zu Ende ist, lernt Álvaro auch die anderen Teilnehmer der Talkrunde kennen: mehrere Politiker, zwei Journalisten, einen Polizisten, einen Psychologen, eine Rechtsanwältin, den Vater der kleinen Lucía, einen ehemaligen Dieb, der es zum Star in den Medien gebracht hat, und ein paar professionelle Talkgäste, die flexibel einsetzbar sind und sowohl hin und wieder die aktuelle politische Lage kommentieren als auch an einer angesagten Realityshow teilnehmen.

Was Álvaro am meisten ermüdet, sind die Lobhudeleien, die er für seine Reportage überall bekommt. Denn im Grunde kann er nur erzählen, dass man ihm per Post einen USB-Stick hat zukommen lassen, der nicht mal an ihn adressiert war. Aber seine Vorgesetzten haben auf diesen Fernsehauftritt bestanden.

»Also, Álvaro, wie ich annehme, haben Sie ein paar aufregende Stunden hinter sich.«

»Ja, das kann man so sagen.«

»Warum, glauben Sie, hat Talión *El Nuevo Diario* ausgewählt, um seine Geschichte zu erzählen?«

»*El Nuevo Diario* ist eine der angesehensten Zeitungen in Spanien und ganz Europa. Wenn ich Talión wäre, hätte ich mich genauso entschieden.«

Damit macht er sich bei seinen Vorgesetzten beliebt, die ihm im Fernsehen zusehen, jedoch nicht bei den Vertretern anderer Zeitungen.

Anschließend reden sie über die Pressefreiheit, ob es angebracht ist, unzensierte Bilder von Toten zu zeigen, über mögliche zukünftige Opfer, über die psychologische Verfassung des Serienkillers ... bis einer der professionellen Talkgäste, der es gewohnt ist, viel Wind zu machen, die Frage in die Runde wirft, die ganz Spanien spaltet: »Was ich gern wissen würde, ist, ob das, was Talión tut, den Leuten gefällt oder nicht.«

»Er ist ein Mörder, und das kann eigentlich niemandem gefallen«, entgegnet einer der Politiker in dem Versuch, bei seinen Wählern zu punkten.

»Ist Lucías Vater da der gleichen Meinung?«

Alle Blicke richten sich auf den Angesprochenen. Für einen Moment scheint es, als wolle er sagen, was alle sagen würden, egal, ob es ihrer Überzeugung widerspricht oder nicht. Doch die anderen hatten keine Tochter, die mit sieben Jahren vergewaltigt und ermordet wurde. »Meine Familie und ich sind ihm dankbar, und ich nehme an, die Familien der Mädchen, die Cornel Popescu entführt und zur Prostitution gezwungen hat, sind es auch.«

In diesem Moment entgleitet dem Moderator die Diskussion. Die einen beschimpfen die anderen als Faschisten, denen wiederum übertriebene Toleranz vorgeworfen wird, weil sie Mörder frei herumlaufen lassen. Eine anonyme Umfrage unter den Zuschauern der Sendung ergibt, dass zweiundsechzig Prozent Talión unterstützen und wollen, dass er weitere Verbrecher tötet. Die Debatte ist in sämtlichen Bars, an Arbeitsplätzen und am familiären Esstisch zu sehen.

Nachdem Álvaro endlich zu Hause ist, zieht er sich zunächst einen Jogginganzug an, muss aber noch den Anruf eines Radiosenders entgegennehmen und Dutzende Mails durchgehen, die er nach der Veröffentlichung des aufsehenerregendsten Artikels der letzten Jahre erhalten hat. Die meisten Mails kommen von Freunden und ehemaligen Kommilitonen, aber es sind auch einige Jobangebote darunter. Verdammt, was es ausmacht, im richtigen Moment am richtigen Ort zu sein!, denkt er.

Cristina kommt herein und trägt noch ihre Krankenschwesterntracht. Die kühle Begrüßung verdeutlicht, dass es zwischen ihnen nicht zum Besten steht.

»Hast du mich im Fernsehen gesehen?«

»Ging nicht. Gerade, als ich mich vor den Fernseher setzen wollte, wurde ich in den OP gerufen, um eine Kollegin zu vertreten. Wie war's denn?«

»Gut. Glaub ich zumindest. Ist prima gelaufen.«

»Ich geh duschen, und dann schauen wir uns deinen Auftritt im Internet an, okay?«

Álvaro nickt, und Cristina geht ins Badezimmer. Eine halbe Stunde später kommt sie zurück und hat das beinahe durchsichtige Nachthemd für besondere Gelegenheiten angezogen.

»Wie wär's, wenn wir uns deinen Auftritt später ansehen. Ich wollte schon immer mal mit dem Stargast einer Talkshow ins Bett …«

Álvaro zögert, entscheidet sich dann aber für ein Lächeln. Auch er findet es anstrengend, die ganze Zeit auf dem Kriegspfad zu sein.

»Und ich sitz hier im Jogginganzug«, sagt er schuldbewusst.

»Keine Sorge, den wirst du nicht mehr lange anhaben.«

Wenig später liegen sie nackt auf dem Bett. Álvaro bedeckt ihren Körper mit Küssen und ist glücklich, mit einer so hübschen Frau zusammen zu sein. Er sollte auf Marta hören und vergessen, was zwischen ihnen passiert ist, aber es geht ihm einfach nicht aus dem Kopf.

Cristina nimmt sein immer noch schlaffes Glied aus dem Mund und sieht ihn bestürzt an. »Was ist los? Keine Lust?«

»Doch, natürlich. Entschuldige.«

Álvaro schließt fest die Augen und denkt – wie so oft seit der

Studienzeit – an Marta. Cristina lächelt, als sie sieht, dass die Sache nun läuft, ohne zu ahnen, dass er sie einmal mehr betrügt.

Für eine Weile vergisst der plötzliche Starjournalist seinen Ruhm, die kleine Lucia, Jonás Bustos, Cornel Popescu und diesen Talión.

◆

Sergio Costa hat seit beinahe zwei Tagen die Wohnung nicht mehr verlassen und wird allmählich nervös. In den ersten Stunden musste er den Fernseher ausmachen, weil er so viele Anrufe erhalten hat, doch inzwischen erscheint nur noch Rulos Name auf dem Display und eine unterdrückte Nummer. Da der anonyme Anrufer nicht aufgibt, geht Sergio schließlich ran.

»Hallo?«

»Wir werden dich töten, genau wie deinen Vater und deinen Bruder«, sagt eine männliche Stimme mit einem deutlichen baskischen Akzent. »Ich jage dir höchstpersönlich eine Kugel in den Kopf.«

»Dann komm her, wenn du dich traust, du Wichser!«, schreit Sergio. »Ich zertrümmer dir den Schädel genau wie dieser Schlampe Amaya Eiguíbar!«

»Du bist so gut wie tot. *Gora ETA militarra!*«

Sergio will seiner Mutter sofort von dem Anruf erzählen, überlegt es sich dann aber und beendet die Verbindung, bevor sie abhebt. Es wird besser sein, es ihr persönlich zu sagen und nicht am Telefon. Zudem sollte er sich zunächst ein wenig beruhigen. Und weil ihm zu Hause die Decke auf den Kopf fällt, verlässt er die Wohnung.

»Weißt du, wo Rulo ist?«, fragt er das Mädchen, das bei seinem letzten Besuch der Essensausgabe von España 36 den Rucksack mit der Schleuder aus dem Schrank genommen hat.

»Mensch, Junge«, sagt sie bewundernd, »du hast sie voll am Kopf getroffen!«

»Ja.« Sergio bemüht sich um ein Lächeln. »Ist Rulo da?«

»Nein. Aber Fernando würde dich bestimmt gern sehen.«

Sergio folgt dem Mädchen durch den Speiseraum, den ein Dutzend Freiwillige gerade auf den Ansturm zur Essenszeit vorbereiten, und sie gehen die Treppe hinauf. Im ersten Stock ist Doña Elvira wieder mit Fegen beschäftigt.

»Doña Emilia, das ist der Junge, der der ETA-Terroristin das Loch in den Schädel geschossen hat«, sagt das Mädchen im Vorbeigehen.

»Gut gezielt, Junge.«

Sergio ist offensichtlich aufgestiegen, denn Fernando bittet ihn in seine Wohnung. Auf dem Sofa sitzend, trinken sie ein Bier.

»Solche Leute wie dich brauchen wir, Sergio«, sagt der Anführer der Gruppierung und legt ihm vertraulich die Hand auf die Schulter. »Die Skinheads mit ihren Tattoos nimmt doch keiner für voll. Wenn die Leute sehen, dass wir ganz normale Menschen sind, haben sie auch keine Angst mehr vor uns.«

»Ich danke euch für eure Hilfe, und ich schwöre, dass ich nichts verrate, aber … Ich kann eure Ideologie nicht unterstützen, Fernando.«

»Ach, nein? Bist du nicht der Meinung, dass Amaya Eiguíbar es verdient hat, im Gefängnis zu verrotten?«

»Doch, aber ich hab nichts gegen Immigranten.«

»Ich auch nicht, solange sie legal hier sind und wie alle anderen Steuern zahlen. Die Schuld liegt nicht bei ihnen, sondern bei der Regierung, die ihnen erlaubt, sich so zu benehmen, wie sie wollen. Schau mal, ich bin in Salamanca geboren, meine Frau in Valencia und unsere drei Kinder hier in Madrid. Spanischer kann man nicht sein, oder? Abgesehen davon, dass wir Spanier sind, zahlen wir seit fünfzehn Jahren Steuern. Weißt du, dass unsere Kinder keinen Platz im Englischkurs bekommen haben, weil Immigranten Vorrang haben?«

»Das ist nicht in Ordnung, okay, aber deswegen muss man sie nicht verprügeln.«

»Glaub nicht alles, was du im Fernsehen siehst, Sergio. Wer hat wen verprügelt? Niemand hier hat einen Schwarzen verprügelt, weil er schwarz ist.«

»Aber Rulo war drei Jahre im Knast, weil der, den er verprügelt hat, jetzt im Rollstuhl sitzt.«

»Dieser Typ hat ein dreizehnjähriges behindertes Mädchen belästigt, das noch nicht mal eine Spanierin war. Hast du schon mal gesehen, dass Rechte Mülltonnen abfackeln oder die Polizei mit Steinen bewerfen? Wir beschützen nur, was uns gehört. Hältst du's für falsch, armen Spaniern was zu essen zu geben?«

»Nein, aber andere auszuschließen, nur weil sie Ausländer sind, halte ich nicht für richtig.«

»Die sollen sich die Englischkurse sparen und sich dafür was zu essen kaufen, verdammt! Mich kosten allein die Einschreibegebühren dreihundert Euro.«

Fernando erklärt Sergio, dass die Zeiten, in denen Rechtsextreme Immigranten und Schwule verprügelt haben, längst vorbei seien und dass etwas getan werden müsse, damit das Land nicht vollkommen vor die Hunde gehe. Dem kann Sergio nicht widersprechen, auch wenn er weiß, dass bei dieser Gruppierung etwas ganz anderes dahintersteckt. Doch er hütet sich davor, Fernando belehren zu wollen, lässt sich von ihm aber auch nicht überzeugen, sodass dieser merkt, dass seine Strategie nicht aufgeht.

»Ich nehme an, dass du ›Das Schweigen der Lämmer‹ gesehen hast und weißt, was ›quid pro quo‹ bedeutet: Eine Hand wäscht die andere«, sagt Fernando. »Wir melden uns, wenn du uns mal einen Gefallen tun kannst.«

Sergio verlässt die Essensausgabe von España36 und blickt sich alle zehn Schritte um. Nun muss er nicht mehr nur fürchten, dass ihm ein ETA-Anhänger eine Kugel in den Kopf jagt, sondern auch noch, dass Rulo kommt und etwas von ihm verlangt, was er nicht tun will.

◆

Daniela Gutiérrez sitzt mit zwei ihrer Assistenten zusammen. Sie geht die Liste der Leute durch, die in den Tagen vor und nach dem Mord an Cornel Popescu mit dem Schnellzug und dem Flugzeug nach Málaga gereist sind. Viele der Namen sind mit Textmarker markiert.

»Die in Gelb haben Vorstrafen.«

»Das sind zu viele.« Die Inspectora schnalzt verärgert mit der Zunge. »Wir müssen sieben, bis noch höchstens drei übrig bleiben.«

»Mich interessiert am meisten dieser Juan Carlos Ramos, ein ehemaliger Polizist, der bei einem Streit im Straßenverkehr einen Mann getötet hat und vor ein paar Jahren aus dem Gefängnis entlassen wurde.«

Daniela sucht den Namen auf der Liste und nickt, als sie sieht, dass der Mann fünf Tage vor dem Verbrechen in Málaga angekommen und in der Tatnacht wieder abgereist ist. »Wir müssen mit ihm reden.«

Ein Kollege erscheint in der Bürotür. »Ihr Sohn ist hier, Inspectora.«

Daniela steht erschreckt auf, dann eilt sie hinaus zu Sergio, der ihr von dem anonymen Anruf erzählt und sie zugleich beruhigt. Sie wussten, dass so etwas passieren könnte, und er glaubt nicht, dass die Drohung wirklich ernst zu nehmen ist.

◆

Mein Trip hält viel länger an als der von El Pichichi, und ich treffe erst wieder auf ihn, als er mit der Holzpalette die letzten Schritte auf dem Weg zu seinem Ziel zurücklegt. Er stellt die Palette mühevoll neben einem brennenden Feuer ab, und der Mann, der das Feuer bewacht, gibt ihm ein paar Münzen dafür.

Als El Pichichi sieht, dass ich wieder munter bin, kommt er hinkend auf mich zu. »Du hast mich noch nicht bezahlt, Süße.«

»Wie viel hab ich gesagt?«

»Hundert.«

Ich nehme mein Portemonnaie aus der Tasche und zahle den vereinbarten Betrag.

El Pichichi sieht das Geld, das ich dabeihabe – etwa zweitausend Euro –, beschließt jedoch, nichts Unrechtes zu tun. »Das solltest du nicht so herumzeigen. Hier wirst du schon wegen weitaus weniger abgestochen.«

»Danke«, sage ich, stecke das Portemonnaie wieder ein und blicke auf die leuchtend grüne Fassade. »Was weißt du über den Clan, dem dieses Haus gehört?«

»Die Genaros?« Er schnaubt. »Übles Pack. Denen sollte man nicht zu nahe kommen.«

»Der Patriarch lässt sich nicht oft hier blicken, oder?«

»Nur zu den Hundekämpfen.«

»Hundekämpfe?«

»Die Gitanos lieben Hundekämpfe. Heute Nacht findet hier einer statt.«

»Das heißt, Genaro Cortés kommt her?« Mein Herz beginnt heftig zu schlagen.

»Wahrscheinlich schon.«

»Kannst du mich da reinbringen?«

»Ich hab keine Lust, mich in solche Dinge einzumischen, Süße.«

»Wenn du mich da reinbringst, geb ich dir noch mal hundert.« Ich nehme zwei Fünfzigeuroscheine heraus und halte sie ihm hin. »Im Voraus.«

El Pichichi zögert – man sieht, dass er das wirklich nicht tun möchte –, doch letztendlich steckt er das Geld ein; für zweihundert Euro kann er sich eine Menge Stoff kaufen.

Wir gehen zu dem Lieferwagen einer Hilfsorganisation, an dem Essen verteilt wird. Fünf Männer und Frauen helfen den Drogenabhängigen, ohne etwas dafür zu verlangen. Ich bleibe in ein paar Metern Entfernung stehen und sehe zu, wie sich El Pichichi mit einem anderen Drogenabhängigen streitet, weil der das Brot genommen hat, das er haben wollte.

Eine junge Frau von etwa zwanzig Jahren kommt vorsichtig zu mir herüber. Sie ist ausgesprochen hübsch und hat glattes schwarzes Haar. Ich hätte sie an jedem anderen Ort vermutet, aber nicht hier zwischen Junkies, Bettlern und Drogenhändlern.

»Entschuldigen Sie«, spricht sie mich sehr respektvoll und vorsichtig an, »ich arbeite für die Hilfsorganisation Bocatas. Kann ich Ihnen irgendwie helfen?«

»Wie zum Beispiel?«

»Wenn Sie möchten, bringen wir Sie zu einer Pension, mit der wir zusammenarbeiten. Dort können Sie duschen und bekommen ein warmes Essen. Und wenn Sie Glück haben, gibt es noch ein freies Bett.«

»Und was bringt das? Morgen bin ich dann wieder hier.«

»Möglicherweise sehen Sie die Dinge dann anders. Haben Sie schon mal von den Lotophagen gehört?«

»Den Lotusessern, die Odysseus' Gefährten nicht mehr gehen lassen wollen ...«

»Genau«, bestätigt sie überrascht. »Und? Kommen Sie mit uns.«

»Ein andermal vielleicht.«

»Wie Sie möchten. Wir sind jeden Tag um diese Zeit hier. Wenn Sie sich irgendwann entscheiden, hier rauszuwollen, sprechen Sie uns bitte jederzeit an.«

Die junge Frau lächelt mir zu und wendet sich dann an eine extrem magere, schmutzige Bettlerin. Mit ihr redet sie genauso freundlich wie mit den anderen zwanzig Leuten, die sie an diesem Abend ansprechen wird.

El Pichichi kommt zu mir herüber. »Sie wollen zweihundert Euro.«

»Du willst mich nicht über den Tisch ziehen, oder?«

»Wenn ich das wollte, hätte ich schon längst zwei dreckigen Junkies Bescheid gesagt und dich bis auf die Unterwäsche beklaut. Du musst bei dem Kampf mindestens zweihundert Euro setzen.«

»Und wie weiß ich, auf welchen Hund ich setze, wenn ich die Tiere noch gar nicht gesehen habe?«

»Darum kümmer ich mich, Süße.«

Ich gebe ihm die zweihundert Euro, und El Pichichi reicht sie an einen Gitano weiter und erhält dafür ein Stück Papier.

Eine Stunde später befinden wir uns auf einer großen leeren Fläche, auf der jede Menge Autos mit eingeschalteten Scheinwerfern einen Kreis bilden. In der Mitte zerfleischen sich zwei Hunde mittlerer Größe gegenseitig, während sie von ihren Trainern angefeuert werden. Rundherum schließen die Leute ihre Wetten ab, trinken und lachen.

»Der Hauptkampf findet zwischen der Kanarischen Dogge der Genaros und dem Bullterrier eines anderen Clans statt. Wenn du willst, können wir uns die Hunde ansehen.«

El Pichichi führt mich hinter einen Lieferwagen, und dort sehe ich zum ersten Mal Genaro Cortés höchstpersönlich, und erneut überkommt mich der Brechreiz, der den tödlichen Countdown auslöst.

Ein kräftiger brauner Hund wirft sich wütend gegen die Gitterstäbe seines knapp bemessenen Käfigs. Genaro Cortés ärgert ihn mit einem Stock, wie es vorher die Kinder mit den anderen Hunden gemacht haben, und das Tier dreht vollkommen durch. Es sieht den Gitano mit dem gleichen Blick an, mit dem Cornel Popescu mich angesehen hat, als er wusste, dass er sterben würde. Genaro bricht zusammen mit seinem Sohn Tony und zwei seiner Gitanofreunde in lautes Gelächter aus.

»Scheiße, ist dieser Köter hart drauf«, meint El Pichichi beeindruckt. »Willst du auch den anderen sehen?«

»Nicht nötig. Aber ich setze die zweihundert Euro auf ihn.«

Der andere Hund ist ein weißer Bullterrier, der vom wilden Herumschnappen und den Bissen in die Gitterstäbe seines Käfigs bereits blutige Lefzen hat. Es ist ein Kampf um Leben und Tod. Tiere bedrohen sich nicht wie wir Menschen. Wenn man sie loslässt, nachdem man sie bis aufs Blut gereizt hat, stürzen sie sich aufeinander und sind bereit zu töten und zu sterben.

Sie wälzen sich ineinander verbissen auf dem Boden und stoßen gegen das Auto, an dem Genaro Cortés lehnt. Der schüttet ihnen ein Glas Bier über die Köpfe und gibt ihnen einen Fußtritt, damit sie sich wieder entfernen.

Die Kanarische Dogge der Genaros schnappt schnell wie ein Presslufthammer um sich, der Bullterrier aber beißt zu und hört erst auf, als er ein Stück seines Gegners im Maul hat. Auch wenn das Blut auf seinem weißen Fell besser zu sehen ist, ist es nur eine Frage der Zeit, dass er die richtige Stelle für einen tödlichen Biss finden wird.

Nach einer fast zehnminütigen Metzelei von Pfoten, Rücken und Schnauzen gibt die Kanarische Dogge auf und versucht zu fliehen, nachdem ihr Gegner ihr auch ein Stück Fleisch aus dem Hals gerissen hat, doch der Bullterrier verfolgt seinen Gegner und gibt ihm den Rest. Er lässt erst von dem anderen Hund ab, als dieser sich nicht mehr rührt.

Genaro Cortés stößt einen lauten Fluch aus, während andere jubeln, am meisten El Pichichi. »Mädchen, du hast fast tausend Euro gewonnen!«

»Kassier das Geld, und wir teilen uns den Gewinn!«

»Verdammt noch mal, ja!«

Genaro Cortés versetzt dem sterbenden Hund einen Tritt. »Beschissener Schwächling! Weißt du, wie viel Kohle ich wegen dir verloren habe, du Drecksköter! Werft ihn in den Straßengraben!«

Zwei Gitanos heben den schwer verletzten Hund auf und werfen ihn hinter einen Erdwall.

Die Scheinwerfer der Autos verschwinden in der Ferne und kreuzen sich mit denen, die kommen, um Drogen zu kaufen. Ich gehe zu dem Haufen aus Fleisch und Blut hinüber und stelle fest, dass das Tier noch immer atmet.

Als ich meine Pistole ziehe, um dem Trauerspiel ein Ende zu bereiten, erschreckt sich El Pichichi zu Tode. »Was machst du denn da? Ich hab das Geld. Komm, weg hier!«

Der Hund sieht mir in die Augen, während ich auf ihn ziele. Ich will abdrücken, kann aber nicht. Ich hätte kein Problem damit, Dutzende der Menschen abzuknallen, die mir heute über den Weg gelaufen sind, aber nicht diesen sterbenden Hund, der mich vom Boden her ansieht und mich um eine zweite Chance bittet.

»Bleib hier, während ich mein Auto hole. Ich nehm ihn mit.«

»Wie, du nimmst ihn mit?« El Pichichi sieht mich völlig verblüfft an. »Bist du bescheuert? Dieser Köter beißt dir glatt 'nen Arm ab, wenn du ihm zu nahe kommst.«

Ich gehe auf das Tier zu, und es knurrt mit der letzten Kraft, die ihm geblieben ist. Meine Sicherheit beruhigt den Hund schließlich, und ich streichle seine Flanke. Er lässt zu, dass ich ihn auf den Arm nehme und zu einer trockenen, ebenen Stelle bringe.

»Du bist völlig versifft.«

»Kein Problem«, sage ich mit einem Blick auf meine mit Blut und Sabber beschmierte Kleidung. »Bleib bei ihm, ich bin gleich wieder da.«

Ich renne zu meinem Parkplatz und sehe den Junkie, der mein Auto bewacht, in derselben Position, die er eingenommen hat, als ich ihn vor sechs Stunden dort zurückgelassen habe.

»Ich hab schon gedacht, du kommst nicht mehr.«

Ich gebe ihm die zweite Hälfte des Fünfzigeuroscheins und noch zwei Fünfziger mehr für eine Flasche Wasser und eine Decke, die er in einer Tüte hat, und kehre zu dem Hund zurück. Anders, als ich befürchtet habe, hat El Pichichi sich nicht mit dem Gewinn davongemacht, sondern ist noch da und bewacht das Tier in einem Sicherheitsabstand von etwa vier Metern.

»Mädchen, der wird wieder munter. An deiner Stelle würde ich nicht so nah rangehen.«

Der Hund hat sich halb aufgerichtet und blutet am ganzen Körper. Jeder Schlag seines Herzens lässt ihn zusammenzucken. Ich nähere mich ihm langsam mit der Flasche in der Hand. Erneut warnt er mich mit einem Knurren.

»Willst du etwas Wasser, mein Hübscher?«

Ich gieße ihm langsam ein wenig Wasser ins Maul, und der Hund trinkt und legt sich wieder hin, als sein Durst gestillt ist. Extrem vorsichtig hülle ich ihn in die Decke und lege ihn auf den Rücksitz meines Wagens.

»Weißt du, wie man hier rauskommt, ohne von der Polizei kontrolliert zu werden?«, frage ich El Pichichi.

»Wenn du diesen Schotterweg entlangfährst, kommst du zur Straße. Aber Vorsicht wegen der Schlaglöcher.«

»Danke für alles, Pichichi. Pass auf dich auf.«

»Wir haben das Geld von der Wette noch nicht aufgeteilt.«

»Behalt es. Du hast es dir verdient.«

Ich biege auf den Schotterweg ein und sehe im Rückspiegel, dass sich El Pichichi nicht von der Stelle gerührt hat und mir hinterherblickt. Als mir bewusst wird, dass ich ein schlechtes Gewissen habe, weil ich lieber einen Hund rette als diesen Menschen, fürchte ich, dass ich aus dem elitären Club der zwei Prozent der Weltbevölkerung ohne Gefühle nun definitiv ausgeschlossen bin. Dabei ist mir bewusst, dass beide bereits keine Chance mehr haben.

An einer Tankstelle kaufe ich Verbandszeug, Wasserstoffperoxid, Kanister mit Wasser und Hundefutter. Zum Glück begegne ich auf dem Weg von meinem Parkplatz in der Tiefgarage bis zum Aufzug niemandem, während ich den Hund in meine Wohnung bringe. Dort reinige ich seine Wunden, so gut ich kann, und gebe ihm, in einer Wurst versteckt, das Antibiotikum, das ich wegen meiner Schnittwunde am Arm genommen habe. Der Hund hat kaum die Kraft zu kauen.

Ich lasse ihn neben einem Teller mit Futter und einem mit Wasser im Bügelzimmer zurück.

◆

Der fünfundfünfzigjährige Carlos Ramos verbringt die Zeit wie ein achtzigjähriger Rentner, der sich nichts anderes leisten kann, auf einer Parkbank. Um acht Uhr abends erhebt er sich, um von zweiundzwanzig Uhr bis sieben Uhr morgens Büros zu putzen. Wenn er damit fertig ist, kehrt er in seine Wohnung zurück, schläft bis zwei, isst etwas und geht wieder in den Park.

Er hat nichts anderes zu tun, als mit Reue daran zu denken, wie er auf den armen Jungen geschossen hat, der ihm ins Auto gefahren ist. Damals war es auf der Arbeit extrem stressig, und an jenem Tag ist er einfach explodiert. Bis dahin hatte er auch schon seine Fehler gehabt, aber er war ein guter Vater, ein guter Ehemann und ein guter Polizist. Doch nachdem er diesen Schuss abgefeuert hatte, ging alles den Bach runter.

In den zwölf Jahren, die er im Gefängnis verbracht hat, verließ ihn seine Frau und zog mit den Kindern nach Málaga. Er wirft ihr das nicht vor, aber nun kann er seine Kinder nur noch einmal im Vierteljahr für eine Woche sehen, und er wird ihnen immer fremder.

Als er wieder mal im Park auf der Bank sitzt, treten eine Frau und ein Mann auf ihn zu.

»Juan Carlos Ramos?«, fragt die Frau und zeigt ihm ihre Dienstmarke.

»Ja.«

»Inspectora Daniela Gutiérrez«, stellt sie sich vor. »Dürfen wir Ihnen ein paar Fragen stellen?«

»Sicher.«

»Wie wir erfahren haben, waren Sie in der vergangenen Woche in Málaga. Wir würden gerne den Grund für diese Reise erfahren«

»Ich habe meine Kinder besucht.«

»Haben Sie von dem Mord an Cornel Popescu gehört?«

»Wer nicht? Das ist doch der, der von diesem Rächer umgebracht worden ist. Die Sache ist ja in aller Munde.«

»Und Ihre Kinder leben in Málaga?«

»Ja, ihre Mutter ist vor ein paar Jahren mit ihnen dort hingezogen.«

»Und Sie haben die ganze Woche mit ihnen verbracht?«

»Ich hab die Zeit mit ihnen verbracht, die sie für mich hatten. Meine Kinder sind schon älter und haben Besseres zu tun, als einen Unbekannten zu bespaßen, der alle drei Monate mal zu Besuch kommt.«

»Waren Sie am vergangenen Mittwoch mit ihnen zusammen?«

»Verdächtigen Sie mich?«, fragte der ehemalige Polizist zugleich überrascht und amüsiert.

»Wir verdächtigen jeden, der zur Zeit des Mordes in Málaga war, Señor Ramos.«

»Am Mittwochmorgen hab ich meine Tochter zum Arzt begleitet. Sie hatte einen Termin um zehn. Ich kann Ihnen gern die nötigen Informationen geben, um sich das bestätigen zu lassen.«

Martos notiert sich Carlos Ramos' Angaben. Danach befragen er und Daniela noch andere Menschen, die zum entsprechenden Zeitpunkt in Málaga waren, aber keiner von ihnen scheint Talión zu sein. Auch der Dealer aus Torrelodones oder die Verwandten der kleinen Lucía nicht.

Frustriert kehrt Daniela nach Hause zurück und grüßt im Vorbeigehen die beiden Polizisten, die seit der Drohung der ETA ihren Sohn beschützen.

»Schau mal, das Riesenpflaster, das die Mörderin am Kopf hat, Mama.«

Daniela und ihr Sohn sehen sich in den Fernsehnachrichten Amaya Eiguíbars Empfang in ihrem Heimatort an. Die ETA-Kämpferin hat tatsächlich ein Pflaster auf der Stirn und wendet sich von einem Rednerpult aus an etwa hundert Einwohner. Zwei Männer, die weiße Kapuzen mit Augenlöchern und darüber schwarze Baskenmützen tragen, so wie die ETA-Terroristen häufig in Erscheinung treten, verbrennen eine spanische Flagge, und in Sprechchören wird die Überstellung der noch einsitzenden ETA-Terroristen in baskische Gefängnisse gefordert.

»Die Regierung sollte da eine Bombe mitten reinschmeißen, um sie uns alle auf einmal vom Hals zu schaffen«, sagt Sergio grimmig.

»Viele von den Leuten dort befürworten nicht mal die Unabhängigkeit«, wendet Daniela ein. »Und das ist das Allerschlimmste. Sie lassen sich einfach von der Angst mitreißen und von dem, was geredet wird.«

»Also sind sie Feiglinge.«

»Ich nehme mal an, dass es nicht so einfach ist, in einem solchen Ort zu leben und Verwandte und Bekannte zu haben, die im Gefängnis sitzen. Komm, mach das aus, wir setzen uns an den Tisch.«

Während des Abendessens überlegt Sergio, seiner Mutter von dem Besuch bei der Essensausgabe von España36 zu erzählen, vertraut dann aber darauf, dass Fernandos verschleierte Drohung nur dem Frust entsprungen ist, ihn nicht von seiner Sache überzeugen zu können, und schweigt. Stattdessen fragt er nach dem Urlaub, den sie ihm versprochen hat.

»Nach Afrika oder in die Karibik, wohin du Lust hast.«

»Lieber nach Afrika. Irgendwie kann ich mir nicht vorstellen, mit dir zusammen Mojitos zu trinken.«

Daniela lacht, und nach dem Essen sehen sie sich gemeinsam eine Fernsehserie an. Keiner der beiden kann sich erinnern, wann sie das zuletzt getan haben.

◆

Ich nehme eines der Pfeffersprays und öffne vorsichtig die Tür zum Bügelzimmer. Wie der Verkäufer mir erklärt hat, wird dieses Spray auch gegen Bären eingesetzt, sodass ich davon ausgehe, dass es auch bei einem Hund wirkt, der gestern noch um sein Leben gekämpft hat.

Das Tier liegt noch immer im Bügelzimmer auf dem Fußboden. Es hat nicht mal die Kraft aufgebracht, sich aufzurichten, um seine Bedürfnisse zu erledigen, weshalb die Hinterbeine und der Schwanz mit Fäkalien beschmutzt sind. Der Kot ist mit Blut und Fellhaaren vermischt. Ich halte die Luft an und öffne das Fenster, während der Hund, der sich zu sterben weigert, mich nicht aus den Augen lässt.

»Du bist echt am Ende, Kumpel.«

Ich nähere mich ihm langsam, und er knurrt wieder, aber irgendetwas sagt mir, dass er mir nichts tun wird, dass wir dazu bestimmt waren, uns zu begegnen.

Vorsichtig schiebe ich den Teller mit dem Wasser zu ihm hinüber. »Komm, trink ein bisschen.«

Der Hund sieht mir noch ein paar Sekunden in die Augen, trinkt dann aber. Ich lächle und streichle die einzige Stelle an seiner Flanke, an der er unverletzt ist. Dann hebe ich vorsichtig die Verbände an, um mir die mit Betadine getränkten schrecklichen Wunden anzusehen. »Dagegen müssen wir etwas tun.«

Ich stecke eine weitere Tablette von dem Antibiotikum in eine Wurst, die der Hund mit Mühe frisst. Dann trage ich ihn vorsichtig ins Badezimmer, um ihn zu waschen und seine Wunden neu zu versorgen.

Er ist ein Kämpfer, denn er jammert und wehrt sich nicht, wendet jedoch den Blick nicht von mir ab und fragt sich bestimmt, warum plötzlich ein Mensch so sanft mit ihm umgeht. Dennoch zeigt er keine Dankbarkeit. Er sieht mich an, ohne seinen Ausdruck zu verändern.

Bevor ich ihn wieder ins Bügelzimmer bringe, mache ich dort sauber und bringe eine Matratze und ein paar Decken hin. Dann bringe ich ihn dazu, etwas zu fressen und zu trinken, bevor er einschläft – um vielleicht nie mehr zu erwachen.

Ich brauche eine Stunde, um den Geruch nach Hund loszuwerden, und als ich mein Handy einschalte, zeigt es acht vergebliche Anrufe von Doktor Oliver an, der mir auch einige Nachrichten hinterlassen hat. Natürlich gibt er nicht auf. Außerdem hat Álvaro vier oder fünf Mal angerufen, Lorena hat sich gemeldet, und es sind mehrere mir unbekannte Nummern auf der Liste.

Ich rufe niemanden zurück und kontaktiere stattdessen Eric. Er sagt mir, dass er die Schicht jetzt nicht mehr tauschen kann, aber ab ein Uhr Zeit hätte, um mit mir ein Glas zu trinken. Wir verabreden, dass ich ihn abhole.

Als ich das Gespräch beendet habe, ruft meine Psychologin an, weil ich einen Termin bei ihr versäumt habe. Ich glaube nicht, dass ich noch einmal in ihre Sprechstunde gehe, um mich trösten zu lassen, denn inzwischen ist mir der Pfarrer von San Agustín lieber. Außerdem ist sie mir sympathisch, und ich möchte vermeiden, sie damit bloßzustellen, dass eine sadistische Mörderin zu ihren Patienten zählt und sie es nicht gemerkt hat. Also erfinde ich eine Ausrede, um einen nächsten Termin aufzuschieben, aber so leicht lässt sie mich nicht vom Haken. Sie merkt, dass etwas los ist.

»Geht es Ihnen gut, Señorita Aguilera?«

»Ja, aber ich würde Ihnen gern eine Frage stellen, rein aus Neugier. Psychologen sind doch auch an eine berufliche Schweigepflicht gebunden, oder?«

»Sicher.«

»Im gleichen Sinne wie Priester? Das heißt, wenn Sie wüssten, dass ich beispielsweise plane, ein Verbrechen zu begehen, könnten Sie mich dann der Polizei melden?«

»Das ist eine Frage, um die in den Cafeterien der Universitäten am häufigsten diskutiert wird. Das kommt darauf an.«

»Worauf?«

»Ob Sie in einer Sitzung mir gegenüber ein punktuelles Verlangen äußern, jemanden zu töten, oder ob Sie mir sagen, dass Sie eine bestimmte Person tatsächlich töten werden und das für mich glaubhaft klingt.«

»Nehmen wir mal an, ich sage Ihnen, dass ich vorhabe, meinem Chef aufzulauern, um ihn, wenn er das Haus verlässt, mit dem Auto zu überfahren, und zwar noch heute.«

»Ich würde sofort nach unserem Gespräch die Polizei verständigen.«

Damit steht fest, dass es viel vorteilhafter ist, einen Priester aufzusuchen als einen Psychologen, denn es ist billiger, und man kann ihm erzählen, was man will, ohne Angst haben zu müssen, verpfiffen zu werden. Da es mir zu peinlich ist, Frau Doktor Molina zu sagen, dass ich nicht mehr zu ihr kommen werde, behaupte ich, dass ich für eine Woche verreisen und sie nach meiner Rückkehr anrufen werde.

Anschließend gehe ich in ein Haushaltswarengeschäft und kaufe Kabelbinder, Schutzhandschuhe und Reinigungsmittel, und in der Tienda de Espía, dem Spionageladen in der Calle Alcalá, besorge ich mir ein Richtmikrofon mit einer Reichweite von zweihundert Metern inklusive Kopfhörer und Aufnahmegerät. Ich muss Genaro Cortés abhören und komme sicher nicht so einfach an ihn heran wie an Cornel Popescu. Irgendetwas sagt mir, dass der Gitano und sein treuer Ricardo mich möglicherweise nicht in einem Stück entkommen lassen würden.

Ich gebe dem Hund noch einmal etwas zu fressen – der erneut alles schmutzig gemacht hat – und mache mich auf den Weg nach Pan Bendito im Viertel Carabanchel. Pan Bendito ist eine Siedlung aus Wohnblöcken und Hochhäusern mit mehr als zehn Etagen. Genaro Cortés und seine Familie haben sich in einem Wohnblock in der Nähe der Kreuzung der Calle del Real Madrid und der Calle Atlético de Madrid niedergelassen. Obwohl hier fünf von zehn Einwohnern Payos und nur drei Gitanos sind, sieht man auf den Straßen mehr von Letzteren. Die Immigranten, die »Payoponis«, wie die Gitanos sie nennen, leben irgendwo im Niemandsland.

Wie hoch die Arbeitslosigkeit in einem Viertel ist, erkennt man an der Anzahl der Erwachsenen, die zur Arbeitszeit die Straßen bevölkern, und hier sind das eindeutig zu viele, die mit den Kindern Fußball spielen oder den Tag einfach so, lässig an ein Auto gelehnt, im Freien verbringen. Gruppen von Jugendlichen versammeln sich in einem Park, den viele eher als Brachland bezeichnen würden. Die einzige Möglichkeit, Geld zu verdienen, ist für die, die nichts gelernt haben, als fliegende Händler Drogen, Sonnenbrillen, Handys, Turnschuhe, Raubkopien von Filmen und ähnliches Zeug zu verkaufen.

Ich suche mir einen Parkplatz in der Nähe des Wohnblocks der Familie Cortés. Tonys roter BMW und einige andere Autos teurer Marken stehen direkt vor der Haustür. Tony hat sich schick gemacht und unterhält sich vor dem Haus mit ein paar Freunden. Er ist der Chef, und alle hören ihm zu und lachen über seine Witze.

Ich setze den Kopfhörer auf und halte das Richtmikrofon auf die Gruppe junger Männer. Zwar kann ich alles perfekt verstehen, aber ich hocke doch ziemlich auffällig in meinem Wagen, und dies ist nicht das geeignete Viertel, um Spion zu spielen.

»Heute Abend ist Montoyita dran, Cousin«, sagt Tony großspurig. »Habt ihr schon die Karre besorgt?«

»'nen Mercedes SLK von irgend so 'nem Schnösel aus La Moraleja«, bestätigt der Angesprochene.

»Sicher 'ne Schwuchtel. Die Payos können doch gar nicht mit so was umgehen!«

»Ist nur wenig Benzin drin, so wiegt er weniger«, sagt der Jüngste in der Gruppe.

»Bist du bescheuert, Cousin? Und wenn die Bullen mich verfolgen?«

Alle lachen. Früher fanden die illegalen Autorennen hier im Viertel statt, wurden aber in die Vía Lusitana verlegt, weil die Straßen in Pan Bendito mit Bodenschwellen versehen wurden. Nun ist die Strecke länger und mehrspurig, sodass die gestohlenen Autos so richtig ausgefahren werden können.

In diesem Moment kommt die ganze Familie aus dem Gebäude, mehr als zwanzig Personen, alle in Festkleidung, Genaro Cortés an der Spitze. Er setzt sich auf den Beifahrersitz eines Volvo XC 90, und es geht los.

Ich folge der Karawane bis zur evangelischen Kirche in Orcasitas. Um Punkt acht Uhr beginnt der Gottesdienst.

Die kleine Kirche ist, anders als die in der Calle Serrano, gut gefüllt. Ein dreißigköpfiger Chor stimmt, begleitet von Gitarren, Geigen und Cajones, einen Lobgesang auf Gott an, während die verzückten Gläubigen eintreten. Das Ganze erinnert an eine Messe mit Gospelgesang, wobei hier andalusische Volksmusik erklingt und dazu fleißig in die Hände geklatscht wird.

Einige Gitanos wundern sich, in der letzten Reihe eine Paya sitzen zu sehen, die das Ganze mit großen Augen bestaunt, aber sie sind ein gastfreundliches Volk und sagen nichts.

Der Pastor, den der ganze Gesang zum Schwitzen bringt, geht mit einem Mikrofon auf einen älteren Mann in der zweiten Reihe zu. »Unser Bruder wurde von den Ärzten im Krankenhaus aufgegeben, doch dank unserer Gebete an unseren Herrn Jesus Christus weilt er wieder unter uns! Gelobt sei der Herr!«

Die Gläubigen antworten mit Lobpreisungen und Applaus. Der Pastor bittet um Ruhe und übergibt dem Mann das Mikrofon. Alle schweigen, setzen sich und hören respektvoll zu, während viele der Frauen vor Rührung weinen.

»Jesus Christus hat mich vor dem Tod bewahrt. Er hat mir gesagt, dass ich dank der Gottergebenheit unserer Glaubensgemeinschaft weiterleben darf. Ehre dem Herrn!«

»Gloria! Christus lebt!«

Mit einem erstaunlichen Rhythmusgefühl stimmen alle ein Loblied an, um Gott für all das zu danken, was er ihnen gegeben hat. Die kollektive Trance erfasst auch mich, und ich ertappe mich beim Händeklatschen und bei Hallelujarufen. Ich würde am liebsten nach dem Mikrofon greifen und sie darum bitten, auch für mich zu beten, doch für El Pichichi, die Kanarische Dogge und mich gibt es keine Rettung mehr.

Während des Abendmahls, das, soweit ich es sehe, aus einem Stück Brot und einem Plastikbecher mit Wein besteht, verlasse ich die Kirche und kehre, noch unter dem Eindruck des Erlebten, zu meinem Auto zurück.

Ich steige ein, setze wieder den Kopfhörer auf und halte das Richtmikro auf die Kirchentür, höre jedoch nur unverständliche, sich überschneidende Gespräche. Da es noch einen Parkplatz gibt, der näher an der Kirche liegt, beschließe ich, es zu wagen. Von dort aus kann ich Genaro Cortés gut verstehen, der mit den anderen die

Kirche gerade verlässt, und sehe, wie er eine wegwerfende Handbewegung macht.

»Der betrogene Ehemann kann seine Klappe nicht halten«, sagt Ricardo gerade. »Gestern Abend hat er sich betrunken und laut verkündet, dass er dir eine Kugel in den Kopf jagt, wenn du seine Frau noch mal anfasst.«

»Den mach ich einen Kopf kürzer!«, schimpft Genaro. »Wo wohnen sie jetzt?«

»Neben Manolita«, antwortet Ricardo, »die, die im Viertel die Karten legt.«

»Morgen Abend fick ich sie zum letzten Mal, und dann schickst du sie zur Hölle.«

»Beide?«

»Beide.«

Also, wenn dieser Gitano den Tod nicht verdient hat! Gerade eben hat er noch zu Gott gebetet, und jetzt gibt er den Befehl zu einem Doppelmord! Mein Gefühl sagt mir, dass es zu dem Fick mit dieser Frau, wer immer sie auch ist, nicht mehr kommen wird.

◆

»Wir haben die Kundenliste von Fiona Hansen«, sagt Martos, als er mit einem Blatt Papier in der Hand in das Büro seiner Chefin stürmt.

»Endlich … Ist jemand Bekanntes darunter?«

»Ich hatte noch keine Zeit, die Namen in den Computer einzugeben, aber mir ist keiner aufgefallen. Schau selbst.«

Daniela studiert eingehend die elf Namen auf der Liste, von denen ihr keiner etwas sagt. »Mal sehen, ob einer von denen vorbestraft ist.«

Daniela und Martos geben die Namen in den Computer ein und stellen fest, dass drei der Kunden polizeibekannt sind, aber niemand darunter ist, der schon mal eine Bluttat begangen hat.

»Ein Betrüger im großen Stil, ein Steuersünder und einer, der mit Amphetaminen vollgepumpt seinen Porsche zerlegt hat«, sagt Martos enttäuscht. »Keiner von denen scheint mir ein Mörder zu sein.«

»Nein, aber mit denen müssen wir anfangen ...«

Daniela Gutiérrez klingelt an der Sprechanlage eines Landhauses in Aravaca, aus der kurz darauf eine Stimme mit südamerikanischem Akzent ertönt, die bestimmt die des Dienstmädchens ist.

»Hallo?«

»Guten Tag. Wir würden gern mit Don Javier Checa sprechen.«

»Und wen darf ich melden?

»Die Polizei.«

Das Dienstmädchen schweigt einen Moment, und dann ist zu hören, wie sie nach ihrem Arbeitgeber ruft. »Señor! Die Polizei ist hier und fragt nach Ihnen!«

Gleich darauf öffnet das Ehepaar Checa mit erschrecktem Gesicht die Haustür.

»Guten Tag, die Herrschaften«, sagt der Herr des Hauses, »wie kann ich Ihnen behilflich sein?«

»Wir möchten Ihnen nur eine Frage stellen, Señor Checa. Es wird nicht viel Zeit in Anspruch nehmen.«

»Bitte.«

»Erinnern Sie sich daran, letzten Monat etwas im Juweliergeschäft von Fiona Hansen gekauft zu haben?«

»Natürlich. Ein Armband, das ich meiner Frau zum zwanzigsten Hochzeitstag geschenkt habe. Warum?«

»Dürften wir uns das Armband einmal ansehen? Es handelt sich nur um eine Routineüberprüfung.«

»Würdest du es holen, Marisa?«

Señora Checa nickt und verschwindet im Haus. Kurz darauf kehrt sie mit dem Armband zurück, das dem Modell entspricht, das die Schmuckdesignerin ihnen gezeigt hat. Daniela stellt fest, dass keine der kleinen Schrauben fehlt.

Nachdem die beiden Polizisten Aravaca verlassen haben, fahren sie in die Calle Guzmán el Bueno und in die Calle San Sebastián de los Reyes, doch bei allen drei vorbestraften Kunden auf der Liste sind bei dem von ihnen erstandenen Schmuck sämtliche Schrauben vorhanden.

»Immerhin bleiben jetzt nur noch acht, die wir überprüfen müssen«, meint Martos frustriert, als sie das letzte der drei Häuser verlassen.

»Das Problem dabei ist, dass mindestens zwei von den anderen außerhalb von Madrid wohnen. Das heißt, wir müssen uns mit der dortigen Polizei in Verbindung setzen, damit sie die Überprüfung vornimmt.«

»Hier ist einer, dessen Wohnung auf dem Weg zum Kommissariat liegt. In der Calle Joaquín Costa«, sagt Martos nach einem Blick in sein Notizbuch. »Ein gewisser Jaime Vicario, Börsenmakler.«

»Dann statten wir ihm einen Besuch ab.«

Als sie an der angegebenen Adresse an der Haustür klingeln, kommt eine Nachbarin mit ihrem Hund vorbei und tritt auf sie zu. »Wenn Sie zu Jaime möchten, der ist nicht da. Er ist verreist.«

»Wissen Sie, wohin?«

»Wer möchte das wissen?«, fragt die Frau misstrauisch.

»Wir sind ein wenig in Eile, Señora«, entgegnet Daniela und zeigt ihre Marke vor. »Wenn Sie wissen, wo er sich befindet, sagen Sie es uns bitte.«

»Er ist oft auf Dienstreise in Katar oder an ähnlichen Orten. Da geht es um Bankgeschäfte oder Investitionen. Das hat wohl mit seinem Beruf zu tun.«

»Und wie lange pflegt er dann fortzubleiben?«

»Drei oder vier Tage. Er ist gerade weg.«

Daniela fährt mit Höchstgeschwindigkeit zum Flughafen. Sie stellen den Wagen am Eingang zu Terminal 4 ab und drängen sich, ihre Marken vorzeigend, an der Schlange am Informationsschalter vorbei.

»Wir suchen nach einem Mann, der für heute Morgen einen Flug nach Katar gebucht hat. Sein Name ist Jaime Vicario.«

Die Frau sucht eilig in ihrem Computer nach der entsprechenden Information. »Der Flug geht in wenigen Minuten, Agente. Boarding an Gate D 14.«

Daniela und Martos eilen zur Sicherheitskontrolle und rennen, nachdem sie ihre Marken gezeigt und ihre Waffen dort in Verwahrung gegeben haben, durch die belebten Gänge zu Gate D 14. Dort steht nur noch eine junge Stewardess, die auf ihrem Handy herumtippt.

»Entschuldigen Sie, Señorita. Wir müssen mit einem der Passagiere sprechen, die gerade das Flugzeug nach Katar bestiegen haben.«

»Geht es um eine Bombendrohung?«, fragt die junge Frau erschreckt.

»Nein, um etwas anderes. Wir müssen ihm nur ein paar Fragen stellen.«

»Ich fürchte, dazu ist es bereits zu spät, Agente. Der Flieger ist schon auf der Startbahn ... Aber wenn eine Gefahr für die Sicherheit der Passagiere besteht, kann ich ihn noch anhalten.«

Daniela zögert, während sie durch eines der riesigen Fenster am Flughafen dem sich entfernenden Flugzeug nachsieht.

Martos ahnt, was in ihr vorgeht. »Wenn wir den Flieger stoppen und der Mann nichts mit der Sache zu tun hat, kriegen wir Ärger.«

»Scheiße!«, flucht Daniela, denn sie weiß, dass ihr Kollege recht hat.

»Wie lange braucht das Flugzeug, bis es in Katar ankommt?«, fragt Martos die Stewardess.

»Etwa sechseinhalb Stunden.«

»Wir könnten ihm auf der Mailbox eine Nachricht hinterlassen, dass er uns anruft, sobald er gelandet ist«, wendet sich der Agente an seine Chefin.

»Und ihn damit warnen?« Daniela schüttelt den Kopf. »Nein, wir wissen ja nicht, ob die Schraube von seiner Uhr stammt. Wenn er tatsächlich mit der Sache zu tun hat oder jemanden deckt und erfährt, dass wir ihn suchen, kommt er vielleicht nicht zurück. Soweit ich weiß, besteht zwischen Katar und Spanien kein Auslieferungsabkommen.«

»Also?«

»Wir müssen herausfinden, wo er arbeitet. Und in der Zwischenzeit sollen López und Sanz die übrigen sieben Namen auf der Liste überprüfen.

Daniela und Martos betreten ein riesiges Büro in einem der Hochhäuser an der Plaza de Castilla. Während sie auf Jaime Vicarios Sekretärin warten, sehen sie zu, wie Dutzende Männer und Frauen per Telefon kaufen oder verkaufen. Alle schreien, während sie auf die großen Bildschirme an den Wänden starren, auf denen sich ständig verändernde Zahlen zu sehen sind.

»Scheiße …«, sagt Martos beeindruckt. »Und wir beschweren uns, dass unser Job stressig sei.«

»Das, was die hier in einer Woche verdienen, kriegen wir ja auch in sechs Monaten nicht zusammen.«

»Um sich eine dreitausend Euro teure Uhr leisten zu können, muss man schon anständig Kohle haben.«

Eine etwa fünfzigjährige Sekretärin, die ziemlich erschöpft aussieht, kommt auf sie zu, um sie zu empfangen. »Entschuldigen Sie. Es ist gleich Börsenschluss, dann ist hier immer die Hölle los.«

»Keine Sorge«, sagt Daniela. »Gehen wir recht in der Annahme, dass Sie Jaime Vicarios Sekretärin sind?«

»Von ihm und weiteren fünfzehn Vorgesetzten, ja.«

»Wir würden gern wissen, wann Señor Vicario aus Katar zurückkommt.«

»Am Donnerstagmorgen, so gegen halb acht. Er ist nur wegen ein paar Formalitäten dort und um einen Vertrag mit einem unserer Kunden zu unterschreiben.«

Die beiden Polizisten tauschen einen Blick. Auch wenn sie lieber vor seiner Reise mit Vicario gesprochen hätten, scheinen ihnen vier Tage eine vertretbare Zeit zu sein.

»Könnten Sie uns sagen, wo seine Familie lebt?«

»Ich glaube, er hat eine Schwester in Frankreich oder Belgien. Und seine Eltern leben, seit sie im Ruhestand sind, auf Mallorca, aber die Adresse kenne ich nicht.«

»Wissen Sie, ob er eine Beziehung zu einer Kollegin oder eine engere Freundschaft zu einem Kollegen hat, der uns mehr sagen könnte?«

»Das tut mir sehr leid, aber Sie werden sicher begreifen, dass wir hier keine Gelegenheiten für derlei Vertraulichkeiten haben. Es geht um viel Geld, da bleibt keine Zeit, um sie für andere Dinge zu verschwenden.«

»Verstehe«, sagt die Inspectora resigniert. »Wir wären Ihnen dankbar, wenn Sie Señor Vicario nicht sagen würden, dass wir hier waren und nach ihm gefragt haben.«

»Warum? Hat er sich etwas zuschulden kommen lassen?«

»Nein, gar nichts, aber es wäre für uns sehr hilfreich, wenn Sie tun würden, worum wir gebeten haben.«

»Wie Sie möchten ...«

Die beiden Polizisten bedanken sich für die Hilfsbereitschaft und verabschieden sich von der Sekretärin. Dann kehren sie ins Kommissariat zurück. Dort erfahren sie, dass bereits vier weitere Personen von der Liste überprüft wurden, deren sämtliche Schmuckstücke intakt sind. Zu den übrig bleibenden Verdächtigen zählt auch

Jaime Vicario, mit dem sie jedoch erst nach seiner Rückkehr aus Katar in vier Tagen sprechen können.

El Pichichi hat sich drei Gramm Heroin und zwei Gramm Kokain gekauft. Den Rest des Geldes hat er in seiner Unterhose versteckt, die er in den letzten anderthalb Monaten nicht gewechselt hat. Alles wäre perfekt, wäre da nicht der blöde Regen, wegen dem er sich nicht in Ruhe irgendwo niederlassen kann und der dafür sorgt, dass die Schmerzen in seinem Bein bis zur Hüfte heraufziehen.

Nachdem er sich davon überzeugt hat, dass er es sich finanziell erlauben kann, geht er zur Casa de la Perla, die sich am Beginn der Cañada Real befindet. Er weiß, dass er dort für dreißig Euro die Suite mieten kann, in der die Gitanos hin und wieder mit drogenabhängigen Payas vögeln. Dort gibt es auch ein Bad mit warmem Wasser. Bevor er eintritt, fummelt er sich einen Fünfzigeuroschein aus der Unterhose und streicht ihn glatt.

»Geh dich erst mal waschen, dann kannst du wiederkommen«, sagt die Hausherrin angeekelt.

»Ich geb dir vierzig für die Suite.«

»Fünfzig, weil ich die Handtücher danach wegschmeißen kann.«

El Pichichi geht manchmal zum Duschen ins öffentliche Waschhaus, aber dort ist das Wasser nur lauwarm, und es fehlt die Privatsphäre zum Masturbieren.

Er setzt sich nackt aufs Bett und bereitet den ersten Schuss vor. Zwanzig Minuten lang ist er in Trance, und zu seinen Füßen bildet sich eine Pfütze aus Speichel, der ihm seitlich aus dem Mund läuft. Danach leert er seine Brieftasche, in der sich sein völlig verdreckter abgelaufener Personalausweis befindet, ein altes Foto seiner Eltern und ein Zeitungsausschnitt aus dem Jahr 2009 mit einem Interview mit Alfonso Castro. Darin erzählt der alte Trainer bewegt, wie er das phänomenale Talent Jesús Gala entdeckt hat. Unter der Schlagzeile *Real Madrid hat bereits sein Interesse an Gala geäußert* ist eine Telefonnummer notiert.

Jesús schnappt sich das Telefon der Suite, tippt die Nummer ein und wartet. Nach einer Weile meldet sich die verwunderte, müde Stimme eines alten Mannes. »Hallo?«

»Hallo, Trainer.«

»Jesús, bist du das? Du hast versprochen, dich zu melden, und ich hab seit zwei Jahren nichts mehr von dir gehört.«

»Ich lebe im Luxus.« Jesús blickt auf die auf dem Bett verteilten Geldscheine und lächelt traurig. »Ich schwimme in Geld.«

»Wo bist du? Soll ich dich holen?«

»Nein, ganz ruhig. Sie sind ja schon ziemlich alt, und ich trau mich nicht, in Ihren Wagen zu steigen.«

Der alte Mann lacht, und sie reden eine Stunde lang über die alten Zeiten, wobei sie sich an jedes Tor erinnern, das Jesús geschossen hat.

»Was wäre wohl aus mir geworden, wenn ich es nicht vermasselt hätte, Trainer?«

»Schwer zu sagen.«

»Glauben Sie, Real Madrid hätte mich genommen?«

»Wahrscheinlich.«

»Da hätte der Typ blöd geguckt, der mal behauptet hat, dass Real mich nicht mal als Balljungen nehmen würde.«

Nach dem Gespräch bereitet Jesús den zweiten Schuss vor, und weil er sich nach einer Viertelstunde nicht mehr daran erinnert, genehmigt er sich gleich einen dritten.

Er legt sich aufs Bett und bemüht sich, in jene Traumwelt zu gleiten, die er während eines Rausches schon so oft erlebt hat und in der sein Leben nicht aus den Fugen geraten ist. In dieser Welt hat er sich geweigert, bei dem Diebstahl des USB-Sticks mitzumachen, und es gelingt ihm, ein bombiges Ende der Saison hinzulegen und mit seiner Mannschaft aufzusteigen, woraufhin er einen Vertrag bei

Real Madrid bekommt. Gleich beim ersten Training in der Saison 2009/2010 macht Cristiano ihm klar, dass er sich von ihm nicht in die Suppe spucken lässt, aber Jesús hat es nicht eilig und vertraut darauf, dass der richtige Zeitpunkt für ihn kommen wird, um seine Fähigkeiten unter Beweis zu stellen und den portugiesischen Superstar das Fürchten zu lehren.

Iker muss bei jedem Training ganz schön einstecken, aber jenseits des Spielfelds sind er und Raúl seine besten Freunde, denn sie alle drei haben sich von ganz unten nach oben gekämpft. Auch mit Sergio Ramos versteht er sich gut, genau wie mit Marcelo und Benzema. Eigentlich mit der ganzen Mannschaft, außer mit Piqué; trotz der vielen Stunden, die er neben ihm im Konzentrationstraining verbringt, kann er ihn nicht leiden …

Manchmal, wenn das Heroin besonders gut ist, träumt er sogar, dass das Tor von Iniesta im Finale der Weltmeisterschaft in Südafrika 2010 in der ganzen Welt als das von Jesús Gala bekannt ist …

Das Herz des siebenundzwanzigjährigen Jesús Gala, genannt El Pichichi, hört um Viertel nach drei am Morgen auf zu schlagen, aber er stirbt mit einem Lächeln auf den Lippen, während er davon träumt, zusammen mit Iker Casillas und Raúl auf Ibiza zu sein, in dem Haus am Meer, das er sich nach der Verlängerung seines Vertrages mit Real Madrid gekauft hat.

◆

Der Hund liegt immer noch in derselben Haltung da wie am Morgen, als ich das Haus verlassen habe. Das Einzige, was sich verändert hat, ist, dass er nicht mehr knurrt, wenn ich mich ihm nähere. Er hat weder das Fressen noch das Wasser angerührt und sich erneut beschmutzt.

Ich überlege, ob ich meinen Plan ändern und ihn zu einem Tierarzt bringen soll. Aber dieser Hund wird nie wieder richtig gesund werden. Vielleicht werden seine äußerlichen Wunden heilen, aber nicht die in seinem Kopf. Sobald er einen anderen Hund sieht, wird er ihn auf der Stelle töten.

Da ich erst um eins mit Eric verabredet bin, bleibt mir noch die Zeit, das Tier zu waschen, seine Wunden zu versorgen und es zum Fressen und zum Trinken zu bewegen. Wieder stecke ich das Antibiotikum in die Wurst, und mir wird bewusst, dass das vielleicht der Grund für den Durchfall ist. Aber mir fällt nichts Besseres ein, was ich ihm statt der Tabletten und der Betadine-Lösung verabreichen könnte.

Während ich dusche und mich zurechtmache, kommt mir der Gedanke, dass dies vielleicht meine letzte Verabredung mit einem Mann ist – denn danach werde ich entweder tot, dement oder im Gefängnis sein –, und ich will spektakulär gut aussehen. Ich überlege, eines der neuen Kleider anzuziehen, die ich im Salamanca-Viertel gekauft habe, entscheide mich dann jedoch für ein Hemdkleid von Dolores Promesas, das perfekt sitzt.

Während ich in einer Bar in der Nähe des Ten con Ten warte, habe ich den Eindruck, immer noch nach Hund zu riechen. Doch ich nehme an – oder hoffe es –, dass das nur an meinem olfaktorischen Gedächtnis liegt.

Um vier Minuten nach eins verlässt Eric das Restaurant und kommt mit einem strahlenden Lächeln zu mir herüber.

»Wohin möchtest du?«, fragt er mich, nachdem er mich mit zwei Wangenküssen begrüßt und mir gesagt hat, wie toll ich aussehe.

»Entscheide du.«

»Ich hab Lust zu tanzen.«

»Tanzen ist nicht so mein Ding; ich sag es lieber gleich.«

»Das glaub ich dir nicht.«

Ich schlage vor, ein Taxi zu nehmen, doch er fordert mich auf, auf sein Motorrad zu steigen, und wir fahren zur Diskothek El Son in der Calle Victoria. Dort wird Livemusik gespielt, und auf der

Tanzfläche tanzen Dutzende Paare Salsa. Bei vielen der Pärchen ist der Mann dunkelhäutig und die Frau weiß, und einige Frauen sind deutlich älter als ihre Begleiter, sodass wir beide nicht weiter auffallen.

»Als Erstes sollten wir ein paar starke Mojitos trinken, damit du deine Hemmungen verlierst«, schlägt Eric vor, »okay?«

»Okay.«

Wir gehen zur Bar, um das Vorhaben in die Tat umzusetzen. Als ich gerade den zweiten Mojito bestellen will, nimmt Eric meine Hand und zieht mich auf die Tanzfläche, denn offenbar wird gerade ein Song gespielt, den er mag. Ich kann zwar den Rhythmus halten, bin beim Tanzen aber wesentlich zurückhaltender als Eric, was ihm sofort auffällt.

»Ich hätte nicht gedacht, dass du so schüchtern bist«, sagt er amüsiert.

»Sich nicht wie eine hormongesteuerte Zwanzigjährige bewegen zu wollen hat nichts mit Schüchternheit zu tun.«

Eric lacht und sagt dicht an meinem Ohr:

»Bitte versteh mich nicht falsch, aber seit dem ersten Tag hab ich das Gefühl, dass du unbedingt so mit mir tanzen willst.«

»Vielleicht, aber nicht in einer Diskothek … Setzen wir uns wieder?«

Eric nickt, nimmt erneut meine Hand und führt mich in eine Ecke, in der ein paar Sessel stehen, doch auf der Hälfte des Weges fühle ich mich auf einmal furchtbar schlecht. Mir bricht kalter Schweiß aus, und mir wird schwindelig. Ich versuche weiterzugehen, aber die rechte Seite meines Körpers reagiert nicht mehr.

»Geht es dir gut?« Eric sieht mich erschreckt an.

»Ja.«

Dann knicken mir die Beine weg, und um mich herum wird es dunkel.

Eric sitzt im Warteraum des Krankenhauses. Er ist schon seit zwei Stunden dort und wird allmählich nervös. Endlich lässt sich ein Arzt blicken.

»Sind Sie mit Marta Aguilera verwandt?«

»Ich bin mit ihr gekommen«, sagt Eric und steht auf. »Was ist mit ihr?«

»Nichts Ungewöhnliches angesichts ihrer Krankengeschichte.«

»Ihrer Krankengeschichte?«

»Der Tumor in ihrem Gehirn wächst weiter, und solche Zusammenbrüche werden immer häufiger vorkommen. Ich habe ihr geraten, zur Beobachtung hierzubleiben, aber sie weigert sich. Sie will auch nicht, dass wir ihren behandelnden Arzt benachrichtigen.«

»Ich kümmere mich darum, danke.«

Als ich in den Warteraum komme, bemüht sich Eric um ein Lächeln. »Wie fühlst du dich?«

»Gut. Mir war nur ein wenig schwindelig wegen Eisenmangel. Der Arzt hat mir empfohlen, mehr Linsen zu essen, mehr nicht.«

Eric lächelt noch immer, ohne nachzuhaken; er respektiert meine Privatsphäre.

»Und jetzt?«, fragt er.

»Ich fürchte, dass ich uns den Abend verdorben habe. Jetzt dürften alle Bars geschlossen sein. Tut mir leid.«

»Wir können bei mir zu Hause noch einen Absacker zu uns nehmen. Lionel ist bei einer Nachbarin.«

Sein Motorrad steht noch vor der Diskothek, aber er sagt mir, dass er es morgen dort abholen wird und dass wir sicherheitshalber ein Taxi nehmen sollten. Unterwegs erzählt er mir von seiner Arbeit und von einem Kochkurs, den er belegen möchte, aber ich merke, dass ihn nur ein Gedanke beschäftigt: der Tumor in meinem Gehirn. Mir ist klar, dass er es weiß, und dass er nicht gleich die Flucht ergriffen hat, macht ihn mir noch sympathischer.

In seiner Wohnung liegt überall Spielzeug herum, Bälle, Spielkonsolen, Videospiele und Kinderbücher.

»Nicht erschrecken, es gibt auch einen Bereich für Erwachsene.«

Er führt mich durch den Flur und eine Treppe hinauf, über die wir zu einer Terrasse gelangen, die etwa zwanzig Quadratmeter groß ist und sein Reich. Dort stehen zwei geflochtene Liegestühle und ein kleiner Tisch. In einem Gartenschrank befinden sich eine Musikanlage und Getränke. In fünf Minuten hat Eric um mich herum eine Chill-out-Lounge geschaffen, mit Kerzen und kubanischer Musik.

»Ich weiß nicht, ob du etwas trinken möchtest.«

»Es geht mir gut. Ein Glas wird mich schon nicht umbringen. Was hast du anzubieten?«

»Alles. In das hier habe ich einen Teil deiner fünfhundert Euro investiert.«

Er serviert mir einen Rum, und ein paar Minuten lang spricht er über Belanglosigkeiten, bis er sich nicht mehr zurückhalten kann und mit unschuldigem Gesicht fragt: »Und ... Hast du solche Schwindelanfälle öfter?«

»Was haben sie dir im Krankenhaus gesagt?«

»Nichts ...«, sagt er zögernd. »Na ja, dass du etwas im Kopf hast und ...«

»Ich werde nicht sterben, wenn es das ist, woran du denkst«, entgegne ich vollkommen ruhig. »Es ist ein kleiner Tumor, der aber operabel ist. In ein paar Tagen reise ich nach London, um mich dort operieren zu lassen. Die Chancen, dass alles gut verläuft, liegen bei achtundneunzig Prozent.«

»Gott sei Dank!« Eric atmet erleichtert auf. »Als ich das Wort ›Gehirntumor‹ gehört hab, bin ich erst mal bleich geworden, wie man so sagt.«

»Na ja, dann stell dir vor, wie ich mich gefühlt hab. Aber es ist wirklich nichts Schlimmes. Ich werde nicht mal eine sichtbare

Narbe zurückbehalten, weil sie am Haaransatz schneiden werden. In ein paar Wochen bin ich wieder wie neu.«

Eric lächelt und fährt mit dem absoluten Kontrastprogramm fort. Er vergisst die Mitleidsnummer und kehrt wieder zu dem Moment vor meinem Schwindelanfall in der Diskothek zurück.

»Hier kannst du unbesorgt tanzen wie eine hormongesteuerte Zwanzigjährige …«

Er reicht mir seine Hand, und wir tanzen, trinken und lieben uns in der Chill-out-Lounge seiner Terrasse in der Calle Francos Rodríguez.

◆

Sergio ist es peinlich, dass ihn die beiden Polizisten, die ihm zur Seite gestellt wurden, um ihn vor einem eher unwahrscheinlichen ETA-Angriff zu schützen, bis zur Tür der Chemiefakultät begleiten, in der er sich seit Wochen nicht mehr hat sehen lassen. Mühsam gelingt es ihm, sie zu überzeugen, an der letzten Ecke stehen zu bleiben.

Das Semester kann er abschreiben, aber er hat seiner Mutter versprochen zu versuchen, wenigstens ein paar Scheine zu machen. Als er die Eingangshalle betritt, meint er an den Blicken, die ihm zugeworfen werden, zu erkennen, dass die meisten seiner Kommilitonen ihm nicht vorwerfen, was er mit der ETA-Terroristin Amaya Eiguíbar gemacht hat, jedoch seine angebliche Mitgliedschaft in einer rechtsextremen Gruppierung verurteilen.

Was ihn am meisten ärgert, ist, dass ausgerechnet Nuria, wegen der er jede Menge Unannehmlichkeiten auf sich genommen hat, einschließlich der Verhaftung vor der Sache in Ávila, zu denen gehört, die seine Tat infrage stellen. Als sie während des Konzerts die Polizei haben kommen sehen, hat er die beiden Marihuanatütchen an sich genommen und gesagt, es wären seine, weil sie schon genug Probleme mit dem Gesetz hatte.

»Ich mag diese Leute einfach nicht, das weißt du ja«, sagt sie ihm.

»Sie waren die Einzigen, die mir helfen wollten.«

»Weil es ihnen gut in den Kram gepasst hat, mach dir doch nichts vor! Du hast eine tolle Werbung für sie gemacht!«

»Ich hab jetzt nichts mehr mit denen zu tun, also vergiss es.«

»Gut so ... Gehen wir zu dir nach Hause?«

»Heute will ich mal zur Vorlesung.«

»Wie langweilig.« Nuria gibt ihm einen Kuss, steckt ihm einen Joint in die Jackentasche und wendet sich an zwei Erstsemester, die sie dämlich beglotzen und schon eine ganze Weile überlegen, ob sie sie ansprechen sollen.

Sergio hört sich die Vorlesungen in Chemieingenieurwesen und Analytischer Chemie an und bittet um die Aufzeichnungen, um sie zu kopieren. Dann setzt er sich auf die Stufen des Rugbyfeldes der Architekturstudenten, um die Fotokopien zu ordnen.

»Pst, Junge!«, zischt ihm einer der Trainer zu. »Du kannst hier nicht rauchen und schon gar keinen Joint.«

»'tschuldigung.« Sergio macht den Joint aus und steckt den Rest davon in die Jackentasche.

Als er durch die Allee der Journalismusfakultät geht, treten ihm plötzlich vier Typen in den Weg. An ihrer nachlässigen Kleidung, den anarchistischen Symbolen und ihren langen Haaren ist zu erkennen, dass sie zur extremen Linken gehören.

»Hey, verdammt, ist das nicht der Fascho, der im Fernsehen zu sehen war?«

»Ich will keine Probleme.«

»Das Dumme ist nur, dass du schon welche hast.«

Sergio duckt sich rechtzeitig, sodass der Faustschlag ihn nicht im Gesicht, sondern am Kopf trifft. Der Angreifer schreit vor Schmerzen, weil er sich an Sergios Schädel die Hand gebrochen hat, und Sergio verpasst ihm zusätzlich noch einen Hieb in den Magen. Den anderen dreien gelingt es jedoch, ihn zu überwältigen, und sie gehen auf ihn los.

Er spürt die Schläge am ganzen Körper, während er zusammengerollt am Boden liegt, aber das Einzige, was wirklich wehtut, ist ein Tritt gegen den Kopf. Der mit der gebrochenen Hand würde gern seine Wut an Sergio auslassen, doch plötzlich bekommt er einen heftigen Schlag in die Niere, der ihm den Atem nimmt. Rulo geht sechsmal pro Woche zum Boxtraining und weiß genau, dass der Typ in den nächsten vier Wochen Blut pissen wird.

Der Antifaschist dreht sich überrascht um und kassiert einen Schlag gegen das Kinn, der ihn kampfunfähig macht. Die beiden anderen Neonazis, die mit Rulo gekommen sind, kümmern sich um den Rest und brauchen, da sie das Überraschungsmoment auf ihrer Seite haben, nicht lange, um sie zusammenzuprügeln. Zwei von ihnen verlieren das Bewusstsein, die anderen hinken eilig davon.

»Seht mal, wie die Schweine rennen können! Los, lauft, ihr Arschlöcher!«

»Wir müssen abhauen, Rulo«, sagt einer der anderen Neonazis nervös, als er merkt, dass mehrere Studenten die Szenerie aus der Ferne beobachten.

Sergio rappelt sich mühsam auf und stellt verblüfft fest, wer ihn davor bewahrt hat, den Rest des Tages im Krankenhaus zu verbringen. Bei ihm scheint nichts gebrochen zu sein, obwohl ihm vom Kopf bis zu den Füßen alles wehtut.

»Alles in Ordnung?«, fragt Rulo.

»Ja ... Was macht ihr denn hier?«

»Wir sind deine Schutzengel«, sagt der Neonazi lächelnd. »Wir reden später, okay? Wir müssen jetzt abhauen.«

»Danke.«

»Eine Hand wäscht die andere.« Rulo zwinkert Sergio zu und macht sich dann eilig mit seinen Kumpanen davon.

Mehrere Studenten kommen näher, um sich um Sergio und die

beiden noch besinnungslosen Antifaschisten zu kümmern. Zwei Mädchen helfen Sergio, die auf dem Boden verstreuten Aufzeichnungen aufzusammeln. »Wir haben alles gesehen«, sagt eine. »Wenn wir für dich aussagen sollen oder so, ist das kein Problem.«

Sergio bedankt sich, lässt sich die Kontaktdaten geben und kehrt nach Hause zurück. Dort sagt er seiner Mutter, dass er Ärger mit ein paar Studenten gehabt hätte, aber nichts Schlimmes, und dass die Sache bereits geklärt wäre.

Er legt sich ins Bett, wobei ihn die Schmerzen weniger quälen als die besorgte Feststellung, dass er Rulo und seinen Freunden nun schon zwei Gefallen schuldet.

◆

Heute ist der große Tag! Ich stehe früh auf und wasche und füttere den Hund, der sich immer noch nicht regt. Nachdem ich ihm das Antibiotikum verabreicht habe, lasse ich ihn schlafen. »Ruh dich ruhig aus, Kumpel. Ich komme bald wieder.«

Ich stecke die Pistole, den Taser und eines der Pfeffersprays ein und kehre nach Pan Bendito zurück. Vor einem der Wohnhäuser singt eine Gitanofamilie und klatscht dabei unermüdlich in die Hände. Langsam fahre ich auf zwei mit Einkaufstüten beladene junge Mädchen zu.

»Entschuldigt, wisst ihr vielleicht, wo ich eine gewisse Manolita finden kann, die anderen Leuten die Karten legt?«

»Liebeskummer, Paya?«

»So etwas in der Art«, entgegne ich lächelnd.

»Immer geradeaus, dann fährst du genau auf einen Wohnblock zu. Da ist es, Portal Nummer vier, zweiter Stock links.«

Ich bedanke mich für die Auskunft und parke den Wagen neben dem Gebäude. Dann nehme ich aus dem Kofferraum den Rucksack mit dem Werkzeug, das ich brauche, und suche nach dem

Portal Nummer vier. Der Wohnblock kann noch gar nicht so alt sein, doch er ist schmutzig und heruntergekommen. Die fahlgrüne Hecke, die zu den Eingängen führt, ist voller kahler Stellen und Löchern mit nackten Ästen. Die Hausnummer ist angekokelt und das Schloss kaputt.

Die Namen am Briefkasten bestätigen, dass die Hellseherin im zweiten Stock links wohnt. Im zweiten Stock rechts lebt ein Paar mit den Namen Francisco Díaz und Sara Somoza. Hoffentlich sind das die Richtigen, denn ich möchte ungern ein Ehepaar zu Tode erschrecken, das gar nichts mit Genaro Cortés zu tun hat.

Während ich die Stufen hinaufgehe, ziehe ich die Sturmhaube und die Handschuhe an, bevor ich den Treppenabsatz in der zweiten Etage erreiche. Dann klingle ich an der Haustür. In der einen Hand halte ich die Pistole, mit der anderen decke ich den Spion in der Tür zu, und dann höre ich Schritte, die sich durch den Flur nähern.

»Wer ist da?«, fragt Francisco Díaz.

»Die Stadtverwaltung.«

Die Tür wird geöffnet, und ich werfe mich dagegen. Francisco Díaz stolpert überrascht zurück. Ich trete eilig in die Wohnung und schließe hinter mir die Tür. Die Pistole auf den Kopf des Mannes gerichtet, lege ich mir den Zeigefinger der anderen Hand an die Lippen. »Ganz ruhig, dann wird dir nichts passieren.«

Sara, eine ausgesprochen hübsche Gitana, kommt in den Flur und unterdrückt einen Aufschrei.

»Was willst du?«, fragt Paco mit erhobenen Händen und stellt sich schützend vor seine Frau. »Wir haben nichts, was sich zu stehlen lohnt.«

»Ist sonst noch jemand im Haus?«

»Nein«, entgegnet sie verängstigt.

»Geht ins Wohnzimmer. Ganz ruhig. Ich werde euch nichts tun.«

Ich folge ihnen ins Wohnzimmer und fordere sie auf, sich aufs

Sofa zu setzen. Die Wohnung ist bescheiden, aber sauber. Der Essbereich wird von dem riesigen Bild eines älteren Paares dominiert, und überall stehen Porzellanfiguren herum. Mit der Fernbedienung stelle ich die Musikanlage leiser, aus der gerade Flamencomusik von Niña Pastori erklingt, und halte weiterhin die Pistole auf die beiden gerichtet.

»Du schläfst mit Genaro Cortés?«, frage ich sie plötzlich.

Sie senkt beschämt den Blick, er wird aggressiv. »Wer, zum Teufel, bist du, Mädchen?«

»Ich will nur, dass ihr meine Frage beantwortet. Wie ich gesagt habe, euch wird nichts passieren, wenn ihr ruhig bleibt und tut, was ich sage. Bist du der, den die Genaros ›den Gehörnten‹ nennen, ja oder nein?«

»Ja«, gibt der Mann sich geschlagen und beißt wütend die Zähne zusammen. »Ich schulde ihm Geld für eine Bar, die er mir überschrieben hat, und das ist seine Art, es einzukassieren.«

»Würdet ihr ihn gern tot sehen?«

Die beiden erstarren und sehen sich verwirrt an.

»Du weißt nicht, wovon du sprichst. Genaro ...«

»Ja«, unterbricht Sara ihren Mann spontan.

»Gut. Ich will nur, dass ihr euch anhört, was ich zu sagen habe, und danach könnt ihr entscheiden, ob ihr mit mir zusammenarbeiten wollt oder nicht, okay?«

Ich nehme mein Aufnahmegerät aus der Tasche und spiele ihnen das Gespräch an der Kirchentür vor, in dem Genaro Cortés anordnet, sie zu töten.

»Dieser Wichser!«, murmelt Paco und drückt die Hand seiner Frau. »Was sollen wir tun?«

»Verhaltet euch einfach so, als wäre nichts.«

Zu dritt essen wir schweigend einen köstlichen Braten. Leider kann ich ihn nicht so genießen, wie ich gern möchte, weil ich die Sturmhaube nur bis zur Nase hochschieben kann. In der Situation, in der wir uns befinden, bräuchte ich vor diesen beiden armen Menschen, die ich zu meinen Komplizen machen werde, nicht weiterhin mein Gesicht zu verstecken, aber seit ich ein Gewissen habe, ist es mir ein wenig peinlich, so zu sein, wie ich bin.

»Und wenn die Polizei uns festnimmt?«, fragt Sara.

»Wenn ihr genau tut, was ich euch sage, wird sie euch in Ruhe lassen. Denkst du, dass du mein Auto in die Garage fahren kannst, ohne gesehen zu werden?«, frage ich Paco.

»In diesem Viertel sieht keiner was.«

Sara räumt den Tisch ab, spült die Teller, und dann setzen wir uns aufs Sofa und schauen fern, bis es gegen sieben Uhr abends an der Tür klingelt. Ich habe schon befürchtet, dass Genaro nur dummes Zeug geschwätzt hat.

»Ihr wisst ja, was ihr zu tun habt.«

Sara streicht sich ihr Kleid glatt, und Paco gibt ihr einen Kuss, wünscht ihr viel Glück und geht ins Schlafzimmer. Ich verstecke mich hinter der Badezimmertür auf halbem Weg im Flur. Auf mein Zeichen hin öffnet Sara die Tür.

»Hallo, Genaro«, sagt sie, ihre Nervosität verbergend. »Was machst du denn hier?«

»Sag deinem Paco, dass er mit Ricardo draußen eine Runde drehen soll, Süße.« Genaro, der es offensichtlich eilig hat, betatscht bereits ihre Brüste.

»Paco liegt mit Fieber im Bett. Heute geht's nicht.«

»Geh nachsehen«, sagt der Gitano zu seinem Killer.

Ricardo macht sich auf den Weg zum Schlafzimmer, während Genaro und Sara sich ins Wohnzimmer zurückziehen.

Als der Killer an der Badezimmertür vorbei ist, trete ich in den Flur und schieße ihm von hinten aus nächster Nähe eine Kugel in den Kopf. Sein Schädel explodiert regelrecht, und der Flur wirkt wie in blutrote Farbe getaucht. Ricardos Körper kippt nach vorn und schlägt mit einem dumpfen Geräusch auf dem Boden auf.

Ich blicke mich um und sehe, dass Genaro aus dem Wohnzimmer gekommen ist und zur Haustür eilt. Eilig stürze ich ihm hinterher und verpasse ihm mit meinem Taser X26 einen Stromstoß von fünfzigtausend Volt.

Sein Körper zuckt, dann bricht er zusammen und windet sich auf dem Boden. Paco und Sara sehen mich entsetzt an und sind zu keiner Regung imstande.

»Passt auf, dass ihr euch nicht schmutzig macht. Wenn sie Blutspuren an euch entdecken, ist es vorbei.«

Ich fessle Genaro Cortés mit Kabelbindern und verschließe ihm den Mund mit Klebeband. Dann hilft Paco mir, ihn in die Garage zu tragen und in den Kofferraum meines Autos zu legen. Wie Paco gesagt hat, sieht in diesem Viertel niemand etwas. Wir gehen zurück ins Wohnzimmer, und ich fessle die beiden aneinander.

»Der Polizei sagt ihr, dass ein Mann mit einer Sturmhaube in eure Wohnung eingedrungen ist und euch gefesselt und geknebelt hat. Danach habt ihr nichts mehr gehört und gesehen, bis Genaro Cortés und Ricardo Hernández gekommen sind.«

»Wenn wir das aussagen und sie dich nachher kriegen und feststellen, dass du eine Frau bist, werden sie wissen, dass wir dir geholfen haben«, merkt Sara richtig an.

Dieses Detail habe ich zugegebenermaßen nicht bedacht, aber wenn die Inspectora weiß, dass Talión eine Frau ist, wird sie mir gleich auf die Schliche kommen.

»Dann sagt, dass ihr mich nicht habt reden hören. Ich bin gekommen, als du allein in der Wohnung warst, Sara, und als Paco zurückkam, hab ich ihm die Pistole in den Nacken gehalten. Dann hab ich euch gefesselt, geknebelt und die Augen verbunden, ohne ein Wort zu sagen.«

»Wenn wir nach dem Geschlecht des Täters gefragt werden, werden wir nicht lügen«, erklärt Paco.

»Ich glaube nicht, dass sie euch danach fragen werden, denn sie suchen einen Mann. Was sie aber sicher wissen wollen, ist, was die beiden hier wollten. Was das angeht, kann ich euch nur empfehlen, euren Stolz hinunterzuschlucken und die Wahrheit zu sagen.«

»Wenn ich sage, dass dieser Wichser meine Frau gevögelt hat, werden sie glauben, dass ich ihn getötet hab.«

»Inspectora Gutiérrez wird den Fall übernehmen, und sie weiß, dass ihr es nicht wart, keine Sorge. In einer Stunde könnt ihr anfangen, euch bemerkbar zu machen.«

»Du bist Talión«, bemerkt Sara scharfsinnig.

»Hältst du das, was ich tue, für falsch?«

»Nein«, sagt sie entschieden. »Wirst du noch viele andere töten?«

»Ich werde die Zeit nutzen, die mir bleibt.«

Wegen der Unannehmlichkeiten, die ihnen die Reinigung des Flurs bereiten wird, hinterlasse ich ihnen in einer der Porzellanfiguren dreitausend Euro, mache ein paar Fotos von Ricardos Leiche und lege eine Visitenkarte der Inspectora darauf.

Dann fahre ich zurück ins Stadtzentrum, während Genaro Cortés im Kofferraum Radau macht. Daher halte ich auf einem Parkplatz kurz an und verpasse ihm noch einen Stromstoß, der ihn erst mal ruhigstellt.

Diese Pistole ist tatsächlich genauso effektiv wie eine echte, und sie zu benutzen macht auch ebenso viel Spaß.

◆

So viele Glückwünsche hat Álvaro Herrero bisher nicht mal an einem seiner Geburtstage erhalten. In den letzten Tagen wurde er in so viele Büros bestellt, dass ihm die Zeit zum Arbeiten fehlt. Für morgen muss er noch ein Interview abtippen, das er mit einem ehemaligen FBI-Agenten geführt hat, der auf Serienmörder spezialisiert ist, und einen Kommentar zum Fall Talión schreiben. Das

Dumme ist, dass er bis jetzt noch gar nicht in der Lage war, sich selbst eine Meinung über ihn zu bilden.

Im tiefsten Inneren findet er gut, was der Killer macht, aber das laut zu sagen oder auch nur zu denken, ohne sich selbst deswegen schlecht zu fühlen, passt nicht zu seiner entschiedenen Einstellung gegen die Todesstrafe.

Als er sich gerade wieder an seinen Schreibtisch setzen will, legt der Hausbote dort einen Stapel Post ab.

»Hat er wieder was geschickt?«, fragt Álvaro, während er die Briefe durchsieht.

»Heute gibt es keinen USB-Stick, tut mir leid.«

Álvaro seufzt und widmet sich seiner Post. Die ersten Schreiben sind Briefe von Lesern, die ihm zu seinem neuen Job bei *El Nuevo Diario* gratulieren. Andere von Leuten, die glauben, dass ihr Nachbar oder ihr Schwager Talión ist. Außerdem sind die üblichen Einladungen zu irgendwelchen Festen oder Restauranteröffnungen dabei … und ein Umschlag mit einer Rechnung von einem Abschleppdienst, den er öffnet, ohne zu registrieren, dass er nicht an ihn adressiert ist.

Als er feststellt, dass der Adressat Marta Aguilera ist, steckt er die Rechnung zurück in den Umschlag und diesen in die Jackentasche.

Drei Stunden später kommt er nach Hause. Cristina sitzt vor dem Fernseher und macht sich Notizen, während sie sich eine Kochsendung ansieht. Seit sie zuletzt miteinander geschlafen haben, laufen die Dinge zwischen ihnen wieder besser.

»An diesem Wochenende werde ich Asturischen Bohneneintopf für dich kochen, Schatz. Der Mann im Fernsehen hat gesagt, dass das jeder hinkriegt.«

»Der kennt dich nicht«, entgegnet Álvaro amüsiert.

Cristina tut so, als wäre sie beleidigt, woraufhin Álvaro ihr lachend einen Kuss gibt und sich neben sie setzt. Sie reden über ihre jeweiligen Jobs, darüber, ein Wochenende auf den Kanaren zu verbringen und sich in die Sonne zu legen, und dann entscheiden sie sich, endlich mit der ersten Staffel von *Games of Thrones* anzufangen, die sie trotz des Riesenerfolgs der Serie noch nicht gesehen haben.

»Zieh dir was Bequemes an, während ich uns was zu trinken hole. Beeil dich.«

Álvaro geht sich umziehen, und Cristina holt die Getränke, doch beim Öffnen einer Colaflasche verschüttet sie etwas auf Álvaros Jacke, die noch auf dem Sofa liegt.

»Scheiße!«

Cristina wischt die Jacke eilig trocken und nimmt einen Umschlag aus der Tasche, der ebenfalls ein wenig feucht geworden ist. Es ist die an Marta Aguilera gerichtete Rechnung.

»Ich hab den Brief ein bisschen versifft, Liebling. Das Schreiben ist nass geworden.«

Álvaro nimmt es aus dem Umschlag und wedelt damit herum, damit es trocknet. Plötzlich – vielleicht aus Zufall oder weil er seit Tagen unbewusst nach etwas gesucht hat – fällt sein Blick auf das Datum. Was seine Aufmerksamkeit erregt, ist die Tatsache, dass die berechnete Dienstleistung genau an dem Tag erfolgte, über den er in letzter Zeit so viel geschrieben hat, nämlich am Tag des Mordes an Jonás Bustos.

Dann liest er, warum der Wagen abgeschleppt und zur Werkstatt gebracht wurde: *Laden der Autobatterie.* Und schließlich die Uhrzeit: *21:10 Uhr.*

»Da stimmt was nicht«, murmelt er.

»Was?«

»Das hier. Es ist an Marta Aguilera adressiert, und ich hab es in der Redaktion aus Versehen geöffnet. Ich wollte es ihr morgen bringen, aber da muss ein Irrtum vorliegen. Der Abschleppdienst kann nicht zu der Zeit bei ihr gewesen sein, die hier angegeben ist.«

»Und warum bist du dir da so sicher?«, fragt Cristina verwundert.

»Weil Marta um zehn nach neun gerade das Interview mit Jonás Bustos in Hoyo de Manzanares beendet hat, aber laut dieser Rechnung muss sie da noch in Madrid gewesen sein.«

»Dann haben die sich wohl vertan.« Christina zuckt mit den Schultern. »Sag ihr, dass es mir leidtut, dass ich das Schreiben verschmutzt hab, und dass wir sie mal zum Essen einladen, weil sie dir den Job besorgt hat. Jetzt komm, ich will endlich diese Serie sehen, nachdem wir ein Jahr lang nicht dazu gekommen sind.«

Álvaro und Cristina setzen sich vor den Fernseher. Doch obwohl die Serie gut gemacht und die Geschichte interessant ist, gelingt es Álvaro nicht, sich darauf zu konzentrieren. Denn nun kommt neben seine Zweifeln darüber, warum Marta *El Nuevo Diario* verlassen hat – inzwischen ist er fest davon überzeugt, dass ein Lottogewinn nicht der Grund ist –, noch die Sache mit dieser Rechnung. Er weiß nicht, was er davon halten soll.

◆

Ende des neunzehnten Jahrhunderts waren die berühmtesten Sportler in Spanien nicht Fußballer, Tennisspieler oder Rennfahrer, sondern Pelotaspieler. Die Begeisterung für diesen Sport war damals so groß, dass allein in Madrid zwischen 1890 und 1894 dafür vier große Arenen gebaut wurden. Die berühmteste von ihnen ist das Beti-Jai – Baskisch für »das ewige Fest« –, das am 29. Mai 1894 eröffnet wurde und sogleich zu den bedeutendsten Sehenswürdigkeiten der Stadt zählte. Von da an waren die vorhandenen viertausend Zuschauerplätze stets ausgebucht, bis die Arena 1919 geschlossen wurde, als die Menschen begannen, sich mehr für die Tore des Fußballspielers Rafael Moreno Ranzadi, besser bekannt als El Pichichi, zu interessieren; daher hatte Mariano Juaristi Mendizábal alias Atano III, der beste Pelotaspieler aller Zeiten, niemals die Gelegenheit, in der so genannten »Sixtinischen Kapelle des Pelotaspiels« sein Können zu zeigen.

Während des Spanischen Bürgerkriegs war im Beti-Jai ein Kommissariat untergebracht, später ein Lager, eine Citroën-Werkstatt und ein Obdachlosenwohnheim. Heute ist es ein verlassenes Gebäude mitten im Zentrum von Madrid, soll aber in Kürze renoviert werden. Es befindet sich in der Calle Marqués de Riscal, nur wenige Meter vom Paseo de la Castellana entfernt, in einem der teuersten Stadtviertel von ganz Spanien.

Ich habe zum ersten Mal vom Beti-Jai gehört, als es im Jahr 2011 zum nationalen Kulturgut erklärt wurde. Vorher bin ich Dutzende Male daran vorbeigegangen und hätte nie gedacht, dass sich hinter den mit Graffitis übersäten Mauern dieses absurderweise lange Zeit ignorierte architektonische Juwel befindet. Die Bürgervereinigung, die gegründet wurde, um das Beti-Jai zu retten, hat mir erklärt, dass dies lange eine Frage des Geldes gewesen sei. Die Stadt Madrid wollte die Arena kaufen und renovieren lassen, doch die Eigentümer forderten das Doppelte der gebotenen Summe. Und während man sich nicht einigen konnte, zerfiel das Beti-Jai immer mehr.

Einer der Anwohner hat mir gezeigt, wie man ungesehen hineingelangen kann, und mir erläutert, dass die Architektur des Gebäudes eine Mischung aus dem spanischen Neomudéjar-Stil und der sogenannten »Eisenarchitektur« sei. Das im Freien liegende, mit Müll bedeckte und mit Unkraut bewachsene Spielfeld ist siebzig Meter lang und zwanzig Meter breit, und auf einer Seite erhebt sich die vier Etagen hohe Tribüne mit ihren geschlossenen Balkons und den schmiedeeisernen Geländern.

»Finden Sie nicht auch, dass das eine Schande ist?«

Ich erinnere mich noch, dass ich der gleichen Meinung war. Was der Anwohner aus der Bürgervereinigung und ich damals jedoch beide nicht wussten, ist, dass das Beti-Jai Schauplatz eines weiteren spektakulären Ereignisses sein würde.

Genaro Cortés sitzt gefesselt und geknebelt auf einem Stuhl in einem der Gänge des Beti-Jai. Er windet sich und versucht sich zu befreien, was ihm jedoch nicht gelingt, weil ich ihn so fest verschnürt habe, wie es mir möglich war. Die Kabelbinder, die ich benutzt habe, um ihn an Händen und Füßen zu fesseln, haben tief in seine Haut eingeschnitten, sodass sich unter dem Stuhl bereits kleine Blutlachen angesammelt haben.

Ich mache ein paar Fotos, schraube den Schalldämpfer auf den Lauf meiner Pistole und gehe auf mein Opfer zu. »Wenn ich dir den Knebel abnehme, bist du dann schön ruhig? Es ist schon spät, und du könntest die Nachbarn wecken. Ich weiß, das ist Leuten wie dir gleichgültig, mir aber nicht.«

Genaro müht sich ab, mich trotz des Knebels zu beschimpfen, woraufhin ich ihm ins Knie schieße. Er schreit und fleht, aber sein Geheul ist wegen des Knebels kaum zu hören. Ich warte fünf Minuten, bis er sich beruhigt hat.

»So, ich stell dir jetzt noch einmal die gleiche Frage: Bist du schön ruhig, wenn ich dir den Knebel abnehme?«

Genaro Cortés nickt, und ich befreie ihn von dem Knebel.

»Was willst du, Paya?«

»Diese Frage beantworte ich lieber später, damit du nicht nervös wirst.«

»Ich hab Bargeld, so viel du willst.«

»Das weiß ich, aber ich will dein Geld nicht.«

»Ich sag dir, wo ich vierzig Kilo Gold vergraben hab. Das ist ein Vermögen wert, viel mehr als eine Million Euro.«

Ich sehe ihn an und versuche herauszufinden, ob er die Wahrheit sagt. Wie ich weiß, bezahlen viele Drogenabhängige ihren Stoff mit Familienschmuck, den sie ihren verzweifelten Eltern stehlen und der dann eingeschmolzen und versteckt wird für den Fall, dass es irgendwann einmal nicht so gut läuft. Mir fallen jede Menge Dinge ein, die ich mit einer Million Euro tun könnte: Ich könnte sie irgendwie der Hilfsorganisation Bocatas zukommen lassen; ich könnte sie unter den Familien der zweiundzwanzig Unschuldigen verteilen, die Genaro Cortés auf dem Gewissen hat, oder, noch besser, die kalabresische Mafia oder eine andere Killerorganisation dafür bezahlen, dass sie meine Arbeit fortsetzt, wenn ich tot oder verkrüppelt bin. Denn die Liste der Leute, die den Tod verdienen, ist unendlich lang.

»Wo?«

»Mach mich erst los?«

Ich schieße Genaro auch noch ins andere Knie, und er schreit, heult und beschimpft mich mit den übelsten Worten. Daraufhin halte ich ihm die Pistole an die Stirn, deren Lauf von dem gerade abgegebenen Schuss noch heiß ist und eine runde Brandwunde hinterlässt.

»Denk an unser Abkommen, Genaro. Kein Geschrei. Wo ist das Gold?«

»Unter einem Autowrack vergraben, das auf einem meiner Schrottplätze steht, in Navalcarnero. Mach mich los, und ich erklär dir genau, wo.«

»Deine Knie sind bereits im Eimer. Willst du dich auch von deinen Eiern verabschieden?« Ich senke die Pistole so weit, dass ich genau in seinen Schritt ziele.

»Unter einem gelben Renault 5 mit schwarzem Dach. Im hinteren Teil des Platzes.«

Ich schenke Genaro ein dankbares Lächeln, hole mein Messer hervor und schneide die Kabelbinder an den Füßen und den Händen durch.

Er versucht aufzustehen, fällt jedoch wegen der zerschossenen Knie auf den Boden. Von dort aus wirft er mir schluchzend einen flehenden Blick zu. Auf einmal sieht er gar nicht mehr wie ein erbarmungsloser Killer aus.

»Ich hab dir gesagt, wo das Gold ist. Jetzt lass mich gehen.«

»Vorher muss ich dich noch einem Freund vorstellen. Dauert nur eine Minute.«

Ich eile durch den Gang und hole die Masse an Muskeln und Blut, die, in ein Bettlaken gewickelt, auf mich gewartet hat. Zwar fürchte ich, dass der Hund nicht in der Lage ist, sich zu rächen, aber es ist einen Versuch wert. Das Tier sieht mich verwirrt an, während ich es mit mir herumtrage und dann, wenige Meter von seinem Peiniger entfernt, absetze.

Genaro wird klar, was ich vorhabe, und schrickt zusammen. »Was machst du da, Paya? Bist du verrückt?«

Als der Hund die Stimme hört, richtet er sich auf, als wäre er völlig unverwundet, und sieht seinen Herrn knurrend an.

»Nur zu! Er gehört dir!«

Der Hund spannt zum letzten Mal all seine Muskeln und stürzt sich auf Genaro Cortés. Der Mörder versucht, sich mit Schlägen zu verteidigen, doch dieses Tier hat seit seiner Geburt gelernt zu töten und zerfleischt ihn in wenigen Minuten.

Als sein Opfer bereits nicht mehr in der Lage ist zu jammern und nur noch ein Gurgeln von sich gibt, dreht sich der Hund keuchend zu mir um und sieht mich mit so etwas wie Dankbarkeit im Blick an. Das Blut aus seinen Wunden vermischt sich mit dem Blut des Gitano. Sein Fell ist rot gefärbt.

»Gute Arbeit, Junge.«

Auch die Zeit des Hundes ist abgelaufen, und er schleppt sich mühsam in eine Ecke. Dort kauert er sich zusammen und hört auf zu atmen.

Ich ziele mit der Pistole auf Genaros Kopf und drücke ab.

Hier ist für mich nichts mehr zu tun, daher beschränke ich mich darauf, ein paar Fotos zu machen, und lasse eine der Visitenkarten der Inspectora auf der Stirn des Toten zurück. Und erneut überkommt mich eine tiefe Befriedigung.

◆

In einem Mordfall zu ermitteln, der sich in Pan Bendito ereignet hat, ist für die Polizei alles andere als angenehm. Aber diesmal sind die Umstände derart außergewöhnlich, dass sich Daniela Gutiérrez gezwungen sieht, persönlich am Tatort zu erscheinen.

Ein halbes Dutzend Polizisten geben ihr Bestes, um die neugierige Nachbarschaft fernzuhalten. Einer der Gitanos nutzt die Gelegenheit, um alte Rechnungen zu begleichen. »Wenn du es nicht warst, dann der andere, der mit dem Bart«, sagt er zu einem der Polizisten. »Ihr habt mir einfach eine Geldstrafe aufgebrummt.«

»Irgendwas wirst du schon angestellt haben.«

»Nein, ich schwör's bei allem, was mir heilig ist. Der Payo hat einfach behauptet, ich hätt ihn angegriffen. Dabei hab ich ihn nicht angerührt, da kannste deinen Arsch drauf wetten.«

Die Gitanos lachen, und los geht die Party. »Señora!«, ruft eine Frau Daniela zu. »Suchen Sie den Schuldigen lieber bei den Politikern, denn wir sind ehrliche Leute!«

Daniela lässt das Gelächter und die dummen Sprüche hinter sich, geht durch die ungepflegten Grünanlagen der Wohnsiedlung und betritt das Gebäude am Portal Nummer 4. Sie sieht, dass die Assistenten der Gerichtsmedizin auf einer Trage die Leiche eines Mannes wegbringen, dem im Flur einer bescheidenen Wohnung der Kopf weggepustet wurde.

Sie bleibt auf der Treppe stehen, um mit Martos zu reden, der kurz vor ihr eingetroffen ist. »Ich nehm mal an, dass es nicht viele Zeugen gibt.«

»Keinen einzigen. Hier arbeitet man aus Prinzip nicht mit der Polizei zusammen.«

»Und die Nachbarn?«

»In der Wohnung gegenüber lebt 'ne Hellseherin, die aber heute keine gute Verbindung ins Jenseits zu haben scheint, denn sie hat nichts mitbekommen.«

Im Wohnzimmer sprechen mehrere Polizisten mit einem Paar, das äußerst nervös und verängstigt wirkt.

»Guten Abend, ich bin Inspectora Gutiérrez.«

Einer der Kollegen zeigt Daniela eine Plastiktüte mit der üblichen blutbefleckten Visitenkarte der Inspectora. »Das lag auf der Leiche.«

»Danke«, sagt sie und nimmt die Tüte mit der Karte entgegen. »Haben die beiden den Täter gesehen?«

»Wie sie sagen, hatte er eine Sturmhaube über dem Gesicht und hat kein Wort gesagt.«

Warum wohl?, fragt sich Daniela. Vielleicht haben sie ihn gekannt, oder er ist ein Ausländer und wollte sich nicht durch seinen Akzent verraten.

»Meine Kollegen haben mir gesagt, dass Sie den Täter nicht sehen konnten.«

»Nein, Señora«, bestätigt der Ehemann. »Er trug eine Sturmhaube. Er kam rein, hat uns gleich hier gefesselt und dann wortlos darauf gewartet, dass Genaro und Ricardo kamen.«

»Hier war doch nur eine Leiche.«

»Genaro hat er mitgenommen«, sagt die Frau.

Daniela versucht ihre Gedanken zu ordnen. Es ist offensichtlich, dass Talión auf der Suche nach Genaro Cortés war, denn der Name ist allgemein bekannt, seit der Mann vor ein paar Jahren verdächtigt wurde, mehr als zwanzig Jugendliche vergiftet zu haben. Wobei es sie auch nicht wundern würde, wenn die Leute jetzt anfangen, ihre Mitmenschen umzulegen und dann so zu tun, als wäre es der Rächer aus dem Fernsehen gewesen. Außerdem ärgert es sie, dass Jaime Vicario als Hauptverdächtiger ausscheidet, wenn dies hier wirklich derselbe Täter war, der auch Jonás Bustos, Cornel Popescu und Yurik Ivanov umgebracht hat, weil sich der Börsenmakler noch in Katar aufhält.

»Wie konnte er Sie überwältigen, ohne ein Wort zu sagen?«, spricht Martos den Gedanken aus, der Daniela gerade kommt.

»Er hat mich überrumpelt, als ich die Tür aufgemacht habe«, erklärt Sara. »Er hat mir den Mund zugehalten und seine Pistole auf mich gerichtet.«

»Bei mir war es ganz ähnlich. Als ich nach Hause kam, hat er mit mir das Gleiche gemacht.«

»Woher wusste der Mörder, dass Genaro Cortés und der andere Mann Sie aufsuchen würden?«

Das Ehepaar sieht sich unbehaglich an. Schließlich wendet sich Sara beschämt an Daniela. »Könnte ich mit Ihnen unter vier Augen sprechen, Señora?«

Die Inspectora willigt verwundert ein, und die beiden Frauen ziehen sich für etwa zehn Minuten in einen anderen Raum der Wohnung zurück. Als sie wieder ins Wohnzimmer kommen, ordnet Daniela an, ein Polizeiaufgebot auf die Suche nach dem entführten Gitano zu schicken, doch erst um neun Uhr am nächsten Morgen ruft Martos bei ihr an: »Sie haben ihn gefunden.«

Genau wie alle anderen, die an diesem Morgen das Beti-Jai betreten haben, sind Daniela und Martos überrascht, dass es einen solchen Ort mitten im Zentrum von Madrid gibt. Die Journalisten strömen in die Calle Marqués de Riscal, ohne zu wissen, ob der Mord in einer Wohnung oder an einem anderen Ort begangen wurde, aber in der Gewissheit, dass Talión erneut zugeschlagen hat.

Ein Architekt aus der Bürgervereinigung, die das Gebäude zu retten versucht, hat den Toten am frühen Morgen entdeckt und gleichzeitig die Polizei und die Presse verständigt. Bevor die Inspectora den Ort des Geschehens betreten hat, hat sie einen vielsagenden Blick mit Álvaro Herrero ausgetauscht. Wie sie beide wissen, sind sie gezwungen, in dieser Sache zusammenzuarbeiten, wobei der Journalist heute eher besorgt als motiviert wirkt.

Daniela bleibt in der Mitte des Spielfelds stehen und sieht sich verblüfft um. »Und was soll das sein?«

»Eine Pelotaarena aus der Zeit um 1900«, entgegnet Martos. »Wir befinden uns gerade mitten auf dem Spielfeld.«

»Dass er diesen Ort ausgewählt hat, bedeutet, dass er ihn gut kennt und wusste, dass er hier ungestört sein würde. Wir müssen mit den Eigentümern oder demjenigen, der sich um diesen Ort kümmert, reden.«

Sie gehen auf das schmale Gebäude zu, wo sie vom Inspector der Spurensicherung empfangen werden. Mehrere Kollegen machen Fotos und suchen am Tatort nach Hinweisen.

»Diesmal hat er sich selbst übertroffen«, sagt der kleine Mann mit dem auffälligen Tick und zieht den Mundschutz aus. »Und er hat sich Unterstützung besorgt. Ein Hund hat den Gitano zerfleischt und zum Dank dafür den Gnadenschuss erhalten.«

Die Inspectora blickt auf den blutüberströmten Kadaver und wendet sich dann der zerfleischten Leiche des Gitano zu, einem grausigen Gemisch aus Gedärmen und blutigen Klumpen. Mit einem Taschentuch hält sie sich Mund und Nase zu.

»Bis jetzt habe ich drei Einschüsse entdeckt.« Der Inspector der Spurensicherung weist auf die entsprechenden Stellen. »Einen in jedem Knie und einen in der Stirn. Wir haben die Hülsen gefunden. Kaliber 5,7.«

»Das Kaliber ist bei Handfeuerwaffen echt selten«, sagt Martos. »Ich tippe auf eine FN Five-Seven. Ist aber nicht leicht zu bekommen.«

»Und die Visitenkarte?«

»Lag auf seiner Stirn. Wurde schon als Beweisstück markiert und eingetütet.«

»Ist irgendwas über den Hund bekannt?«

»Dass er am ganzen Körper Bisswunden aufweist, wahrscheinlich von einem Hundekampf. Weitere Schusswunden sind nicht vorhanden.«

Daniela sieht sich im Gebäude um, ohne irgendetwas Neues zu

finden, und bleibt dann auf dem ehemaligen Spielfeld stehen, um die beiden blutbefleckten Visitenkarten in ihren jeweiligen Plastikhüllen zu betrachten sowie die Patronenhülsen in einer weiteren Tüte. Noch immer gibt es nicht viele Spuren, aber dieser Talión, wer immer er auch ist, dreht zu viele Teller auf seinen Stäben, und es ist nur eine Frage der Zeit, dass einer davon auf dem Boden zerschellt. Und dann wird sie zur Stelle sein, um ihn zu fassen und zu fragen, warum, zum Teufel, er sie da mit hineingezogen hat. Wobei sie annimmt, dass sie die Antwort bereits kennen wird, wenn sie sein Gesicht sieht.

Martos, der genauso verunsichert wirkt wie alle anderen, die an den Ermittlungen beteiligt sind, kommt auf sie zu.

»Haben wir den Mann, der die Leiche entdeckt hat, bereits ausfindig gemacht?«, fragt sie ihn.

Daniela und Martos reden mit dem Architekten. Der erklärt ihnen, dass er zu der Vereinigung gehört, die sich für die Rettung des Beti-Jai einsetzt, und von der Stadtverwaltung die Erlaubnis hat, für die kurz bevorstehende Renovierung ein paar Untersuchungen anzustellen.

Auch aus diesem Gespräch ergibt sich kaum etwas, dem man nachgehen kann.

◆

Ich lege ein neues Dokument an und nenne es *Talión II*. Dann versuche ich zwei Stunden lang, Bibelzitate zu finden, die zu den Fotos der Leichen von Ricardo Hernández und Genaro Cortés passen, doch keines überzeugt mich, sodass ich einfach nur schreibe: *Ricardo Hernández und Genaro Cortés. Exodus, 21.*

Ich stecke den Umschlag mit dem USB-Stick in den Briefkasten und fahre auf die Autobahn Richtung Extremadura. Der Schrottplatz des verstorbenen Genaro Cortés befindet sich an der Landstraße von Navalcarnero nach Sevilla la Nueva.

Ich komme eine halbe Stunde vor Feierabend dort an und sehe mich unter den dort stehenden Autos um. Es ist kein besonders großer Schrottplatz, auf dem aber immerhin Stapel von mehreren Hundert Autos Platz gefunden haben. Da ich keinen Zugang zu dem hinteren Teil habe, kann ich nicht nachsehen, ob dort wirklich der gelbe Renault 5 mit dem schwarzen Dach zu finden ist.

Vor einem Bürocontainer treffe ich zwei Angestellte an, einen dicken Mann in einem mit Öl und Essen befleckten Unterhemd und einen jüngeren, der einen Sturzhelm in der Hand hält.

Als er mich sieht, kommt er auf mich zu. »Wir schließen gleich, Señorita.«

»Ich bin auf der Suche nach Scheinwerfern und noch ein paar anderen Ersatzteilen für einen alten Renault 5. Haben Sie da was?«

Der junge Mann sieht verdrießlich auf seine Uhr. »Wir haben alles, aber Sie müssen an einem anderen Tag wiederkommen. Ich muss jetzt weg.«

»Würde es Ihnen etwas ausmachen, wenn ich kurz mal einen Blick reinwerfe, damit ich, wenn ich morgen wiederkomme, gleich weiß, was ich will? Dauert nur ein paar Minuten, und es würde Ihnen Arbeit ersparen.«

Der junge Mann zögert erneut, zuckt dann aber mit den Schultern und fährt schließlich auf dem Motorrad davon, das am Eingang stand.

Nachdem ich mich davon überzeugt habe, dass nur noch der Dicke und ich auf dem Gelände sind, verstecke ich mich hinter einem Auto, ziehe mir die Handschuhe und die Sturmhaube über und warte, bis er den Container verlässt, um das Tor des Schrottplatzes abzuschließen. Er braucht fast zehn Minuten für die fünfzig Meter zum Tor und weitere zehn Minuten zurück, sodass ich mich problemlos in den Container schleichen kann, um ihn dort mit der auf den Eingang gerichteten Pistole zu erwarten. Als er endlich zurückkommt und im Türrahmen auftaucht, erschreckt sich der Arme zu Tode.

»Wir habe hier kein Bargeld«, sagt er und hebt die Hände. »Die Kunden zahlen alle mit Kreditkarte.«

»Komm rein und setz dich dahin.« Ich weise mit der Pistole auf einen Stuhl.

Der Dicke nimmt Platz, und ich werfe einen Kabelbinder über den Tisch zu ihm hinüber.

»Leg dir das um die Handgelenke und zieh es mit den Zähnen zu. Schön fest, sonst mach ich das, und dann tut's weh.«

Der Dicke gehorcht und fesselt sich selbst. Er zieht den Kabelbinder mit den Zähnen so fest zu, dass er sich die Blutzirkulation abklemmt. Wenn ich das so lasse, werden die Hände garantiert absterben.

»Scheiße, bist du brutal!« Ich lege einen weiteren Kabelbinder auf den Tisch, hole mein Messer hervor und befreie ihn. »So, auf ein Neues, aber zieh nicht so fest zu.«

Der arme Mann gehorcht und fesselt sich erneut. Ich überprüfe, ob der Kabelbinder gut fest ist, und setze mich dem Dicken gegenüber.

»Kommt hier noch jemand hin?«

»Um zwölf kommt der Nachtwächter und bleibt bis acht Uhr morgen früh.«

»Aber bis zwölf bist nur du hier, ja?«

Der Mann nickt ängstlich.

»Weißt du, wer Genaro Cortés ist?«

»Ja, Señora. Ihm gehört das hier alles, aber wenn Sie was von ihm wollen, kommen Sie zu spät. Talión hat ihn gestern zur Hölle geschickt.«

»Gehe er mit Gott ... War er oft hier?«

»Ich hab ihn einmal gesehen, vor drei oder vier Jahren. Wer öfter kommt, ist Ricardo. Na ja, kam«, korrigiert er sich. »Talión hat sich auch um ihn gekümmert.«

»Und was hat er gemacht, wenn er hier war?«

»Keine Ahnung. Er ist immer im hinteren Teil des Platzes gewesen.«

Ich fordere den Mann auf, sich zu erheben, lege ihm noch ein paar Kabelbinder an, um ihn bewegungsunfähig zu machen, und binde ihn an ein Regal voller alter Autoreifen. Ein Streifen Klebeband über den Mund verhindert, dass er um Hilfe rufen kann.

»Keine Dummheiten machen, okay?«

Ich gehe zum hinteren Tor und sehe mehrere Stapel von jeweils drei oder vier Autos. In einer Ecke entdecke ich einen vanillefarbenen Renault 5 mit grauem Dach. Wie ich annehme, war der Wagen einmal gelb und schwarz und die Sonne und der Regen haben die Farben ausgebleicht.

Ich brauche eine Stunde, um mich mit der Handhabung eines Krans vertraut zu machen, und es gelingt mir, das Auto und ein weiteres wegzuheben, einige große Steine zu entfernen und ein Loch von einem halben Meter Tiefe auszuheben.

Genaro Cortés hat nicht gelogen. Ich finde mehrere Weinkisten voller Goldbarren und in einer weiteren einen Haufen Ketten, Ringe, Uhren und sogar Kruzifixe.

Nachdem ich alles schwitzend auf eine Schubkarre geladen habe, schaue ich noch mal bei dem Dicken vorbei, der noch immer gefesselt ist und lautstark durch die Nase atmet. »Wenn der Nachtwächter pünktlich ist, musst du nur noch fünfzig Minuten warten.«

Zurück zu Hause, erhalte ich einen Anruf von meiner Freundin Lorena. Ich ignoriere ihn genauso wie in den letzten Tagen die Anrufe von Doktor Oliver, Álvaro und dem Rest meiner Freunde. Meinen WhatsApp-Status ändere ich in: *Bin verreist. Melde mich nach meiner Rückkehr.*

Einen Teil des Goldes verstecke ich im Keller, doch zehn Barren verstaue ich in einem Rucksack und nehme ihn mit nach oben, in der Absicht, sie auf irgendeine Art und Weise Eric zukommen zu lassen.

Als ich sehe, wer an der Wohnungstür auf mich wartet, erstarre ich.

»Hallo«, sagt meine kürzlich entdeckte Schwester Natalia. »Du und ich sollten uns mal unterhalten, findest du nicht?«

»Worüber denn?«

»Darüber, warum du so heißt wie mein Vater und wir uns so ähnlich sehen.«

◆

Totenwachen unter Gitanos sind generell nicht dafür bekannt, dass sich die Beteiligten in ihren Schmerzbekundungen zurückhalten, aber bei der Totenwache für Gitano Cortés ist das Geschrei und Gejammer bis zur Autobahn M-30 zu hören, in deren Nähe das Beerdigungsinstitut liegt. Da der Hund ganze Arbeit geleistet hat, war es nicht möglich, den Patriarchen der Genaros so herzurichten, um ihn aufzubahren, damit sich die Seinen von ihm verabschieden können.

Hunderte Gitanos und Gitanas aus allen Teilen des Landes – die Frauen in strenger Trauerkleidung, die Männer seit Tagen unrasiert und mit schwarzen Tüchern um den Hals, um ihren Schmerz und ihren Respekt zu bekunden – folgen dem von zwei weißen Pferden gezogenen Wagen mit dem Sarg. Die Friedhofswärter haben größte Mühe, die Massen an Freunden und Verwandten in Schach zu halten, die alle bis direkt an die Grube vordringen wollen, um dem Toten die letzte Ehre zu erweisen. Das Mausoleum ist mit Dutzenden Kränzen und Blumensträußen geschmückt und mit den Statuen von vier rosafarbenen Flamingos, dem Symbol der französischen Bevölkerung von Saintes-Maries-de-la-Mer, wo jedes Jahr die Wallfahrt zu Ehren der heiligen Sara stattfindet, die nach der Legende eine Gitanasklavin gewesen ist, die zusammen mit

Maria Magdalena, der heiligen Martha, Maria Salome und Maria Kleophae die sterblichen Überreste Christi auf ihrer Reise aus dem Heiligen Land begleitet hat.

Doch bei Weitem am auffälligsten ist die lebensgroße Statue des Verstorbenen vorn auf dem Grab. Die Darstellung ist erstaunlich realistisch, sodass einige Anwesende dem Abbild Kleidung des Toten anziehen oder ihm ihre Ketten und goldenen Uhren umhängen. Um zu verhindern, dass die Statue geschändet wird, wird sie zwei Wochen lang Tag und Nacht von zwei Junkies bewacht.

Einige Stunden nach dem Abschied vom Patriarchen und auch wenn die Familie am liebsten mindestens einen Monat lang getrauert hätte, muss sich jemand um die Fortführung der Geschäfte kümmern. Dazu treffen sich die wichtigsten Mitglieder der Genaros in der Maisonettewohnung in Pan Bendito.

»Es bleibt alles beim Alten«, sagt Tony sehr selbstsicher und schwingt sich damit trotz seiner Jugend zum Erben des Clans auf. »Im Sektor vier haben wir weiterhin das Sagen, so als wäre nichts passiert.«

»Die vom Clan der Juana werden die Absprachen, die sie mit deinem Vater getroffen haben, nicht einhalten, Tony«, wendet Onkel Ramón ein. »Sie haben sich bis jetzt nur mit dem zufriedengegeben, was wir ihnen zugestanden haben, weil sie Angst vor Genaro hatten.«

»Dann muss ich ihnen die gleiche Angst machen.«

Tonys erste Machtdemonstration sollte darin bestehen, zwei Gitanos, die für den Clan der Juana arbeiten und im Revier der Genaros mit Drogen handeln, zu töten. Man weiß, dass die Matriarchin des rivalisierenden Clans die Ware bei ein paar Payos kauft, die sie auf Kreuzfahrtschiffen aus der Türkei einschmuggeln und sie an mehreren Stellen in der Cañada Real verticken, wobei der Stoff weitaus hochwertiger ist als der der Genaros, eine Droge, die noch mehrfach verschnitten werden kann. Der Schaden, den die Genaros dadurch erleiden, ist nicht besonders groß, aber es geht darum zu zeigen, dass sie weiterhin das Sagen haben und sich durch den Tod des Patriarchen nichts verändert hat.

Seit Tony den brasilianischen Film *Tropa de Élite* gesehen hat, träumt er davon, auch einmal die sogenannte Mikrowelle anzuwenden, um jemanden zu töten.

Die beiden Gitanos weinen und flehen um Gnade, als sie in die Röhre aus Reifen gesteckt werden. Sie ahnen erst, was mit ihnen geschehen soll, als sie mit Benzin übergossen werden und Tony mit einem der tausend Feuerzeuge herantritt, die er zur Feier seines einundzwanzigsten Geburtstages vor ein paar Monaten verschenkt hat. Genau wie vierzig Jahre zuvor sein Vater es in Tres Mil Viviendas gemacht hat, zeigt der »kleine« Cortés, als er endlich freie Hand hat, sein wahres Gesicht. Er ist der Einzige, der trotz der Hitze, die die beiden Scheiterhaufen verbreiten, bleibt; er will den grausamen Tod seiner beiden ersten Opfer als neuer Patriarch des Clans bis zum letzten Schrei genießen.

Anders als die Mehrheit der mit Drogen handelnden Clans kann die Familie von Juana nicht auf Tradition aufbauen. Ihr erster Kontakt mit dem organisierten Verbrechen ereignete sich auf der Kirmes von Valdemorillo, als der älteste Sohn der Rubios zu ihrem Stand kam, wo sie Bratäpfel und Zuckerwatte verkauften. Diesen Stand hatte Juana von ihrem Mann geerbt, der einige Monate zuvor an Bauchspeicheldrüsenkrebs gestorben war.

An jenem Tag war sie mit ihrer fünfzehnjährigen Tochter allein, denn ihre beiden Söhne – Zwillinge von siebzehn Jahren – halfen an den Tagen, an denen am meisten los war, beim Autoscooter, einem Fahrgeschäft, das einem Cousin zweiten Grades gehörte.

»Señora Juana, wenn Sie wollen, dass wir Ihren Stand beschützen, müssen Sie dafür bezahlen«, erfuhr sie, »oder glauben Sie, dass wir das aus Spaß an der Freude machen?«

»Ich brauche hier keinen Schutz, Junge. Was kann man mir schon stehlen? Zwei Bratäpfel?«

Am nächsten Morgen waren an ihrem Wohnwagen, in dem sie von Kirmes zu Kirmes zogen, alle vier Räder zerstochen, aber sie entschied, dass es billiger sein würde, neue Reifen aufziehen zu lassen, als die zwanzig Prozent vom Gewinn zu zahlen, die die Mafia verlangte.

Zwei Wochen später brannte ihr Wohnwagen.

Daraufhin hatte Juana keine andere Wahl, als mit dem Patriarchen der Rubios zu reden und ihn um den Kredit zu bitten, den ihr alle Banken verweigerten.

»Ich schlage Folgendes vor, Doña Juana«, sagte Don Silverio mit falscher Freundlichkeit. »Ich schenke Ihnen einen neuen Wohnwagen, der größer und moderner ist als der, den Sie hatten, und im Gegenzug werden wir Partner.«

»Zu welchem Prozentsatz?«

»Fifty-fifty. Aber mit Ihrem Teil bezahlen Sie die Genehmigungen der Städte, die Äpfel und die Zutaten sowie die Arbeitskraft.«

Juana blieb nichts anderes übrig, als einzuwilligen, doch nach kurzer Zeit zeigte sich, dass sie und ihre Kinder zu Sklaven der Rubios geworden waren, die sie für einen Hungerlohn schuften ließen, während der gesamte Gewinn ihrem angeblichen Partner zufloss.

Eines Morgens, als Juana die Waschmaschine anstellen wollte, entdeckte sie in der Hosentasche eines der Zwillinge einen kleinen Klumpen Haschisch. Sie sah ihn sich genau an, roch daran und wartete mit der Droge in der Hand darauf, dass ihre Söhne von der Arbeit kamen. Kaum waren die Jungen zu Hause, verpasste sie jedem von ihnen eine Ohrfeige.

»Was soll das denn, Mama? Wieso hast du uns einfach geschlagen?«, fragte der eine, während er sich die Wange rieb.

»Wie viel kostet euch das?«, fragte Juana daraufhin und zeigte ihnen den Klumpen Haschisch.

»Das gehört uns nicht«, erwiderte der andere Zwilling eilig. »Wir bewahren es für einen Payo auf.«

»Wenn ihr meine Fragen nicht beantwortet, gibt es eine Tracht Prügel«, sagte Juana drohend.

»Das bisschen ist vielleicht fünfzehn Euro wert, aber wir haben mit den Cousins zusammen eine ganze Platte für hundert verkauft. So ist es viel billiger.«

»Wie viel ist ›viel billiger‹?«

»Wenn man diese Platte in zehn Stücken verkauft, kann man locker einen Gewinn von hundertsechzig oder hundertsiebzig Euro machen. Und wenn man es an die Payos vertickt, sogar zweihundert.«

Juana investierte die dreihundert Euro, die sie am Ende des Monats übrig hatte, in drei Platten Haschisch, und die fünfzehnhundert Euro, die sie daran verdiente in weitere fünf Platten. Vier Monate später verkauften sie neben den Äpfeln ein Kilo Haschisch pro Woche, und nach einem Jahr wagte sie die erste größere Investition: hundert Kilo Haschisch bester Qualität, in Cádiz für tausend Euro pro Kilo erworben, verkaufte sie in Madrid für zweitausendfünfhundert.

Von da an handelte Juana mit Weitblick und stellte vier Gitanos ein, die keine Familie und genauso wenig Skrupel hatten, um das Geschäft zu vergrößern. Als Juana schließlich zum ersten Mal in ihrem Leben die Taschen voller Geld hatte, war das Erste, was sie tat, alte Rechnungen zu begleichen.

»Dafür nimmst du am besten einen Kolumbianer«, riet ihr Cani, der vor ein paar Jahren für La Paca auf Mallorca gearbeitet hatte. »Ich hab einen im Gefängnis kennengelernt, der für sechstausend Euro sogar seine Mutter umbringen würde.«

»Ich möchte mit ihm reden.«

Silverio, der Patriarch der Rubios, machte sich wie jeden Dienstag auf den Weg, um die Tochter der Eigentümer des Super Jumpers zu vögeln, der eine der beliebtesten Attraktionen auf der Kirmes war. Von den Eltern ließ er sich, anstatt die überhöhte Kommission für den angeblichen Schutz zu kassieren, lieber in Naturalien bezahlen. Margarita, eine äußerst frühreife Fünfzehnjährige, litt nicht nur darunter, einmal pro Woche von einem Mann, der viermal so alt war wie sie, bestiegen zu werden, sondern vor allem unter dem Wissen, dass es für sie niemals eine traditionelle Hochzeit geben würde. Denn nun war es ihr nicht mehr möglich, die Probe mit dem blutbefleckten Leintuch zu bestehen, die der Gemeinschaft ihre Ehre bewies.

Als Silverio schließlich befriedigt den Wohnwagen verließ, in dem er es mit dem Mädchen getrieben hatte, sah er den Kolumbianer nicht, der sich von hinten an ihn heranschlich …

Da Juana keinen Partner mehr hatte, übernahm sie den Drogenhandel als Matriarchin des gefürchteten Clans der Juana. Ihr Ziel war es, ganz nach oben an die Spitze zu gelangen, doch wäre eine Konfrontation mit Genaro der reine Wahnsinn gewesen. Also wartete sie auf ihre Gelegenheit, die Talión ihr nun auf dem Tablett servierte.

Der schwarze Rauch der brennenden Reifen ist weit zu sehen. Cani fällt er auf, während er an der Tür der Verkaufsstelle, die er für Juana kontrolliert, ein Bier trinkt, und er denkt, dass es auf der M-40 in der Nähe der Slumsiedlung wohl einen Unfall gegeben hat.

Einer der Zwillinge, die inzwischen zwanzig Jahre alt sind, klärt ihn später darüber auf, dass der Rauch daher rührte, dass man seine Neffen lebendig verbrannt hat.

»Lass mich sie rächen, Señora Juana!«, fleht Cani. »Sie waren von meinem Blut und wurden getötet wie Hunde.«

»Du wirst deine Rache bekommen«, erwidert die Matriarchin

kühl, »und du wirst Tony auf die gleiche Art und Weise töten, wenn du willst. Aber vorher müssen wir die anderen Clans unter Kontrolle bringen.«

Also setzt sich Juana mit den Patriarchen der anderen Clans zusammen, und wie ein paar Jahre zuvor Genaro Cortés schafft sie es, sie auf ihre Seite zu bringen.

Die Ersten, die sterben, sind Onkel Ramón und seine beiden Söhne, die nach dem Gottesdienst aus einem vorbeifahrenden Auto heraus von Kugeln durchsiebt werden. Am nächsten Tag sind zwei Neffen von Genaro an der Reihe und einen Tag darauf ein weiterer.

Schließlich fleht Tonys Mutter ihren Sohn an, dieses Blutbad zu beenden, und der junge Patriarch hat keine andere Wahl, als mit Juana ein Treffen zu vereinbaren.

Dieses findet im Haus von Onkel Eliseo statt, angeblich ein neutraler Ort. Vier Gitanos, die mit dem Krieg zwischen den Genaros und dem Juana-Clan nichts zu tun haben, durchsuchen die Teilnehmer gründlich, auch die Sechzigjährige, die später als absolute Königin des Drogenhandels in Madrid den Ort wieder verlassen wird.

»Ich bin nur wegen meiner Mutter hier«, sagt Tony süffisant. »Sie will nicht, dass noch mehr Leute sterben.«

»Dann fang du an.«

»Diese beiden Gitanos haben auf unserem Territorium mit Drogen gehandelt.«

»Dein Vater hat es erlaubt.«

»Mein Vater weilt nicht mehr unter uns.«

»Du wirst schon bald bei ihm sein, dann könnt ihr ja über eure Fehler diskutieren.«

In dem Moment ziehen die vier Gitanos, die die Teilnehmer an dem Treffen kurz zuvor nach Waffen untersucht haben, ihre eigenen Pistolen hervor und zielen damit auf Tony und seine beiden Cousins.

»Du Miststück sollst zur Hölle fahren!«, spuckt Tony ihr ins Gesicht.

»Ich möchte dir gern jemanden vorstellen, Junge.« Und während sie dies sagt, tritt Cani mit blutunterlaufenen Augen in den Raum. »Das ist der Onkel der beiden Jungen, die du bei lebendigem Leib verbrannt hast. Die letzten Verwandten, die er noch hatte.«

Tonys Cousins werden auf die Knie gezwungen und auf der Stelle mit einem Schuss in den Hinterkopf exekutiert. Den jungen Patriarchen selbst erwartet ein wesentlich längerer und schmerzhafterer Tod. Cani hat einen anderen Lieblingsfilm als Tony, da er ein gläubiger Mensch ist, nämlich *Die Passion Christi*.

Daher setzen sie Tony eine Dornenkrone auf, verabreichen ihm dreihundert Hiebe mit einer Peitsche mit eingeflochtenen Kugeln und durchlöchern seine Hände und Füße mit einer Bohrmaschine. Da sie ihn aber schlecht ans Kreuz nageln und in der Sonne verwesen lassen können, beschließen sie, ihn an den Händen aufzuhängen und zu häuten. Doch zum Leidwesen der Folterer bekommt ihr Opfer, als sie gerade mit der Haut eines Beines angefangen haben, einen Herzinfarkt.

Das grüne Haus wird weiß gestrichen, und niemand wagt es mehr, es das »Haus der Genaros« zu nennen, denn es ist jetzt das Haus von Juana.

4 AMAYA UND DANIELA

»ALSO ICH WEISS NICHT, ob das so eine gute Idee ist, Natalia. Das Beste wäre, du vergisst es und fährst nach Málaga zurück.«

Natalia sieht mich enttäuscht an, während sie, ein Bier in der Hand, auf meinem Sofa sitzt. Es besteht kein Zweifel, dass wir Schwestern sind, wir greifen sogar auf die gleiche Art nach der Flasche, und sie streicht sich beim Trinken genauso wie ich das Haar hinters Ohr.

Sie schnuppert in die Luft und kraust die Nase. »Hast du einen Hund?«

»Nein …«

»Nein? Na ja, hier riecht's nach Hundescheiße.«

»Hin und wieder passe ich auf den Hund einer Nachbarin auf. Ich hab ihn ihr gestern zurückgebracht.« Ich versuche zum Thema zu kommen. »Es hat keinen Sinn, dass wir hier sitzen und reden.«

»Mensch, bist du denn gar nicht neugierig?«

»Überhaupt nicht.«

»Und warum bist du dann zu uns nach Málaga gekommen?«

Ich weiß nicht, wie ich mit der Situation umgehen soll. Es scheint mir unglaublich, dass ich hier gerade mit meiner Schwester plaudere, von deren Existenz ich erst vor ein paar Tagen erfahren habe. Meine Lage ist heikel, und ich möchte ihr sagen, dass sie eilig verschwinden und ihr Leben weiterführen soll, dass meine Biografie sie nicht gerade stolz machen würde und ich ihr Leben nur verkomplizieren werde. Denn es ist gut möglich, dass sie in wenigen Tagen auf der Straße bedrängt und nach ihrer Schwester, der Mörderin, gefragt wird.

»Gut, was willst du? Ich kann dir Geld überweisen, damit du die Pflege deiner Mutter bezahlen kannst. Bei mir sieht es finanziell gerade ganz gut aus.«

»Steck dir dein Geld sonst wo hin«, sagt sie beleidigt. »Ich will nur, dass du mir ein paar Fragen beantwortest.«

»Entschuldige, du hast recht.« Ich beruhige mich und setze mich hin. »Welche Fragen?«

»Hast du gewusst, dass du eine Schwester hast?«

»Nein. Du?«

»Ich hab meine Mutter mal am Telefon zu meiner Tante sagen hören, dass ›das Mädchen begonnen hat, Journalismus zu studieren‹, und von da an war ich im Bilde. Jahre später hatten meine Eltern dann mal einen Streit, weil ›die Mutter des Mädchens‹ gestorben war und sie sich nicht einig waren, ob sie an der Beerdigung in Madrid teilnehmen sollten.«

»Soweit ich weiß, haben sie sich das gespart.«

»Das weiß ich nicht. Ich hatte immer den Verdacht, dass da irgendwas ist, hab es aber irgendwann verdrängt … Bis ich dich letztens gesehen habe. Zuerst hab ich gedacht, dass ich dich irgendwoher kenne, doch nachdem du eine Weile weg warst, ist mir ein Licht aufgegangen, und ich hab meinen Vater direkt gefragt. Er hat mir dann alles erzählt, obwohl er dich nicht erkannt hat. Er hat mir einen Zeitungsausschnitt mit einem Bild von dir gezeigt, in dem stand, dass du eine Medaille in rhythmischer Sportgymnastik gewonnen hast.«

»Da war ich vierzehn.«

»Wahrscheinlich hat er dich deswegen nicht wiedererkannt.« Natalia zuckt mit den Schultern.

Ich weiß nicht, wohin dieses Gespräch führen wird, aber ich muss es so schnell wie möglich beenden. Ich habe noch jede Menge zu erledigen, bevor ich mich für oder gegen die Operation entscheide, und mir rennt die Zeit davon. Jeden Tag fühle ich mich schwächer, und ich begreife allmählich, dass die Krankheit, die bisher recht rücksichtsvoll zu mir war, mich irgendwann in nächster Zeit lahmlegen wird. Das Kribbeln in Armen und Beinen wird langsam, aber unaufhörlich stärker.

»Hast du noch mehr Fragen?«

»Nein ... oder doch. Wirst du irgendwann dazu bereit sein, dass wir uns mal treffen, um zu reden oder so?«

»Das Problem ist, dass ich ins Ausland gehe, um dort zu arbeiten, nach New York. In ein paar Tagen bin ich weg, deshalb macht es keinen Sinn, jetzt eine Beziehung zueinander aufzubauen. Lassen wir es lieber bleiben.«

»Ich bitte dich nicht darum, dass wir ein gemeinsames Leben führen, sondern nur, dass wir mal etwas zusammen trinken und uns von unseren Leben erzählen.«

Ich merke, dass es ihr wichtig ist, und gebe nach. Nachdem sie extra aus Málaga gekommen ist, wäre es nicht fair, ihr das abzuschlagen.

»Hast du schon zu Abend gegessen?«

»Eine Portion Pommes im Schnellzug.«

»Nimm dir noch 'n Bier, während ich mich umziehe. Dauert nur eine Minute.«

Ich springe schnell unter die Dusche und schaue auf mein Handy. Álvaro hat dreimal angerufen, Doktor Oliver mehrfach, und unter vielen anderen finde ich eine WhatsApp von Eric: *Ich hoffe, es geht dir gut. Melde dich bitte. Küsse von Eric und Lionel.*

Ich antworte, dass ich auf dem Weg zum Flughafen bin, bedanke mich für die Anteilnahme und schalte das Handy aus.

Dann gehe ich mit meiner Schwester in ein Lokal in der Nähe der Calle Alonso Martínez, und wir essen Tapas.

»Hast du einen Freund?«, frage ich sie.

»Ich hatte. Und du?«

»Ebenso.«

»Da siehst du mal, wie gut wir zusammenpassen. Wart's ab, wir werden irgendwann gemeinsam im Altersheim sitzen.«

Dummerweise mag ich sie. Sie erzählt mir, dass sie in einem Hotel arbeitet und dass, als sie gerade eine Reise nach Malta geplant hat, um ihr Englisch zu verbessern und zur Rezeptionistin befördert zu werden, ihre Mutter operiert werden musste und dann dieses Blutgerinnsel hatte. Seitdem arbeitet sie tagsüber und kümmert sich nachts um ihre Mutter.

Sie fragt nach meinem Leben, und ich behaupte, dass man mir bei einer Zeitung in New York einen Job angeboten hätte, ich aber in ein paar Monaten zurückkehren würde und wir uns dann noch mal sehen könnten. Sie freut sich aufrichtig darüber, und es tut mir leid, dass alles gelogen ist.

Wir reden auch über unseren Vater, und sie schwört mir, dass sie nicht verstehen kann, wie er mich einfach so verlassen konnte, während er ihr gegenüber immer so liebevoll war. Ich weiß nicht, warum, aber ich rechtfertige ihn damit, dass man zur damaligen Zeit nicht viel machen konnte, und behaupte, ich würde es ihm nicht nachtragen. Sie schlägt vor, dass wir uns nach meinem New-York-Aufenthalt mal zu dritt treffen könnten, und ich verspreche, darüber nachzudenken. Sie hat dafür Verständnis und besteht nicht darauf.

Um zwei Uhr morgens gebe ich vor, todmüde zu sein, weil ich mich Natalia allmählich zu nahe fühle – was mir vor ein paar Wochen noch nicht passiert wäre –, und das kann ich nun wirklich nicht brauchen. Ich hätte sie gern vor ein paar Jahren kennengelernt und eine normale geschwisterliche Beziehung zu ihr aufgebaut, aber mein Leben hat nun einen anderen Weg genommen, und für sie ist kein Platz darin.

»Wo wirst du übernachten?«, frage ich sie.

»Bei einer Freundin.«

»Gut. Ich ruf dich an, wenn ich zurück bin.«

»In Ordnung.« Meine Schwester schreibt ihre Telefonnummer auf eine Serviette, umarmt mich, sagt mir, dass sie sich freut, so spät im Leben noch eine Schwester bekommen zu haben, und steigt in ein Taxi.

Ich kehre nach Hause zurück und stelle beim Reinkommen fest, dass Natalia recht hatte und es wirklich nach Hundekot stinkt. Ich öffne alle Fenster, um durchzulüften, und merke, dass mich der Besuch aus Málaga stärker aus der Bahn geworfen hat, als ich erwartet hätte. Einer der Gründe, die mich dazu gebracht haben zu tun, was ich mache, ist, dass ich keine Familie habe, die sich meiner schämen muss, wenn alles ans Tageslicht kommt. Das hat sich nun geändert.

Tut mir leid für Natalia.

◆

Als Daniela Gutiérrez zum ersten Mal aufgehört hat zu trinken, hatte sie einen Entzug mit allem, was dazugehört, inklusive Fieber, Krämpfen, Schweißausbrüchen, Panikattacken und sogar Phasen von Delirium tremens, in denen sie kleine Insekten gesehen hat, die über ihre Haut krabbelten, und ständig eine penetrante Karussellmusik im Ohr hatte.

Diesmal hat sie, nachdem sie gerade mal drei Tage nichts getrunken hat, nur mit Schlaflosigkeit und Reizbarkeit zu kämpfen und mit einem leichten Zittern der Hände, das in den unpassendsten Momenten auftritt. Das Dumme an der Abhängigkeit ist, dass man dem Drang nur einmal nachkommen muss, damit all die lästigen Entzugserscheinungen verschwinden, und dazu reicht in ihrem Fall, etwas so Einfaches und gesellschaftlich Akzeptiertes zu tun, wie in die nächste Bar zu gehen und sich ein Bier zu bestellen.

Aber sie hat sich geschworen, es sein zu lassen. Zum ersten Mal in ihrem Leben sieht sie eine reelle Möglichkeit, die Beziehung zu ihrem Sohn zu verbessern, und diese Gelegenheit wird sie nicht ungenutzt lassen.

Sie geht zum x-ten Mal die Liste der Personen durch, die während des Mordes an Cornel Popescu in Málaga waren, und vergleicht sie mit der jener Personen, die mit Genaro Cortés zu tun hatten, findet aber nach wie vor keine Übereinstimmung.

Martos hebt den Blick von seinen eigenen Unterlagen und sieht, wie das Blatt Papier in den Händen seiner Chefin zittert. »Geht es dir gut?«

»Ja. Was ist mit den drei Kunden von Fiona Hansen, die wir neben Jaime Vicario noch überprüfen müssen?«

»Die haben wir noch nicht gefunden.«

»Wir müssen unbedingt an der Sache dranbleiben. Wenn wir den Eigentümer der Schraube aus der Garage von Jonás Bustos haben, dann haben wir Talión.«

»Wir können nicht sicher davon ausgehen, dass da wirklich eine Verbindung besteht, Chefin. Vielleicht ist es auch eine falsche Spur, die uns in die nächste Sackgasse führt.«

»Hast du etwas Besseres zu bieten? Wenn ja, dann raus damit.«

Danielas Reizbarkeit wegen des fehlenden Alkohols und der nicht vorhandenen Beweise nimmt noch zu, als Guillermo Jerez in ihr Büro kommt.

»Bitte lass uns allein«, sagt er zu Martos, während er Daniela eindringlich ansieht.

Martos blickt seine Chefin fragend an, und als sie nickt, verlässt er eilig den Raum.

»Wie lange brauchst du noch, um Talión festzunehmen?«

»Willst du mir jetzt auch noch damit auf den Keks gehen?«

»Dieser Typ hält uns alle zum Narren, nicht nur dich. Seit dem Tod von Genaro Cortés sind gerade mal achtundvierzig Stunden vergangen, und in der Cañada Real tobt bereits ein heftiger Krieg zwischen den Gitanos.«

»Wem erzählst du das!«

»Es gibt bereits zwei Tote«, sagt Guillermo ernst. »Wenn Talión uns jedes Mal, wenn er jemanden umbringt, ein solches Panorama hinterlässt, dann gute Nacht.«

»Bist du nur gekommen, um hier dumm rumzureden, oder hast du auch einen Lösungsvorschlag?«

»Vielleicht bist du gerade nicht in der Lage, in diesem Fall zu ermitteln, Daniela«, versucht Guillermo es mit Einfühlungsvermögen. »Du solltest dich um deinen Sohn kümmern und außerdem ...«

»Außerdem was?«, fragt sie abwehrend.

»Es wird darüber geredet, dass du wieder trinkst.«

»Aha, die Aasgeier warten schon!«, sagt Daniela wütend. »Wenn es dir nicht gefällt, dir in der Cañada Real die Hände schmutzig zu machen, kannst du mich mal! Falls der nächste Mörder deine Visitenkarte bei seinen Opfern hinterlässt, ist das dein Fall, dieser jedenfalls ist meiner. Und jetzt verschwinde aus meinem Büro, wenn du nicht willst, dass ich dich rauswerfe!«

»Ich wollte dir nur helfen.«

»Raus!«

Jerez beißt sich auf die Lippen und verlässt türenknallend das Büro. Daniela schaut ihm durchs Fenster hinterher und traut ihren Augen nicht, als sie sieht, wer gerade aus dem Aufzug steigt.

»Das kann nicht sein ...«

Sie geht ihm eilig entgegen, bevor er jemanden nach ihr fragen kann, denn sonst gilt sie nicht mehr nur als Säuferin, sondern dann kursieren noch andere Gerüchte im Kommissariat.

»Was machst du denn hier?«

»Hallo, Iris ...«, sagt der grau melierte Herr, den sie auf der freizügigen Party kennengelernt hat, und schenkt ihr ein aufrichtiges Lächeln. »Oder kann ich dich in der realen Welt Daniela nennen?«

»Lass uns woanders hingehen.«

Daniela mustert schweigend den grau melierten Herrn, während der Kellner jedem von ihnen einen Kaffee serviert. Sie versucht ihn mit ihrem Blick einzuschüchtern, doch ihr Gegenüber lässt sich nichts anmerken. Dieser Mann ist nicht nur ein guter Liebhaber, sondern, wie Daniela nun feststellt, durchaus intelligent und weltgewandt. Jedenfalls lässt er sich nicht dadurch einschüchtern, dass er eine Polizistin vor sich hat.

»Wusstest du, dass die falsche Telefonnummer, die du mir gegeben hast, die eines vierzehnjährigen Mädchens ist?«, bricht der Mann das Schweigen, als der Kellner weg ist. »Ich wäre beinahe in ernsthafte Schwierigkeiten geraten, weil ich dir abends um elf noch eine Nachricht hab schicken wollen.«

»Wie hast du mich gefunden?«

»Ich bin einer der vielen Fans von Talión und hab dein Foto in der Zeitung gesehen.«

»Du bist Fan eines Mörders?«

»Ehrlich gesagt, ja«, entgegnet er selbstverständlich. »In dem Viertel, in dem ich wohne, wollen sie sogar einen Fanclub gründen.«

»Die werden mich sicher nicht als Mitglied zulassen.«

»Wer weiß.«

Bevor Daniela ihn direkt danach fragt, versucht sie herauszufinden, was er will, damit sie weiß, wie sie die Sache angehen soll. Vor Jahren hat mal einer ihrer Liebhaber verlangt, dass sie seine Strafbescheide fürs Falschparken unter den Tisch fallen lässt, und gedroht, ansonsten überall zu verbreiten, was sie in ihrer Freizeit so macht. Das Problem hat sie damals gelöst, indem sie dem Kerl in einem Parkhaus einen Riesenschrecken eingejagt hat.

So etwas könnte sie heute nicht mehr machen, allerdings scheint es diesmal auch um etwas anderes zu gehen.

»Was willst du?«, fragt sie schließlich.

»Auf dieser Party war es verboten, nach dem Beruf zu fragen, und ich pflege mich an Regeln zu halten. Aber jetzt können wir über alles reden.«

»Was lässt dich davon ausgehen, dass ich das will?«

»Du bist eine wissbegierige Frau. Mein richtiger Name ist übrigens Anselmo.«

»Ich hatte bereits den leisen Verdacht, dass du mir bei unserer letzten Begegnung einen falschen Namen genannt hast.« Daniela kann nicht abstreiten, dass ihr sein Humor gefällt, und sie beschließt mitzuspielen. »Wirst du mir jetzt sagen, was dein Beruf ist, oder muss ich es erraten?«

»Das würde dir wahrscheinlich nicht gelingen. Ich bin Drehbuchautor.«

»Sehr interessant.«

»Weniger als es scheint. Die Leute glauben, dass wir Drehbuchautoren einfach nur Geschichten schreiben, dabei ist das beinahe nebensächlich. Die meiste Zeit verbringen wir damit, Probleme zu lösen, Charaktere in Handlungen einzuführen, sodass sie irgendwie Sinn machen, und zu allen möglichen Tatsachen Theorien zu entwickeln. Und ich kann dir versichern, dass ich darin sehr gut bin.«

»Das bezweifle ich nicht, aber warum erzählst du mir das?«

»Weil ich eine Theorie habe.«

»Eine Theorie über was?«

»Darüber, warum Talión deine Visitenkarten bei den Opfern hinterlässt.«

◆

Mein ganzes Leben über habe ich mir gewünscht, so zu empfinden wie alle anderen: mich zu verlieben, zu leiden und mir Gedanken über Dinge zu machen, die anderen passieren und mich persönlich gar nicht betreffen. Aber jetzt, da es mir möglich ist, ist das Einzige, was ich davon habe, dass ich nachts kein Auge mehr zumachen kann.

Diesmal ist meine Schwester Natalia der Grund für meine Schlaflosigkeit. Ihr Auftauchen vor meiner Wohnungstür hat alles verändert, hat mir einen weiteren Grund zu leben gegeben. Das Problem ist nur, dass sie wahrscheinlich zu spät gekommen ist.

Mir gefällt die Vorstellung, dass ich nach meiner Operation in einem Krankenhaus in London aufwache und sie an meinem Bett sitzt und meine Hand hält, dass wir zusammen nach Spanien zurückkehren und dass wir die nächsten dreißig Weihnachtsfeste damit verbringen, mit unseren Kindern um die Welt zu reisen ...

Aber ich fürchte, dass das nicht besonders realistisch ist. Zum einen kann mir niemand garantieren, dass ich sie nach dem Eingriff noch wiedererkenne. Ganz zu schweigen davon, dass ich sie in einem psychotischen Anfall angreifen oder sie vielleicht gar nicht mehr sehen könnte, weil ich blind geworden bin. Und wenn die Operation erfolgreich verläuft, stellt sich zum anderen die Frage, was die Inspectora zu alldem sagen wird, was ich in letzter Zeit getrieben habe.

Inzwischen bereue ich, dass ich sie in meine Verbrechen mit hineingezogen habe. Hätte ich nicht am Tatort jedes Mal ihre Visitenkarte hinterlassen, würde sie mir wahrscheinlich niemals auf die Schliche kommen. Aber, wie gesagt, es ist nun zu spät, um darüber zu grübeln. Ich wollte, dass sie es ist, die hinter mir her ist, und sicher wird sie mich irgendwann schnappen, was wiederum zu einer anderen Frage führt: Könnte ich es ertragen, die nächsten zwanzig Jahre im Gefängnis zu verbringen?

Wie es in meiner Generation üblich ist, sehe ich im Internet nach, wie das Leben im Gefängnis so ist, und stelle fest, dass es vielen Leuten gelingt, sich dort einigermaßen glücklich zu fühlen. Abgesehen davon, dass man sich keine Gedanken über die abzuzahlende Hypothek, die Stromrechnung oder überhaupt über seinen Lebensunterhalt machen muss, finden einige Menschen dort die Ruhe, die ihnen draußen gefehlt hat. Ich würde vielleicht noch einmal studieren und ein Buch über das schreiben, was ich erlebt habe. Möglicherweise hätte sich bei meiner Entlassung meine Vorstellung vom Leben grundlegend verändert, und ich hätte noch dreißig Jahre vor mir, um mit meiner Schwester um die Welt zu reisen.

Schließlich hat die Gesellschaft auch dem Mörder José Rabadán verziehen, der seine Eltern und seine jüngere Schwester kaltblütig getötet hat, also warum sollte das bei mir anders sein, die ich nur Mistkerle beseitigt habe, die den Tod verdient hatten?

Doch das Schicksal will es anders, denn als ich den Fernseher einschalte, um mir anzusehen, was über mich berichtet wird, stoße ich auf einen Bericht über den jungen Sergio Costa, der die Mörderin seines Vaters und seines Bruders mit einer Steinschleuder attackiert hat. Nach den Bildern seines Angriffs auf Amaya Eiguíbar vor dem Gefängnis ist zu sehen, wie er das Kommissariat von Ávila verlässt, wohin er nach seiner Verhaftung gebracht wurde. Eine Frau schützt ihn vor den auf der Straße wartenden Reportern, und ich erkenne sie sofort, während der Sprecher im Fernsehen erklärt, dass die Mutter des jungen Mannes, die ebenfalls im Fokus der Öffentlichkeit steht, weil sie die Inspectora ist, die im Fall Talión ermittelt, persönlich gekommen ist, um ihren Sohn abzuholen.

Wie erstarrt schaue ich auf den Bildschirm. Gleich darauf sehe ich im Internet nach, denn ich rede mir ein, dass es sich um einen Irrtum handelt, doch auf der Titelseite von *El País* ist genau davon die Rede:

Daniela Gutiérrez, Inspectora bei der spanischen Polizei, verlor ihren Mann und ihren ältesten Sohn bei einem der blutigsten Attentate, die die ETA jemals verübt hat ...

Was, zum Teufel, hat das zu bedeuten?

Als die Verblüffung allmählich von mir weicht, empfinde ich wieder das Gleiche wie bei Nicoleta und Eric, nämlich dass es sich um eine Art Eingebung handelt. Auf einmal begreife ich, warum ich so eine enge Verbindung zwischen uns beiden gespürt habe: Sie ist ein weiteres der Opfer, das ich rächen muss. Ich habe es von Anfang an gewusst, nur ist es mir jetzt erst wirklich klar geworden.

Es tut mir leid für meine Schwester, aber die Gerechtigkeit wiegt schwerer. Ein letztes Mal versuche ich mir die Idee aus dem Kopf zu schlagen, doch jeglicher Wille zur Vernunft wird von meiner wahren Natur ausgeschaltet. Ich verspüre den unwiderstehlichen Drang, dieser Mörderin gegenüberzustehen und ihr mit meinen eigenen Händen das Leben zu nehmen.

Ich mache es mir mit meinem Laptop und einem Glas Wein auf dem Sofa bequem, um meinen nächsten Auftritt so zu planen, dass er alles Vorherige übertrifft, denn sicher wird dies Taliónsletzte Tat sein.

◆

Amaya Eiguíbar wurde am 7. Juni 1968 in Hernani geboren, einem Ort in ländlicher Umgebung etwa zehn Kilometer von San Sebastián entfernt. Am selben Tag tötete die geheime Organisation Euskadi Ta Askatasuna, die damals schon mit Waffengewalt für die Unabhängigkeit des Baskenlandes kämpfte, den Polizisten José Pardines Ascay mit fünf Schüssen, weshalb er von einigen als erstes Todesopfer der ETA angesehen wird. Andere sagen, dass das erste Opfer ein zweiundzwanzig Monate altes Mädchen namens Begoña Urroz Ibarrola gewesen sei, das acht Jahre zuvor durch eine Brandbombe im Bahnhof von Amara starb. Jedenfalls war Amayas Schicksal als blutdurstigste Mörderin der terroristischen Organisation seit dem Tag ihrer Geburt vorgezeichnet.

Nach José Pardines kamen der hochrangige Polizeibeamte Malitón Manzanas, der Taxifahrer Fermín Monasterio, der Polizist Eloy García Cambra, und so ging es weiter, bis die ETA ihre fünfzigjährige Geschichte mit über achthundert Mordopfern im Jahr 2010 mit dem Tod des französischen Gendarmen Jean-Serge Nérin abschloss.

Während Amaya aufwuchs, nahm sie an einer Demonstration

gegen die Verurteilung von sechzehn Mitgliedern der ETA teil, das umstrittene »Urteil von Burgos«, das weltweite Proteste auslöste. Stets war sie umgeben von Gesprächen über Entführungen und Erpressungen und vom Hass auf die Spanier, die ihr Land okkupiert hatten. Als Jugendliche engagierte auch sie sich für die Unabhängigkeit des Baskenlandes, zählte jedoch nicht zu den Radikalsten.

Bis zu jenem Tag im September 1984 ...

In Hernani war die Lage sehr angespannt, seit ein paar Monate zuvor, am 15. Juni, die spanische Polizei das Haus einer Familie gestürmt hatte, die mehreren Terroristen Unterschlupf gewährte. Der Schusswechsel, der im ganzen Ort zu hören war, kostete die Terroristen Juan Luis Lecuona Ellorriaga und Agustín Arregui Perurena das Leben und endete mit der Verhaftung von Jesús María Zabarte Arregui und des Ehepaars Miner Villanueva. Zusammengerechnet hatten die drei Terroristen mehr als zwanzig Morde auf dem Gewissen.

»Lass uns hier im Ort bleiben, Jon. In San Sebastián werden furchtbare Dinge geschehen!«, flehte Amaya ihren Freund an.

»Genau deshalb müssen wir dort sein, Amaya. Jetzt oder nie! Euskadi Ta Askatasuna!«

Amaya und Jon gingen nach San Sebastián, um sich dem Straßenkampf anzuschließen, der später auf Baskisch »kale borroka« genannt wurde und den die Anführer der ETA systematisch einsetzten, um für Chaos zu sorgen – und dafür gibt es nichts Besseres, als auf Jugendliche zurückzugreifen, die es allen zeigen wollen. Sie setzten Mülleimer in Brand, warfen Schaufenster ein, zerstörten städtisches Eigentum und warfen Steine auf Polizisten.

Jon nahm keine Rücksicht auf seine Freundin und kämpfte in vorderster Reihe, bespuckte, beschimpfte und bewarf alles, was ihm vor die Nase kam, doch bei einer Polizeioffensive lief das ganze aus dem Ruder. Wenige Meter vor ihm waren einige Jugendliche zu Boden gestürzt, und es bildete sich ein Stau, der den Fluchtweg versperrte. Jon blickte nach hinten, stellte fest, dass die Polizisten immer näher kamen, und huschte in eine schmale Straße, die sich jedoch als Sackgasse entpuppte. Als die Polizisten ihm folgten, trat er eine Tür ein und lief die enge Treppe hinauf, die auf die Dachterrasse des Gebäudes führte.

»Keine Bewegung, Junge!«

Jon blickte sich um, sah, dass das Nachbargebäude etwa fünf Meter entfernt war, und erinnerte sich daran, dass er wenige Tage zuvor mit seinen Freunden über die gerade beendeten Olympischen Spiele in Los Angeles gesprochen hatte, bei denen Carl Lewis durch einen Weitsprung von acht Metern vierundfünfzig die Goldmedaille gewann. Daher ging er davon aus, dass er einen Sprung von fünf Metern locker schaffen würde.

Einer der Polizisten lächelte, als er seine Absicht erkannte, und hielt seinen Kollegen mit einer Geste zurück. »Los, spring! Wetten, du traust dich nicht. Nimm ruhig ein wenig Anlauf.«

»Dann erschießt ihr mich, weil ich angeblich weggelaufen bin, ihr Schweine!«

»Ich schwör bei meiner Mutter, dass wir dich gehen lassen. Wir ziehen uns sogar bis zur Wand zurück.«

Als die beiden Polizisten dies tatsächlich taten, nahm Jon Anlauf und sprang. Doch in dem Moment, in dem er sich vom Rand abstieß, merkte er, dass er einen schweren Fehler gemacht hatte; denn wenn man keine Übung darin hat, fünf Meter abzuschätzen, kann man sich leicht vertun, und in diesem Fall waren es mehr als sechs Meter. Außerdem war der Anlauf nicht lang genug gewesen.

Jon konnte nur versuchen, sich an der glatten Ziegelwand festzukrallen. Doch er prallte zurück und fiel rücklings fünfzehn Meter in die Tiefe.

Als Amaya zu dem Unglücksort kam, waren die Unruhestifter bereits fort. Der Schädel ihres Freundes war auf den Asphalt aufgeschlagen und regelrecht aufgeplatzt.

In den meisten Kriegen kämpfen viele nur aus Rache und nicht für ihre Ideale: Du hast einen von meinen getötet, also töte ich drei von dir!

Amaya ging in einer Bar in der Altstadt von Bilbao auf Arnaldo Otegi zu. Seit ihrer Kindheit kannte sie ihn vom Sehen, und jeder wusste, dass er zum gewaltbereiten Kern der ETA gehörte, seit sich die Organisation zu Beginn desselben Jahres gespalten hatte.

»Hallo, Arnaldo. Kann ich mal mit dir reden?«

»Du bist Amaya, oder? Die Freundin von dem Jungen, den die Polizei in San Sebastian umgebracht hat. Sie werden dafür bezahlen, keine Sorge.«

»Deshalb bin ich hier, denn ich will das selbst übernehmen.«

Arnaldo Otegi brachte sie mit Alaitz Lezama in Kontakt, die wie so viele andere in Parks und Schulen Nachwuchs für die ETA rekrutierte, und Amaya begann mit ihrer Ausbildung in einem Trainingslager in der Nähe des Monte Aitxuri. Sie lernte schießen, Bomben bauen, Nahkampf – und vor allem lernte sie die Spanier zu hassen und das jeden Tag mehr. Es war ihr egal, ob es Politiker, Polizisten, Lehrer oder Metzger waren, denn das spielt in einem Krieg keine Rolle.

Ihre erste Aufgabe bestand darin, eines der insgesamt mehr als achtzig Entführungsopfer der ETA zu bewachen. Der Mann, um den es sich handelte, war ein Geschäftsmann aus Madrid, für den sie ein maßloses Lösegeld forderten, und einer der mehr als ein Dutzend Opfer, die ihre Entführung nicht überlebten.

»Wenn sie nicht zahlen, bringe ich ihn um, und weiter geht's«, sagte Amaya kalt. »Wir bewachen hier diesen Scheißfettwanst, während unsere Kameraden von der Polizei niedergemetzelt werden.«

Ihre Chefs baten sie um Geduld, was sie unwillig hinnahm, doch der Entführte – ein Sechzigjähriger mit Übergewicht, den sie seit zwei Wochen in einem Verschlag von drei Quadratmetern gefangen hielten –, nutzte einen Moment der Unachtsamkeit seines Bewachers zur Flucht. Amaya verfolgte ihn durch den Wald von Altube und fand ihn nach wenigen hundert Metern vollkommen desorientiert und erschöpft auf den Knien hockend vor.

»Na, wo wollen wir denn hin?«

»Bitte lass mich gehen. Wenn ich mich wieder selbst um mein Unternehmen kümmern kann, werde ich mehr verdienen und euch all das Geld zahlen, das ihr verlangt, ich schwöre es.«

Amaya blickte sich um und sah keinen ihrer Kameraden. Sie schaute wieder den Mann an und entschied, dass sie es leid war, in diesem Wald ihre Zeit zu vergeuden. Also entsicherte sie ihre 9 mm Browning und schoss ihm in den Kopf.

In diesem Moment hatte sie ihre Karriere als Entführerin hinter sich gelassen und war zur Mörderin geworden.

»Scheiße! Warum, verdammt, hast du ihn getötet, Amaya?«

»Weil er fliehen wollte«, entgegnete sie ruhig.

»Er war sechzig Jahre alt und hundertzwanzig Kilo schwer.«

Die nächsten sechs Monate verbrachte Amaya in Hendaye, wo sie im ständigen Kontakt mit der nach Frankreich geflohenen Spitze der ETA stand, und hielt sich nur kurzfristig in Spanien auf. In den folgenden drei Jahren tötete sie vier Menschen. Für ihre dritte Mission musste sie nach Madrid, um dort einen Politiker beim Verlassen seines Hauses umzubringen. Dazu verbrachte sie vier Tage in der spanischen Hauptstadt, in einer Wohnung in der Nähe der Calle Arturo Soria, wo ihr Hass auf die Spanier, die ihre Sache niemals unterstützen würden, noch größer wurde.

Der Politiker verließ an jenem Tag sein Haus etwas später als üblich, doch Amaya war egal, dass die Geschäfte in dem Viertel bereits geöffnet hatten, und näherte sich ihm von hinten. Mit dem Schlachtruf »Gora ETA!« schoss sie ihm in den Hinterkopf.

Der Pförtner des Hauses lief spontan und völlig irrational hinter ihr her, um sie zu schnappen, doch solche Situationen hatte Amaya jahrelang geübt, und es fiel ihr nicht schwer, mit dem Verfolger klarzukommen. Sie zielte auf seine Brust und schoss zwei Mal. Dann rannte sie zur nächsten Ecke und sprang mit einem Satz auf das Motorrad, das mit laufendem Motor auf sie wartete.

Wegen dieser aufsehenerregenden Aktion erhielt sie von da an den Beinamen »Katu« – Katze.

Eine der schwierigsten Phasen für die ETA begann, als im Januar 1988 der Lehendakari Ardanza – der baskische Ministerpräsident – und die Vertreter der demokratischen Parteien des Baskenlandes den Pakt von Ajuria Enea beschlossen, in dem sie übereinkamen, gemeinsam den Terrorismus zu bekämpfen. Für Amaya Eiguíbar jedoch änderte sich dadurch gar nichts.

1992 machte sie sich auf den Weg in den französischen Ort Bidart, um sich dort mit der Spitze der ETA zu treffen, und hatte das unglaubliche Glück, dass an dem Renault 21, in dem sie fuhr, die Achse brach. Die französische und die spanische Polizei hatten die Erstürmung des Treffpunkts gewissenhaft geplant, und die Aktion wurde ein großer Erfolg. Die Festnahme von José Luis Álvarez Santacristina, genannt Txelis, von José Javier Zabaleta Elósegui, genannt Baldo, von Francisco Múgica Garmendia, genannt Paquito, und von José Arregui Erostarbe, genannt Fiti, war ein harter Schlag für die Organisation, und Amaya stellte für die folgenden Jahren den Kampf für die Unabhängigkeit ihres Heimatlandes ein und versteckte sich.

Mitte des Jahres 1995 kontaktierte man sie, weil sie an der Entführung eines Gefängnisbeamten aus Logroño namens José Antonio Ortega Lara mitwirken sollte. Die Entführung wurde zwar im Januar des folgenden Jahres erfolgreich durchgeführt, aber Amaya hatte doch nicht daran teilgenommen, denn Anfang Dezember hatte man sie aufgefordert, sich dem sogenannten Comando Madrid anzuschließen. Eigentlich hatte sie keine Lust auf die Hauptstadt jenes Landes, das sie so sehr hasste, doch man überzeugte sie davon, dass das, was dort geplant war, die Moral des Feindes für immer brechen würde.

Die Bombe aus hundertachtzig Kilo Ammonal, Benzin, Klebstoff und Seifenflocken war bereits einige Stunden zuvor in einem in Alcobendas gestohlenen Auto platziert worden, als sich die Terroristen plötzlich uneinig wurden. Einige hielten es für besser, die Aktion abzubrechen, weil die Polizeipräsenz rund um das Einkaufszentrum, wo der Anschlag stattfinden sollte, sehr hoch war, doch Amaya wollte die Sache auf jeden Fall zu Ende führen.

»Wir sind jetzt schon seit Wochen hier und beginnen schon wie die Scheißspanier zu riechen, verdammt. Wir ziehen das jetzt durch und hauen ab!«

»Die Polizei …«, begann einer ihrer Genossen.

»Zur Hölle mit denen!«, fiel Amaya ihm ins Wort. »Ich will das jetzt hinter mich bringen und dieses faschistische Land endlich verlassen. Wer ist meiner Meinung?«

Amaya gewann die Abstimmung mit drei zu zwei und fuhr den Wagen höchstpersönlich auf den Parkplatz des Einkaufszentrums. Das Glück schien auf ihrer Seite, denn sie fand einen perfekten Parkplatz gleich am Eingang des Supermarkts, wo sie den größten Schaden anrichten konnten.

Als Amaya durch die Gänge voller Geschäfte zum Haupteingang ging, kam ihr ein junges Paar mit zwei kleinen Jungen entgegen. Der jüngere saß noch im Kinderwagen, der andere, der etwa drei Jahre alt war, lief fröhlich um seine Eltern herum …

»Gehst du kurz in den Supermarkt, ein paar Flaschen Bier kaufen, Liebling?«, fragte die junge Daniela Gutiérrez ihren Mann.

»David, kommst du mit?«

Der ältere Junge war einverstanden und verabschiedete sich mit einem Kuss von seiner Mutter.

Sechs Minuten später sah Daniela, dass ihr Sohn Sergio im Kinderwagen eingeschlafen war, und überlegte, kurz zum Friseur zu gehen – doch die gleich darauf erfolgte Explosion machte alle ihre Pläne zunichte!

Javier Costa und der kleine David Costa waren zwei der neunzehn Toten, die an jenem Morgen den Terroristen zum Opfer fielen.

Amaya flüchtete sich in ein Versteck im Salamanca-Viertel, wo sie ein paar Wochen blieb, und wurde einen Monat später festgenommen, als sie, auf der Ladefläche eines Lastwagens versteckt, die französische Grenze überqueren wollte.

Für zweiundzwanzig versuchte Morde und zahlreiche terroristische Handlungen, derer sie angeklagt war, wurde sie zu dreitausend Jahren Gefängnis verurteilt, profitierte jedoch von der Entscheidung des Europäischen Gerichtshofs, die Parot-Doktrin auszusetzen, benannt nach einem Terroristen, dem mehr als achtzig Morde zur Last gelegt wurden und der für sechsundzwanzig davon verurteilt worden war, was eine Summe von viertausendsiebenhundert Jahren Gefängnis ergab.

Aufgrund der Parot-Doktrin konnten schwere Straftäter unter bestimmten Umständen länger als dreißig Jahre inhaftiert werden. Katu jedoch verbüßte letztendlich nur einundzwanzig Jahre.

◆

Daniela Gutiérrez war die Einzige, die zum Tatort hinlief, anstatt in Panik davonzulaufen. Verkäuferinnen, Kassiererinnen und Kunden kamen ihr entgegen; einige bluteten, andere waren mit Staub bedeckt und wieder andere weinten ängstlich.

Daniela bot sich ein Anblick wie auf einem Schlachtfeld. Auf den ersten Blick gewahrte sie ein halbes Dutzend Tote inmitten von Trümmern, und andere Opfer, die mehr oder weniger schwer verletzt waren. Ihr Mann und ihr Sohn waren jedoch nicht darunter.

Sie ging auf einen Mann zu, der sich entsetzt umblickte, ohne den Ausgang zu finden. Blut strömte ihm aus den Ohren und befleckte das blaue Hemd mit dem Namensschildchen, das ihn als Angestellten des Supermarkts auswies.

»Wo ist das Bier?«

»Bier?«, fragte der Mann noch bestürzter.

»Der Gang mit dem Bier! Wo ist der?«

Der Mann sah sich um, offenbar ohne zu wissen, wo er sich befand oder was geschehen war.

Daniela fiel ein junger Mann ins Auge, der einen tiefen Schnitt im Arm hatte und planlos in den Trümmern herumsuchte. »Ana! Wo bist du, Ana?«, stöhnte er und sah Daniela an. »Haben Sie meine Freundin gesehen? Sie hat dunkles Haar, trägt einen grünen Pullover und Jeans.«

»Ganz ruhig, ich suche Ihre Freundin. Sie müssen jetzt mit diesem Mann nach draußen gehen. Los, alle raus!«

Der junge Mann wandte sich dem Supermarktangestellten zu, der sich immer noch um sich selbst drehte, und zog ihn mit sich fort.

Daniela eilte in den hinteren Teil des Supermarktes und fand in jedem Gang weitere Tote und Verletzte. Als sie zu den Bierregalen kam, bot sich ihr ein Bild, das sie niemals vergessen würde: Ihr Mann war wortwörtlich in zwei Teile gerissen worden. Ein großer Metallträger war von der Decke gefallen, und der obere Teil von Javiers Körper lag einige Meter von dem unteren Teil entfernt auf dem Boden. Neben Javiers Beinen war Davids kleiner Kopf von einem Betonbrocken zerquetscht worden.

»Inspectora, wo sollen wir Ihren kleinen Sohn hinbringen?«

Daniela sah die Krankenschwester genauso verwirrt an, wie der Supermarktangestellte um sich geblickt hatte, dessen Trommelfelle geplatzt waren.

Seit der Explosion waren vier Stunden vergangen, und sie hatte Sergio in seinem Kinderwagen vor dem Friseursalon vollkommen vergessen. Das war das erste von den unzähligen Malen, an denen sie ihn alleingelassen hatte.

»Wo ist Sergio?«, fragte sie beschämt.

»Keine Sorge, wir kümmern uns um ihn. Sollen wir ihn irgendwo hinbringen?«

Daniela war im Begriff zu sagen, dass sie ihn ihr geben sollten, dass er das Einzige war, was diese Mörder ihr gelassen hatten und dass sie sich um ihn kümmern wollte, doch es kam ihr nicht über die Lippen.

»Zu seinen Großeltern.«

Nach der Beerdigung wohnte Sergio zuerst bei ihr, aber sie war nicht in der Lage, sich um ihren nun einzigen Sohn zu kümmern. In den Monaten, in denen sie sich mit ihren Vorgesetzten stritt, weil sie unbedingt in eine Antiterroreinheit versetzt werden wollte, vernachlässigte sie ihn. Und die Wut darüber, dass ihr die Versetzung verwehrt wurde, weil sie selbst ein Terroropfer war, führte dazu, dass sie Sergio noch weniger Aufmerksamkeit schenkte.

Dennoch fürchteten sich Javiers Eltern, die Großeltern des Jungen, vor ihrer Reaktion, als sie kamen, um mit ihr zu sprechen.

»Wir wollen ihn dir nicht wegnehmen, Daniela, versteh uns nicht falsch«, sagte ihre Schwiegermutter vorsichtig. »Aber du bist im Moment ...«

»Ich bin im Moment nicht im richtigen Zustand, um mich um ein Kleinkind zu kümmern, stimmt's?«

»Nein, meine Liebe, das bist du nicht«, entgegnete ihr Schwiegervater und nahm liebevoll ihre Hand. »Der Tod von Javier und David hat auch unser Leben zerstört, aber wir könnten uns für eine Weile um Sergio kümmern, bis es dir wieder besser geht. Einverstanden?«

»Einverstanden.«

In den folgenden zehn Jahren sah sie ihren Sohn regelmäßig, nahm ihn sogar zeitweise zu sich in die Wohnung, doch letztendlich brachte sie ihn immer wieder zu den Großeltern zurück. Sie liebte ihren Sohn, doch sie war sich bewusst, dass sie ihn früher oder später verlieren würde. Daher zog sie es vor, ihn in guten Händen zu wissen.

Die Gelegenheit, auf die sie seit dem Tag nach dem Attentat gewartet hatte, bot sich ihr an einem kalten Morgen im November, als eine Leiche im Manzanares trieb.
»Wissen wir, wer es ist?«
»José Javier Zúñiga, neunundvierzig Jahre alt«, sagte einer ihrer Kollegen, der den durchweichten Ausweis des Toten in der Hand hielt. »Wohnhaft in der Calle General Ricardos, hier ganz in der Nähe.«
»Ist er ins Wasser gefallen?«
»Von der Wunde an seinem Kopf ausgehend, würde ich sagen, er wurde niedergeschlagen und ins Wasser geworfen.«
»Kann er sich nicht beim Sturz den Kopf an einem Stein aufgeschlagen haben?«
»Nun, es scheint die einzige Verletzung zu sein, die er hat. Ich würde auf Mord tippen, aber genau wissen wir das erst nach der Autopsie.«
Die Witwe, die der Inspectora später die Tür öffnete, hatte ein blaues Auge, und Daniela wusste sofort, dass sie schuldig war. Der Bruder der Frau, der ebenfalls anwesend war, hatte sie gut beraten, und sie blieb bei der Geschichte, die sie sich gemeinsam ausgedacht hatten: dass ihr Mann am Abend das Haus verlassen hätte, um etwas trinken zu gehen, und seitdem verschwunden wäre.
»Wann hat er Ihnen das angetan?«, fragte Daniela und wies auf das blaue Auge.
»Heute Mittag. Mir ist der Reis angebrannt.«
Daniela nahm an, dass diesem José Javier regelmäßig die Hand ausgerutscht war, und möglicherweise hatte seine Gattin sich

diesmal zu wehren versucht und ihm mit irgendetwas auf den Kopf geschlagen. Vielleicht passenderweise mit einer Bratpfanne. Danach hatten die Geschwister ihn – sicher auf Anraten des Bruders hin – in den Fluss geworfen, damit es so aussah, als wäre er betrunken hineingefallen und hätte sich dabei den Kopf aufgeschlagen.

Daniela ließ ihren Blick durch die bescheidene Wohnung schweifen und betrachtete die gerahmten Fotos, die auf einem Sideboard standen. Die meisten von ihnen zeigten das Ehepaar mit seinen Kindern. Auf fast allen Bildern wirkten sie auf den ersten Blick wie eine glückliche Familie, doch hinter dem Lächeln war die Angst der Frau zu erahnen.

»Wo sind Ihre Kinder?«

»Sie sind bei meiner Frau«, antwortete der Bruder.

»Und warum haben Sie sie fortgebracht, wenn Sie bis zu unserem Besuch gar nicht wussten, was passiert ist?«

Die Witwe und ihr Bruder gerieten ins Stottern. Schließlich improvisierte die Frau: »Als er nicht wiederkam … dachte ich, dass er sicher betrunken sein wird, und … ich wollte nicht, dass er den Kindern etwas antut.«

Daniela begutachtete weiterhin die Fotos, bis ihr ein bestimmtes Bild ins Auge fiel.

»Was macht denn La Flaca auf dem Foto?«

»Sie ist unsere Mutter«, entgegnete der Mann stolz.

La Flaca hieß eigentlich Ángeles Domínguez und war für den Mord an ihrem Ehemann verurteilt worden; sie hatte ihm fünf Jahre lang jeden Tag einen Tropfen Gift in den Kaffee geträufelt. Nachdem man sie überführt hatte, hatte sie zwei Mitgefangene kaltblütig getötet, weil sie ihr ein Päckchen Zucker aus der Zelle gestohlen hatten. Sie saß ihre Strafe in demselben Gefängnis ab wie Amaya Eiguíbar.

◆

Vor einigen Jahren musste ich mal einen Artikel über die Festnahme eines achtzigjährigen Diebes namens Rodolfo Chisvert schreiben. Er hatte in nur fünfzehn Minuten vier Panzertüren und den Tresor eines ehemaligen Ministers geöffnet. Der Bewegungsmelder hatte erst angeschlagen, als er, mit den Juwelen beladen, das Haus verließ.

»Zur Hölle mit dem, der diese Dinger erfunden hat«, sagte er wütend, direkt nachdem wir das Interview begonnen hatten. »Und da beschweren sich die Leute, dass heutzutage bei Einbrüchen immer mehr Gewalt angewendet wird. Aber das liegt nur an diesen Alarmanlagen. Wir Diebe der alten Schule haben unsere Brötchen verdient, ohne herumzuballern, aber wenn man bei jedem Schritt auf so einen Bewegungsmelder trifft, was soll man denn machen?«

Rodolfo und ich haben mehrere Stunden miteinander geplaudert und sind so etwas wie Freunde geworden. Obwohl er seit seinem vierzehnten Lebensjahr ein Verbrecher war, wirkte er irgendwie vertrauenswürdig. Seine besondere Art, das Leben zu sehen, gefiel den Lesern, und inzwischen lebt er davon, im Fernsehen aufzutreten. So hat er im hohen Alter noch seine wahre Berufung gefunden.

Was Rodolfo am meisten verhasst war, waren Schlüsseldienste. »Das sind allesamt Verbrecher«, sagte er mir gegenüber mehrmals. »Die machen dein Schloss kaputt und kassieren dafür, dabei lässt sich jede Tür mit einem gekonnt eingesetzten Dietrich öffnen.«

Rodolfo lächelt, als er mich sieht, und umarmt mich mit aufrichtiger Freude, weiterhin überzeugt davon, dass er seine neue Karriere mir zu verdanken hat.

Er hat abgenommen und ist ein wenig älter geworden. Insgesamt hat er sich aber gut gehalten. Er bittet mich in sein geschmackvoll eingerichtetes Wohnzimmer und bietet mir ein Bier an.

»Wie ich sehe, geht es dir gut.«

»Mir geht es super, Martita«, sagt er zufrieden. »Mit dem, was die vom Fernsehen mir dafür geben, dass ich die Leute schockiere, bin ich bestens versorgt, bis ich eines Tages abtrete. Ein Verlag will sogar, dass ich eine Autobiografie schreibe.«

»Du willst in deinem Alter noch mit dem Schreiben anfangen?«

»Bist du verrückt? Ich werde meine Anekdoten einem Journalisten erzählen, der dann das Buch schreibt. Wenn du interessiert bist ...«

»Nein, danke. Ich bin gerade dabei, einen Roman zu schreiben.«

Wir trinken beide noch ein Bier und erzählen uns, was wir in den letzten sechs oder sieben Monaten, in denen wir uns nicht gesehen haben, so gemacht haben, bis das Thema, das derzeit in aller Munde ist, zur Sprache kommt.

»Was hältst du von diesem Talión?«, frage ich ihn.

»Ein Irrer.«

»Er bringt Mörder um.«

»Ein Irrer, der Mörder umbringt.«

Ich muss aufpassen, keinen Fehler zu machen, aber die oberflächliche Art, wie Rodolfo das abtut, was ich mache, irritiert mich. Von den Leuten, die sich mit meiner Geschichte beschäftigen, werden mich viele für Abschaum halten, aber ich will nicht, dass sie mich einfach für verrückt erklären.

»Findest du es nicht gut, dass jemand einen Kindermörder, einen Frauenhändler und einen Drogenboss aus dem Weg geräumt hat?«

»Das hat nichts damit zu tun, ob ich das gut oder schlecht finde. Ich hoffe jeden Tag, wenn ich die Zeitung lese, dass er sich wieder irgendeinen Mistkerl vorgeknöpft hat. Aber dass wir anderen nicht genauso wie er handeln, liegt daran, dass wir nicht verrückt sind. Er ist es.«

»Vielleicht hat er nichts mehr zu verlieren.«

»Besser wär's, denn sie werden ihn bald schnappen. Außerdem beweist allein schon, dass er sich Talión nennt, dass er sie nicht mehr alle hat. Ob er glaubt, wir sind hier in Hollywood?«

»Ja«, gebe ich zu, »damit hat er es vielleicht ein wenig übertrieben. Aber ich nehme mal an, dass er sich irgendeinen Namen zulegen musste.«

»Wenn er das, was er tut, wirklich macht, weil er es für gerecht hält, würde er nicht so ein Brimborium darum machen. Er ist irre, Punkt, aus. Sag mal«, Rodolfo wechselt das Thema, weil er keine Lust mehr hat, über Talión zu reden, »ich kann mir nicht vorstellen, dass eine Journalistin mich einfach so besuchen kommt.«

»Ich bin nicht als Journalistin hier, sondern als Freundin. Aber ehrlich gesagt, möchte ich dich um zwei etwas heikle Gefallen bitten.«

»Mit heikel meinst du illegal?«

»Absolut. Wenn du nicht willst, dass ich weiterrede, sag es, und wir vergessen die Sache.«

Rodolfo zögert. Ich sehe ihn eindringlich an. Er merkt, dass ich plötzlich ernst geworden bin, was ihn neugierig macht.

Mit einer Geste fordert er mich auf fortzufahren, und ich nehme einen der Goldbarren aus meiner Tasche, die ich auf Genaro Cortés' Schrottplatz gefunden habe. Rodolfo begutachtet ihn und sieht mich verblüfft an. »Wo hast du den denn her?«

»Ein plötzlicher Glücksfall. Kennst du jemanden, dem ich ihn verkaufen könnte und noch ein paar mehr davon?«

»Wie viel mehr?«

»Etwa dreißig Kilo. Das meiste sind Goldbarren, aber ich habe auch jede Menge goldener Ketten, Ringe und Uhren. Alles gestohlen natürlich.«

Rodolfo sieht mich wieder an und wirkt noch verblüffter als zuvor. Dann greift er nach seinem iPad, aber ich komme ihm zuvor. »Heute Morgen liegt der Preis für vierundzwanzigkarätiges Gold bei etwas mehr als fünfunddreißig Euro das Gramm. Die dreißig Kilo sind also etwa eine Million wert.«

»Auf der Straße würdest du nicht mehr als siebenhundert- oder achthunderttausend kriegen.«

»Hol das Beste raus, und du darfst zwanzig Prozent davon behalten. Das Problem ist, dass es eilig ist. Und mit eilig meine ich, am liebsten in den nächsten vierundzwanzig Stunden.«

»Und wenn nicht, was passiert dann?«

»Sagen wir, wenn der Diebstahl auffällt, wird die Sache hässlich. Das Gold muss so schnell wie möglich eingeschmolzen werden und verschwinden. Bist du interessiert?«

Rodolfo überlegt eine lange Minute und nickt schließlich. »Ich kenne einen Belgier, der möglicherweise dafür zu haben ist ... Und der zweite Gefallen?«

»Dass du mir zeigst, wie man eine Tür öffnet, wenn man keinen Schlüssel hat.«

Rodolfo möchte Genaueres über die Tür wissen, und da ich ihm weiter nichts sagen kann, bitte ich ihn, mich zu begleiten, und biete ihm dafür den Goldbarren an, den ich als Muster mitgebracht habe. Ich hoffe, es ist kein Fehler, ihm derart zu vertrauen.

»Wenn ich Hausfriedensbruch begehe, muss ich wissen, was du vorhast, Marta.«

»Ich möchte, dass du mir hilfst, in die Wohnung eines Freundes zu gelangen, weil ich dort ein Geschenk für ihn hinterlegen möchte. Mehr nicht.«

Rodolfo bleibt im Taxi, während ich in meine Wohnung gehe, um meinen Rucksack zu holen, und dann warten wir eine Stunde, bis Eric und Lionel das Haus verlassen. Der Junge bleibt bei einer Nachbarin, und Eric steigt auf sein Motorrad und fährt davon.

»Der sieht gut aus, Martita«, sagt Rodolfo und klopft mir auf die Schulter.

»Los, gehen wir.«

Rodolfo öffnet die Haustür, als hätte er einen Schlüssel, und die Wohnungstür geht noch schneller auf. Ich bitte ihn, im Wohnzimmer auf mich zu warten, während ich auf die Terrasse gehe. Dort verstaue ich den Rucksack in dem kleinen Schrank mit Erics Musikanlage und den Getränken und gehe anschließend zurück in die Wohnung.

»Dieser junge Mann wird dich in Kürze aufsuchen«, sage ich zu Rodolfo. »Ich hoffe, du wirst nett zu ihm sein.«

»Sag ihm, was ich dafür verlange, und es wird keine Probleme geben.«

Auf dem Rückweg spüre ich Rodolfos besorgten Blick. Er sieht mich an wie ein Vater seine Tochter – wenn er sie nicht verlassen hat.

»Ruf mich an, wenn du etwas von dem Belgier erfährst«, bitte ich ihn, »okay?«

»Lass das nur meine Sorge sein. Wo bist du da reingeraten, Marta?«

»Ich hab die Gelegenheit genutzt, viel Geld zu verdienen, sonst nichts. Ich hab lange genug Steuern bezahlt.«

Als ich wieder zu Hause bin, suche ich im Internet nach einer Unterkunft in San Sebastián, wo ich keine unangenehmen Fragen beantworten muss. Nach einer Stunde finde ich eine Ferienwohnung mit Garage, die ganz in der Nähe der Playa de La Concha liegt, und buche sie.

Unerwartet klingelt es an der Tür, und als ich öffne, sehe ich mich der Studentin gegenüber, die bei Doktor Oliver arbeitet.

»Guten Abend, Señorita Aguilera. Ich würde gern mit Ihnen reden.«

»Ehrlich gesagt, passt es mir gerade gar nicht«, entgegne ich ausweichend.

Doch sie lässt nicht locker. »Wir haben Ihnen jede Menge Nachrichten auf der Mailbox hinterlassen, und allmählich wissen wir nicht mehr, was wir noch tun sollen.«

Am liebsten würde ich ihr die Tür vor der Nase zuschlagen, aber sie und ihr Kommilitone haben diesen Artikel in dem medizinischen

Fachblatt entdeckt, und ich bin ihr etwas schuldig. Außerdem ist es an der Zeit, dieses Thema abzuschließen. Also bitte ich sie herein und mache uns beiden einen Kaffee.

Sie bemerkt, dass ich mich unwohl fühle, und redet nicht lange um den heißen Brei herum. »Warum möchten Sie sich nicht operieren lassen?«

»Die möglichen Folgen, von denen Doktor Oliver gesprochen hat, haben mich abgeschreckt. Ich würde es nicht ertragen, den Verstand zu verlieren oder einen meiner Sinne.«

»Es besteht durchaus die Möglichkeit, dass alles gut geht.«

»Aber es besteht eben auch die Möglichkeit, dass es nicht gut geht.«

»Sie sollten nicht einfach so aufgeben, Señorita Aguilera. Es kann sein, dass noch ein langes Leben vor Ihnen liegt.«

»Ich verstehe, dass Sie mich alle für bescheuert halten, aber ich hab mich an den Gedanken gewöhnt zu sterben und das mit dem Weiterleben abgehakt.«

»Das hört sich beinahe nach Selbstmord an.«

»Die Entscheidung liegt bei mir.«

Sie macht den Mund auf, um noch etwas zu entgegnen, aber ich komme ihr zuvor, indem ich deutlich mache, dass das Gespräch beendet ist. »Ich bitte nur um ein wenig Respekt.«

»Und ich kann nichts tun, um Ihre Meinung zu ändern?«

»Nein, ich glaube nicht.«

»Auch wenn die Aussichten mit jedem Tag Ihres Lebens geringer werden, bleibt Ihnen noch ein wenig Zeit. Rufen Sie mich an, wenn Sie es sich anders überlegen, okay?«

»Das werde ich. Vielen Dank für Ihren Besuch.«

Die Studentin umarmt mich innig und geht.

Wenige Sekunden später bekomme ich einen heftigen Wutanfall, der mit einem verwüsteten Wohnzimmer endet, weil ich erst von dieser Operationsmöglichkeit erfahren habe, *nachdem* ich zur Mörderin geworden bin.

Anschließend versuche ich mich mit dem Gedanken an das zu trösten, was ich erreicht habe, gerade *weil* ich davon ausgegangen bin, auf der Schwelle des Todes zu stehen. Nur so konnte ich Eric und seinem Sohn Lionel zu einer vielversprechenden Zukunft verhelfen, Nicoleta davor bewahren, noch jahrelang als Sexsklavin dienen zu müssen, Sara Somoza weitere Vergewaltigungen durch Genaro Cortés ersparen und verhindern, dass in Kürze eine andere Familie ihre kleine Tochter verliert, die sonst dem Triebtäter Jonás Bustos zum Opfer gefallen wäre.

Alles ist gut, so wie es ist.

◆

Wie es aussieht, studieren zwei der Jungen, die Sergio angegriffen haben, an derselben Fakultät wie er, obwohl er sie noch nie vorher gesehen hat.

Einer von ihnen hat ein großes Pflaster auf der Nase und ein blaues Auge. Der andere hat einen Gipsarm, ein geschwollenes Kinn und sieht ihn hasserfüllt an. Sergio versucht sie nicht zu beachten, was gar nicht so leicht ist. Er hört, dass sie ihn beschimpfen, wenn er ihnen in einem der Gänge begegnet, aber es reicht, den Kopfhörer anzuziehen und die Musik laut zu stellen, um sich nicht provozieren zu lassen.

Bedeutend schwieriger wird es, als sie sich ihm an einem der Tische in der Cafeteria gegenübersetzen.

»Du weißt, dass wir dich eines Tages erwischen, wenn niemand in der Nähe ist, um dir zu helfen, oder?«, sagt der eine und klopft mit seinem Gips, der mit allen möglichen anarchistischen Symbolen und einer durchaus gelungenen Zeichnung von Tyrion Lannister verziert ist, auf den Tisch.

»Du weißt, dass du eine Scheißschwuchtel bist, oder? Warum machen wir die Sache nicht unter uns beiden aus.« Sergio sieht den mit dem blauen Auge an. »Und danach kümmere ich mich um dich und sorg dafür, dass dein anderes Auge genauso aussieht, damit dich alle für Batman halten anstatt für 'nen Dalmatiner.«

»Lach du nur, du Arschloch! Wenn wir mit dir fertig sind, siehst du im Fernsehen nicht mehr so gut aus.«

»Pisst du immer noch Blut?«, entgegnet Sergio.

»Wir sehen uns.«

»Wann immer ihr wollt, ihr Arschlöcher.«

Sergio kann auf weitere Probleme mit den beiden gut verzichten, aber er weiß, dass sie, wenn er die geringste Schwäche zeigt, gnadenlos über ihn herfallen werden.

Als er die Cafeteria verlässt, sieht er Nuria, die auf einem Parkplatz etwas an ein paar andere Studenten verkauft, und er versucht ihr aus dem Weg zu gehen.

Doch sie hat ihn bereits entdeckt und läuft auf ihn zu. »Heute Abend ist ein Konzert im El Sol. Kommst du mit?«

»Nein, ich kann nicht. Nuria, du weißt, dass ich, bis das Urteil feststeht, brav zu Hause bleiben muss und keine Dummheiten mehr machen darf.«

»Brav sein bedeutet nicht, dass du zur Schnarchnase werden musst, Junge.«

Das Urteil soll in zwei Wochen verkündet werden, und Sergio hat sich vorgenommen, so weit wie möglich keine Dummheiten mehr zu machen. Und das bedeutet natürlich, dass er nicht gerade mit einer an der ganzen Uni bekannten Dealerin zu einem Konzert gehen sollte. Sein Anwalt ist zudem der Meinung, dass es an der Zeit ist, sich gegenüber den Journalisten zu äußern, die jeden Tag vor der Fakultät auf ihn warten. Es soll spontan wirken, aber vorsichtshalber hat sein Anwalt ihm eine Liste mit möglichen Fragen und den passenden Antworten gegeben.

»Das läuft so, Sergio«, hat sein Anwalt ihm erklärt. »Der Richter ist verheiratet und hat vier Töchter. Und die musst du für dich gewinnen. Und wenn die Familie dann am Sonntag zusammen Paella isst ...«

»Ich finde ...«

»Auch wenn der Richter mit seiner Familie nicht über das Thema sprechen will, was glaubst du, werden die Mutter und die Töchter tun? Sie müssen dich nicht mögen, aber es ist wichtig, dass du einen guten Eindruck machst und sie dich verstehen. Sie und jeder andere, der dich im Fernsehen sieht.«

»Ich denke, so ziemlich jeder kann nachempfinden, warum ich sie umbringen wollte.«

»Du wolltest sie nicht *umbringen*, vergiss das nicht.«

Da sind sie wieder, der Kameramann und die Journalistin einer Enthüllungssendung. Ihre Vorgesetzten schicken sie jeden Tag, damit sie immer die gleichen Fragen stellen, und sie gehorchen, weil sie keine Wahl haben. Jeden Tag begleiten sie Sergio zu dem Polizeiwagen, in dem man ihn wegen der angeblichen ETA-Drohung nach Hause fährt, und sehen ihren Arbeitsplatz in Gefahr, wenn sie keine Aussage von ihm mitbringen.

»Wie geht es Ihnen, Sergio?«, fragt die junge Frau extrem freundlich, während sie ihm das Mikro unter die Nase hält.

»Danke, gut«, antwortet er, den Blick zu Boden gerichtet und ohne stehen zu bleiben, so wie er es mit seinem Anwalt besprochen hat.

»Zwei Kommilitoninnen von Ihnen haben ausgesagt, dass die vier Sie angegriffen haben, ohne dass sie von Ihnen provoziert worden sind.«

»Das ist richtig.«

»Bitte, sagen Sie uns etwas«, fleht die junge Frau. »Wenn wir etwas haben, werden wir Sie nicht weiter belästigen.« Sie räuspert sich und fragt: »Werden Sie sich vor Gericht für unschuldig erklären?«

Wie sein Anwalt ihm erläutert hat, ist das die entscheidende Frage. Wenn sie gestellt wird, soll er innehalten und äußerst bedrückt wirken. Letzteres wird ihm nicht schwerfallen, weil es ihm sowieso außerordentlich peinlich ist, an der Uni im Fokus der Aufmerksamkeit zu stehen. Gerade fährt ein Ford Fiesta mit vier Studenten vorbei, und als sie die Kamera sehen, hängen sie sich mit dem halben Körper aus dem Fenster, hupen und grüßen ihre Mütter.

»Ich verstehe nicht, wieso Sie mir jeden Tag dieselbe Frage stellen. Sie haben doch die Bilder gesehen, oder nicht? Warum also fragen Sie mich, ob ich unschuldig bin?«

»Warum haben Sie es getan?«

»Mir ist einfach die Sicherung durchgebrannt. Ich hab aus dem Fernsehen erfahren, dass sie freigelassen wird, und bin durchgedreht. Das ist doch verständlich, oder nicht? Amaya Eiguíbar hat meinen Vater und meinen Bruder ermordet, verdammt. Ich denke, dass es in dieser Situation jedem so ergangen wäre.«

»Wollten Sie sie töten?«

»Wie hätte ich sie denn töten sollen? Ich hab zum ersten Mal in meinem Leben mit einer Steinschleuder geschossen. Ich hätte nie gedacht, dass ich sie überhaupt treffe. Ich wollte mir einfach nur Luft machen oder so was.«

»Angeblich sollen Sie die Waffe von einer rechtsextremen Gruppierung erhalten haben. Sind Sie Mitglied dieser Gruppierung?«

»Ich gehör keiner Gruppierung an. Das ist gelogen. Ich hab die Schleuder auf dem Flohmarkt gekauft.«

»Aber Sie sind in einem der Busse zum Gefängnis gefahren, die die Neonazis gemietet hatten. Das haben wir überprüft.«

»Ich hab gehört, dass sie dorthin wollen, um zu demonstrieren, und bin eingestiegen und mitgefahren, aber ich hab mit niemandem geredet. Und jetzt lassen Sie mich bitte in Ruhe.«

Die beiden Polizisten, die ihn heimfahren, setzen ihn vor der Haustür ab und machen sich dann auf, um etwas Sinnvolleres zu tun.

Sergio macht sich gerade ein Sandwich, als sein Handy klingelt. Er schnalzt verärgert mit der Zunge, als er sieht, wer ihn anruft.

»Was ist, Rulo?«

»Wie geht es dir, mein Lieber? Hast du dich von den Prügeln erholt, die diese Schweine dir verpasst haben?«

»Ja, war ja nicht viel.«

»Das freut mich. Weil wir dich brauchen. Wir haben uns für Freitag um zehn Uhr in einer Bar in der Nähe des Bernabéu-Stadions verabredet. Du kommst auch, oder?«

»Ich warte auf das Gerichtsurteil und darf mir keinen Fehler erlauben, Rulo.«

»Es ist wichtig, Junge. Deine lieben Kommilitonen werden auch da sein, und das willst du sicher nicht verpassen. Ich schick dir gleich eine WhatsApp mit der Adresse. Du musst *unbedingt* kommen.«

Rulo beendet das Gespräch, ohne noch etwas zu sagen, in dem Bewusstsein, dass dies seine Botschaft unterstreicht.

◆

Álvaro hat einen weiteren USB-Stick von Talión erhalten, und auf dem sind die Fotos von Genaro Cortés und Ricardo Hernández gespeichert. Damit rückt Álvaro erneut in den Fokus des medialen Interesses, doch das seltsame Gefühl, das ihn bei der an Marta adressierten Rechnung vom Abschleppdienst überkommen hat, verhindert, dass er seine Popularität genießen kann. Er musste ein paar Interviews geben und an mehreren Konferenzen teilnehmen, sodass er sich erst kurz vor Mittag wieder an seinen Schreibtisch setzen kann.

Er will einen Artikel über das Leben des Gitano Genaro Cortés schreiben, kommt aber über den ersten Absatz nicht hinaus. Sein Blick wandert immer wieder zu der Schublade, in der die Rechnung liegt. Schließlich gibt er sich geschlagen und nimmt das Schreiben mit dem Colafleck heraus. Erneut überprüft er das Datum und die Uhrzeit, wie er es schon Dutzende Male vorher getan hat, dann wählt er Martas Nummer.

Wieder nur die Mailbox.

»Marta, ich bin's Álvaro. Bitte ruf mich dringend an, ich muss unbedingt mit dir reden.«

Er legt die Rechnung zurück in die Schublade und versucht sich wieder aufs Schreiben zu konzentrieren. Nach fünf Minuten gibt er auf, greift nach seiner Jacke und verlässt das Redaktionsgebäude.

Er parkt seinen Wagen vor der Tür des Abschleppdienstes in Alcobendas und wartet, dass die Rezeptionistin das Telefongespräch, das sie gerade führt, beendet.

»Guten Tag, was kann ich für Sie tun?«

»Guten Tag«, sagt Álvaro und nimmt die Rechnung aus der Jackentasche. »Ich würde gern mit dem Mann reden, der diesen Auftrag erledigt hat. Meine Frau hatte ein Problem mit dem Auto.«

»Es tut mir leid, aber diese Information darf ich Ihnen nicht geben. Wenn Sie etwas zu reklamieren haben …« Die junge Frau verstummt, als sie ihn erkennt. »Hey, sind Sie nicht der Journalist, der immer mit Talión redet?«

»Ich rede nicht mit ihm, aber ja.«

»Ich lese jeden Ihrer Artikel. Und letztens im Fernsehen waren Sie großartig.«

»Vielen Dank. Wie Sie sich sicher denken können, habe ich ziemlich viel zu tun und muss unbedingt die Sache mit Martas Auto klären. Es wäre unheimlich nett, wenn Sie mir helfen könnten«, sagt er flehend.

Die junge Frau zögert, greift aber dann nach der Rechnung. »Was möchten Sie wissen«

»Den Namen des Kollegen, der den Auftrag erledigt hat. Er hat aus Versehen irgendein kleines Teil des Motors mitgenommen, das ziemlich teuer ist, wenn wir es neu kaufen müssten.«

Die Rezeptionistin sagt, dass solche Dinge immer mal wieder passieren, und gibt die Auftragsnummer, die auf der Rechnung steht, in den Computer ein.

»Sie haben Glück«, sagt sie schließlich. »Das war Moisés. Wenn Sie durch diese Tür gehen, sehen Sie ihn. Er ist gerade von einem Auftrag zurückgekommen.«

Álvaro dankt ihr von Herzen, öffnet die Tür und betritt eine Garage, in der mehrere Abschleppwagen stehen. Ein Mann ist gerade damit beschäftigt, bei einem von ihnen die Scheiben zu putzen. Während Álvaro auf ihn zugeht, betet er still für sich, dass Moisés ihm sagen wird, dass es sich um einen Irrtum handelt und dass er den Auftrag um acht und nicht erst nach neun erledigt hat.

Doch der Mechaniker muss nur einmal in einem Notizbuch nachsehen, das er im Handschuhfach aufbewahrt, um sicher zu sein. »Nein, ich war ganz genau um zehn nach neun dort, wie ich es hier aufgeschrieben hab.«

»Das Problem ist nur, dass an diesem Tag das Auto um zehn nach neun gar nicht in Madrid war, deshalb muss hier irgendein Irrtum vorliegen.«

»Was meinen Auftrag angeht, ist das sicher nicht der Fall. Ich hab um halb neun ein Auto in einer Werkstatt in Leganés abgeliefert und bin dann direkt zu Ihrer Frau gefahren. Um halb zehn war ich wieder im Depot. So wurde es festgehalten.«

»Ist es nicht vielleicht möglich, dass Sie das aus Versehen falsch aufgeschrieben haben oder …?«, versucht Álvaro es noch einmal, da er sich zu glauben weigert, was ihm gerade durch den Kopf geht.

»Es tut mir leid, aber nein.«

Álvaro betritt das Kommissariat und fragt nach Inspectora Gutiérrez. Als die ihn kurz darauf in ihrem Büro empfängt, bereut er bereits, gekommen zu sein, um das zu tun, was er sich vorgenommen hat. Statt zuerst zur Polizei zu gehen, hätte er zunächst mit Marta sprechen sollen, weil es sicher eine logische Erklärung für die Sache gibt.

»Und? Worum geht's?«, fragt die Inspectora drängend. »Ich hab sehr viel zu tun.«

»Ich bin hier, um Sie um ein Interview für die Wochenbeilage von *El Nuevo Diario* zu bitten«, improvisiert er.

»Soll das ein Witz sein?«

»Es wäre gut, wenn jemand die Bevölkerung ein wenig beruhigen könnte. In Spanien sind Serienmörder so selten, dass die Leute große Angst haben.«

»Die Leute sind Feuer und Flamme. Sie wissen, dass es nichts zu befürchten gibt, solange sie selbst niemanden umgebracht haben. Ich glaube, das hat sogar in Ihrer Zeitung gestanden.«

»Tatsächlich?«

»Wie auch immer, Sie sollten solche Artikel mit großer Bedachtsamkeit schreiben. Wenn den Leuten gefällt, was dieser Talión treibt, macht es uns nur den Job schwer.«

»Wer, glauben Sie, könnte der Täter sein?«

»Wenn ich das wüsste, säße ich nicht hier und würde mit Ihnen reden, denken Sie nicht?«

Dann fällt ihr auf, dass der Journalist auf seltsame Art zu Boden schaut. »Ist alles in Ordnung?«

»Ja. Ich frage mich nur, was für eine Art Mensch so etwas tun kann. Ist Talión einfach nur verrückt, oder steckt mehr dahinter?«

»Um so etwas zu tun, *muss* man verrückt sein. Und dass er Verbrecher ermordet anstatt Priester oder Bäcker, bedeutet lediglich, dass er nach einer Rechtfertigung sucht, aber er genießt es zu töten.«

»Dann muss es also jemand sein, der früher schon mal Gewalt angewendet hat, oder?«

»Das nehme ich an. Wenn es Ihnen nichts ausmacht ...«

»Können Sie mir nicht irgendetwas sagen? Vergessen Sie nicht, dass ich Sie gleich angerufen habe, als ich den zweiten USB-Stick bekommen hab.«

Daniela verdreht genervt die Augen, verrät Álvaro eine unbedeutende Kleinigkeit, mit der er seinen Artikel für die nächste Ausgabe ein wenig schmücken kann, und begleitet ihn dann zum Ausgang.

Als die Inspectora in ihr Büro zurückkehrt, wartet Martos auf sie und sieht sie ernst an. »Wir haben jetzt auch die drei letzten Kunden von Fiona Hansen durchleuchtet.«

»Und?«

»Nichts. Zwei haben jeweils eine Halskette für ihre Frau gekauft und der dritte eine Uhr für seine Geliebte, aber nirgends fehlt eine Schraube.«

»Also bleibt nur Jaime Vicario.«

»Der sich während der Tatzeit in Katar befand, Chefin.«

»Denkst du, das weiß ich nicht, verdammt!«, fragt Daniela zerknirscht. »Aber vielleicht hat er eine Komplizen. Er hat Jonás Bustos umgebracht und sein Komplize die anderen.«

»Alles ist möglich, aber es klingt nicht besonders logisch.«

»Wann kommt der Mann aus Katar zurück?«

»Morgen früh um halb acht.«

»Benachrichtige schon mal die Kollegen am Flughafen. Wir müssen ihn uns sofort schnappen, wenn er aus dem Flugzeug steigt.«

Bevor Álvaro in die Redaktion zurückkehrt, fährt er bei Marta vorbei, doch auf sein Klingeln hin bleibt die Sprechanlage stumm. Er hinterlässt eine Nachricht im Briefkasten, und es gelingt ihm, darin einen Brief des Hospital Ramón y Cajal zu erspähen, des Krankenhauses, in dem seine Freundin Cristina arbeitet.

◆

Dos Napias sitzt mit seiner Frau und den beiden kleinen Töchtern beim Abendessen vor dem Fernseher, um die neuesten Nachrichten über Talión zu erfahren.

Eine Journalistin berichtet live vom Eingang des Beti-Jai. Neben ihr steht eine ältere Anwohnerin, die sich für das Interview ihre Sonntagskleidung angezogen hat.

»Hier bei mir ist Doña Adela Gómez, die ganz in der Nähe des Beti-Jai wohnt und versichert, in der Nacht des Mordes an Genaro Cortés seltsame Laute gehört zu haben«, erklärt die Journalistin. »Was genau haben Sie gehört, Doña Adela?« Sie hält der Frau das Mikro hin.

»Laute, wie ich schon gesagt hab. Zuerst waren Schreie zu hören, aber ich dachte, sie kämen von den Leuten aus dem dritten Stock, die sich den ganzen Tag über streiten. Und danach folgte so etwas wie ein Hundekampf.«

Nach einem zweiminütigen Interview, in dem Doña Adela nichts von sich gibt, was zur Aufklärung des Falls beitragen könnte, wird die Liveschaltung beendet.

»Der Hund, dessen Kadaver am Tatort gefunden wurde, gehörte einem Neffen des Opfers«, sagt die Moderatorin im Studio, »und wie Álvaro Herrero gerade in der Onlineversion von *El Nuevo Diario* veröffentlicht hat, schoss Talión auf Ricardo Hernández und Genaro Cortés mit Patronen des Kalibers fünf Komma sieben, das sehr selten ist. Und nun wenden wir uns anderen Themen zu …«

Während im Fernsehen über einen neuen Korruptionsskandal berichtet wird, sitzt Dos Napias stumm vor dem Bildschirm, die Hand mit dem Löffel wie erstarrt auf halbem Weg vom Teller zum Mund.

Seine Frau blickt verwundert die Statue an, zu der ihr Mann geworden ist. »Was ist mit dir? Hast du einen Krampf?«

Ich habe eine Eingebung, wie ich Amaya Eiguíbar sterben sehen will, aber dafür muss ich noch einmal Dos Napias in seinem Büro in der Colonia Marconi aufsuchen.

Als ich durch die Tür des Los Mellizos trete, scheint Dos Napias für einen Moment zu erstarren. Ich setze mich an die Bar und bestelle mir ein Bier, zu dem mir eine winzige Portion Chorizo à la Sidra – Paprikawurst in Apfelschaumwein – serviert wird.

Der Waffenhändler zögert, bevor er vorsichtig zu mir kommt, ohne mich wie üblich zu beschimpfen und zu bedrohen. »Ist dir die Munition ausgegangen, Journalistin?«

»Ich möchte noch etwas kaufen.«

»Tut mir leid, aber der Laden ist geschlossen.«

»Es wäre unser letztes Geschäft, und ich würde gut bezahlen. Danach siehst du mich nie mehr wieder. Ich gebe dir mein Wort, Dos Napias.«

Es tut mir auf der Stelle leid, dass ich ihn so genannt habe, da ich davon ausgehe, dass er den Spitznamen nicht leiden kann, stelle dann aber fest, dass er eher besorgt als verärgert wirkt.

»Gehen wir? Ich habe genügend Geld bei mir«, insistiere ich und klopfe auf meine Tasche. »Ich will nicht noch mehr Zeit verlieren, weil ich es ein wenig eilig hab.«

Dos Napias gibt nach und fordert mich auf, ihm erneut in den Innenhof hinter der Bar zu folgen. Wieder tastet er mich ab und findet die Pistole und ein Messer, wagt aber nicht, sie mir wegzunehmen, und begrapscht mich diesmal auch nicht. Ich habe keine Ahnung, was los ist, aber seine plötzliche Unterwürfigkeit gefällt mir absolut nicht.

»Was ist?«, frage ich ihn misstrauisch.

Er sieht mich an, und ich erkenne an seinem Blick, dass er weiß, wer ich bin.

Wie ich annehme, ist durchgesickert, mit welcher Pistole auf die Gitanos geschossen oder dass Genaro Cortés mit einem Taser ruhiggestellt wurde, wenn man so etwas bei einer Autopsie feststellen kann.

Ich hole meine Pistole hervor und ziele damit auf Dos Napias' Stirn.

»Bitte töte mich nicht!«, fleht er. »Ich bin kein Mörder, und Talión bringt doch nur Mörder um!«

»Wie hast du es herausgekriegt?«

»Sie haben im Fernsehen gesagt, dass er Patronen vom Kaliber sieben Komma fünf benutzt. Da war mir alles klar.«

Ich weiß nicht, wie ich mit dieser unerwarteten Wendung umgehen soll, und zögere ein paar Sekunden.

»Bitte töte mich nicht! Ich schwöre, dass ich nichts sagen werde. Würde einer meiner Töchter widerfahren, was der kleinen Lucía zugestoßen ist, würde ich den Mistkerl auch umbringen und ihm die Eier in den Mund stecken.«

Mir wird bewusst, dass ich die Pistole noch immer gegen Dos Napias' Stirn drücke, während er zitternd und mit erhobenen Händen vor mir steht. Ich nehme die Waffe zurück.

»Was brauchst du?«, fragt er eilig. »Egal, was es ist.«

»Sprengstoff. Granaten, Dynamit ... was du hast.«

»Verdammt, das wird diesmal aber eine große Nummer, was?« Dieser Typ hat gerade die Bestätigung erhalten, dass ich eine Mörderin bin, und klopft mir nun mit einem breiten Lächeln auf die Schulter.

Ich werde zornig und richte die Pistole erneut auf seine Stirn. »Das Beste wird sein, dich zu beseitigen. Ich kann das Risiko nicht eingehen.«

»Nein! Was hast du denn, Mädchen? Ich werde mit niemandem reden. Ich will nur Geld verdienen. Mal sehen ... Ich hab drei oder vier Granaten und ein paar Dynamitpatronen, die vor Kurzem aus einer Mine gestohlen wurden.«

»Dynamit, das man mit einer Lunte anzünden muss?«

»Scheiße, nein. Das Zeug hat einen Sprengzünder. Von allem anderen kann ich dir nur abraten.«

Bevor ich in sein Auto steige, sagt er, er müsse mir die Augen verbinden, und ich entgegne, dass er mir nicht auf den Zeiger gehen soll.

Er fährt durch Straßen voller Prostituierter und hält vor dem Tor einer Lkw-Werkstatt. Als er Anstalten macht, aus dem Auto zu steigen, halte ich ihn am Arm zurück. »Pass auf, was du sagst. Wenn du schön brav bist, wird dir nichts passieren.«

»Ganz ruhig. Ich will nur das Geld kassieren, und dann vergess ich dich.«

Dos Napias spricht ein paar Minuten mit jemandem, der hier der Chefmechaniker zu sein scheint, dann macht er mir ein Zeichen, dass ich kommen soll. Wir gehen zu dritt durch die Werkstatt und gelangen in ein riesiges Reifenlager. Unter einer kleinen Falltür im Boden sind drei Granaten, vierzehn Dynamitpatronen und zwei Sprengstoffzünder versteckt.

»Wofür brauchst du das Zeug?«, fragt der Mechaniker.

»Um einen Felsen zu sprengen, der die Hälfte meines Grundstücks blockiert. Wie benutzt man das?«

Sie erklären es mir und wollen für den Sprengstoff unverschämte viertausendfünfhundert Euro haben. Aber so dicht vor dem Ziel hab ich keine Lust zu verhandeln.

Ich fahre zurück nach Hause und verbringe die nächsten drei Stunden damit, mich im Internet schlau zu machen, wie ich das Zeug am effektivsten einsetze. Dabei komme ich zu dem Schluss, dass das Beste und Einfachste wohl ist, einen Sprengstoffgürtel zu basteln, wie ihn die IS-Terroristen benutzen.

✦

In der letzten Woche im Gefängnis von Ávila hatte Amaya Eiguíbar Zeit nachzudenken. Bis vor Kurzem wäre sie nie auf den Gedanken gekommen, dass man sie irgendwann noch mal in die Freiheit entlassen würde, doch ihre Anwälte hatten versichert, dass es in ein paar Tagen so weit war. Inzwischen hatte sie sich mit der Vorstellung abgefunden, dass sie hinter Gittern versauern würde, und sich daran gewöhnt, ihr Leben lesend, mit Sport und in Gefängniswerkstätten zu verbringen.

Das Einzige, was ihr von ihrem früheren Leben geblieben war, war der Hass, aber nicht mehr nur auf den spanischen Staat, sondern jetzt auch auf die ETA, die sich ergeben hatte und ihre Soldaten in Gefängnissen außerhalb der Heimat versauern ließ. Alle hatten sie geschworen, notfalls für ihre Ideale zu sterben, doch nur wenige waren bereit, dieses Versprechen zu halten.

Darum war Amayas Verhältnis zu den anderen baskischen Gefangenen im Gefängnis von Ávila seit Jahren angespannt, und es war besser, nicht über Politik zu reden. Die meisten von ihnen hielt sie für Feiglinge.

Bis man ihr gesagt hatte, dass man sie tatsächlich entlassen würde, hatte Amaya nie darüber nachgedacht, was sie dann tun sollte. Von ihren ehemaligen Genossen, die nicht tot waren oder im Gefängnis saßen, waren viele in die Politik gegangen. Andere waren geflohen und lebten an verschiedenen Orten der Welt und nicht in Euskal Herria. Nur wenige waren der Sache treu geblieben, zum Beispiel die Genossen von Iraultzileen Bilguneak, der IBL, einer Abspaltung der ETA, deren Mitglieder bereit waren, sämtliche Waffen einzusetzen, an die sie herankamen, um den Kampf fortzuführen, wie es auf der III. Versammlung der ETA im Jahr 1964 beschlossen worden war.

Amaya wusste, dass es sich um nicht mehr als fünfzig Leute handelte, aber sie war auch davon überzeugt, dass fünfzig Soldaten, die die Sache wirklich ernst nahmen, großen Schaden anrichten konnten.

Und hatte der Kampf erst einmal wieder begonnen, würden sich ihnen noch viel mehr anschließen. Das Problem war, dass die Spitze der ETA selbst in ihrer Nachricht an Fermín Sánchez Agurruza, einen Lehrer, der seinen Job aufgegeben hatte und nach Frankreich gegangen war, um von dort aus für die Sache zu kämpfen, um Mäßigung gebeten hatte.

Diese Feiglinge, dachte Amaya, als sie davon erfahren hatte. Damals wäre sie, hätte sie nicht im Gefängnis gesessen, diesem Lehrer gefolgt. Doch nun, da sich die Gelegenheit bot, wusste sie nicht, was sie tun sollte.

Aus dem Augenwinkel hatte sie die Eisenkugel aufblitzen sehen und gleich darauf den Schlag an der Stirn gespürt. Als sie wieder zu Hause in Hernani war, erfuhr sie, dass der Täter ein junger Mann war, dessen Vater und Bruder bei dem Anschlag im Supermarkt ums Leben gekommen waren. Natürlich hatte sie kein Mitleid mit ihm.

Ihre Mutter betrachtete sie misstrauisch, denn vor zwanzig Jahren hätte Amaya auf eine solche Nachricht hin den Fernseher und die halbe Wohnungseinrichtung zertrümmert. Doch sie tat nichts dergleichen und sah ihre Mutter stattdessen lächelnd an.

»Was meinst du, Mama? Soll ich ihm eine Kugel in den Kopf jagen?«

»Sag so was nicht, Liebes. Das Ganze ist längst vorbei.«

»Ach, ja? Ist Euskadi jetzt ein unabhängiger Staat, und ich habe es nicht mitbekommen?«

»Die Zeiten haben sich geändert, Amaya. Wir möchten jetzt ein ruhiges Leben führen.«

»Was soll das denn heißen?«

»Dass wir das Ganze nicht noch einmal durchmachen wollen.«

»Also gefällt es euch, Spanier zu sein?«

»Es gefällt uns, in Frieden zu leben. Deshalb solltest du dich dafür entscheiden, dass diese Ehrung im privaten Kreis stattfindet. Ein paar Gläser Wein, und das war's.«

Amaya kochte vor Wut, dass sie trotz des hohen Preises, den sie bezahlen musste, nichts erreicht hatte. Die Gleichgültigkeit ihrer Mutter bewies ihr, dass sie mit der Entscheidung, die sie in der letzten Nacht im Gefängnis getroffen hatte, richtig lag.

»Soll das ein Witz sein, Mama?«, fragte Amaya mit einem bedrohlichen Lächeln auf den Lippen. »Ich möchte dich und Papa in der ersten Reihe sehen.«

Das Ehepaar Eiguíbar nahm tatsächlich, in der ersten Reihe stehend, an der Ehrung teil, die Amayas Genossen für sie ausrichteten, und hatten das erschreckende Gefühl, zwanzig Jahre in der Zeit zurückgereist zu sein, als zwei mit Kapuzen vermummte Männer mit Baskenmütze eine spanische Flagge verbrannten und dabei laut die Unabhängigkeit des Baskenlandes forderten sowie die Verlegung sämtlicher Gefangener in baskische Gefängnisse.

Als Amaya später zusammen mit den anderen ehemaligen ETA-Mitgliedern, einigen Politikern und mehreren Verwandten in einer Bar ein Glas Wein trank, kam ein junger Mann auf sie zu. »*Aúpa*, Katu. Kann ich kurz mir dir reden?«

»Worüber denn? Kennen wir uns?«

»Ich soll dir von ein paar Genossen Grüße ausrichten.«

Amaya setzte sich mit dem Jungen, bei dessen Geburt sie bereits im Gefängnis gesessen hatte, an einen Tisch und hörte sich an, was er zu sagen hatte.

»Wer hat dich geschickt?«

»Jemand, der wissen will, wie du darüber denkst«, antwortete der Junge vorsichtig.

»Über das Baskenland?«

»Über das Baskenland, Frankreich, Venezuela … Wir sind mehr, als sie ahnen.«

»Ich bin bereit zuzuhören.«

»Gut, dann erfährst du später mehr. Jetzt genieß erst mal die Freiheit. Brauchst du irgendwas?«

»Nur, dass ihr dem, der das getan hat, ein bisschen Angst macht«, sagte Amaya und zeigte auf die Wunde an ihrer Stirn.

Der Junge nickte und ging.

Amaya sollte erst ein paar Tage später wieder von ihm hören. Währenddessen traf sie sich mit mehreren Vertretern der nationalen Linken, die sich darum bemühten, sie für ihre Vereinigungen, Gruppierungen oder Parteien zu gewinnen. Mit den Mitgliedern von Euskal Herria Bildu – einer politischen Koalition, die 2012 aus den Parteien Sortu Eusko Alkartasuna, Aralar und Alternatiba hervorgegangen war – setzte sie sich in einer Bar in der Calle Urbieta in der Altstadt von Hernani zusammen.

»Und was habt ihr bei euren Verhandlungen mit den Spaniern erreicht, hm?«

»Viel. Wir haben ...«

»Einen Scheiß!«, unterbrach Amaya den Politiker. »Weder die Unabhängigkeit noch sonst etwas! Sie lassen nicht mal zu, dass unsere Gefangenen in die Heimat verlegt werden, damit sie ihre Familien wiedersehen können.«

»Wir erreichen gerade Schritt für Schritt, dass ...«

»Ihr erreicht, verdammt noch mal, gar nichts!«, fiel sie dem Mann erneut ins Wort. »Was hat es gebracht, sich den Spaniern zu ergeben?«

»Zum Beispiel, dass du aus dem Gefängnis entlassen wurdest.«

»Ihr habt euch alle kaufen lassen«, sagte Amaya verächtlich. »Sogar Arnaldo Otegi. Mit Worten erreicht man gar nichts!«

Amaya verließ die Versammlung, in ihrer Entscheidung bestätigt, welchen Weg sie einschlagen würde. In den guten alten Zeiten hätten sie solche Feiglinge, die viel redeten, aber nicht bereit waren, etwas zu riskieren, genauso als Verräter liquidiert wie

Miguel Francisco Solaun oder Dolores González Catarain! Amaya war der Meinung, dass die ETA von Verrätern unterwandert war wie damals das alte Rom.

Doch das Schlimmste war für sie, dass die Organisation, für die sie ihr halbes Leben geopfert hatte, aufgehört hatte zu kämpfen, um sich nun darauf zu beschränken, Ausweise oder Autokennzeichen zu fälschen, was beinahe der einzige Grund war, warum sie überhaupt noch bestand.

◆

»Kann man dem Typen vertrauen?«, frage ich Rodolfo am Telefon.

»Soweit man einem Goldhändler überhaupt vertrauen kann, ja. Aber er sagt, dass der Preis sinkt, wenn zehn Kilo der Ketten nur achtzehn Karat haben.«

»Wie viel bietet er?«

»Sechshundert, wenn das Geschäft heute noch abgeschlossen wird.«

»Einverstanden.«

Ich packe das ganze Gold, das ich noch habe, in den Kofferraum meines Autos und fahre los, um Rodolfo abzuholen.

Er besteht darauf, dass ich auf dem Weg zu dem Haus in La Moraleja, wo wir mit dem Belgier Aarjen Slosse verabredet sind, anhalte, damit er sich die Ware persönlich anschauen kann.

»Du musst verstehen, dass ich mir das Gold vorher ansehen muss, Martita.«

»Jetzt zufrieden?«, frage ich, nachdem ich den Kofferraum geöffnet habe und darauf achte, dass die drei Lastwagenfahrer, die sich nur ein paar Meter von uns entfernt unterhalten, nichts mitkriegen.

»Bist du dir sicher, dass das dreißig Kilo sind?«

»Ich hab es zu Hause auf die Waage gestellt, die zweiunddreißig Kilo angezeigt hat, aber ich weiß nicht, wie genau die misst.

Möglich, dass es etwas mehr oder weniger ist, keine Ahnung. Hast du deinen Barren auch mitgebracht?«

»Nein, ich bewahre ihn lieber für magere Zeiten auf.«

Rodolfo sagt in die Sprechanlage, wer wir sind, woraufhin sich das schwere Tor zu dem Anwesen öffnet. Zwei Wachleute mit kurzem blondem Haar, Ohrhörern und Pistolen, die sich unter ihren Jacken abzeichnen, begleiten uns über eine asphaltierte Straße zur Rückseite des Gebäudes. Dabei fahren wir um einen leeren Padelplatz und ein Schwimmbad herum, in dem ein einsamer Schwimmer seine Bahnen zieht.

Mehrere Gärtner kümmern sich um die Pflanzen, und ein paar andere Männern waschen sorgfältig einen Ferrari. Daneben warten ein Lotus, ein Porsche und mehrere andere hochpreisige Wagen darauf, dass sie an die Reihe kommen.

Rodolfo stößt einen bewundernden Pfiff aus. »Verdammt, der Belgier lässt es sich gut gehen. Sicher ist seine Frau bildhübsch und verzeiht ihm alles. In den guten alten Zeiten hab ich in Benidorm reihenweise nordische Schönheiten flachgelegt.«

Vor der Garage halten wir an, und sofort sind zwei weitere Wachleute zur Stelle. Sie sagen, dass sie uns abtasten müssen, und finden die Pistole in meiner Tasche.

Rodolfo sieht mich entsetzt an. »Wieso hast du denn die Pistole dabei, Marta?«

»Um mich zu schützen.« Ich nehme sie mit zwei Fingern heraus und lege sie ins Auto.

Aarjen Slosse, dessen Name, Akzent und Aussehen unverkennbar belgisch sind, kommt, sich mit einem Badetuch abtrocknend, auf uns zu, nachdem er aus dem Pool gestiegen ist. Er umarmt Rodolfo voller Vertrauen und begrüßt mich um einiges reservierter.

Eigenartigerweise pflegt man auch bei derartigen Begegnungen zuerst ein paar Minuten über das Wetter und andere Nichtigkeiten zu plaudern.

»Wenn Sie einverstanden sind, kommen wir jetzt zur Sache«, sagt der Belgier schließlich. »Wir wollen nicht noch mehr Zeit verlieren, denn sicher haben Sie genau wie ich noch andere Dinge zu tun.«

Das ist mir nur recht, und ich öffne den Kofferraum meines Autos.

Aarjen bittet mich um Erlaubnis, einen der Goldbarren herausnehmen zu dürfen, was ich ihm gestatte. Anschließend inspiziert er den Inhalt der Kisten ganz genau, und wenige Minuten später meint er lächelnd: »Perfekt. Die Barren kaufe ich für zweiundzwanzig Euro pro Gramm und den Schmuck für vierzehn. In Ordnung?«

»In Ordnung.«

Wir geben uns die Hand, und er richtet ein paar auffordernde Worte auf Flämisch an seine Männer. Die laden das Gold aus und legen es auf eine Präzisionswaage.

Während Rodolfo auf das Gold starrt, begutachtet der Belgier mich neugierig. »Woher haben Sie das Gold, Señorita?«

»Ich hab das Versteck eines Mistkerls gefunden und es ihm gestohlen.«

»Dann wird also danach gesucht?«

»Wenn Sie es einschmelzen, wovon ich mal ausgehe, wird niemand es wiedererkennen.«

Insgesamt bekomme ich vierhundertachtzehntausend Euro für die Barren und hundertsechzigtausend für den Schmuck. Anschließend reichen wir uns noch einmal die Hand, und Rodolfo und ich verlassen das Anwesen auf dem gleichen Weg, wie wir gekommen sind, als wäre nichts geschehen.

Ein paar Straßen weiter halte ich an, und wir zählen das Geld nach. Ich runde die zwanzig Prozent, die Rodolfo zustehen, auf den glatten Betrag von hundertfünfzigtausend Euro auf.

»Was wirst du mit all dem Geld machen?«, fragt er mich.

»Ich werde viel reisen und irgendein Geschäft eröffnen. Und du?«

»Ich werde es gut verstecken, damit es mir nicht von einem bösen Mädchen wie dir gestohlen wird.«

Wir müssen beide lachen, und wenig später setze ich ihn vor seiner Haustür ab. Dabei sieht er mich an, als wüsste er, dass wir uns nicht mehr wiedersehen werden.

»Pass auf dich auf, Martita.«

»Du auf dich auch, Rodolfo.«

Ich fahre bei einer Schreibwarenhandlung vorbei und kaufe ein Dutzend große Briefumschläge. Auf einem Parkplatz stecke ich verschiedene Summen des Geldes in die Umschläge und mache mich auf den Weg zum Zoo.

Dort treffe ich Dimas an, als er gerade ein Rudel Zebras füttert.

»Marta!«, sagt er lächelnd. »Ich freue mich, dich wiederzusehen.«

»Ich möchte mit dir über etwas reden«, sage ich und umarme ihn. »Können wir uns hier irgendwo ungestört unterhalten?«

Er bittet mich zu warten, bis er mit der Fütterung fertig ist. Ich sehe ihm zu und stelle mit einem dämlichen Grinsen fest, dass er seine Arbeit mit der Konzentration eines Chirurgen ausführt. Als er zwanzig Minuten später fertig ist, führt er mich in sein Büro, das aus einem Tisch und einem Stuhl hinten im Gerätelager besteht. Auf dem – blitzblanken – Tisch steht ein gerahmtes Foto von Rosa.

»Ich habe viel über das nachgedacht, was du gesagt hast. Dass du mit Rosa ins Ausland reisen willst, damit sie dort künstlich befruchtet wird.«

»Das ist sehr teuer.«

»Hier hast du genug Geld dafür«, sage ich und lege einen dicken Briefumschlag auf den Tisch. »Und genug, um euer Kind auf die beste Schule zu schicken.«

Dimas starrt verblüfft auf den Umschlag und traut sich nicht, danach zu greifen.

»Los, nimm es. Das ist für dich.«

Er nimmt den Umschlag zögerlich und stellt erschreckt fest, um wie viel Geld es sich handelt. »Woher hast du das?«

»Ich hab im Leben viel Glück gehabt, das ist alles.«

»Das kann ich nicht annehmen.«

»Natürlich kannst du das, Dimas. Ich hab mehr Geld, als ich ausgeben kann, und ich wüsste nicht, wie ich es besser investieren sollte. Aber eins musst du mir versprechen: Wenn es ein Mädchen wird, müsst ihr es Marta nennen.«

»Wir haben eigentlich gedacht, sie Pilar zu nennen wie meine Mutter, und wenn es ein Junge wird, José Carlos, nach Rosas Vater.«

Ich lache über seine ungekünstelte Reaktion. »Macht nichts. Da muss ich dann durch.«

»Wie viel Geld ist das?«, fragt er, auf die Scheine starrend.

»Hunderttausend Euro. Du solltest es nicht zur Bank bringen, denn du könntest Probleme kriegen, wenn sie fragen, woher du es hast.«

»Hältst du mich für bescheuert!«

»Nein, Dimas.« Ich lächle. »Das hab ich noch nie getan. Ich hoffe, dir und Rosa wird es gut gehen, nichts würde mich glücklicher machen.«

»Wir werden lange brauchen, um es dir zurückzuzahlen. Viel mehr als hundert Euro im Monat werden wir dir nicht geben können. Dann sind wir nach tausend Monaten quitt.«

»Du musst mir das Geld nicht zurückzahlen. Es ist ein Geschenk, und es kommt von ganzem Herzen.«

Dimas runzelt die Stirn und verzieht das Gesicht zu einer seltsamen Grimasse. Ich brauche eine Weile, bis ich begreife, dass er versucht, die Tränen zurückzudrängen, und muss lachen.

»Du kannst weinen oder lachen, aber mach nicht so ein Gesicht, denn das steht dir überhaupt nicht.«

Dimas steht formvollendet auf und umarmt mich schweigend ganze drei Minuten lang. Bei jedem anderen wäre mir diese Umarmung nach den ersten zehn Sekunden unangenehm, aber nicht bei ihm. Er ist der einzige Mensch, den ich kenne, der alles mit einer überwältigenden Aufrichtigkeit tut, ohne auch nur den kleinsten bösen Hintergedanken.

Ich kehre zurück nach Hause und verbringe die nächsten drei Stunden damit, Abschiedsbriefe zu verfassen. Den ersten, der an meine Schwester Natalia gerichtet ist, schreibe ich mit der Hand, danach ist mir das zu anstrengend, und ich setze mich an den Computer.

◆

Daniela Gutiérrez, Martos, drei weitere Kollegen sowie zwei Mitglieder der Nationalpolizei warten am Flughafen Adolfo Suárez am Ausgang von Terminal vier. Als Jaime Vicario mit müdem Gesicht herauskommt, wird er sofort umstellt.

»Jaime Vicario?«

»Ja, was ist los?«

»Bitte begleiten Sie uns.«

Er befolgt die Anweisung und befürchtet, dass man ihm ein Paket mit Drogen untergejubelt hat oder etwas in der Art. Als sie im Befragungsraum des Kommissariats ankommen, bitten sie ihn, am Verhörtisch Platz zu nehmen.

»Bin ich wegen irgendetwas festgenommen?«, fragt er beunruhigt.

»Noch nicht«, entgegnet Daniela. »Wir wissen, dass Sie vor ein paar Wochen im Schmuckgeschäft von Fiona Hansen in der Calle Sagasta eine Uhr gekauft haben.«

»Ja«, entgegnet Jaime, dessen Angst immer größer wird. Er zeigt auf die Uhr an seinem Handgelenk. »Ich trage sie gerade.«

»Würden Sie die Uhr bitte ausziehen?«

Jaime gehorcht, ohne den Grund zu verstehen, und übergibt die Uhr der Polizei.

Daniela begutachtet sie und verzieht das Gesicht, als sie feststellt, dass keine der vier Schrauben fehlt.

»Verdammt, das ist doch nicht möglich!« Sie sieht den verängstigten Börsenmakler streng an. »Haben Sie in Katar eine der Schrauben ersetzen lassen?«

»Nein, warum?«

»Weil wir eine der Schrauben, die nur Señora Hansen benutzt, am Tatort eines Verbrechens gefunden haben, und alle anderen Kunden von ihr wurden bereits überprüft.«

Jaime Vicario rutscht beunruhigt auf seinem Stuhl hin und her. Daniela, der das nicht entgeht, starrt ihn an. »Haben Sie mir noch etwas zu sagen?«

»Ich ...«, beginnt er und schluckt. »Ich habe dort auch ein Armband gekauft.«

»Wo ist es?«

»Ich habe es meiner ehemaligen Freundin geschenkt.«

»Wie heißt sie?«, fragt Daniela ungeduldig.

»Marta ... Marta Aguilera.«

Endlich hat der Richter angeordnet, dass *El Nuevo Diario* die Aufnahme des Interviews mit Jonás Bustos der Polizei zur Verfügung stellen muss. Daniela Gutiérrez hat um Verstärkung gebeten, und unter den Leuten, die man ihr zugeteilt hat, ist auch die junge, hübsche Kollegin María Lorenzo, die sich in ihrer Freizeit mit Guillermo Jerez im Hotel Las Letras trifft. Und ausgerechnet sie erwartet Daniela bereits an der Tür des Kommissariats, als sie mit ihren Kollegen vom Flughafen zurückkehrt.

»Entschuldigen Sie, Inspectora. Mir ist da etwas sehr Seltsames aufgefallen.«

»Was verstehen Sie unter ›sehr seltsam‹?«, fragt Daniela, ohne stehen zu bleiben.

»Die Aufnahme des Interviews, das Marta Aguilera mit Jonás Bustos geführt hat, wurde bearbeitet. Ab der sechsundvierzigsten Minute wurde an mehreren Stellen etwas herausgeschnitten.«

»Her damit. Schnell!«

María Lorenzo setzt sich an den erstbesten Computer und sucht nach den Stellen, von denen sie gesprochen hat. Daniela und ihre Assistenten hören aufmerksam zu, als die Stimmen der Journalistin und des verstorbenen Jonás Bustos zu hören sind.

»Sie haben gesagt, dass Sie von der Polizei misshandelt wurden?«

»Diese Inspectora hat mich von Anfang an unter Druck gesetzt. Heute noch hat sie mich auf dem Kommissariat bedroht.«

»Und warum haben Sie sie nicht gleich dort angezeigt?«

»Als ob das etwas bringen würde! Ich mach das lieber über Ihre Zeitung. Sie hat mir gesagt, dass es ihr egal ist, dass ich unschuldig bin, dass sie irgendwen festnehmen musste. Und da hat es eben mich getroffen.«

»An dieser Stelle wurde das Interview zum ersten Mal unterbrochen«, sagt María Lorenzo, »und der Tonfall der Journalistin ist danach deutlich aggressiver.«

Tatsächlich muss auf dem herausgeschnittenen Teil der Aufnahme etwas zu hören gewesen sein, was Marta Aguileras Reaktion rechtfertigt.

»Was haben Sie an jenem Tag in der Nähe des Hauses gemacht, wo das Mädchen wohnte?«

»Ich hab getankt, wovon Sie sich gern überzeugen können. Aber das war lange vor der Entführung. Ich bin unschuldig, es gibt keinen Beweis gegen mich.«

»Hier wurde die Aufnahme wieder unterbrochen«, erklärt María Lorenzo, »bis zur Verabschiedung.«

»Das Interview ist beendet.«

»Das war's. Da wurde dran herumgepfuscht, aber wir wissen nicht, ob die Zeitung oder die Journalistin dafür verantwortlich ist.«

Daniela denkt nach. Dann erinnerte sie sich an etwas, was ihr schon seit ein paar Tagen durch den Kopf geht: Warum hatte Talión kein Wort gesagt, als er Francisco Díaz und Sara Somoza in deren Wohnung in Pan Bendito überwältigt hat?

Der Inspectora fällt es wie Schuppen von den Augen, als sie begreift, dass Talión eine Frau ist, die sich nicht verraten wollte!

»Lasst alles andere sein, und konzentriert die Ermittlungen auf Marta Aguilera! Ich will alles über sie wissen. Das hat absolute Priorität!«

»Sollen wir sie festnehmen?«

»Erst, wenn wir etwas Konkretes in der Hand haben. Ich will auf keinen Fall, dass der verdammte Richter sie nach zweiundsiebzig Stunden wieder laufen lässt.«

María Lorenzo erhält den Auftrag, den Rest des Teams zu informieren, und Daniela kümmert sich um die richterliche Genehmigung, die Verdächtige unter die Lupe nehmen zu dürfen. Der Richter zögert zunächst, doch ihm ist klar, dass er Probleme kriegen wird, wenn es einen weiteren Toten gibt und herauskommt, dass er die Ermittlungen verhindert hat. Und das würde sich, wie die Inspectora andeutet, nicht vermeiden lassen.

Drei Stunden später kommt Martos mit einem Blatt Papier in der Hand und einem triumphierenden Lächeln im Gesicht in Danielas Büro. »Am Tag vor dem Mord an Cornel Popescu hat sie über ihre Kreditkarte in Málaga ein Auto gemietet und in Marbella in einem Sexshop eingekauft.«

»Wir haben sie!« Daniela gibt dem Sonderkommando Bescheid, und eine halbe Stunde später haben sie alle Genehmigungen, die sie brauchen.

Der Polizeitransporter macht sich, begleitet von vier weiteren Wagen mit bis zu den Zähnen bewaffneten Polizisten, auf den Weg zu der ruhigen, von einem Golfplatz umgebenen Wohnanlage, wo sich Marta Aguileras Wohnung befindet.

◆

Álvaro Herrero betritt das Hospital Ramón y Cajal und geht zur Cafeteria, denn er weiß, dass Cristina zu dieser Zeit üblicherweise frühstückt.

Überrascht sieht sie ihn kommen. »Was machst du denn hier?«

»Ich möchte dich um einen großen Gefallen bitten.«

»Das kann nichts Gutes sein«, meint Cristina mit gerunzelten Brauen.

»Ich muss die Krankenakte eines Patienten einsehen.«

Cristina wendet ein, dass diese Informationen vertraulich sind, und Álvaro verspricht, dass er sie nicht für einen Artikel braucht, sondern aus persönlichen Gründen. Nachdem sie noch eine Weile hin und her diskutiert haben, folgt Álvaro seiner Freundin in ein Büro, wo sie sich an den Computer setzen.

Cristina gibt den Namen ein und erhält zwei Ergebnisse, das eine in der Pädiatrie, das andere in der Neurologie.

»Die Neurologie.«

»Ich gebe dir zwei Minuten, aber du darfst nichts ausdrucken und nichts abfotografieren, okay?«

»Ja, du Nervensäge. Jetzt mach schon!«

Cristina öffnet die Krankenakte aus der Neurologie, und sie erfahren, dass Marta Aguilera einen unheilbaren Gehirntumor hat.

◆

Als ich aufwache und versuche aufzustehen, falle ich zu Boden. Mein linkes Bein und der linke Arm lassen sich nicht mehr bewegen und fühlen sich schwer an.

Ich versuche zum Bad zu kriechen, komme aber nicht mehr als zwei Meter weit. Also gebe ich auf, bis eine Stunde später wieder Leben in meinen Gliedmaßen erwacht.

Ich dusche mit großer Mühe, ziehe mich an und packe die Umschläge mit dem Geld, den Sprengstoff und alles andere, was ich auf meiner Reise ins Baskenland brauche, in den Kofferraum meines Wagens. Auch das Richtmikrofon und den Rest der Dinge, die ich nach und nach gekauft habe, lege ich dazu, wenn ich auch fürchte, dass sie mir nicht mehr nutzen werden.

Im Briefkasten finde ich neben mehreren Briefen aus dem Hospital Ramón y Cajal eine Nachricht von Álvaro. Daraufhin entscheide ich, dass es an der Zeit ist, ihn nach den mehr als zehn vergeblichen Anrufen bei mir zwischen gestern und heute endlich zurückzurufen.

»Àlvaro?«

»Hallo, Marta. Was machst du denn für Sachen?«

Ich nehme bei meinem Freund die gleiche Veränderung wahr wie bei Dos Napias.

»Ich bin immer noch in Galicien. Und du?«

Für ein paar Sekunden stellt sich eine unangenehme Stille ein.

»Dir ist bewusst, dass Cristina im Hospital Ramón y Cajal arbeitet, oder?«

»Dann weißt du es also.«

»Ja, tut mir leid. Und da ist noch was. In der Redaktion ist eine Rechnung für dich angekommen. Von einem Abschleppdienst. Ich hab den Umschlag aus Versehen geöffnet und …«

»Und du weißt, dass der Abschleppdienst bei mir war, während ich angeblich Jonás Bustos interviewt habe.«

»Ja.«

»Mist.« Ich schnalze verärgert mit der Zunge. »Am Ende ist es doch nicht so leicht wie im Film. Man hinterlässt immer irgendwelche Spuren.«

Erneutes Schweigen.

»Ich nehme an, dass du jetzt gern ein Interview mit Talión machen würdest.«

»Ich muss es der Polizei sagen, Marta.«

»Morgen Abend um zehn sorge ich dafür, dass du zum Stargast in sämtlichen Talkshows wirst, Álvaro. Du bekommst ein Geständnis von mir, und du kriegst Fotos und Aufnahmen der Toten. Außerdem gebe ich dir den Namen eines ehemaligen italienischen Senators, der in einen Fall von Frauenhandel verwickelt ist, und die Namen von mehreren Zuhältern, Entführern und Frauenhändlern. Alles mit Beweisen.«

»Ich kann nicht darauf warten, dass du noch jemanden umbringst.«

»Das wird niemand verhindern können. Morgen um zehn melde ich mich bei dir. Wenn du bis dahin aber die Polizei informiert hast, werde ich bei einer anderen Zeitung anrufen. Sieh zu, dass das WLAN funktioniert.«

Nachdem ich das Gespräch beendet habe, schalte ich das Telefon aus und lege es in den Briefkasten. Ich habe noch das Handy meiner Mutter und bezahle regelmäßig dafür, den Anschluss zu erhalten, denn manchmal ist mir danach, ihre Nummer zu wählen und ihre Stimme auf der Mailbox zu hören. Von nun an werde ich dieses Telefon benutzen.

Ich werfe die Werbeprospekte in den Müll und sehe etwas Seltsames. Ein Polizeiwagen steht an der nächsten Straßenecke und hindert die Passanten daran, weiterzugehen, während einer der Polizisten die Straßenseite wechselt. Das gefällt mir ganz und gar nicht.

Ich hinke, mein wieder taubes Bein hinter mir herziehend, in die Tiefgarage und steige ins Auto.

An der improvisierten Straßensperre fordert mich einer der Polizisten auf anzuhalten.

»Was ist los, Agente?«, frage ich, während ich das Fenster nach unten lasse.

»Könnten Sie bitte den Motor abstellen, Señorita?«

Während er das sagt, geht ihm auf, dass ich die Person bin, nach der er sucht, und sein Gesichtsausdruck verändert sich. Er will seine Pistole ziehen, aber ich bin schneller und benutze den Taser. Der Agente sinkt gelähmt zu Boden, bevor er einen Warnruf ausstoßen kann.

Ich lasse die Waffe fallen und gebe Gas. Als ich um die Ecke biege, sehe ich, dass mehrere Polizeiwagen und -transporter der Spezialeinheit für Terrorismusbekämpfung dabei sind, die Einfahrt zu meiner Wohnsiedlung zu versperren.

Damit bleiben mir nur noch wenige Sekunden, um ungesehen zu fliehen ...

◆

In der Nacht, in der die Leiche von José Javier Zúñiga, dem Schwiegersohn von La Flaca, im Manzanares treibend gefunden wurde, machte Daniela Gutiérrez kein Auge zu. Sie hatte mehr als zehn Jahre auf eine Gelegenheit wie diese gewartet und wusste, dass sie sich diese nicht entgehen lassen konnte. Doch als es so weit war, zögerte sie. In letzter Zeit hatte sie sich darauf konzentriert, Sergio zurückzugewinnen, aber das Gefühl, Rache üben zu müssen, überwog bei ihr nach wie vor alles andere.

Im Gefängnis wunderte sich La Flaca, dass sie Besuch von einer ihr unbekannten Polizistin bekam. Noch seltsamer war, dass die sie aufsuchte, als die Besuchszeit schon längst vorbei war.

»Wer sind Sie?«, fragte La Flaca, misstrauisch, weil der Aufseher sie beide allein gelassen hatte. »Was wollen Sie?«

»Ich will Ihnen einen Handel vorschlagen.«

»Was für einen Handel?«

»Wenn Sie mir einen großen Gefallen tun, werde ich nicht dafür sorgen, dass Ihre Tochter Ihnen hier Gesellschaft leistet. Für die Journalisten wäre es ein gefundenes Fressen, würden sie erfahren, dass sie in Ihre Fußstapfen getreten ist.«

»Dieser Säufer ist in den Fluss gefallen und ertrunken. Es ist nicht das erste Mal, dass so etwas passiert ist.«

»Nein, aber es wäre das erste Mal, dass ein Fisch jemandem eine Pfanne auf den Kopf haut, sodass er stirbt.«

La Flaca musterte Daniela zunächst schweigend.

»Ich soll für Sie etwas tun, damit Sie das mit der Pfanne vergessen und meine Tochter in Ruhe lassen? Ist es das, was Sie vorschlagen?«

»Sie haben mich verstanden. Dass Ihre Tochter diesen Mann umgebracht hat, hat er offenbar verdient. Deshalb wird's mir nicht schwerfallen, zum Wohl Ihrer Enkel darüber hinwegzusehen. Und für Sie ändert es nichts, wenn Ihre Strafe für ein paar Jahre verlängert wird, denn Sie werden hier ohnehin nicht mehr rauskommen.«

»Wen soll ich töten?«

»Amaya Eiguíbar.«

La Flaca war deutlich überrascht. »An die ETA-Terroristen ranzukommen ist nicht einfach. Die werden besser bewacht als die spanische Zentralbank.«

»Ich weiß, dass Sie sie jede Woche mit Zeitschriften und Büchern beliefern und sich zwischen Ihnen ein gewisses Vertrauensverhältnis entwickelt hat.«

La Flaca schwieg für eine Weile und nickte schließlich. »Wie soll ich es tun?«

»Das können Sie sich aussuchen. Möchten Sie sie lieber vergiften oder erstechen?«

»Es wäre besser, sie zu vergiften«, meinte La Flaca kalt, »dann kommt nicht unbedingt heraus, wer es war. Wie eilig haben Sie es mit ihrem Tod?«

»Es soll so schnell wie möglich geschehen.«

»Etwas Cyanid, Strychnin oder etwas Ähnliches würde reichen, aber ideal wäre Compound 1080.«

»Was ist das?«

»Natriumfluoracetat. Damit hätte ich am liebsten meinen Mann erledigt, aber ich kam da nicht ran. Sie haben da sicher bessere Möglichkeiten.«

»Was ist so besonders an diesem Gift?«

»Erstens, dass es absolut tödlich ist, und der zweite große Vorteil ist, es ist wasserlöslich. Ich werde es einfach in ihre Teedose tun. Sie liebt dieses blöde Ding aus Nepal.«

Daniela sah im Computer nach und stellte fest, dass dieses Gift im Kommissariat von Chamartín in der Asservatenkammer gelagert wurde, nachdem es auf dem Flughafen beschlagnahmt worden war. Jemand hatte versucht, es zusammen mit Cyanidkapseln, Rizinussamen und Anatoxintabletten aus Australien einzuschmuggeln, doch der Grund war ebenso wie der Adressat noch immer unbekannt.

Daniela ermittelte gerade im Fall eines Lastwagenfahrers, der in einer Anliegerstraße mit einer Kugel in der Brust aufgefunden worden war, und nutzte dies als Vorwand, um in die Asservatenkammer des Kommissariats von Chamartín zu gelangen.

»Warum, haben Sie gesagt, möchten Sie diese Beweismittel sehen, Inspectora?«, fragte der zuständige Comisario verwundert.

»Mag sein, dass ich spinne, aber ich überlege, ob mein Lastwagenfahrer vielleicht von demselben Täter ermordet wurde wie Ihr Tankwart.«

»Wie kommen Sie darauf?«, hakte der Comisario nach, während er den Bericht las, den Daniela ihm gegeben hatte. »Die Tatwaffe war eine andere, und es liegen vier Jahre dazwischen. Die einzige Übereinstimmung ist, dass beide erschossen wurden.«

»Immerhin eine Übereinstimmung, Comisario. Etwas anderes hab ich nicht. Und ich werde keinen Ihrer Leute damit behelligen. Wenn Sie möchten, machen wir das auf inoffiziellem Weg. Ich werfe einen kurzen Blick auf die Beweismittel und bin gleich wieder weg.«

Der Kollege, der für die Asservatenkammer zuständig war, führte sie durch die Gänge voller Beweismittel und wies schließlich auf ein Regal, in dem ein paar alte, angeschimmelte Kisten standen. »Hier müsste es sein, Inspectora. Soll ich Ihnen bei der Suche helfen?«

»Bemühen Sie sich nicht, ich mach das schon. Gehen Sie nur wieder an Ihre Arbeit.«

Der Agente freute sich über das Entgegenkommen und kehrte zu dem Roman zurück, den er gerade las.

Daniela fand die Kiste mit den Beweisen im Mordfall eines Tankstellenangestellten und tat zwanzig Minuten lang so, als würde sie sich damit beschäftigen, bis der Kollege wiederkam.

»Brauchen Sie etwas?«

»Nein, alles in Ordnung. Ich werd noch eine Weile hier sein. Kümmern Sie sich nicht um mich.«

Der Agente ging wieder, und Daniela zog sich in den hinteren Bereich des Raums zurück. Dort lagerte hinter einer Gittertür mit Vorhängeschloss das Gift. Sie zog sich ein Paar Latexhandschuhe an, die sie in den Hosentaschen mitgebracht hatte, nahm eine kleine Blechschere aus ihrer Jacke und knackte das Schloss. Dann suchte sie nach der Kiste mit dem Compound 1080. Als sie die gefunden hatte, öffnete Daniela sie vorsichtig und nahm eine der zwölf Dosen heraus, die sich darin befanden. Irgendwann würden sie es merken, aber wenn sie Glück hatte, würde das noch Jahre dauern.

Sie ersetzte das Schloss, das sich nun nicht mehr schließen ließ, durch ein neues, in der Hoffnung, dass der Nächste, der es zu öffnen versuchte und merkte, dass der Schlüssel nicht passte, davon ausgehen würde, dass man es ausgetauscht hatte, weil das alte kaputtgegangen war. In der Asservatenkammer ihres Kommissariats passierte das dauernd.

✦

»Señorita Aguilera, ich bin's, Doktor Molina. Es ist jetzt schon eine Weile her, dass ich zuletzt von Ihnen gehört habe, und allmählich mache ich mir Sorgen. Auch wenn Sie nicht mehr zu mir kommen möchten, was ich respektiere und verstehe, rufen Sie mich bitte zurück, oder schicken Sie mir eine Nachricht, damit ich weiß, dass es Ihnen gut geht. Und melden Sie sich auch bei Doktor Oliver. Er hat mich gebeten, Ihnen das auszurichten, falls ich mit Ihnen spreche. Vielen Dank.«

Üblicherweise telefoniert Doktor Molina ihren Patienten nicht hinterher, aber irgendetwas an Marta Aguilera beunruhigt sie, und sie hat ihr schon vier Mal auf die Mailbox gesprochen. Außerdem hat die Patientin sie bei ihrem letzten Gespräch gefragt, ob sie verpflichtet sei, sie bei der Polizei zu melden, würde sie die Absicht äußern, ihren Chef zu töten, und auch wenn Doktor Molina dem zunächst keine weitere Bedeutung zugemessen hatte – die Frage nach der beruflichen Schweigepflicht wurde häufig gestellt –, geht ihr das inzwischen nicht mehr aus dem Kopf.

Würde sie jetzt den Fernseher einschalten, würde sie feststellen, dass ihre Befürchtungen durchaus gerechtfertigt sind, denn das Foto dieser Frau ist in sämtlichen Nachrichtensendungen zu sehen. Aber zum Fernsehen hat Doktor Molina keine Zeit, denn sie wartet auf einen neuen Patienten, den das Gericht ihr zugewiesen hat.

Im entsprechenden Polizeibericht steht, dass Nicolás Santisteban ein Millionär ist, dem vorgeworfen wird, zehn Frauen zwischen dreißig und sechzig Jahren vergewaltigt zu haben, darunter die vierzigjährige Olga Bernal, die an den inneren Verletzungen gestorben ist, die er ihr mit dem Stiel eines Hammers zugefügt hatte. Doch aufgrund eines Formfehlers bei der Beweisaufnahme konnte er nur wegen drei Vergewaltigungen verurteilt werden, sodass er nur wenige Jahre im Gefängnis verbracht hat. Nun wird erneut gegen ihn ermittelt, denn er wird verdächtigt, im Jahr 2008 zwei holländische Mädchen umgebracht zu haben, doch es gibt zwar jede Menge Indizien, die für ihn als Täter sprechen, aber keine handfesten Beweise.

Doktor Molina würde diesen Fall lieber einem Kollegen zuschieben, der in solchen Dingen weniger empfindlich ist, doch ihr Terminkalender ist nicht gerade prall gefüllt.

Sie hat sich Señor Santisteban auf verschiedene Arten vorgestellt: mit fliehendem Blick, gequält und voller Komplexe oder auch kalt und arrogant, wie ein Verbrecher eben sein muss. Was sie jedoch nicht erwartet hat, ist einen äußerst höflichen und freundlichen Mann in den Fünfzigern, der ihr nun gegenübersitzt. Das ständige Lächeln auf seinen Lippen lässt sie erschaudern.

»Wenn Sie sagen, dass Sie unschuldig sind, warum unterziehen Sie sich dann freiwillig dieser Therapie?«

»Ich brauche Ihre Bestätigung, dass ich voll bei Verstand bin und dass die gegen mich erhobenen Anschuldigungen nur dazu dienen sollen, meinen guten Namen in den Dreck zu ziehen.«

»Das werde ich wohl nicht können. Ich bin lediglich damit beauftragt, Ihnen zuzuhören und einen objektiven Bericht für das Gericht zu erstellen.«

»Das ist mehr als genug, Doktor Molina. Denn hinter dieser ganzen Angelegenheit steckt nichts anderes als ein unternehmerisches Interesse, wissen Sie? Meine Konkurrenten tun einfach alles, um mich loszuwerden.«

»Dafür ist die Polizei zuständig, Señor Santisteban. Erzählen Sie mir etwas über sich.«

Daraufhin spricht ihr Patient über seine glückliche Kindheit in einem eleganten Haus in Santander, über die erlesenen Privatschulen, die er besucht hat, und über seine Reisen in die ganze Welt, gemeinsam mit seinen Eltern und seinen vier Geschwistern. Ihm hat es nie an etwas gefehlt, weder an Zuwendung noch an finanziellen Mitteln.

»Bitte sagen Sie mir, ob ich dem Profil des Mannes entspreche, der all diese Frauen vergewaltigt hat. Das ist doch vollkommen absurd; wenn ich eine Frau brauche, habe ich genug Geld, um für das Beste zu bezahlen.«

»Dennoch steht in Ihrer Akte, dass Sie gestanden haben, im Jahr 2004 Eva María Calderón vergewaltigt zu haben.«

»Und was besagt das schon?« Der Gesichtsausdruck des Mannes hat sich verändert, und er antwortet wütend: »Nein, ich habe diese Schlampe nicht vergewaltigt!«

»Bitte mäßigen Sie Ihre Ausdrucksweise, Señor Santisteban.«

Der Mann weiß, dass sich derartige Zornausbrüche nachteilig für ihn auswirken, und schnell zaubert er das unschuldige Lächeln wieder auf sein Gesicht. »Entschuldigen Sie, Frau Doktor. Sie verstehen sicher, dass mich derartige falsche Beschuldigungen sehr erregen.«

»Bitte fahren Sie fort.«

»Das Geständnis habe ich auf den Rat meiner Anwälte hin abgelegt und nicht, weil ich wirklich schuldig war. Wenn Sie erlauben, werde ich Ihnen erzählen, was wirklich geschehen ist, dann können Sie sich Ihr eigenes Urteil bilden.«

Laut Nicolás Santisteban hatte ihn das achtundzwanzigjährige Model Eva María Calderón während des Fests einer Wirtschaftszeitschrift, die ihn als Unternehmer des Jahres ausgezeichnet hatte, unentwegt verfolgt. Mehrere Rezeptionsangestellte hätten dies bezeugen können und dies auch der Polizei gegenüber ausgesagt. Diese Frau sei nur auf sein Geld aus gewesen, wie es immer wieder vorkomme. Vor Gericht habe man sich schließlich darauf verständigt, die Angelegenheit durch ein Geständnis seinerseits und einer Schadenersatzzahlung von hundertfünfzigtausend Euro beizulegen.

»Das erklärt jedoch nicht, wieso die Klägerin eine Analfissur, ein blaues Auge und Würgemale am Hals hatte«, führt Doktor Molina an.

»Niemand hat behauptet, dass es zwischen uns nicht hoch hergegangen ist, aber es ist im beiderseitigen Einverständnis geschehen.«

Während Doktor Molina dem Mann zuhört, wird ihr schlecht, und sie beschließt, alles zu tun, damit er nicht freigesprochen wird. Es wird sicher nicht schwer sein, diesen Kerl, der es gewohnt ist, mit allem durchzukommen, zu irritieren und aus der Reserve zu locken. Sie muss ihn nur ein wenig provozieren und anschließend seine Reaktion schriftlich in Worte fassen.

»Sagen Sie, Señor Santisteban, wie kommt es, dass ein so gut aussehender und vermögender Mann wie Sie nicht verheiratet ist?«

»Die Frauen sind nur an meinem Geld interessiert«, entgegnet er herablassend. »Es gibt keine, die gut genug ist für mich.«

»Sind Sie noch nie auf den Gedanken gekommen, dass Sie an Selbstüberschätzung leiden könnten?«

◆

Ich habe gehofft, dass die letzte längere Autofahrt meines Lebens entspannt verlaufen würde und dass ich in Burgos anhalten könnte, um Lentejas a la Burebana – ein dort typisches Linsengericht – zu essen, doch die Polizei sucht bereits nach mir, und ich muss so schnell wie möglich in San Sebastián ankommen, meine Sachen in der Wohnung abstellen und das Auto loswerden.

Also verlasse ich die Autobahn nur, um im zweihundert Kilometer von Madrid entfernten Lerma zu tanken, und sehe beim Bezahlen mein Foto im Fernsehen. Der Ton ist sehr leise gestellt, deshalb kann ich nicht hören, was gesagt wird, aber von nun an wird es sehr schwierig sein, unerkannt zu bleiben.

Ich bezahle die Tankfüllung, wobei ich darauf achte, der Kassiererin nicht ins Gesicht zu sehen, und kaufe dazu etwas zu essen und eine Schere. In der Toilette der Tankstelle schneide ich mir die Haare, weil ich hoffe, dass ich danach nicht mehr zu erkennen bin, doch als ich anschließend in den Spiegel blickte, sehe ich, dass ich mich geirrt habe.

Ich steige wieder ins Auto und nehme mir vor, keinen Zwischenstopp mehr einzulegen. Das geht so lange gut, bis ich an der Ausfahrt Villagonzalo Pedernales vorbeikomme. Denn etwa siebzig Kilometer von hier habe ich noch etwas zu erledigen, bevor ich von dieser Welt abtrete.

Vier Jahre lang war ich nicht mehr in meinem Heimatdorf – seit der Beerdigung meiner Mutter –, dabei scheinen nur wenige Tage vergangen zu sein, da alles noch so aussieht wie damals: dieselben Schlaglöcher in der Straße; dasselbe von Onkel Paco handgeschriebene Schild, auf dem zu lesen ist, dass er lebende Kaninchen verkauft; dasselbe Bordell an der Landstraße, das einem mittelalterlichen Schloss nachempfunden ist. Wie viele Prinzessinnen wie Nicoleta wohl dort eingeschlossen sind?

Ich parke auf dem Rathausplatz neben den Arkaden, von wo aus ich damals Felipe senior beobachtet habe, bevor ich ihm gegeben habe, was er verdient hatte, und warte darauf, dass jemand vorbeikommt, den ich nicht kenne. Doch zuvor gehen die Schneiderin meiner Mutter an mir vorbei, die Frau des Fischhändlers, der ehemalige Bürgermeister und Carlitos, der in der Grundschule neben mir gesessen und nun kein einziges Haar mehr auf dem Kopf hat.

Als der erste Unbekannte in Sicht kommt, setze ich mir eine Mütze und eine Sonnenbrille auf und lasse die Autoscheibe herunter. »Guten Tag. Ich suche nach einer Frau namens Raquel Prieto.«

»Raquel Prieto?«, wiederholt der Unbekannte nachdenklich.

»Ja, sie müsste etwa vierzig sein. Wie ich gehört habe, ist sie mit einem Ingenieur verheiratet, der in einem Elektrizitätswerk arbeitet, und hat zwei Kinder.«

»Ah, ja.« Nun weiß er, von wem ich spreche. »Sie wohnt ein wenig außerhalb. Wenn Sie diese Straße entlangfahren, kommen Sie wieder auf die Landstraße und direkt zu ihrem Haus. Es ist ein Steinhaus mit schwarzem Dach. Sie können es gar nicht verfehlen.«

»Vielen Dank.«

Ich folge der Wegbeschreibung und finde das Haus meiner Freundin Raquel. Als ich neben dem Zaun anhalte, sehe ich, dass sie in dem kleinen Garten arbeitet. Wie ich mich erinnere, hat sie immer davon geträumt, eines Tages ein wenig außerhalb in einem Haus mit Garten zu leben, während es mein Traum war, diesen Ort so bald wie möglich hinter mir zu lassen. Wie schön, dass unsere Träume tatsächlich in Erfüllung gegangen sind.

Ich gehe um das Haus herum und finde ein offenes Tor. Als sie mich hereinkommen sieht, richtet sie sich auf. »Was wollen Sie hier?«

»Hallo, Raquel.«

Genau wie ihr Vater in jener Nacht in der Calle del Caño braucht sie ein paar Sekunden, bis sie mich wiedererkennt. Als sie weiß, wer ich bin, erschrickt sie. »Geh weg. Ich hab im Fernsehen gesehen, was du getan hast, und will nichts davon wissen. Bitte tu mir nichts.«

»Ich bin nicht gekommen, um dir etwas anzutun.«

»Was willst du dann?«

»Sicher hast du aus dem Fernsehen erfahren, dass ich nicht mehr lange zu leben habe. Ich will mich nur von dir verabschieden und dich um Entschuldigung bitten.«

Raquel zögert einen Moment, dann kommt sie auf mich zu und schließt das Tor hinter mir. »Lass uns hineingehen, hier draußen könntest du gesehen werden.«

Sie führt mich ins Wohnzimmer, wo sie mir einen Kaffee anbietet. Es ist ein gemütliches und geschmackvoll eingerichtetes Haus, auch wenn wie in Erics Wohnung überall Spielzeug herumliegt.

»Und deine Kinder?«

»Sind in der Schule«, antwortet sie, immer noch verunsichert.

»Was wird über mich im Fernsehen gesagt?«

»Dass du Talión bist und nicht ganz richtig im Kopf, aber ich hab den Fernseher sofort ausgemacht. Ich wollte nicht mehr wissen. Stimmt es?«

»Ich fürchte, ja.«

Raquel hat keine Ahnung, was sie tun, ob sie davonlaufen oder mich umarmen soll. Also lächle ich in dem Versuch, sie zu beruhigen. »Du musst kein Mitleid mit mir haben, Raquel. Sowohl meine Opfer als auch ich haben den Tod verdient.«

Für ein paar Sekunden sehen wir uns schweigend an.

»Es tut mir leid, was mit deinem Vater passiert ist«, sage ich dann.

»Es war nicht deine Schuld.«

»Ich habe es provoziert.«

In diesem Moment bin ich mir sicher, dass Raquel mich rauswerfen und die Polizei rufen wird, doch zu meiner Überraschung lächelt sie.

»Danke.«

»Danke?«, frage ich verblüfft.

»Ohne es zu wissen, hast du dich für mich geopfert, Marta. In jener Nacht bin ich zu Hause vor Angst beinahe gestorben, während ich auf seine Rückkehr gewartet hab. Damals hat er mich seit einigen Wochen nicht mehr nur geschlagen.«

»Er hat dich ... vergewaltigt?«

»Er ist in mein Zimmer gekommen und hat mich begrapscht, aber es hätte sicher nicht mehr lange gedauert, und er wäre einen Schritt weitergegangen. Dank dir konnte ich wieder ruhig schlafen.«

»Das ... freut mich.«

Raquel kommt zu mir, denn sie hat sich endlich entschieden und umarmt mich. Wir beide sind gerührt, gleichzeitig betrübt über die Situation und glücklich, dass wir uns wieder so gut verstehen.

»Was wirst du jetzt tun?«

»Ich muss noch jemandem einen Besuch abstatten.«

»Hat er es verdient?«

»Mehr als jeder andere.«

Ich kann nicht behaupten, dass Raquel das, was ich tue, gutheißt, aber ihr Gesichtsausdruck sagt mir, dass sie es versteht.

Sie blickt auf meine Frisur und lächelt. »Was hast du mit deinen Haaren gemacht?«

»Ich hab sie mir in einer Tankstelle mehr schlecht als recht abgeschnitten, um nicht erkannt zu werden.«

»Es sieht furchtbar aus, aber du bist wunderschön.«

»Findest du?«

»Du bist noch immer die schönste Frau, der ich je begegnet bin«, sagt sie nickend. »Genau darum wird dich jeder sofort erkennen. Soll ich sie dir schneiden und blond färben?«

»Das wäre wunderbar.«

Raquel geht mit mir ins Bad, fordert mich auf, mich auf einen Hocker zu setzen, und nimmt aus einem Schränkchen alles, was sie braucht. Äußerst geschickt bleicht mir meine Freundin das Haar, färbt es blond, wäscht und schneidet es, während wir uns unterhalten, lachen und uns so gut verstehen wie damals in dem Einkaufszentrum in Ávila.

Als ich mich nach der Typveränderung im Spiegel sehe, stelle ich verblüfft fest, dass Marta Águilera verschwunden ist. »Ich sehe ein bisschen aus wie Meg Ryan, oder?«

»Die Haarfarbe steht dir richtig gut.«

Wir lachen.

»Du wirst nicht glauben, wer mich entjungfert hat«, kommt

Raquel auf unser letztes Gespräch in ihrem Mädchenzimmer zurück.

»Wer?«

»Néstor. Und du hattest recht, er war ein dummes Kind.«

Ich verlasse mein Heimatdorf mit dem Gefühl, meinen Frieden gemacht zu haben, und fahre nach San Sebastián, ohne noch einmal anzuhalten.

Schließlich erreiche ich die Calle Fuenterrabía in der Nähe der Kathedrale Buen Pastor, nur wenige Gehminuten vom Strand Playa de La Concha entfernt. Als ich den Wagen auf meinen Parkplatz fahre, wird mir bewusst, dass ich mich geirrt habe. Es ist ein dreistöckiges Gebäude, das in sechs Wohnungen unterteilt ist und in dem mehr Leute ein- und ausgehen, als ich gehofft habe.

Während mein Vermieter – ein sympathischer älterer Herr, der ein paar Pfunde zu viel hat – mich zur Dachwohnung B begleitet, erzählt er mir von meinen neuen Nachbarn. »Die Hausbewohner sind alle sehr ruhig. Im ersten Stock wohnen auf der einen Seite ein Architekt mit seiner Frau und auf der anderen Seite zwei Wissenschaftlerinnen, die irgendwelche Fische erforschen. Im zweiten Stock wohnen junge Leute, die jedoch keinen Lärm machen, und ein amerikanischer oder ein kanadischer Surfer, der aber fast nie zu Hause ist. Und in der Dachwohnung gegenüber von der Ihren lebt ein Ertzaina, also ein baskischer Polizist.«

»Es ist immer sehr beruhigend, einen Polizisten im Haus zu haben«, sage ich mit Pokerface.

»Der Mann hat sich von seiner Frau getrennt und lebt hier jetzt allein … Und was machen Sie beruflich?«

»Ich bin Journalistin … Sportjournalistin. Ich arbeite an einer Reportage über ehemalige Torwarte, und der erste auf meiner Liste ist natürlich Arconada.«

»Vergessen Sie Chillida nicht, den Bildhauer, der die Skulpturen des Peine del Viento geschaffen hat. Er war Torwart bei Real Sociedad.«

»Wirklich?«

»Als Torwart war er nicht besonders gut, aber einen bekannteren als Chillida werden Sie kaum finden. Das ist das Appartement. Der WLAN-Zugang kostet extra.«

Ich zahle den WLAN-Zugang und die Miete für vier Tage und richte mich ein. Das Appartement ist perfekt für mich; ein Bett, ein Bad und alles sieht sehr sauber aus. Das Einzige, was mich stört, ist der Polizist, der mir direkt gegenüberwohnt. Wir sind uns begegnet, als ich mein Gepäck heraufgetragen habe, und haben uns im Vorbeigehen flüchtig gegrüßt.

Ich packe meinen Koffer aus und überprüfe, ob die Geschichte über Chillida, die mir der Vermieter erzählt hat, wirklich stimmt. Zu meiner Überraschung stelle ich fest, dass es einige Parallelen zum Schicksal von Jesús Gala alias El Pichichi gibt, wenn auch mit einem komplett anderen Ende: Eduardo Chillida hat in der Saison 1942/43 bei vierzehn Spielen im Tor von Real Sociedad gestanden, musste jedoch wegen einer schlimmen Knieverletzung seine Karriere frühzeitig beenden. Allerdings nahm er keine Drogen, sondern wurde zu einem der besten spanischen Bildhauer und vielfach ausgezeichnet.

Ich stecke die Umschläge mit dem Geld in meinen Rucksack und mache mich auf die Suche nach einem Postamt, um sie abzuschicken. Anschließend will ich eigentlich direkt nach Hernani fahren, muss aber noch mal zu meinem Appartement zurück, weil ich meine Pistole vergessen habe.

Als ich gerade wieder ins Auto steigen will, treffe ich noch einmal auf den Ertzaina.

»Entschuldigen Sie, wohnen Sie jetzt in der anderen Dachwohnung?«, fragt er mich.

»Ja«, antworte ich vorsichtig.

»Ich heiße Mikel Larreta und bin Ihr Nachbar. Hätten Sie etwas dagegen, wenn ich mich an Ihren WLAN-Anschluss hänge und wir uns die Kosten teilen?«

»Ich muss heute Abend arbeiten und brauche eine gute Verbindung.«

»Ich hab heute Nachtschicht und muss wegen ein paar Bankangelegenheiten nur jetzt mal kurz ins Internet. Aber der blöde Vermieter will, dass ich für den ganzen Tag bezahle.«

Ich gebe ihm das Passwort und mache mich nach meinem ersten, recht ungewöhnlichen Zusammentreffen mit der baskischen Polizei auf den Weg in den Heimatort von Amaya Eiguíbar.

Hernani ist ein hübsches Städtchen am Fuß des Berges Santa Bárbara, das von Süden nach Norden vom Rio Urumea durchflossen wird. Ich mache einen Spaziergang durch die Altstadt, die zum nationalen Kulturgut zählt, und gelange in eine Straße mit vielen Bars, deren Terrassen voller Menschen sind.

Inzwischen gibt es hier kaum noch jemanden, der die Ziele der Terroristen unterstützt. Einige Leute wünschen sich immer noch die Unabhängigkeit des Baskenlandes, und andere sehen sich sowohl als Basken als auch als Spanier, aber diesen Disput führen sie auf demokratischem Weg und nicht, indem sie aufeinander schießen.

Vor fünfzehn oder zwanzig Jahren muss es hier noch ganz anders zugegangen sein, und einige der jungen Basken erinnern mich daran und an Amaya Eiguíbar, und das beunruhigt mich.

Ich folge zweien von ihnen in die Calle Urbieta, wo sie eine Bar betreten. Es ist eine schon lange existierende *herriko taberna*, wo sich schon immer ETA-Sympathisanten getroffen haben, allerdings hat man inzwischen auf die Sparbüchsen unter den Fotos der toten oder im Gefängnis sitzenden Terroristen verzichtet. Dafür hängen Plakate an den Wänden, die die Zusammenlegung der baskischen Gefangenen fordern, gerahmte Zeitungsartikel sowie Abzeichen und Flaggen der Befürworter der Unabhängigkeit, was, wie ich annehme, nicht verboten ist.

Im Inneren der Bar sind mehr Touristen als Nationalisten anzutreffen. Ich trinke mehrere Gläser Wein, esse ein paar Tapas und lächle auf die Komplimente des Kellners hin, der wegen seiner Offenheit eher andalusisch als baskisch wirkt.

Anschließend gehe ich ins Sorgintxulo-Viertel, was übersetzt »das Hexenloch« heißt, wo Amaya Eiguíbars Eltern wohnen, zu denen sich die Terroristin geflüchtet hat. Das Ehepaar Eiguíbar lebt ein wenig außerhalb des Viertels in einem großen, alten Haus mit einem Teich im Vorgarten und einem riesigen Grundstück hinter dem Haus.

Eine etwa fünfzigjährige Frau verlässt das Haus, um joggen zu gehen. Als sie an mir vorbeiläuft, wird mir speiübel, und ich kann mich kaum noch auf den Beinen halten.

Sie bleibt stehen, hält aber Abstand und fragt: »Was ist mit Ihnen?«

»Nichts, es geht mir gut.« Ich sehe ihr in die Augen und erkenne Amaya Eiguíbar.

Sie zuckt mit den Schultern, setzt den Kopfhörer auf, den sie noch in der Hand gehalten hat, und läuft wieder los.

Je weiter sie sich entfernt, desto besser geht es mir wieder. Eigentlich habe ich für ihren Tod extra einiges vorbereitet, beschließe jedoch, die Gelegenheit zu nutzen; ich werde mich verstecken und sie, wenn sie zurückkommt, auf der Stelle erschießen, so wie sie es mit zwei Unternehmern, einem Polizisten, einem Politiker und einem Madrider Concierge gemacht hat.

In der halben Stunde, in der ich warte, überlege ich, was ich mit der Zeit anstelle, die ich gewinne, wenn ich die Terroristin gleich hier umbringe, und entscheide mich dafür, mich um einen mutmaßlichen Vergewaltiger zu kümmern, der unter Verdacht steht, drei Frauen ermordet zu haben, und vor wenigen Monaten wegen eines juristischen Formfehlers aus dem Gefängnis entlassen werden musste. Es steht nicht fest, ob dieser Nicolás Santisteban wirklich schuldig ist, aber ich bin mir sicher, dass ich es wissen werde, wenn ich ihm gegenübertrete.

Als ich die Nachrichten auf meinem iPhone checken will, fällt mir wieder ein, dass ich es ja gar nicht mehr habe. Das Handy meiner Mutter ist ein altes Telefon ohne Internetzugang, und zu allem Überfluss ist auch noch der Akku leer.

Endlich sehe ich die Mörderin zurückkommen und mache mich bereit. Ich ziehe meine Five-Seven und entsichere sie, doch als Amaya Eiguíbar nur noch ein paar Meter von meinem Versteck entfernt ist, biegt ein Auto in die Straße ein, das neben ihr anhält.

»*Aúpa*, Katu.«

Amaya bleibt stehen, nimmt den Kopfhörer ab und geht auf die zwei Männer im Auto zu.

»Na, gut in Form?«

»Es ist schon was anderes, hier draußen am Fluss zu joggen, als im Gefängnishof seine Runden zu drehen«, entgegnet Amaya kühl.

»Was ist los? Mir wird kalt.«

»Heute Abend kommen die Genossen. Sie wollen dich in Astigarraga treffen, im Hof von Oianko, um Mitternacht.«

»Sag ihnen, dass ich da sein werde.«

Amaya Eiguíbar verschwindet im Haus ihrer Eltern, ohne dass sich mir eine Gelegenheit bietet, sie zu erschießen.

Als das Auto davonfährt, verlasse ich mein Versteck und überlege, ob ich darauf warten soll, dass sie wieder herauskommt, aber ein Blick auf meine Uhr sagt mir, dass es schon nach acht Uhr abends ist. Ich muss das Auto loswerden und die versprochene Videokonferenz mit Álvaro abhalten. Immerhin weiß ich, wo ich um Mitternacht mein nächstes Opfer antreffen kann, und das ist mehr als genug.

◆

Bei der Durchsuchung von Marta Aguileras Wohnung wurden alle möglichen Beweise gefunden, die sie mit den Morden in Verbindung bringen, darunter Fellhaare des Hundes, der neben der Leiche von Genaro Cortés lag, und ein paar Blankokarten, deren Papier mit den Visitenkarten übereinstimmt, die Talión auf den Leichen der Gitanos und im Mund von Cornel Popescu zurückgelassen hat. Außerdem konnten medizinische Unterlagen sichergestellt werden, in denen zu lesen ist, dass Marta Aguilera an einem unheilbaren Gehirntumor leidet, was erklärt, warum aus der ehrbaren Journalistin eine Serienmörderin geworden ist.

Daniela Gutiérrez geht in ihrem Büro noch einmal die zahlreichen Beweise durch, als María Lorenzo, die Geliebte von Guillermo Jerez, an die Tür klopft und schüchtern darum bittet, eintreten zu dürfen.

»Ich habe eine Theorie.«

»Tatsächlich?« Darauf hat Daniela gewartet, seit ihr Gelegenheitsliebhaber Anselmo, der Drehbuchautor, ihr seine Hypothese geschildert hat, die zweifellos Sinn ergibt.

»Wenn Sie sagen, dass Sie keines der Opfer gekannt haben, sondern nur Marta Aguilera von irgendwelchen Pressekonferenzen, muss es doch irgendeine Bedeutung haben, dass sie Ihre Visitenkarten bei den Opfern hinterlässt.«

»So weit sind wir auch schon. Und die Theorie?«

»Amaya Eiguíbar, die Terroristin, ist die Verbindung zwischen Ihnen und Talión.«

Daniela sieht die Kollegin an, ohne dass sich etwas in ihrer Miene rührt. María Lorenzo hat exakt die gleichen Worte benutzt wie Anselmo. Im Grunde fühlt sie sich erleichtert, dass endlich jemand von den Kollegen das ausspricht, was ihr seither im Kopf herumspukt, auch wenn sie inzwischen nicht mehr so sicher ist, ob es wirklich so sein kann. Um ihre Schuldgefühle zu verdrängen, hat sie sich immer wieder gesagt, dass sie schließlich nur ihre Arbeit gemacht hat und sie es war, die Marta Aguilera als Täter identifiziert hat.

Diese ist nun zu einer Flüchtigen geworden, deren Foto sämtlichen Kommissariaten Europas vorliegt, doch es freut Daniela, dass noch jemand auf diese Theorie gekommen ist. Dennoch versuchte sie die Theorie zu widerlegen, wie sie es auch schon Anselmo gegenüber getan hat.

»Das würde Sinn ergeben, würde Talión nicht nur Mörder umbringen, die für ihre Verbrechen nicht verurteilt wurden, doch Amaya Eiguíbar hat mehr als zwanzig Jahre im Gefängnis gesessen.«

»Ich glaube, dass sie Menschen tötet, die ihrer Meinung nach den Tod verdienen. Und was diese Terroristin angeht, nehme ich mal an, dass Sie Marta Aguileras Ansicht teilen.«

Daniela hätte die Kollegin zu gern für bekloppt erklärt und sie dazu verdonnert, noch einmal die persönlichen Dinge der Verdächtigen zu untersuchen, doch sie muss anerkennen, dass María Lorenzo eine gute Polizistin ist. Nachdem sie herausgefunden hat, dass María mit Guillermo schläft, hat Daniela sich über sie kundig gemacht und erfahren, dass sie einen der besten Abschlüsse ihres Jahrgangs hingelegt und bereits drei Fälle erfolgreich gelöst hat. Hätte sie nicht ständig das Bild von ihr in jenem Hotelzimmer im Kopf, würde sie sie sofort in ihr Team holen.

»Könnte sein«, gesteht Daniela ein. »Das Problem ist nur, dass wir nicht wissen, wann sie die Tat ausführen will. Vielleicht stehen noch drei, vier Leute auf ihrer Liste, die sie noch beseitigen will, bevor sie sich um Amaya Eiguíbar kümmert.«

»Das glaube ich nicht. Wir haben mit Marta Aguileras Arzt gesprochen, und er hat uns versichert, dass sie nicht mehr lange zu leben hat. Sie wird es in den nächsten Stunden tun.«

»Wie können Sie sich da so sicher sein?«

»Der Arzt hat vor ein paar Tagen festgestellt, dass man sie operieren könnte, doch sie weigert sich. Er sagt, dass sie in ihrem Zustand höchstens noch ein paar Tage durchhalten wird.«

Daniela sieht die Kollegin erneut schweigend an, dann greift sie zum Telefon und fragt, nachdem am anderen Ende abgehoben wurde: »Haben wir noch das Flugzeug von diesem Politiker zur Verfügung, das wir beschlagnahmt haben?«

»Kommt drauf an, wofür du es brauchst«, entgegnet der Comisario, äußerst schlecht gelaunt wegen des Drucks, unter dem er dank dieser durchgeknallten Journalistin in den letzten Wochen steht.

»Wir müssen sofort nach San Sebastián, denn wir gehen davon aus, dass sich Marta Aguilera in den nächsten Stunden die ETA-Terroristin Amaya Eiguíbar vornehmen wird.«

Eine halbe Stunde später fliegt Daniela in Begleitung von vier Kollegen – zu denen auch die junge María Lorenzo zählt – in dem beschlagnahmten Privatjet eines korrupten Politikers ins Baskenland. Als sie landen, ist es bereits nach zehn Uhr abends, und sie setzen sich im Kommissariat in der Calle Infanta Cristina sofort mit den Befehlshabern der baskischen Ertzaintza, der dem Militär zugehörigen Guardia Civil und der staatlichen Nationalpolizei zusammen.

Derartige gemeinsame Operationen sämtlicher Sicherheitskräfte gestalten sich meistens kompliziert, doch in diesem Fall sind sich alle des Ernstes der Lage bewusst und bemühen sich um eine konstruktive Zusammenarbeit.

»Wissen wir, wo sich Amaya Eiguíbar derzeit befindet?«, fragt Daniela.

»Im Haus ihrer Eltern, einem Anwesen außerhalb von Hernani«, antwortet der kommandierende Ertzaintza.

»Wir müssen sie diskret überwachen, um zu verhindern, dass Marta Aguilera weiß, dass wir hier sind, und uns erneut entwischt. Ideal wäre ein Haus in der Nähe.«

»Sieh nach, wer die Nachbarn sind!«, befiehlt der Ertzaina einem seiner Kollegen.

»Können wir das Opfer nicht vorwarnen?«, fragt María Lorenzo.

Daniela reagiert nach wie vor genervt auf ihre Kollegin, was nichts daran ändert, dass die junge Frau recht hat. »Jemand muss uns nach Hernani bringen.«

»Larreta!«

Mikel Larreta hat gerade erst seinen Dienst angetreten und nicht mit einem solchen Trubel gerechnet, schon gar nicht mit Kollegen aus Madrid. Schließlich hat er sich, nachdem er herausgefunden hat, dass seine Frau eine Affäre mit einem Kollegen hat, extra für diese Schicht gemeldet, um seine Ruhe zu haben.

»Würdest du die Inspectora nach Hernani bringen? Zu dem Haus von Amaya Eiguíbar?«

»Was soll das alles?«

»Wir glauben, dass Marta Aguilera versuchen wird, sie umzubringen«, erklärt Daniela.

»Die mordende Journalistin?«

»Genau die«, sagt María Lorenzo und zeigt ihm das Foto.

Larreta betrachtet das Bild, und das Gesicht darauf kommt ihm bekannt vor. Das Foto ist am Nachmittag bereits im Fernsehen gezeigt worden, aber er hat nicht darauf geachtet. Das holt er jetzt nach, und er braucht nur wenige Sekunden, um die Frau wiederzuerkennen.

◆

Wäre seine Mutter nicht auf der Jagd nach Talión, hätte Sergio einen guten Vorwand gehabt, nicht zu dem Treffen mit Rulo zu gehen und zu Hause zu bleiben. Am Nachmittag noch hat er beschlossen, sich diese Zusammenkunft zu ersparen, zumal die Drohungen, die dann folgen würden, auch nicht schlimmer sein können als die der ETA. Das Problem ist nur, dass er jetzt Rulos Schutz braucht. Außerdem hat er immer noch die Möglichkeit, sich erst einmal anzuhören, was sie von ihm wollen, um anschließend zu entscheiden, wie er sich verhalten soll. Sobald er sich für ihre Hilfe revanchiert hat, will er mit diesen Leuten jedenfalls nichts mehr zu tun haben, und sie werden auch nichts mehr von ihm verlangen können.

Eine halbe Stunde vor der verabredeten Zeit, als Sergio immer noch unsicher ist, was er tun soll, erhält er eine Nachricht von Rulo: *Zieh dir ein schwarzes Shirt an.*

Mit einer Verspätung von einer Viertelstunde betritt Sergio schließlich die Bar in der Calle Marceliano Santa María, in einem schwarzen Shirt mit einem Foto von Walter White, dem Protagonisten aus Breaking Bad. In der Bar – die mit spanischen Flaggen, Devotionalien von Real Madrid, Osborne-Stieren und dem ein oder anderen Nazisymbol geschmückt ist – trinken zwischen zwanzig und fünfundzwanzig in Schwarz gekleidete junge Männer Bier.

Rulo lächelt, als er Sergio sieht, und umarmt ihn zur Begrüßung. »Für einen Moment hab ich gedacht, du würdest nicht kommen.«

»Etwas anderes habe ich nicht«, sagt Sergio, auf sein Shirt weisend.

»Das geht gar nicht! Hast du wirklich kein anderes?«

»Du hast mir ja sonst nichts verraten. Worum geht es überhaupt?«

»Das wirst du gleich erfahren, aber mach dir nicht ins Hemd.«

Sergio wird als Held empfangen und muss nicht ein Bier selbst bezahlen. Zwei Mädchen setzen sich neben ihn und bieten sich ihm ungeniert an.

»Die beiden kannst du hinterher vernaschen, Junge«, sagt Rulo und klopft ihm dabei kameradschaftlich auf die Schulter. »Du musst deine Kräfte schonen.«

»Ich werd nirgendwo hingehen, wenn du mir vorher nicht sagst, was los ist, Rulo.«

»Vertraust du mir nicht?«

»Nein.«

Rulo sieht ihn streng an und bricht dann in Gelächter aus. Anschließend erklärt er Sergio, worum es geht, und der hält es für ein tragbares Risiko.

Eine Dreiviertelstunde später befinden sie sich in einer einsamen Straße im Industriegebiet von Fuenlabrada. Dort werden Sergio und seine vierundzwanzig schwarz gekleideten Kameraden bereits von einer ähnlich große Gruppe junger Männer in weißen Shirts erwartet.
Rulo nimmt Sergio und einen anderen Kameraden, der mindestens eins neunzig groß ist, mit, um die Bedingungen auszuhandeln. Sie treffen sich auf halbem Weg auf der Straße. Die Seite der »Weißen« wird von einem großen, muskulösen Jungen mit einem violetten seitlichen Pferdeschwanz, einem Südamerikaner mit rasiertem Schädel und einer Narbe auf der Wange und dem Kommilitonen mit dem Gips repräsentiert.
»Ich weiß, dass man sich auf euch nicht verlassen kann, weil ihr Schweine seid«, sagt Rulo mit Blick auf den Kerl mit dem Gipsarm. »Aber wir haben ausgemacht, dass es ein sauberer Kampf wird. Und mit dem Gips ist er natürlich im Vorteil.«
»Lass gut sein«, sagt Sergio und sieht seinem Feind in die Augen. »Das Risiko geh ich ein.«
»Perfekt. Die Indios haben keine Messer dabei, oder? Wir wissen ja, wie feige und hinterhältig die sind.«
»Wir brauchen keine Messer, um euch fertigzumachen, du Arschloch«, entgegnet der Südamerikaner hasserfüllt.
»Diejenigen, die am Boden liegen und sich nicht mehr rühren, werden in Ruhe gelassen«, fügt der mit dem violetten Pferdeschwanz hinzu. »Einverstanden?«
»Einverstanden.«

Die Reporterin und der Kameramann von der Investigativ-Sendung haben mit der Entscheidung, Sergio an diesem Abend heimlich und verdeckt zu folgen, das große Los gezogen. Eigentlich wollten sie um acht nach Hause gehen, aber eine Eingebung der Journalistin – oder einfach der Wunsch, mit dem Kollegen zu flirten und ihn zu einem Bier einzuladen – hat sie in eine Bar einkehren lassen, von der aus sie gesehen haben, wie Sergio das Haus verließ. Und nun können sie das Ereignis aus nächster Nähe verfolgen – vom Fenster eines alten Schiffes aus, das keine fünfzig Meter entfernt vor sich hin rostet.

»Hast du das in der Kiste?«, fragt die aufgeregte Reporterin den Kameramann.«

»Was glaubst du denn?«

»Was haben die vor?«

»Sich gegenseitig die Köpfe einschlagen. So wie es die russischen Fußballfans seit Jahren machen. Dazu gibt's im Internet jede Menge Videos.«

Rulo erteilt seinen Kameraden die letzten Anweisungen so wie auf der anderen Seite der mit dem violetten Pferdeschwanz. Bei den vergangenen Kämpfen sind sie einfach aufeinander zugerannt, wobei es nach den ersten Schlägen bereits einige Ausfälle gab. Dann hat Fernando – der es vorzieht, bei solchen Keilereien nicht dabei zu sein – ihnen die Taktik der alten Römer erklärt, die sich auch die amerikanischen Footballteams zu eigen gemacht haben: kein Durcheinander, sondern geordnet vorgehen, mit den Größten voran, um in den feindlichen Linien den größtmöglichen Schaden anzurichten. Die Schwächsten oder die, denen ein konkreter Gegner zugewiesen ist, gehören ganz nach hinten und werden von der Gruppe geschützt. Daher tritt Sergio seitlich in der letzten Reihe an.

Als die beiden Gruppen nur noch etwa zwanzig Meter voneinander entfernt sind, entdeckt er seinen persönlichen Feind, der ebenfalls an der Seite und ziemlich weit hinten läuft. Die Schläge und das Kriegsgeheul, als die beiden Gruppen schließlich aufeinandertreffen, sorgen dafür, dass das Adrenalin regelrecht zu riechen ist.

Ein dicker, in Weiß gekleideter Riese bahnt sich einen Weg durch das Gedränge und geht direkt auf Sergio zu. Doch dessen Nebenmann hat gut aufgepasst und stoppt das Walross mit einem Tritt in die Eier. Es bleibt gerade mal die Zeit für einen dankbaren Blick, bevor sich der Südamerikaner mit der Narbe auf der Wange auf Sergios Kameraden stürzt. Trotz des Kampflärms ist zu hören, wie dieser mit dem Schädel auf den Asphalt knallt.

Sergio bahnt sich einen Weg durch die Menge, ohne auch nur einmal zuzuschlagen, denn er will seine Kräfte schonen, um mit dem Arschloch abzurechnen, das ihm in den letzten Tagen das Leben schwer gemacht hat. Doch als er endlich bei dem Gipsarm angelangt ist und angreifen will, kassiert er einen Schlag in die Rippen, der ihm den Atem nimmt.

»Der gehört mir!«, schreit sein persönlicher Feind.

Der andere respektiert den Befehl und sucht sich einen neuen Gegner. Sergio bleibt keine Zeit, sich zu erholen, da sein Feind ihm sogleich den Gips auf die Nase haut.

Rulo, der gerade dabei ist, gleich zwei »Weiße« mit den Fäusten zu bearbeiten, sieht es und läuft zu ihnen hinüber. Er schlägt den Antifaschisten nieder, der mit dem Gipsarm ausgeholt hat, um Sergio den Schädel zu zertrümmern, und hilft seinem »Freund« auf die Füße. »Alles klar?«

»Ja«, antwortet Sergio.

»Dann überlass ich ihn dir. Mach ihn alle.«

Rulo greift wieder ein paar Gegner an und genießt jeden Schlag, den er straffrei austeilen kann. Das harte Training an sechs Tagen in der Woche und die Aggressivität, die in ihm brodelt, verschaffen ihm einen großen Vorteil gegenüber dem Gegner. Keiner von den anderen hat so sehnsüchtig wie er auf diese Gelegenheit gewartet.

Unterdessen stehen sich Sergio und der mit dem Gips hasserfüllt gegenüber.

»Ich bring dich um!«, brüllt der selbsternannte Antifaschist.

»Versuch es nur, du Arschloch!«

Sie stürzen sich aufeinander und schlagen unkontrolliert um sich, ohne ihr Ziel wirklich zu treffen. Erst als sie müde werden und mehr auf die Bewegungen des anderen achten, beginnen sie sich gegenseitig wehzutun.

Sergio muss einen weiteren Hieb auf die Nase einstecken, der sich anfühlt wie ein Keulenschlag, und landet dann einen schwachen, aber präzisen Treffer in die Nieren seines Gegners. Die Verletzung, wegen der dieser sechs Tage und Nächte lang Blut gepisst hat, bricht wieder auf und lässt ihn taumeln. Er versucht sich zu schützen, doch das Gewicht des Gipses zieht seinen Arm nach unten.

Sergio nutzt die Gelegenheit und schlägt mit aller Kraft zu, als hätte er Amaya Eiguíbar höchstpersönlich vor sich. Er hört das Knacken von Knochen, weiß aber nicht, ob etwas in seiner Hand oder im Gesicht des anderen gebrochen ist. Vorsichtshalber setzt er sich rittlings auf seinen Feind und lässt seine Fäuste auf ihn einprasseln, bis das Gesicht vor ihm nur noch eine blutige Masse ist.

Erschöpft sinkt er neben seinem Gegner zu Boden und beginnt seine eigenen Verletzungen zu spüren: Seine Nase und seine Hand sind gebrochen, und er fühlt ein riesiges Loch im Gebiss, wo vorher ein Eck- und ein Backenzahn gewesen sind. Er blickt um sich und sieht, dass nicht mehr als drei oder vier Kämpfe noch andauern, wobei die Gegner eher aneinander reißen, als sich zu schlagen. Alle anderen wälzen sich stöhnend auf dem Boden.

Rulo ist der Letzte, der sich noch aufrecht hält, mit beinahe unverletztem Gesicht, aber mit leichter Schlagseite. »Verdammt, der hat dich aber bearbeitet!«

»Ihn hat es schlimmer erwischt.«

Rulo sieht auf den Gipsträger herab, dessen schwache Atmung Rotze und Blut aus einem der Nasenlöcher pumpt, lacht und tritt dem Verletzten noch ein letztes Mal in die Nieren. »Zur Hölle mit dem! Wir müssen uns verziehen, gleich kommen die Bullen!«

Rulo hilft Sergio beim Aufstehen, bringt ihn zu einem Auto und setzte ihn im Eingangsbereich eines Krankenhauses ab, wo sie ihm die Nase richten und ihm genauso einen Gips anlegen wie seinem Gegner, den er sicher so bald nicht wieder in der Uni sehen wird.

Noch im Krankenhaus wird Sergio von der Polizei befragt und sagt aus, in der Nähe des Viertels La Latina überfallen worden zu sein und sich gewehrt zu haben.

Die Reporterin und der Kameramann kehren aufgeregt ins Studio zurück, in dem Wissen, dass sie einen Knaller haben, der sie fast so berühmt machen wird wie Álvaro Herrero als Vertrauten von Talión. Um ihren Erfolg zu feiern, gehen die beiden noch in derselben Nacht miteinander ins Bett.

◆

Die alte Prostituierte legt ihr Kreuzworträtselheft zur Seite und erhebt sich von ihrem Campingstuhl, um zu dem Päckchen hinüberzugehen, das die seltsame Frau ihr aus dem Taxi zugeworfen hat. Ihr irrer Blick hat ihr nicht gefallen, und sie fürchtet, dass es sich um eine Bombe oder so etwas Ähnliches handeln könnte. Letztendlich entscheidet sie sich doch, es aufzuheben, und findet darin ein dickes Bündel Fünfzigeuroscheine. Daraufhin packt sie eilig alles ein und geht nach Hause.

Dort sitzt ihre fünfzehnjährige Enkelin vor dem Fernseher.
»Gehst du heute nicht zum Bingo, Oma?«
»Ich hab 'nen Riesengewinn gemacht, Kleine.«

»Wie viel?«

»Keine Ahnung, ich hab's noch nicht gezählt. Mach du das.«

Die Enkelin zählt die Scheine, und als sie bei fünfundzwanzigtausend angekommen ist, sieht sie ihre Großmutter beeindruckt an.

»Das hast du beim Bingo gewonnen?«, fragt sie ungläubig.

»Nicht wirklich, aber das Geld gehört uns. Wir können damit machen, was wir wollen.«

»Auch meine Mutter in Deutschland besuchen?«

»Auch deine Mutter in Deutschland besuchen«, bestätigt die Großmutter. »Los, schick ihr eine Nachricht und frag sie, wann sie mal ein paar Tage frei hat.«

Während die alte Prostituierte und ihre Enkelin die Reise nach Deutschland organisieren, spreche ich mit Álvaro via Skype über mein Interview mit Jonás Bustos und darüber, wie ich ihn getötet habe, ohne dass es vorab geplant war. Ich rede über ein rumänisches Mädchen, ohne den Namen zu nennen, das mit sechzehn Jahren von Cornel Popescu entführt und zur Prostitution gezwungen wurde, und über einen jungen Mann, der wegen von Genaro Cortés vergifteten Drogen einen Bruder und eine Schwester verloren hat.

»Was hast du mit dem Gold gemacht, das du Genaro Cortés angeblich gestohlen hast?«

»Das behalte ich für mich.«

»Aha … Und über dein nächstes Opfer willst du wahrscheinlich auch nicht reden, oder?«

»Ich würd es dir gern erzählen, Álvaro, aber dann sucht es sich zusätzlichen Schutz. Hast du meine letzte Sendung schon erhalten?«

Álvaro überprüft sein Postfach und nickt. Er hat jetzt die komplette Aufnahme meines Interviews mit Jonás Bustos, eine von Cornel Popescu, als er auf seiner Jacht Kokain kauft, eine weitere von Sorin Popa, als er mir Nicoletas Ausweis übergibt, und eine letzte von Genaro Cortés, wie er Ricardo Hernández den Auftrag erteilt, ein unschuldiges Ehepaar umzubringen.

Ich schickte ihm noch eine Datei mit bisher unveröffentlichten Fotos von meinen Opfern, mit Nicoletas Briefen an ihre Mutter und ihre Schwester – die Namen habe ich unkenntlich gemacht, damit sie anonym bleiben – und der Liste ihrer Schulden bei Cornel Popescu sowie ein paar Fotos, die all das Blut in ihrer Wohnung zeigen, nachdem sie sich das Brustimplantat herausgeschnitten hat.

»Was fehlt, ist ein Beweis für das, was du dem italienischen Senator vorwirfst«, meint Álvaro nach einem ersten Blick auf seine Post.

»Es wird für dich ein Leichtes sein, dich zu vergewissern, dass Pasquale Carduccio seit vielen Jahren jede Woche in einem Bordell in Lyon junge Mädchen missbraucht und sie zwingt, sich nach seinem Geschmack operieren zu lassen. Das zu beweisen ist deine Sache, genau wie das mit der Madame in Barcelona.«

»Wie bist du auf diese Talión-Sache gekommen? Soweit ich weiß, bist du doch nie religiös gewesen.«

»War nur so ein blöder Einfall.«

»Es gefällt dir, das zu tun, stimmt's?«

Kurz zögere ich mit der Antwort, als ob es mir etwas ausmachen würde, was die Leute von mir denken könnten, aber ich habe keinen Grund zu lügen. »Es ist großartig«, gestehe ich. »Und im Grunde findest du das auch, Álvaro. Oder kannst du jetzt nachts nicht besser schlafen, weil es einen Pädophilen, einen Zuhälter und einen Drogenhändler weniger auf der Welt gibt?« Er will protestieren, doch ich lasse ihn nicht zu Wort kommen. »Und bitte behaupte jetzt nicht, unser Rechtssystem sei dafür zuständig. Ich hab mir nämlich genau die ausgesucht, die der Justiz durch die Maschen geschlüpft sind.«

»Du kannst dich rechtfertigen, wie du willst, aber für viele bist du einfach nur eine Mörderin.«

»Ich hatte heute ein kleines Problem mit zwei Verkehrspolizisten. Wenn ich auf sie geschossen hätte, *dann* wäre ich eine Mörderin, aber zum Glück hab ich es nicht getan. Bisher hab ich nur ein bisschen Abfall entsorgt.«

»Ist dir bewusst, dass dein Tumor das mit dir macht, Marta?«, fragt er mitleidig.

»Mir ist absolut bewusst, dass ich so denke, weil ich schon bald sterben werde, aber im Grunde habe ich nichts anderes getan, als die Heuchelei zu beenden. Frag doch mal die Eltern all der Kinder, die täglich in unserer Welt missbraucht und getötet werden, ob sie nicht das Gleiche tun würden wie ich, wenn sie sich nicht vor den strafrechtlichen Folgen fürchten müssten.«

»Aber die gibt es nun mal.«

»Für mich nicht, und genau das ist der springende Punkt.«

»Und was nun?«

»Das war's. Ich hab nichts weiter zu sagen. Ich bin sicher, dass es dir gut gehen wird. Du warst immer ein guter Freund und ein guter Journalist. Tschüss, leb wohl, Álvaro.«

Es ist eine Viertelstunde vor Mitternacht, und ich beende die Verbindung, um mich auf das Finale vorzubereiten. Ich nehme die Sprengstoffweste aus dem Koffer, in die ich das Dynamit eingearbeitet habe, stecke die drei Handgranaten von Dos Napias in die Taschen und ziehe sie an. Da ich das Holster nicht mehr zukriege, stecke ich mir die Pistole in den Gürtel. Ich spüre das Gewicht des Sprengstoffs unter meiner Jacke und den Schalldämpfer meiner Five-Seven am Hintern. Das Ganze ist zwar unbequem, schränkt meine Beweglichkeit aber nicht ein.

Als ich die Wohnungstür öffne, sehe ich mehrere Polizisten die Treppe heraufkommen.

»Halt, Polizei! Keine Bewegung!«

Sie schießen, als sie sehen, dass ich die Tür wieder schließe. Die Kugeln durchschlagen das Holz, während ich hinüber zum Fenster laufe. Ich springe auf ein nahe liegendes Fensterbrett und erreiche das Dach des Nachbargebäudes.

Hinter mir höre ich, wie sie die Tür zu meinem Appartement eintreten und zu mehreren hineinstürmen. Noch mehr Schüsse und noch mehr Geschrei.

Ich springe auf der Rückseite des Hauses vom Dach und renne durch einen kleinen Garten. Als ich auf die Calle San Martín stürze, sehe ich, dass dort mehrere Autos und ein Motorrad an der roten Ampel stehen. Der Motorradfahrer, ein junger Mann von höchstens zweiundzwanzig, hat den Sturzhelm am Arm. Ich ziehe meine Pistole, laufe zu ihm und richte den Schalldämpfer auf seinen Kopf. »Steig ab!«

»Was willst du von mir?« Erschreckt hebt er die Hände.

Ich habe die Kontrolle verloren und drücke ihm die Waffe an die Stirn, bereit, bei der kleinsten Gegenwehr zu schießen. »Steig ab, verdammt, und leg dich auf den Boden!«

Der junge Mann gehorcht.

Ich versuche, das Motorrad, das umgekippt ist, weil er es in seiner Panik nicht aufgebockt hat, aufzurichten, doch es ist zu schwer, und ich habe es eilig. Ich beschließe, eines der Autos zu stehlen, aber die Fahrer ahnen, was ich vorhabe, und fahren eilig davon.

Erneut ziele ich mit der Pistole auf den Motorradfahrer. »Los, hilf mir, die Maschine aufzurichten, mach schon!«

»Bist du schon mal mit so einem Motorrad gefahren, Mädchen?«, fragt er mich, besorgter um sein Motorrad als um sein Leben.

»Ich hatte mal 'nen Freund, der Motorrad gefahren ist, keine Sorge.«

Das Argument scheint ihn zu überzeugen, denn er packt mit an. Als ich aufsteige und versuche, mich daran zu erinnern, wie man mit so einem Ding umgeht, sehe ich Daniela Gutiérrez heraneilen. Sie rennt mit der Pistole im Anschlag auf mich zu und ruft etwas, was ich wegen des lauten Motorengeräuschs nicht verstehen kann.

Ich fahre ruckelnd an und sehe im Rückspiegel, wie die Inspectora ein Auto anhält, um damit die Verfolgung aufzunehmen. Es ist Jahre her, dass ich zuletzt Motorrad gefahren bin, und die Inspectora holt auf. Als ich zum Paseo de Miraconcha komme, ist sie nur noch wenige Autolängen hinter mir.

An der nächsten roten Ampel kann ich wieder einiges an Vorsprung herausholen und glaube, sie an der Avenida Satrústegui abgehängt zu haben, doch plötzlich höre ich sie gleich neben mir.

Am Paseo Eduardo Chillida biege ich ab, und sie folgt mir. Vor mir ist die Straße zu Ende, denn dort beginnt der Strand. Bevor ich zu den Skulpturen des Peine del Viento komme, hat sie mich beinahe, doch dann macht sie einen Fahrfehler und kollidiert mit einem großen Stein. Der Aufprall ist heftig, und die Airbags gehen auf.

Die Inspectora wirkt wie betäubt. Ich springe von dem Motorrad, ziehe die Pistole und öffne mit vorgehaltener Waffe die Beifahrertür des Wagens. »Die Hände aufs Lenkrad!«

Die Inspectora sieht mich süffisant an, und ich wiederhole den Befehl, wobei ich ihr den Schalldämpfer gegen die Wange drücke. Schließlich gehorcht sie, und ich nehme ihr die Waffe und die Handschellen ab.

»Fesseln Sie sich ans Lenkrad.«

Ohne Eile tut sie, was ich verlange.

»Woher wussten Sie, dass ich hier sein würde?«, frage ich neugierig.

»Sie haben es mir doch, seit Sie bei Cornel Popescu meine Visitenkarte hinterlassen haben, immer wieder gesagt.«

»Das stimmt.« Ich lächle. »Wobei das Seltsame ist, dass ich erst vor ein paar Tagen herausgefunden hab, dass Sergio Ihr Sohn ist. Er ist ein tapferer Junge. Ich mache das hauptsächlich für ihn.«

»Sie werden an Amaya Eiguíbar nicht herankommen. Wir haben sie in Sicherheit gebracht.«

»Heute Nachmittag hätte ich die Gelegenheit gehabt, als sie joggen war. Aber ich hab lieber noch ein wenig gewartet. Vielleicht gehen noch ein paar andere mit drauf.«
»Sie sind verrückt, das wissen Sie.«
»Ich bin nur jemand, der nichts mehr zu verlieren und entschieden hat, zum Abschied ein wenig Radau zu machen.«
»Sie können sich operieren lassen und Ihr Leben retten. Der Arzt sagt, dass Sie gute Chancen haben, wieder gesund zu werden.«
»Um dann zwanzig Jahre im Gefängnis zu sitzen? Nein, danke.«
»Mit einem fähigen Anwalt und bei guter Führung werden Sie höchstens zehn oder zwölf Jahre kriegen.«
»Das sind immer noch zu viele ...«
»Kommen Sie, seien Sie nicht dumm. Die Leute sind auf Ihrer Seite. Niemand wirft Ihnen vor, diese Mistkerle ins Jenseits befördert zu haben.«

Ihre Worte lassen mich zweifeln, und das ist das Letzte, was ich in diesen Moment brauchen kann.

Ich gehe zu dem Motorrad zurück und versuche, nicht weiter auf sie zu achten.

»In zwei Wochen haben wir Sie vergessen, das versichere ich Ihnen!«, ruft sie, während ich auf das Motorrad steige.
»Das interessiert mich dann nicht mehr.«

◆

Amaya Eiguíbar hat, seit sie um elf Uhr abends zum ersten Mal aus dem Fenster des Dachbodens geschaut hat, um zu überprüfen, ob das Haus observiert wird, zwei Mal dasselbe Auto gesehen. Sie muss sich mit den anderen treffen, die wie sie den Traum von Euskal Herria noch nicht aufgegeben haben, aber sie befürchtet, beschattet zu werden. Vielleicht bildet sie es sich nur ein, weil sie all die Jahre vierundzwanzig Stunden am Tag unter Bewachung stand, aber irgendetwas sagt ihr, dass dort draußen etwas nicht stimmt.

Um zwanzig vor zwölf fährt das Auto zum dritten Mal vorbei.

»Diese Schweine ...«

Amaya schaltet den Fernseher in ihrem Zimmer an und lässt den Rollladen nur so weit nach unten, dass durch die Ritzen draußen das flackernde Licht des Bildschirms zu sehen ist. Ihre Mutter sitzt im Wohnzimmer und sieht sich auf einem spanischen Sender eine Sondersendung über die Journalistin an, die zur Serienmörderin geworden ist.

»Bitte lass in meinem Zimmer den Fernseher an.«

»Warum, Amaya?«

»Weil ich es sage.«

»Gehst du noch mal raus?«

»Schalt den Fernseher nicht aus, *ama*.«

Amaya verlässt das Haus durch die Garage, geht durch den Garten und springt über den Zaun, der das Grundstück ihrer Eltern von dem der Familie Herrero trennt. Die beiden einzigen Söhne der Herreros sind für die Sache gestorben, und sie weiß, dass sie dort willkommen ist.

»Kannst du mich nach Astigarraga fahren?«, bittet sie den Vater ihrer ehemaligen Kampfgenossen.

»Steckst du wieder in Schwierigkeiten, Amaya?«

»Noch nicht.«

Amaya versteckt sich im Kofferraum des alten Land Rovers unter der Jagdausrüstung und den Geräten für die Feldarbeit.

Die beiden Motorradpolizisten der Ertzaintza, die wenige Stunden zuvor durch einen Tankstellenüberfall davor bewahrt wurden, von Marta Aguilera erschossen zu werden, halten den Wagen an.

»Was ist los, Ander?«, spricht der alte Herrero den jüngeren Ertzaina vertraulich an.

»Guten Abend, Señor Herrero. Nichts, eine Routinekontrolle. Dürfte ich wissen, wo Sie so spät noch hinwollen?«

»Zur Apotheke. Meine Frau hat wieder Migräne.«

»*Vaya por Dios*. Richten Sie ihr gute Besserung aus.«

»Danke. Und sag du deinem Vater, dass er dieser Tage mal vorbeischauen soll.«

Als sie in Astigarraga in jene Straße einbiegen, die zum Hof von Oianko führt, werden sie von zwei Männern angehalten. Der junge Mann, der Amaya im Lokal angesprochen hat, klopft mit dem Kolben der Pistole an die Scheibe des Land Rovers. »Wohin des Weges?«

»Ich bringe jemanden«, sagt der alte Herrero und weist mit dem Kopf nach hinten. »Im Kofferraum.«

Der junge Mann öffnet mit der Pistole im Anschlag den Kofferraum.

»Nimm das Dinge aus meinem Gesicht, verdammt!«, sagt Amaya, während sie aussteigt.

»Was, zum Teufel, soll das?«, protestiert der junge Mann. »Du solltest allein kommen.«

»Ich bin allein gekommen.«

Amaya verabschiedet sich von ihrem Nachbarn, der sich, ohne eine Frage zu stellen, auf den Rückweg macht und ihnen vorher noch flüsternd »viel Glück« wünscht.

Amaya wird zu dem Hof gefahren und in den Keller des Gebäudes geführt. Sie erkennt die vier Männer und zwei Frauen wieder, die dort auf sie warten, darunter Joseba Iriarte, genannt Labanak, und Carlos Lopetegui, genannt Fideo, obwohl er längst keine Bohnenstange mehr ist. Alle begrüßen Amaya, stellen sich vor und heißen sie in Euskadi willkommen. Anschließend plaudern sie über irgendwelche Nichtigkeiten, um sich gegenseitig einzuschätzen. Als sie sicher sind, dass sie alle dieselbe Sprache sprechen, entscheidet Amaya, keine Zeit mehr zu verplempern, und will wissen:

»Warum sind wir hier?«

»Um über das zu reden, was du seit deiner Entlassung aus dem Gefängnis vorgefunden hast«, antwortet Joseba Iriarte. »Was meinst du?«

»Wie, was ich vorgefunden hab? Soll das ein Witz sein? Das hier gehört jetzt zu Spanien. Fehlt nur noch, dass sie auf dem Marktplatz von Hernani Flamencoshows aufführen.«

»Und was, meinst du, sollten wir jetzt tun?«

»Wir haben zwei Möglichkeiten: Entweder wir werden Fans von Real Madrid und machen im Sommer Ferien in Andalusien, oder wir bringen einen nach dem anderen um, bis sie unsere Unabhängigkeit anerkennen.«

»Aber die Basken, die lieber in Ruhe und Frieden leben wollen, sind in der Mehrzahl, Amaya. Die Leute wollen nichts mehr vom bewaffneten Kampf wissen.«

»Haben wir denn eine andere Möglichkeit als zu kämpfen? Sollen wir uns weiterhin von spanischen Politikern erniedrigen lassen? Nun, wenn wir darüber nicht einer Meinung sind, gehe ich wieder, und gut ist.«

Alle sehen sich unentschlossen an. Seit Jahren haben sie darüber nachgedacht, den bewaffneten Kampf zur Befreiung ihrer Heimat wiederaufzunehmen und nun, nach Katus Entlassung aus dem Gefängnis, ist diese Möglichkeit greifbar nah.

»Wir sind mit dir einer Meinung, aber wir können nicht einfach so losrennen und Leute töten, denn dann sind wir innerhalb einer Woche erledigt. Wie ich bereits gesagt habe, es ist nicht leicht, heute noch Gleichgesinnte zu finden.«

»Wir müssen so schnell wie möglich wieder *kale borroka* – den Straßenkampf – organisieren.«

»Das wird der ETA gar nicht gefallen«, meint eine der Frauen.

»Es interessiert mich einen Scheißdreck, ob das der ETA gefällt oder nicht. Die stehen nicht mehr hinter mir, also stehe ich auch nicht hinter ihnen.«

»Wenn wir die Organisation nicht im Rücken haben, wird es schwer, Unterstützung und vor allem die notwendigen finanziellen Mittel zu kriegen.«

»Die ETA ist inzwischen nur noch eine politische Partei und steht zudem kurz vor der Auflösung. Das Geld besorgen wir uns so wie früher, durch Entführung von spanischen Lakaien, Politikern und Kapitalisten.«

»Außerdem haben wir die Unterstützung von zweien der besten Geldfälscher. Deren Blüten können wir in der ganzen Welt verkaufen.«

»Super. Gibt es genügend junge Leute, die bereit sind, auf die Straße zu gehen?«

»Die jungen Leute haben die Nase voll von der Arbeitslosigkeit und wie sich die Politiker das Geld in die eigenen Taschen stopfen, aber es geht ihnen nicht mehr um Euskadi.«

»Da reicht ein Funke, der überspringt«, sagt Amaya kühl. »Wenn erst mal die Ersten festgenommen und von der Polizei verprügelt wurden, werden sie die Sache persönlich nehmen. Und wenn wir Glück haben, bringen die *txakurras* einen von ihnen um, dann breitet sich der Hass aus wie ein Lauffeuer.«

Die Gruppe wird immer aufgeregter, während sie über Details, ein mögliches Treffen mit der ETA-Spitze in Frankreich und etwaige Anschlagsziele sprechen.

»Was ist mit den Genossen im Exil?«, will Amaya Eiguíbar wissen. »Wisst ihr, wie die denken?«

»Die meisten haben sich in ihrem Leben eingerichtet und wollen nichts mehr von uns wissen«, entgegnet Joseba. »Aber es gibt auch noch immer viele Patrioten unter ihnen, die nur darauf warten, dass wieder jemand das Ruder übernimmt.«

»Wie viele sind das?«

»Unter den Geflüchteten vielleicht zwanzig oder dreißig, möglicherweise ein paar mehr.«

»Und hier noch weitere fünfzig, oder?«

»Und eine ganze Menge, die erst mal abwarten werden, wie die Dinge laufen.«

Amaya weiß, dass etwa die Hälfte übrig bleiben wird, wenn der Kampf richtig losgeht, aber mit fünfzig Basken und Baskinnen, die bereit sind, für ihre Ideale zu sterben, kann man durchaus ernsthaft an die Sache rangehen.

»Haben wir Waffen?«

»Die ETA hat nur etwas mehr als die Hälfte der fast vierhundert Smith-&-Wesson-Revolver, die 2006 in Vauvert gestohlen wurden, und der dreihundert Stars, SIG Sauers und FN Herstals abgegeben. Außerdem sind da noch etwa hundert Franchi-Flinten, ein paar UZI-Maschinenpistolen, ein paar Scharfschützengewehre und eine halbe Tonne Sprengstoff. Damit kann man einiges anrichten.«

»Das ist auf jeden Fall genug, um deutlich zu machen, dass wir wieder da sind …«

◆

Daniela Gutiérrez grübelte zwei Tage lang darüber nach, was sie getan hatte und wie groß die Gefahr war, dass jemand herausfand, dass sie das Compound 1080 aus der Asservatenkammer entwendet hatte.

Allerdings war sie ja nicht offiziell dort gewesen, ihr Name war also auf keiner Liste vermerkt, und wenn sich der Kollege dort an ihren Besuch erinnerte, so dachte er, dass sie sich den Inhalt eines ganz anderen Fachs angesehen hatte. Sie hatte peinlich darauf geachtet, auf dem Schloss und der Kiste mit dem Gift keine Fingerabdrücke oder andere Spuren zu hinterlassen. Zudem war es gut möglich, dass der Inhalt der Kiste in den nächsten drei, vier Jahren überhaupt nicht überprüft wurde, und mit ein wenig Glück würde sich dann niemand mehr an ihren Besuch erinnern.

Vielleicht würde auch niemals herauskommen, wer Amaya Eiguíbar im Gefängnis getötet hatte, und sie konnte ihrem Sohn endlich eine gute Mutter sein.

Zu jener Zeit war Sergio gerade zwölf Jahre alt, und es war noch früh genug, um ihn zurückzugewinnen.

Als sie am Abend dieses Tages vom Dienst nach Hause zurückkehrte, fand sie in ihrem Briefkasten ein paar Rechnungen vor und die übliche Werbung, doch oben in ihrer Wohnung stieß sie in dem Prospekt eines Möbelhauses auf einen Brief, der von Amaya Eiguíbars Mutter stammte.

Liebe Señora Gutiérrez,
das, was mich dazu bewegt, Ihnen nach all der Zeit zu schreiben, ist, dass ich die Schuld nicht mehr ertrage. Mir ist bewusst, dass es Ihnen nichts bringt, wenn die Mutter der Mörderin Ihres Mannes und Ihres Sohnes Sie um Verzeihung bittet, aber es ist mir ein Bedürfnis, Ihnen mitzuteilen, wie leid es mir tut. Dass Amaya so ist, wie sie ist, ist zum Teil meine Schuld. Ich habe ihr schon als Kind alles durchgehen lassen und quäle mich mit dem Gedanken, dass sie, wäre ich strenger mit ihr gewesen, vielleicht nicht so viele Menschen umgebracht hätte. Die Psychologen, die mich behandeln, sind zwar einhellig der Meinung, dass meine Tochter eine Psychopathin ist und mehr Disziplin nichts daran geändert hätte, aber man weiß ja nie. Amaya wird das Gefängnis nicht mehr verlassen, und das ist richtig so, denn sie hat bewiesen, dass sie nicht mehr in unsere Gesellschaft gehört. Ich bete zu Gott, dass sie im Gefängnis ihren Frieden findet.

Ich verbleibe mit dem Wunsch, dass es auch Ihnen gelingen wird, Frieden zu finden.

Hochachtungsvoll
Begoña Lescano

Dieser Brief weckte Zweifel in Daniela. Dass diese Frau sie um Verzeihung bat, bedeutete ihr nichts, aber wie Amayas Mutter geschrieben hatte, würde ihre Tochter das Gefängnis nicht mehr verlassen. Warum sollte Daniela also riskieren, alles zu verlieren?

Das Problem war nur, dass es keinen Weg mehr zurück gab. Sehr wahrscheinlich hatte La Flaca das Gift bereits in Amaya Eiguíbars Tee gegeben, vielleicht hatte diese ihn sogar bereits getrunken.

Das Compound 1080 gelangte ohne Probleme in La Flacas Hände. Und es war genug, um zwanzig Amaya Eiguíbars zu töten, sodass La Flaca nur die Hälfte benutzte und den Rest gut versteckte, um es später noch einzusetzen.

Wie jeden Samstagmorgen brachte sie den vier ETA-Terroristen, die in diesem Gefängnis einsaßen, ihre Bücher.

»Wo ist Amaya?«

»In einer der Werkstätten, wo sie immer hingeht«, antwortete einer der Mithäftlinge im Gemeinschaftsbereich, ohne den Blick von der Zeitung zu heben, in der sie gerade las.

»Ich hab ihr das Buch übers Malen mitgebracht, das sie haben wollte. Soll ich es in eure Zelle bringen?«

Die Gefangene zuckte mit den Schultern, und La Flaca ging mit dem Buch und dem Gift in die Zelle der beiden. Dort öffnete sie die Teedose und gab das Gift hinein. Dann legte sie das Buch auf die Pritsche und ging.

Bei der Rückkehr in ihre Zelle fand Amaya dort das Buch vor, auf das sie gewartet hatte. Sie beschloss, sich einen Tee zu kochen, um es dann in Ruhe zu lesen, und stellte den kleinen Wasserkocher an. Anschließend gab sie ein paar Löffel Tee in das Sieb und goss das kochende Wasser darüber.

Als sie gerade den ersten Schluck nehmen wollte, der ausgereicht hätte, ihr Leben zu beenden, klopfte einer der Gefängnisaufseher mit dem Schlagstock von außen an die Tür.

»Durchsuchung!«

»Durchsuchung? Warum?«, protestierte Amaya. »Was glaubt ihr denn, was ich hier versteckt hab? Ein Auto mit 'ner Bombe drin?«

»Stell die Tasse auf den Tisch und verlass die Zelle«, entgegnete der Aufseher hart.

Amaya gehorchte fluchend, und der Aufseher ließ zwei Kolleginnen in die Zelle, die diese von oben bis unten durchsuchten. Sie leerten Regale und Schränke und steckten ihre Finger in alle Gefäße, die sie fanden. Dabei fiel die Tasse mit dem Tee vom Tisch, und die Flüssigkeit ergoss sich auf dem Fußboden der Zelle.

»Passt doch auf, verdammt!«, beschwerte sich Amaya von der Tür her. »Weißt du, was der Tee kostet? Auf jeden Fall mehr, als du dafür bekommst, dass du dem Direktor jeden Tag einen bläst.«

»Meinst du diesen Tee?« Die Aufseherin nahm die Teedose aus dem Regal, und nachdem sie diese eine Weile begutachtet hatte, öffnete sie den Deckel und goss den gesamten Inhalt in die Teelache am Boden.

»Ups«, meinte sie lächelnd dazu. »Tut mir echt leid.«

Die beiden Aufseherinnen trampelten noch weitere zehn Minuten in der Pfütze mit den Teeresten und dem Compound 1080 herum, bevor sie die Zelle verließen und Amaya befahlen, sie solle die Schweinerei entfernen.

Als Daniela Gutiérrez erfuhr, was passiert war, musste sie entscheiden, was sie nun mit La Flacas Tochter machen sollte. Denn das mit der Pfanne als Tatwaffe war nur ein Bluff von ihr gewesen; in Wirklichkeit hatten sie nicht feststellen können, mit was für einem Gegenstand José Javier Zúñiga erschlagen worden war. Auch wenn Daniela es besser wusste, war nicht auszuschließen, dass er sich die tödliche Kopfverletzung beim Sturz von irgendeiner Brücke zugezogen hatte.

Daniela hatte noch nie einen Fall ungelöst zu den Akten gelegt – wenn jemand ihrer Meinung nach schuldig war, dann verfolgte sie ihn so lange Tag und Nacht, bis sie ihm seine Schuld auch beweisen konnte –, aber diesmal entschied sie sich, das Versprechen, das sie La Flaca gegeben hatte, zu halten, wenn diese dafür die Sache mit Amaya Eiguíbar vergaß. Also schrieb sie ihren Bericht und gab an, dass José Javier Zúñiga mit großer Wahrscheinlichkeit bei einem Unfall in betrunkenem Zustand ums Leben gekommen sei und es keine Hinweise auf Fremdverschulden gäbe.

»Bist du dir sicher?«, fragte der Comisario und sah sie prüfend an. »Du ermittelst doch sonst, bis du etwas gefunden hast.«

»Möglicherweise ist José Javier Zúñiga von seiner Frau getötet worden, oder jemand anderes hat mit ihm abgerechnet, aber entsprechende Hinweise lassen sich nicht finden. Wenn du möchtest, ermittle ich weiter, aber ich halte das für reine Zeitverschwendung.«

Also segnete der Comisario den Bericht ab.

Zwei Jahre später traf sich La Flaca mit drei anderen weiblichen Gefangenen in ihrer Zelle und servierte ihren Besuchern und sich selbst jeweils eine Tasse Tee mit einem Schuss Compound 1080, ohne dass irgendwer jemals in Erfahrung brachte, was sie dazu bewog.

◆

Ich halte das Motorrad am Gehsteig an und sehe die vielen blauen, weißen und roten Lichter am Horizont blinken. Die schlechte Nachricht ist, dass inzwischen wohl alle Straßen von der Polizei abgesperrt sein dürften, die gute, dass alle erwarten, dass ich Richtung Hernani unterwegs bin, während ich in Wahrheit nach Astigarraga will. Zudem bezweifle ich, dass Amaya Eiguíbar zu Hause Bescheid gesagt hat, wo sie im Notfall zu finden ist.

Die schlecht beleuchtete Abzweigung, die ich nehmen muss, liegt etwa einen halben Kilometer vor der Polizeisperre, und ich beschließe, es zu wagen. Entweder jetzt oder nie, denn in zehn, fünfzehn Minuten werden die Sicherheitskräfte überall sein.

Ich schalte den Scheinwerfer aus und nähere mich der Kreuzung langsam und so dicht am Straßengraben wie möglich. Als ich nur noch etwa hundert Meter von meinem Ziel entfernt bin, überholt mich laut hupend ein Lastwagen. Ich gebe hinter ihm Gas und biege ab, ohne gesehen zu werden.

Wenig später lasse ich das Motorrad in einem Industriegebiet zurück und rufe den Taxifahrer an, der mich ein paar Stunden zuvor nach San Sebastián gebracht hat. Nachdem ich ihm ein Trinkgeld von hundert Euro gegeben hatte, hat er mir seine Visitenkarte zugesteckt, und es macht ihm nichts aus, noch einmal aus dem Bett aufzustehen, um mir einen letzten Dienst zu erweisen, den ich großzügig entlohnen werde.

Als ich einsteige, lächelt er mich breit an. »Wieder in die Calle Fuenterrabía, Señorita?«

»Diesmal ist die Sache nicht ganz so einfach.« Der Mann fährt zusammen, als er den Lauf meiner Pistole im Nacken spürt. »Wenn Sie keine Dummheiten machen, wird Ihnen nichts passieren.«

»Was wollen Sie?«

»Dass Sie mich zum Hof von Oianko bringen.«

»Ich hab keine Ahnung, wo das ist.«

»Haben Sie mir nicht vorhin gesagt, dass Sie hier geboren wurden und die Gegend besser kennen als das eigene Wohnzimmer?«

»Ich schwöre, ich kenne keinen Hof, der so heißt.«

»Sehen Sie mich an.«

Der Taxifahrer dreht sich um und blickt mich panisch an.

»Schauen Sie genau hin«, sage ich. »Sie haben mein Gesicht ganz sicher im Fernsehen gesehen. Vielleicht mit dunklem, längerem Haar.«

Er konzentriert sich und erstarrt. »Verdammte Scheiße!«

»Wie ich sehe, ist der Groschen gefallen. Ich hab keine Ahnung, was sie in den Nachrichten so alles über mich erzählen, aber ich habe tatsächlich bereits fünf Menschen ermordet. Möchten Sie der sechste sein?«

»Nein.«

»Dann bringen Sie mich zu diesem Hof.«

Der Taxifahrer nimmt die Calle Santio Zeharra und hält, kurz nachdem wir in den Wald gefahren sind, in einer Kurve an. Er weist auf einen schmalen Forstweg, der in etwa hundert Metern abzweigt. »Das ist der Weg, der zu dem Hof führt.«

Es gibt kein Hinweisschild oder sonst irgendetwas, das dies bestätigt, aber ich glaube nicht, dass dieser Mann kurz vor dem Ruhestand sein Leben riskieren will, indem er so dumm ist, den berühmten Talión zu belügen.

»Und was mach ich jetzt mit Ihnen?«

»Verschonen Sie mich, ich werde nichts sagen. Ich hab Familie.«

»Werden Sie die Polizei benachrichtigen?«

»Ich bin doch nicht blöd! Ich will nur endlich nach Hause und morgen früh meinen Enkel zum Fußballtraining bringen.«

»Kann ich Ihnen vertrauen?«

»Das können Sie. Ich fahre nach Hause und vergesse alles, was geschehen ist.«

Ich beschließe, ihm zu glauben, und bevor ich aus dem Auto aussteige, lege ich das letzte Bündel Geld, das ich noch habe, auf den Sitz, denn ich werde es wohl nicht mehr brauchen.

»Los, fahren Sie!«

Als das Taxi verschwunden ist, dauert es ein paar Minuten, bis sich meine Augen an die Dunkelheit gewöhnt haben, dann dringe ich in den Wald ein und schleiche durchs Unterholz.

Auf dem Forstweg, der von der Straße abzweigt, steht ein Auto, und darin sitzen zwei Männer, die, rauchend und aus einem Flachmann trinkend, Wache halten,.

Ich pirsche mich von der Rückseite an und hocke mich hinter dem Wagen nieder. Während ich mich von einem heftigen Zittern meiner Hand erhole, das wahrscheinlich eher dem Adrenalinschub als meinem Tumor zuzuschreiben ist, höre ich sie reden.

»Für mich wäre am schlimmsten, in Madrid oder irgendwo im Süden im Gefängnis zu sitzen. Denn ich würde vor Heimweh sterben.«

»Wenn es richtig losgeht, müssen wir uns aber irgendwo verstecken oder weit fortgehen. Zumindest nach Frankreich.«

»Das ist was anderes. Es ist eine Sache, irgendwo eingesperrt zu sein, und eine andere zu kämpfen, wenn auch weit weg.«

»Glaubst du, dass die Leute uns unterstützen werden?«

»Kommt drauf an, was wir machen. Wenn wir in Madrid eine Autobombe zünden und es auch die Zivilbevölkerung trifft, sind wir dran. Wenn wir uns die wirklichen Feinde von Euskadi vorknöpfen, ist das eine andere Sache.«

Noch immer in der Hocke, rücke ich an der Seite des Wagens vor und erhebe mich, als der Mann am Steuer gerade etwas zu der Äußerung seines Kameraden sagen will. Die erste Kugel rauscht mit einem dumpfen Pfeifen durchs offene Fenster und zerfetzt dem einen die Nase, um dann in die Brust des Beifahrers einzudringen. Die nächsten sieben oder acht Schüsse gehen aus allen möglichen Winkeln auf die beiden nieder und machen aus ihren Köpfen eine grau-schwarz-rote Pampe. Sie haben nicht mal die Zeit, mitzukriegen, was passiert.

Auf dem Rücksitz finde ich ein Shirt, gieße den Inhalt des Flachmanns, irgendetwas Hochprozentiges, darüber, stopfe das Shirt in die Tanköffnung und zünde es an.

Der Hof liegt bis auf ein schwaches Licht am Eingang und ein weiteres in einem der Zimmer im oberen Stockwerk praktisch in Dunkelheit. Ich gehe näher heran, um festzustellen, ob eine der Stimmen, die zu hören sind, die von Amaya Eiguíbar ist, doch das Auto explodiert eher, als ich dachte, und ich spüre die aufwallende Hitze im Rücken. Ein großer Feuerball erhebt sich bis mehrere

Meter oberhalb der Baumkronen, und sofort kommen zwei Männer und eine Frau mit Maschinenpistolen aus dem Gebäude.

Ich ziehe den Sicherheitsring aus einer der Handgranaten, die ich Dos Napias abgekauft habe, und werfe sie ihnen vor die Füße. Seit ich die Granaten habe, hab ich befürchtet, dass sie mit Erde oder Sägemehl gefüllt sein könnten, aber die Explosion reißt dem einen beide Beine ab, und während er am Boden liegt und kreischt, rühren sich die anderen nicht mehr.

Ein weiterer Mann und noch eine Frau erscheinen an der Tür und schießen blind um sich, und ich werfe die nächste Handgranate. Der Mann wird durch die Luft geschleudert, und sein zerfetzter Leib knallt vor einen etwa zwanzig Meter entfernten Getreidespeicher. Von der Frau sehe ich nichts mehr, als hätte die Granate sie völlig zerrissen.

Mit der letzten Granate in der linken Hand und der Pistole in der rechten gehe ich ins Haus. Als ich ins Wohnzimmer komme, treffe ich dort auf ein etwa zehnjähriges Kind, das mich mit großen Augen anstarrt.

»Wo sind die anderen?«

Der Junge zeigt mit dem Finger auf eine Tür, die wahrscheinlich in den Keller führt.

»Ist sonst noch jemand im Haus?«

Er schüttelt den Kopf, ohne ein Wort zu sagen.

»Los, lauf zur Landstraße!«

Das Kind gibt sich einen Ruck und rennt davon.

In dem Moment, als ich die Hand auf den Türknauf lege, spüre ich einen heftige Schlag an meinem Bein, bevor ich den Schuss höre. Ich werfe mich nieder und lehne den Rücken gegen die Wand, während die Tür von mehreren Kugeln regelrecht zerfetzt wird. Gleich danach ist es wieder still.

Mein Bein blutet, und ich will es abbinden, allerdings habe ich keine Kraft mehr in der linken Hand, deshalb gelingt es mir nicht, ein Stück Stoff aus meinem Shirt zu reißen, wie ich es so oft in irgendwelchen Filmen gesehen habe. Ich schaffe es so gerade noch, die Handgranate festzuhalten.

Meine Zeit läuft ab.

»Amaya Eiguíbar!«, rufe ich, so laut ich kann.

◆

Während Daniela versucht, an den Schlüssel der Handschellen zu gelangen, mit denen sie ans Lenkrad gefesselt ist, fürchtet sie, dass sie ihren Versetzungsantrag, um mehr Zeit mit ihrem Sohn verbringen zu können, wohl vergessen kann, da sie garantiert degradiert wird. Denn sie hat nicht nur zum zweiten Mal Marta Aguilera entwischen lassen, sondern auch das Auto eines unbescholtenen Bürgers zu Schrott gefahren, nachdem sie es an der Ampel mit Gewalt beschlagnahmt hat. Und wenn sie einmal dabei sind, sie fertigzumachen, werden sie sicher auch noch den Flug in dem Privatjet anführen, und irgendwer wird zudem noch Jonás Bustos' Anschuldigung, von ihr unter Druck gesetzt worden zu sein, ins Spiel bringen.

Endlich gelangt sie an den Schlüssel in ihrer Jackentasche und kann sich befreien, als gerade mehrere Wagen der Guardia Civil und der Ertzaintza neben ihr anhalten. María Lozano springt aus dem beinahe noch fahrenden Wagen und läuft zu ihr hinüber.

»Geht es Ihnen gut?«

»Sie ist auf einem Motorrad weggefahren, einer Yamaha 600.« Daniela nennt das Kennzeichen und richtet sich an die Einsatzleiter der Ertzaintza. »Sperren Sie alle Straßen nach Hernani ab.«

»Ich glaube nicht, dass sie dorthin unterwegs ist, Inspectora«, wendet einer der Männer ein. »Sie muss die Küste entlang geflohen sein.«

»Das wird sie gar nicht erst versuchen.«

»Das wäre vollkommen verrückt.«

»Diese Frau *ist* verrückt!«

Die Polizeikontrollen verursachen kilometerlange Staus an den Ortsausgängen von San Sebastián, und die Fahrer verlieren schnell die Geduld. Die Versuche, sich vorzudrängeln, sorgen für ein riesiges Chaos, und Daniela braucht länger als eine halbe Stunde nach Hernani.

Die Straße, in der Amaya Eiguíbars Eltern wohnen, wird von jeder Art Polizei bewacht: der Guardia Civil, Antiterroreinheiten der Nationalpolizei, Ertzaintza und der örtlichen Polizei.

»Scheiße!«, schnaubt Daniela, als sie sieht, was los ist. »Was für ein Zirkus, was für ein Mist! Die werden mich kreuzigen!«

»Daran trägt niemand Schuld«, sagt María Lorenzo in dem Versuch, sie zu beruhigen. »Die Ereignisse haben sich überschlagen.«

»Daran trägt niemand die Schuld?«, entgegnet Daniela wütend. »Wer sollte den Hinterausgang von Marta Aguileras Appartement bewachen? Wie kann es sein, dass da keiner war, verdammt?«

»Wir hatten einfach nicht genug Zeit, das alles in die Wege zu leiten. Marta Aguilera hat das Haus verlassen, bevor wir darauf vorbereitet waren.«

»Das ist das zweite Mal, dass sie mir entwischt ist.«

Als die Polizisten in ihr Haus eindringen, sitzt Amaya Eiguíbars Mutter auf dem Sofa. Ihr Mann ist zum Glück zu Besuch bei seiner Schwester in Bilbao. Sie wirkt nicht verängstigt, sondern eher resigniert; seit Amaya der ETA beigetreten ist, sind schon viele Polizisten in ihr Haus gekommen, und immer wieder hat sie das Gleiche gesagt:

»In dieser Familie haben wir schon immer die Unabhängigkeit des Baskenlandes unterstützt, aber wir haben nie gegen rechtsstaatliche Prinzipien verstoßen. Das war bei Amaya genauso, bis dieser

Junge in San Sebastián getötet wurde. Da hat sie den Kopf verloren. Etwa einmal im Monat taucht sie hier auf, und immer gibt es Probleme.«

»Wissen Sie, wo sie jetzt ist, Señora?«

Amaya Eiguíbars Mutter sieht Daniela an und wendet dann beschämt den Blick ab. Es ist nicht das erste Mal, dass sie sich begegnen, denn sie haben sich schon oft vor Gericht gesehen, haben bisher jedoch noch nie miteinander gesprochen.

Zehn Jahre nach dem Tod ihres Mannes und ihres Sohnes hat diese Frau Daniela einen Brief geschrieben und für Amayas Handeln um Verzeihung gebeten, und einen ähnlichen Brief hat sie heimlich auch an die Verwandten der anderen siebzehn Toten an jenem Morgen geschickt. »Wie ich bereits Ihren Kollegen erklärt habe, Inspectora Gutiérrez, weiß ich es nicht. Gegen Mitternacht hat sie mich gebeten, den Fernseher in ihrem Zimmer nicht auszumachen, und hat dann durch die Garage das Haus verlassen. Dass sie mir nicht gesagt hat, wohin sie geht, ist für Sie sicherlich klar.«

»Wissen Sie, ob sie mit radikalen Vereinigungen in Kontakt steht?«

»Nein, keine Ahnung.«

»Sicher? Nicht dass Sie wieder Briefe an die Verwandten der nächsten Opfer Ihrer Tochter schicken müssen.«

»Sie sind diejenigen, die sie aus dem Gefängnis entlassen haben«, sagt Amayas Mutter traurig. »Jetzt kann sie tun, was sie will. Sie hätten sie nicht freilassen dürfen.«

»Sie wissen sicher, wer Marta Aguilera ist, oder?«

»Talión«, antwortet die Frau mit kalter Stimme.

Als Daniela damals die harten Worte der Mutter über ihre Tochter las, war sie überzeugt davon, dass sie nur den Schmerz der Hinterbliebenen mildern sollten. Doch nun, da sie ihr in die Augen sieht, weiß sie, dass jedes dieser Worte aufrichtig war, dass, wenn Amaya Eiguíbar stirbt, in diesem Haus endlich Frieden einkehren wird.

»Gerade werden heftige Explosionen in Astigarraga gemeldet«, sagt ein junger Polizist, der eilig hereingekommen ist.

»Wo ist das?«

»Etwa drei oder vier Kilometer von hier.«

»Das muss sie sein.«

Die Karawane der verschiedenen Sicherheitskräfte macht sich auf den Weg nach Astigarraga und trifft auf einem Forstweg auf die Feuerwehr. Eine der Explosionen hat, wie es scheint, einen kleinen Brand im Wald verursacht. Daniela steigt aus dem Auto und sieht ein Kind im Pyjama, das von einer Polizistin betreut wird. Es ist zutiefst verängstigt, weint jedoch nicht eine Träne; wahrscheinlich steht es unter Schock, weil es zugesehen hat, wie seine Eltern in die Luft geflogen sind.

»Wer ist dieses Kind?«

»Das wissen wir noch nicht. Es spricht nicht, aber wir glauben, dass es vom Hof kommt.«

»Es war die Frau aus dem Fernsehen«, sagt das Kind plötzlich kaum hörbar. »Sie hat alle umgebracht.«

Daniela dringt in den Wald ein, der bereits von den Sondereinheiten der Polizei durchsucht wird. Ein paar Feuerwehrleute löschen ein ausgebranntes Auto und andere die letzten Flammen rundherum.

Im Eingangsbereich des Hauses sieht Daniela die Überreste zweier zerfetzter Leichen. Der Einsatzleiter nähert sich ihr.

»Das war die reinste Metzelei«, sagt er kopfschüttelnd. »In dem Auto sind zwei Leichen, und hier liegen vier oder fünf weitere Opfer.«

»Ist Amaya Eiguíbar darunter?«

»Das wissen wir nicht.«

»Und Marta Aguilera?«

»Wir glauben, dass sie im Haus ist. Vor ein paar Minuten waren Schüsse zu hören.«

Daniela erhält eine schusssichere Weste und begleitet dann die Kollegen der Spezialeinheit zum Haus, wo gleich vor dem Eingang die Kommandozentrale eingerichtet wurde. Als sie dort ankommt, bietet sich ihr ein Bild des Schreckens.

»Was ist hier passiert?«, fragt sie erschüttert.

»Handgranaten«, antwortet ein Kollege der Spezialeinheit. »Wir wissen nicht, ob sie noch mehr davon hat. Deswegen können wir nicht ins Haus.«

✦

»Verdammt, wer bist du?«

In Amaya Eiguíbars Stimme liegt kein Zittern, keine Furcht, als sie aus dem hinteren Bereich des Kellers schallt. Sie war viele Jahre raus aus dem Geschäft, aber sie hat die harte militärische Ausbildung der ETA-Kämpfer ihrer Generation erhalten, die der »bleiernen Jahre«. Außerdem schien sie mir gut in Form, als ich sie im Sorgintxulo-Viertel beim Joggen gesehen habe.

Mein einziger Vorteil ist, dass ich gekommen bin, um zu sterben, und es dürfte mir nicht schwerfallen, sie mit in den Tod zu reißen. Wahrscheinlich würde es reichen, die letzte Handgranate zu werfen, die ich noch habe, aber ich würde ihr gern in die Augen sehen, wenn ich ihr Leben auslösche. Das Problem ist nur, dass ich nie eine militärische Ausbildung erhalten habe und meine eine Körperhälfte kaum noch beweglich ist, ganz zu schweigen von der Kugel in meinem Oberschenkel, wobei die glücklicherweise in dem Bein steckt, das ich schon seit Tagen hinterherziehe. Und ich weiß nicht, ob Amaya allein ist.

»Ich bin gekommen, um dich zu töten, Amaya!«

»Du kannst uns mal!«, erklingt laut und deutlich eine andere weibliche Stimme, der ein paar Schüsse folgen.

Ich nehme einen IKEA-Spiegel von der Wand und zerschlage ihn mit dem Griffstück meiner Pistole, wobei mich die sieben Jahre

Pech, die das bringen soll, relativ kaltlassen. Dann nehme ich eine der Scherben und halte sie so, dass das Spiegelbild mir das Innere des Kellerraums zeigt.

Amaya Eiguíbar und eine andere Frau haben sich hinter ein umgekipptes Sofa geflüchtet. Beide sind mit je einer Pistole bewaffnet. Ob sie sich erst in diesem Moment des fatalen Fehlers bewusst werden, den sie begangen haben? Denn der Keller hat nur einen Ausgang durch die von Kugeln durchsiebte Tür oben an der Treppe.

Wenn ich weiter vorgehe, um die beiden unter Beschuss zu nehmen, werden sie mir zweifellos die Rübe wegpusten. Und ich hätte wohl auch nicht genug Zeit, um zu Amaya zu laufen und wenige Meter von ihr entfernt meinen Sprengstoffgürtel zu zünden. Mir bleibt nur eine Option, und ich muss schnell sein, denn ich höre bereits die Polizei in der Hofanlage.

Als ich gerade den Sicherheitsring aus der Handgranate ziehen will, zögere ich. Ich war in den letzten Wochen so damit beschäftigt, meine Opfer zu verfolgen, dass ich ganz vergessen habe, mich ernsthaft mit meinem eigenen Tod zu beschäftigen, und wenn ich jetzt diese Handgranate werfe, gibt es keinen Weg mehr zurück. Plötzlich gehen mir jede Menge Dinge durch den Kopf. Ich denke an meine Schwester Natalia, an meinen Vater, an Álvaro, an Raquel, an Nicoleta, an Eric und sogar an die Enttäuschung von Doktor Olivers Studentin, wenn sie von meinem tragischen Ende erfährt.

Mir ist bewusst, dass man mich nicht heiligsprechen wird, ich bin aber davon überzeugt, in den letzten anderthalb Monaten viel Gutes getan zu haben. Ich stelle mir vor, wie Dimas und Rosa im Fernsehen von meiner Geschichte erfahren, und schäme mich. Hoffentlich bereut Dimas es dann nicht, mein Geld genommen zu haben, und verwirklicht weiterhin seine Pläne. Aber da ich weiß, wie aufrichtig er ist, würde es mich nicht wundern, wenn er gleich morgen zur nächsten Polizeistation geht.

Jedes Mal, wenn ich an ihn denke, sogar jetzt, wenige Minuten vor meinem Tod, muss ich lächeln. Was mir am meisten wehtut, ist, dass ich in den letzten Wochen meines Lebens entdeckt habe, dass ich doch Gefühle empfinde. Ich hätte gern erfahren, wie es ist zu weinen, gerührt zu sein oder mich zu verlieben, ohne einen Gehirntumor zu haben, aber so kann ich wenigstens von mir sagen, dass ich, wenn auch nur für wenige Tage, ein relativ normaler Mensch gewesen bin.

Nachdem ich einmal tief durchgeatmet habe, bereite ich mich darauf vor, die vielleicht letzte Handlung meines Lebens auszuführen.

Ich ziehe den Ring aus der Granate und werfe sie. Gleich darauf höre ich panische Schreie und Flüche, die gedämpft klingen, weil ich mir mit beiden Händen die Ohren zuhalte. Der Druck der Explosion schleudert mich mehrere Meter zurück, doch ich stehe sofort wieder auf und hinke dorthin, wo die Granate hochgegangen ist. Der anderen Frau hat es den halben Körper weggesprengt, aber sie ist noch am Leben. Ich gebe vier Schüsse auf sie ab, treffe aber nur zwei Mal.

Amaya Eiguíbar hat eine hässliche Wunde an der rechten Hüfte und eine weitere am Schädel, wo ihr ein Teil der Kopfhaut fehlt, aber auch sie ist noch nicht tot. Reglos sieht sie mich hasserfüllt an; tatsächlich sind ihre Augen das Einzige, was noch voller Leben ist. Ihre Pistole liegt in der geöffneten Hand. Als ich auf sie zugehe, stelle ich fest, dass sich die Wunde an der Hüfte auch auf einen Teil ihrer Wirbelsäule erstreckt. Ich überlege, mich bei ihr zu bedanken, dass sie es mir mit ihrer plötzlichen Lähmung im passenden Moment so leicht macht, beschließe dann aber, nicht so gemein zu sein, denn letztendlich hat diese Frau mir ja persönlich nichts getan.

»Wer bist du?«, stammelt sie mit unbewegter Miene.

»Nur irgendeine Journalistin, aber in letzter Zeit nennt man mich auch Talión. Du kennst mich sicher aus dem Fernsehen.«

»Scheiße! Ich werde von einer Irren getötet?«

»Ich fürchte, ja.«

Eine durch ein Megafon verzerrte Stimme, die ich dennoch

wiedererkenne, stört unseren intimen Moment. »Marta Aguilera, hier spricht Daniela Gutiérrez! Sie sind umstellt und haben keine Möglichkeit zu fliehen! Ich wiederhole: Sie haben keine Möglichkeit zu fliehen!«

»Aha«, sagt Amaya trocken, »da ist ja unser Ehrengast.«

Draußen übergibt Daniela das Megafon einem Kollegen. Zehn oder zwölf Polizeitransporter stehen auf dem Grundstück verteilt. Auf der Zufahrt halten sich mehrere Einheiten bereit, den Hof zu stürmen. »Wir müssen reingehen.«

»Aber wir wissen nicht, wie viele Granaten sie noch hat«, widerspricht einer der befehlshabenden Polizisten. »Ich werd keinen meiner Männer reinschicken, solange wir nicht wissen, was da drinnen los ist.«

Einer der Männer der Antiterroreinheit, die an der Tür postiert ist, eilt auf sie zu. »Sie will mit Ihnen sprechen, Inspectora Gutiérrez. Nur mit Ihnen.«

»Das ist sehr riskant«, sagt María Lorenzo.

»Wenn sie mich töten wollte, hätte sie es schon in San Sebastián getan«, entgegnet Daniela.

Es war ein triumphierendes Gefühl, Amaya Eiguíbar den Sprengstoffgürtel umzulegen. Nun ist sie nur noch ein Stück Fleisch, das jeden Moment in Stücke gerissen werden kann. Verblüffender Weise ist dieses Miststück immer noch am Leben und sieht mich verächtlich an.

Auch mir ist nicht gerade zum Scherzen zumute, als ich, neben ihr hockend und mit dem Zünder in der rechten Hand, auf die Inspectora warte. Kurz blicke ich auf die sterblichen Überreste der Frau, die sich mit Amaya in den Keller geflüchtet hat. »Wer war die Tussi? Eine Terroristenfreundin von dir?«

»Leck mich!«

»Ich werde sie ›Nummer dreizehn‹ nennen. Denn deine anderen fünf Freunde draußen sind ebenso tot wie die zwei im Auto, und damit ist sie hier mein dreizehntes Opfer.«

»Du bist eine Amateurin.«

»Das stimmt.« Ich lache. »Im Vergleich zu dir sind wir alle Amateure.«

Den Lauf ihrer Pistole auf mich gerichtet, erscheint die Inspectora. Sie hat sich eine der schusssicheren Westen der Antiterroreinheit angelegt.

»Sehr elegant, Inspectora.«

»Sie werden hier nicht rauskommen. Das ganze Anwesen ist umstellt.«

»Das hab ich mir schon gedacht ... Was halten Sie von dem Geschenk, das ich für Sie habe?« Ich weise mit einer Kopfbewegung auf Amaya Eiguíbar. »Entschuldigen Sie, dass sie nicht mehr ganz heil ist, aber sie hat sich gewehrt, und ich musste ihr eine Handgranate zuwerfen.«

»Lassen Sie mich einen Arzt rufen.«

»Sie kann sich glücklich schätzen, wenn es dem Gerichtsmediziner gelingt, sie wieder zusammenzusetzen.«

Die Inspectora blickt auf die Sprengstoffweste, die die Terroristin, die ihren Mann und ihren Sohn ermordet hat, trägt, und schaut ihr anschließend in die Augen.

»Erwarten Sie von ihr keine Entschuldigung, Inspectora«, sage ich. »Solche Leute sind es nicht gewohnt, um Verzeihung zu bitten.«

»Sie ist so gut wie tot«, sagt Daniela Gutiérrez. »Legen Sie den Zünder weg, und ergeben Sie sich. Ich geb Ihnen mein Wort, dass Sie anständig behandelt werden.«

»Ich will nicht die berühmteste Gefängnisinsassin Spaniens sein.«

»Wenn Sie es nicht für sich tun, dann tun Sie es für Ihre Schwester.«

Das bringt mich komplett aus der Fassung.

»Eine junge Frau hat aus Málaga angerufen und behauptet, Ihre

Schwester zu sein«, erklärt die Inspectora. »Sie hat mich gebeten, Ihr Leben zu retten.«

»Das ist unter der Gürtellinie, Inspectora.«

»Hören Sie bitte mit diesem Irrsinn auf.«

Ich erkenne an ihrem Blick, dass sie es ehrlich meint und dass sie mich aus irgendeinem Grund retten will. Wir würden sicher gute Freundinnen werden, wenn ich darauf eingehe, davon bin ich überzeugt.

Ein Blick auf Amaya zeigt mir, dass sie tatsächlich nicht mehr lange zu leben hat; ich habe sie bereits getötet. Kurz kommt mir der Gedanke, mich zu ergeben und dass ich vielleicht doch noch eine Chance habe, aber ich verdiene es ebenso zu sterben wie die Terroristin. Wenn ich überlebe, ist meine Botschaft entweiht.

»Hören Sie, Inspectora, ich werde jetzt langsam von zehn aus zurückzählen. Wenn ich bei null ankomme, zünde ich den Sprengstoff, und Amaya und ich werden in Stücke gerissen. Sie können genau zwei Dinge tun: mir den Kopf wegpusten, sodass ich mit etwas Glück den Zündknopf nicht mehr drücken kann, und diese Mörderin dann von einem Arzt behandeln lassen, soweit sich das noch lohnt. Oder Sie können sich zurückziehen und damit Ihrem Sohn Sergio eine Freude machen.«

»Ich werde Sie töten.«

»Sie haben die Wahl.« Ich hebe den Zünder an. »Zehn, neun ...«

»Jetzt schießen Sie schon, verdammt!«, schreit die Terroristin. »Worauf, zum Teufel, warten sie?

»... acht, sieben, sechs ...«

Die Inspectora hält die Pistole mit dem Finger am Abzug auf meine Stirn gerichtet. Amayas Geschrei stört sie beim Nachdenken. Sicher würde sie sich am liebsten zurückziehen und diese Sache, die ihr Leben so sehr erschwert, für immer hinter sich lassen. Aber sie ist Polizistin und hat geschworen, sich an die Gesetze zu halten.

Draußen sind genügend Leute, die hören, was hier drinnen vorgeht, und die könnten ihr vorhalten, nicht alles versucht zu haben, um Amaya Eiguíbars Leben zu retten, auch wenn sie dann anführen kann, dass ich den Sprengstoff vielleicht noch hätte zünden können, hätte sie auf mich geschossen, und die Explosion dann auch sie getötet hätte.

»… fünf, vier …«

»Bringen Sie sie um. Bitte!« Amaya Eiguíbar verliert allmählich die Hoffnung.

Die Inspectora schaut mir in die Augen. Ich sehe ein leichtes Lächeln auf ihren Lippen, mit dem sie vielleicht so etwas wie Respekt ausdrücken möchte. Dann dreht sie sich um und rennt aus dem Keller.

»Alle in Deckung!«

»Drei, zwei, eins …«

Die letzten Sekunden erlebe ich wie in Zeitlupe. Ich sehe die Inspectora zur Treppe rennen, dann ist sie aus meinem Sichtfeld verschwunden. Dann richte ich den Blick auf Amaya Eiguíbar und sehe die Panik in ihren Augen. Und ich freue mich, dass sie endlich das fühlt, was sie ihr Leben lang anderen angetan hat.

»Null.«

Ich atme zum letzten Mal ein, schließe die Augen und drücke auf den Zündknopf. Dann ist es vorbei.

EPILOG

NICOLETA HÄTTE GENÜGEND GELD für ein Taxi zum Madrider Flughafen gehabt, doch sie fuhr lieber mit der U-Bahn, um es zu sparen, denn für sie entsprach der Wert von vierzig Euro, sich von einem Unbekannten eine Viertelstunde begrapschen zu lassen. Die Journalistin hatte ihr nicht nur die zwanzigtausend Euro gegeben, sondern übers Internet auch einen Flug nach Bukarest unter Nicoletas Namen gebucht und ihr gesagt, dass es ausreichen würde, zwei Stunden vor Abflug am Flughafen zu sein. Aber Nicoleta wollte lieber sichergehen und war stattdessen vier Stunden vorher da.

Am Ende eines der langen Gänge im Terminal sah sie einen Mann, der mit einem Handy telefonierte. Als sie hörte, dass er Rumänisch sprach, zog sie sich erschreckt hinter einen Getränkeautomaten zurück, doch der Mann warf ihr nur einen verwunderten Blick zu und diskutierte mit seinem Gesprächspartner weiter über den Preis eines Gebrauchtwagens. Dieser kleine Schrecken sorgte dafür, dass Nicoleta noch vorsichtiger wurde, und gleich darauf stellte sie fest, dass sie damit richtig handelte.

Die nächsten zwei Stunden verbrachte sie in einer Toilette, von der aus sie die Schlange vor der Sicherheitskontrolle im Auge behalten konnte, wenn sie durch den Türspalt blickte. Plötzlich sah sie Sorin Popa und zwei seiner Männer, die den ganzen Bereich überwachten. Nicoleta beschloss, in ihrem Versteck zu bleiben, bis Popa und seine Männer wieder weg waren, um dann auf anderem Weg nach Rumänien zu kommen. Doch gerade, als der Flieger, den sie hatte nehmen wollen, bereit zum Boarding war, kam eine Polizistin in die Toilette, und während Nicoleta darauf wartete, dass die Frau wieder aus der Kabine kam, überlegte sie sich genau, was sie sagen würde, um bloß keinen Fehler zu machen, denn sie wollte, dass die Polizistin sie für eine Spanierin hielt.

»Entschuldigen Sie, Sie sind im Dienst, oder?«

»Ja, warum?«

»Weil da draußen ein paar Typen sind, die versuchen, den Leuten während der Kontrolle Brieftaschen und iPads zu stehlen. Sie haben sich vorhin schon so seltsam verhalten.«

»Welche Typen sind es?«

»Rumänen oder Russen oder so was. Einer trägt eine braune Lederjacke, und die anderen beiden haben bunte Pullover an, der eine einen roten und der andere einen grünen, glaube ich.«

Die Polizistin gab es per Funk weiter, und sieben Minuten später kümmerten sich mehrere Beamte um die drei Rumänen und brachten sie zum Kommissariat am Flughafen.

Nicoleta nutzte die Gelegenheit und eilte zur Sicherheitskontrolle, wobei sie jedoch vergaß, dass Marta Aguilera ihr geraten hatte, vorab alles abzulegen, auf das der Metalldetektor ansprechen konnte: »Armbänder, Geldmünzen, Schuhe, einfach alles. Wenn der Detektor piept und sie das Geld bei dir finden, kriegst du Schwierigkeiten.«

Und der Detektor piepte tatsächlich.

»Bitte kommen Sie hier herüber, Señorita«, sagte ein älterer Sicherheitsmann mit gelangweiltem Gesicht. »Es kommt sofort eine Kollegin, um Sie abzutasten.«

»Das waren bestimmt die Schuhe«, meinte Nicoleta. »Ich vergesse immer, sie auszuziehen.«

Sie ging zurück, zog sich die Schuhe aus und hielt den Atem an, als sie zum zweiten Mal durch das Metalldetektor-Tor ging.

Diesmal erklang kein Piepen, und sie konnte im letzten Moment noch in den Flieger nach Bukarest steigen.

Das Geld hatte sie in ihrem BH versteckt, dort, wo ihr die Brust fehlte.

»Wohin?«

»Nach Sibiu.«

»Das sind fast zweihundertachtzig Kilometer«, sagte der Taxifahrer verwundert. »Warum sind Sie nicht direkt dorthin geflogen?«

Das hätte Nicoleta durchaus tun können, denn sie hatte genug Geld, um sich ein Flugticket nach Sibiu zu kaufen, doch sie wollte jede weitere Kontrolle vermeiden und wusste außerdem, dass ihr die Geduld gefehlt hätte, noch drei Stunden auf den Anschlussflug zu warten. Die Taxifahrt würde auch nicht länger dauern, und sie würde spüren, wie sie ihrer Familie immer näher kam.

Also zog sie drei Fünfzigeuroscheine aus ihrem BH und hielt sie dem Fahrer hin. »Reicht das?«

Der Mann nahm das Geld und fuhr auf die E-81 Richtung Pitesti, wo sie an einer Tankstelle anhielten. Nicoleta blickte sich enttäuscht um. Sie hatte gedacht, dass sich Rumänien in den sechs Jahren, die sie fort gewesen war, verändert hätte, doch alles sah noch genauso aus wie früher. Es gab immer noch eine hohe Arbeitslosigkeit, Armut und verzweifelte hübsche Mädchen, all das, was den Frauenhandel begünstigte.

Auf der Straße wurden sie von einem Porsche Panamera überholt, und gleich darauf überholten sie ein Gespann aus einem Pferd und der Hälfte eines alten Mercedes. Der Mann in der improvisierten Kutsche genehmigte sich gerade ein Dosenbier.

»Aus welchem Teil von Sibiu kommen Sie?«, fragte der Taxifahrer mit Blick in den Rückspiegel. »Meine erste Frau war ebenfalls von dort.«

»Aus dem Lazaret-Viertel.«

Als sie dort ankamen und in die Straße einbogen, wo Nicoleta mit ihrer Familie gewohnt hatte, fanden sie dort, wo ihr Haus gestanden hatte, nur noch ein Trümmerfeld vor.

»Viele der alten Häuser sind aus Sicherheitsgründen vor zwei Jahren abgerissen worden«, erklärte der Taxifahrer. »Etwas weiter oben ist eines zusammengefallen, wobei drei oder vier Menschen ums Leben gekommen sind.«

»Bitte warten Sie hier.« Nicoleta stieg aus und ging zwischen den Trümmern umher.

In dem Bereich, wo früher ihr Zimmer gewesen war, fand sie eine alte Zeichnung, die Alina gemacht hatte und die ihre große Schwester in einem langen Kleid und von Fotografen umgeben zeigte.

»Bitte bringen Sie mich zur Cafeteria Baraka in der Baleastraße.«

Zu Nicoletas Erleichterung war das Lokal geöffnet, und nach wie vor stand Aurel hinter der Theke. Der beste Freund ihres Vaters sah sie verwundert an, als er hörte, wie sie ihn beim Namen nannte, und brauchte ein paar Sekunden, um sie wiederzuerkennen.

»Nicoleta? Bist du das?«

»Wo ist meine Familie, Aurel? Wo sind meine Eltern und meine Geschwister?«

Sechs Monate nach Nicoletas Abreise hatte sich ihr Vater nach ihr auf die Suche gemacht und war nicht mehr zurückgekehrt. Er wurde mit einer Kugel im Kopf in einem Straßengraben in der Nähe von Mailand gefunden, und die Mörder wurden nie gefasst. Nicoletas Mutter erhielt ein paarmal im Jahr einen Brief von ihrer Tochter, hatte aber keine Adresse, um ihr zurückzuschreiben und mitzuteilen, was passiert war.

Drei Jahre später beschloss die Stadtverwaltung, das Haus der

Familie Serban abzureißen, und sie wurden in einer Wohnung in einem der Vororte Sibius untergebracht, weit weg von den Touristen, die den Großen und den Kleinen Platz bevölkerten.

Dort, in der Altstadt, begann Alina mit fünfzehn Jahren in einem der angesagtesten Lokale zu arbeiten. Sie war noch schöner als Nicoleta, und niemand, der sie sah, konnte sich vorstellen, dass die junge blonde Frau mit den grünen Augen, die mehr als ein Meter siebzig maß, eigentlich noch ein Kind war.

Ihre Familie brauchte das Geld, also brach sie die Schule ab und begann zu arbeiten, und gleich am ersten Tag warnte ihre Mutter sie: »Lass dich nicht genauso einwickeln wie Nicoleta. Wenn sie dich mitnehmen, werden deine Brüder nach dir suchen und genauso enden wie dein Vater: ermordet in einem fremden Land.«

Sie wiederholte es immer wieder, und Alina prägte es sich unauslöschlich ins Gedächtnis ein. Es gab keinen Tag, an dem nicht irgendein japanischer Tourist sie darum bat, sie solle sich mit ihm fotografieren lassen, oder sie wurde von einer Gruppe amerikanischer Studenten zu irgendeiner Party eingeladen, doch sie widerstand eisern jeder Versuchung. Auch als ein Mann in einem weißen Leinenanzug ihr eine erfolgreiche Modelkarriere auf den wichtigsten Laufstegen der Welt versprach.

»Arbeitest du lieber als Kellnerin, anstatt zu reisen und dir Schmuck und Kleider zu kaufen?«

»Ja, mein Herr, ich arbeite gern als Kellnerin.«

In ihrem ersten Arbeitsjahr hatte Alina nicht einen Tag gefehlt. Dies geschah zum ersten Mal an dem Abend, an dem eine junge Frau, die ihr sehr ähnlich sah, mit einem Koffer ins Lokal kam und nach ihr fragte.

»Alina Serban?«

»Sie ist heute nicht gekommen.«

»Haben Sie ihre Adresse? Ich bin ihre Schwester Nicoleta.«

Das luxuriöse Auto, das zwischen all den bescheideneren Wagen an der Straße parkte, fiel Nicoleta gar nicht auf. Die Vorfreude auf ihre Eltern, ihre Geschwister und vor allem auf Alina war zu groß, als sie am Eingang des Hauses klingelte. Die Wohnung lag im dritten Stock rechts, aber den Mann, der ihr die Tür öffnete, hatte sie noch nie in ihrem Leben gesehen.

»Ich bin auf der Suche nach der Familie Serban.«

»Komm rein, Nicoleta«, sagte der Mann lächelnd. »Wir warten schon auf dich.«

Dann fasste er sie hart am Arm und zog sie in die Wohnung.

Dort bedrohte Sorin Popa ihre Mutter und ihre Schwester mit einer Pistole. Nicoleta war nicht überrascht, ihn zu sehen. Sie hatte schon mit der Möglichkeit gerechnet, dass er, anders als sie, nach Sibiu weitergeflogen war. Doch in diesem Moment wollte sie nur ihre Familie umarmen.

Gleich darauf erfuhr sie unter diesen tragischen Umständen, dass neben ihrem Vater auch einer ihrer Brüder und ihre Großeltern nicht mehr lebten. Zu dritt weinten sie um ihre Lieben und waren dennoch glücklich, sich wiederzuhaben.

»Es ist eine Schande, dass ihr euch so bald schon wieder trennen müsst«, unterbrach Sorin grob die Wiedersehensfreude.

»Was hast du mit uns vor?«

»Dich bringen wir zurück nach Madrid, und deine kleine Schwester schicken wir wahrscheinlich nach Frankreich.« Er richtete einen anzüglichen Blick auf Alina. »Bist du noch Jungfrau, meine Hübsche?«

»Nein«, entgegnete diese. »Ich hab schon mit meinem Freund geschlafen.«

»In diesem Fall werde ich die Ware erst mal testen.«

Trotz der Protestschreie der drei Frauen, zog er Alina unter Schlägen an den Haaren in eines der Schlafzimmer. Der andere Mann blieb im Wohnzimmer, um Nicoleta und ihre Mutter zu bewachen, wobei seinen Blicken auf die geschlossene Tür anzumerken war, dass er gern die Rollen getauscht hätte.

Nicoleta warf ihrer Mutter einen beruhigenden Blick zu, biss die Zähne zusammen und ging, um sich ein Glas Visinata zu holen.

»He, wo willst du hin?«

»Ich will nur ein Glas Visinata trinken. Nach der langen Zeit im Ausland weiß ich kaum noch, wie Sauerkirschlikör schmeckt ... Willst du auch etwas?«

Der Mann zögerte und nickte schließlich. Während Nicoleta ihm das Glas einschenkte, hörte sie die erstickten Schreie ihrer kleinen Schwester, und ihr Blick fiel auf einen Eispickel in einem rostigen Metallbecher.

Lächelnd ging sie mit dem Glas zu dem Mann hinüber. »Wenn die beiden gleich fertig sind, könnten wir sie doch ablösen.«

»Das würde dir gefallen, hm?«, sagte der Mann geschmeichelt.

»Natürlich würde mir das gefallen. Aber jetzt trink erst mal.«

Als er nach dem Glas griff, hieb Nicoleta ihm mit aller Kraft den Eispickel ins linke Ohr. Der Mann taumelte und fiel dann um wie ein gefällter Baum.

»Los Mama, lauf und ruf die Polizei!«

»Was wirst du tun, Nicoleta?«

»Lauf, verlier keine Zeit!«

Die Mutter lief los, und Nicoleta hob die Pistole des Mannes auf, die auf dem Boden lag. Dann schlich sie mit der Waffe in der Hand durch den Flur. Als sie die Tür des Schlafzimmers öffnete, sah sie, wie Sorin Popa auf dem Bett in ihre Schwester eindrang. Sie trat auf ihn zu und schoss ihm, ohne zu zögern, in den Kopf. Knochenteile und Hirnmasse fielen Alina aufs Gesicht, die panisch schrie.

»Das war's, Alina«, sagte Nicoleta und umarmte sie. »Jetzt ist es vorbei.«

Nicoleta wurde festgenommen und verbrachte eine Woche im Gefängnis, doch der Richter glaubte ihre Geschichte und ordnete ohne jegliche Auflagen ihre Entlassung an. Am selben Abend noch feierte die Familie in der Cafeteria Baraka.

»Nicoleta«, sagte Aurel, als er sie sah, »ich habe einen Brief für Alina und für dich ein Paket aus Spanien.«

◆

Eric hatte schon seit Tagen von einem Serienmörder gehört, hatte dem aber weiter keine Bedeutung zugemessen, bis dieser Talión Genaro Cortés umbrachte. Am Abend zuvor hatte er lange gearbeitet und fühlte sich nicht gut, sodass er sich, nachdem er Lionel zur Schule gebracht hatte, wieder ins Bett legte.

Am späteren Vormittag wurde er vom Klingeln des Telefons geweckt. Als er auf dem Display sah, dass der Anrufer die Mutter seines Sohnes war, dachte er, dass sie vielleicht endlich einen Job gefunden hatte und Geld verdienen würde, um ihn bei den Unterhaltskosten zu entlasten. Doch dem war nicht so.

»Sitzt du nicht vor dem Fernseher? Talión hat den Gitano Genaro Cortés ins Jenseits befördert.«

Eric schaltete den Fernseher ein und sah auf allen Sendern das Gesicht des Mannes, der seine Geschwister vergiftet hatte. Nicht dass er sich darüber freute, dass der Mann in einem verfallenen Gebäude in Madrid von einem Hund zerfleischt worden war. Aber auf einmal hatte er wesentlich bessere Laune und beschloss, das, was Talión tat, nun genau zu verfolgen.

Er blickte auf sein Handy und sah, dass Marta Aguilera seine letzten drei Textnachrichten nicht beantwortet hatte. Also schickte er ihr eine weitere, gab darin seiner Hoffnung Ausdruck, dass die Operation wegen ihres Tumors erfolgreich verlaufen war, und bat sie, ihm mitzuteilen, ob es ihr gut gehe.

Wenige Tage später erfuhr er die Wahrheit.

An jenem Tag war Eric für eine Doppelschicht eingeteilt, und als er um ein Uhr morgens, nachdem er zwölf Stunden am Stück gearbeitet hatte, das Restaurant verließ, war er vollkommen erschöpft und hatte nichts von dem mitbekommen, was in der Welt passiert war. Zu Hause angekommen, legte er sich gleich ins Bett.

Am nächsten Morgen beim Frühstück hörte sein Sohn Lionel plötzlich auf zu essen und zeigte auf den Fernseher. »Schau mal, Papa. Da ist deine Freundin aus dem Zoo.«

In den nächsten Tagen jagte eine Nachricht die andere. Nach und nach wurde das Interview, das die Rächerin dem Journalisten Álvaro Herrero gegeben hatte, veröffentlicht, und an einer Stelle ging es darin auch um einen jungen Mann, dessen Geschwister an einer von Genaro Cortés vergifteten Droge gestorben waren. Zwar wurde weder sein Namen noch seine Nationalität genannt, doch Eric war klar, dass es um ihn ging.

Marta Aguilera sprach in dem Interview auch von einer jungen Frau, einer Rumänin, die zur Prostitution gezwungen worden und deren Identität bereits bekannt war. Im Fernsehen wurde berichtet, dass jene Nicoleta Serban beim Wiedersehen mit ihrer Familie ihre Entführer getötet hatte.

Dass sich die Presse zunächst auf diese Geschichte stürzte, verschaffte Eric etwas Zeit. Doch ein paar Tage später, als er von der Arbeit kam, lauerte ihm eine Journalistin vor der Haustür auf.

»Entschuldigung, sind Sie Eric Kazanowski?«

»Wer möchte das wissen?«

»Ich bin Journalistin. Sie waren mit Marta Aguilera befreundet, richtig?«

»Wir kannten uns vom Sehen. Sie war ein paarmal zum Abendessen in dem Restaurant, in dem ich arbeite, sonst nichts.«

Bevor er im Haus verschwinden konnte, drängte ihm die Journalistin ihre Visitenkarte auf für den Fall, dass er seine Meinung ändern und ihr doch ein Interview geben wollte, wofür sie vier- oder fünftausend Euro zahlen würde.

Eric ging auf seine Terrasse, um etwas zu trinken, bevor Lionel nach Hause kommen würde, der auf einem Kindergeburtstag war. Seit Wochen war er nicht dazu gekommen, sich zu entspannen, und er musste darüber nachdenken, ob er das Angebot der Journalistin annehmen sollte oder nicht. Mit viertausend Euro konnte man viele Dinge tun.

Er öffnete den kleinen Gartenschrank, um die Musikanlage einzuschalten, und entdeckte einen schwarzen Rucksack, den er noch nie gesehen hatte. Er war sehr schwer, und Eric brauchte eine Weile, um zu realisieren, dass die Barren darin nicht aus Eisen, sondern aus Gold waren. Zwischen ihnen steckte ein Brief:

Lieber Eric,

wenn Du diesen Brief liest, hast Du wahrscheinlich schon aus dem Fernsehen erfahren, womit ich mich in den letzten Wochen beschäftigt habe. Ich bitte Dich nicht darum, es zu verstehen, aber da ich nicht mehr lange zu leben habe, habe ich beschlossen, ein paar Verbrecher mit ins Jenseits zu nehmen, die nie für ihre Taten verurteilt wurden, was sie nicht verdient haben, darunter den Gitano, der im Krieg mit einem anderen Drogenboss Deine Geschwister getötet hat. Von ihm sind die zehn Kilo Gold in diesem Rucksack. Nimm sie als eine Art Entschädigung. Es ist gestohlenes Gold, deshalb komm nicht auf den Gedanken, es legal zu verkaufen. Wenn Du einen guten Preis dafür erzielen willst, geh mehrere Tage hintereinander in den Parque de la Bombilla und setz Dich um zwölf Uhr mittags an den Brunnen. Wenn dann ein alter Mann zu Dir kommt und von mir spricht, vertrau ihm. Du musst ihm eine Kommission zahlen, aber ich denke nicht, dass er die Situation ausnutzen wird. Mein letzter Rat ist, mit niemandem darüber zu reden und niemandem zu sagen, dass Du mich kanntest. Nimm das Geld, vergiss mich und lebe wohl.

Marta

Eine Woche später ging Eric zum ersten Mal in den Park, den Marta in ihrem Brief erwähnt hatte. Am ersten Tag geschah nichts, am zweiten auch nicht, am dritten jedoch setzte sich ein Mann auf eine Bank in seine Nähe.

Eric sah ihn an und erkannte ihn als jemanden, der öfter in Fernsehtalkshows zu sehen war. Fünf Minuten später stand der Mann auf und kam zu ihm herüber.

»Hallo, Eric.«

»Woher kennen Sie meinen Namen?«, fragte Eric vorsichtig.

»Weißt du«, sagte Rodolfo Chisvert lächelnd, »ob es regnet oder die Sonne scheint, ich komme jeden Tag für eine Weile hierher. Und ich habe dich mehrere Tage hintereinander hier gesehen. Wie ich annehme, hat eine gemeinsame Freundin von uns dir geraten, hier zu erscheinen. Jemand, der leider nicht mehr lebt.«

Der bedächtige Ton, in dem Rodolfo sprach, beruhigte Eric, und er beschloss, den Angaben in Martas Brief zu folgen. Er musste dem Mann vertrauen, wenn ihm auch seit Tagen unzählige Fragen durch den Kopf gingen.

»Können Sie das verkaufen, was unsere gemeinsame Freundin mir hinterlassen hat? Sie hat eine Kommission erwähnt, aber die kann ich nicht im Voraus zahlen. Und auch nicht …«

»Jetzt sei erst mal still, Junge«, unterbrach Rodolfo ihn. »Die Sache ist ganz einfach. Du hast etwas Wertvolles, was unsere Freundin dir gegeben hat, richtig?«

»Ja.«

»Wie viel Kilo?«

»Zehn.«

»Alles in Barren?«

»Ja.«

»Wenn ich mich nicht irre, wird der Käufer zweiundzwanzig Euro pro Gramm bezahlen, sodass wir insgesamt auf zweihundertzwanzigtausend kommen. Meine Kommission beträgt zwanzig

Prozent, das heißt, du würdest hundertsechsundsiebzigtausend Euro in bar erhalten. Einverstanden?«

Eric nickte mit gerunzelter Stirn, aber nicht weil ihm der Preis nicht passte, sondern weil er sein ganzes Leben lang nur mit kleinen Summen gerechnet und mit derart großen seine Probleme hatte.

»Wie soll das Ganze ablaufen?«

»Du gibst mir den Rucksack, und ich gebe dir ein paar Stunden später das Geld.«

Eric sah den alten Mann misstrauisch an, der daraufhin erneut lächelte. »Es ist gut, dass du nicht jedem gleich vertraust, aber wenn ich dich bestehlen wollte, wäre ich schon längst auf deiner Terrasse gewesen und hätte es mir geholt. Du hast ganz schön lange gebraucht, bis du es gefunden hast.«

◆

Voller Freude, ihre ältere Schwester gefunden zu haben, war Natalia Aguilera aus Madrid nach Málaga zurückgekehrt, doch seit sie wusste, was Marta getan hatte, bereute sie, nach ihr gesucht zu haben. Zum Glück für sie und ihren Vater gab es den Nachnamen Aguilera relativ oft in Spanien, und niemand brachte sie mit der Serienmörderin in Verbindung.

Juan Aguilera bereitete die nächste Prozession in der Osterwoche vor, und Natalia kümmerte sich zu Hause um ihre Mutter. Eigentlich wollte sie Englisch lernen, doch sie konnte sich nicht konzentrieren und suchte zwanghaft nach Informationen über ihre Schwester im Internet. In der Onlineversion von *El Nuevo Diario* wurde nach und nach das Interview veröffentlicht, das Marta vor ihrem Tod Álvaro Herrero gegeben hatte, und Natalia beschloss, den Journalisten anzurufen; wenn die beiden wirklich Freunde gewesen waren, würde er respektieren, dass sie anonym bleiben wollte.

Die Telefonnummer der Zeitung stand im Internet, und sie wollte sich zu Álvaro durchstellen lassen, doch bevor sie die Nummer tippen konnte, klingelte die Nachbarin von oben an der Tür.

»Mädchen, der Postbote hat das in meinen Briefkasten gesteckt, aber es ist für dich. Ihr müsst unbedingt ein Namensschild an eurem Briefkasten anbringen, denn die Post zahlt mir keinen Cent dafür, dass ich den Boten spiele.«

Das Päckchen enthielt hunderttausend Euro und einen Brief.

Neben Nicoleta, Eric und Natalia bekamen zur selben Zeit auch Marta Aguileras vier Freundinnen, Raquel Prieto, ein Ex-Freund der Rächerin, die Familie von Lucía Abad, die Hilfsorganisation Bocatas, die Bürgervereinigung zur Rettung des Beti-Jai, die Pfarrgemeinde San Agustín und der Opferverband Colectivo de Víctimas del Terrorismo Pakete mit unterschiedlich hohen Geldsummen.

◆

Der Millionär Nicolás Santisteban geht einmal pro Woche in eine Wohnung in der Calle Bravo Murillo, in der spezielle Dienste angeboten werden. Zuvor hat er diese schon an einigen ähnlichen Orten gesucht, doch nirgends gehen die Unterwerfungen so weit, dass sie sein Bedürfnis nach Sex und Gewalt erfüllen.

Die Frau, die ihm diesmal angeboten wird, ist jung und hübsch, viel hübscher, als er es gewohnt ist, aber Südamerikanerin, und er quält, erniedrigt und vergewaltigt lieber spanische Frauen.

»Die einzige Spanierin, die wir für Sie hätten, ist Alexia, aber die ist heute nicht hier und wird erst in ein paar Wochen zurückkommen.«

»Und diese hält das aus?«

»Sie kann extrem viel ertragen, aber eine gewisse Sicherheit müssen Sie wahren, sonst können wir nichts mehr für Sie tun.«

Nicolás Santisteban zahlt dreihundert Euro, um mit der jungen Fabiola eine Weile zusammen zu sein, und wartet in einem verliesähnlichen Raum auf sie. Die Wände sind rot und schwarz gestrichen und mit allen möglichen Dingen wie Peitschen, Handschellen, Schnüren, Gerten, Stangen, Knebeln und Vibratoren dekoriert. In der Mitte des Raums befindet sich am Fußende des mit schwarzer Wäsche bezogenen Bettes neben einem kleinen Metallkäfig eine Streckbank und an der rückwärtigen Wand ein Andreaskreuz mit Hand- und Fußfesseln.

Dem Sadisten fällt sofort eine Peitsche aus Leder und Gummi ins Auge, die neben einer Toilette ohne Becken und Spülkasten hängt. Er nimmt sie von der Wand und lässt sie knallen.

Nicolás Santisteban probiert mit der jungen Frau sämtliche Foltergeräte aus, die ihm zur Verfügung stehen, ohne dass es ihn befriedigt. Überraschenderweise ist Fabiola eine echte Masochistin und kommt mehrfach, während er sie vergewaltigt. Es gelingt ihm nicht mal, ihr ein paar Hilfeschreie zu entlocken, als er sie in den Anus fickt, den sie vorher geweitet und eingeölt haben. Er weiß, dass diese Frau ihn niemals so anflehen wird, wie er es braucht, um wirklich zu genießen, da man das bei einer Professionellen nicht bekommt.

In letzter Zeit geht ihm eine Frau nicht mehr aus dem Kopf: Doktor Molina, die Psychologin, die den erniedrigenden Bericht über ihn verfasst hat. Schon bald wird er sie sich vornehmen, denn er träumt Tag und Nacht davon, ihr zu geben, was sie verdient.

Als er an der Terrasse einer Bar vorbeikommt, fällt ihm eine wunderschöne blonde junge Frau ins Auge, die dort an einem Tisch sitzt. Es ist lange her, dass er zuletzt eine solche Schönheit gesehen hat. Eigentlich hat er sich vorgenommen, in seiner Wohnung eine Flasche Wein zu öffnen und fernzusehen, bis er auf dem Sofa einschläft, doch jetzt hat er andere Pläne.

Er setzt sich an einen Tisch in ihrer Nähe und bestellt sich ein

Bier. Als er die junge Frau anlächelt und sie ebenfalls mit einem Lächeln darauf reagiert, glaubt er, einen Glückstag zu haben.

»Hallo, du Hübsche, darf ich dich zu einem Glas einladen?«

»Das ist aber nett«, entgegnet die schöne Frau strahlend. »Ich trinke gerade ein Glas Rotwein.«

Nicolás Santisteban bestellt beim Kellner ein weiteres Glas und setzt sich neben sie. Nachdem sie eine Weile höflich miteinander über das Wetter und die Qualität des Weins geplaudert haben, geht Santisteban zum Angriff über. »Wohnst du hier?«

»Schön wär's«, antwortet die junge Frau. »Ich beginne gerade eine Ausbildung zur Dolmetscherin und suche eine Wohnung, aber in dieser Gegend sind die Mieten unbezahlbar.«

»Warum wirst du nicht Schauspielerin? Ich bin mit mehreren Regisseuren befreundet.«

»Wirklich?«

»Zwei oder drei davon wohnen in diesem Viertel. Ich könnte sie anrufen, damit sie dich zum Casting einladen. Für ein so hübsches Mädchen wie dich gibt es immer eine Rolle.«

»Das würden Sie wirklich für mich tun?«, fragt die junge Frau erfreut.

»Natürlich. Warum kommst du nicht mit zu mir, und wir rufen zusammen dort an? Mit ein bisschen Glück ist einer von meinen Freunden bereit, auf ein Glas Wein zu mir zu kommen ...«

Sie sieht ihn zögernd an.

»Komm, Mädchen. Dir passiert nichts, ich wohne gleich um die Ecke.« Nicolás Santisteban weist auf einen nahe liegenden Hauseingang.

»Okay, aber nur kurz.«

»Wunderbar!«, sagt er zufrieden und legt einen Zehneuroschein auf den Tisch. »Du hast mir noch gar nicht gesagt, wie du heißt.«

»Nicoleta ...«

Die junge Frau folgt Santisteban zu dem Hauseingang. Bevor sie eintritt, sieht sie sich nach allen Seiten um, um sich davon zu überzeugen, dass niemand sie mit dem Vergewaltiger sieht, den sie schon seit mehreren Wochen beschattet …

◆

Das größte zusammenhängende Teil, das von Marta Aguileras Körper gefunden wurde, war der überraschenderweise ziemlich intakte Kopf, sodass es möglich war, den Tumor zu untersuchen, der sie um den Verstand gebracht hatte. Alles andere war nicht von den Überresten von Amaya Eiguíbar und Josefa Iriarte im Keller des Hofs in Astigarraga zu unterscheiden.

Es wurde viel über die Taten von Marta Aguilera geschrieben, und die Behörden fürchteten, dass es Nachahmer geben würde, die sich ebenfalls zum Rächer berufen fühlten. Doch schon bald wandte sich die mediale Aufmerksamkeit dem nach einem satanischen Ritus vollzogenen Mord an einer jungen Fernsehschauspielerin zu.

So wie Daniela Gutiérrez es bei ihrer Begegnung in San Sebastián vorausgesagt hatte, hatte die Öffentlichkeit Marta Aguilera und sie schon nach wenigen Wochen vergessen, und das Ganze wurde zu einem weiteren dunklen Kapitel in der spanischen Verbrechensgeschichte.

Zu Martas Beerdigung, die sechs Monate nach ihrem Tod in der Kirche an der Calle Joaquín Costa stattfindet, kommen keine fünfzig Leute. Ihre Schwester und ihr Vater sitzen in einer Bank in der letzten Reihe, ohne zu irgendjemandem ein Wort zu sagen, und wissen nicht, wie sie sich fühlen sollen. Sie haben all das durchgemacht, was ein Mensch in einer derartigen Situation empfinden kann: Ungläubigkeit, Scham, Schmerz, Schuldgefühle und letztendlich eine Art Dankbarkeit.

Vor ihnen sitzt Rodolfo Chisvert. Er hat wieder dieses schmale Lächeln im Gesicht wie an jenem Tag, an dem er erfuhr, was seine Freundin getan hat. »Wahnsinn, was das Mädchen geleistet hat! Dabei war sie so eine zarte Person!«

Neben ihm sitzt Raquel Prieto. Sie ist die einzige von allen Anwesenden, die ein feuchtes Taschentuch in der Hand hält, denn es schmerzt sie, dass sie so viele Jahre keinen Kontakt mehr zu der besten Freundin aus ihrer Kindheit gehabt hatte.

Rodolfo Chisvert sieht sie an und lächelt. »Weinen Sie nicht, Señorita. Wenn Sie Marta geliebt haben, sollten Sie wie ich stolz auf sie sein.«

»Sie werden es nicht glauben, aber das bin ich«, entgegnet Raquel und erwidert das Lächeln des alten Mannes.

Auf der anderen Seite des Gangs sitzen Martas vier Freundinnen. Einen Monat lang haben sie nach ihrem Tod nicht von ihr gesprochen und schon gar nicht über das Geld, das jede von ihnen bekommen hat. Doch da sie sich alle mit einer neuen Garderobe eingedeckt haben, geht jede von ihnen davon aus, dass sie selbst nicht die Einzige war, die einen unerwarteten Geldsegen erhielt.

»Ich habe ein bisschen was gespart«, sagt Lorena nicht ganz überzeugend.

»Wie kannst du behaupten, etwas gespart zu haben?«, entgegnet Carol. »Immerhin mache ich deine Steuererklärungen und weiß, wie knapp du bei Kasse bist.«

Dimas und Rosa – die ein Umstandskleid trägt, obwohl sie erst im zweiten Monat schwanger ist – zählen zu den wenigen, die sich beim Eintritt in die Kirche bekreuzigt haben. Sie nehmen in der ersten Reihe Platz, neben Jaime Vicario, der schweigend nach vorn blickt und immer noch nicht fassen kann, was seine Ex-Freundin getan hat.

»Vorsichtig, Rosa.« Dimas hilft seiner Frau fürsorglich, sich hinzusetzen.

»Liebling«, flüstert diese ihm zu, »wenn du mir in den kommenden sieben Monaten weiter so auf die Nerven gehst, weiß ich nicht, wie ich das überstehen soll.«

Doktor Molina nimmt ein Stück von ihnen entfernt an einer Säule im Seitenschiff Platz. Und neben ihr lässt sich Juan Carlos Ramos nieder, der ehemalige Polizist, der im Streit nach einem Verkehrsunfall sein ganzes Leben zerstört hat.

»Haben Sie sie gekannt?«, fragt er seine Sitznachbarin.

»Kaum«, entgegnet die Psychologin. »Und Sie?«

»Nur aus dem Fernsehen. Ich weiß, dass ich das nicht sagen sollte, aber im Grunde verurteile ich sie nicht für das, was sie getan hat.«

»Es ist nicht ungefährlich, so zu denken.«

»Ich weiß, aber sehen Sie …« Er weist mit dem Kopf auf eine Familie, die ganz in ihrer Nähe sitzt: »Das sind die Eltern und die anderen Verwandten von Lucía Abad.«

Vom hinteren Bereich der Kirche aus betrachtet der berühmte Journalist Álvaro Herrero die Beerdigungsgäste. Viele kennt er, denn die meisten hatten in irgendeiner Weise mit Marta Aguilera zu tun, und sie hat in dem ausführlichen Interview, das nach und nach in *El Nuevo Diario* erschienen ist, von ihnen gesprochen.

Dieses Interview führte zur Festnahme mehrerer Zuhälter in Frankreich, Italien und Spanien und zum tiefen Fall des ehemaligen italienischen Senators Pasquale Carduccio. Nach der öffentlich erlittenen Erniedrigung ging der alte Politiker schleppenden Schritts in sein Büro und öffnete die Vitrine, in der er einen Smith & Wesson .38 Special aufbewahrte, den ihm der italienische Mafioso Carlo Gambino im Jahr 1957 persönlich geschenkt hat, kurz nachdem er nach dem Mord an Albert Anastasia die Herrschaft über New York übernommen hatte. Carduccio nahm den Revolver, lud ihn und schoss sich in den Kopf.

Ein junger farbiger Mann mit einem kleinen Jungen an der

Hand geht an Álvaro Herrero vorbei. »Komm, Lionel, hör mit dem Quatsch auf, und benimm dich bitte.«

Álvaro folgt ihm mit dem Blick, bis er sich hinsetzt und mit einem schüchternen Nicken den aus Fernsehtalkshows bekannten Rodolfo Chisvert grüßt.

Daniela Gutiérrez kommt direkt aus dem Gefängnis, wo sie ihren Sohn besucht hat. Am Tag nach dem Fernsehbericht eines Privatsenders hat der Staatsanwalt Sergios Anklage um die Punkte Zughörigkeit zu einer kriminellen Vereinigung und aggressives Verhalten aus rassistischen und ideologischen Gründen erweitert. Dem Jungen geht es gut, er hat seine Lektion gelernt, und Daniela träumt davon, irgendwann doch noch die geplante Reise mit ihm zu unternehmen.

Vielleicht wird auch Anselmo mitkommen, der in einer der Kirchenbänke auf sie wartet. Der Drehbuchautor hat darauf bestanden, sie zu begleiten, und sie ist froh, dass sie endlich mal nicht als Einzige allein auf einer Veranstaltung ist.

Auf einmal erhält sie eine Nachricht auf dem Handy und schnaubt. »Wie es aussieht, muss ich dich allein lassen, Anselmo. Im Salamanca-Viertel ist jemand erstochen worden.«

»Noch ein Talión?«

»Hoffen wir, dass es eher ein Routinefall ist.«

»Klar.« Anselmo zuckt mit den Schultern. »So was kommt ja in den besten Familien vor …«

Daniela lächelt, verabschiedet sich mit einem schüchternen Kuss und verlässt die Kirche.

In der Tür begegnet sie Nicoleta, die sich eilig zu ihrer Schwester begibt.

»Wo warst du, Nicoleta? Ich hab zwanzig Minuten auf dich gewartet.«

»Entschuldige, Alina. Ich hab nur schnell noch einen Freund besucht …«

»Was hast du denn da?« Alina reibt mit dem Finger über einen roten Fleck, den Nicoleta an der Wange hat. »Sieht aus wie Blut.«

»Kann sein«, sagt ihre Schwester. »Mein Freund hat sich in den Finger geschnitten …«

Nicoleta entfernt die letzten Spuren des Flecks mit einem Taschentuch und sieht sich um. Dabei fällt ihr ein gut aussehender farbiger Mann ins Auge, der nur wenige Meter entfernt sitzt. Er spürt ihren Blick und dreht sich zu ihr um.

Eric und Nicoleta sehen sich in die Augen, erkennen sich und lächeln sich zu.

DANKSAGUNG

DIESEN ROMAN WÜRDE ES ohne die Hilfe vieler Leute nicht geben. Als Erstes und vor allem ist sein Vorhandensein Patricia zu verdanken. Vielen Dank für die Hilfe, den Zuspruch, die vielen Ideen und dafür, dass du eine Version nach der anderen (fast) ohne Protest gelesen hast.

Danke auch an meinen Bruder Jorge. Ohne seine Erfahrung und seine Ratschläge wäre diese Geschichte niemals in meinem Computer entstanden.

Vielen Dank an Eduardo Melón Vallat, meinen Literaturagenten, für das Vertrauen in meine Arbeit und für den Einfall, der dafür gesorgt hat, dass *Talión – Die Gerechte* ein so besonderes Buch ist.

Danke an Raquel Gisbert, an Zoa, an Emilio, an Vanesa, an Lola und besonders an Puri Plaza, das Team von Planeta, dafür, dass sie mich vom ersten Moment an so gut behandelt haben. Ihre Ideen, ihr Enthusiasmus und ihre Ratschläge haben diesen Roman unendlich verbessert. Danke auch an die Designabteilung für das wunderbare Cover, an die Marketing- und die Vertriebsabteilung und überhaupt an alle, die mir geholfen haben, dieses Projekt zu realisieren.

Ich danke auch dem Polizeiinspektor Daniel López für seine Beratung in polizeilichen Dingen.

Auch bei meinen ersten Lesern möchte ich mich bedanken: bei Daniel Corpas, bei Félix J. Velando, bei Guillermo Mateo, bei meinem Bruder Antonio, bei Daniel López – Trufa –, bei Willy und bei Mar.

Und zuletzt ein großes Dankeschön an alle, die ihr mich in den langen Monaten der Wartezeit im Brujas ertragen habt: Pardo, Sonsoles, Cuco, Merino, Perico, Chencho, Leandro, Bernardo, Patricio, Chisvert …

Ich hoffe, dass ich niemanden vergessen habe. Wenn es so sein sollte, bitte ich tausendmal um Verzeihung.